全唐詩

第 六 册

卷三四六 —— 卷四二三

中 华 书 局

全唐诗第六册目次

卷三四六

卷三四九

欧阳詹

卷三五二

柳宗元

卷三五四

刘禹锡

卷三五五

刘禹锡

卷三五六

刘禹锡

卷三五七

刘禹锡

卷三五八

刘禹锡

卷三五九

刘禹锡

卷三六〇

刘禹锡

卷三六一

刘禹锡

卷三六二

刘禹锡

卷三六三

刘禹锡

卷三六四

刘禹锡

卷三六五

刘禹锡

卷三六六

卷三六八

卷三六九

卷三七〇

吕　温

卷三七一

吕　温

卷三七二

孟　郊

卷三七四

孟　郊

卷三七五

孟　郊

卷三七六

孟　郊

卷三七七

孟　郊

卷三七八

孟　郊

卷三七九

孟　郊

卷三八〇

孟 郊

卷三八一

孟　郊

卷三八二

张　籍

卷三八三

张　籍

卷三八四

张　籍

卷三八五

张　籍

卷三八六

张　籍

卷三八七

卢　仝

卷三八八

卢　　全

卷三八九

卢 仝

卷三九〇

李　贺

卷三九一

李 贺

卷三九二

李 贺

卷三九三

李　贺

卷三九五

刘　叉

卷三九六

元　稹

卷三九七

元　稹

卷三九八

元　稹

卷三九九

元　稹

卷四〇〇

元　稹

元　稹

卷四〇三

元　稹

卷四〇四

元　稹

卷四〇五

元　稹

元　稹

卷四〇九

元　稹

卷四一〇

元　稹

卷四一一

元　稹

卷四一二

元　稹

卷四一三

元　稹

卷四一四

元　稹

卷四一六

元　稹

卷四一七

元　稹

卷四一八

元　稹

卷四一九

元 稹

卷四二二

元　稹

卷四二三

元　稹

全唐诗卷三四六

王　涯

　　王涯,字广津,太原人。博学,工属文。贞元中,擢进士。又举宏辞,调蓝田尉,以左拾遗为翰林学士,进起居舍人。宪宗元和初,贬虢州司马,徙袁州刺史。以兵部员外郎召知制诰,再为翰林学士,累迁工部侍郎。涯文有雅思,永贞、元和间,训诰温丽,多所槁定。拜中书侍郎、同中书门下平章事,寻罢,再迁吏部侍郎。穆宗立,出为剑南、东川节度使。长庆三年,入为御史大夫,迁户部尚书、盐铁转运使。敬宗宝历时,复出领山南西道节度使。文宗嗣位,召拜太常卿,以吏部尚书总盐铁。岁中,进尚书右仆射、代郡公。久之,以本官同中书门下平章事,俄检校司空、兼门下侍郎。李训败,乃及祸。集十卷。今编诗一卷。

享惠昭太子庙乐章 送神

威仪毕陈,备乐将阕。苞茅酒缩,肯萧香彻。宫臣展事,肃雍在列。迎精送往,厥鉴昭晰。

望禁门松雪

宿云开霁景,佳气此时浓。瑞雪凝清禁,祥烟幂小松。依稀鸳瓦

出,隐映凤楼重。金阙晴光照,琼枝瑞色封。叶铺全类玉,柯偃乍
疑龙。讵比寒山上,风霜老昔容。

广宣上人以诗贺放榜和谢

延英面奉入春闱,亦选功夫亦选奇。在冶只求金不耗,用心空学秤
无私。龙门变化人皆望,莺谷飞鸣自有时。独喜至公谁是证,弥天
上人与新诗。

九月九日勤政楼下观百僚献寿

御气黄花节,临轩紫陌头。早阳生彩仗,霁色入仙楼。献寿皆鹓
鹭,瞻天尽冕旒。菊樽过九日,凤历肇千秋。乐奏薰风起,杯醑瑞
影收。年年歌舞度,此地庆皇休。

春游曲二首

万树江边杏,新开一夜风。满园深浅色,照在绿波中。
上苑何穷树,花间次第新。香车与丝骑,风静亦生尘。

太 平 词

风俗今和厚,君王在穆清。行看采华曲,尽是泰阶平。

送 春 词

日日人空老,年年春更归。相欢在尊酒,不用惜花飞。

塞上曲二首

天骄远塞行,出鞘宝刀鸣。定是酬恩日,今朝觉命轻。
塞虏常为敌,边风已报秋。平生多志一作意气,箭底觅封侯。

陇　上　行

负羽到边州,鸣箛度陇头。云黄知塞近,草白见边秋。

思　君　恩

鸡鸣天汉晓,莺语禁林春。谁入巫山梦,唯应洛水神。

春　闺　思

雪尽萱抽叶,风轻水变苔。玉关音信断,又见发庭梅。

春　江　曲

摇漾越江春,相将采白蘋。归时不觉夜,出浦月随人。

闺人赠远五首

花明绮陌春,柳拂御沟新。为报辽阳客,流芳一作光不待人。

远戍功名薄,幽闺年貌伤。妆成对春树,不语泪千行。

形影一朝别,烟波千里分。君看望君处,只是起行云。

啼莺一作莺啼绿树深,语燕一作燕语雕梁晚。不省出门行,沙场知近远。

洞房今夜月,如练复如霜。为照离人恨,亭亭到晓光。

从军词三首

戈一作旗甲从军久,风云识阵难。今朝拜韩信,计日斩成安。

燕颔多奇相,狼头敢犯边。寄言班定远,正是立功年。

旆头夜落捷书飞,来奏金门著赐衣。白马将军频破敌,黄龙戍卒几时归。

塞下曲二首

辛勤几出黄花戍,迢递初随细柳营。塞晚每愁残月苦,边愁更逐断
蓬惊一作声。

年少辞家从冠军,金妆宝剑去邀勋。不知马骨伤寒水,唯见龙城起
暮云。

平戎辞

太白秋高助发兵,长风夜卷虏尘清。男儿解却腰间剑,喜见从王道
化平。

游春词二首

曲江绿一作丝柳变烟条,寒谷冰随暖气销。才见春光生绮陌,已闻
清乐动云韶。

经过柳陌与桃蹊,寻逐春光著处迷。鸟度时时冲絮起,花繁衮衮压
枝低。

秋思二首

网一作丝轩凉吹动轻衣,夜听更长玉漏稀。月度天河光转湿,鹊惊
秋树叶频飞。

宫连太液见沧波,暑气微消秋意多。一夜清风蘋末起,露珠翻尽满
池荷。

汉苑行

二月春风遍柳条,九天仙乐奏云韶。蓬莱殿后一作后殿花如锦,紫
阁阶前雪未销。

秋 夜 曲

桂魄初生秋露微,轻罗已薄未更衣。银筝夜久殷勤弄,心怯空房不忍归。

献 寿 辞

宫殿参差列九重,祥云瑞气捧阶_{一作皆}浓。微臣欲献唐尧寿,遥指南山对衮龙。

秋思赠远二首

当年只自守空帷_{一作闺},梦里关山觉别离。不见乡书传雁足,唯看新月吐蛾眉。

厌攀杨柳临清阁,闲采芙蕖傍碧潭。走马台边人不见,拂云堆畔战初酣。

春闺思 _{一作闺人春思}

愁见游空百尺_{一作丈}丝,春风挽_{一作惹}断更伤离。闲_{一作桃}花落尽_{一作}遍青_{一作苍}苔地,尽日无人谁得知。

宫词三十首 _{存二十七首}

白_{一作内}人宜著紫衣裳,冠子梳头双眼长。新睡起来思旧梦,见人忘却道胜常。

春来新插翠云钗,尚著云头踏殿鞋。欲得君王回一顾,争扶玉辇下金阶。

五更初起觉风寒,香炷烧来夜已残。欲卷珠帘惊雪满,自将红烛上楼看。

各将金锁锁宫门,院院青娥侍—作待至尊。头白监门掌来去,问频多是最承恩。

夜久盘中蜡滴稀,金刀剪起尽霏霏。传声总是君王唤,红烛台前著舞衣。

筝翻禁曲觉声难,玉柱皆非旧处安。记得君王曾道好,长因下辇得一作最先弹。

一丛高髻绿云光,官—作宫样轻轻淡淡黄。为看九天公—作宫主贵,外边争学内家装。

宜春院里驻仙舆,夜宴笙歌总不如。传索金笺题宠号,镫前御笔与亲书。

永巷重门渐半开,宫官著锁隔门回。谁知曾笑他人处,今日将身自入来。

春风帘里旧青娥,无奈新人夺宠何。寒食禁花开满树,玉堂终日闭时多。

碧绣檐前柳散垂,守门宫女欲攀时。曾经玉辇从容处,不敢临风折一枝。

鸦飞深在禁城墙,多绕重楼复殿傍。时向春檐瓦沟上,散开朝一作双翅占朝光。

白雪猧儿拂地行,惯眠红毯不曾惊。深宫更有何人到,只晓金阶吠晚萤。

百尺仙梯倚阁边,内人争下掷金钱。风来竞看铜乌转,遥指朱干在半天。

春风摆荡禁花枝,寒食秋千满地时。又落深宫石渠里,尽随流水入龙池。

墙—作雕墙不断接宫城,金榜皆书殿院名。万转千回相隔处,各调弦管对闻声。

霏霏春雨九重天，渐暖龙池御柳烟。玉辇游时应不避，千廊万屋自相连。

禁门一作前烟起紫沉沉，楼阁当中复道深。长入暮天凝不散，掖庭宫里动秋砧。

炎炎夏日满天时，桐叶交加覆玉墀。向晚移镫上银簟，丛丛绿鬓坐弹棋。

瞳瞳日出大明宫，天乐遥闻在碧空。禁树无风正和暖，玉楼金殿晓光中。

迥出芙蓉阁上头，九天悬处正当秋。年年七夕晴光里，宫女穿针尽上楼。

教来鹦鹉语初成，久闭金笼惯认名。总向春园看花去，独于深院笑一作唤人声。

银瓶泻水欲朝妆，烛焰红高粉壁光。共怪满衣珠翠冷，黄花瓦上有新霜。

迎风殿里罢云和，起听新蝉步浅莎。为爱九天和露滴，万年枝上最声多。

御果收时属内官，傍檐低压玉阑干。明朝摘向金华殿，尽日枝边次第看。

内里松香满殿闻，四行阶下暖氤氲。春深欲取黄金粉，绕树宫娥著绛裙。

禁树传声在九霄，内中残火独遥遥。千官待取门犹闭，未到宫前下马桥。

全唐诗卷三四七

贾　稜

贾稜,贞元八年进士第。诗一首。

御　沟　新　柳

御苑阳和早,章沟柳色新。托根偏近日,布叶乍迎春。秀质方含翠,清阴欲庇人。轻云度斜景,多露滴行尘。袅袅堪离赠,依依独望频。王孙如可赏,攀折在芳辰。

刘遵古

刘遵古,贞元八年进士第。诗一首。

御　沟　新　柳

韶光先禁柳,几处覆沟新。映水疑分翠,含烟欲占春。悠悠迟日晚,袅袅好风频。吐节茸犹嫩,通条泽稍均。远和瑶草色,暗拂玉楼尘。愿假骞飞便,归栖及此辰。

李正封

李正封，官监察御史。诗五首。

洛阳清明日雨霁

晓日清明天，夜来嵩少雨。千门尚烟火，九陌无尘土。酒绿河桥春，漏闲宫殿午。游人恋芳草，半犯严城鼓。

咏露

霏霏灵液重，云表无声落。沾树急玄蝉，洒池栖皓鹤。流尘清远陌，飞月澄高阁。宵润玉堂帘，曙寒一作贯金井索。佳人比珠泪，坐感红绡薄。

夏游招隐寺暴雨晚晴

竹柏风雨过一作清风过，萧疏台殿凉。石渠写奔溜，金刹照颓阳。鹤飞一作去岩烟碧，鹿鸣涧草香。山僧引清梵，幡盖绕回廊。

禅门寺暮钟 一作刘复诗

簨虡高悬于阗钟，黄昏发地殷龙宫。游人忆到嵩山夜，叠阁连楼倚太空。

贡院楼北新栽小松

青苍初得地，华省植来新。尚带山中色，犹含洞里春。近楼依北户，隐砌净游尘。鹤寿应成盖，龙形未有鳞。为梁资大厦，封爵耻嬴秦。幸此观光日，清风屡得亲。

崔立之

崔立之,贞元进士第。诗三首。

南至隔仗望含元殿香炉

千官望长至,万国拜含元。隔仗炉光出,浮霜烟气翻。飘飘萦内殿,漠漠澹前轩。圣日开如捧,卿云近欲浑。轮囷洒宫阙,萧索散乾坤。愿倚天风便,披香奉至尊。

曲池洁寒流

闲寻欹岸步,因向曲池看。透底何澄彻,回流乍屈盘。稍随高树古,迥与远天寒。月入镜华转,星临珠影攒。纤鳞时蔽石,转吹或生澜。愿假涓微效,来濡拙笔端。

赋得春风扇微和

时令忽已变,年光俄又春。高低惠风入,远近芳气新。靡靡才偃草,泠泠不动尘。温和乍扇物,煦妪偏感人。去出桂林漫,来过蕙圃频。晨辉正澹荡,披拂长相亲。

郭　遵

郭遵,贞元进士第。诗二首。

南至日隔仗望含元殿香炉 一作裴次元诗

冕旒亲负扆,卉服尽朝天。旸谷移初日,金炉出御烟。芬馨流远近，散漫入貂蝉。霜仗凝逾白，朱栏映转鲜。如看浮阙在，稍觉逐风迁。为沐皇家庆，来瞻羽卫前。

赋得春风扇微和

微风飘淑气，散漫及兹晨。习习何处至，熙熙与春亲。暖空看早辨，映日度逾频。高拂非烟杂，低垂众卉新。霁天轻有霭，绮陌尽无尘。还似登台意，元和欲煦人。

韦 纾

韦纾，贞元进士第。诗一首。

赋得风动万年枝

嘉名标万祀，擢秀出深宫。嫩叶含烟霭，芳柯振惠风。参差摇翠色，绮靡舞晴空。气禀祯祥异，荣沾雨露同。天年方未极，圣寿比应崇。幸列华林里，知殊众木中。

樊阳源

樊阳源，贞元进士第。诗一首。

赋得风动万年枝

珍木罗前殿，乘春任好风。振柯方袅袅，舒叶乍濛濛。影动丹墀上，声传紫禁中。离披偏向日，凌乱半分空。轻拂祥烟散，低摇翠色同。长令占天眷，四气借全功。

许　稷

许稷,贞元进士第。诗二首。

赋得风动万年枝

琼树偏春早,光飞处处宜。晓浮三殿日,暗度万年枝。婀娜摇仙禁,缤翻映玉池。含芳烟乍合,拂砌影初移。为近韶阳煦,皆先众卉垂。成阴知可待,不与众芳随。

闰月定四时

玉律穷三纪,推为积闰期。月馀因妙算,岁遍自成时。乍觉年华改,翻怜物候迟。六旬知不惑,四气本无欺。月桂亏还正,阶蓂落复滋。从斯分历象,共仰定毫厘。

范传正

范传正,贞元中,举进士、宏辞,皆高第。诗三首。

谢真人还旧山

麾盖从仙府,笙歌入旧山。水流丹灶缺,云起草堂关。白鹿行为卫,青鸾舞自闲。种松鳞未立,移石藓仍斑。望路烟霞外,回舆岩岫间。岂唯辽海鹤,空叹令威还。

范成君击洞阴磬

历历闻金奏,微微下玉京。为祥家谍久,偏识洞阴名。澹伫人间听,铿锵古曲成。何须百兽舞,自畅九天情。注目看无见,留心记未精。云霄如可托,借鹤向层城。

赋得春风扇微和

暖暖当迟日,微微扇好风。吹摇新叶上,光动浅花中。澹荡凝清昼,氤氲暖碧空。稍看生绿水,已觉散芳丛。徙倚情偏适,裴回赏未穷。妍华不可状,竟夕气融融。

豆卢荣

豆卢荣,贞元进士。诗一首。

赋得春风扇微和

春晴生缥缈,软吹和初遍。池影动渊沦,山容发葱蒨。迟迟入绮阁,习习流芳甸。树杪飐莺啼,阶前落花片。韶光恐闲放,旭日宜游宴。文客拂尘衣,仁风愿回扇。

邵 偃

邵偃,贞元中进士。诗一首。

赋得春风扇微和

微风扇和气,韶景共芳晨。始见郊原绿,旋过御苑春。三条开广陌,八水泛通津。烟动花间叶,香流马上人。逶迤云彩曙,嘹唳鸟声频。为报东堂客,明朝桂树新。

柳道伦

柳道伦,贞元中进士。诗一首。

赋得春风扇微和

青阳初入律,淑气应春风。始辨梅花里,俄分柳色中。依微开夕照,澹荡媚晴空。拂水生蘋末,经岩触桂丛。稍抽兰叶紫,微吐杏花红。愿逐仁风布,将俾生植功。

陈九流

陈九流,贞元中进士。诗一首。

赋得春风扇微和

喜见阳和至,遥知橐籥功。迟迟散南阳,袅袅逐东风。暗入芳园一作畦里,潜吹草木中。兰荪才有绿,桃杏未成红。已觉寒光尽,还看淑气通。由来荣与悴,今日发应同。

夏方庆

夏方庆,贞元中进士。诗一首。

谢真人仙驾还旧山

何年成道去,绰约化童颜。天上辞仙侣,人间忆旧山。沧桑今已变,萝蔓尚堪攀。云覆瑶坛净,苔生丹灶闲。逍遥堪白石,寂寞闭玄关。应是悲尘世,思将羽驾还。

全唐诗卷三四八

陈　羽

陈羽,江东人。登贞元进士第,历官东宫尉佐。诗一卷。

公　子　行

金羁白面郎,何处蹋青来。马娇郎半醉,躞蹀望楼台。似见楼上人,玲珑窗户开。隔花闻一笑,落日不知回。

古　意

十三学绣罗衣裳,自怜红袖闻馨香。人言此是嫁时服,含笑不刺双鸳鸯。郎年十九髭未生,拜官天下闻郎名。车马骈阗贺门馆,自然不失为公卿。是时妾家犹未贫,兄弟出入双车轮。繁华全盛两相敌,与郎年少为婚姻。郎家居近御沟水,豪门客尽蹑珠履。雕盘酒器常不干,晓入中厨妾先起。姑嫜严肃有规矩,小姑娇憨意难取。朝参暮拜白玉堂,绣衣著尽黄金缕。妾貌渐衰郎渐薄,时时强笑意索寞。知郎本来无岁寒,几回掩泪看花落。妾年四十丝满头,郎年五十封公侯。男儿全盛日忘旧,银床羽帐空飕飗。庭花红遍蝴蝶飞,看郎佩玉下朝时。归来略略不相顾,却令侍婢生光辉。郎恨妇人易衰老,妾亦恨深不忍道。看郎强健能几时,年过六十还枯槁。

长 相 思

相思长一作复相思,相思无限极。相思苦相思,相思损容色。容色
真可惜,相思不可彻。日日长相思,相思肠断绝。肠断绝,泪还续,
闲人莫作相思曲。

送戴端公赴容州

分命诸侯重,葳蕤绣服香。八蛮治险阻一作路,千骑蹋繁霜。山断
旌旗出,天晴剑珮光。还将小戴礼,远出化南方。

送殷华之洪州

离堂悲楚调,君奏豫章行。愁处雪花白,梦中江水清。扣船歌月
色,避浪宿猿声。还作经年别,相思湖草生。

春日晴原野望

东风吹暖气,消散入晴天。渐变池塘色,欲生杨柳烟。蒙茸花向
月,潦倒客经年。乡思应愁望,江湖春水连。

湘 妃 怨

舜欲省蛮陬,南巡非逸游。九山沉白日,二女泣沧洲。目极楚云
断,恨连湘水流。至今闻鼓瑟,咽绝不胜愁。

冬晚送友人使西蕃

驿使向天西,巡羌复入氐。玉关晴有雪,砂碛雨无泥。落泪军中
笛,惊眠塞上鸡。逢春乡思苦,万里草萋萋。

春 园 即 事

水隔群物远,夜深风起频一作蘋。霜中千树橘,月下五湖人。听鹤
忽忘寝,见山如得邻。明年还到此,共看洞庭春。

送友人及第归江东

五陵春色泛花枝,心醉花前远别离。落羽一作第耻为关右客,成名
空羡里中儿。都门雨歇愁分处,山店灯残梦到时。家住洞庭多钓
伴,因一作同来相贺话相思。

梓州与温商夜别 一作夜别温商梓州

凤皇城里花时别,玄武江边月下逢。客舍莫辞先买酒,相门曾忝共
一作旧登龙。迎风骚屑千家竹,隔水悠扬午夜钟。明日又行西蜀
路,不堪天际远山重。

长安卧病秋夜言怀

九重门锁禁城秋,月过南宫渐映楼。紫陌夜深槐露滴,碧空云尽火
星流。风清刻漏传三殿,甲第歌钟乐五侯。楚客病来乡思苦,寂寥
灯下不胜愁。

喜雪上窦相公 一作朱湾诗

千门万户雪花浮,点点无声落瓦沟。全似玉尘销更积,半成冰水一
作片结一作约还流。光添一作含曙色连一作清天远一作苑,轻逐春一作微
风绕玉一作御楼。平地已沾盈尺润,年丰须荷一作待富人侯。

宴杨驸马山亭 一作朱湾诗

垂杨拂岸草茸茸，绣户窗前花影重。鲙下玉盘红缕细，酒开金瓮绿醅酴。中朝附马何平叔，南国词人陆士龙。落日泛舟同醉处，回潭百丈映千峰。

西蜀送许中庸归秦赴举

春色华阳国，秦人此别离。驿楼横水影，乡路入花枝。日暖莺飞好，山晴马去迟。剑门当石隘，栈阁入云危。独鹤心千里，贫交酒一卮。桂条攀偃蹇，兰叶藉参差。旅梦惊蝴蝶，残芳怨子规。碧霄今夜月，惆怅上峨嵋。

小苑春望宫池柳色 一作御沟新柳

宛宛如丝柳，含黄一望新。未成沟上暗，且向日边春。袅娜方遮水，低迷欲醉人。托空芳郁郁，逐溜影鳞鳞。弄水滋宵露，垂枝染夕尘。夹堤连太液，还似映天津。

中秋夜临镜湖望月

镜里秋宵望，湖平月彩深。圆光珠入浦，浮照鹊惊林。潋动一作荡光还碎，婵娟影不沉。远时生岸曲，空处落波心。迥彻轮初满，孤明魄未侵。桂枝如可折，何惜夜登临。

江上愁思二首

江上翁开门，开门向衰草。只知愁子孙，不觉生涯老。
江上草茎枯，茎枯叶复焦。那堪芳意尽，夜夜没寒潮。

梁城老人一作父怨 一作司空曙诗

朝为耕种人,暮作刀枪鬼。相看父子血,共染城濠水。

送灵一上人

十年劳远别,一笑喜相逢。又上青山去,青山千万重。

经 夫 差 庙

姑苏城畔千年木,刻作夫差庙里神。冠盖寂寥尘满室,不知箫鼓乐
何人。

九月十日即事

汉江天外东流去,巴塞连山万里秋。节过重阳人病起,一枝残菊不
胜愁。

夏日宴九华池赠主人

池上凉台五月凉,百花开尽水芝香。黄金买酒邀诗客,醉倒檐前青
玉床。

长安早春言志

九衢日暖树苍苍,万里吴人忆水乡。汉主未曾亲羽猎,不知将底谏
君王。

读苏属国传

天山西北居延海,沙塞重重不见春。肠断帝乡遥望日,节旄零落汉
家臣。

吴　城　览　古

吴王旧国水烟空，香径无人兰叶红。春色似怜歌舞地，年年先发馆娃宫。

犍为城下夜泊闻夷歌

犍为城下牂牁路，空冢滩西贾客舟。此夜可怜江上月，夷歌铜鼓不胜愁。

和王中丞使君春日过高评事幽居

风光满路旗幡出，林下高人待使君。笑藉紫兰相向醉，野花千树落纷纷。

和王中丞中和日

节应中和天地晴，繁弦叠鼓动高城。汉家分刺诸侯贵，一曲阳春江水清。

同韦中丞花下夜饮赠歌人

银烛煌煌半醉人，娇歌宛转动朱唇。繁花落尽春风里，绣被郎官不负春。

若耶溪逢陆澧

溪上春晴聊看竹，谁言驿使此相逢。担簦蹑屐仍多病，笑杀云间陆士龙。

夜泊荆溪

小雪已晴芦叶暗,长波乍急鹤声嘶。孤舟一夜宿流水,眼看山头月
落溪。

南山别僧

惆怅人间多别离,梅花满眼独行时。无家度日多为客,欲共山僧何
处期。

戏题山居二首

云盖秋松幽洞近,水穿危石乱山深。门前自有千竿竹,免向人家看
竹林。

虽有柴门长不关,片云高木共身闲。犹嫌住久人知处,见欲移居更
上山。

山中秋夜喜周士闲见过

青山高处上不易,白云深处行亦难。留君不宿对秋月,莫厌山空泉
石寒。

过栎阳山谿

众草穿沙芳色齐,蹋莎行草过春谿。闲云相引上山去,人到山头云
却低。

姑苏台怀古

忆昔吴王争霸日,歌钟满地上高台。三千宫女看花处,人尽台崩花
自开。

将归旧山留别

相共游梁今独还,异乡摇落忆空山。信陵死后无公子,徒向夷门学抱关。

游 洞 灵 观

初访西城礼少君,独行深入洞天云。风吹青桂寒花落,香绕仙坛处处闻。

旅次沔阳闻克复而用师者穷兵黩武因书简之

江上烟消汉水清,王师大破绿林兵。干戈用尽人成血,韩信空传壮士名。

湘君祠 一作湘妃怨

二妃怨处云沉沉,二妃哭处湘水深。商人酒滴庙前草,萧索 一作飒 风生斑竹林。

送辛吉甫常州觐省 辛一作章

西去兰陵家不远,到家还及采兰时。新年送客我为客,惆怅门前黄柳丝。

题舞花山大师遗居

西过流沙归路长,一生遗迹在东方。空堂寂寞闭灯影,风动四山松柏香。

广陵秋夜对月即事

霜落寒空月上楼，月中歌吹一作饮唱满扬州。相看醉舞倡楼月，不觉隋家陵树秋。

早秋浐水送人归越

凉叶萧萧生远风，晓鸦飞度望春宫。越人归去一摇首一作落，肠断马嘶秋水东。

小江驿送陆侍御归湖上山

鹤唳天边秋水空，荻花芦叶起西风。今夜渡江一作渡头何处宿，会稽山在月明中。

送李德舆归穿石洞山居

乌巾年少归何处，一片彩霞仙洞中。惆怅别时花似雪，行人不肯醉春风。

酬幽居闲上人喜及第后见赠

九霄心在劳相问，四十年间岂足惊。风动自然云出岫，高僧不用笑浮生。

洛下赠彻公

天竺沙门洛下逢，请为同社笑相容。支颐忽望碧云里，心爱嵩山第几重。

观朱舍人归葬吴中

翩翩绛旗寒流上,行引东归万里魂。几处州人临水哭,共看遗草有
王言。

题清镜寺留别

路入千山愁自知,雪花撩乱压松枝。世人并道离别苦,谁信山僧轻
别离。

从　军　行

海畔风吹冻泥裂,枯桐叶落枝梢折。横笛闻声不见人,红旗直上天
山雪。

宿　淮　阴　作

秋灯点点淮阴市,楚客联樯宿淮水。夜深风起鱼鳖腥,韩信祠堂明
月里。

春日南山行

处处看山不可行,野花相向笑无成。长嫌为客过州县,渐被时人识
姓名。

步虚词二首

汉武清斋读鼎书,太一作内官扶上画云车。坛上月明宫殿闭,仰看
星斗礼空虚。
楼殿层层阿母家,昆仑山顶驻红霞。笙歌出见穆天子,相引笑看琪
树花。

襄阳过孟浩然旧居

襄阳城郭春风起,汉水东流去不还。孟子死来江树老,烟霞犹在鹿门山。

送友人游嵩山

嵩山归路绕天坛,雪影松声满谷寒。君见九龙潭上月,莫辞清夜访袁安一作水中看。

伏翼西洞送夏方庆

洞里春晴花正开,看花出洞几时回。殷勤好去武陵客,莫引世人相逐来。

赠　人

或棹孤舟或杖藜,寻常适意钓长溪。草堂竹径在何处,落日孤烟寒渚西。

句

稚子新能编笋笠,山妻旧解补荷衣。秋山隔岸清猿叫,湖水当门白鸟飞。　见《锦绣万花谷》

全唐诗卷三四九

欧阳詹

　　欧阳詹,字行周,晋江人。常衮荐之,始举进士。闽人擢第自詹始。官国子监四门助教。集十卷。今编诗一卷。

东风二章 并序

　　东风,美陇西公也。贞元十二年,相国东都守陇西董公牧于浚。浚军自剿淮夷二孽灵曜、希烈,矜功多悖,师用匪律,人亦由残。陇西公和为谋舆,仁为化车;既去凶渠,黎甿以苏,东风解凝发蛰之不若。作《东风诗》二章,首美去凶渠也。其卒章,美苏甿也。

东风叶时,匪沃匪飘。莫雪凝川,莫阴洿郊,朝不徯夕乃销。东风之行地上兮。上德临愿,匪戮匪枭。莫暴在野,莫丑在阶。以踣以歼,夕不徯朝。陇西公来浚都兮。

东风叶时,匪凿匪穱(秒)。莫蛰在泉,莫枯在条,宵不徯晨乃躔。东风之行地上兮。上德为政,匪食匪招。莫顾于家,莫流于辽。以饱以回,晨不徯宵。陇西公来浚都兮。

有所恨二章 并序

　　有所恨,由故人马绅死而兴也。予待试京师六年,与马生相知者四秋。性与情相合也,衣与食相同也。予及第,归觐故园。自别来,无忆不至于襟怀，无想不至于姿容。愿一促膝，怒如也。昨既至止，马生且疾。巫者忌以见人，曰："不见即愈，见即害。"遂忍即见，庶以求见。忍者五日，马生云亡。噫！故人也，昔越万里，犹求见焉。惑乎一言，蔽乎一垣，而死生以之。死生之道，千秋之离也。五日之面，半旬之欢也。尚可半旬之欢不就，而卒甘千秋之离，一恨也。又与生别，掺执都门，生脱紫罗半臂，曰："即日相去秦吴，聊以为忆。"予贫也，素乏衣服，不暇藏箧笥，联绵在身。二年间，同弊帛以弃，所以新而轻著、故而不留者。予实未衰，马其方少尔，斯谓日相与也，所留何止在兹乎？今人既往，所赠又造次而亡之，二恨也。申二恨为《有所恨》二章云。

相思君子，吁嗟万里。亦既至止，曷不觏止。本不信巫，谓巫言是履。在门五日，如待之死。有所恨兮。

相思遗衣，为忆以贻。亦既受止，曷不保持。本不欺友，谓友情是违。隔生之赠，造次亡之。有所恨兮。

玩　月 并序

　　月可玩。玩月，古也。谢赋、鲍诗、朓之庭前、亮之楼中，皆玩月也。贞元十二年，瓯闽君子陈可封游在秦，寓于永崇里华阳观，予与乡人安阳邵楚长、济南林蕴、颍川陈诩亦旅长安。秋八月十五夜，诣陈之居，修厥玩事。月之为玩，冬则繁霜大寒，夏则蒸云大热。云蔽月，霜侵人，蔽与侵，俱害乎玩。秋之于时，后夏先冬；八月于秋，季始孟终；十五于夜，又月之中：稽于天道，则寒暑均；取于月数，则蟾兔圆。况埃壒不流，大空悠悠。婵娟裴回，桂华上浮。升东林，入西楼，肌骨与之疏凉，神气与之清冷。四君子悦而相谓曰："斯古人所以为玩也。"既得古人所玩之意，宜袭古人所玩之事，作《玩月》诗云。

八月十五夕，旧嘉蟾兔光。斯从古人好，共下今宵堂。素魄皎孤凝，芳辉纷四扬。裴回林上头，泛滟天中央。皓露助流华，轻风佐浮凉。清冷到肌骨，洁白盈衣裳。惜此苦宜玩，揽之非可将。含情顾广庭，愿勿沉西方。

咏德上韦检察 即韦相皋之弟，也名缥。

少华类太华，太室似少室。亚相与丞相，亦复无异质。淳如月临水，肃若松照日。辉影互光澄，阴森两葱郁。连城鸾凤分，同气龟龙出。并力革夷心，通筹整师律。英豪愿回席，蛮貊皆屈膝。中外行分途，寰瀛待一作溥清谧。

寓　兴

桃李有奇质，樗栎无妙姿。皆承庆云沃，一种春风吹。美恶苟同归，喧嚣徒尔为。相将任玄造，聊醉手中卮。

答韩十八驽骥吟

韩诗云：驽骀诚龊龊，市者何其稠。

故人舒其愤，昨示驽骥篇。驽以一作取易售陈，骥以难知言。委曲感既深，咨嗟词亦殷。伊情有远澜，余志逊其源。室在周孔堂，道通尧舜门。调雅声寡同，途遐势难翻。顾兹万恨来，假彼二物云。贱贵而贵贱，世人良共然。巴一作芭蕉一叶妖，菼葵一花妍。毕一作异无才实资，手植阶墀前。梗楠十围瑰，松柏百尺坚。罔念梁栋功，野长丘墟边。伤哉昌黎韩，焉得不连遭。上帝本厚生，大君方建元。宝一作实将庇群甿，庶此规崇轩。班尔图永安，抡择期精专。君看广厦中，岂有树庭一作庭前萱。

益昌行 并序

贞元年中，天子以工部郎中兴元少尹吴兴陆(一作次)公长源牧利州。其为政五年，予旅游于利，睹人安俗阜，钦所以美，作诗一章。利，故益昌郡也,目之曰《益昌行》。

驱马至益昌,倍惊风俗和。耕夫陇上谣,负者途中歌。处处川复原,重重山与河。人烟遍馀田,时稼无闲坡。问业一何修,太守德化加。问身一何安,太守恩怀多。贤哉我太守,在古无以过。爱人甚爱身一作子,治郡如治家。云雷既奋腾,草木遂萌芽。乃知良二千,德足为国华。今时固精求,汉帝非徒嗟。四海有青春,众植伫扬葩。期当作说霖,天下同滂沱。

自淮中一作怀州却赴洛途中作

惆怅策疲马,孤蓬被风吹。昨东今又西,冉冉长路岐。岁晚树无叶,夜寒霜满枝。旅人恒苦辛,冥寞天何知。

晨　装　行

村店月西出一作入,山林鹑鹅声。旅灯一作装彻夜席,束囊事晨征。寂寂人尚眠,悠悠天未明。岂无偃息心,所务前有程。

新　都　行

缥缈空中丝,蒙笼道傍树。翻兹叶间吹,惹破花上露。悠扬丝意去,苒蒻花枝住。何计脱缠绵,天长春日暮。

铜　雀　妓

萧条登古台,回首黄金屋。落叶不归林,高陵永为谷。妆容徒自丽,舞态阅谁目。惆怅缭帷空一作呜咽缭帐前,歌声苦于哭。

太原旅怀呈薛十八侍御齐十二奉礼

前来称英隽,有食主人鱼。后来曰贤才,又受主人车。伊予亦投

刺,恩煦胡凋疏。既睹主人面,复见一作献主人书。糊口百家周,赁
庑三月馀。眼见寒序臻,坐送秋光除。西日怒饥肠,北风疾一作集
缔裾。升堂有知音,此意当何如。

李评事公进示文集因赠之

风雅不坠地,五言始君先。希微嘉会章,杳冥河梁篇。理蔓语无
枝,言一意则千。往来更后人,浇荡醨前源。倾筐实不收,朴樕华
争繁。大教护微旨,哲人生令孙。高飙激颓波,坐使横流翻。昔日
越重阻,侧聆沧海传。逮兹觌清扬,幸睹青琅编。泠泠中山醇,片
片昆丘璠。一杯有馀味,再览增光鲜。对宝人一作岂皆鉴,握觺良
自妍。吾其告先师,六义今还全。

徐十八晦落第

嘉谷不夏熟,大器当晚成。徐生异凡鸟,安得非时鸣。汲汲有所
为,驱驱无本情。懿哉苍梧凤,终见排云征。

春日途中寄故园所亲

客路度年华,故园云未一作未云返。悠悠去源水,日日只有远。始
叹秋叶零,又看春草晚。寄书南飞鸿,相忆剧乡县。

蜀中将归留辞韩一作韦相公贯之

宁体即云构,方前恒玉食。贫居岂及此,要自一作欲怀归忆。在梦
关山远,如流岁华逼。明晨首乡路,迢递孤飞翼。

江夏留别华二

一作别辛三十。时自襄阳同舟而下,予归〔闽。辛〕(关)从此赴举。

弭棹已伤别,不堪离绪催。十年一心人,千里同舟来。乡路我尚遥,客游一作程君未回。将何慰两端,互勉临岐杯。

送潭州陆户曹之任 户曹自处州司仓除

三语又为掾,大家闻屈声。多年名下人,四姓江南英。衡岳半天秀,湘潭无底清。何言驱车远,去有蒙庄情。

福州送郑楚材赴京时
监察刘公亮有感激郑意

美人河岳灵,家本荥水濆。门承若兰族,身蕴如琼文。早折青桂枝,俯窥鸿鹄群。迩来丹霄姿,远逐苍梧云。有伊光鉴人,惜兹瑶蕙薰。中酣前激昂,四座同氛氲。海郡梅霑晴,山邮炎景曛。回翔罢南游,鸣咮期西闻。秦塞鸾凤征,越江云雨分。从兹一别离,伫致如尧君。

初发太原途中寄太原所思

驱马觉渐远,回头长路尘。高城已不见,况复城中人。去意自未甘,居情谅犹辛。五原一作万里东北晋,千里西南秦。一屦一作履不出门,一车无停轮。流萍与系匏,早晚期相亲。

汝 川 行

汝坟春女蚕忙月,朝起采桑日西没。轻绡裙露红罗袜,半蹋金梯倚枝歇。垂空玉腕若无骨,映叶朱唇似花发。相欢谁是游冶郎,蚕休不得岐路旁。

智达上人水精念珠歌

水已清,清中不易当其精。精华极,何宜更复加磨拭。良工磨拭成
贯珠,泓澄洞澈看如无。星辉月耀莫之逾,骇鸡照乘徒称殊。上人
念佛泛贞谛,一佛一珠以为计。既指其珠当佛身,亦欲珠明佛像
智。咨董母,访朱公,得之玓瓅群奇中,龙龛鹫岭长随躬。朝自守
持纤掌透,夜来月照红绦空。穷川极陆难为宝,孰说琲璪将玛瑙。
连连寒溜下阴轩,荧荧泫露垂秋草。皎晶晶,彰煌煌,陆离电烻纷
不常,凌眸晕目生光芒。我来借问修行术,数日殷勤美兹物。上人
视日授微言,心静如斯即诸佛。

许 州 途 中

秦川行尽颍川长,吴江越岭已同方。征途渺渺烟茫茫,未得还乡伤
近乡。随萍逐梗见春光,行乐登台斗在旁。林间啼鸟野中芳,有似
故园皆断肠。

赋得秋河曙耿耿送郭秀才应举

月没天欲明,秋河尚凝白。皑皑积光素,耿耿横虚碧。南斗接,北
辰连,空濛鸿洞一作同浮高天。荡荡漫漫皆晶然,实类平芜流大川。
星为潭底珠,云是波中烟。鸡唱漏尽东方作,曲渚苍苍晓霜落。雁
叫疑从清浅惊,凫声似在沿洄泊。并州细侯直下孙,才应秋赋怀金
门。念排云汉将飞翻,仰之踊跃当华轩。夜来陪饯欧阳子,偶坐通
宵见深旨。心知慷慨日一作目昭然一作回,前程心在青云里。

送袁秀才下第归毗陵

羸马出都门,修途指江东。关河昨夜雨,草木非春风。矢舍虽未

中,璞全终待攻。层霄秋可翔,岂不随高鸿。

闻邻舍唱凉州有所思

有善伊凉曲,离别在天涯。虚堂正相思,所妙发邻家。声音虽类闻,形影终以遐。因之增远怀,惆怅菖蒲花。

陪太原郑行军中丞登汾上阁中丞诗曰
汾楼秋水阔宛似到闾门惆怅江湖思惟
将南客论南客即詹也辄书即事上答

并州汾上阁,登望似吴闾。贯郭河通路,萦村水逼乡。城槐临枉渚,巷市接飞梁。莫论江湖思,南人正断肠。

送少微上人归德峰

不负人间累,栖身任所从。灰心闻密行,菜色见羸容。幻世方同悟一作误,深居愿继踪。孤云与禅诵,到后在何峰。

荆南夏夜水楼怀昭丘直上人云梦李莘

无机成旅逸,中夜上江楼。云尽月如练,水凉风似秋。凫声闻梦泽,黛色上昭丘。不远人情在,良宵恨独游。

酬裴十二秀才孩子咏

算日未成年,英姿已〔褒〕(褒)然。王家千里后,荀氏八龙先。葱蒨松犹嫩,清明月渐圆。将何一枝桂,容易赏名贤。

旅次舟中对月寄姜公 此公,丁泉州门客。

中宵天色净,片月出沧洲。皎洁临孤岛,婵娟入乱流。应同故园夜,独起异乡愁。那得休蓬转,从君上庾楼。

除夜长安客舍

十上书仍寝,如流岁又迁。望家思献寿,算甲恨长年。虚牖传寒柝,孤灯照绝编。谁应问穷辙,泣尽更潸然。

早秋登慈恩寺塔

宝塔过千仞,登临尽四维。毫端分马颊,墨点辨蛾眉。地迥风弥紧,天长日久迟。因高欲有赋,远意惨生悲。

太原和严长官八月十五日夜西山童子上方玩月寄中丞少尹

西寺碧云端,东溟白雪团。年来一夜玩,君在半天看。素魄当怀上,清光在下寒。宜裁济江什,有阻惠连欢。

九日广陵同陈十五先辈登高怀林十二先辈

客路重阳日,登高寄上楼。风烟今令节,台阁古雄州。泛菊聊斟酒,持萸懒插头。情人共惆怅,良久不同游。

题严光钓台

弭棹历尘迹,悄然关我情。伊无昔时节,岂有今日名。辞贵不辞贱,是心谁复行。钦哉此溪曲,永独古风清一作英风声。

送高士安下第归岷南宁觐

偕隐有贤亲,岷南四十春。栖云自匪石,观国暂同尘。就养思儿
戏,延年爱鸟伸。还看谢时去一作辈,有类一作又作颍阳人。

述德上兴元严仆射

山横碧立并雄岷,大阜洪川共降神。心合云雷清祸乱,力回天地作
阳春。非熊德愧当周辅,称杰叨惭首汉臣。何幸腐儒无一艺,得为
门下食鱼人。

及第后酬故园亲故

才非天授学非师,以此成名曩岂期。杨叶射频因偶中,桂枝材美敢
当之。称文作艺方惭德,相贺投篇料愧词。犹著褐衣何足羡,如君
即是载鸣时。

题华十二判官汝州宅内亭　并序

　　睹居处玩好,则才不才了然可知。如华斯亭,华岂常人与?规画既
高,圬墁有洁。媚以花草,清以竹木。绮庵阘澹,琅玕森然。墙外人寰,
入门云林,使人心以之闲,神以之远。华朝于斯,夕于斯,心不朗,神不
王,其可得乎?则虚廓其灵,恬澹其性,由才不才矣,非逃名远世,方曰
冥搜。贤哉华! 未展襟怀,视于斯,则昭然在前矣。予既游,且尚诗以
美之。众君子其以为然,亦宜相广。诗曰:
高居胜景谁能有,佳意幽情共可欢。新柳绕门青翡翠,修篁浮径碧
琅玕。步兵阮籍空除屏,彭泽陶潜漫挂冠。只在城隍也趋府,岂如
吾子道斯安。

薛舍人使君观察韩判官侍御
许雨晴到所居既霁先呈即事

江皋昨夜雨收梅，江南夏雨曰梅。寂寂衡门与钓台。西岛落花随水至，前山飞鸟出云来。观风驷马能言驻，行县双旌许暂回。岂不偶然聊为竹，空令石径扫莓苔。

元日陪早朝

斗柄东回岁又新，銮旗南面挹来宾。和光仿佛楼台晓，休气氤氲天地春。仪篚不唯丹穴鸟，称觞半是越裳人。江皋腐草今何幸，亦与恒星拱北辰。

和太原郑中丞登龙兴寺阁

青窗朱户半天开，极目凝神望几回。晋国颓墉生草树，皇家瑞气在楼台。千条水入黄河去，万点山从紫塞来。独恨侍游违长者，不知高意是谁陪。

咏德上太原李尚书

那以公方郭细侯，并州非复旧并州。九重帝宅司丹地，十万兵枢拥碧油。锵玉半为趋阁吏，腰金皆是走庭流。王褒见一作颂德空知颂一作感，身在三千最上头。

和严长官秋日登太原龙兴寺阁野望

百丈化城楼，君登最上头。九霄回栈路，八到视并州。烟火遗尧庶，山河启圣猷。短垣齐介岭，片白指分一作汾流。清铎中天籁，哀鸣下界秋。境闲知道胜，心远见名浮。岂念乘肥马，方应驾大牛。

自怜蓬逐吹，不得与良游。

小苑春望宫池柳色 一作御沟新柳

东风韶景至，垂柳御沟新。媚作千门秀，连为一道春。柔荑生女指，嫩叶长龙鳞。舞絮回青岸，翻烟拂绿蘋。王孙初命赏，佳客欲伤神。芳意堪相赠，一枝先一作光远人。

蜀门与林蕴分路后屡有山川似闽中因寄林蕴蕴亦闽人也

村步如延寿，川原似福平。无人相共一作与识，独自故乡情。延寿,蕴之别墅。福平,余之别墅。

读周太公传

论兵去商虐，讲德兴周道。屠沽未遇时，岂异兹川老。

乐津店北陂

婵娟有丽玉如也，美笑当予系予马。罗帏碧簟岂相容，行到山头忆山下。

出　蜀　门

北客今朝出蜀门，脩然领得入时魂。游人莫道归来易，三不曾闻古老言。

题第五司户侍御

曾称野鹤比群公，忽作长松向府中。骢马不骑人不识，泠然三尺别生风。

建溪行待陈诩 予先发福州,陈续发中路待之不得。

偕行那得会心期,先者贪前后者迟。空忆丽词能状物,每看奇异但
相思。

述德上兴元严仆射 一本无述德兴元四字

推车阃外主恩新,今日梁川草遍春。玉色据鞍双节下,扬兵百万一
作里路无尘。

许州送张中丞出临颍镇

心诵阴符口不言,风驱千骑出辕门。孙吴去后无长策,谁敌留侯直
下孙。

睹亡友 一本有李三十观稀归镇壁题诗处

旧友亲题壁上诗,伤看缘迹不缘词。门前犹是长安道,无复回车下
笔时。

题　秦　岭

南下斯须隔帝乡,北行一步掩南方。悠悠烟景两边意,蜀客秦人各
断肠。

自南山却赴京师石臼岭头即事寄严仆射

鸟企蛇盘地半天,下窥千仞到浮烟。因高回望沾恩处,认得梁州落
日边。

与洪孺卿自梁州回途中经骆谷见野果
有闽中悬壶子即同采摘因呈之洪亦闽人

青苞朱实忽离离,摘得盈筐泪更垂。上德同之岂无意,故园山路一枝枝。

韦晤宅听歌

服制虹霓鬟似云,萧郎屋里上清人。等闲逐酒倾杯乐,飞尽虹梁一夜尘。

与林蕴同之蜀途次嘉陵江认
得越鸟声呈林林亦闽中人也

正是闽中越鸟声,几回留听暗沾缨。伤心激念君深浅,共有离乡万里情。

送闻上人游嵩山

二室峰峰昔愿游,从云从鹤思悠悠。丹梯石路君先去,为上青冥最上头。

永一作承安寺照上人房

草席蒲团不扫尘,松闲石上似无人。群一作峰阴欲午钟声动,自煮溪蔬养幻身。

山 中 老 僧

笑向来人话古时,绳床竹杖自扶持。秋深头冷不能剃,白黑苍然发到眉。

赠鲁山李明府

外户通宵不闭关,抱孙弄子万家闲。若将邑号称贤宰,又是皇唐李鲁山。以前有贤令元鲁山也。

泉州赴上都留别舍弟及故人

天长地阔多岐路,身即飞蓬共水萍。匹马将驱岂容易,弟兄亲故满离亭。

送张骠骑邠宁行营

宝马雕弓金仆姑,龙骧虎视出皇都。扬鞭莫怪轻胡虏,曾在渔阳敌万夫。

题　梨　岭

南北风烟即异方,连峰危栈倚苍苍。哀猿咽水偏高处,谁不沾衣望故乡。

秋夜寄僧一作秋夜寄弘济上人

尚被浮名诱此身,今时谁与德为邻。遥知是夜檀溪上,月照千峰为一人。

观　送　葬

何事悲酸泪满巾,浮生共是北邙尘。他时不见北山路,死者还曾哭送人。

宿建溪中宵即事

篠筜一席眠还坐,蛙噪萤飞夜未央。童仆舟人空寂寂,隔帘微月入中仓。

题王明府郊亭

日日郊亭启竹扉,论桑劝稿是常机。山城要得牛羊下,方与农人分背归。

塞 上 行

闻说胡兵欲利秋,昨来投笔到营州。骁雄已许将军用,边塞无劳天子忧。

题别业 一作回别业留别郭中诸公

千山江上背斜晖,一径中峰见所归。不信扁舟回在晚,宿云先已到柴扉。

九日广陵登高怀邵二先辈

簪萸泛菊俯平阡,饮过三杯却惘然。十岁此辰同醉友,登高各处已三年。

题延平剑潭

想象精灵欲见难,通津一去水漫漫。空馀昔日凌霜色,长与澄潭生昼一作白日寒。

晚泊漳州营头亭

回峰叠嶂绕庭隅，散点烟霞胜画图。日暮华轩卷长箔，太清云上对蓬壶。

赠山南严兵马使 即仆射堂弟也

为雁为鸿弟与兄，如雕如鹗杰连英。天旋地转烟云黑，共鼓长风六合清。

除夜侍酒呈诸兄示舍弟

莫叹明朝又一春，相看堪共贵一作赏兹身。悠悠寰宇同今夜，膝下传杯有几人。

全唐诗卷三五○

柳宗元

　　柳宗元,字子厚,河东人。登进士第,应举宏辞,授校书郎,调蓝田尉。贞元十九年,为监察御史里行。王叔文、韦执谊用事,尤奇待宗元,擢尚书礼部员外郎。会叔文败,贬永州司马。宗元少精警绝伦,为文章雄深雅健,踔厉风发,为当时流辈所推仰。既罹窜逐,涉履蛮瘴,居闲益自刻苦,其堙厄感郁,一寓诸文,读者为之悲恻。元和十年,移柳州刺史。江岭间为进士者,走数千里,从宗元游,经指授者,为文辞皆有法。世号柳柳州。元和十四年卒,年四十七。集四十五卷,内诗二卷。今编为四卷。

奉平淮夷雅表

　　臣宗元言:臣负罪窜伏,违尚书笺奏十有四年。圣恩宽宥,命守遐壤。怀印曳绂,有社有人。臣宗元诚感诚荷,顿首顿首。伏惟睿圣文武皇帝陛下,天造神断,克清大憝。金鼓一动,万方毕臣。太平之功,中兴之德,推校千古,无所与让。臣伏自忖度,有方刚之力,不得备戎行,致死命,况今已无事,思报国恩,独惟文章。伏见周宣王时称中兴,其道彰大,于后罕及。然征于《诗》大小雅,其选徒出狩,则《车攻》、《吉日》;命官分土,则《嵩高》、《韩奕》、《烝人》;南征北伐,则《六月》、《采芑》;平淮夷,则《江汉》、《常武》。铿锵炳耀,荡人耳目。故宣王之形容与其辅佐,由今望之,若神人然。此无他,以雅故也。臣伏见陛下,自即位以来,平夏州,夷剑南,取江东,定河北,今又发自天衷,克夷淮右,而大雅不作,臣诚不佞,然不胜愤懑。伏以朝多文臣,不敢尽专数事,谨撰《平淮》、《夷雅》二篇,虽不及尹吉甫、召穆公等,庶施诸后代,有以佐唐之光明。谨昧死再拜以献,臣宗元诚恐诚惧,死罪死罪。谨言。

皇武命丞相度董师集大功也

　　元和十二年,以宰相裴度为中书侍郎同平章事,充淮西宣慰处置使,讨吴元济。

皇耆其武,于澈于淮。既巾乃车,环蔡具一作其来。狡众昏嚚,甚毒于醒。狂奔叫呶,以干一作扞大刑。澈,水名。唐澈水县,属陈州。

皇咨于度,惟汝一德。旷诛四纪,其徯汝克。锡汝斧钺,其往视师。师是蔡人,以宥以鳌音禧。

度拜稽首,庙于元龟。既祃莫驾切既类,于社是宜。金节煌煌,锡质雕戈。犀甲熊旂,威命是荷。

度拜稽首,出次于东。天子饯之,度赴淮西,上御通化门送之。罍罟是崇。鼎臑汝朱、奴刀二反俎裁侧吏切,五献百笾。凡百卿士,班以周旋。

既涉于浐,乃翼乃前。孰图厥犹,其佐多贤。度表马总为宣慰副使,韩愈为行军司马,李正封与冯宿、李宗闵备幕府,皆朝廷之选。宛宛周道,于山于川。远扬迩昭,陟降连连。

我旆我旗,于道于陌。训于群帅,拳勇来格。公曰徐之,无恃颎颎一作额额。式和尔容,惟义之宅。

进次于郾,许州郾城县,与蔡州为邻。彼昏卒狂。哀凶鞠顽,锋猬斧螗。赤子匍匐,厥父是亢下郎切。怒其萌芽,以悖太阳。

王旅浑浑,是伏是怙。既获敌师,若饥得餔音步。蔡凶伊窜,悉起来聚。左捣其虚,靡愆厥虑。李祐言于李愬曰:蔡之精兵,皆在洄曲及四境拒守,守城者皆羸卒,可乘虚直抵。愬从之,遂克蔡州。

载辟载祓，丞相是临。_{度建彰义节,将降卒万馀人,入蔡州。}弛其武刑,谕
我德心。其危既安,有长如林。曾是谨诒,化为讴吟。

皇曰来归,汝复相予。爵之成国_{一作公于有晋},胙以夏区_{一作墟}。_{度策勋}
_{晋国公,晋地即夏所都。}度拜稽首,天子圣神。度拜稽首,皇祐下人。

淮夷既平,震是朔南。宜庙宜郊,以告德音。归牛_{一作刃}休马,丰稼
于野。我武惟皇,永保无疆。

　　　　右《皇武》十有一章,章八句。

方城命愬守也卒入蔡得其大丑以平淮右

_{方城,山名,在唐州。元和十一年,以李愬为唐邓隋节度使。与元}
_{济战,数有功。明年冬,愬乘大雪,夜驰至蔡城,破其门,取元济以献。}

方城临临,王卒峙之。匪微匪竞,皇有正_{一作王}命。皇命于愬,往舒
余仁。踏蒲_{墨切}彼艰顽,柔惠是驯。

愬拜即命,于皇之训。既砺既攻,以后厥刃。王师巇巇,熊罴是式。
衔勇韬力,日思予_{一作奋殖}_{一作思奋于殖}。

寇昏以狂,敢蹈愬疆。士获厥心,大祖高骧。长戟酋矛,綮其绥章。
右劘左屠,聿禽其良。_{谓元济骁将丁士良、吴秀琳、陈光洽诸人也。}

其良既宥,告以父母。恩柔于肌,卒贡尔有。维彼攸恃,乃侦乃诱。
_{愬厚待秀琳,与谋取蔡。秀琳曰:非得李祐不可。愬擒祐,释不杀,用其策有功。}维彼
攸宅,乃发乃守。

其恃爰获,我功我多。阴谋厥图,以究尔讹。雨雪洋洋,大风来加,
于燠其寒,于迩其遐。

汝阴之茫,悬瓠_{悬瓠,蔡州城。}之峨。是震是拔,大奸厥家。狡虏既
廪,输于国都。示之市人,即社行_{一作以诛}。

乃谕乃止,蔡有厚喜。完其室家,仰父俯子。汝水沄沄,既清而溰
_{一作夷}。蔡人行歌,我步逶迟。

蔡人歌矣,蔡风和矣。孰颏_{一作类}蔡初,胡甄丘_{例切}尔居。式慕以

康，为愿有馀。是究是咨，皇德既舒。

皇曰咨愬，裕乃父功。昔我文祖，惟西平是庸。愬父晟，事德宗，平朱泚之乱，封西平王。内诲于家，外刑于邦。孰是蔡人，而不率从。

蔡人率止，惟西平有子。西平有子，惟我有臣。畴《汉书》，畴其爵邑。畴，等也。允一作亢大邦，俾惠我人。于庙告功，以顾万方。

　　右《方城》十有一章，章八句

唐铙歌鼓吹曲十二篇 并表

　　臣宗元言：臣幸以罪居永州，受食府廪，窃活性命。得视息，无治事。时恐惧小闲，又盗取古书文句，聊以自娱。伏惟(一作观)汉魏以来，代有铙歌鼓吹词，唯唐独无有。臣为郎时，以太常联礼部，尝闻鼓吹署有戎乐，词独不列。今又考汉曲十二篇，魏曲十四篇，晋曲十六篇，汉歌词不明纪功德，魏晋歌功德具。今臣窃取晋魏义，用汉篇数，为唐铙歌鼓吹曲十二篇，纪高祖、太宗功能之神奇，因以知取天下之勤劳，命将用师之艰难。每有戎事，治兵振旅，幸歌臣词以为容，且得大戒，宜敬而不害。臣沦弃即死，言与不言，其罪等耳，犹冀能言，有益国事，不敢效怨怼默已。谨冒死上。

隋乱既极唐师起晋阳平奸豪
为生人义主以仁兴武为晋阳武第一

晋阳武，奋义威。炀之渝一作沦，德焉归。氓毕屠，绥者谁。皇烈烈，专天机。号以仁，扬其旗。日之升，九土晞一作熙。斥一作诉田坼，流洪辉。有其二，翼馀隋。斯侧略切枭鳌，鳌，不祥鸟也。一作鹙。连熊螭。枯以肉，勍者赢。后土荡，玄穹弥。合之育，莽然施。惟德辅，庆无期。

　　右《晋阳武》二十六句。句三字。

唐既受命李密自败来归
以开黎阳斥东土为兽之穷第二

兽之穷，奔大麓。天厚黄德，狙犷服。甲之櫜，弓弢矢箙。皇旅靖，
敌逾蹙。自亡其徒，匪予戮。屈赟与暴同猛，虏栗栗。縻以尺组，啑
以秩。黎之阳，土茫茫。富兵戎，盈仓箱。乏者德，莫能享叶香。驱
豺兕，授我疆。

右《兽之穷》二十二句。十八句，句三字；四句，句四字。

太宗师讨王充窦建德助逆师奋击
武牢下擒之遂降充为战武牢第三

战武牢，动河朔。逆之助，图掎角。怒毂齎，抗乔岳。翘萌牙，傲霜
雹。王谋内定，申掌握。铺施芟夷，二主缚 一作缚。惮华戎，廓封
略。命之誓 母亘切，卑以斫。归有德，唯先觉。

右《战武牢》十八句。十六句，句三字；二句，句四字。

薛举据泾以死子仁杲尤勇以暴
师平之为泾水黄第四

泾水黄，陇野茫。负太白，腾天狼。有鸟鸷立，羽翼张。钩喙决前，
钜 一作距趯 音惕傍。怒飞饥啸，翾 音宣不可当。老雄死，子复良。巢
岐饮渭，肆翱翔。顿地纮，提天纲。列缺掉帜，招摇耀铓。鬼神来
助，梦嘉祥。脑涂原野，魄飞扬。星辰复，恢一方。

右《泾水黄》二十四句。十五句，句三字；九句，句四字。

辅氏凭江淮竟东海
命将平之为奔鲸沛第五

奔鲸沛，荡海垠。吐霓翳日，腥浮云。帝怒下顾，哀垫昏。授以神
柄，推元臣。手援天矛，截修鳞。披攘蒙霜 武赋切，开海门。地平水
静，浮天根。羲和显耀，乘清氛。赫炎溥畅，融大钧。

右《奔鲸沛》。十八句。十句,句三字;八句,句四字。

梁之馀保荆衡巴巫穷南越良将取之

不以师为苞栫牙葛、牙结二切。第六栫,伐馀木也。

苞栫黩音队矣,惟恨之蟠。弥巴蔽荆,负南极以安。〔月〕(日)音冒我
旧梁氏,缉绥艰难。江汉之阻,都邑固以完。圣人作,神武用。有
臣勇智,奋不以众。投迹死地,谋猷纵。化敌为家,虑则中。浩浩
海裔,不威而同。系缧降王,定厥功。澶漫万里,宣唐风。蛮夷九
译,咸来从。凯旋金奏,象形容。震赫万国,罔不龚音恭。

右《苞栫》二十八句。十六句,句四字;三句,句五字;九句,句三
字。

李轨保河右师临之不克变
或执以降为河右平第七

河右澶漫,顽为之魁。王师如雷震,昆仑以颓。上聋下聪,鸷不可
回。助仇抗有德,惟人之灾。乃溃乃奋,执缚归厥命。万室蒙其
仁,一夫则病。濡以鸿泽,皇之圣。威畏德怀,功以定。顺之于理,
物咸遂厥性。

右《河右平》十八句。十一句,句四字;五句,句五字;二句,句三
字。

突厥之大古夷狄莫强焉师大破之
降其国告于庙为铁山碎第八

铁山碎,大漠舒。二虏劲,连穹庐。背北海,专坤隅。岁来侵边,或
傅音附于都。天子命元帅,奋其雄图。破定襄,降魁渠。穷竟窟宅,
斥一作并余吾。百蛮破胆,边氓苏。威武辉一作焯耀,明鬼区。利泽
弥万祀,功不可逾。官臣拜手,惟帝之谟。

右《铁山碎》二十二句。十一句,句三字;九句,句四字;二句,句
五字。

刘武周败裴寂咸有晋地
太宗灭之为靖本邦第九

本邦伊晋,惟时不靖。根柢之摇,枯叶攸病。守臣不任,勚于神圣。
惟越一作铖之兴,蒉焉则定。洪一作往惟我理,式和以敬。群顽既
夷,庶绩咸正。皇谟载大,惟人之庆。

　　　　右《靖本邦》十四句。句四字。

李靖灭吐谷浑西海上为吐谷浑第十

吐谷浑盛强,背西海以夸。岁侵扰我疆,退匿险且退。帝谓神武
师,往征靖皇家。烈烈旆其旗,熊虎杂龙蛇。王旅千万人,衔枚默
无哗。束刃逾山徼,张翼纵漠沙。一举刘膻腥,尸骸积如麻。除恶
务本根,况敢遗萌芽。洋洋西海水,威命穷天涯。系房来王都,犒
乐穷休嘉。登高望还师,竟一作竞野如春华。行者靡不归,亲戚谨
要遮。凯旋献清庙,万国思无邪。

　　　　右《吐谷浑》二十六句。句五字。

李靖灭高昌为高昌第十一

麹氏雄西北,别绝臣外区。既恃远且险,纵傲不我虞。烈烈王者
师,熊螭以为徒。龙旂翻海浪,驲骑驰坤隅。贲育搏婴儿,一扫不
复馀。平沙际天极,但见黄云驱。臣靖执长缨,智勇伏囚拘。文皇
南面坐,夷狄千群趋。咸称天子神,往古不得俱。献号天可汗,以
覆我国都。兵戎一作戍不交害,各保性与躯。

　　　　右《高昌》二十二句。句五字。

既克东蛮群臣请图蛮夷状
如周书王会为东蛮第十二

东蛮有谢氏,冠带理海中。自言我异世,虽圣莫能通。王卒如飞
翰,鹏骞骇群龙。轰然自天坠,乃信神武功。系房君臣人,累累来

自东。无思不服从,唐业如山崇。百辟拜稽首,咸愿图形容。如周王会书,永永传无穷。睢盱万状乖,咿嗢_{乙骨切}九译重。广轮抚四海,浩浩知皇风。歌诗铙鼓闲,以壮我元戎。

　　右《东蛮》二十二句。_{句五字。}

贞 符 <small>并序</small>

　　负罪臣宗元惶恐言:臣所贬州流人吴武陵为臣言,董仲舒对三代受命之符,诚然,非邪?臣曰:非也。何独仲舒尔?自司马相如、刘向、扬雄、班彪、彪子固,皆沿袭嚷嚷,推古瑞物以配受命,其言类淫巫瞽史,诳乱后代,不足以知圣人立极之本,显至德,扬大功,甚失厥趣。臣为尚书郎时,尝著《贞符》,言唐家正德受命于生人之意,累积厚久,宜享无极之义,本末闳阔。会贬逐中辍,不克备究。武陵即叩首(一作头)邀曰:此大事,不宜以辱故休缺,使圣王之典不立,无以抑诡类,拔正道,表核万代。臣不胜奋激,即具为书,念终泯没蛮夷,不闻于时,犹不为也。苟一明大道,施于人世,死无所憾。用是自决。臣宗元稽首拜手以闻,曰:孰称古初,朴蒙空侗而无争。厥流以讹,越乃奋夺。斗怒振动,专肆为淫威。曰:是不知道。惟人之初,总总而生,林林而群。雪霜风雨雷雹暴其外,于是乃知架巢空穴,挽草木,取皮革;饥渴牝牡之欲驱其内,于是乃知噬禽兽,咀果谷,合偶而居,交焉而争,暌焉而斗。力大者搏,齿利者啮,爪刚者决,群众者轧,兵良者杀,披披藉藉,草野涂血。然后强有力者出而治之,往往为曹于险阻,用号令起,而君臣什伍之法立。德绍者嗣,道怠者夺,于是有圣人焉,曰黄帝。游其兵车,交贯乎其内,一统类,齐制量。然犹大公之道不克建,于是有圣人焉,曰尧。置州牧四岳,持而纲之;立有德有功有能者,参而维之。运臂率指,屈伸把握,莫不统率。尧年老,举圣人而禅焉,大公乃克建。由是观之,厥初罔匪极乱,而后稍可为也。而非德不树,故仲尼叙《书》,于尧曰,克明峻(一作俊)德;于舜曰,浚哲文明;于禹曰,文命祗承于帝;于汤曰,克宽克仁,彰(一作章)信兆民;于武王曰,有道曾孙。稽揆典誓,贞哉惟兹德,实受命之符,以奠永祀。后之妖淫嚚（一作嚣）昏好怪之徒，乃始陈大电、大虹、玄鸟、巨迹、白狼、白鱼、流火之乌以为符，斯为诡谲阔诞，其可羞也，而莫知本于厥贞。汉用大度，克怀于有氓，登贤（一作能）庸能（一作贤），濯痍煦寒，以瘳以熙，兹其为符也。而其妄臣乃下取虺蛇，上引天光，推类号休，用夸诬于无知氓。增以驺虞神鼎，胁驱纵臾（一作踊），俾东之泰山、石间，作大号，谓之封禅，皆《尚书》所无有。莽、述承效，卒奋鸷逆。其后有贤帝曰光武，克绥天下，复承旧物，犹崇赤伏，以玷厥德。魏晋而下，龙乱钩裂，厥符不贞，邦用不靖，亦罔克久。驳乎！无以议为也。积大乱至于隋氏，环四海以为鼎，跨九垠以为炉，爨以毒燎，煽以虐焰，其人沸涌灼烂，号呼腾蹈，莫有救止。于是大圣乃起，丕降霖雨，浚涤荡沃，蒸为清氛，疏为泠风，人皆潦然休然，相晞以生，相持以成，相弥以宁。琢斫屠剔膏流节离之祸不作，而人乃克完平舒愉，尸其肌肤，以达于夷途；焚拆抵掎奔走转徙（一作死）之害不作，而人乃克鸠类集族，歌舞悦怿，用祗于无德。徒奋袒呼，犒迎义旅，讙动六合，至于麾下。大盗豪据，阻命遏德，义威殄戮，咸坠厥绪，无刘于虐。人乃并受休嘉，去隋氏，克归于唐。踊躅讴歌，灏灏和宁。帝庸威栗，惟人之为。敬奠厥赋，积藏于下，是谓丰国。乡为义廪，敛发谨恂，岁丁大侵，人以有年。简于厥刑，不残而惩，是谓严威。小属而支，大生而孥。恺悌祗敬，用底于理。凡其所欲，不谒而获。凡其所恶，不祈而息。四夷稽服，不作兵革，不竭货力。丕扬于后嗣，用垂于帝式。十圣济厥理（一作治），孝仁平宽，惟祖之则。泽久而逾深，仁增而益高。人之戴唐，永永无穷。是故受命不于天，于其人。休符不于祥，于其仁。惟人之仁，匪祥于天。匪祥于天，兹惟贞符哉！未有丧仁而久者也，未有恃祥而寿者也。商之王，以桑谷昌，以雉雊大。宋之君，以法星寿。郑以龙衰，鲁以麟弱，白雉亡汉，黄犀死莽，恶在其为符也？不胜唐德之代，光绍明浚，深鸿庞大。保人斯无疆，宜荐于郊庙。文之雅诗，祗告于德之休。帝曰谌哉，乃黜休祥之奏，究贞符之奥，思德之所未大，求仁之所未备，以极于邦治，以敬于人事。其诗曰：

於穆一作穆穆敬德，黎人皇之。惟贞厥符，浩浩将之。仁函于肤，刃
莫毕屠。泽煤一作寒于爨，鬻同沸炎以浣。殄厥凶德，乃驱乃夷。懿
其休风，是煦是吹。父子熙熙，相宁以嬉。赋彻而藏，厚我糗粮一
作粮。刑轻以清，我肌一作完，一作皃靡伤。贻我子孙，百代是康。十
圣嗣于理一作治，仁后之子。子思孝父，易患于一作丁已。拱之戴
之，神具尔宜。载扬于雅，承天之嘏音假。天之诚神，宜鉴于仁。神
之曷依，宜仁一作人之归。濮沿于北，祝栗于南。《尔雅》，东泰远，西邠
国，南濮沿，北祝栗。为四极。幅员西东，祗一乃心。祝唐之纪，后天罔
坠。祝皇之寿，与地咸久。曷徒祝之，心诚笃之。神协人同，道以
告姑沃切之。俾弥忆万年，不震不危。我代之延，永永毗之。仁增
以崇，曷不尔思。有号于天，金曰呜呼。咨尔皇灵，无替厥符。

视民诗

帝视民情，匪幽匪明。惨或在腹，已如色声。亦无动威，亦无止力。
弗动弗止，惟民之极。帝怀民视，乃降明德，乃生明翼。明翼者何？
乃房乃杜。惟房与杜，实为民路。乃定天子，乃开万国。万国既
分，乃释蠹民，乃学与仕，乃播与食，乃器与用，乃货与通。有作有
迁，无迁无作。士实荡荡，农实董董，工实蒙蒙，贾实融融。左右惟
一，出入惟同。摄仪以引，以遵以肆音曳。其风既流，品物载休。品
物载休，惟天子守，乃二公之久。惟天子明，乃二公之成。惟百辟
正，乃二公之令。惟百辟谷，乃二公之禄。二公行矣，弗敢忧纵。
是获忧共，二公居矣。弗敢泰止，是获泰已。既柔一德，四夷是则。
四夷是则，永怀不忒。

全唐诗卷三五一

柳宗元

同刘二十八院长禹锡述旧言怀感时书事奉寄澧州张员外使君署五十二韵之作因其韵增至八十通赠二君子 刘禹锡初与公同为监察御史,故称院长。

弱岁游玄圃,先容幸弃瑕。名劳长者记,文许后生夸。鹦翼尝披隼,蓬心类倚麻。继酬酬当作校雠之雠天禄署,署为校书郎,子厚时亦为集贤殿正字。俱尉甸侯家。署为京兆武功尉,子厚亦为蓝田尉。宪府初收迹,署至武功,拜监察御史。子厚亦自集贤殿正字为监察御史。丹墀共拜嘉。分行参瑞兽,传点乱宫鸦。执简宁循枉,持书每去邪。鸾凤标魏阙,熊武负崇牙。辨色宜相顾,倾心自不哗。金炉仄流月,紫殿启晨霞音遐。未竟迁乔乐,俄成失路嗟。署贬临武也。还如渡辽水,更似谪长沙。别怨秦城暮,途穷越岭斜。讼庭闲枳棘,候吏逐麋一作麐麏。三载皇恩畅,张自贞元十九年癸未贬官,至元和元年乙酉宪宗即位,三年矣,故云。千年圣历遐。朝宗延驾一作架海,师役罢梁溠。《左传》,楚除道梁溠。谓作桥于溠水上也。京邑搜贞干,署自江陵擢入为京兆府司录参军。南宫步渥洼。署自司录迁尚书刑部员外郎。世惟材是梓一作杍,人仰骥中骅。欸刺苗人地,仍逾赣石崖。署自员外出为虔州刺史。礼容垂玼瑬,戎备响铮𫓹。头铠也,音鸦瑕。宠即郎官旧,威从太守加。建旟翻鸷鸟,负弩绕文蛇。册府荣八命,《周礼》,八命作牧。中闱盛六珈。韩愈作张公墓志云,婺河东柳氏子,则子厚盖与张为亲,故言及中闱。肯随胡质矫,方恶马融奢。褒德符新换,自虔州迁澧州。怀仁道并一作遵遮。俗嫌龙节晚,《周礼》,泽国用龙节。朝讶介圭赊。禹贡输苞匦,周官赋秉秅宅加切。雄风吞七泽,异产控三巴。即事观农稼,因时展物华。秋原被兰叶,春渚涨桃花。令肃军无扰,程悬市禁赊。不应虞竭泽,宁复叹栖苴。蹀躞骖先驾,笼铜鼓报衙。染毫东国素,濡印锦溪砂。货积舟难泊,人归山倍赊音赊。吴歈工折柳,楚舞旧传芭。隐几松为曲,倾樽石作污。寒初荣橘柚,夏首荐枇杷。祀变荆巫祷,风移鲁妇髽庄华切。已闻施恺悌,还睹正奇邪。慕友惭连璧,言姻喜附葭。沉埋全死地,流落半生涯。入郡腰恒折,逢人手尽叉。敢辞亲耻污,唯恐长疵瘕。善幻迷冰火,齐谐笑柏一作泊涂音荼。东门牛屡饭,中散虱空爬。逸戏看猿斗,殊音辨马挝。渚行狐作孽一作孽,林宿鸟为䴔。病也。音喳,本作瘥。同病忧能老,新声厉似㛂。岂知千仞坠,只为一毫差。守道甘长绝,明心欲自剺。贮愁听夜雨,隔泪数残葩。枭族音铫常聒,豺群喙竞呀张口貌。岸芦翻毒蜃,谿竹斗狂猵麢牛,兽名,重千斤,出巴中,音麻。野鹜行看弋,江鱼或共叉。瘴氛恒积润,讹火逐生煆。讹火,野火也。煆,火气。耳静烦喧蚁,魂惊怯怒蛙。风枝散陈叶,霜蔓绽一作缒寒瓜。雾密前山桂,冰枯曲沼蔰音遐。思乡比庄舄,遁世遇眭夸音虽夸。渔舍茨荒草,村桥卧古槎。御寒衾用翳,挹水勺仍椰。窗蠹惟潜蝎,簷涎竞缀蜗。引泉开故窦,护药插新笆。树怪花因槲,虫怜目待虾。骤歌喉易嗄,饶醉鼻成齇音查。曳捶牵羸马,垂蠹牧艾豭音加。已看能奴来切类鳖,犹讶雉为鸨。鸟似雉,音华。谁采中原菽,徒巾下泽车。俚儿供苦笋,伧七衡切父馈酸楂。楂似梨而酢,音查。劝策扶危杖,邀持当酒茶。道流征短一作裋褐,禅客会袈裟。

香饭春菰米，珍蔬折五茄。方期饮甘露，更欲吸流霞。屋鼠从穿兀
一作穴，林狙任攫拏。春衫裁白纻，朝帽挂乌纱。屡叹恢恢网，频摇
肃肃罝。衰荣因蒉荚，盈缺几虾蟆。路识沟边柳，城闻陇上笳。共
思捐佩处，千骑拥青纲。楚词，遗余佩兮澧浦。今澧州也。纲，绶也。东郭先生
拜二千石，佩青纲。

弘农公以硕德伟材屈于诬枉弘农公杨凭也，为御史李夷简所弹左官三岁复为大僚天监昭明人心感悦宗元窜伏湘浦拜贺末由谨献诗五十韵以毕微志

知命儒为贵，时中圣所藏。处心齐宠辱，遇物任行藏。关识新安
地，封传临晋乡。挺生推豹蔚，退步仰龙骧。干有千寻竦，精闻百
炼钢。茂功期舜禹，高韵状一作上，一作抶。羲黄一作皇。足逸诗书
囿，锋摇翰墨场。雅歌张仲德，颂祝鲁侯昌。宪府初腾价，神州转
耀铓。右言盈简策，左辖备条纲。响切晨趋佩，烟浓近侍香。司仪
六礼洽，论将七兵扬。合乐来仪凤，尊祠重饩羊。卿材优柱石，公
器擅岩廊。峻节临衡峤，和风满豫章。人归父母育，郡得股肱良。
细故谁留念，烦言肯过防。璧非真盗客，金有误持郎。龟虎休前
寄，貂蝉冠旧行。训刑方命吕，理剧复推张。直用明销恶，还将道
胜刚。敬逾齐国社，恩比召南棠。希怨犹逢怒，多容竞忤强。火炎
侵琬琰，鹰击谬鸾凰。刻木终难对，焚芝未改芳。远迁逾桂岭，中
徙滞馀杭。顾土虽怀赵，知天讵畏匡。论嫌齐物诞，骚爱远游伤。
丽泽周群品，重明照万方。斗间收紫气，台上挂清光。福为深仁
集，妖从盛德禳。秦民啼畎亩，周士舞康庄。采绥还垂艾，华簪更
截肪。高居迁鼎邑，遥傅一作传好书王。碧树环金谷，丹霞映上阳。

留欢唱容与音预，要醉对清凉。故友仍同里，常僚每合堂。渊龙过许劭，冰鲤吊王祥。玉漏天门静，铜驼御路荒。涧瀍秋潋滟，嵩少暮微茫。遵渚徒云乐，冲天自不遑。降神终入辅，种德会明扬。独弃伧人国，难窥夫子墙。通家殊孔李，旧好即潘杨。世议排张挚，时情弃仲翔。不言缧继枉，徒恨缥徽一作牵长。贾赋愁单阏，邹书怯大梁。炯心那自是，昭世一作代懒佯狂。鸣玉机全息，怀沙事不忘。恋恩何敢死，垂泪对清湘。

酬韶州裴曹长使君寄道州吕八大使因以见示二十韵一首 并序

韶州幸以诗见及，往复奇丽，邈不可慕。用韵尤为高绝，余因拾其馀韵酬焉。凡为韶州所用者，置不取。其声律言数如之。

金马尝齐入，铜鱼亦共颁。疑山看积翠，浈水想澄湾。标榜同惊俗，清明两照奸。乘轺参孔仅，韶州常随潘户部出征赋。按节服侯狦。道州昔使绝域，遂无猎夏之虞。《汉书·匈奴传》：稽侯狦号呼韩邪单于。贾傅辞宁切，虞童髡未鬌音班。秉心方的的，腾口任嚪嚪音颜。圣理高悬象，爰书降罚锾户关切。德风流海外，和气满人寰。御魅恩犹贷，思贤泪自潸。在亡均寂寞，零落间悍鳏。夙志随忧尽，残肌触瘴癏五还切。月光摇浅濑，风韵碎枯菅。海俗衣犹卉，山夷髻不鬟。泥沙潜虺蜮，榛莽斗豺貙音蛮。循省诚知惧，安排只自悭音闲。食贫甘茉卤，被褐谢斓斒。远物裁青罽，时珍馔白鹇。长捐楚客佩，未赐大夫环。异政徒云仰，高踪不可攀。空劳慰憔悴，妍唱剧妖娴。

酬娄秀才将之淮南见赠之什

娄秀才，图南也。侍中师德之后。

远弃甘幽独，谁云一作言值故人。好音怜铩羽，濡沫慰穷鳞。困一作同志情惟旧,相知乐更新。浪游轻费日,醉舞讵伤春。风月欢宁间,星霜分益亲。已将名是患,还用道为邻。机事齐飘瓦,嫌猜比拾尘。高冠余肯赋,长铗子忘贫。晼晚惊移律,暌携忽此辰。开颜时不再,绊足去何因。海上销魂别,天边吊影身。只应西涧水永州水名,寂寞但垂纶。

酬娄秀才寓居开元寺早秋月夜病中见寄

客有故园思,潇湘生夜愁。病依居士室,梦绕羽人丘。味道怜知止,遗名得自求。壁一作堂空残月曙,门掩候虫秋。谬委双金重,难征杂佩酬。碧霄无枉路,徒此助离忧。

初秋夜坐赠吴武陵

稍稍雨侵竹,翻翻鹊惊丛。美人隔湘浦,一夕生秋风。积雾杳难极,沧波浩无穷。相思岂云远,即席莫与同。若人抱奇音,朱弦缠枯桐。清商激西颢,泛滟凌长空。自得本无作,天成谅非功。希声闷大朴,聋俗何由聪。

晨诣超师院读禅一作莲经

汲井漱寒齿,清心拂尘服。闲持贝叶书,步出东斋读。真源了无取,妄迹世所逐。遗一作遣言冀可冥,缮性何由熟。道人庭宇静,苔色连深竹。日出雾露馀,青松如膏沐。澹然离言说一作语,悟悦心自足。

赠江华长老　江华,道州县名。

老僧道机熟,默语心皆寂。去岁别春陵,沿流此投迹。室空无侍者,巾屦唯挂壁。一饭不愿馀,跚跰便终夕。风窗疏竹响,露井寒松滴。偶地即安居,满庭芳草积。

巽上人以竹闲自采新茶见赠酬之以诗

芳丛翳湘竹,零露凝清华。复此雪山客,晨朝掇灵芽。蒸烟俯石
濑,咫尺凌丹崖。圆方丽奇色,圭璧_{一作玉}无纤瑕。呼儿爨金鼎,馀
馥延幽_{一作清遐}。涤虑发真照,还源荡昏邪。犹同甘露饭,佛事薰
毗耶。咄此蓬瀛侣,无乃贵流霞。

零陵赠李卿元侍御简吴武陵

理世固轻士,弃捐湘之湄。阳光竞_{一作竟}四溟,敲石安所施。铩羽
集枯干,低昂互鸣悲。朔云吐风寒,寂历穷秋时。君子尚容与,小
人守竞危。惨凄日相视,离忧坐自滋。尊酒聊可酌,放歌谅徒为。
惜无协律者,窈眇弦吾诗。

界围岩水帘 _{元和十年春月,自永州召还,经岩下。}

界围汇湘曲,青壁环澄流。悬泉粲成帘,罗注无时休。韵磬叩凝
碧,锵锵彻岩幽。丹霞冠其巅,想像凌虚游。灵境不可状,鬼工谅
难求。忽如朝玉皇,天冕垂前旒。楚臣昔南逐,有意仍丹丘。今我
始北旋,新诏释缧囚。采真诚眷恋,许国无淹留。再来寄幽梦,遗
贮催行舟。

古 东 门 行

汉家三十六将军,东方雷动横阵云。鸡鸣函谷客如雾,貌同心异不
可数。赤丸夜语飞电光,徼巡司隶眠如羊。当街一叱百吏走,冯敬
胸中函匕首。凶徒侧耳潜惬心,悍臣破胆皆杜口。魏王卧内藏兵
符,子西掩袂真无辜。羌胡毂下一朝起,敌国舟中非所拟。安陵谁

辨削砺功,韩国讵明深井里。绝胭一作臁,一作咽。秦晋谓肌曰臁。断骨
那下一作可补,万金宠赠不如土。

寄韦珩

初拜柳州出东郊,道旁相送皆贤豪。回眸炫晃别群玉,独赴异域穿
蓬蒿。炎烟六月咽口鼻,胸鸣肩举不可逃。桂州西南又千里,漓水
斗石麻兰高。阴森野葛交蔽日,悬蛇结虺如蒲萄。到官数宿贼满
野,缚壮杀老啼且号。饥行夜坐设方略,笼铜枹一作桴鼓手所操。
奇疮钉骨状如箭,鬼手脱命争纤毫。今年噬毒得霍疾,支心搅腹戟
与刀。迩来气少筋骨露,苍白㳠泪盈颠毛。君今矻矻又窜逐,辞
赋已复穷诗骚。神兵庙略频破虏,四溟不日清风涛。圣恩倘忽念
地苇,十年践蹈一作踏久已劳。幸因解网入鸟兽,毕命江海终游遨。
愿言未果身益老,起望东北心滔滔。

奉和杨尚书于陵郴州追和故李中
书吉甫夏日登北楼十韵之作依本诗韵次用

郡楼有遗唱,新和敌南金。境以道情得,人期幽梦寻。层轩隔炎
暑,迥野恣窥临。风去徽音续,芝焚芳意深。游鳞出陷浦,唳鹤绕
仙岑。风起三湘浪,云生万里阴。宏规齐德宇,丽藻竞词林。静契
分忧术,闲同迟音稚客心。骅骝当远步,鸀鳿莫相侵。今日登高处,
还闻梁父吟。

杨尚书寄郴笔知是小生本样
令更商榷使尽其功辄献长句

截玉铦锥作妙形,贮云含雾到南溟。尚书旧用裁天诏,内史新将写
道经。曲艺岂能神损益,微辞只欲播芳馨。桂阳卿月光辉遍,毫末

应传顾兔灵。

南省转牒欲具江_{一作注}国图令尽通风俗故事

圣代提封尽海壖_{而缘切}，狼荒犹得纪山川。华夷图上应初录，风土记中殊未传。椎髻老人难借问，黄茆深峒敢留连。南宫有意求遗俗，试检周书王会篇。

与浩初上人同看山寄京华亲故

海畔尖山似剑铓，秋来处处割愁肠。若为化得身千亿，散上_{一作作}峰头望故乡。

再至界围岩水帘遂宿岩下

是年出刺柳州，五月复经此。

发春念长违，中夏欣再睹。是时植物秀，杳若临悬圃。歊阳讶垂冰，白日惊雷雨。笙簧潭际起，鸑鹤云间舞。古苔凝青枝，阴草湿翠羽。蔽空素彩列，激浪寒光聚。的皪沉珠渊，锵鸣捐佩浦。幽岩画屏倚，新月玉钩吐。夜凉星满川，忽疑眠洞府_{一作恍忽迷洞府}。

诏追赴都回寄零陵亲故

每忆纤鳞游尺泽，翻愁弱羽上丹霄。岸傍古堠应无数，次第行看别路遥。

过衡山见新花开却寄弟

故国名园久别离，今朝楚树发南枝。晴天归路好相逐，正是峰前回雁时。

汨罗遇风

南来不作楚臣悲,重入修门自有期。为报春风汨罗道,莫将波浪枉
明时。

朗州窦常员外寄刘二十
八诗见促行骑走笔酬赠

投荒垂一纪,新诏下荆扉。疑比庄周梦,情如苏武归。赐环留逸
响,五马助征骓。不羡衡阳雁,春来前后飞。

离觞不醉至驿却寄相送诸公

无限居人送独醒,可怜寂寞到长亭。荆州不遇高阳侣,一夜春寒满
下厅。

北还登汉阳北原题临川驿

驱车方向阙,回首一临川。多垒非余耻,无谋终自怜。乱松知野
寺,馀雪记山田。惆怅樵渔事,今还又落然。

善谑驿和刘梦得酹淳于先生

驿在襄州之南,即淳于髡放鹄之所。

水上鹄已去,亭中鸟又鸣。辞因使楚重,名为救齐成。荒垅遽千
古,羽觞难再倾。刘伶今日意,异代是同声。

诏追赴都二月至灞亭上

十一年前南渡客,四千里外北归人。诏书许逐阳和至,驿路开花处
处新。

李西川荐琴石

远师骓忌鼓鸣琴，去和南风惬舜心。从此他山千古重，殷勤曾是奉徽音。

同刘二十八哭吕衡州兼寄
江陵李元二侍御 李深源、元克己也。

衡岳新摧天柱峰，士林憔悴泣相逢。只令文字传青简，不使功名上景钟。三亩空留悬磬室，九原犹寄若堂封。《礼记》：夫子曰："吾见封之有若堂者矣。"注：封，筑土为垄，堂形四方而高。遥想荆州人物论，几回中夜惜元龙。

奉酬杨侍郎丈因送八叔拾遗
戏赠诏追南来诸宾二首

贞一来时送彩笺，一行归雁慰惊弦。翰林寂寞谁为主，鸣凤应须早上天。

一生判却归休，谓著南冠到头。冶长虽解缧绁，无由得见东周。

商山临路有孤松往来斫以为明好事者
怜之编竹成楥遂其生植感而赋诗

孤松停翠盖，托根临广路。不以险自防，遂为明所误。幸逢仁惠意，重此藩篱护。犹有半心存，时将承雨露。

衡阳与梦得分路赠别

十年憔悴到秦京，谁料翻为岭外行。伏波故道风烟在，翁仲遗墟草树平。直以慵疏招物议，休将文字占时名。今朝不用临河别，垂泪千行便濯缨。

重 别 梦 得

二十年来万事同,今朝岐路忽西东。皇恩若许归田去,晚岁当为邻舍翁。

三赠刘员外

信书成自误,经事渐知非。今日临岐一作湘别,何年待汝归。

再 上 湘 江

好在湘江水,今朝又上来。不知从此去,更遣几年回。

清水驿丛竹天水赵云余手种一十二茎

檐下疏篁十二茎,襄阳从事寄幽情。只应更使伶伦见,写尽雌雄双凤鸣。

长沙驿前南楼感旧　自注:昔与德公别于此。

海鹤一为别,存亡三十秋。今来数行泪,独上驿南楼。

桂州北望秦驿手开竹径至钓矶留待徐容州

幽径为谁开,美人城北来。王程倘馀暇,一上子陵台。

登柳州城楼寄漳汀封连四州

城上高楼接大荒,海天愁思正茫茫。惊风乱飐芙蓉水,密雨斜侵薜荔墙。岭树重遮千里目一作云驶去如千里马,江流曲似九回肠。共来百越文身地,犹自音书滞一乡。

柳州寄丈人周韶州

越绝《越绝》，书名，言越之绝境。孤城千万峰，空斋不语坐高舂。印文生绿经旬合，砚匣留尘尽日封。梅岭寒烟藏翡翠，桂江秋水露蜗鳙。《楚词》，蜗鳙短狐。《说文》云：状如犁牛，皮有文。丈人本自忘机事，为想年来憔悴容。

全唐诗卷三五二

柳宗元

登柳州峨山

荒山秋日午,独上意悠悠。如何望乡处,西北是融州。

得卢衡州书因以诗寄

临蒸且莫叹炎方,为报秋来雁几行。林邑东回山似戟,牂牁南下水如汤。兼葭淅沥含秋雾,橘柚玲珑透夕阳。非是白蘋洲畔客,还将远意问潇湘。

答刘连州邦字

连璧本难双,分符刺小邦。崩云下漓水,劈箭上浔江。负弩啼寒狖余救切,鸣枹惊夜狵。遥怜郡山好,谢守但临窗。

岭南江行

瘴江南去入云烟,望尽黄茆是海边。山腹雨晴添象迹,潭心日暖长蛟涎。射工巧伺游人影,飓母偏惊旅客船。从此忧来非一事,岂容华发待流年。

柳　州　峒　氓

郡城南下接通津,异服殊音不可亲。青箬裹盐归峒客,绿荷包饭趁
虚人。岭南人呼市为虚。鹅毛御腊缝山罽,鸡骨占年拜水神。愁向公
庭问重译,欲投章甫作文身。

酬徐二中丞普宁郡内池馆即事见寄

鹓鸿念旧行,虚馆对芳塘。落日明朱槛,繁花照羽觞。泉归沧海
近,树入楚山长。荣贱俱为累,相期在故乡。

酬贾鹏山人郡内新栽松寓兴见赠二首

芳朽自为别,无心乃玄功。夭夭日放花,荣耀将安穷。青松遗涧
底,擢莳兹庭中。积雪表明秀,寒花助葱茏。贞幽夙有慕,持以延
清风。

无能常闭阁,偶以静见名。奇姿来远山,忽似人家生。劲色不改
旧,芳心与谁荣。喧卑岂所安,任物非我情。清韵动竽瑟,谐此风
中声。

种　柳　戏　题

柳州柳刺史,种柳柳江边。谈笑为故事,推移成昔年。垂阴当覆
地,耸干会参天。好作思人树,惭无惠化传。

柳州二月榕叶落尽偶题

宦情羁思共凄凄,春半如秋意转迷。山城过雨百花尽,榕叶满庭莺
乱啼。

浩初上人见贻绝句欲
登仙人山 _{在柳州}因以酬之

珠树玲珑隔翠微，病来方外事多违。仙山不属分符客，一任凌空锡
杖飞。

雨中赠仙人山贾山人 即贾鹏也

寒江夜雨声潺潺，晓云遮尽仙人山。遥知玄豹在深处，下笑羁绊泥
涂间。

别舍弟宗一

零落残红_{一作魂}倍黯然，双垂别泪越江边。一身去国六千里，万死
投荒十二年。桂岭瘴来云似墨，洞庭春尽水如天。欲知此后相思
梦，长在荆门郢树烟。

奉和周二十二丈酬郴州侍郎
衡江夜泊得韶州书并附当州
生黄茶一封率然成篇代意之作

丘山仰德耀，天路下征騑。梦喜三刀近，书嫌五载违。凝情江月
落，属思岭云飞。会入司徒府，还邀周掾归。

殷贤戏批书后寄刘连州并示孟仑二童

自注：家有右军书，每纸背庚翼题云，王会稽六纸，二月三十日。

书成欲寄庚安西，纸背应劳手自题。闻道近来诸子弟，临池寻已厌
家鸡。

重 赠 二 首

闻道将雏向墨池,刘家还有异同词。《汉书》:刘歆以左丘明公谷详略难父向,向不能非。如今试遣隈墙问,已道世人那得知。

世上悠悠不识真,姜芽尽是捧心人。若道柳家无子弟,往年何事乞西宾。子厚尝为刘写《西京赋》。

叠　前

小学新翻墨沼波,羡君琼树散枝柯。左家弄玉唯娇女,空觉庭前鸟迹多。

叠　后

事业无成耻艺成,南宫起草旧连名。公与梦得尝同为礼部员外郎。劝君火急添功用,趁取当时二妙声。

铜鱼使赴都寄亲友

自注:岭南支郡无纲官,考典帐典等悉附都府至京。

行尽关山万里馀,到时闾井是荒墟。附庸唯有铜鱼使,此后无因寄远书。

韩漳州书报彻上人亡因寄二绝

早岁京华听越吟,闻君江海分逾深。他时若写兰亭会,莫画高僧支道林。

频把琼书出袖一作衲中,独吟遗句立秋风。桂江日夜流千里,挥泪何时到甫东。

柳州城西北隅种柑树

手种黄柑二百株,春来新叶遍城隅。方同楚客怜皇树,《楚词》:后皇嘉树,橘来服兮。受命不迁,生南国兮。不学荆州利木奴。几岁开花闻喷雪,何人摘实见垂珠。若教坐待成林日,滋味还堪养老夫。

闻彻上人亡寄侍郎杨丈

东越高僧还姓汤,几时琼佩触鸣珰。空花一散不知处,谁采金英与侍郎。

段九秀才处见亡友吕衡州书迹

交侣平生意最亲,衡阳往事似分身。袖中忽见三行字,拭泪相看是故人。

柳州寄京中亲故

林邑山连瘴海秋,牂牁水向郡前流。劳君远问龙城地,正北三千到锦州。

种木槲花

上苑年年占物华,飘零今日在天涯。只因长作龙城守,剩种庭前木槲花。柳州,龙城郡。

摘樱桃赠元居士时在望仙亭南楼与朱道士同处

海上朱樱赠所思,楼居况是望仙时。蓬莱羽客如相访,不是偷桃一小儿。

酬曹侍御过象县见寄 象县，柳州县名。

破额山前碧玉流，骚人遥驻木兰舟。《述异记》：七里州中有鲁班刻木兰为舟，至今在洲中。诗家云木兰舟，出此。春风无限潇湘意一作忆，欲采蘋花不自由。

法华寺石门精舍三十韵 集有记云：寺居永州，地最高。

拘情病幽郁，旷志寄高爽。愿言怀名缁，东峰旦夕仰。始欣云雨霁，尤悦草木长。道同有爱弟，披拂恣心赏。松谿窈胡了切窔土了切入，石栈荄缘上。萝葛一作茑绵层萼，莓苔侵标榜。密林互对耸，绝壁俨双敞。堑峭出蒙笼，墟险一作崄临滉漾。稍疑地脉断，悠若天梯往。结构罩群崖，回环驱万象。小劫不逾瞬，大千若在掌。体空得化元，观有遗细想。喧烦困蠮螉，蹢躅疲魍魉。寸进谅何营，寻直非所枉。探奇极遥瞩，穷妙阅清响。理会方在今，神开庶殊曩。兹游苟不嗣，浩气竟谁养。道异诚所希，名宾匪余仗。超摅藉外奖，俯默有内朗。鉴一作鉳尔揖古风，终焉乃吾党。潜躯委缰锁，高步谢尘坱。蓄志徒为劳，追踪将焉仿。淹留值颓暮，眷恋睇遐壤。映日雁联轩，翻云波泱漭。殊风纷已萃，乡路悠且广。羁木畏漂浮，离旌倦摇荡。昔人叹违一作遗志，出处今已两。何用期所归，浮图有遗像。幽蹊不盈尺，虚室有函丈。微言信可传，申旦稽吾颡。

游朝阳岩遂登西亭二十韵

谪弃殊隐沦，登陟非远郊。所怀缓伊郁，讵欲肩夷巢。高岩瞰清江，幽窟潜神蛟。开旷延阳景，回薄攒林梢。西亭构其巅，反宇临呀虚牙切崖许交切，一作哮。背瞻星辰兴，下见云雨交。惜非吾乡土，得以荫菁茆。羁贯与丱同去江介，世仕尚函崤。故墅即沣川，数亩

均肥硗。台馆茸荒丘,池塘疏沉坳。会有圭组恋,遂贻山林嘲。薄
躯信无庸,琐屑剧斗筲。囚居固其宜,厚羞久已包。庭除植蓬艾,
隙同牖牖悬蟏蛸。所赖山川客,扁舟枉长梢。梢,船尾木。挹流敌清
觞,掇野代嘉肴。适道有高言,取乐非弦匏。逍遥屏幽昧,淡薄辞
喧呶。晨鸡不余欺,风雨闻嘐嘐音交。再期永日闲,提挈移中庖。

湘口馆潇湘二水所会

九疑浚倾奔,临源委萦回。会合属空旷,泓澄停风雷。高馆轩霞
表,危楼临山隈。兹辰始澄直凌切霁,纤云尽褰开。天秋日正中,水
碧无尘埃。杳杳渔父吟,叫叫羁鸿哀。境胜岂不豫,虑分固难裁。
升高欲自舒,弥使远念来。归流驶且广,泛舟绝沿洄。

登蒲州石矶望横江口
潭岛深迴斜对香零山 山在永州

隐忧倦永夜,凌雾临江津。猿鸣稍已疏,登石娱清沦。日出洲渚
静,澄明晶一作晶无垠。浮晖翻高禽,沉景照文鳞。双江汇西奔,诡
怪潜坤珍。孤山乃北峙,森爽栖灵神。洄潭或动容,岛屿疑摇振之
人切。陶埴兹择土,蒲鱼相与邻。信美非所安,羁心屡逡巡。纠结
良可解,纡郁亦已伸。高歌返故室,自罔非所欣。

南 涧 中 题

秋气集南涧,独游亭午时。回风一萧瑟,林影久参差。始至若有
得,稍深遂忘疲。羁禽响幽谷,寒藻舞沦漪。去国魂已远一作游,怀
人泪空垂。孤生易为感,失路少所宜。索寞竟何事,徘徊只自知。
谁为后来者,当与此心期。

游石角过小岭至长乌村

志适不期贵一作不自期,道存岂一作贵偷生。久忘上封事,复笑升天
行。窜逐宦湘浦,摇心剧悬旌。始惊陷世议,终欲逃天刑。岁月杀
色界切忧栗,慵疏寡将迎。追游疑所爱,且复舒吾情。石角恣幽步,
长乌遂遐征。磴回茂树断,景晏寒川明。旷望少行人,时闻田鹤
鸣。风篁冒水远,霜稻侵山平。稍与人事闲,益知身世轻。为农信
可乐,居宠真虚荣。乔木馀故国,愿言果丹诚。四支反田亩,释志
东皋耕。

与崔策登西山 策字子符,集有送崔九序。

鹤鸣楚山静,露白秋江晓。连袂度危桥,萦回出林杪。西岑极远
目,毫末皆可了。重叠九疑高,微茫洞庭小。迥穷两仪际,高出万
象表。驰景泛颓波,遥风递寒筱。谪居安所习,稍厌从纷扰。生同
胥靡遗,寿比彭铿夭。塞连困颠踣,愚蒙怯幽眇。非令亲爱疏,谁
使心神悄。偶兹遁山水,得以观鱼鸟。吾子幸淹留,缓我愁肠绕。

构法华寺西亭

窜身楚南极,山水穷险艰。步登最高寺,萧散任疏顽。西垂下斗
绝,欲似窥人寰。反如在幽谷,榛翳不可攀。命童恣披翦,葺宇横
断山。割一作剖如判清浊,飘若升云间。远岫攒众顶,澄江抱清湾。
夕照临轩堕,栖鸟当我还。菡萏溢嘉色,筼筜遗清斑。神舒屏羁
锁,志适忘幽屏。弃逐久枯槁,迨今始开颜。赏心难久留,离念来
相关。北望间亲爱,南瞻杂夷蛮。置之勿复道,且寄须臾闲。

夏夜苦热登西楼

苦热中夜起,登楼独褰衣。山泽凝暑气,星汉湛光辉。火晶燥露滋,野静停风威。探汤汲阴井,炀灶开重扉。凭阑久彷徨,流汗不可挥。莫辩亭毒意,仰诉璇与玑。谅非姑射子,静胜安能希。

觉　衰

久知老会至,不谓便见侵。今年宜未衰,稍已来相寻。齿疏发就种音踵,奔走力不任。咄此可奈何,未必伤我心。彭聃安在哉,周孔亦已沉。古称寿圣人,曾不留至今。但愿得美酒,朋友常共斟。是时春向暮,桃李生繁阴。日照天正绿一作碧,杳杳归鸿吟。出门呼所亲,扶杖登西林。高歌足自快,商颂有遗音。

游南亭夜还叙志七十韵

夙抱丘壑尚,率性恣游遨。中为吏役牵,十祀空悁劳。外曲徇尘辙,私心寄英髦。进乏廊庙器,退非乡曲豪。天命斯不易,鬼责将安逃。屯难果见凌,剥丧宜所遭。神明一作期固浩浩,众口徒嗷嗷。投迹山水地,放情咏离骚。再怀曩岁期,容与驰轻舠。虚馆背山郭,前轩面江皋。重叠间浦溆,逦迤驱岩嶅牛刀切。积翠浮澹滟,始疑负灵鳌。丛林留冲飙,石砾迎飞涛。旷朗天景霁,樵苏远相号。澄潭涌沉鸥,半壁跳悬猱。鹿鸣验食野,鱼乐知观濠。孤赏诚所悼,暂欣良足褒。留连俯榱槛,注我壶中醪。朵颐进芰实,擢手持蟹螯。炊稻视爨鼎,脍鲜闻一作闳操刀。野蔬盈倾筐,颇杂池沼茝。缅慕鼓枻翁,啸咏哺其糟。退想于陵子,三咽资李螬。斯道难为偕,沉忧安所韬。曲渚怨鸿鹄,环洲凋兰皋音皋。暮景回西岑,北流逝滔滔。徘徊遂昏黑,远火明连艘。木落寒山静,江空秋月高。敛

袟戒还徒，善游矜所操。趣浅戢长枻，乘深屏轻篙。旷望援深竿，
哀歌叩鸣艣。中川恣超忽，漫若翔且翱。淹泊遂所止，野风自颼
飕。涧急惊鳞奔，蹊荒饥兽嗥。入门守拘縶，凄戚增郁陶。慕士情
未忘，怀人首徒搔。内顾乃无有，德輶甚鸿毛。名窃久自欺，食浮
固云叨。问牛悲艴钟，说音税虓惊临牢。永遁刀笔吏，宁期簿书曹。
中兴遂群物，裂壤分鞿居言切蘽音皋。岷凶既云捕，谓刘辟伏诛。吴虏
亦已鏖。李锜伏诛。捍御盛方虎，谟明富伊咎。披山穷木禾，驾海逾
蟠桃。重来越裳雉，再返西旅獒。左右抗槐棘，纵横罗雁羔。三一
作五辟咸肆宥，众生均覆焘。安得奉皇灵，在宥解天弢音叨。归诚
慰松梓，陈力开蓬蒿。卜室有鄠杜，名田占沣涝。磛岩近馀基，阿
城连故濠。蜎蠗愿亲燎，茶葽甘自薅音蒿。饥食期农耕，寒衣俟蚕
缫。及骭下患切足为温，满腹宁复饕。安将翦及菅音奸，谁慕粱与
膏。弋林驱雀鷃，渔泽从鳅鲦。观象嘉素履，陈诗谢干旄。方托麋
鹿群，敢同骐骥槽。处贱无湿浊，固穷匪淫慆。跟踭辞束缚，悦怿
换煎熬。登年徒一作从负版，兴役趋代蓍音皋。目眩绝浑浑，耳喧息
嘈嘈。兹焉毕馀命，富贵非吾曹。长沙哀纠缠，汉阴嗤桔槔。苟
伸击壤情，机事息秋豪。海雾多蓊郁，越风饶腥臊。宁唯迫魑魅，
所惧齐罴貙。知榃怀褚中，范叔恋绨袍。伊人不可期，慷慨徒忉
忉。

韦道安 道安尝佐张建封于徐州，及军乱而道安自杀。

道安本儒士，颇擅弓剑名。二十游太行，暮闻号哭一作哭泣声。疾
驱前致问，有叟垂华缨。言我故刺史，失职还西京。偶为群盗得，
毫缕无馀赢。货财足非吝，二女皆娉婷。苍黄见驱逐，谁识死与
生。便当此殒命，休复事晨征。一闻激高义，眦裂肝胆横。挂弓问
所往，趫捷超峥嵘。见盗寒涧阴，罗列方忿争。一矢毙酋帅，馀党

号且惊。麾令递束缚,缧一作缠索相拄撑。彼姝久褫魄,刃下俟诛刑。却立不亲授,谕以从父行。揖收自担肩,转道趋前程。夜发敲石火,山林如昼明。父子更抱持,涕血纷交零。顿首愿归货,纳女称舅甥。道安奋衣去,义重利固轻。师婚古所病,合姓非用兵。揭来事儒术,十载所能逞必贞切。慷慨张徐州,徐泗濠节度使张建封。朱邸扬前旌。投躯获所愿,前马出王城。贞元十三年,建封来朝,道安从之。辕门立奇士,淮水秋风生。君侯既即世,麾下相欹倾。立孤抗王命,钟鼓四野鸣。横溃非所壅,逆节非所婴。举头自引〔刃〕(刀),顾义谁顾形。烈士不忘死,所死在忠贞。咄嗟徇权子,翕习犹趋荣。我歌非悼死,所悼时世情。

哭连州凌员外司马 凌员外准也

废逐人所弃,遂为鬼神欺。才难不其然,卒与大患期。凌人古受氏,吴世夸雄姿。寂寞富春水,英气方在斯。六学诚一贯,精义穷发挥。著书逾十年,幽颐靡不推。天庭揽高文,万一作寓字若波驰。记室征西府,宏谋耀其奇。辎轩下东越,列郡苏疲羸。宛宛凌江羽,来栖翰林枝。孝文留弓剑,中外方危疑。抗声促遗诏,定命由陈辞。德完崩,近臣议秘五日下遗诏,准独抗危辞,言其不可,乃以旦日发丧。徒隶肃曹官,征赋参有司。出守乌江浒,老迁湟水湄。高堂倾故国,葬祭限囚羁。仲叔继幽沦,狂叫唯童儿。准母卒于家,不得归。一门既无主,焉用徒生为。举声但呼天,孰知神者谁。泣尽目无见准哭母丧明,肾伤足不持。溘渴合切死委炎荒,臧获守灵帷。平生负国谴,骸骨非敢私。盖棺未塞责,孤旐凝寒飔。念昔始相遇,腑肠为君知。进身齐选择,失路同瑕疵。本期济仁义,今为众所嗤。灭名竟不试,世义安可支。恬死百忧尽,苟生万虑滋。顾余九逝魂,与子各何之。我歌诚自恸,非独为君悲。

旦携谢山人至愚池

新沐换轻一作巾幘，晓池风露一作雾清。自谐尘外意，况与幽人行。霞散众山迥，天高数雁鸣。机心付当路，聊适羲皇情。

独　觉

觉来窗牖空，寥落雨声晓。良游怨迟暮，末事惊纷扰。为问经世心，古人难尽了。

首春逢耕者

南楚春候早，馀寒已滋荣。土膏释原野，百蛰竞所营。缀景未及郊，稸人先耦耕。园林幽鸟啭，渚泽新泉清。农事诚素务，羁囚阻平生。故池想芜没，遗亩当榛荆。慕隐既有系，图功遂无成。聊从田父言，款曲陈此情。眷然抚耒耜，回首烟云横。

溪　居

久为簪组累，幸此南夷谪。闲依农圃邻，偶似山林客。晓耕翻露草，夜榜一作搒，孔孟切。响溪石。来往不逢人，长歌楚天碧。

夏初雨后寻愚溪

悠悠雨初霁，独绕清溪曲。引杖试荒泉，解带围新竹。沉吟亦何事，寂寞固所欲。幸此息营营，啸歌静炎燠。

入黄溪闻猿 溪在永州

溪路千里曲，哀猿何处鸣。孤臣泪已尽，虚作断肠声。

韦使君黄溪祈雨见召从行至祠下口号

骄阳愆岁事,良牧念蒞畲。列骑低残月,鸣箛度碧虚。稍穷樵客路,遥驻野人居。谷口寒流净,丛祠古木疏。焚香秋雾湿,奠玉晓光初。肸蚃巫言报,精诚礼物馀。惠风仍偃草,灵雨会随车。俟罪非真吏,为员外司马,故曰非真吏。翻惭奉简书。

郊 居 岁 暮

屏居负山郭,岁暮惊离索。野迥樵唱来,庭空烧烬落。世纷因事远,心赏随年薄。默默谅何为,徒成今与昨。

秋晓行南谷经荒村

杪秋霜露重,晨起行幽谷。黄叶覆溪桥,荒村唯古木。寒花疏寂历,幽泉微断续。机心久已忘,何事惊麋鹿。

雨后晓行独至愚溪北池

宿云散洲渚,晓日明村坞。高树临清池,风惊夜来雨。予心适无事,偶此成宾主。

中夜起望西园值月上

觉闻繁露坠,开户临西园。寒月上东岭,泠泠疏竹根。石泉远逾响,山鸟时一喧。倚楹遂至旦,寂寞将何言。

零 陵 春 望

平野春草绿,晓一作晚莺啼远林。日晴潇湘渚,云断岣嵝岑。仙驾不可望,世途非所任。凝情空景慕,万里苍梧阴。

从崔中丞过卢少尹郊居

寓居湘岸四无邻,世网难婴每自珍。蒔时吏切药闲庭延国老,《本草》:甘草名国老。开樽虚室一作席值贤人。泉回浅石依高柳,径转垂藤闲绿筠。闻道偏为五禽戏,出门鸥鸟更相亲。

夏昼偶作

南州溽暑醉如酒,隐几熟眠开北牖。日午独觉无馀声,山童隔竹敲茶臼。

雨晴至江渡

江雨初晴思远步,日西独向愚溪渡。渡头水落村径成,撩乱浮槎在高树。

江雪

千山鸟飞绝,万径人踪灭。孤舟蓑笠翁,独钓寒江雪。

冉溪 公易其名为愚溪者是也

少时陈力希公侯,许国不复为身谋。风波一跌逝万里,壮心瓦解空缧囚。缧囚终老无馀事,愿卜湘西冉溪地。却学寿张樊敬侯,种漆南园待成器。

法华寺西亭夜饮 得酒字

祇树夕阳亭,共倾三昧酒。雾暗水连阶,月明花覆牖。莫厌尊前醉,相看未白首。

戏题石门长老东轩

石门长老身如梦,旃檀成林手所种。坐来念念非昔人,万遍莲花为谁用。如今七十自忘机,贪爱都忘筋力微。莫向东轩春野望,花开日出雉皆飞。

全唐诗卷三五三

柳宗元

茅檐下始栽竹

瘴茅葺为宇,溽暑常侵肌。适有重腽疾,蒸郁宁所宜。东邻幸导我,树竹邀凉飚。欣然惬吾志,荷锸西岩垂。楚壤多怪石,垦凿力已疲。江风忽云暮,舆曳还相追。萧瑟过极浦,旖音倚旎乃倚切附幽墀。贞根期永固,贻尔寒泉滋。夜窗遂不掩,羽扇宁复持。清泠集浓露,枕簟凄已知。网一作细虫依密叶,晓禽栖迥枝。岂伊纷嚣间,重以心虑怡。嘉尔亭亭质,自远弃幽期。不见野蔓草,蓊蔚有华姿。谅无凌寒一作云色,岂与青山辞。

种仙灵毗 《本草》:淫羊藿,即仙灵毗也。

穷陋一作巷阙自养,疠气剧嚣烦。隆冬乏霜霰,日夕南风温。杖藜下庭际,曳踵不及门。门有野田史,慰我飘零魂。及言有灵药,近在湘西原。服之不盈旬,蹩蒲结切躠音薛皆腾骞。笑忭前即史,为我擢其根。蔚蔚遂充庭,英翘忽已繁。晨起自采曝,杵臼通夜喧。灵和理内藏,攻疾贵自源。拥覆逃积雾,伸舒委馀暄。奇功苟可征,宁复资兰荪。我闻畸人术,一气中夜存。能令深深息,呼吸还归跟音根。疏放固难效,且以药饵论。痿者不忘起,穷者宁复言。神哉辅吾足,幸及儿女奔。

种 术

守闲事服饵,采术东山阿。东山幽且阻,疲茶_{乃结切}烦经过。戒徒
刜灵根,封植闵天和。违尔涧底石,彻我庭中莎。土膏滋玄液,松
露坠繁柯。南东自成亩,缭绕纷相罗。晨步佳色媚,夜眠幽气多。
离忧苟可怡,孰能知其他。爨竹茹芳叶,宁虑瘵_{侧界切}与瘥。留连
树蕙辞,婉娩采薇歌。悟拙甘自足,激清愧同波。单_{音善}豹且理内,
高门复如何。

种白蘘_{人羊切}荷

血_{一作皿}虫化为疠,夷俗多所神。衒猜每腊毒,谋富不为仁。蔬果
自远至,杯酒盈肆陈。言甘中必苦,何用知其真。华洁事外饰,尤
病中州人。钱刀恐贾害,饥至益逡巡。窜伏常战栗,怀故逾悲辛。
庶氏_{一作民}有嘉草,攻袪事久泯。炎帝垂灵编,言此殊足珍。崎岖
乃有得,托以全余身。纷敷碧树阴,眇眛心所亲。

新植海石榴

弱植不盈尺,远意驻蓬瀛。月寒空阶曙,幽梦彩云生。粪壤擢珠
树,莓苔插琼英。芳根闵颜色,徂岁为谁荣。

戏题阶前芍药

凡卉与时谢,妍华丽兹晨。欹红醉浓露,窈窕留馀春。孤赏白日
暮,暄风动摇频。夜窗蔼芳气,幽卧知相亲。愿致溱洧赠,悠悠南
国人。

始见白发题所植海石榴

几年封植爱芳丛，韵艳朱颜竟不同。从此休论上春事，看成古木对衰翁。

植 灵 寿 木

白华照一作鉴寒水，怡我适野情。前趋问长老，重复欣嘉名。蹇连易衰朽，方刚谢经营。敢期齿杖赐，聊且移孤茎。丛萼中竞秀，分房外舒英。柔条乍反植，劲节常对生。循玩足忘疲，稍觉步武轻。安能事剪伐，持用资徒行。

自衡阳移桂十馀本植零陵所住精舍

谪官去南裔，清湘绕灵岳。晨登兼葭岸，霜景霁纷浊。离披得幽桂，芳本欣盈握。火耕困烟烬，薪采久摧剥。道旁且不愿，岑岭况悠邈。倾筐壅故壤，栖息期鸾鸑仕角反。路远清凉宫，一雨悟无学。南人始珍重，微我谁先觉。芳意不可传，丹心徒自渥。

湘岸移木芙蓉植龙兴精舍

有美不自蔽，安能守孤根。盈盈湘西岸，秋至风露繁。丽影别寒水，秾芳委前轩。芰荷谅难杂，反此生高原。

早 梅

早梅发高树，迥映楚天碧。朔吹飘夜香，繁霜滋晓白一作日。欲为万里赠，杳杳山水隔。寒英坐销落，何用慰远客。

南中荣橘柚

橘柚怀贞质,受命此炎方。密林耀朱绿,晚岁有馀芳。殊风限清汉,飞雪滞故乡。攀条何所叹,北望熊与湘。熊、湘,二山名。

红　蕉

晚英值穷节,绿润含朱光。以兹正阳一作阴色,窈窕凌清霜。远物世所重,旅人心独一作所伤。回晖眺林际,摵摵一作戚戚无遗芳。

巽公院五咏

净　土　堂

结习自无始,沦溺穷苦源。流形及兹世,始悟三空门。华堂开净域,图像焕且繁。清泠焚众香,微妙歌法言。稽首愧导师,超遥谢尘昏。

曲　讲　堂

寂灭本非断,文字安可离。曲堂何为设,高士方在斯。圣默寄言宣,分别乃无知。趣中即空假,名相与谁期。愿言绝闻得,忘意聊思惟。

禅　堂

发地结菁茅,团团抱虚白。山花落幽户,中有忘机客。涉有本非取,照空不待析。万籁俱缘生,窅然喧中寂。心境本洞一作同如,鸟飞无遗迹。

芙　蓉　亭

新亭俯朱槛,嘉木开芙蓉。清香晨风远,溽彩寒露浓。潇洒出人世,低昂多异容。尝闻色空喻,造物谁为工。留连秋月晏,迢递来山钟。

苦 竹 桥

危桥属幽径,缭绕穿疏林。迸箨分苦节,轻筠抱虚心。俯瞰涓涓流,仰聆萧萧吟。差池下烟日,嘲哳一作唭鸣山禽。谅无要津用,栖息有馀阴。

梅 雨

梅实迎时雨,苍茫值晚春。愁深楚猿夜,梦断越鸡晨。海雾连南极,江云暗北津。素衣今尽化,非为帝京尘。

零 陵 早 春

问春从此去,几日到秦原。凭寄还乡梦,殷勤入故园。

田 家 三 首

蓐食徇所务,驱牛向东阡。鸡鸣村巷白,夜色归暮田。札札耒耜声,飞飞来乌鸢。竭兹筋力事,持用穷岁年。尽输助徭役,聊就空自眠。子孙日已长,世世还复然。

篱落隔烟火,农谈四邻夕。庭际秋虫一作蚕鸣,疏麻方寂历。蚕丝尽输税,机杼空倚壁。里胥夜经过,鸡黍事筵席。各言官长峻,文字多督责。东乡后租期,车毂陷泥泽。公门少推恕,鞭朴恣狼籍。努力慎经营,肌肤真可惜。迎新在此岁,唯恐踵前迹。

古道饶蒺藜,萦回古城曲。蓼花被堤岸,陂水寒更绿。是时收获竟,落日多樵牧。风高榆柳疏,霜重梨枣熟。行人迷去住,野鸟竞栖宿。田翁笑相念,昏黑慎原陆。今年幸少丰,无厌饘与粥。

行路难三首

君不见夸父逐日窥虞渊,跳踉北海超昆仑。披霄决汉出沆漭,瞥裂左右遗星辰。须臾力尽道渴死,狐鼠蜂蚁争噬吞。北方竫人长九寸,开口抵掌更笑喧。啾啾饮食滴与粒,生死亦足终天年。睢盱大志小成遂,坐使儿女相悲怜。

虞衡斤斧罗千山,工命采斫杙音弋与橼。深林土剪十取一,百牛连鞅摧双辕。万围千寻妨道路,东西蹶倒山火焚。遗馀毫末不见保,蹢躅涧壑何当存。群材未成质已夭,突兀哮豀空岩峦。柏梁天灾武库火,匠石狼顾相愁冤。君不见南山栋梁益稀少,爱材上养育谁复论。

飞雪断道冰成梁,侯家炽炭雕玉房。蟠龙吐耀虎咮张,熊蹲豹踽争低昂。攒峦丛崿五各反射朱光,丹霞翠雾飘奇香。美人四向回明珰,雪山冰谷晞太阳。星躔奔走不得一作可止,奄忽双燕栖虹梁。风台露榭生光饰,死灰弃置参与商。盛时一去贵反贱,桃笙葵扇安可当。

闻籍田有感 元和五年十月宪宗诏来年正月十六日东郊籍田

天田不日降皇舆,留滞长沙岁又除。宣室无由问釐音禧事,周南何处托成书。

跂 乌 词

城上日出群乌飞,鸦鸦争赴朝阳枝。刷毛伸翼和且乐,尔独落魄今何为。无乃慕高近白日,三足妒尔令尔疾。无乃饥啼走道一作路旁,贪鲜攫肉人所伤。翘肖独足下丛薄,口衔低枝始能跃。还顾泥涂备蝼蚁,仰看栋梁防燕雀。左右六翮利如刀,踊身失势不得高。

支离无趾犹自免,努力低飞逃后患。

笼 鹰 词

凄风淅沥飞严霜,苍鹰上击翻曙光。云披雾裂虹蜺断,霹雳掣电捎平冈。砉霍_音_虢切然劲翮剪荆棘,下攫狐兔腾苍茫。爪毛吻血百鸟逝,独立四顾时激昂。炎风溽暑忽然至,羽翼脱落自摧藏。草中狸鼠足为患,一夕十顾惊且伤。但愿清商复为假,拔去万累_{一作里}云间翔。

放 鹧 鸪 词

楚越有鸟甘且腴,嘲嘲自名为鹧鸪。徇媒得食不复虑,机械潜发罜罝_音_嗟_罜_音_孚。羽毛摧折触笼簙,烟火煏赫惊庖厨。鼎前芍药调五味,膳夫攘腕左右视。齐王不忍觳觫牛,简子亦放邯郸鸠。二子_{一作君}得意犹念此,况我万里为孤囚。破笼展翅当远去,同类相呼莫相顾。

龟 背 戏

长安新技出宫掖,喧喧初遍王侯宅。玉盘滴沥黄金钱,皎如文龟丽秋天。八方定位开神卦,六甲离离齐上下。投变转动玄机卑,星流霞破相参差。四分五裂势未已,出无入有谁能知。乍惊散漫无处所,须臾罗列已如故。徒言万事有盈虚,终朝一掷知胜负。修门象棋不复贵,魏宫妆奁世所弃。岂如瑞质耀奇文,愿持千岁寿吾君。庙堂巾笥非余慕,钱刀儿女徒纷纷。

闻 黄 鹂

倦闻子规朝暮声,不意忽有黄鹂鸣。一声梦断楚江曲,满眼故园春意生一作草绿。目极一作故园千里无山河,麦芒际天摇清波。王畿优本少赋役,务闲酒熟饶经过。此时晴烟最深处,舍南巷北遥相语。翻日迥度昆明飞,凌风邪看细柳矗。我今误落千万山,身同伧人不思还。乡禽何事亦来此,令我生心忆桑梓。闭声回翅归务速,西林紫椹行当熟。

浑鸿胪宅闻歌效白纻

翠帷双卷出倾城,龙剑破匣霜月明。朱唇掩抑悄无声,金簧玉磬宫中生。下沉秋火激太清,天高地迥凝日晶,羽觞荡漾何事倾。

杨　白　花

杨白花,风吹渡江水。坐令宫树无颜色,摇荡春光千万里。茫茫晓日下长秋一作林,哀歌未断城鸦起。

渔　翁

渔翁夜傍西岩宿,晓汲清湘燃楚竹。烟销日出不见人,欸乃音袄霭一声山水绿。回看天际下中流,岩上无心云相逐。

饮　酒

今夕一作旦少愉乐,起坐开清尊。举觞酹音末先酒始为酒者也,为一作遗我驱忧烦。须臾心自殊,顿觉天地暄。连山变幽晦,绿水函晏温。蔼蔼南郭门,树木一何繁。清阴可自庇,竟夕闻佳言。尽醉无复辞,偃卧有芳荪。彼哉晋楚富,此道未必存。

读　书

幽沉谢世事,俯默一作然窥唐虞。上下观古今,起伏千万途。遇欣

或自笑,感戚亦以吁。缥帙各舒散,前后互相逾。瘴痾扰灵府,日
与往昔殊。临文乍了了,彻卷兀若无。竟夕谁与言,但与竹素俱。
倦极便一作更倒卧,熟寐乃一苏。欠伸展肢体,吟咏心自愉。得意
适其适,非愿为世儒。道尽即闭口,萧散捐囚拘。巧者为我拙,智
者为我愚。书史足自悦,安用勤与劬。贵尔六尺躯,勿为名所驱。

感遇二首 永州作

西陆动凉气,惊鸟号北林。栖息岂殊性,集枯安可任。鸿鹄去不
返,勾吴阻且深。徒嗟日沉湎,丸鼓骛奇音。东海久摇荡,南风已
骎骎。坐使青天暮,小星愁太阴。众情嗜奸利,居货捐一作损千金。
危根一以振,齐斧来相寻。揽衣中夜起,感物涕盈襟。微霜众所
践,谁念岁寒心。

旭日照寒野,鸒音豫斯起蒿莱。啁啾有馀乐,飞舞西陵隈。回风旦
夕至,零叶委陈荄。所栖不足恃,鹰隼纵横来。

咏　史

燕有黄金台,远致望诸君。乐毅为望诸君。嘁嘁事强怨,三岁有奇勋。
悠哉辟疆理,东海漫浮云。宁知世情异,嘉谷坐熇焚。致令委金
石,谁顾蚕蠕时兖切群。风波欻许勿切潜构,遗恨意纷纭。岂不善图
后,交私非所闻。为忠不顾内一作内顾,晏子亦垂文。

咏　三　良

束带值明后,顾盼流辉光。一心在陈力,鼎列夸四方。款款效忠
信,恩义皎如霜。生时亮同体,死没宁分张。壮躯闭幽隧,猛志填
黄肠。殉死礼所非,况乃用其良。霸基弊不振,晋楚更张皇。疾病
命固乱,魏氏言有章。从邪陷厥父,吾欲讨彼狂。

咏 荆 轲

燕秦不两立,太子已为虞。千金奉短计,匕首荆卿趋。穷年徇所
欲,兵势且见屠。微言激幽愤,怒目辞燕都。朔风动易水,挥爵前
长驱。函首致宿怨,献田开版图。炯然耀一作曜电光,掌握罔正一作
匹夫。造端何其锐,临事竟趑趄。长虹吐白日,仓卒反受诛。按剑
赫凭怒,风雷助号呼。慈父断子首,狂走无容躯。夷城芟七族,台
观皆焚污。始期忧患弭,卒动灾祸枢。秦皇本诈力,事与桓公殊。
奈何效曹子,实谓勇且愚。世传故多谬,太史征无且。

掩役夫张进骸

生死悠悠尔,一气聚散之。偶来纷喜怒,奄忽已复辞。为役孰贱
辱,为贵非神奇。一朝旷息定,枯朽无妍媸。生平勤皂枥,剉秣不
告疲。既死给槥椟,葬之东山基。奈何值崩湍,荡析临路垂。骸
然暴百骸一作体,散乱不复支。从者幸告余,眷之涓然悲。猫虎获
迎祭,犬马有盖帷。伫立唁尔魂,岂复识此为。畚音本锸载埋瘞,沟
渎护其危。我心得所安,不谓尔有知。掩骼著春令,兹焉适其时。
及物非吾事一作辈,聊且顾尔私。

省试观庆云图诗

设色既一作初,一作方。成象,卿云示国都。九天开秘祉,百辟赞嘉
谟。抱日依龙衮,非烟近御炉。高标连汗漫,迥一作回望接虚无。
裂素荣光发,舒华瑞色敷。恒将配尧德,垂庆代河图。

春 怀 故 园

九扈鸣已晚,楚乡农事春。悠悠故池水,空待灌园人。

全唐诗卷三五四

刘禹锡

刘禹锡,字梦得,彭城人。贞元九年,擢进士第,登博学宏词科,从事淮南幕府,入为监察御史。王叔文用事,引入禁中,与之图议,言无不从。转屯田员外郎,判度支盐铁案。叔文败,坐贬连州刺史,在道贬朗州司马。落魄不自聊,吐词多讽托幽远。蛮俗好巫,尝依骚人之旨。倚其声作《竹枝词》十馀篇,武陵谿洞间悉歌之。居十年,召还。将置之郎署,以作玄都观看花诗涉讥忿,执政不悦,复出刺播州。裴度以母老为言,改连州,徙夔、和二州。久之,征入为主客郎中。又以作重游玄都观诗,出分司东都。度仍荐为礼部郎中,集贤直学士。度罢,出刺苏州,徙汝、同二州,迁太子宾客分司。禹锡素善诗,晚节尤精。不幸坐废,偃蹇寡所合,乃以文章自适。与白居易酬复颇多,居易尝叙其诗曰:彭城刘梦得,诗豪者也。其锋森然,少敢当者。又言其诗在处应有神物护持,其为名流推重如此。会昌时,加检校礼部尚书。卒年七十二,赠户部尚书。诗集十八卷,今编为十二卷。

团 扇 歌

团扇复团扇,奉君清暑殿。秋风入庭树,从此不相见。上有乘鸾女,苍苍虫网一作网虫遍。明年入怀袖,别是机中练。

宜 城 歌

野水绕空城,行尘起孤驿。荒一作花台侧生树一作柏,石碣阳镌额。
靡靡度一作渡行人,温风吹宿麦。

顺 阳 歌

朝辞官军驿,前望顺阳路。野水啮荒坟,秋虫镂宫一作官树。曾闻
天宝末,胡马西南骛。城守鲁将军,拔城从此去。

莫瑶一作徭歌

莫瑶自生长,名字无符籍。市易杂鲛人,婚姻通木客。星居占泉
眼,火种开山脊。夜渡千仞谿,含沙不能射。

度 桂 岭 歌

桂阳岭,下下复高高。人稀鸟兽骇,地远草木豪。寄言迁金子,知
余歌者劳。

插田歌 并引

　　　　连州城下,俯接村墟。偶登郡楼,适有所感。遂书其事为俚歌,以俟
　采诗者。

冈头花草齐,燕子东西飞。田塍望如线,白水光参差。农妇白纻
裙,农父绿蓑衣。齐唱郢一作田中歌,嘤咛如竹枝。但闻怨响音,不
辨俚语词。时时一大笑,此必相嘲嗤。水平苗漠漠,烟火生墟落。
黄犬往复还,赤鸡鸣且啄。路旁谁家郎,乌帽衫袖长。自言上计
吏,年幼离帝乡。田夫语计吏,君家侬定谙。一作记,一作喻。一来长

安道,眼大不相参。计吏笑致辞,长安真大处。省门高轲峨,侬入无度数。昨来补卫士,唯用筒竹布。君看二三年,我作官人去。

葡萄歌 一作蒲桃

野田生葡萄,缠绕一枝高_{一作蒿}。移来碧墀下,张王日日高。分岐浩繁缛,修蔓蟠诘曲。扬翘向庭柯,意思如有属。为之立长檠_{一作架},布濩当轩绿。米_{一作朱}液溉其根,理疏看渗漉。繁葩组绶结,悬实珠玑蹙。马乳带轻霜,龙鳞曜初旭。有客汾阴至,临堂瞪双目。自言我晋人,种此如种玉。酿之成美酒,令人饮不足。为君持一斗,往取凉州牧。

蛮 子 歌

蛮语钩辀音_{一作钩辀语音蛮,一作蛮语音钩辀},蛮_{一作身}衣斑斓布。熏狸_{一作狐}掘沙鼠,时节祠盘瓠。忽逢乘马客,恍若惊麏_{一作麏}顾。腰斧上高山,意行无旧路。

马 嵬 行

绿野扶风道,黄尘马嵬驿。路边杨贵人,坟高三四尺。乃问里中儿,皆_{一作辈}言幸蜀时。军家诛戚族_{一作佞幸},天子舍妖姬。群吏伏门屏,贵人牵帝衣。低回转美目,风日为无晖。贵人饮金屑,倏忽舜_{一作蕣}英暮_{一作姿}。平生服杏_{一作古丹},颜色真如故。属车尘已远,里巷来窥觎。共爱宿妆妍,君王画眉处。履綦无复有,履组光未灭。不见岩畔人,空见凌波袜。邮童爱踪迹,私手解鞶结。传看千万眼,缕绝香不歇。指环照骨明,首饰敌连城。将入咸阳市,犹得贾胡惊。

百 花 行

长安百花时,风景宜轻薄。无人不沽酒,何处不闻乐。春风连夜
动,微雨凌晓濯。红焰出墙头,雪光映楼角。繁紫韵松竹,远黄绕
篱落。临路不胜愁,轻烟去何托。满庭荡魂魄,照庑成丹渥。烂熳
簇颠狂,飘零劝行乐。时节易晼晚,清阴覆池阁。唯有安石榴,当
轩慰寂寞。

壮 士 行

阴风振寒郊,猛虎正咆哮。徐行出烧地,连吼入黄茅。壮士走马
去,镫前弯玉弰。叱之使人立,一发如铍一作敽交。悍睛忽星堕,飞
血溅林梢。彪炳为我席,膻腥充我庖。里中欣害除,贺酒纷呶号。
明日长桥上,倾城看斩蛟。

苦 雨 行

悠悠飞走情,同乐在阳和。岁中三百日,常恐一作苦风雨多。天人
信遐远,时节易蹉跎。洞房有明烛,无乃一作妨酣且歌。

华 山 歌

洪炉作高山,元气鼓其橐。俄然神功就,峻拔在寥廓。灵迹露指
爪,杀气见棱角。凡木不敢生,神仙聿来托。天资帝王宅,以我一作
此为关钥。能令下国人,一一作不见换神骨。高山固无限,如此方
为岳。丈夫无特达,虽贵犹碌碌。

抛 球 乐 词

五彩绣团圆,登君玳瑁筵。最宜红烛下,偏称落花前。上客如先

起,应须赠一船。春早见花枝,朝朝恨发迟。及看花落后,却忆未开时。幸有抛球乐,一杯君一作更莫辞。

华清词 一作华清宫词

日出骊山东,裴回照温泉。楼台影一作相玲珑,稍稍开白烟。言昔太上皇,常居此祈年。风中闻清乐,往往来列仙。翠华入五云,紫气归上玄。哀哀生人泪,泣尽弓剑前。圣道本自我,凡情徒颙然。小臣感玄化,一望青冥天。

送春曲三首

春向晚,春晚思悠哉。风云日已改一作故,花叶自相催。漠漠空中去,何时天际来。

春已暮,冉冉如人老。映叶见残花,连天是青草。可怜桃与李,从此同桑枣。

春景一作竟去,此去何时回。游人千万恨,落日上高台。寂寞繁花尽,流莺归莫来一作不归。

初夏曲三首

铜壶方促夜,斗柄暂南回。稍嫌单衣重,初怜北户开。西园花已尽,新月为谁来。

时节过繁华,阴阴千万家。巢禽命子戏,园果坠枝斜。寂寞孤飞蝶,窥丛觅晚花。

绿水风初暖,青林露早晞。麦陇雊朝雉,桑野人暮归。百舌悲花尽,平芜一作无声,一作绝无。来去飞。

捣 衣 曲

爽砧应秋律,繁杵含凄风。一一远相续,家家音不同。户庭凝露清,伴侣明月中。长裾委襞积,轻珮垂璁珑。汗馀衫更馥,钿移鬓半空。报寒惊边雁,促思闻候虫。天狼正芒角,虎落定相攻。盈箧寄何处,征人如转蓬。

畲 田 行

何处好畲田,团团缦山腹。钻龟得雨卦,上山烧卧木。惊麛走且顾,群雉一作鸡声咿喔。红焰远成霞,轻煤一作烁飞入郭。风引上高岑,猎猎度青林。青林望靡靡,赤光低复起。照潭出老蛟,爆竹惊山鬼。夜色不见山,孤明星汉间。如星复如月,俱逐晓风灭。本从敲石光,遂至烘天热。下种暖灰中,乘阳拆牙一作芽蘖一作蘗。苍苍一雨后,苕颖如云发。巴一作几人拱手吟,耕耨不关心。由来得地势,径寸有馀金一作阴。

鶗 鴂 吟

朝阳有鸣凤,不闻千万祀。鶗鴂催众芳,晨间先入耳。秋风白露晞,从是尔啼时。如何上春日,唧唧满庭飞。

观 云 篇

兴云感阴气,疾足一作走如见机。晴来意态行,有若功成归。葱茏含晚景,洁白一作素凝秋晖。夜深度银汉,漠漠仙人衣。

养鸷词 并引

途逢少年,志在逐兽。方呼鹰隼,以袭飞走。因纵观之,卒无所获。

行人有常从事于斯者曰：夫鸷禽，饥则为用，今哺之过笃，故然也。予感之，作养鸷词。

养鸷非玩形，所资击鲜力。少年昧其理，日日一作夜哺不息。探雏网黄口，旦暮有馀食。宁知下韝时，翅重飞不得。铠毸止林表，狡兔自南北。饮啄既已盈，安能劳羽翼。

别友人后得书因以诗赠

前时送君去，挥手青门桥。路转不相见，犹闻马萧萧。今得出关书，行程一作尘日已遥。春还迟君至，共结一作缬芳兰苕。

送华阴尉张苕赴邕府使幕

张即燕公之孙，顷坐事除名。

昔忝南宫郎，往来东观频。尝披燕公传，耸若窥三辰。翊圣崇国本，像一作保贤正朝伦。高视缅今古，清风夐无邻。兰锜照通衢，一家十朱轮。鄚国嗣侯绝，韦卿世业贫。夫子承一作成大名，少年振芳尘。青袍仙掌下，矫首凌烟旻。公冶本非罪，潘郎一为民。风霜苦摇落，坚白无缁磷。一旦逢良时，天光烛幽沦。重为长裾客，佐彼观风臣。分野穷禹画，人烟过虞巡。不言此行远，所乐相知新。雨起巫山阳，鸟鸣湘水滨。离筵出苍莽，别曲多悲辛。今朝一杯酒，明日千里人。从一作彼此孤舟去，悠悠天海春。

送湘阳熊判官孺登府罢归钟陵因寄呈江西裴中丞二十三兄

射策志未就，从事岁云除。箧留马卿赋，袖有刘弘书。忽见夏木深，怅然忆吾庐。复持州民刺，归谒专城居。君家诚易知，胜绝倾里闾。人言北郭生，门有卿相舆。钟陵霭一作蔼千里，带郭西江水。

朱槛照河宫,旗亭绿云里。前年一作来初缺守,慎简由宸扆。临轩
弄郡章,得人方付此。是时左冯翊,天下第一理。贵臣持牙璋,优
诏发青纸。迎风奸一作污吏免,先令疲人喜。何武劾腐儒,陈蕃礼
高士。昔升君子堂,腰下绶犹黄。中丞时为万年尉。汾阴有宝气,赤
堇多奇一作光铓。束简下曲台,佩鞙来历阳。绮筵陪一笑,兰室袭
馀芳。风水忽异势,江湖遂一作遽相忘。因君倘一作忽借问,为话老
沧浪。自注:中丞为博士,制相国柳宜城谥议,识者韪之,倾授予以其本。厥后牧和
州,节度使杜司徒以中丞材誉俱高,欲令军装以重戎席,故授以本州团练使。满座观腰
鞙,礼成,欢甚,相视而笑,后房燕乐,卜夜纵谈。予忝司徒之宾,时获末坐。初,中丞自
尚书屯田员外郎出守,踵其武者,今给事中穆公;代给事者,右丞段公;予不佞,继右丞
之后,故曰,袭馀芳焉。

送韦秀才道冲赴制举

惊禽一辞巢,栖息无少安。秋扇一离手,流尘蔽霜纨。故侣不可
追,凉风日已寒。远逢杜陵士,别尽平生欢。逐客无印绶,楚江多
芷兰。因居暇时游,一作君时暇游。长铗不复弹。阅书南轩霁一作际,
缊瑟清夜阑。万境身外寂,一杯腹中宽。伊昔玄宗朝,冬卿冠鸳
鸾。肃穆升内殿,从容领儒一作顶高冠。游夏无措词,阳秋垂不刊。
至今群玉府,学者空纵观。世人希德门,揭若攀峰峦。之子尚明
训,锵如振琅玕。一旦西上书,斑衣拂征鞍。荆台宿暮雨,汉水浮
春澜。君门起天中,多士如星攒。烟霞覆双阙,抃舞罗千官。清漏
滴铜壶,仙厨下雕柈一作盘。荧煌仰金榜,错落濡飞翰。古来才杰
士,所嗟遭时难。一鸣从此始,相望青云端。

送李策秀才还湖南因寄
幕中亲故兼简衡州吕一作李八郎中

深春风日净,昼长幽鸟鸣。仆夫前致词,门有白面生。摄衣相问

讯，解带坐南荣。端志见眉睫，苦一作芳言发精诚。因出怀中文，调孤词亦清。悄如促柱弦，掩抑多不平。乃言本蜀士，世降岷山灵。前人秉艺文，高视来上京。曳绶司徒府，所从信国桢。析一作折薪委宝一作空林，善响继家一作难继声。何处翳附郭，几人思扃成一作城。云天望乔木，风水悲流萍。前与计吏西，始列贡士名。森然就笔札，从试春官卿。帝城岐路多，万足伺一作俟晨星。茫茫风尘中，工拙同有营。寒女劳夜织，山苗荣寸茎。侯门方击钟，衣褐谁将迎。弱羽果摧颓，壮心郁怦怦。谅无蟠木容，聊复蓬累行一作生。昨日讯灵龟，繇言利艰贞。当求舍拔中，必在审己明。誓将息薄游，焦思穷笔精。薜兰在幽渚，安得扬芬馨。曰一作嗟余摧落者，散质负华缨。一聆苦辛词，再动伊郁情。身弃言不动，爱才心尚一作上惊。恨无羊角风，使尔化北溟。论罢情益亲，涉旬忘归程。日携邑中客，闲眺江上城。昼憩命金罍，宵谈转璿衡。薰一作蕙风香麈尾，月露濡桃笙。忽被戒羸骖，薄言事南征。火云蔚千里，旅思浩已盈。湘江含碧虚，衡岭浮翠晶。岂伊山水异，适与人事并。油幕侣一作似昆丘，粲然叠瑶琼。庾楼见清月，孔坐多绿醽。复有衡山守，本自云龙庭一作亭。抗志一作至和在灵府，发越伴咸英。一挥一作麾出荥阳，惠彼嗤嗤氓。隼旟辞濒水，居者皆涕零。惟昔与伊人，交欢经一作在宿龄。一从云雨散，滋我鄙吝萌。北渚不堪愁，南音谁复听。离忧若去水，浩漾无时停。尝闻祝融峰，上有神禹铭。古石琅玕姿，秘文螭虎形。圣功奠远服，神物拥休祯。贤人在其下，仿佛疑蓬瀛。君行历郡斋，大袂拂双旌。饰容遇朗鉴，肝鬲可以呈。昔日马相如，临邛坐尽倾。勉君刷羽翰，蚤取凌青冥。

送张盥赴举诗 并引

古人以偕受学为同门友，今人以偕升名为同年友。其语熟见，缙绅者皆道焉。余〔于〕(与)张盥为丈人,由是道也。曩吾见尔之始生,以老成为祝。今吾见尔之成人,以未立为忧。吾不幸,向所谓同年友,当其盛时,联袂齐镳,亘绝九衢,若屏风然。今来落落,如曙星之相望。昔日会合,不烦异席,可长太息哉。然而尚书右丞卫大受、兵部侍郎武廷硕二君者,当时伟人,咸万夫之望,足以订十朋之多也。第如京师,无骚骚尔,无忻忻尔。时秋也,吾为若叩商之讴,幸有感夫二君子。

尔生始悬弧,我作座上宾。引箸举汤饼,祝词天麒麟。今成一丈夫,坎坷愁风尘。长裾来谒我,自号庐山人。道旧与抚孤,悄然伤我神。依依见眉睫,嘿嘿含悲辛。永怀同年友,追想出谷晨。三十二君子,齐飞凌烟旻一作冥。曲江一会时,后会已凋沦。况今三十载,阅世难重陈。盛时一已过,来者日日新。不如摇落树,重有明年春。火后见琼璜,霜馀识松筠。肃风一作机乃独秀,武部一作抱亦绝伦。尔今持我诗,西一作两见二重臣。成贤必念旧,保贵一作节在安贫。清时为丞郎,气力俾陶钧。乞取斗升水,因之云汉津。

和州送钱侍御自宣州幕拜官便于华州觐省

五彩绣衣裳,当年正相称。春风旧一作函关路,归去真多兴。兰陔行可采,莲府犹回瞪。杨家绀幰迎,待御即王相公贵婿。谢守瑶华赠。宣州崔相公有诗赠行。御街草泛滟,台柏烟含凝一作暝。曾是平生一作主者游一作留,无因理归乘。

送僧方及南谒柳员外 并序

　　九江僧方及,既出家,依匡山,一时中颇属诗以摅思。古诗人暨今号为能赋,有辄求其词吟呻之,拳拳然,多多益嗜,影不出山者十年。尝登最高峰,四望天海,冲然有远游之志。顿锡而言曰:神驰而形阂者?方内之徒。及吾无方,阂于何者,由是耳得必目探之,意行必身随之,云游鸟企,无迹而远。予为连州,居无何而方及至,出袶中诗一篇以贶予,其词甚富。留一岁，观其行，结矩如教，益多之。一旦以行日来告，且曰：雅闻鸟昧之下有贤诸侯，愿跻其门，如蹈十地，敢乞辞以抵之。予唯而赋，顾其有重请之色见于颜间耳。

昔事一作日庐山远，精舍虎溪东。朝阳照瀑水，楼阁虹霓中。骋望羡游云，振衣若秋蓬。旧房闭松月，远思吟江风。古寺历头陀，奇峰扳一作攀祝融。南登小桂岭，却望归塞鸿。衣裓贮文章，自言学雕虫。抢榆念陵厉，覆篑图一作而穷崇。远郡多暇日，有诗访禅宫。石门耸一作崇峭绝，竹院含空濛。幽响滴岩溜，晴芳飘野丛。海云悬飓母，山果属狙一作猿公。忽忆吴兴郡，白蘋正葱茏。愿言挹风采，邈若窥华嵩。桂水夏澜急，火山宵一作烧焰红。三衣濡菌露，一锡飞烟空。勿谓翻译徒，不为文雅雄。古来赏音者，爨爩得孤桐。按狙公宜斥赋芋者，而《越绝书》有猿公。张衡赋南都，有猿父长啸之句。繇是而言，谓猿为公旧矣。

送惟良上人 并引

以貌窥天者曰：乾然〔而〕健，（单）于然而高。以数迎天者曰：其用四十有九。天果以有形而不能脱乎数。立象以推策，既成而遗之。古所谓神交造物者，非空言耳。轩皇受天命，其佐皆圣人，故得之。惟唐继天，德如黄帝，有外臣一行，亦圣之徒与，刊历考元，书成化去。今丹徒人惟良，生而能知，非自外求，以乾坤之笑，当十期之数，凝神运指，上感躔次，视玄黄溟涬。无倪有常，绝机泯知，独以神会。数起于复之初九，音生于黄钟之宫，积微本隐，言与化合。夫天人之数，极而含变，变而靡不通，神趋鬼慑，不足骇也。惟良得一行之道，故亦慕其为外臣。谬谓余为世间聪明，子子来访。初以说合，至于不言。言息而理冥，复申之以嗟叹，曰：师其庶几乎！信神与之而不能测神之所以付，信术通之而不能知术之所以〔至〕，浅哉余闻乎，曾井蛙醢鸡之不若也！长庆四年冬十一月甲子，语至夜艾，遂为诗以志焉。

高斋洒一作映寒水,是夕山僧至。玄牝无关锁,琼书舍一作拾文字。灯明香满室,月午霜凝地。语到不言时,世间人尽一作自睡。

翠微寺有感

吾王昔游幸,离宫云际开。朱旗迎夏早一作毕,凉轩避暑来。汤饼赐都尉,寒冰颁上才。龙耳一作颜不可望,玉座生尘埃。

观柘枝舞二首

胡服何葳蕤,仙仙一作姬登绮墀。神飙猎红蕖,龙烛映一作然金枝。垂带覆纤腰,安钿当妩眉。翘袖中繁鼓,倾眸溯华榱。燕秦有旧曲,淮南多冶词。欲见倾城处,君看赴节时。

山鸡临清镜,石燕赴遥津。何如上客会,长袖入华裀。体轻似无骨,观者皆耸神。曲尽回身处一作去,层波犹注人。

连州腊日观莫徭猎西山

海天杀气薄,蛮军步一作部伍嚣。林红叶尽变,原黑草初烧。围合繁钲息,禽兴大旆摇。张罗依道口,嗾犬上山腰。猜鹰虑奋迅,惊鹿一作麈时踧跳。瘴云四面起,腊雪半空消。箭头馀鹄血,鞍傍见雉翘。日暮还城邑,金笳发丽谯。

寄陕州姚中丞 时分司东都

八月天气肃,二陵风雨收。旌旗阙下来,云日关东秋。禹迹想前事,汉台馀故丘。徘徊襟带地,左右帝王州。留滞悲昔老,恩光荣彻侯。相思望棠树,一寄商声讴。

奉酬湖州崔郎中见寄五韵

山阳昔相遇,灼灼晨葩鲜。同游翰墨场,和乐埙篪然。一落名宦途,浩如乘风船。行当衰暮日,卧理淮海边一作壖。犹期谢病后,共乐桑榆年。

学阮公体三首

少年负志气,信道不从时。只言绳自直,安知室可欺。百胜难虑敌一作虑无敌,三折乃良医。人生不失意,焉能慕知己。

朔风悲老骥,秋霜动鸷禽。出门有远道,平野多层阴。灭没驰绝塞,振迅拂华林。不因感衰节,安能激壮心。

昔贤多使气,忧国不谋身。目览千载事,心交上古人。侯门有仁义,灵台多苦辛。不学腰如磬,徒使甑生尘。

秋晚题湖城驿池上亭

秋次池上馆,林塘照南荣。尘衣纷未解,幽思浩已盈。风莲坠故蕚,露菊含晚英。恨为一夕客,愁听晨鸡鸣。

贾客词 并引

　　　　五方之贾,以财相雄,而盐贾尤炽。或曰:贾雄则农伤。予感之,作是词。

贾客无定游,所游唯利并。眩俗杂良苦,乘时取重轻。心计析秋毫,摇一作捶钩俟悬衡。锥刀既无弃,转化日已盈。邀一作徼福祷波神,施财游化城。妻约雕金钏,女垂贯珠缨。高赀比封君,奇货通幸卿。趋时鹜鸟思,藏镪盘龙形。大艑浮通川,高楼次旗亭。行止皆有乐,关梁自一作似无征。农夫何为者,辛苦事寒耕。

调瑟词 并引

里有富豪翁，厚自奉养，而严督臧获，力屈形削，犹役之无艺极（一无极字）。一旦不堪命，亡者过半，追亡者亦不来复。翁悴沮而追昨非之莫及也。予感之，作调瑟词。

调瑟在张弦，弦平音自足。朱弦二十五，缺一不成曲。美人爱高张，瑶轸再三促。上弦虽独响，下应不相属。日暮声未和，寂寥一枯木。却顾膝上弦，流泪难相续。

读张曲江集作 并引

世称张曲江为相，建言放臣不宜与善地，多徙五溪不毛之乡。及今读其文，自内职牧始安，有瘴疠之叹；自退相守荆门，有拘囚之思。托讽禽鸟，寄词草树，郁然有骚人风。嗟夫！身出于遐陬，一失意而不能堪，矧华人士族而必致丑地，然后快意哉？议者以曲江为良臣，识胡雏有反相，羞凡器与同列，密启廷争，虽古哲人不及。而燕翼无似，终为馁魂，岂忮心失恕，阴谪最大，虽二美莫赎邪？不然，何袁公一言明楚狱而钟祉四叶？以是相较，神可诬乎？予读其文，因诗以吊。

圣言贵忠恕，至道重观身。法在何所恨，色相一作伤斯为仁。良时难久恃，阴谪岂无因。寂寞韶阳庙，魂归不见人。

偶 作 二 首

终朝对尊酒，嗜兴非嗜甘。终日偶众人，纵言不纵谈。世情闲静见，药性病多谙。寄谢嵇中散，予无甚不堪。

万卷堆床书，学者识其真。万里长江水，征夫渡要津。养生非但药，悟佛不因人。燕石何须辨，逢时即至珍。

昏镜词 并引

镜之工列十镜于贾筵，发筵而视，其一皎如，其九雾如。或曰，良苦

(一作楛)之不侔甚矣。工解颐谢曰，非不能尽良也。盖贾之意，唯售是念。今夫来市者，必历鉴(一作览)周睐，求与己宜。彼皎者不能隐芒杪之瑕，非美容不合是用，什一其数也。余感之，作《昏镜词》。

昏镜非美金，漠然丧其晶一作精。陋容多自欺，谓若他镜明。瑕疵既一作暗不见，妍态随意生。一日四五照，自言美倾城。饰带以纹一作绮绣，装匣以琼瑛。秦宫岂不重，非适乃为轻。

咏古二首有所寄

车音想辚辚，不见綦下尘。可怜平阳第，歌舞娇青春。金屋容色在，文园词赋新。一朝复得幸，应知失意人。

寂寥一作寞，一作寂。照镜台，遗基古南阳一作方。真人昔来游，翠凤相随翔。目成在桑野，志遂贮椒房。岂无三千女，初心不可忘。

磨　镜　篇

流尘翳明镜，岁久看如漆。门前负局人一作生，为我一磨拂。萍开绿池满，晕尽金波溢。白日照空心，圆光走幽室。山神妖气沮，野魅真形出。却思未磨时，瓦砾来唐突。

全唐诗卷三五五

刘禹锡

登司马错古城 <small>秦昭王命错征五溪蛮，城在武陵沅江南。</small>

将军将<small>一作实</small>秦师<small>一作帅</small>，西南奠遐服。故垒清江上，苍烟晦<small>一作昧</small>乔木。登临直萧辰，周览壮前躅。堑平陈叶满，墉高秋蔓绿。废井抽寒菜，毁台生鲁<small>一作稆</small>谷。耕人得古器，宿雨多遗镞。楚塞郁重叠，蛮溪纷诘曲。留此数仞基，几人伤远目<small>一作伤送目</small>。

谒柱山会禅师

我本山东人，平生多感慨。弱冠游咸京，上书金马外。结交当世贤，驰声溢四塞。勉修贵及早，狃捷<small>一作健</small>不知退。锱铢扬芬馨，寻尺招瑕颣。淹留郢南都<small>一作鄙</small>，摧颓羽翰碎。安能咎往事，且欲去沉痗。吾师得真如，寄在人寰内。哀我堕名网，有如翾飞辈。曈曈揭智烛，照使出昏昧。静见玄关启，歆然初心会。凤尚一何微，今得信可大。觉路明证入，便门通忏悔。悟理言自忘，处屯道犹泰。色身岂吾宝，慧性非形碍。思此灵山期，未卜<small>一作来</small>何年载。

卧病闻常山旋师策勋宥过王泽大洽因寄李六侍郎 一作御

寂寂重寂寂,病夫卧秋斋。夜蛩思幽壁,槁叶鸣空阶。南国异气候,火旻尚昏霾。瘴烟跕飞羽,沴气伤百骸。昨闻凯歌旋,饮至酒如淮。无战陋丹水,垂仁轻槁街。清庙既策勋,圆丘俟燔柴。车书一以混,幽远靡不怀。逐客憔悴久,故乡云雨乖。禽鱼各有化,予欲问齐谐。

善卷坛下作 在柱山上

先生见尧心,相与去一作公九有。斯民既已治,我得安林薮。道为自然贵,名是无穷寿。瑶坛一作台在此山,识者常回首。

武陵观火诗

楚乡祝融分,炎火常为虞。是时直突烟,发自晨炊徒。盲风扇其威,白昼曛阳乌。操绠不暇汲,循墙还一作宁避逾。怒如列缺光,迅与芬一作芬轮俱。联延掩四远一作达,赫奕成洪炉。汹疑云涛翻,飒若鬼神趋。当前迎焌艳,是物同膏腴。金乌入梵天,赤龙游玄都。腾烟透窗户,飞焰生栾栌。火山摧半空,星雨洒中衢。瑶坛被糅漆,宝树攒珊瑚。光一作花县与琴焦一作焦琴,旗亭无酒濡。市人委百货,邑令遗双凫。馀势下隈隩,长熛烘舳舻。吹焚一作荧照水府,炙浪愁天吴。灾罢云日晚,心惊视听殊。高灰辨廪庾,黑土连闉阇。众烬合星罗,游氛铄人肤。厚地藏宿热,遥林呈骤枯。火德资生人,庸可一日无。御之失其道,敲石弥天隅。晋库走龙剑,吴宫伤燕雏。五行有沴气,先哲垂讦谟。宋郑同日起,时当贤大夫。无苟自可乐,弭患非所图。贤守恤人瘼,临烟驻骊驹。吊场一作伤色

惨怛一作怚,颜一作暗失词劬愉。下令躏里布,指期轻市租。闲垣适
未立,苦盖自相娱。山木行剪伐,江泥宜壿途一作涂。邑一作鲁臣不
必曾一作茸,何用征越巫。

崔元受少府自贬所还遗山姜花以诗答之

故人博罗尉,遗我山姜花。采从碧海上,来自谪仙家。云涛润孤
根,阴火照晨葩。静摇扶桑日,艳对瀛洲霞。世人爱一作受芳一作苦
辛,搴撷忘幽遐。传名入帝里,飞驿辞天涯。王济本尚味,石崇方
斗奢。雕一作堆盘多不识,绮席乃增华。驿马损筋骨,贵人滋齿牙。
顾予藜藿士,持此重咨一作空叹嗟。

途中早发

马踏尘上霜,月明江头路。行人朝气锐,宿鸟相辞去。流水隔远
村,缦山多红树。悠悠关塞内,往来一作来往无闲步。

和董庶中古散调词赠尹果毅

昔听东武吟,壮年心已悲。如何今沦落,闻君辛苦辞。言有穷巷
士,弱龄颇尚奇。读得玄女符,生当事边时。借名游侠窟,结客幽
并儿。往来长楸一作秋间,能带双鞬驰。崩腾天宝末,尘暗燕南一作
幽垂。燧火入咸阳,诏征神武师。是时占军幕,插羽扬金羁。万夫
列辕门,观射中戟支。誓当雪国雠,亲爱从此辞。中宵倚长剑,起
视蚩尤旗。介马晨萧萧,阵云竟天涯。阴风猎一作列白草,旗斿光
参差。勇气贯中肠,视身忽如遗。生一作曾擒白马将,虏骑不敢追。
贵臣上战功,名姓随意移。终岁肌骨苦,他人印累累。谒者既清
宫,诸侯各罢戏。上将赐甲第,门戟不可窥。眦血下沾襟,天高问
无期。却寻故乡路,孤影空相随。行逢里中旧,扑速一作宿昔所嗤。

一言合侯王,腰佩黄金龟。问我何自苦,可怜真数奇。迟回顾徒御,得色悬双眉。翻然悟世途,抚己昧所宜。田园已芜没,流浪江海湄。鸷禽毛翮摧,不见翔云一作高翔姿。衰容蔽逸气,矹矹无人知。寂寞草玄徒,长吟下书帷。为一作闻君发哀韵,若扣一作爇若瑶林枝。有客识其真,潺湲涕交颐。饮一作劝尔一杯酒,陶然足自怡。

望　衡　山

东南倚盖卑,维岳资柱石。前当祝融居,上拂朱鸟翮。青冥结精气,磅礴宣地脉。还闻肤寸阴,能致弥天泽。

游桃源一百韵

沅江清悠悠,连山郁岑寂。回流抱绝巘,皎镜含虚碧。昏旦递明媚,烟岚分委积。香蔓垂绿潭,暴龙照孤碛。山下潭名绿萝,碛名暴龙。渊明著前志,子骥思远蹠。事见陶先生本记。寂寂无何乡,密尔天地隔。金行太元岁,渔者偶探赜。寻花得幽踪,窥洞穿暗隙。依微闻鸡犬,豁达值阡陌。居人互将迎,笑语如平昔。广乐虽交奏,海禽心不怿。挥手一来归,故溪无处觅。绵绵五百载,市朝几迁革。有路在壶中,无人知地脉。皇家感至道,圣祚自天锡。金阙传本枝,玉函留宝历。禁山开秘宇,复户洁灵宅。诏隶二十户免徭,以奉洒扫。蕊检香氛氲,醮坛烟幂幂。我来尘外躅,莹若朝星析。崖转对翠屏,水穷留画鹢。三休俯乔木,千级扳峭壁。旭日闻撞钟,彩云迎蹑屐。遂登最高顶,纵目还楚泽。平湖见草青,远岸连霞赤。幽寻如梦想,绵思属空阒。赍缘且忘疲,耽玩近成癖。清猿伺晓发,瑶草凌寒坼。祥禽舞葱茏,珠树摇玓琭一作瓅。羽人顾我笑,劝我税归轭。霓裳何飘飖,童颜洁白皙。重岩是藩屏,驯鹿受羁靮。楼居弥一作迩清霄,萝茑成翠帟。仙翁遗竹杖,王母留桃核。姹女飞

丹砂,青童护金液。宝气浮鼎耳,神光生剑脊。虚无天乐来,俧窣
鬼兵役。丹丘肃朝礼,玉札工绅绎。枕中淮南方,床下皁乡舄。
明灯坐遥夜,幽籁听渐沥。因话近世仙,耸然心神惕。乃言瞿氏
子,骨状非凡格。往事黄先生,群儿多侮剧。警一作讐然不屑意,元
气贮肝膈。往往游不归,洞中观博弈。言高未易信,犹复加诃责。
一旦前致辞,自云仙期迫。言师有道骨,前事常被谪。如今三山
上,名字在真籍。悠然谢主人,后岁当来觌。言毕依庭树,如烟去
无迹。观者皆失次,惊追纷络绎。日暮山径穷,松风自萧槭。适逢
修蛇见,瞑目光激射。如严三清居,不使恣搜索。唯馀步纲势,八
趾在沙砾。至今东北隅,表以坛上石。列仙徒有名,世人非目击。
如何庭庑际,白日振飞翮。洞天岂幽远,得道如咫尺。一气无死
生,三光自迁易。因思人间世,前路何狭一作湫窄。瞥然此生中,善
祝期满百。大方播群类,秀气肖翕辟。性静本同和,物牵成阻厄。
是非斗方寸,荤血昏精魄。遂令多夭伤,犹喜见斑白。喧喧车马
驰,苒苒桑榆夕。共安缇绣荣,不悟泥途适。纷吾本孤贱,世叶在
逢掖。九流宗指归,百氏旁捃摭。公卿偶慰荐,乡曲缪推择。居安
白社贫,志傲玄纁辟。功名希自取,簪组俟扬历。书府蠹怀铅,射
宫曾发的。起草香生帐,坐曹乌集柏。赐燕聆箫韶,侍祠阅琼璧。
尝闻履忠信,可以行蛮貊。自述一作迷希古心,忘恃干时画。巧言
忽成锦,苦志徒食蘗。平地生峰峦,深心有矛戟。层波一震荡,弱
植忽沦溺。北渚吊灵均,长岑思亭伯。祸来昧几兆,事去空叹息。
尘累与时深,流年随漏滴。才能疑木雁,报施迷夷跖。楚奏縶一作
系钟仪,商歌劳甯戚。禀生非悬解,对镜方感激。自从婴网罗,每
事问龟策。王正降雷雨,环玦赐迁斥。倘伏一作复夷平人,誓将依
羽客。买山构精舍,领徒开讲席。冀无身外忧,自有闲中益。道芽
期日就,尘虑乃冰释。且欲遗姓名,安能慕竹帛。长生尚学致,一

溉一作暨岂虚掷。芝朮资糇粮，烟霞拂巾帻。黄石履看堕，洪崖肩可拍。聊复嗟蜉蝣，何烦哀尰蜴。青囊既深味，琼葩亦屡摘。纵一作踪无西山资一作姿，犹免长戚戚。

客有为余话登天坛遇雨之状因以赋之

清晨登天坛，半路逢阴晦。疾行穿雨过，却立视云背。白日照其上，风雷走于内。滉漾雪海翻，槎牙玉山碎。蛟龙露鬐鬣，神鬼含变态。万状互生灭，百音以繁会。俯观群动静，始觉天宇大。山顶自晶一作澄明，人间已滂沛。豁然重昏敛，焕若春冰溃。反照入松门，瀑流飞缟带。遥光泛物色，馀韵吟天籁。洞府撞仙钟，村墟起夕霭。却见山下侣，已如迷世代。问我何处来，我来云雨外。

秋江早发

轻阴迎晓日，霞霁秋江明。草树含远思，襟杯有馀清。凝睇万象起，朗吟孤愤平。渚鸿未矫翼，而我已遐征。因思市朝人，方听晨鸡鸣。昏昏恋衾枕，安见元气英。元气二字，一作天地。纳爽耳目变，玩奇筋骨轻。沧洲有奇趣，浩然一作荡吾将行。

有僧言罗浮事因为诗以写之

君言罗浮上，容易见九垠。渐高元气壮，汹涌来翼身。夜宿最高峰，瞻望浩无邻。海黑天宇旷，星辰来逼人。是时当朏魄，阴物恣腾振。日光吐鲸背，剑影开龙鳞。倏若万马驰，旌旗耸翕沦。又如广乐奏，金石含悲辛。疑其有巨灵，怪物尽来宾。阴阳迭用事，乃俾夜作晨。咿喔天鸡鸣，扶桑色昕昕。赤波千万里，涌出黄金轮。下视生物息，霏如隙中尘。醯鸡仰瓮口，亦谓云汉津。世人信耳目，方寸度大钧。安知视听外，怪愕不可陈。悠悠想大方，此乃杯水滨。知小天地大，安能识其真。

裴祭酒尚书见示春归城南一作东青松坞
别墅寄王左丞高侍郎之什命同作

早宦阅人事，晚一作晓怀生道机。时从学省出，独望郊园归。野彴
度春水，山花映岩扉。石头解金章，林下步绿薇。青松郁成坞，修
竹盈尺围。吟风起天籁，蔽日无炎威。危径盘羊肠，连甍耸翚飞。
幽谷响樵斧，澄潭一作江环钓矶。因高见帝城，冠盖扬光辉。白云
难持寄，清韵投所希。二公如长离一作凤雏，比翼翔太微。含情谢
林壑，酬赠骈一作唱达珠玑。顾予久郎一作即潜，愁寂对芳菲。一闻
丘中趣，再抚黄金徽。一作再听抚金徽。

和河南裴尹侍郎宿斋天平寺
诣九龙祠祈雨二十韵

有事九龙庙，洁斋梵一作梦王祠。玉箫何时绝，碧树空凉飔。吏散
埃壒息，月高庭宇宜。重城肃穆闭，涧水潺湲时。人稀夜复闲，虑
静境亦随。缅怀断鳌足，凝想乘鸾姿。朱明盛农节，膏泽方愆期。
瞻言五灵瑞，能救百谷萎。咿喔晨鸡鸣，阑干斗柄一作杓垂。修容
谒神像，注意陈正词。惊飙起泓泉，若调一作召雷雨师。黑烟耸鳞
甲，洒液如棼丝。丰隆震天衢，列缺挥火旗。炎空忽凄紧，高溜悬
缤缡。生物已滂沛，湿云稍离披。丹霞启南陆，白水含东菑。熙熙
飞走适，蔼蔼草树滋。浮光动宫观，远思盈川坻。吴公敏于政，谢
守工为诗。商山有病客，言贺舒庞眉。

冬夜宴河中李相公中堂命筝歌送酒

朗朗一作琅琅鹍鸡弦，华堂夜多思。帘外雪已深，座中人半醉。翠

蛾发清响,曲尽有馀意。酌我莫忧狂,老来无逸气。

重至衡阳伤柳仪曹 并引

元和乙未岁,与故人柳子厚临湘水为别。柳浮舟适柳州,余登陆赴
连州。后五年,余从故道出桂岭,至前别处,而君没于南中,因赋诗以投
吊。

忆昨与故人,湘江岸头别。我马映林嘶,君帆转山灭。马嘶循古
道,帆灭如流电。千里江蓠春,故人今不见。

谪居悼往二首

邑邑一作悒悒何邑邑,长沙地卑湿。楼上见春多,花前恨风急。猿
愁肠断叫,鹤病翘趾立。牛衣独自眠,谁哀仲卿泣。

郁郁何郁郁,长安远如日。终日念乡关,燕来鸿复还。潘岳岁寒
思,屈平憔悴颜。殷勤望归路,无雨即登山。

有 獭 吟

有獭得嘉鱼,自谓天见怜。先祭不敢食,捧鳞望青玄。人立寒沙
上,心专眼悁悁一作腔着肩。渔翁以为妖,举块投其咽。呼儿贯鱼
归,与獭同烹煎。关关黄金鹦,大翅摇江烟。下见盈寻鱼,投身擘
洪连一作涟。攫挐隐鳞去,哺雏林岳巅。鸥乌欲伺隙,遥噪莫敢前。
长居青云路,弹射无由缘。何地无江湖,何水无鲔鳣。天意不宰
割,菲祭徒虔虔。空馀知礼重,载在淹中篇。

白 太 守 行

闻有白太守,抛一作弃官归旧谿。苏州十万户,尽作婴儿啼。太守
驻行舟,阊门草萋萋。挥袂谢啼者,依然两眉低。朱户非不崇,我

心如重狴。华池非不清,意在寥廓栖。夸者窃所_{一作在}怪,贤者默
思齐。我为太守行,题在隐起珪。

乐天寄洛下新诗兼喜
微之欲到因以抒怀也

松间风未起,万叶不自吟。池上月未来,清辉同夕阴。宫徵不独
运,埙篪自相寻。一从别乐天,诗思日已沉。吟君洛中作,精绝百
炼金。乃知孤鹤情,月露为知音。微之从东来,威凤鸣归林。羡君
先相见,一豁平生心。

月夜忆乐天兼寄微之 _{一作月夜寄微之忆乐天}

今宵帝城月,一望雪相似。遥想洛阳城,清光正如此。知君当此
夕,亦望镜_{一作临}湖水。展转相忆心,月明_{一作明月}千_{一作十}万里。

早夏郡中书事

水禽渡残月,飞雨洒高城。华堂对嘉树,帘庑含晓清。拂镜整危
冠,振衣步前楹。将吏俨成列,簿书纷来萦。言下辨曲直,笔端破
交争。虚怀询病苦,怀律操剸轻。阍吏告无事,归来解簪缨。高帘
覆朱阁,忽尔闻调笙。

酬乐天七月一日夜即事见寄

夜树风韵清,天河云彩轻。故苑多露草,隔城闻鹤鸣。摇落从此
始,别离含远情。闻君当是夕,倚瑟吟商声。外物岂不足,中怀向
谁倾。秋来念归去,同听嵩阳笙。

令狐相公见示赠竹二十韵仍命继和

高人必爱竹,寄兴良有以。峻节可临戎,虚心宜待士。众芳信妍媚,威凤难栖止。遂于鼙鼓间,移植东南美。封以梁国土,浇之浚泉水。得地色不移,凌空势方起。新青排故叶,馀纷笼疏理。犹复隔墙藩,何因出尘滓。兹辰去前蔽,永日劳瞪视。械械林已成,荧荧玉相似。规摹起心匠,洗涤在颐指。曲直既了然,孤高何卓尔。垂梢覆内屏,迸笋侵前阤。妓席拂云鬟,宾阶荫珠履。抱琴恣闲玩,执卷堪斜倚。露下悬明珰,风来韵清徵。坚贞贯四候,标格殊百卉。岁晚当自知,繁华岂云比。古诗无赠竹,高唱从此始。一听清瑶音,峥然长在耳。

和令狐相公晚泛汉江书怀寄
洋州崔侍郎阆州高舍人二曹长

雨过远山出,江澄暮霞生。因浮济川舟,遂作适野行。郊树映缇骑,水禽避红旌。田夫捐畚锸,织妇窥柴荆。古岸夏花发,遥林晚蝉清。沿洄方玩境,鼓角已登城。部内有良牧,望中寄深情。临觞念佳期,泛瑟动离声。寂寞一病士,夙昔接群英。多谢谪仙侣,几时还玉京。

和乐天洛城春齐梁体八韵

帝城宜春入,游人喜意长。草生季伦谷,花出莫愁坊。断云发山色,轻风漾水光。楼前戏马地,树下斗鸡场。白头自为侣,绿酒亦满觞。潘园观种植,谢墅阅池塘。至闲似隐逸,过老不悲伤。相问焉功德,银黄游故乡。

洛中早春赠乐天

漠漠复霭霭,半晴将半阴。春来自何处,无迹日以深。韶嫩冰后木,轻盈烟际林。藤生欲有托,柳弱不自任。花意已含蓄,鸟言尚沉吟。期君当此时,与我恣追寻。翻愁烂熳后,春暮却伤心。

和乐天宴李周美中丞宅池上赏樱桃花

樱桃千万枝,照耀如雪天。王孙宴其下,隔水疑神仙。宿露发清香,初阳动暄妍。妖姬满髻插,酒客折枝传。同此赏芳月一作日,几人有华筵。杯行勿遽辞,好醉逸三年。

酬乐天闻新蝉见赠

碧树鸣蝉后,烟云改容光。瑟然引秋气,芳草日夜黄。夹道喧古槐,临池思垂杨。离人下忆泪,志士激刚肠。昔闻阻山川,今听同匡床。人情便所遇,音韵岂殊常。因之比笙竽,送我游醉乡。

和乐天秋凉闲卧

暑退人体轻,雨馀天色改。荷珠贯索断,竹粉残妆在。高僧扫室请,逸客登楼待。槐柳渐萧疏,闲门少光彩。

酬乐天咏老见示

人谁不愿老,老去有谁怜。身瘦带频减,发稀冠自偏。废书缘惜眼,多炙为随年。经事还谙事,阅人如阅川。细思皆幸矣,下此便翛然。莫道桑榆晚,微一作为霞尚满天。

岁 夜 咏 怀

弥年不得意,新岁又如何。念昔同游者,而今有几多。以闲为自在,将寿补蹉跎。春色无情故,幽居亦见过。

酬牛相公独饮偶醉寓言见示

宫漏夜丁丁,千门闭霜月。华堂列红烛,丝管静中发。歌眉低有思,舞体轻无骨。主人启酡颜,酣畅浃肌发。犹思城外客,阡陌不可越。春意日夕深,此欢无断绝。

萋 兮 吟

天涯浮云生,争蔽日月光。穷巷秋风起,先摧兰蕙芳。万货列旗亭,恣心注明珰。名高毁所集,言巧智难防。勿谓行大道,斯须成太行。莫吟萋兮什,徒使君子伤。

韩十八侍御见示岳阳楼别窦司直诗因令属和重以自述故足成六十二韵

楚望何苍然,曾澜七百里。孤城寄远目,一写无穷已。荡漾浮天盖,四环宣地理。积涨在三秋,混成非一水。冬游见清浅,春望多洲沚。云锦远沙明,风烟青草靡。火星忽南见,月硖方东迤。雪波西山来,隐若长城起。独专朝宗路,驶悍不可止。支川让其威,蓄缩至南委。熊武走蛮落,<small>熊、武,二溪名。</small>潇湘来奥鄙。炎蒸动泉源,积潦搜山趾。归往无旦夕,包含通远迩。行当白露时,眇视秋光里。曙色未昭晰,露华遥斐亹。浩尔神骨清,如观混元始。北风忽震荡,惊浪迷津涘。怒激鼓铿訇,蹙成山岿硊。鹍鹏疑变化,罔象何恢诡。嘘吸写楼台,腾骧露鬐尾。景移群动息,波静繁音弭。明

月出中央,青天绝纤滓。素光淡无际,绿静平如砥。空影渡鹓鸿,
秋声思芦苇。鲛人弄机杼,贝阙骈红紫。珠蛤吐玲珑,文鳐翔敧
旎。水乡吴蜀限,地势东南庳。翼轸粲垂精,衡巫屹环峙。名雄七
泽薮,国辨三苗氏。唐羿断修蛇,荆王惮丁达反青兕。秦狩迹犹在,
虞巡路从此。轩后奏宫商,骚人咏兰芷。茅岭潜相应,橘洲傍可
指。郭璞验幽经,罗含著前纪。观津一作律戚里族,按道侯家子。
联袂登高楼,临轩笑相视。假守亦高卧,窦时权领郡事。墨曹正垂耳。
韩亦量移江陵法曹。契阔话凉温,壶觞慰迁徙。地偏山水秀,客重杯盘
侈。红袖花欲然,银灯昼相似。兴酣更抵掌,乐极同启齿。笔锋不
能休,藻思一何绮。伊余负微尚,夙昔惭知己。出入金马门,交结
青云士。袭芳践兰室,学古游槐市。策慕宋前军,文师汉中垒。陋
容眛俯仰,孤志无依倚。卫足不如葵,漏川空叹蚁。幸逢万物泰,
独处穷途否。锻翮重叠伤,兢魂再三褫。蓬瑗亦屡化,左丘犹有
耻。桃源访仙宫,薜服祠山鬼。故人南台旧,一别如弦矢。今朝会
荆峦,斗酒相宴喜。为余出新什,笑抃随伸纸。晔若观五色,欢然
臻四美。委曲风涛事,分明穷达旨。洪韵发华钟,凄音激清徵。羊
潜要平声共和,江淹多杂拟。徒欲仰高山,焉能追逸轨。湘洲路四
达,巴陵城百雉。何必颜光禄,留诗张内史。

和郴州杨侍郎玩郡斋紫薇花十四韵

几年丹霄上,出入金华省。暂别万年枝,看花桂阳岭。南方足奇
树,公府成佳境。绿阴交广除,明艳透萧屏。雨馀人吏散,燕语帘
栊静。懿此含晓芳,脩然忘簿领。紫茸垂组缕,金〔缕〕(楼)攒锋颖。
露溥暗传香,风轻徐就影。苒弱多意思,从容占光景。得地在侯
家,移根近仙井。开尊好凝睇,倚瑟仍回颈。游蜂驻彩冠,舞鹤迷
烟顶。兴生红药后,爱与甘棠并。不学夭桃姿,浮荣在俄顷。

春日寄杨八唐州二首

淮西春草长,淮水透迤光。燕入新村落,人耕旧战场。可怜行春守,立马看斜桑。

漠漠淮上春,莠苗生故垒。梨花方城路,荻笋萧陂水。高斋有谪仙,坐啸清风起。

酬冯十七舍人宿卫赠别五韵

少年为别日,隋宫杨柳阴。白首相逢处,巴江烟浪深。使星上三蜀,春雨沾衣襟。王程促速意,夜语殷勤心。却归天上去,遗我云间音。

酬湖州崔郎中见寄

风筝吟秋空,不肖指爪声。高人灵府间,律吕伴咸英。昔年与兄游,文似马长卿。今来寄新诗,乃类陶渊明。磨砻老益智,吟咏闲弥精。岂非山水乡,荡漾神机清。渚烟蕙兰动,溪雨虹蜺生。冯君虚上舍,待余乘兴行。

秋日书怀寄河南王尹

公府想无事,西池秋水清。去年为狎客,永日奉高情。况有台上月,如闻云外笙。不知桑落酒,今岁与谁倾。

酬留守牛相公宫城早秋寓言见寄

晓月映宫树,秋光起天津。凉风稍动叶,宿露未生尘。星一作景气尚芳丽,旷望感心神。挥毫成逸韵,开阁迟来宾。摆去将相印,渐为逍遥身。如招后房宴,却要白头人。

海阳十咏 并引

元次山始作海阳湖,后之人或立亭树,率无指名。及余而大备,每疏凿构置,必揣称以标之,人咸曰有旨。异日迁官,裴侍御为十咏以示余,颇明丽而不虚美。因捃拾裴诗所未道者,从而和之。

吏 隐 亭

结构得奇势,朱门交碧浔。外来始一望,写尽平生心。日轩漾波影,月砌镂松阴。几度欲归去,回眸情更深。

切 云 亭

迥破林烟出,俯窥石潭空。波摇杏梁日,松韵碧窗风。隔水生别岛,带桥如断虹。九疑南面事,尽入寸眸中。

云 英 潭

芳幄覆云屏,石夽开碧镜。支流日飞洒,深处自疑莹。潜去不见迹,清音常满听。有时病朝醒,来此心神醒。

玄 览 亭

潇洒青林际,夤缘碧潭隈。淙流冒石下,轻波触砌回。香风逼人度,幽花覆水开。故令无四壁,晴夜月光来。

裴 溪 时御史已遇新恩

楚客忆关中,疏溪想汾水。萦纡非一曲,意态如千里。倒影罗文动,微波一作浪笑颜起。君今赐环归,何人承玉趾。

飞 练 瀑

晶晶掷岩端,洁光如可把。琼枝曲不折,云片晴犹下。石坚激清响,叶动承馀洒。前时一作池明月中,见是银河泻。

蒙 池

潆渟幽壁下,深净如无力。风起不成文,月来同一色。地灵草木瘦,人远烟霞逼。往往疑列仙,围棋在岩侧。

芬丝瀑

飞流透嵌隙,喷洒如丝芬。含晕迎初旭,翻光破夕曛。馀波绕石
去,碎响隔溪闻。却望琼沙际,逶迤见脉分。

双溪

流水绕双岛,碧溪相并深。浮花拥曲处,远影落中心。闲鹭久独
立,曝龟惊复沉。蘋风有时起,满谷箫韶音。

月窟

溅溅漱幽石,注入团圆处。有如常满杯,承彼清夜露。岩曲月斜
照,林寒春晚煦。游人不敢触,恐有蛟龙护。

武夫词 并引

　　　　有武夫过,诧余以从军之乐。翌日,质于通武之善经者,则曰:果有
　　　乐也。夫威恣而赏劳,则乐用;威雄而赏虣,则乐横。顾其乐安出耳。
　　　余惕然作是词。

武夫何洸洸,衣紫袭绛裳。借问胡为尔,列校在鹰扬。依倚将军
势,交结少年场。探丸害公吏,抽刃妒名倡。家产既不事,顾盼自
生光。酣一作醒歌高楼上,袒裼大道傍。昔为编户人,秉耒甘哺糠。
今来从军乐,跃马饫膏粱。犹思风尘起,无种取侯王。

虎丘寺路宴

青林虎丘寺,林际翠微路。立见山僧来,遥从鸟飞处。兹峰沦宝
玉,千载惟丘墓。埋剑人空传,凿山龙已去。扪萝披翳荟,路转夕
阴遽。虎啸崖谷寒,猿鸣松杉暮。徘徊北楼上,海江穷一顾。日映
千里帆,鸦归万家树。暂因惬所适,果得捐外虑。庭暗栖还云,檐
香滴甘露。久迷空寂理,多为声华故。永欲投此山,馀生岂能误。

缺　题

故人日已远,窗下尘满琴。坐对一樽酒,恨多无力斟。幕疏萤色迥,露重月华深。万境与群籁,此时情岂任。

晚步扬子游南塘望沙尾

淮海多夏雨,晓来天始晴。萧条长风至,千里孤云生。卑湿久喧浊,搴开偶虚清。客游广陵郡,晚出临江城。郊外绿杨阴,江中沙屿明。归帆翳尽日,去棹闻遗声。乡国殊渺漫,羁心目悬旌。悠然京华意,怅望怀远程。薄暮大山上,翩翩双鸟征。

和浙西李大夫晚下北固山喜径松成阴怅然怀古偶题临江亭并浙东元相公所和依本韵

一辞温室树,几见武昌柳。荀谢年何少,韦平望已久。种松夹石道,纤组临沙阜。目览帝王州,心存股肱守。叶动惊彩翰,波澄见颓首。晋宋齐梁都,千山万江口。烟散隋宫出,涛来海门吼。风俗太伯馀,衣冠永嘉后。江长天作限,山固壤无朽。自古称佳丽,非贤谁奄有。八元邦族盛,万石门风厚。天柱揭东溟,文星照北斗。高亭一骋望,举酒共为寿。因赋咏怀诗,远寄同心友。禁中晨夜直,江左东西偶。将手握兵符,儒腰盘贵绶。颁条风有自,立事言无苟。农野闻让耕,军人不使酒。用材当构厦,知道宁窥牖。谁谓青云高,鹏飞终背负。

始至云安寄兵部韩侍郎中书白舍人二公近曾远守故有属焉

天外巴子国,山头白帝城。波清蜀〔栫〕(楝)尽,云散楚台倾。迅濑下哮吼,两岸势争衡。阴风鬼神过,暴雨蛟龙生。硖断见孤邑,江流照飞甍。蛮军击严鼓,笮马引双旌。望阙遥拜舞,分庭备将迎。铜符一以合,文墨纷来萦。暮色四山起,愁猿数处声。重关群吏散,静室寒灯明。故人青霞意,飞舞集蓬瀛。昔曾在池篽,应知鱼鸟情。

全唐诗卷三五六

刘禹锡

更 衣 曲

博山烔烔吐香雾,红烛引至更衣处。夜如何其一作如何其夜漫漫,邻鸡未鸣寒雁度。庭前雪压松桂丛,廊下点点悬纱笼。满堂醉客争笑语,嘈囋琵琶青幕中。

桃 源 行

渔舟何招招,浮在武陵水。拖一作语纶掷饵信流去,误入桃源行数里。清源寻尽花绵绵,踏花觅径至洞前。洞门苍黑烟雾生,暗行数步逢虚明。俗人毛骨惊仙子,争来致词何至此。须臾皆破冰雪颜,笑言一作语委曲问人一作世间。因嗟隐身来种玉,不知人世一作间如风烛。筵羞石髓劝客餐,灯爇松脂留客宿。鸡声犬声遥相闻,晓色葱笼开五云。渔人振衣起出户,满庭无路花纷纷。翻然恐失一作迷乡县处,一息不肯桃源住。桃花满溪水似镜,尘心如垢洗不去。仙家一出寻无踪,至今流水一作水流山重重。

洞庭秋月行

洞庭秋月生湖心,层波万顷如一作豁熔金一作熔黄金。孤轮徐转光不定,游气濛濛隔寒镜。是时白露三秋中,湖平月上天地空。岳阳楼_{一作城头暮角绝},荡漾已过君山东。山_{一作孤}城苍苍夜寂寂,水月逶迤绕城白。荡桨巴童歌竹枝,连樯估客吹羌笛。势高夜久阴力全,金_{一作爽}气肃肃开星_{一作清}躔。浮云野马归四裔,遥望星斗当中天。天鸡相呼曙霞出,敛影含光让朝日。日出喧喧人不闲,夜来清景非人间。

九华山歌 _{并引}

> 九华山在池州清阳县西南。九峰竞秀,神采奇异。昔予仰太华,以为此外无奇。爱女几荆山,以为此外无秀。及今年见九华,始悼前言之容易也。惜其地偏且远,不为世所称,故歌以大之。

奇峰一见惊魂魄,意想洪炉始开辟。疑是九龙夭矫欲攀天,忽逢霹雳一声化为石,不然何至今,悠悠亿万年,气势不死如腾奔_{音骞,轻举貌。一音嫣}。云含幽兮月添冷,月凝晖兮江漾影。结根不得要路津,迥秀长在无人境。轩皇封禅登云亭,大禹会计临东溟。乘樏_{力最反,山行具}不来广乐绝,独与猿鸟愁青荧。君不见敬亭之山黄_{一作广}索漠,兀如断岸无棱角。宣城谢守_{一作朓}一首诗,遂使声名齐五岳。九华山,九华山,自是造化一尤物,焉能籍甚乎人间。

泰娘歌 _{并引}

> 泰娘本韦尚书家主讴者。初尚书为吴郡,得之,命乐工诲之琵琶,使之歌且舞。无几何,尽得其术。居一二岁,携之以归京师。京师多新声善工,于是又捐去故技,以新声度曲。而泰娘名字,往往见称于贵游之间。元和初,尚书薨于东京,泰娘出居民间。久之,为蕲州刺史张愻所得。其后愻坐事,谪居武陵郡。愻卒,泰娘无所归,地荒且远,无有能知其容与艺者。故日抱乐器而哭,其音焦杀以悲。(一本此下有雏字)客闻之,为歌其事以续于乐府云。

泰娘家本阊门西,门前绿水环金堤。有时妆成好天气,走上皋_{一作}高桥折花戏。风流太守韦尚书,路傍忽见停隼旟。斗量明珠鸟传意,绀幰迎入专城居。长鬟如云衣似雾,锦茵罗荐承轻步。舞学惊鸿水榭春,歌传_{一作撩}上客兰堂暮。从郎西入帝城中,贵游簪组香帘栊。低鬟缓视抱明月,纤指破拨生胡风。繁华一旦有消歇,题剑无光履声绝。洛阳旧宅生草莱,杜陵萧萧松柏哀。妆奁虫网厚如茧,博山炉侧倾寒灰。蕲州刺史张公子,白马新到铜驼里。自言买笑掷黄金,月堕云中_{一作月坠云收}从此始。安知鹏鸟座隅飞,寂寞旅魂招不归。秦嘉_{一作家}镜有前时结,韩寿香销故箧衣。山城少人江水碧,断雁哀猿风雨夕。朱弦已绝为知音,云鬓未秋私自惜。举目风烟非旧时,梦寻_{一作归}归路多参差。如何将此千行泪,更洒湘江斑竹枝。

龙 阳 县 歌

县门白日无尘土,百姓县前挽鱼罟。主人引客登大堤,小儿纵观黄犬怒。鹧鸪惊鸣绕篱落,橘柚垂芳_{一作芬}照窗户。沙平草绿见吏稀,寂历_{一作寥}斜阳照县鼓。

墙 阴 歌

白日左右浮天潢_{一作光},朝晡影入东西墙。昔为儿童在阴戏,当时意小觉日长。东邻侯家吹笙簧,随阴促促移象床。西邻田舍乏糟糠,就影汲汲舂黄粱。因思九州四海外,家家只占墙阴内。莫言墙阴数尺间,老却主人如等闲。君看眼前光阴促,中心莫学太行山。

踏潮歌 并引

元和十年夏五月,终风驾涛(一作大风驾潮),南海泛(一作羡)溢。

南人云,踏潮也,率三岁一有之。客或言其状,因歌之。

屯门积日无回飙,沧波不归成踏潮。轰如鞭石矻且摇,亘空欲驾鼋鼍桥。惊湍蹙缩悍而骄,大陵高岸失岧峣。四边无阻音响调,背负元气掀重霄。介鲸得性方逍遥,仰鼻嘘吸扬朱翘。海人狂顾迭相招,矖衣䰂首声哓哓。征南将军登丽谯,赤旗指麾不敢嚣。翌日风回沴气消,归涛纳纳景昭昭。乌泥白沙复满海,海色不动如青瑶。

白鹭儿

白鹭儿,最高格。毛衣新成雪不敌,众禽喧呼独凝寂。孤眠芊芊草,久立潺潺石。前山正无云,飞去入遥碧。

平齐行二首

胡尘昔起蓟北门,河南地属平卢军。貂裘代马绕东岳,峄阳孤桐削为角。地形十二虏意骄,恩泽含容历四朝。鲁人皆解带弓箭,齐人不复闻箫韶。今朝天子圣神武,手握玄符平九土。初哀狂童袭故事,文告不来方振怒。去秋诏下诛东平,官军四合犹婴城。春来群乌噪且惊,气如坏山堕其庭。牙门大将有刘生,夜半射落欃枪星。帐中虏血流满地,门外三军舞连臂一作舞臂盟。驿骑函首过黄河,城中无贼天气和。朝廷侍郎来慰抚,耕夫满野行人歌。

泰山沉寇六十年,旅祭不享生愁烟。今逢圣君欲封禅,神使阴兵来助战。妖气扫尽河水清,日观杲杲卿云见。开元皇帝东封时,百神受职争奔驰。千钧猛虡顺流下,洪波涵淡浮熊罴。侍臣燕公秉文笔,玉检告天无愧词。当今睿孙承圣祖,岳神望幸河宗舞。青门大道属车尘,共待葳蕤翠华举。

送裴处士应制举诗 并引

　　晋人裴昌禹,读书数千卷,于《周官》、《小戴礼》尤邃。性是古敢言,虽侯王不能卑下,故与世相参差。凡抵有位以索合,行天下几遍,常叹诸侯莫可游,欲一见天子而未有路。会今年诏书征贤良,昌禹大喜,以为可以尽豁平生,搏髀跃曰,一观云龙庭足矣。繇是裹三月粮而西徂,咨予以七言为游之资藉耳。

裴生久在风尘里,气劲言高少知己。注书曾学郑司农,历国多于孔夫子。往年访我到连州,无穷绝境终日游。登山雨中一作日长试蜡屐,入洞夏里披貂裘。白帝城边又相遇,敛翼三年不飞去。忽然结束如秋蓬,自称对策明光宫。人言策中说何事,掉头不答看飞鸿。彤庭翠松迎晓日,凤衔金榜云间出。中一作七贵腰鞭立倾酒一作间倾酒觚,宰臣委佩观摇笔。古称射策如弯弧,一发偶中何时无。由来草泽无忌讳,努力满挽当亨一作云衢。忆得当一作童年识君处,嘉禾驿后联墙住。垂钩钓得王馀鱼,踏芳共登苏小墓。此事今同梦想间,相看一笑且开颜。老大希逢旧邻里,为君扶病到方一作芳山。

三乡驿楼伏睹玄宗望
女几山诗小臣斐然有感

开元天子万事足,唯惜当时光景促。三乡陌上望仙山,归作霓裳羽衣曲。仙心从此在瑶池,三清八景相追一作催随。天上忽乘白云去,世间空一作惟有秋风词。

城　西　行

城西簇簇三叛族,叛者为谁蔡吴蜀。中使提刀出禁来,九衢车马轰如一作成雷。临刑与酒杯未覆,雠家白官先请肉。守吏能然董卓脐,饥乌来觇桓玄目。城西人散泰阶平,雨洗血痕春草生。

武昌老人说笛歌

武昌老人一作将七十馀,手把庾令相问书。自言少小一作年少学吹
笛,早事曹王曾赏激。往年镇戍到一作征镇戍蕲州,楚山萧萧笛竹
秋。当时买材恣搜索,典却身上乌貂裘。古苔苍苍封老节,石上一
作山孤生饱风雪。商声五音一作商音五声随指发,水中龙应行云绝。
曾将黄鹤楼上吹,一声占尽秋江月。如今老去语尤一作兴犹迟,音
韵高低耳不知。气力已微心尚在,时时一曲梦中吹。

西山兰若试茶歌

山僧后檐茶数丛,春来映竹抽新茸。宛然为客振衣起,自傍芳丛摘
鹰觜。斯须炒成满室香,便酌砌下金沙水。骤雨松声入鼎来,白云
满碗花徘徊。悠扬喷鼻宿酲散,清峭彻骨烦襟开。阳崖阴岭各殊
气,未若竹下莓苔地。炎帝虽尝未解煎,桐君有箓那知味。新芽连
拳半未舒,自摘至煎俄顷馀。木兰沾一作坠露香微似,瑶草临波色
不如。僧言灵味宜幽寂,采采翘英为嘉客。不辞缄封寄郡斋,砖井
铜炉损标格。何况蒙山顾渚春,白泥赤印走风尘。欲知花乳清泠
味,须是眠云跂石人。

聚　蚊　谣

沉沉夏夜兰堂开,飞蚊伺暗声如雷。嘈然欻起初骇听,殷殷若自南
山来。喧腾鼓舞喜昏黑,昧者不分听者惑。露花滴沥月上天,利觜
迎人著不得。我一作微躯七尺尔如芒,我孤尔众能我伤。天生有时
不可遏,为尔设幄潜匡床。清商一来秋日晓,羞尔微形饲丹鸟。

百 舌 吟

晓星寥落春云低，初闻百舌间关啼。花树一作枝满空迷处所，摇动
繁英坠红雨。笙簧百啭音韵多，黄鹂吞声燕无语。东方朝日迟迟
升，迎风弄景如自矜一作惊。数声不尽又飞去，何许一作处相逢绿杨
路。绵蛮宛转似娱人，一心百舌何纷纷。酡颜侠少停歌听，坠珥妖
姬和睡闻。可怜光景何时尽，谁能低回避鹰隼。廷尉张罗自不关，
潘郎挟弹无情损。天生羽族尔何微，舌端万变乘春晖。南方朱鸟
一朝见，索漠一作寞无言蒿下飞。

飞 鸢 操

鸢飞杳杳青云里，鸢鸣萧萧风四起。旗尾飘扬势渐高，箭头砉划声
相似。长空悠悠雾日悬，六翮不动凝风一作飞烟一作飞凝烟。游鹍翔
雁出其下，庆云清景相回旋。忽闻饥乌一噪聚，瞥下云中争腐鼠。
腾音砺吻相喧呼，仰天大吓疑鹓雏。畏人避犬投高处，俯啄无声犹
屡顾。青鸟自爱玉山禾，仙禽徒贵华亭一作山露。朴速一作㰆危巢
向暮时，毰毸饱腹蹲枯枝。游童挟弹一麾肘一作射，臆碎羽分人不
悲。天生众禽各有类，威凤文章在仁义。鹰隼仪形蝼蚁心，虽能戾
天何足贵。

秋 萤 引

汉陵秦苑遥苍苍，陈根腐叶秋萤光。夜空寥寂金气净，千门九陌飞
悠扬。纷纶晖映互明灭，金炉星喷镫花发。露华洗濯清风吹，低昂
不定招摇垂。高丽罘罳照珠网，斜历璇题舞罗幌。曝衣楼上拂香
裙，承露台前转仙掌。槐市诸生夜读一作对书，北窗分明辨鲁鱼。
行子东山起征思，中郎骑省悲秋气。铜雀人归自入帘，长门帐开来

照泪。谁言向晦常自明，儿童走步娇女争。天生有光非自衒，远近低昂暗中见。撮蚊妖鸟亦夜起—作飞，翅如车轮而已矣—作人不见。

伤秦姝行

　　河南房开士，前为虞部郎中，为余语曰：我得善筝人于长安怀远里。其后开士为赤县，牧容州，求国工而诲之，艺工而夭。今年开士遗余新诗，有悼佳人之句，顾余知所自也。惜其有良妓，获所从而不克久，乃为伤词以贻开士。

长安二月花满城，插花女儿弹—作弄银筝。南宫仙郎下朝晚，曲头驻马闻新声。马蹄逶迟心荡漾，高楼已远犹频望。此时意重千金轻，鸟传消息绀轮迎。芳筵银烛一相见，浅笑低鬟初目成。蜀弦铮枞指如玉，皇帝弟子韦家曲。青牛文梓赤金簧，玫瑰宝柱秋雁行。敛蛾收〔袂〕(袂)凝清光，抽弦缓调怨且长。八鸾锵锵渡银汉，九雏威—作成凤鸣朝阳。曲终韵尽意不足，馀思悄绝愁空堂。从郎镇南别城阙，楼船理曲潇湘月。冯夷蹁跹舞渌波，鲛人出听停绡梭。北池含烟瑶草短，万松亭下清风满。北池、万松，皆容州胜概。秦声—作歌一曲此时闻，岭泉鸣咽南云—作肠堪断。来自长陵小市东，舞华零落瘴江风。侍儿掩泣收—作悲银甲，鹦鹉不言愁玉笼。博山炉中香自灭，镜奁尘暗同心结。从此东山非昔游，长嗟人与弦俱绝。

竞渡曲

　　竞渡始于武陵，及今𤣫（）田之，其音咸呼云何在，斯招屈之义。事见图经。

沅—作湘江五月平堤流，邑人相将浮彩舟。灵均何年歌已矣，哀谣振楫从此起。杨桴—作枹击节雷阗阗，乱流齐进声轰然。蛟龙得雨鬐鬣动，蟆蛛饮河形影联。刺史临流褰翠帏，揭竿命爵分雄雌。先鸣俆勇争鼓舞,未至衔枚颜色沮。百胜本自有前期,一飞由来无定所。风俗如狂重此时,纵观云委江之湄。彩旂夹岸照蛟室,罗袜凌波呈水嬉。曲终人散空愁暮,招屈亭前水东注。

翰林白二十二学士见寄诗一百篇因以答贶 一作赠

吟君遗我百篇诗,使我独坐形神驰。玉琴清夜人不语,琪树春朝风正吹。郢人斤斫无痕迹,仙人衣裳弃刀尺。世人方内欲相寻,行尽四维无处觅。

忆春草 春草,乐天舞妓名。

忆春草,处处多情洛阳道。金谷园中见日迟,铜驼陌上迎风早。河南大君频出难,只得池塘十步看。府门闭后满街月,几处游人草头歇。馆娃宫外姑苏台,郁郁芊芊拨不开。无风自偃君知否,西子裙裾曾拂来。

乐天寄忆旧游因作报白君以答

报白君,别来已渡江南春。江南春色何处好,燕子双飞故官道。春城三百七十桥,夹岸朱楼隔柳条。丫头小儿荡画桨,长袂女郎簪翠翘。郡斋北轩卷罗幕,碧池逶迤绕画阁。池边绿竹桃李花,花下舞筵铺彩霞。吴娃足情言语黠,越客有酒巾冠斜。坐中皆言白太守,不负风光向杯酒。酒酣襞笺飞逸韵,至今传在人人口。报白君,相思空望嵩丘云。其奈钱塘苏小小,忆君泪点石榴裙。白君有妓,近自洛归钱塘。

两如何诗谢裴令公赠别二首

一言一顾重，重何如。今日陪游清洛苑，昔年别入承明庐。

一东一西别，别何如。终期大冶再熔炼，愿托扶摇翔碧虚。

唐侍御寄游道林岳麓二寺诗
并沈中丞姚员外所和见征继作

湘西古刹双蹲蹲，群峰朝拱如骏奔。青松步障深五里，龙宫黯黯神为阍。高殿呀然压苍巘，俯瞰长江疑欲吞。橘洲泛浮金实动，水郭缭绕朱楼骞。语馀百响入天籁，众奇引步轻翩翩。泉清石布博一作似棋子，萝密鸟韵如簧言。回廊架险高且曲，新径穿林明复昏。浅流忽浊山兽过，古木半空天火痕。星使双飞出禁垣，元侯饯之游石门。紫髯翼从红袖舞，竹风松雪香温麿。远持清琐照巫峡，一夔惊断三声猿。灵山会中身不预，吟想峭绝愁精魂。恨无黄金千万饼，布地买取为丘园。

将赴汝州途出浚下留辞李相公

长安旧游四十载，鄂渚一别十四年。后来富贵已零落，岁寒松柏犹一作尚依然。初逢贞元尚文主，云阙天池共翔舞。相看却数六朝臣，屈指如今无四五。夷门天下之咽喉，昔时往往生疮疣。联翩旧相来镇压，四海吐纳皆通流。久别凡经几多事，何由说得平生意一作愁。千思万虑尽如空，一笑一言真可贵一作休。世间何事最殷勤，白头将相逢故人。功成名遂会归老，请向东山为近邻。

平蔡州三首

蔡州城中众心死，妖星夜落照壕一作河水。汉家飞将下天来，马箠一挥门洞开。贼徒崩腾望旗拜，有若群蛰惊春雷。狂童面缚登槛车，太白—作大帛夭矫垂捷书。相公从容来镇抚，常侍郊迎负文弩。四人归业间里间，小儿跳浪—作踉跳健儿舞。

汝南晨鸡喔喔鸣，城头鼓角音和平。路傍老人忆旧事，相与感激皆涕零。老人收泣—作泪前致辞，官军入城人不知。忽惊元和十二载，重—作喜见天宝承平时。

九衢车马浑浑流，使臣来献淮西囚。四夷闻风失匕箸，一作皆失据，一作皆失箸。天子受贺登高楼。妖童擢发不足数，血污城西一抔土。南峰—作烽，一作风。无火楚泽间，夜行不锁穆陵关。策勋礼毕天下泰，猛士按剑看恒山时唯恒山不庭。

送僧仲剬东游兼寄呈灵澈上人

释子道成神气闲，住持曾上清凉山。晴空—作清室礼拜见真像，金毛五—作玉髻卿云间。西游长安—作乐隶僧籍，本寺门前曲江碧。松间白月照宝书，竹下香泉洒瑶席。前时学得经论成，奔驰象马开禅扃。高筵谈柄一麈拂，讲下门徒如醉醒。旧闻南方多长—作禅老，次第来入荆门道。荆州本自重弥—作诸天，南朝塔庙犹依然。宴坐东阳枯树下，经行居止—作此故台边。忽忆遗民社中客，为我衡阳驻飞锡。讲罢同寻相鹤经，闲来共蜡登山屐。一旦扬眉望沃州，自言王谢许—作与同游。凭将杂拟三十首，寄与江南汤慧休。

观棋歌送儇师西游

长沙男子东林师，闲读艺经工弈棋。有时凝思如入定，暗覆一局谁能知。今年访予来小桂，方袍袖中贮新势。山人无事秋—作愁日长，白昼槽槽眠匡床。因君临局看斗智，不觉迟景沉西墙。自从仙—作山人遇樵子，直到开元王长史。前身后身付馀习，百变千化无穷—作看不已。初疑磊落曙天星，次见搏击三秋兵。雁行布陈众未晓，虎穴得子人皆惊。行尽三湘不逢敌，终日饶人损机格。自言台阁有知音，悠然远起西游心。商山夏木阴寂寂，好处徘徊驻飞锡。忽思争道画—作尽平沙，独笑无言心有适。蔼蔼京城在九天，贵游豪士足华筵。此时一行出人意，赌取声名不要钱。

吐绶鸟词 并序

　　滑州牧尚书李公以《吐绶鸟词》见示，兼命继声。盖尚书前为御史时所作，有翰林二学士同赋之，今所谓追和也。鸟之所异，具于本篇。

越山有鸟翔寥廓，嗉中天—作吐绶光若若。越人偶见而奇之，因名吐绶江南知。四明天姥神仙地，朱鸟星精钟异气。赤玉雕成彪炳毛，红绡翦出玲珑翅。湖烟始开山日高，迎风吐绶盘花绦。临波似染琅琊草，映叶疑开阿母桃。花红草绿人间事，未若灵禽自然贵。鹤吐明珠暂报恩，鹊衔金印空为瑞。春和秋霁野花开，玩景寻芳处处来。翠幕雕笼非所慕，珠丸柘弹莫相猜。栖月啼烟凌缥缈，高林先见金霞晓。三山仙路寄遥情，刷羽扬翘欲上征。不学碧鸡依井络，愿随青鸟向层城。太液池中有黄鹄，怜君长向高枝宿。如何一借羊角风，来听箫韶九成曲。

八月十五日夜桃源玩月

尘中见月心亦闲，况是清秋仙府间。凝光悠悠寒露坠，此时立在最高山。碧虚无云风不起，山上长松山下水。群动倏然一顾中，天高地平千万里。少君引我升玉坛，礼空遥请真仙官。云輧欲下星斗动，天乐一声肌骨寒。金—作朝霞昕昕渐东上，轮欹影促犹频望。绝景良时难再并，他年此日应惆怅。叔父元和中征事为《桃源行》，后贬官武陵，复为《玩月》作，并题于观壁。尔来星纪再周，蒇牵〔复〕(故)此郡，仰见文字暗缺，伏虑他年转将尘没，故镌在贞石，以期不朽。太和四年，甂谨记。

送鸿举游江〔西〕（南）并引

　　始余谪朗州，尔时，是师振麻衣，斐然而前，持文篇以为僧赘。唧唧而清，如虫吟秋，自然之响，无有假合，有足佳者，故为赋二章以声之。距今年遇于建平，赤髭益蕃，文思益深，而内外学益富。既讯已，探袱中出前所与诗阅之，纸劳墨瘁，与我同来。因思夫冉冉之光，浑浑之轮，时而言，有初中后之分；日而言，有今昨明之称；身而言，有幼壮艾之期。乃至一瞥欸，一弹指，中际皆具，何必求三生以异身耶？然而视予之文，昔与今有筵楹之别；视予之书，昔与今有钧石之悬；视予之仕，昔与今乃唯阿之差耳。岂有工拙之数存乎其间哉？盖可勉而进者，与日月而至矣。彼倘来外物，虽日月无能至焉。是岁，师告予游江西，复为赋七言以为游地耳。

禅客学禅兼学文，出山初似无心云。从风卷舒来何处，缭绕巴山不得去。山州一作川古寺好闲居，读尽龙王宫里书。使君滩头拣石砚，白帝城边寻野蔬。忽然登高心瞥起，又欲浮杯信流水。烟波浩淼鱼鸟情，东去三千三百里。荆门峡一作碳断无盘涡，湘平汉阔清光多。庐山雾开见瀑布，江西月净闻渔歌。钟陵八郡多名守，半是西方社中友。与师相见便谈空，想得一作仁听高斋一作声狮子吼。

采菱行 并引　一作采芰女

　　武陵俗嗜芰菱。岁秋矣，有女郎盛游于马湖，薄言采之，归以御客。古有采菱曲，罕传其词，故赋之以俟采诗者。

白马湖平秋日光，紫菱如锦彩鸳翔。荡舟游女满中央，采菱不顾马上郎。争多逐胜纷相向，时转兰桡破轻浪。长鬟弱袂动一作披参差，钗影钏文一作纹浮荡漾。笑语哇咬顾晚晖，蓼花缘岸扣舷一作船归。归来共到市桥步，野蔓系船萍满一作惹衣。家家竹楼临广陌，

下有连樯多估客。携觞荐芰夜经过,醉踏大堤相应歌。屈平祠下
沅江水,月照寒波白烟起。一曲南音此地闻,长安北望三千里。

和牛相公南溪醉歌见寄

脱屣将相守冲谦,唯于山水独不廉。枕伊背洛得胜地,鸣皋少室来
轩檐。相形面势默指画,言下变化随顾瞻。清池曲榭人所致,野趣
幽芳天与添。有时转入潭岛间,珍木如幄藤为帘。忽然便有江湖
思,沙砾平浅草纤纤。怪石钓出太湖底,珠树移自天台尖。崇兰迎
风绿泛艳,坼莲含露红襟襜。修廊架空远岫入,弱柳覆槛流波沾。
渚蒲抽芽一作英剑脊动,岸荻迸笋锥头钻。携觞命侣极永日,此会
虽数心无厌。人皆置庄身不到,富贵难与逍遥兼。唯公出处得自
在,决就放旷辞炎炎。座宾尽欢恣谈谑,愧我掉头还奋髯。能令商
於多病客,亦觉自适非沉潜。

和浙西李大夫霜夜对月
听小童吹觱篥歌依本韵

海门双青暮烟歇,万顷金波涌明月。侯家小儿能觱篥,对此清光天
性发。长江凝练树无风,浏栗一声霄汉中。涵胡画角怨边草,萧瑟
清蝉吟野丛。冲融顿挫心使指,雄吼如风转如水。思妇多情珠泪
垂,仙禽欲舞双翅起。郡人寂听衣满霜,江城月斜楼影长。才惊指
下繁韵息,已见树杪明星光。谢公高斋吟激楚,恋阙心同在羁旅。
一奏荆人白雪歌,如闻雒客扶风邬。吴门水驿按山阴,文字殷勤寄
意深。欲识阳陶能绝处,少年荣贵道伤心。

叹水别白二十二 一韵至七韵

水。至清,尽美。从一勺,至千里。利人利物,时行时止。道性净

皆然,交情淡如此。君游金谷堤上,我在石渠署里。两心相忆似流波,潺湲日夜无穷已。

同留守王仆射各赋春中一物从一韵至七

莺。能语,多情。春将半,天欲明。始逢南陌,复集东城。林疏时见影,花密但闻声。营中缘催短笛,楼上来定哀筝。千门万户垂杨里,百转如簧烟景晴。

伤 我 马 词

生于碛砺善驰走,万里南来困丘阜。青菰寒菽非适口,病闻北风犹举首。金台已平骨空朽,投之龙渊从尔友。

清湘词 一作潇湘曲 二首

湘水流,湘水流,九疑云物至今愁。君问二妃何处所,零陵香草雨一作露中收。

斑竹枝,斑竹枝,泪痕点点寄相思。楚客欲闻瑶瑟怨,潇湘深夜月明时。

和乐天春词依忆江南曲拍为句

春去也,多谢洛城人。弱柳从风疑举袂,丛兰裛露似沾巾。独坐亦含嚬。

春过也,笑惜艳阳年。犹有桃花流水上,无辞竹叶醉樽前。惟待见青天。

泽宫诗 四言

秩秩泽宫,有的维鹄。祁祁庶士,于以干禄。彼鹄斯微,若止若翔。

千里之差,起于毫芒。我矢既直,我弓既良,依于高塘,因我不臧。高塘伊何,维器与时。视之以心,谁谓鹄微。

酬令狐相公六言见寄 _{六言}

已嗟别离太远,更被光阴苦催。吴苑燕辞人去,汾川雁带书来。愁吟月落犹望,忆梦天明未回。今日便令歌者,唱兄诗送一杯。

答乐天临都驿见赠 _{六言}

北固山边波浪,东都城里风尘。世事不同心事,新人何似故人。

再 赠 乐 天 _{六言}

一政政官轧轧,一年年老骎骎。身外名何足算,别一作到来诗且同吟。

酬杨侍郎凭见寄 _{六言}

十年毛羽摧颓,一旦天书召回。看看瓜时欲到,故侯也好归来。

全唐诗卷三五七

刘禹锡

春 有 情 篇

为问游春侣，春情何处寻。花含欲语意，草有斗生心。雨频催发色，云轻不作阴。纵令无月夜，芳兴暗中深。

七 夕 二 首

河鼓灵旗动，嫦娥破镜斜。满空天是幕，徐转斗一作地为车。机罢犹安石，桥成不碍槎。谁一作宁知观津女，竟夕望云涯。

天衢启云帐，神一作仙驭上星桥。初喜渡河汉，频惊转斗杓。馀霞张锦幛一作幕，轻电闪红绡。非是人间世，还悲后会遥。

边 风 行

边马萧萧鸣，边风满碛生。暗添弓箭力，斗一作半上鼓鼙声。袭月寒晕起，吹云阴阵成。将军占气候，出号夜翻营一作安号畏翻城。

送工一作兵部萧郎中一作侍郎刑部李郎中并以本官兼中丞分命充京西京北覆粮使

霜简映金章，相辉同舍郎。天威巡虎落，星使出鸳行。尊俎成全策,京坻阅见粮。归来虏尘灭,画地奏明光。

送太常萧博士弃官归养赴东都

时元兄罢相为少师,仲兄为郎官,并分司洛邑。

兄弟尽鸳鸾,归心切问安。贪荣五彩服,遂挂两梁冠。侍膳曾调鼎,循陔更握兰。从今别君后,长忆一作回德星看。

送河南皇甫少尹赴绛州

祖帐临周道,前旌指晋城。午桥群吏散,亥字老人迎。诗酒同行一作每同乐,别离方见情。从此洛阳社,吟咏属书生。

发华州留别张侍御 一作贾

束简下延阁,买符驱短辕。同人惜分袂,结念醉芳樽。切切别弦急,萧萧征骑一作马烦。临岐无限意,相视却忘言。张诗云:夫子生知者,相期妙理中。遂有忘言之句。

奉送家兄归王屋山隐居二首

据《道书》,王屋山一名洛阳山,一作阳洛山。

洛阳一作阳洛天坛上,依稀似玉京。夜分先见日,月静远一作忽闻笙。云路将鸡犬,丹台有姓名。古来成道者,兄弟亦同行。

春来山事好,归去亦逍遥。水净苔莎色,露香芝术苗。登台吸瑞景,飞步翼神飙。愿荐埙篪曲,相将学玉箫。

送王师鲁一作曾协律赴湖南使幕 即永穆公之孙

翩翩马上郎,驱传渡三湘。橘树沙洲暗,松醪酒肆香。素风传竹帛,高价聘琳琅。楚水多兰芷一作若,何人事搴一作撷芳。

送赵中丞自司金郎—作司直郎转官参山南令狐仆射幕府 赵氏兄弟皆仆射门客

绿树满褒斜,西南蜀路赊。驿门临白草—作经赤县,县道入—作道路过黄花。相府开油幕,门生逐绛纱。行看布政后,还从入京华。

送卢处士归嵩山别业

世业嵩山—作阳隐,云深无四邻。药炉烧姹女,酒瓮贮贤人。晚—作晓日华阴雾,秋风函谷尘。送君从此去,铃阁少谈宾。

洛中送崔司业使君扶侍赴唐州

绿野芳城路,残春柳絮飞。风鸣骢骊马,日照老莱衣。洛苑鱼书至,江村雁户归。相思望淮水,双鲤不应稀。

送李友路秀才赴举

谁怜相门子,不语望秋山。生长绮纨内,辛勤笔砚间。荣亲在名字,好学弃官班。伫俟明年桂—作社,高堂开笑颜。

送从弟郎中赴浙西 并引

　　从弟三复,十馀年间凡三为浙右从事。往年主公入相,荐扬登朝中。复从公镇南,未几而罢。昨以尚书外郎奉使至洛,旋承新命,改辕而东。三从公皆在旧地,征诸故事,复无其伦。故赋诗赠之,亦志异也。

衔命出尚书,新恩换使车。汉庭无右者,梁苑重归欤。又食建业水,曾依京口居。共经何限事,宾主两如初。

送元—作元晓上人归稽亭

重叠稽亭路,山僧归独行。远峰斜日影,本寺旧钟声。徒侣问新事,烟云怆一作含别情。应夸乞食处,踏遍凤凰城。

赠别君素上人诗 并引

　　曩予习《礼》之《中庸》,至"不勉而中,不思而得",怳然知圣人之德,学以至于无学。然而斯言也,犹示行者以室庐之奥耳,求其径术而布武,未易得也。晚读佛书,见大雄念佛之普级宝山而梯之,高揭慧火,巧熔恶见,广疏便门,旁束邪径。其所证入,如舟沿川,未始念于前而日远矣,夫何勉而思之耶?是余知〔突〕(突)奥于《中庸》,启键关于内典,会而归之,犹初心也。不知余者,诮予困而后援佛,谓道有二焉。夫悟不因人,在心而已。其证也,犹喑人之享太牢,信知其味,而不能形于言以闻于耳也。口耳之间兼寸耳,尚不可使闻,他人之不吾知,宜矣。开士君素,偶得余于所亲,一麻栖草,千里来访,素以道眼视予。予以所视视之,不由陛级,携手智地。居数日,告有得而行。乃为诗以见志云。

穷巷唯秋草,高僧独扣门。相欢如旧识,问法到无言。水为一作与风生浪,珠非尘可昏。悟一作去来皆是道,此别不销魂。

送深法师游南岳 上人本住资圣寺

师在白云乡,名登一作高善法堂。十方传句偈,八部会坛场。飞锡无定所,宝书留旧房。唯应衔果一作草雁,相送至衡阳。

赠别约师 并引

　　荆州人文约,市井生而云鹤性,故去革为浮图,生悟而证入。南抵六祖初生之墟,得遗教,甚悉。今年访余于连州,且曰:贫道昔浮湘川,会柳仪曹谪零陵,宅于佛寺,幸联栋而居者有年,由是时人大士得落耳界。夫闻为见因,今日之来,曩时之因耳。时仪曹牧柳州,与八句赠别。

师逢吴兴守一作寺,相伴住禅扃。春雨同栽树,秋灯一作风对讲经。庐山曾结社,桂水远扬舲。话旧还惆怅,天南望柳星。

秋日过鸿举法师寺院便送归江陵 并引

　　梵言沙门，犹华言去欲也。能离欲，则方寸地虚，虚而万象入，入必有所泄，乃形乎词。词妙而深者，必依于声律。故自近古而降，释子以诗闻于世者相踵焉。因定而得境，故脩然以清；由慧而遣辞，故粹然以丽。信禅林之花萼，而戒河之珠玑耳。初鸿举学诗于荆郢间，私试窃咏，发于馀习。盖榛楛之翠羽，弋者未之眄焉。今年至武陵，二千石始奇之，有起予之叹。以方袍亲绛纱者十有馀句，繇是名稍闻而艺愈变。闰八月，余步出城东门谒仁祠，而鸿举在焉。与之言移时，因告以将去，且曰：贫道雅闻东诸侯之工为诗者，莫若武陵。今幸承其话言，如得法印。宝山之下，宜有所持，岂徒衣裓之中众花而已。余闻是说，乃叩商而吟成一章，章八句，郡守以坐啸馀咏，激清徵而应之。师其行乎，足以资一时之学矣。

看一作学画长廊遍，寻僧一径幽。小池兼鹤净，古木带蝉秋。客至茶烟起，禽归讲席收。浮杯明日去，相望水悠悠。

春 日 退 朝

紫陌夜来雨，南山朝下看。戟枝迎日动，阁影助松寒。瑞气转一作卷绡縠，游光泛一作浮波澜。御沟新柳色，处处拂归鞍。

蜀先主庙 汉末谣：黄牛白腹，五铢当复。

天地一作下英雄气，千秋尚凛然。势分三足鼎，业复五铢钱。得相能开国，生儿不象贤。凄凉蜀故妓，来舞魏宫前。

经东都安国观九仙公主一作九公子旧院作

仙院御沟东，今来事不同。门开青草日，楼闭绿杨风。将犬一作火升天路，披云一作霓赴月宫。武皇曾驻跸，亲问主人翁。

观八阵图

轩皇传上略,蜀相运神机。水落龙蛇出,沙平鹅鹳飞。波涛无动势,鳞介避馀威。会有知兵者,临流<small>一作岐</small>指是非。

八月十五日夜玩月

天将今夜月,一遍洗寰瀛。暑退九霄净,秋澄万景清。星辰让光彩,风露发晶英。能变人间世,倏然是玉京。

太和戊申岁大有年诏赐百僚
出城观秋稼谨书盛事以俟采诗者

长安铜雀鸣,秋稼与云平。玉烛调寒暑,金风报<small>一作振</small>顺成。川原呈上瑞,恩泽赐闲行。欲反<small>一作及</small>重<small>一作作</small>皇城掩,犹闻歌吹<small>一作舞</small>声。

金陵怀古

潮满冶<small>一作台</small>城渚,日斜征虏亭。蔡<small>一作芳</small>洲新草绿,幕府旧烟青。兴废由人事,山川空地形。后庭花一曲,幽怨不堪听。

昼居池上亭独吟

日午树阴正,独吟池上亭。静看蜂教诲,闲想鹤仪形。法酒调神气,清琴入性灵。浩然机已息,几杖复何铭。

分司东都蒙襄阳李司徒相公书问因以奉寄

早<small>一作蚤</small>忝金马客,晚<small>一作暮</small>为商洛翁。知名四海内,多病一生中。举世往还尽,何人心事同。几时登岘首,恃<small>一作杯</small>旧揖三公。

门下相公荣加册命天
下同欢忝沐眷私辄感申贺

册命出宸衷,官仪自古崇。特膺平土拜,光赞格天功_{一作宫}。再佩
扶阳印,常乘鲍氏骢。七贤遗老在,犹得咏清风。

病中一二禅客见问因以谢之

劳动诸贤者,同来问病夫。添炉烹雀_{一作捣鸡舌},洒水净龙须。身
是芭蕉喻,行须箄竹_{一作竹杖}扶。医王有妙药,能乞一丸无。

秋 江 晚 泊

长泊起秋色,空江涵雾晖。暮霞千万状,宾鸿次第飞。古戍见旗
迥,荒村闻犬稀。轲_{一作岢}峨舻上客,劝酒夜相依。

步出武陵东亭临江寓_{一作偶望}

鹰至感风候,霜馀变林麓。孤帆带日来,寒江转沙曲。戍摇旗影
动,津晚橹声促。月上彩霞收,渔歌远相续。

秋日送客至潜水驿

候吏立沙际,田家连竹溪。枫林社日鼓,茅屋午时鸡。鹊噪晚禾
地,蝶飞秋草畦。驿楼宫树_{一作榭}近,疲马再三嘶。

湖州崔郎中曹长寄三癖诗自言癖在诗与琴酒其词逸而高吟咏不足昔柳吴兴亭皋陇首之句王融书之白团扇故为四韵以谢之

视事画屏中,自称三癖翁。管弦泛春渚,旌旆拂晴虹。酒对青山月,琴韵白蘋风。会书团扇上,知君文字工。

为郎分司寄上都同舍

籍通金马门,家在铜驼陌。省闼昼无尘,宫树朝—作远凝碧。荒街浅深辙—作荒阶藓浅深,古渡潺湲石。唯有嵩丘云,堪夸早朝客。

登陕州北楼却忆京师亲友

独上百尺楼,目穷思亦—作自愁。初日遍露草,野田荒悠悠。尘息长道白,林清宿烟收。回首云深处,永怀乡旧游—作帝乡游。

途 中 早 发

中庭望启明,促促事晨征。寒树鸟初—作如动,霜桥人未行。水流白烟起,日上彩霞生。隐士应高枕,无人问姓名。

陕州河亭陪韦五大夫雪后眺望因以留别与韦有布衣之旧一别二纪经迁贬而归

雪霁太阳津,城池表里春。河流添马颊,原色动龙鳞。万里独归客,一杯逢故人。登—作困高向西望,关路正飞尘。

城东一作中闲游

借问池台主,多居要路津。千金买绝境,永日属闲人。竹径萦纡入,花林委曲巡。斜阳众客散,空锁一园春。

罢郡归洛阳闲居

十年江海守,旦夕有归心。及此西还日,空成东武吟。花间数杯酒,月下一张琴。闻说功名事,依前惜寸阴。

晚泊牛渚

芦苇晚风起,秋江鳞甲生。残霞忽变一作忽改色,游雁有馀声。戍鼓音响绝,渔家灯火明。无人能咏史,独自月中行。

宿诚禅师山房题赠二首

宴坐白云端,清江直下看。来人望金刹,讲席绕香坛。虎啸夜林动,鼍鸣秋涧寒。众音徒一作从起灭,心在净一作定中观。

不出孤峰上,人间四十秋。视身如传舍,阅世似一作甚东流。法为因缘立,心从次第修。中宵问真偈,有住是吾忧。

赠澧州高大夫司马霞寓

前年牧一作收锦城,马蹋血泥行。千里追戎首,三军许勇名。残兵疑鹤唳,空垒辩乌声。一误云中级,南游湘水清。

闻董评事疾因以书赠 董生奉内典

繁露传家学,青莲译梵书。火风乖四大,文字废三馀。欹枕昼眠静一作晚,折巾秋鬓疏。武皇思视草,谁许茂陵居。

咏庭梅寄人 一作庭梅咏寄人

早花常犯寒，繁实常苦酸。何事上春日，坐令芳意阑。夭桃定相笑，游妓肯回看。君问调金鼎，方知正味难。

德宗神武孝文皇帝挽歌二首

出震清多难，乘时播大钧。操弦调六气，挥翰动三辰。运偶升天日，哀深率土人。瑶池无辙迹，谁见属车尘。

风翣拥铭旌，威迟异吉行。汉仪陈秘器，楚挽咽繁声。驻绋辞清庙，凝笳背直城。唯应留一作晋内传，知是向蓬瀛。

敬宗睿武昭愍孝皇帝挽歌三首

宝历方无限，仙期忽有涯。事亲崇汉礼，传圣法殷家。晚出芙蓉阙，春归棠棣华。玉轮今日动，不是画云车。

任贤劳梦寐，登位富春秋。欲遂东人幸一作行，宁虞杞国忧。长杨收羽骑，太液泊龙舟。惟有衣冠在，年年怆月游。

讲学金华殿，亲耕钩盾田。侍臣容谏猎，方士信求一作游仙。虹影俄侵日，龙髯不上天。空馀水银海，长照夜灯前。

文宗元圣昭献孝皇帝挽歌三首

继体三才理，承颜九族亲。禹功留海内，殷历付天伦。调露曲常在，秋风词一作调尚新。本支方百代，先让棣华春。

月落宫车动，风凄仪仗闲。路唯瞻凤翣，人尚想龙颜。御宇方无事，乘云遂不还。圣情悲望处，沉日一作见日，一作兄日下西山。

享国十五载，升天千万年。龙镳仙路远，骑吹礼容全。日下初陵外，人悲旧剑前。周南有遗老，掩泪望秦川。

故相国燕国公于司空挽歌二首

雕弓封旧国，黑弰继前功。十年镇南雍，九命作司空。池台乐事尽，箫鼓葬仪雄。一代英豪气，晓散白杨风。

阴山贵公子，来葬五陵西。前马悲无主，犹带朔风嘶。汉水晋一作青山郭，襄阳白铜鞮。至今有遗爱，日暮人凄凄。

伤丘中丞 并引

> 河南丘绛有词藻，与余同升进士科。从事邺下，不幸遇害，故为伤词。

邺下杀才子，苍茫冤气凝。枯杨映漳水，野火上西陵。马鬣今无所，龙门昔共登。何人为吊客，唯是有青蝇。

河南观察使故相国袁公挽歌三首

五驱龙虎节，一入凤凰池。令尹自无喜，羊公人不疑。天归京兆日，叶下洞庭时。湘水秋风至，凄凉吹素旗。

丹旐发江皋，人悲雁亦号。湘南罢亥市，汉上改词曹。表墓双碑立，尊名一字褒。尝闻平楚狱，为报里门高。

返葬三千里，荆衡达帝畿。逢人即一作多故吏，拜奠尽沾衣。地得青乌相，宾惊白鹤飞。五一作羊公碑尚在，今日亦同归。

哭王仆射相公 名播，时兼盐铁，暴薨。

子侯一作于侯，一作子舆。一日病，滕公千载归。门庭怆一作飒已变，风物澹无辉。群吏谒新府，旧宾沾素衣。歌堂忽暮哭，贺雀尽惊飞。

伤韦宾客 自工部尚书除宾客。一作伤韦宾客填。

韦公八十馀，位至六尚书。五福唯无富，一生谁得如。桂枝攀最一作收实久,兰省出仍初。海内时流尽,何人动素车。

再经故元九相公宅池上作

故池春又至,一到一伤情。雁鹜群犹下,蛙螟一作蜋衣已生。竹丛身后长,台势雨来倾。六尺孤安一作犹在,人间未有名。

请告东归发灞桥却寄诸僚友

征徒出灞涘,回首伤如何。故人云雨一作水散,满目山川多。行车无停轨,流景同迅波。前欢渐成昔,感叹益劳歌。

初至长安 时自外郡再授郎官

左迁凡二纪,重见帝城春。老大归朝客,平安出岭人。每行经旧处,却想似前身。不改南山色,其馀事事新。

岁杪将发楚州呈乐天

楚泽雪初霁,楚城春欲归。清淮变寒色,远树含清晖。原野已多思,风霜潜减一作灭威。与君同旅雁,北向刷毛衣。

鹤叹二首 并引

友人白乐天,去年罢吴郡,挈双鹤雏以归。余相遇于扬子津,阅(一作闲)玩终日。翔舞调态,一符相书,信华亭之尤物也。今年春,乐天为秘书监,不以鹤随,置之洛阳第。一旦,予入门,问讯其家人,鹤轩然来睨,如记相识,徘徊俯仰,似含情顾慕填膺而不能言者。因作《鹤叹》以赠乐天。

寂寞一双鹤,主人在西京。故巢吴苑树,深院洛阳城。徐引竹间步,远含云外情。谁怜好风月,邻舍夜吹笙。东邻即王家。

丹顶宜承日，霜翎不染泥。爱池能久立，看月未成栖。一院春草长，三山归路迷。主人朝谒早，贪养汝南鸡。

答白刑部闻新蝉

蝉声未发前，已自感流年。一入凄凉耳，如闻断续弦。晴清依露叶，晚急畏霞天。何事秋卿咏，逢时亦悄然。

和裴相公寄白侍郎求双鹤

皎皎华亭鹤，来随太守船。白君罢吴郡太守，携双鹤来。青云意长在一作青云长在意，沧海别经年。留滞清洛苑，裴回明月天。何如凤池上，双舞入祥烟。

终 南 秋 雪

南岭见秋雪，千门生早寒。闲时驻马望，高处卷帘看。雾散琼枝出，日斜铅粉残。偏宜曲江上，倒影入清澜。

和乐天早寒

雨引苔侵壁，风驱叶拥阶。久留闲客话，宿请老僧斋。酒瓮新陈接，书签次第排。脩然自有处，摇落不伤怀。

曲 江 春 望

凤城烟雨歇，万象含佳气。酒后人倒狂，花时天似醉。三春车马客，一代繁华地。何事独伤怀，少年曾得意。

同乐天和微之深春二十首 同用家花车斜四韵

何处深春好，春深万乘家。宫门皆映柳，辇路尽穿花。池色连天汉,城形象帝车。旌旗暖风里,猎猎向西斜。

何处深春好,春深阿母家。瑶池长不夜,珠树正开花。桥峻通星
渚,楼暄近日车。层城十二阙,相对日西一作玉梯斜。

何处深春好,春深执政家。恩光贪捧日,贵重不看花。玉馔堂交
印,沙堤柱碍车。多门一已闭,直道更无斜。

何处深春好,春深大镇家。前旌光照日,后骑蹙成花。节院收衙
队,球场簇看车。广筵歌舞散,书号夕阳斜。

何处深春好,春深贵戚家。枥嘶无价马,庭发有名花。欲进宫人
食,先薰命妇车。晚归长带酒,冠盖任倾斜。

何处深春好,春深恩泽家。炉添龙脑炷,绶结虎头花。宾客珠成
履,婴孩锦缚车。画堂帘幕外,来去燕飞斜。

何处深春好,春深京兆家。人眉新柳叶,马色醉桃花。盗息无鸣
鼓,朝回自走车。能令帝城外,不敢径由斜。

何处深春好,春深刺史家。夜阑犹命乐,雨甚亦寻花。傲客多凭
酒,新姬苦上车。公门吏散后,风摆戟衣斜。

何处深春好,春深羽客家。芝田绕舍色,杏树满山花。云是淮王
宅,风为列子车。古坛操简处,一径入林斜。

何处深春好,春深小隐家。茇庭留野菜,撼树去狂花。醉酒一千
日,贮书三十车。裋衣从露体,不敢有馀斜。

何处深春好,春深富室家。唯多贮金帛,不拟负莺花。国乐呼联
辔,行厨载满车。归来看理曲,灯下宝钗斜。

何处深春好,春深豪士家。多沽味浓酒,贵买色深花。已臂鹰随
马,连催妓上车。城南踏青处,村落逐原斜。

何处深春好,春深贵胄家。迎呼偏熟客,拣选最多花。饮馔开华
幄,笙歌出钿车。兴酣樽易罄,连泻酒瓶斜。

何处深春好,春深唱第家。名传一纸榜,兴管九衢花。荐听诸侯

乐,来随计吏车。杏园抛曲处,挥袖向风斜。

何处深春好,春深少妇家。能偷新禁曲,自剪入时花。追逐同游伴,平章贵价车。从来不堕马,故遣髻鬟斜。

何处深春好,春深幼女家。双鬟梳顶髻,两面绣裙花。妆坏频临镜,身轻不占车。秋千争次第,牵拽彩绳斜。

何处深春好,春深兰若家。当香收柏叶,养蜜近梨花。野径宜行乐,游人尽驻车。菜园篱落短,遥见桔槔斜。

何处深春好,春深老宿家。小栏围蕙草,高架引藤花。四字香书印,三乘壁画车。迟回听句偈,双树晚阴斜。

何处深春好,春深种莳家。分畦十字水,接树两般花。栉比栽篱槿,咿哑转井车。可怜高处望,棋布不曾斜。

何处深春好,春深稚子家。争骑一竿竹,偷折四邻花。笑击羊皮鼓,行牵犊领车。中庭贪夜戏,不觉玉绳斜。

赠眼医婆罗门僧

三秋伤望眼一作远望,终日哭一作泣途穷。两目今先暗,中年似老翁。看朱渐成碧,羞日不禁风。师有金篦术,如何为发蒙。

海门潮别浩初师 一作送如智法师游辰州兼寄许评事

前日过萧寺,看师上讲筵。都上礼白足,施者散金钱。方便无非教,经行不废禅。还一作遥知习居士,发论侍一作待弥天。

全唐诗卷三五八

刘禹锡

始闻蝉有怀白宾客去岁白有闻蝉
见寄诗云只应催我老兼遣报君知之句

蝉韵极清切,始闻何处悲。人含不平意,景值欲秋时。此岁方晼
晚,谁家无别离。君言催我老,已是去年诗。

赠　乐　天

一别旧游尽,相逢俱涕零。在人虽晚达,于树似冬青。痛饮连宵
醉,狂吟满坐听。终期抛印绶,共占少微星。

到郡未浃日登西楼见乐天
题诗因即事以寄 乐天自此郡谢病西归

湖上收宿雨,城中无昼尘。楼依新柳贵,池带乱苔青。云水正一
望,簿书来绕身。烟波洞庭路,愧彼扁舟人。

秋夕不寐寄乐天

洞户夜帘卷,华堂秋簟清。萤飞过池影,蛩思绕阶声。老枕知将
雨,高窗报欲明。何人谙此景,远问白先生。

冬日晨兴寄乐天

庭树晓禽动，郡楼残点声。灯挑红烬落，酒暖白光生。发少嫌梳利，颜衰恨镜明。独吟谁应和，须寄洛阳城。

答乐天见忆

与老无期约，到来如等闲。偏伤朋友尽，移兴子孙间。笔底心无毒，杯前胆不狡呼关切，顽也，亦作猭。唯馀忆君梦，飞过武牢关。

和乐天诮失婢榜者

把镜朝犹在，添香夜不归。鸳鸯拂瓦去，鹦鹉透笼飞。不逐张公子，即随刘武威。新知正相乐，从此脱青衣。

八月十五日夜半云开然后玩月因书一时之景寄呈乐天

半夜碧云收，中天素月流。开城邀好客，置酒赏清秋。影透衣香润，光凝歌黛愁。斜辉犹可玩，移宴上西楼。西楼，白居易常赋诗之所也。

秋日书怀寄白宾客

州远雄无益，年高健亦衰。兴情逢酒在，筋力上楼知。蝉噪芳意尽，雁来愁望时。商山紫芝客，应不向秋悲。

酬乐天初冬早寒见寄

乍起衣犹冷，微吟帽半欹。霜凝南屋瓦，鸡唱后园枝。洛水碧云晓，吴宫黄叶时。两传千里意，书札不如诗。

和令狐相公郡斋对紫薇花

明丽碧天霞，丰茸紫绶花。香闻荀令宅，艳入孝王家。几岁自荣乐
一作辱，高情方叹嗟。有人移上苑，犹足占年华。

令狐相公俯赠篇章斐然仰谢

鄂渚临流别，梁园冲雪来。旅愁随冻释，欢意待花开。城晓乌频
起，池春雁欲回。饮和心自醉，何必管弦催。

酬令狐相公早秋见寄

公来第四秋，乐国号无愁。军士游书肆，商人占酒楼。熊罴交黑
槊，宾客满青油。今日文章主，梁王不姓刘。

和令狐相公入潼关

寒光照旌节，关路晓无尘。吏谒前丞相，山迎旧主人。东瞻军府
静，西望敕书频。心共黄河水，同升天汉津。

和令狐相公寻白阁老见留小饮因赠

傲士更逢酒，乐天仍对花。文章管星历，情兴占年华。宦达翻思
退，名高却不夸。惟存浩然气，相共赏烟霞。

酬令狐相公雪中游玄都见忆

好雪动高情，心期在玉京。人披鹤氅出，马踏象筵行。照耀楼台
变，淋漓松桂清。玄都留五字，使入步虚声。

和令狐相公以司空裴
相见招南亭看雪四韵

重门不下关，枢务有馀闲。上客同看雪，高亭尽见山。瑞呈霄汉外，兴入笑言间。知是平阳会，人人带酒还。

和郓州令狐相公春晚对花

朱门退公后，高兴对花枝。望阙无穷思，看书欲尽时。含芳朝竞发，凝艳晚相宜。人意殷勤惜，狂风岂得知。

酬令狐相公春日言怀见寄

前陪看花处，邻里近王昌。今想临戎地，旌旗出汶阳。营飞柳絮雪，门耀戟枝霜。东望清河水，心随舳舻上郎。

途次大梁雪中奉天平令狐
相公书问兼示新什因思曩岁
从此拜辞形于短篇以申仰谢

远守宦情薄，故人书信来。共曾花下别，今独一作坐雪中回。纸尾得新什，眉头还暂开。此时同雁鹜，池上一徘徊。

酬令狐相公秋怀见寄

寂寞蝉声静，差池燕羽回。秋风怜越绝，朔气想台骀。相去数千里，无因同一杯。殷勤望飞雁，新自塞垣来。

酬太原令狐相公见寄

书信来天外，琼瑶满匣中。衣冠南渡远，旌节北门雄。鹤唳华亭月，马嘶榆塞风。山川几千里，惟有两心同。

酬令狐相公岁暮远怀见寄 依韵

别侣孤鹤怨，冲天威凤归。容光一以间，梦想是耶非。芳讯远弥重，知音老更稀。不如湖上雁，北向整毛衣。

酬令狐相公亲仁郭家花下即事见寄

荀令园林好，山公游赏频。岂无花下侣，远望眼中人。斜日渐移影，落英纷委尘。一吟相思曲，惆怅江南春。

酬令狐相公首夏闲居书怀见寄

蕙草芳未歇，绿槐阴已成。金罍唯独酌，瑶瑟有离声。翔泳各殊势，篇章空寄情。应怜三十载，未变使君名。贞元中，自郎官出守，至今三十一年。

酬令狐相公庭前白菊花谢偶书所怀见寄

数丛如雪色，一旦冒霜开。寒蕊差池落，清香断续来。思深含别怨，芳谢惜年催。千里难同赏，看看又早梅。

酬令狐相公季冬南郊宿斋见寄

坛下雪初霁，南城冻欲生。斋心祠上帝，高步领名卿。沐浴含芳泽，周旋听佩声。犹怜广平守，寂寞竟何成。

贞元中侍郎舅氏牧华州时余再忝科第
前后由华觐谒陪登伏毒寺屡焉亦曾赋
诗题于梁栋今典冯翊暇日登楼南望三
峰浩然生思追想昔年之事因成篇题旧寺

曾作关中客,频经伏毒岩。晴烟沙苑树,晚日渭川帆。昔是青春
貌,今悲白雪髯。郡楼空一望,含意卷高帘。

酬令狐相公杏园花下饮有怀见寄

年年曲江望,花发即经过。未饮心先醉,临风思倍多。三春看又
尽,两地欲如何。日望长安道,空成劳者歌。

令狐相公见示题洋州崔侍郎宅双木瓜花
顷接侍郎同舍陪宴树下吟玩来什辄成和章

金牛蜀路远,玉树帝城春。荣耀生华馆,逢迎欠主人。帘前疑小
雪,墙外丽行尘。来去皆回首,情深是德邻。

和令狐相公春早朝回盐铁使院中作

柳动御沟清,威迟堤上行。城隅日未过,山色雨初晴。莺避传呼
起,花临府署明。簿书盈几案,要自有高情。

和令狐仆射相公题龙回寺

兹地回銮日,皇家禅圣时。路无胡马迹,人识汉官仪。天子旌旗
度,法王龙象随。知怀去家叹,经此益迟迟。相公家本咸阳,有乔木之息。

令狐相公频示新什早春南望遐一作遥
想汉中因抒短章以寄情愫 一作诚素

军城临汉水,旌旆起春风。远思见江草,归心看塞鸿。野花沿古道,新叶映行宫。惟有诗兼酒,朝朝两不同。

和令狐相公咏栀子花

蜀国花已尽,越桃今已开。色疑琼树倚,香似玉京来。且赏同心处,那忧别叶催。佳人如拟咏,何必待寒梅。

酬令狐相公新蝉见寄

相去三千里,闻蝉同此时。清吟晓露叶,愁噪夕阳枝。忽尔弦断绝,俄闻管参差。洛桥碧云晚,西望佳人期。

酬乐天闲卧见寄

散诞向阳眠,将闲敌地仙。诗情茶助爽,药力酒能宣。风碎竹间日,露明池底天。同年未同隐,缘欠买山钱。

酬乐天小亭寒夜有怀

寒夜阴云起,疏林宿鸟惊。斜风闪灯影,迸雪打窗声。竟夕不能寐,同年知此情。汉皇无奈老,何况本书生。

将之官留辞裴令公留守

祖帐临伊水,前旌指渭河。风烟里数少,云雨别情多。重叠受恩久,邅回如命何。东山与东阁,终异再经过。

酬喜相遇同州与乐天替代

旧托松心契,新交竹使符。行年同甲子,筋力羡丁夫。别后诗成帙,携来酒满壶。今朝停五马,不独为罗敷。前章所言春草,白君之舞妓也,故有此答。

闲坐忆乐天以诗问酒熟未

案头开缥帙,肘后检青囊。唯有达生理,应无治老方。减书存眼力,省事养心王。君酒何时熟,相携入醉乡。

秋中暑退赠乐天

暑服宜秋著,清琴入夜弹。人情皆向菊,风意欲摧兰。岁稔贫心泰,天凉病体安。相逢取次第,却甚少年欢。

乐天池馆夏景方妍白莲初开
彩舟空泊唯邀缁侣因以戏之

池馆今正好,主人何寂然。白莲方出水,碧树未鸣蝉。静室宵闻磬,斋厨晚绝烟。蕃僧如共载,应不是神仙。

酬乐天感秋凉见寄

庭晚初辨色,林秋微有声。槿衰犹强笑,莲迥却多情。檐燕归心动,韝鹰俊气生。闲人占闲景,酒熟且同倾。

秋晚新晴夜月如练有怀乐天

雨歇晚霞明,风调夜景清。月高微晕散,云薄细鳞生。露草百虫思,秋林千叶声。相望一步地,脉脉万重情。

新秋对月寄乐天

月露发光彩,此时方见秋。夜凉金气应,天静火星流。蛩响偏依井,萤飞直过楼。相知尽白首,清景复追游。

酬乐天小台晚坐见忆

小台堪远望,独上清秋时。有酒无人劝,看山只自知。幽禽啭新竹,孤莲落静池。高门勿遽掩,好客无前期。

早秋雨后寄乐天

夜云起河汉,朝雨洒高林。梧叶先风落,草虫迎湿吟。簟凉扇恩薄,室静琴思深。且喜炎前别,安能怀寸阴。

秋晚病中乐天以诗见问力疾奉酬

耳虚多听远,展转晨鸡鸣。一室背灯卧,中宵扫叶声。兰芳经雨败,鹤病得秋轻。肯踏衡门草,唯应是友生。

和乐天烧药不成命酒独醉

九转欲成就,百神应主持。婴啼鼎上去,老貌镜前悲。却顾空丹灶,回心向酒卮。醺然耳热后,暂似少年时。

元日乐天见过因举酒为贺

渐入有年数,喜逢新岁来。震方天籁动,寅位帝车回。门巷扫残雪,林园惊早梅。与君同甲子,寿酒让先杯。

酬马大夫以愚献通草芰荬
酒感通拔二字因而寄别之作

泥沙难振拔，谁复问穷通。莫讶提壶赠，家传枕曲风。成谣独酌后，深意片言中。不进终无已，应须荀令公。

奉和司空裴相公中书即事通简旧僚之作

谭笑在岩廊，人人尽所长。仪形见山立，文字动星光。日运丹青笔，时看赤白囊。伫闻戎马息，入贺领鹓行。

微之镇武昌中路见寄蓝桥
怀旧之作凄然继和兼寄安平

今日油幢引，他年黄纸追。同为三楚客，独有九霄期。宿草恨长在，伤禽飞尚迟。武昌应已到，新柳映红旗。

将赴苏州途出洛阳留守李相公累申宴
饯宠行话旧形于篇章谨抒下情以申仰谢

岁杪风物动，雪馀宫苑晴。兔园宾客至，金谷管弦声。洛水故人别，吴宫新燕迎。越郎忧不浅，怀袖有琼英。

牛相公留守见示城外新墅有溪竹
秋月亲情多往宿游恨不得去因成
四韵兼简洛中亲故之什兼命同作

别墅洛城外，月明村野通。光辉满地上，丝管发舟中。堤艳菊花露，岛凉松叶风。高情限清禁，寒漏滴深宫。

牛相公林亭雨后偶成

飞雨过池阁,浮光生草树。新竹开粉奁,初莲爇香注。野花无时节,水鸟自来去。若问知境人,人间第一处。

酬滑州李尚书秋日见寄

一入石渠署,三闻宫树蝉。丹霄未得路,白发又添年。双节外台贵,孤箫中禁传。征黄在旦夕,早晚发南燕。

和西川李尚书汉州微月游房太尉西湖

木落汉川夜,西湖悬玉钩。旌旗环水次,舟楫泛中流。目极想前事,神交如共游。瑶琴久已绝,松韵自悲秋。

和　重　题

林端落照尽,湖上远岚清。水榭芝兰室,仙舟鱼鸟情。人琴久寂寞,烟月若平生。一泛钓璜处,再吟锵玉声。

酬李相公喜归乡国自巩县夜泛洛水见寄

巩树烟月上,清光含碧流。且无三已色,犹泛五湖舟。鹏息风还起,凤归林正秋。虽攀小山桂,此地不淹留。

和李相公平泉潭上喜见初月

家山见初月,林壑悄无尘。幽境此何夕,清光如为人。潭空破镜入,风动翠蛾嚬。会向琐窗望,追思伊洛滨。

和李相公初归平泉过
龙门南岭遥望山居即事

暂别明庭去,初随优诏还。曾为鹏一作鹍鸟赋,喜过凿龙山。新墅烟火起,野程泉石间。岩廊人望在,只得片时闲。

和李相公以平泉新墅获方外之名
因为诗以报洛中士君子兼见寄之什

业继韦平后,家依昆阆间。恩华辞北第,潇洒爱东山。满室图书在,入门松菊闲。垂天虽暂息,一举出人寰。

发苏州后登武丘寺望海楼 一作望梅楼

独宿望海楼,夜深珍木冷。僧房已闭户,山月方出岭。碧池涵剑彩,宝刹摇星影。却忆郡斋中,虚眠此时景。

松江送处州奚使君

吴越古今路,沧波朝夕流。从来别离地,能使管弦愁。江草带烟暮,海云含雨秋。知君五陵客,不乐石门游。

题 报 恩 寺

云外支硎寺,名声敌虎丘。石文留马迹,峰势耸牛头。泉眼潜通海,松门预带秋。迟回好风景,王谢昔曾游。

罢郡姑苏北归渡扬子津

几岁悲南国,今朝赋北征。归心渡江勇,病体得秋轻。海阔石门小,城高粉堞明。金山旧游寺,过岸听钟声。

故国荒台在，前临震泽波。绮罗随世尽，麋鹿古时多。筑用金锤力，摧因石鼠窠。昔年雕辇路，唯有采樵歌。此首一作姑苏台诗。

寻汪道士不遇

仙子东南秀，泠然善驭风。笙歌五云里，天地一壶中。受箓金华洞，焚香玉帝宫。我来君闭户，应是向崆峒。

谢柳子厚寄叠石砚

常时同砚席，寄砚一作此感离群。清越敲寒玉，参差叠碧云。烟岚馀斐亹，水墨两氛氲。好与陶贞白，松窗写紫文。

元 日 感 怀

振蛰春潜至，湘南人未归。身加一日长，心觉去年非。燎火委虚烬，儿童衔彩衣。异乡无旧识，车马到门稀。

谢宣州崔相公赐马

浮云金络膝一作脑，昨日别朱轮。衔草如怀恋，嘶风尚意频。曾将比君子，不是换佳人。从此西归路，应容蹑后尘。

南 中 书 来

君书一作来问风俗，此地接炎州。淫祀多青鬼，居人少白头。旅情偏在夜，乡思岂唯秋。每羡朝宗水，门前尽日流。

题 招 隐 寺

隐土遗尘在，高僧精舍开。地形临渚断，江势触山回。楚野花多思，南禽声例哀。殷勤最高顶，闲即望乡来。

思归寄山中友人

萧条对秋色,相忆在云泉。木落病身死-作起,潮平归思悬。凉钟
山顶寺,暝火渡头船。此地非吾土,闲留又一年。

有　感

死且不自觉,其馀安可论。昨宵凤池客,今日雀罗门。骑吏尘未
息,铭旌风已翻。平生红粉爱,惟解哭黄昏。

途次敷水驿伏睹华州舅氏
昔日行县题诗处潸然有感

昔日股肱守,朱轮兹地游。繁华日已谢,章句此空留。蔓草佳城
闭,故林棠树秋。今来重垂泪,不忍过西州。

奉和郑相公以考功十弟山姜花俯赐篇咏

采撷黄姜蕊,封题青琐闱。共闻调膳日,正是退朝归。响为纤筵
发,情随彩翰飞。故将天下宝,万里与光辉。

题淳于髡墓

生为齐赘婿,死作楚先贤。应以客卿-作乡葬,故临官道边。寓言
本多兴,放意能合权。我有一石酒,置君坟树前。

全唐诗卷三五九

刘禹锡

送 春 词

昨来楼上迎春处，今日登楼又送归。兰蕊残妆含露泣，柳条长袖一作袂向风挥。佳人对镜容颜改，楚客临江心事违。万古至今同此恨，无如一醉尽忘机。

送李尚书镇滑州

自浙西观察使征拜兵部侍郎，月馀有此拜也。

南徐报政入文昌，东郡须才别建章。视草名高同蜀客，拥旄年少胜荀一作周郎。黄河一曲当城下，缇骑千重照路傍。自古相门还出相，如今人望在岩廊。其后果继韦平之族。

送浑大夫赴丰州 自大鸿胪拜，家承旧勋。

凤衔新诏降恩华，又见旌旗出浑一作汉家。故吏来辞辛属国，精兵愿逐李轻车。毡裘君长迎风驭，锦带一作领酋豪踏雪衙。其奈明年好春日，无人唤看牡丹花。

送源中丞充新罗册立使 侍中之孙

相门才子称华簪,持节东行捧德音。身带霜威辞凤阙,口传天语到鸡林。烟开鳌背千寻碧,日浴鲸波万顷金。想见扶桑受恩处一作后,一时西拜尽倾心。

送王司马之陕州 自太常丞授,工为诗。

暂辍清斋出太常,空携诗卷赴一作过甘棠。府公既有朝中旧一作画,司马应容酒后狂。案牍来时唯署字,风烟入兴便成章。两京大道多游客,每遇词人战一场。

洛中送杨处厚入关便游蜀 一本有谒韦令公四字

洛阳秋日正凄凄,君去西秦更向西。旧学三冬今转富,曾伤六翮养初齐。王城晓入一作日窥丹凤,蜀路晴来一作天见碧鸡。早识卧龙应有分,不妨从此蹑丹梯。

送周使君罢渝州归郢州别墅

君思郢上吟归去,故自渝南掷郡章。野戍岸边留画舸,绿萝阴下到一作有山庄。池荷雨后衣香起一作老,庭草春深绶带长。只恐鸣驺催上道,不容待得晚菘尝。

奉送浙西李仆射相公赴镇

奉送至临泉驿,书札见征拙诗,时在汝州。

建节东行是旧游,欢声喜气满吴州。郡人重得黄丞相,童子争迎郭细侯。诏下初辞温室树,梦中先到景阳楼。自怜不识平津阁,遥望旌旗汝水头。

重送浙西李相公顷廉问江南
已经七载后历滑一作清台剑南
两镇遂入相今复领旧地新加旌旄

江北万人看玉节,江南千骑引金铙。凤从池上游沧海,鹤到辽东识旧巢。城下清波含百谷,窗中远岫列三茅。碧鸡白马回翔久,却忆朱方是乐郊。

送前进士蔡京赴学究科 时崔相公、杨尚书掌选

耳闻战鼓带经锄,振发声名自里间。已是世间能赋客,更攻窗下绝编书。朱门达者谁能识,绛帐书生尽不如。幸遇天官旧丞相,知君无翼上空虚。

送唐舍人出镇闽中

暂辞鸳鹭出蓬瀛,忽拥貔貅镇粤城。闽岭夏云迎皂盖,建溪秋树映红旌。山川远地由来好,富贵当年别有情。了却人间婚嫁事,复归朝右一作阙作公卿。

送李中丞赴楚州

缇骑朱旗入楚城,士林皆贺振家声。儿童但喜迎宾守,故吏犹应记姓一作小名。万顷水田连郭秀,四时烟月映淮清。忆君初得昆山玉,同向扬州携手行。

奉送李户部侍郎自河南尹再除本官归阙

昔年内署一作史振雄词,今日东都结去思。宫女犹传洞箫赋,国人

先咏衮衣诗。华星却复文昌位，别鹤重归太乙池。想到金闺待通
一作称籍，一时惊喜一作起见风仪。

送蕲州李郎中赴任

楚关一作门蕲水路非赊，东望云山日夕佳。薤叶照人呈夏簟，松花
满碗试新茶。楼中饮兴因明月，江上诗情为晚霞。北地交亲长引
领，早将玄鬓到京华。

送国子令狐博士赴兴元觐省

相门才子高阳族，学一作才省清资五品官。谏院过时荣棣萼，谢庭
归去踏芝兰。山中花带烟岚一作霞晚，栈底江涵雪水寒。伯仲到家
人尽贺，柳营莲府递相欢。

送李二十九兄员外赴邠宁使幕

家袭韦平身一作生业文，素风清白至今贫。南宫通籍新郎吏，西候
一作族从戎旧主人。城外草黄秋有雪，烽头烟静虏无尘。鼎门为别
霜天晓，滕一作剩把离觞三五巡。

送分司陈郎中只召直史馆重修三圣实录

蝉鸣官树引行车，言自成周赴玉除。远取南朝贵公子，重修东观帝
王一作皇书。常时载笔窥金匮，暇日登楼到石渠。若问旧人刘子
政，如今白首在南徐。一作头白在商於。

送慧则法师归上都因呈广宣上人 并引

　　师精《净名经》。佛示灭后，大弟子演圣言而成经。传心印曰法，承
法而能专曰宗，由宗而分教曰支。坐而摄化者，胜义皆空之宗也；行而

宣教者,摧破邪山之支也。释子慧则,生于像季,思济劫溺,乃学于一
支,开彼群迷,以为尽妙理者莫如法门,变凡夫者莫如佛土,悟无染者莫
如散花,故业于净名,深达实相。自京师涉汉沔,历鄠郢,登衡湘,听徒
百千,耳感心化。法无住道,行而归顾,予有社内之因,故言别之日,爱
缘瞥起。时也秋尽,咏江淹《杂拟》以送之。前见宣上人,为我致谢。

昨日东林一作邻看讲时,都人象一作乘马蹋琉璃。雪山童子应前世,
金粟如来是本师。一锡言归九城路,三衣一作年曾拂万年枝。休公
久别如相问,楚客逢秋心更悲。

送义舟师却还黔南 并引

　　黔之乡,在秦楚为争地。近世人多过言其幽荒以谈笑,闻者又从而
张皇之。犹夫束蕴逐原燎,或近乎语妖。适有沙门义舟,道黔江而来。
能画地为山川,及条其风俗,纤悉可信。且曰:贫道以一锡游他方众矣,
至黔而不知其远。始遇前节使,而闻今节使益贤而文。故其佐多才士,
麾围之下,曳裾秉笔,彬然与兔园同风。蕃僧以外学嗜篇章,时或摄衣
为末至客。其来也,约主人乘秋风而还,今乞词以扬之,如捧意珠,行住
坐卧,知相好耳。余曰唯,命笔为七言以应之。

黔江秋水浸云霓,独泛慈航路不迷。猿狖窥斋林叶动,蛟龙闻咒浪
花低。如莲半偈心常悟,问菊新诗手自携。常说摩围似灵鹫,却将
山屐上丹梯。

送景玄师东归 并引

　　庐山僧景玄,袖诗一幅来谒。往往有句,轻而遒,如鹤雏褵褷,未有
六翮,而步舒视远。戛然一唳,乃非泥滓间物。献诗已,敛袖而辞。且
曰,其来也,与故山秋为期。夫丐者,僧事也,今无他请,唯文是求。故
赋一篇,以代璎珞耳。

东林寺里一沙弥,心爱当时才子诗。山下偶随流水出,秋来却赴白

云期。滩头蹑屐挑沙菜,路上停舟读古碑。想到旧房抛一作携锡
杖,小松应有过檐枝。

汉寿城春望

> 古荆州刺史治亭,其下有子胥庙,兼楚王故坟。

汉寿城边野草春,荒祠古墓对荆榛。田中牧竖烧刍狗,陌上行人看
石麟。华表半空经霹雳,碑文才见满埃尘。不知何日东瀛变,此地
还成要路津。

荆门一作州道怀古

南国山川旧帝畿,宋台梁馆尚依稀。马嘶古道一作树行人歇,麦秀
空城野一作泽雉飞。风吹落叶填宫井,火入荒陵一作坟,一作林。化宝
衣。徒使词臣庾开府,咸阳终日苦思归。

朗州窦员外见示与澧州元郎
中郡斋赠答长句二篇因以继和

鸳鹭差池出建章,彩旗朱户蔚一作郁相望。新恩共理犬牙地,昨日
同含鸡舌香。白芷江边分驿路,山桃蹊外接甘棠。应怜一罢金闺
籍,枉渚逢春一作相逢十度伤。

早春对雪奉寄澧州元郎中

新赐鱼书墨未干,贤人暂出远人安。朝驱旌旆行时令,夜见星辰忆
旧官。梅蕊覆阶铃阁暖,雪峰当户戟枝寒。宁知楚客思公子,北望
长吟澧有兰。

窦朗州见示与澧州元郎中

早秋赠答_{一作作}命同作_{一作答}

邻境诸侯同舍郎，芷江兰浦恨无梁。秋风门外旌旗动，晓露庭中橘
柚香。玉簟微凉宜白昼，金箛入暮应清商，骚人昨夜闻鹍鸡_{一作啼}
鸟，不叹流年惜众芳。

松滋渡_{一作洞}望峡中

渡头轻雨洒寒梅，云际溶溶雪水来。梦渚草长迷楚望，夷陵土黑有
秦灰。巴人泪应猿声落，蜀客船从鸟道回。十二碧峰何处所，永安
宫外是_{一作有}荒台。

衢州徐员外使君遗以缟纻兼竹书箱因成

一篇用答佳贶 按此郡本自婺州析置，徐(州)自台州迁。

烂柯山下旧仙郎，列宿来添婺女光。远放歌声分白纻，知传家学与
青箱。水朝沧海何时去，兰在幽林亦自芳。闻说天台有遗爱，人将
琪树比甘棠。

唐秀才赠端州紫石砚以诗答之

端州石砚人间重，赠我因知正草玄。阙里庙堂空旧物，开方灶下岂
天然。玉蟾吐水霞光静，彩翰摇风绛锦鲜。此日佣工记名姓，因君
数到_{一作致}墨池前。

览董评事思归之什因以诗赠

几年油幕佐征东，却泛沧浪狎钓童。欹枕醉眠成戏蝶，抱琴闲望送
归鸿。文儒自袭胶西相，倚伏_{一作杖}能齐塞上翁。更说扁舟动乡

思,青菰已熟奈秋风。

谢寺双桧 扬州法云寺谢镇西宅,古桧存焉。

双桧苍然古貌奇,含烟吐雾郁参差。晚依禅客当金殿,初对将军映画旗。龙象界中成宝盖,鸳鸯瓦上出高枝。长明灯是前朝焰,曾照青青年少时。

寄杨一作韩八寿州

风猎红旗入寿春,满城歌舞向朱轮。八公山下清淮水,千骑尘中白面人。桂岭雨馀多鹤迹,茗园晴望似龙鳞。圣朝方用敢言者,次第应须旧谏臣。

洛中寺北楼见贺监草书题诗

高楼贺监昔曾登,壁上笔踪龙虎腾。中国书流尚一作让皇象,北朝文士重徐陵。偶因独一作特见空惊目,恨不同时便伏膺。唯恐尘埃转磨灭,再三珍重嘱山僧。

闻韩宾擢第归觐以诗美之
兼贺韩十五曹长时韩牧永州

零陵香草满郊坰,丹穴雏飞入翠屏。孝若归来成一作呈画赞,孟阳别后有山铭。兰陔旧地花一作多才结,桂树新枝色更一作尚青。为报儒林丈人道,如今从此鬓星星。

宣上人远寄和礼部王侍郎放榜后诗因而继和

礼闱新榜动长安,九陌人人走马看。一日声名遍天下,满城桃李属春官。自吟白雪诠词赋,指示青云借羽翰。借问至公谁印可,支郎天一作大眼定中观。

赠东岳张炼师

东岳真人张炼师,高情雅淡世间稀。堪为列女书青简,久事元君住翠微。金缕机中抛锦字,玉清台一作坛上著霓衣。云衢不要吹箫伴,只拟乘鸾独自飞。

秘书崔少监见示坠马长句因而和之

麟台少〔监〕(谏)旧仙郎,洛水桥边坠马伤。尘污腰间青襞绶,风飘掌下紫游缰。上车著作应来问,折臂三公定送方。犹赖德全如醉者,不妨吟咏入篇章。

寄杨虢州与之旧姻

避地江湖知几春,今来本郡拥朱轮。阮郎无复里中旧,杨仆却为关外人。各系一官难命驾,每怀一作追前好易沾巾。玉城山里多灵药,摆落功名且养神。

秋日题窦员外崇德里新居 窦时判度支案

长爱街西风景闲,到君居处暂一作便开颜。清光门外一渠水,秋色墙头数点山。疏种碧松通一作过月朗,多栽红药待春还。莫言堆案无馀地,认得诗人在此间。

蒙恩转仪曹郎依前充集贤
学士举韩潮州自代因寄七言

翔鸾阙下谢恩初,通籍由来在石渠。暂入南宫判祥瑞,还归内殿阅图书。故人犹在三江外,同病凡经二纪馀。今日荐君嗟久滞,不惟文体似相如。

途次华州陪钱大夫登城北楼春望因睹
李崔令狐三相国唱和之什翰林旧侣继踵
华城山水清高鸾凤翔集皆忝宿眷遂题此诗

城楼四望出风尘，见尽关西渭北春。百二山河雄—作旧上国，一双
旌旆委名臣。壁中今日题诗处—作句，天上同时草诏人。莫怪老郎
呈滥吹，宦途虽别旧情亲。

始　闻　秋　风

昔看黄菊与君别，今听玄蝉我却回。五夜飕飗枕前觉，一年颜状镜
中来。马思边草拳毛动，雕眄青云睡眼开。天地肃清堪四望，为君
扶病上高台。

洛中初冬拜表有怀上京故人

凤楼南面控三条，拜表郎官早渡桥。清洛晓光铺碧簟，上阳霜叶剪
红绡。省门簪组初成列，云路鸳鸾想退朝。寄谢殷勤九天侣，抢榆
水击各逍遥。

尉迟郎中见示自南迁牵复却
至洛城东旧居之作因以和之

曾遭飞语十年谪，新受恩光万里还。朝服不妨游洛浦，郊园依旧看
—作著嵩山。竹含天籁清商乐，水绕庭台碧玉环。留作功成退身
地，如今只是暂时闲。

洛中酬福建陈判官见赠

潦倒声名拥肿材，一生多故苦遭回。南宫旧籍遥相管，东洛闲一作
关门昼未开。静对道流论药石，偶逢词客与琼瑰。怪君近日文锋
利，新向延平看剑来。

和苏十郎中谢病闲居时严常
侍萧给事同过访叹初有二毛之作

清羸隐几望云空，左掖鸳鸯到室中。一卷素书消永日，数茎斑发一
作鬓对秋风。菱花照后容虽改，蓍草占来命已通。莫怪人人惊早
白，缘君尚是黑头翁。

酬淮南廖参谋秋夕见过之作

　　　　林公昔为扬州从事参谋，从释子反初服。

扬州从事夜相寻，无限新诗月下吟。初服已惊一作经玄发长，高情
犹向碧一作白云深。语馀时举一杯酒，坐久方闻四一作数处砧。不
逐繁华访闲散，知君摆落俗人心。

题王郎中宣义里新居

爱君新买街西宅，客到如游鄠杜间。雨后退朝贪种树，申时出省趁
看山。门前巷陌三条近，墙内池亭万境闲。见拟移居作邻里，不论
时节请开关。

酬朗州崔员外与任十四兄侍御
同过鄙人旧居见怀之什时守吴郡

昔日居邻招屈亭，枫林橘树鹧鸪声。一辞御苑青门去，十见蛮江白

芷生。自此曾沾宣室召，如今又守阖闾城。何人万里能相忆，同舍
仙郎与外兄。任侍郎，余外兄。崔员外，南宫同官。

刘驸马水亭避暑

千竿竹翠数莲红，水阁虚凉玉簟空。琥珀盏红一作烘疑漏一作泻酒，
水晶帘莹一作密更通风。赐冰满碗沉朱实，法馔盈盘覆碧笼。尽日
逍遥避一作却烦暑，再三珍重主人翁。

述旧贺迁寄陕虢孙常侍 南宫、左辅，两处交代。

南宫幸袭芝兰后，左辅曾交印绶来。多病未离清洛苑，新恩已历望
仙台。关头古塞桃林静，城下长河竹箭回。闻说随车有零雨，此时
偏动子荆才。

江陵严司空见示与成
都武相公唱和因命同作

南荆西蜀大行台，幕府旌门相对开。名重三司平水土，威雄八阵役
风雷。彩云朝望青城起，锦浪秋经白帝来。不是郢中清唱发，谁当
丞相揽天才。

庙庭偃松诗 并序

　　侍中后阁前有小松，不待年（一作特立）而偃。丞相晋公为赋诗，美
其犹龙蛇。然植于高檐乔木间，上嵌旁轧，盘蹙倾亚，似不得天和者。
公以遂物性为意，乃加怜焉。命畚土以壮其趾，使无攲；索绹以牵其干，
使不仆。盥漱之馀以润之，顾昐之辉以照之。发于仁心，感召和气，无
复夭阏，坐能敷舒。向之跧蹙，化为奇古，故虽袤丈而有偃号焉。予尝
诣阁白事，公为道所以，且示以诗，窃感嘉木之逢时，斐然成咏。

势轧枝偏根已危，高情一见与扶持。忽从憔悴有生意，却为离披无俗姿。影入岩廊行乐处，韵含天籁宿斋时。谢公莫道东山去，待取一作时取阴成满凤池。

赠致仕滕庶子先辈 时及第人中最老

朝服归来昼锦荣，登科记上更无兄一作名。寿觥每使一作许曾孙献，胜境长携众妓行。〔躞〕（镤）铄据鞍时一作能骋健，殷勤把酒尚多情。凌寒却向山阴去，衣绣郎君雪里行。一作迎。时令子为御史，主务在越中。

哭吕衡州时予方谪居

一夜霜风凋玉芝，苍生望绝士林悲。空怀济世安人略，不见男婚女嫁时。遗草一函归太史，旅一作孤坟三尺近要离。朔方徙岁行当满一作晚，欲为君刊第二碑。

夔州窦员外使君见示悼妓诗顾余尝识之一作面因命同作

前年曾见两鬟时，今日惊吟悼妓诗。凤管学成知有籍，龙媒欲换叹无期。空廊月照常行地，后院花开旧折枝。寂寞鱼山青草里，何人更立智琼祠。

窦夔州见寄寒食日忆故姬小红吹笙因和之

鸾声窈眇管参差，清韵初调众乐随。幽院妆成花下弄，高楼月好夜深吹。忽惊暮雨一作槿飘零尽，唯有朝云梦想期。闻道今年寒食日，东山旧路独行迟。

哭庞京兆 少年有俊气，常擢制科之首。

俊骨英才气衮然，策名飞步冠群贤。逢时已自致高位，得疾一作病
还因倚少年。天上别归京兆府，人间空数一作叹茂陵阡。今朝缞帐
哭君处，前日见铺歌舞筵。

送李庚先辈赴选

一家何啻十朱轮，诸父双飞秉大钧。曾脱素衣参幕客，却为精舍读
书人。离筵雒水侵杯色，征路函关向晚尘。今日山公旧宾主一作居
宾主话，知君不负帝城春。

阳山庙观赛神

梁松南征至此，遂为其神，在朗州。

汉家都尉旧征蛮，血食如今配此山。曲盖幽深苍桧下，洞箫愁绝一
作吹绝翠屏间。荆巫脉脉传神语，野老娑娑一作婆娑起醉颜。日落风
生庙门外，几人连蹋竹歌还。

送僧元暠东游 并序

予策名二十年，百虑而无一得。然后知世所谓道，无非畏途，唯出
世间法可尽心耳。繇是在席砚（一作观）者，多旁行四句之书；备将迎
者，皆赤髭白足之侣。深入智地，静通还源。客尘观尽，妙气来宅。内
视胸中，犹煎炼然。开士元暠，姓陶氏，本丹阳名家，世有人爵，不藉其
资。于毗尼禅那，极细密之义；于初中后日，习总持之门。妙音奋迅，愿
力昭答。雅闻予事佛而佞，亟来相从。或问师臞形之自，对曰："小失怙
恃，推棘心以求上乘，积四十年有赢，老将至而不懈，始悲浚泉之有冽，
今痛防墓之未迁，涂刍莫备，薪火恐灭，诸相皆离，此心长悬。虽万姓归
佛，尽为释种，如河入海，无复水名。然具一切智者，岂惟遗百行？求无

量义者,宁容断闻思? 今闻南诸侯雅多大士,思扣以苦调,而希其末光。无容至前,有足悲者。"予闻是说已,力不足而悲有馀,因为诗以送之,庶乎践霜露者听(一作聆)之有恻。

宝书翻译学初成,振锡如飞白足轻。彭泽因家凡几世,灵山预会是前生。传灯已悟无为理,濡露犹怀罔极情。从此多逢大居士,何人不愿解珠璎。

赠日本僧智藏

浮杯万里过沧溟,遍礼名山适性灵一作旧扃。深夜降龙潭水黑,新秋放鹤野田青。身无彼我那怀土,心会真如不读经。为问中华学道者,几人雄猛得宁馨。

送元简上人适越

孤云出岫本无依,胜境一作景名山即是归。久向吴门游好寺,还思越水洗尘机。浙江涛惊狮子吼,稽岭峰疑灵鹫飞。更入天台石桥去一作路,垂珠璀璨拂三衣。

送宗密上人归南山草堂
寺因谒一作诣河南尹白侍郎

宿习修来得慧根,多闻第一却忘言。自从七祖传心印,不要三乘入便门。东泛沧江一作浪寻古迹,西归紫阁出尘喧。河南白尹大檀越,好把真经相对翻。

西塞山怀古

西晋一作王濬楼船下益州,金陵王气黯一作漠然收。千寻铁锁沉江底,一片降幡出石头。人世几回伤往事,一作荒苑至今生茂草。山形依旧枕江—作寒流。今逢—作从今四海为家日，故垒萧萧芦荻秋。—作而今四海归皇化，两岸萧萧芦荻秋。

广宣上人寄在蜀与韦令公唱和诗卷因以令公手扎答诗示之

碧云佳句久传芳，曾向成都住草堂。振锡常过长者宅，披衣—作文犹带令公香。一时风景添诗思，八部人天入道场。若许相期同结社，吾家本自有柴桑。

全唐诗卷三六〇

刘禹锡

白舍人自杭州寄新诗有柳色春藏苏小家之句因而戏酬兼寄浙东元相公

钱塘山水有奇声，暂谪仙官领百城。女妓还闻名小小，使君谁许唤卿卿。鳌惊震海风雷起，蜃斗嘘天楼阁成。莫道骚人在三楚，文星今向斗牛明。

春日书怀寄东洛白二十二杨八二庶子

曾向空门学坐禅，如今万事尽忘筌。眼前名利同春梦，醉里风情敌少年。野草芳菲红锦地，游丝撩乱碧罗天。心知洛下闲才子，不作诗魔即酒—作醉颠。

白舍人见酬拙诗因以寄谢

虽陪三品散班中，资历从来事不同。名姓也曾镌石柱，诗篇未得上屏风。甘陵旧党凋零尽，魏阙新知礼数崇。烟水五湖如有伴，犹应堪作钓鱼翁。

白舍人曹长寄新诗有游宴之盛因以戏酬

苏州刺史例能诗,西掖今来替左司。二八城门开道路,五千兵马引
旌旗。水通山寺笙歌去,骑过虹桥剑戟随。若共吴王斗百草,不如
应一作知惟是欠西施。

苏州白舍人寄新诗有叹
早白无儿之句因以赠之

莫嗟华发与无儿,却是人间一作生久远期。雪里高山头白早,海中
仙果子生迟。于公必有高门庆,谢守何烦晓镜悲。幸免如新分非
浅,祝君长咏梦熊诗。高山本高,于门使之高,二义故殊,古之诗流晓此。

酬乐天扬州初逢席上见赠

巴山楚水凄凉地,二十三年弃置身。怀旧空吟闻笛赋,到乡翻似烂
柯人。沉舟侧畔千帆过,病树前头万木春。今日听君歌一曲,暂凭
杯酒长精神。

罢郡归洛途次山阳留辞郭中丞使君

自到山阳不许辞,高斋日夜有佳期。管弦正合看书院,语笑方酣各
咏诗。银汉雪晴褰翠幕,清淮月影落金卮。洛阳归客明朝去,容趁
城东花发时。

楚州开元寺北院枸杞临井
繁茂可观群贤赋诗因以继和

僧房药树依寒井,井有香泉树有灵。翠黛叶生笼石甃,殷红子熟照
铜瓶。枝繁本是仙人杖,根老新成瑞犬形。上品功能甘露味,还知

一勺可延龄。

和乐天鹦鹉

养来鹦鹉觜初红,宜在朱楼绣户中。频学唤人缘性慧,偏能识主为情通。敛毛睡足难销日,鼓翅愁时愿见风。谁遣聪明好颜色,事须安置入深笼。

洛中逢白监同话游梁之乐因寄宣武令狐相公

曾经谢病各游梁,今日相逢忆孝王。少有一身兼将相,更能四面占文章。开颜坐上催飞盏,回首庭中看舞枪。借问风前兼月下,不知何客对胡床。

河南王少尹宅燕张常侍白舍
人兼呈卢郎中李员外二副使

将星夜落使星来,三省清臣到外台。事重各衔天子诏,礼成同把故人杯。卷帘松竹雪初霁,满院池塘春欲回。第一林亭迎好客,殷勤莫惜玉山颓。

和宣武令狐相公郡斋对新竹

新竹脩脩韵晓风,隔窗依砌尚蒙笼。数间素壁初开后,一段清光入坐中。欹枕闲看知自适,含毫朗咏与谁同。此君若欲长相见,政事堂东有旧丛。

和乐天送鹤上裴相公别鹤之作

昨日看成送鹤诗,高笼提出白云司。朱门乍入应迷路,玉树容栖莫拣枝。双舞庭中花落处,数声池上月明时。三山碧海不归去,且向人间呈羽仪。

阙下待传点呈诸同舍

禁漏晨钟声欲绝,旌旗组绶影相交。殿含佳气当龙首,阁倚晴天见凤巢。山色葱笼丹槛外,霞光泛滟翠松梢。多惭再入金门籍,不敢为文学解嘲。

和乐天以镜换酒

把取菱花百炼镜,换他竹叶十旬杯。颦眉厌老终难去,醮甲须欢便到来。妍丑太分迷忌讳,松乔俱傲绝嫌猜。校量功力相千万,好去从空白玉台。

同乐天送河南冯尹学士

可怜五一作玉马风流地,暂辍金貂侍从才。阁上掩书刘向去,门前修刺孔融来。冯自馆阁出为河南尹。崤陵路静寒无雨,洛水桥长昼起雷。共一作却羡府中棠棣好,先于城外百花开。时公伯仲四人并以显官居洛,士宗荣之。

同白二十二赠王山人

爱名之世忘名客,多事之时无事身。古老相传见来久,岁年虽变貌常新。飞章上达三清路,受箓平交五岳神。笑听咚咚朝暮鼓,只能催得市朝人。

题　集　贤　阁

凤池西畔图书府,玉树玲珑景气闲。长听馀风送天乐,时登高阁望人寰。青山云绕栏干外,紫殿香来步武间。曾是先贤翔集地,每看壁记一惭颜。

和令狐相公初归京国赋诗言怀

凌云羽翮掞天才，扬历中枢与外台。相印昔辞东阁去，将星还拱北辰来。殿庭捧日彩缦入，阁道看山曳履回。口不言功心自适，吟诗酿酒待花开。

和乐天南园试小乐

闲步南园烟雨晴，遥闻丝竹出墙声。欲抛丹笔三川去，先教清商一部成。花木手栽偏有兴，歌词自作别生情。多才遇景皆能咏，当日人传满凤城。

答乐天戏赠

才子声名白侍郎，风流虽老尚难当。诗情逸似陶彭泽，斋日多如周太常。矻矻将心求净法，时时偷眼看春光。知君技痒思欢宴，欲倩天魔破道场。

同乐天送令狐相公赴东都留守 自户部尚书拜

尚书剑履出明光，居守旌旗赴洛阳。世上功名兼将相，人间声价是文章。衙门晓辟分天仗，宾幕初开辟省郎。从发坡头向东望，春风处处有甘棠。自华〔陕〕(陵)至河南，皆故林也。

刑部白侍郎谢病长告改宾客分司以诗赠别

鼎食华轩到眼前，拂衣高谢岂徒然。九霄路上辞朝客，四皓丛中作少年。他日卧龙终得雨，今朝放鹤且冲天。洛阳旧有衡茅在，亦拟抽身伴地仙。

和留守令狐相公答白宾客

麦陇一作蛟龙和风吹树枝，商山逸客出关时。身无拘束起长晚，路
足交亲行自迟。官拂象筵终日待，私将鸡黍几人期。君来不用飞
书报，万户先从纸贵知。

酬郓州令狐相公官舍言怀见寄兼呈乐天

词人各在一涯居，声味虽同迹自疏。佳句传因多好事，尽题稀为不
便书。已通戎略逢黄石，仍占星文耀碧虚。闻说朝天在来岁，霸陵
春色待行车。

吟白乐天哭崔儿二篇怆然寄赠

吟君苦调我沾缨，能使无情尽有情。四望车中心未释，千秋亭下赋
初成。庭梧已有栖雏处，池鹤今无子和声。从此期君比琼树，一枝
吹折一枝生。

答乐天所寄咏怀且释其枯树之叹

衙前有乐馔常精，宅内连池酒任倾。自是官高无狎客，不论年长少
欢情。骊龙颔被探珠去，老蚌胚还应月生。莫羡三春桃与李，桂花
成实向秋荣。

赴苏州酬别乐天

吴郡鱼书下紫宸，长安厮吏送朱轮。二南风化承遗爱，八咏声名蹑
后尘。梁氏夫妻为寄客，陆家兄弟是州民。江城春日追游处，共忆
东归旧主人。

福先寺雪中酬别乐天

龙门宾客会龙宫，东去旌旗驻上东。二八笙歌云幕下，三千世界雪花中。离堂未暗排红烛，别曲含凄飐晚风。才子从今一分散，便将诗咏向吴侬。

和乐天耳顺吟兼寄敦诗

吟君新什慰蹉跎，屈指同登耳顺科。邓禹功成三纪事，孔融书就八年多。已经将相谁能尔，抛却丞郎争奈何。独恨长洲数千里，且随鱼鸟泛烟波。

和白侍郎送令狐相公镇太原

十万天兵貂锦衣，晋城风日斗生辉。行台仆射深恩重，从事中郎旧路归。叠鼓蹙成汾水浪，闪旗惊断塞鸿飞。边庭自此无烽火，拥节还来坐紫微。

酬乐天见寄

元君后辈先零落，崔相同年不少留。华屋坐来能几日，夜台归去便千秋。背时犹自居三品，三川吴郎同。得老终须卜一丘。投老之日，愿与乐天为邻。若使吾徒还早达，亦应箫鼓入松楸。

乐天寄重和晚达冬青一篇因成再答

风云变化饶年少，光景蹉跎属老夫。秋隼得时凌汗漫，寒龟饮气受泥涂。东隅有失谁能免，北叟之言岂便无。振臂犹堪呼一掷，争知掌下不成卢。

河南白尹有喜崔宾客归
洛兼见怀长句因而继和

几年侍从作名臣,却向青云索得身。朝士忽为方外士,主人仍是眼中人。双鸾游处天京好,五马行时海峤春。遥羡光阴不虚掷,肯令丝竹暂生尘。

和杨师皋给事伤小姬英英

见学胡琴见艺成,今朝追想几伤情。捻弦花下呈新曲,放拨灯前谢改名。但是好花皆易落,从来尤物不长生。鸾台夜直衣衾冷,云雨无因入禁城。

和乐天洛下醉吟寄太
原令狐相公兼见怀长句

旧相临戎非称意,词人作尹本多情。从容自使边尘静,谈笑不闻桴鼓声。章句新添塞下曲,风流旧占洛阳城。昨来亦有吴趋咏,惟寄东都与北京。

郡斋书怀寄江南白尹兼简分司崔宾客

谩读图书三十车,年年为郡老天涯。一生不得文章力,百口空为饱暖家。绮季衣冠称鬓面,吴公政事副词华。还思谢病吟归去,同醉城东桃李花。

题于家公主旧宅

树绕荒台叶满池,箫声一绝草虫悲。邻家犹学宫人髻,园客争偷御果枝。马埒蓬蒿藏狡兔,凤楼烟雨啸愁鸱。何郎独在无恩泽,不似当初傅粉时。

酬乐天见贻贺金紫之什

久学文章含白凤,却因政事赐金鱼。郡人未识闻谣咏,天子知名与诏书。珍重贺诗呈锦绣,愿言归计并园庐。旧来词客多无位,金紫同游谁得如。

乐天见示伤微之敦诗晦叔三君子皆有深分因成是诗以寄

吟君叹逝双绝句,使我伤怀奏短歌。世上空惊故人少,集中惟觉祭文多。芳林新叶催陈叶,流水前波让后波。万古到今同此恨,闻琴泪尽欲如何。

和乐天柘枝

柘枝本出楚王家,玉面添娇舞态奢。松一作鬓鬟改梳鸾凤髻,新衫别织斗鸡纱。鼓催残拍腰身软,汗透罗衣雨点花。画筵曲罢辞归去一作画席曲残辞别去,便随王母上烟霞。

和乐天题真娘墓

苍卜林中黄土堆,罗襦绣黛已成灰。芳魂虽死人不怕,蔓草逢春花自开。幡盖向风疑舞袖,镜灯临晓似妆台。吴王娇女坟相近,一片行云应往来。

客有话汴州新政书事寄令狐相公

天下咽喉今大宁,军城喜气彻青冥。庭前剑戟朝迎日,笔底文章夜应星。三省壁中题姓字,万人头上见仪形。汴州忽复承平事,正月看灯户不扃。

令狐相公见示河中杨少尹赠答兼命继之

两首新诗百字馀,朱弦玉磬韵难如。汉家丞相重征后,梁苑仁风一变初。四面诸侯瞻节制,八方通货溢河渠。自从却一作郤毂为元帅,大将归来尽把书。

和令狐相公送赵常盈炼师与中贵人同拜岳及天台投龙毕却赴京

银珰谒者引蜿蜒,霞帔仙官到赤城。白鹤迎来天乐动,金龙掷下海神惊。元君伏奏归中禁,武帝亲斋礼上清。何事夷门请诗送,梁王文字上声名。

酬令狐相公赠别

越声长苦有谁闻,老向湘山与楚云。海峤新辞永嘉守,夷门重见信陵君。田园松菊今迷路,霄汉鸳鸿久绝群。幸遇甘泉尚词赋,不知何客荐雄文。

酬令狐相公寄贺迁拜之什

遭回二纪重为郎,洛下遥分列宿光。不见当关呼早起,曾无侍史与焚香。三花秀色通春幌,十字清波绕宅墙。白发青衫谁比数,相怜只是有梁王。相公昔以大僚分司,故有同病相怜之句。

夏日寄宣武令狐相公

长忆梁王逸兴多,西园花尽兴如何。近来溽暑侵亭馆,应觉清谈胜绮罗。境入篇章高韵发,风穿号令众心和。承明欲谒先相报,愿拂朝衣逐晓珂。

酬令狐留守巡内至集贤院见寄

仙院文房隔旧宫，当时盛事尽成空。墨池半在颓垣下，书带犹生蔓草中。巡内因经九重苑，裁诗又继二南风。为兄手写殷勤句，遍历三台各一通。

和令狐相公言怀寄河中杨少尹

章句惭非第一流，世间才子昔陪游。吴宫已叹芙蓉死，张司业诗云：吴宫四面秋江水，天清露白芙蓉死。边月空悲芦管秋。李白书。任向洛阳称傲吏，分司白宾客。苦教河上领诸侯。天平相公。石渠甘对图书老，关外杨公安稳不。

令狐相公自天平移镇
太原以诗申贺 相公昔为并州从事

北都留守将天兵，出入香一作天街宿禁扃。鼙鼓夜闻惊朔雁，旌旗晓动拂参星。孔璋旧檄家家有，叔度新歌处处听。夷落遥知真汉相，争来屈膝看仪刑。

重 酬 前 寄

边烽寂寂尽收兵，宫树苍苍静掩扃。戎羯归心如内地，天狼无角比凡星。新成丽句开缄后，便入清歌满坐听。吴苑晋祠遥望处，可怜南北太一作大相形。

令狐相公自太原累示新诗因以酬寄

飞蓬卷尽塞云寒，战马闲嘶汉地宽。万里胡天无警急，一笼烽火报平安。灯前妓乐留宾宴,雪后山河出猎看。珍重新诗远相寄,风情不似四登坛。

酬令狐相公使宅别斋初栽桂树见怀之作

清淮南岸家山树,黑水东边第一栽。影近画梁迎晓日,香随绿酒入金杯。根留本土依江润,叶起寒棱映月开。早晚阴成比梧竹,九霄还放彩雏一作鹏来。

酬令狐相公见寄

才兼文武播雄名,遗爱芳尘满洛城。身在行台为仆射,书来甬里访先生。闲游占得嵩山色,醉卧高听洛水声。千里相思难命驾,七言诗里寄深情。

郡内书情献裴侍中留守

功成频献乞身章,摆落襄阳镇洛阳。万乘旌旗分一半,八方风雨会中央。兵符今奉黄公略,书殿曾随翠凤翔。心寄华亭一双鹤,日陪高步绕池塘。

酬乐天衫酒见寄

酒法众传吴米好,舞衣偏尚越罗轻。动摇浮蚁香浓甚,装束轻鸿意态生。阅曲定知能自适,举杯应叹不同倾。终朝相忆终年别,对景临风无限情。

自左冯归洛下酬乐天兼呈裴令公

新恩通籍在龙楼,分务神都近旧丘。自有园公紫芝侣,时宾行四人尽在洛中。仍追少傅赤松游。华林霜叶红霞晚,伊水晴光碧玉秋。更接东山文酒会,始知江左未风流。王俭云,江左风流宰相,唯有谢安。

秋斋独坐寄乐天兼呈吴方之大夫

空斋寂寂不生尘,药物方书绕病身。纤草数茎胜静地,幽禽忽至似佳宾。世间忧喜虽无定,释氏销磨尽有因。同向洛阳闲度日,莫教风景属他人。

和乐天斋戒月满夜对道场偶怀咏

常修清净去繁华,人识王城长者家。案上香烟铺贝叶,佛前灯焰透莲花。持斋已满招闲客,理曲先闻命小娃。明日若过方丈室,还应问为法来邪。

吴方之见示独酌小醉首篇乐天续有酬答皆含戏谑极至风流两篇之中并蒙见属辄呈滥吹益美来章

闲门共寂任张罗,静室同虚养太和。尘世欢娱开意少,醉乡风景独游多。散金疏傅寻常乐,枕麴刘生取次歌。计会雪中争挈榼,鹿裘鹤氅递相过。

酬乐天斋满日裴令公置宴席上戏赠

一月道场斋戒满,今朝华幄管弦迎。衔杯本自多狂态,事佛无妨有佞名。酒力半酣愁已散,文锋未钝老犹争。平阳不独容宾醉,听取喧呼吏舍声。

酬乐天偶题酒瓮见寄

从一作是君勇断抛名后,世路荣枯见几回。门外红尘人自走,瓮头清酒我初开。三冬学任胸中有,万户侯须骨上来。何幸相招同醉处,洛阳城里好池台。

酬乐天请裴令公开春加宴

高名大位能兼有,恣意遨游是特恩。二室烟霞成步障,三川风物是家园。晨窥苑树韶光动,晚度河桥春思繁。弦管常调客常满,但逢花处即开樽。

乐天示过敦诗旧宅有感一篇吟之泫然追想昔事因成继和以寄苦怀

凄凉同到故人居,门枕寒流古木疏。向秀心中嗟栋宇,萧何身后散图书。本营归计非无意,唯算生涯尚有馀。忽忆前言更惆怅,丁宁相约速悬车。敦诗与予及乐天三人同甲子,平生相约同休洛中。

寄和东川杨尚书慕巢兼寄西川继之二公近从弟兄情分偏睦早忝游旧因成是诗

太华莲峰降岳灵,两川棠树接郊坰。政同兄弟人人乐,曲奏埙篪处处听。杨叶百穿荣会府,芝泥五色耀天庭。各抛笔砚夸旌钺,莫遣文星让将星。

和乐天洛下雪中宴集寄汴州李尚书

洛城无事足杯盘,风雪相和岁欲阑。树上因依见寒鸟,坐中收拾尽闲官。笙歌要请频何爽,笑语忘机拙更欢。遥想兔园今日会,琼林满眼映旍竿。

和牛相公游南庄醉后寓言戏赠乐天兼见示

城外园林初夏天,就中野趣在西偏。蔷薇乱发多临水,鸂鶒双游不避船。水底远山云似雪,桥边平岸草如烟。白家唯有杯觞兴,欲把头盘打少年。

乐天以愚相访沽酒致欢因成七言聊以奉答

少年曾醉酒旗下,同辈黄衣颔亦黄。蹭蹬青云寻入仕,萧条白发且飞觞。令征古事欢生雅,客唤闲人兴任狂。犹胜独居荒草院,蝉声听尽到寒螀。

全唐诗卷三六一

刘禹锡

和思黯忆南庄见示

丞相新家伊水头,智囊心匠日增修。化成池沼无痕迹,奔走清波不自由。台上看山徐举酒,潭中见月慢回舟。从来天下推尤物,合属人间第一流。

酬思黯见示小饮四韵

抛却人间第一官,俗情惊怪我方安。兵符相印无心恋,洛水嵩云恣一作著意看。三足鼎中知味久,百寻竿上掷身难。追呼故旧连宵饮,直到天明兴未阑。

和仆射牛相公春日闲坐见怀

官曹崇重难频入,第宅清闲且独行。阶蚁相逢如偶语,园蜂速去恐违程。人于红药惟看色,莺到垂杨不惜声。东洛池台怨抛掷,移文非久会应成。违一作迟,惟看色一作偏怜色。

酬元九侍御赠璧竹鞭长句

碧玉孤根生在林,美人相赠比双金。初开郢客缄封后,想见巴山冰雪深。多节本怀端直性,露青犹有岁寒心。何时策马同归去,关树扶疏敲镫吟。

酬窦员外使君寒食日
途次松滋渡先寄示四韵

楚乡寒食橘花时,野渡临风驻彩旗。草色连云人去住,水纹如縠燕差池。朱轮尚忆群飞雉,青绶初县左顾龟。非是溢城旧司马,水曹何事与新诗。时自水部郎出牧。

寄杨八拾遗

> 时出为国子主簿,分司东都。韩十八员外亦转国子博士,同在洛阳。

闻君前日独庭争,汉帝偏知白马生。忽领簿书游太学,宁劳侍从厌承明。洛阳本自宜才子,海内而今有直声。为谢同僚老博士,范云来岁即公卿。

酬窦员外郡斋宴客偶命柘枝因
见寄兼呈张十一院长元九侍御

> 员外时兼节度判官,佐平蛮之略。张初罢都官,元方从事。

分忧馀刃又从公,白羽胡床啸咏中。彩笔谕戎矜倚马,华堂留客看惊鸿。渚宫油幕方高步,澧浦甘棠有几丛。若问骚人何处所,门临寒水落江枫。

谢窦员外旬休早凉见示诗 奉书报诘朝有宴

新秋十日浣朱衣,铃阁无声公吏归。风韵渐高梧叶动,露光初重槿花稀。四时苒苒催容鬓,三爵油油一作曛曛忘是非。更报明朝池上酌,人知太守字玄晖。

南海马大夫远示著述兼酬拙诗辄著
微诚再有长句时蔡戎未弭故见于篇末

汉家旄节付雄才,百越南溟统外台。身在绛纱传六艺,腰悬青绶亚
三台。连天浪静长鲸息,映日帆多宝舶来。闻道楚氛犹未灭,终须
旌旆扫云雷。

和南海马大夫闻杨侍郎
出守郴州因有寄上之作

忽惊金印驾朱辖,遂别鸣珂听晓猿。碧落仙来虽暂谪,赤泉侯在是
深恩。玉环庆远瞻台坐,铜柱勋高压海门。一咏琼瑶百忧散,何劳
更树北堂萱。

马大夫见示浙西王侍御赠答诗因命同作 并序

　　大夫荣践旧府,又历交趾、桂林。南人歌之,列在风什。王侍御公
易一别岁馀,寄末篇以代札。

忆逐羊车凡几时,今来旧府统一作总戎师。象筵照室会词客,铜鼓
临轩舞海夷。百越酋豪称故吏,十洲风景助新诗。秣陵从事何年
别,一见琼章如素期。

寄唐州杨八归厚

淮安古地拥州师,画角金饶旦夕吹。浅草遥迎鹈鹕马,春风乱飐辟
邪旗。谪仙年月今应满,蹇谏声名众所知。何况迁乔旧同伴,一双
先入凤凰池。时徐晦、杨嗣复二舍人与唐州同年及第。

寄朗州温右史曹长

暂别瑶墀鸳鹭行，彩旗双引到沅湘。城边流水桃花过，帘外春风杜若香。史笔枉将书纸尾，朝缨不称濯沧浪。云台公业家声在，征诏何时出建章。

酬杨司业巨源见寄

辟雍流水近灵台，中有诗篇绝世才。渤海归人将集去，梨园弟子请词来。琼枝未识魂空断，宝匣初临手自开。莫道专城管云雨，其如心似不然灰。

酬国子崔博士立之见寄

健笔高科早绝伦，后来无不揖芳尘。遍看今日乘轩客，多是昔年呈卷人。胄子执经瞻讲坐，郎官共食接华茵。烦君远寄相思曲，慰问天南一逐臣。

张郎中籍远寄长句开缄之日
已及新秋因举目前仰酬高韵

南宫词客寄新篇，清似湘灵促柱弦。京邑旧游劳梦想，历阳秋色正澄鲜。云衔日脚成山雨，风驾潮头入渚田。对此独吟还独酌，知音不见思怆然。

浙东元相公书叹梅雨郁蒸之候因寄七言

稽山自与岐山别，何事连年鸳鹭飞。百辟商量旧相入，九天祗候老臣归。平湖晚泛窥清镜，高阁晨开扫翠微。今日看书最惆怅，为闻梅雨损朝衣。

酬严给事贺加五品兼简同制水部李郎中

九天雨露传青诏，八舍郎官换绿衣。初佩银鱼随仗入，宜乘白马退朝归。雕盘贺喜开瑶席，彩笔题诗出锁闱。闻道水曹偏得意，霞朝雾夕有光辉。

裴相公大学士见示答张秘书
谢马诗并群公属和因命追作

草玄门户少尘埃，丞相并州寄马来。初自塞垣衔苜蓿，忽行幽径破莓苔。寻花缓辔威迟一作逶迤去，带酒垂鞭躞蹀回。不与王侯与词客，知轻富贵重清才。

奉和裴侍中将赴汉南留别座上诸公

金貂晓出凤池头，玉节前临南雍州。暂辍洪炉观剑戟，还将大笔注春秋。管弦席上留高韵，山水途中入胜游。岘首风烟看未足，便应重拜富民侯。

和苏郎中寻丰安里旧居寄主客张郎中

漳滨卧起恣闲游，宣室征还未白头。旧隐来寻通德里，新篇写出畔牢愁。池看科斗成文字，鸟听提壶忆献酬。同学同年又同舍，许君云路并华辀。

酬浙东李侍郎越州春晚即事长句

越中蔼蔼繁华地，秦望峰前禹穴西。湖草初生边雁去，山花半谢杜鹃啼。青油昼卷临高阁，红旆晴翻绕古堤。明日汉庭征旧德，老人争出若耶溪。

酬淮南牛相公述旧见贻

少年曾忝汉庭臣，晚岁空馀老病身。初见相如成赋日，寻为丞相扫门人。追思往事咨嗟久，喜奉清光笑语频。犹有登朝一作当时旧冠冕，待公三入拂埃尘。牛相再入中书，故以三入期之。

和仆射牛相公追感韦裴六相登庸皆四十馀未五十薨殁岂早荣早枯之义今年将六十犹粗强健因亲故劝酒率然成篇并见寄之作

坐镇清朝独殷然，闲征故事数前贤。用才同践钧衡地，禀气终分大小年。威凤本池思泛泳，仙查旧路望回旋。犹怜绮季深山里，唯有松风与石田。

和仆射牛相公以离阙庭七年班行亲故亡殁十无一人再睹龙颜喜庆虽极感叹风烛能不怆然因成四韵并示集贤中书二相公所和

久辞龙阙拥红旗，喜见天颜拜赤墀。三省英寮非旧侣，万年芳树长新枝。交朋接武居仙院，幕客追风入凤池。云母屏风即施设，可怜荣耀冠当时。

和仆射牛相公见示长句

静得天和兴自浓，不缘宦达性灵慵。大鹏六月有闲意，仙鹤千年无躁容。流辈尽来多叹息，官班高后少过从。唯应加筑露台上，膡见终南云外峰。

和牛相公雨后寓怀见示

金火交争正抑扬，萧萧飞雨助清商。晓看纨扇恩情薄，夜觉纱灯刻
数长。树上早蝉才发响，庭中百草已无光。当年富贵亦惆怅，何况
悲翁发似霜。

和陈许王尚书酬白少傅侍郎长句因通简汝洛旧游之什

寥廓高翔不可追，风云失路暂相随。方同洛下书生咏，又见军前大
将旗。雪里命宾开玉帐，饮中请号驻金卮。竹林一自王戎去，嵇阮
虽贫兴未衰。

和仆射牛相公寓言二首

两度竿头立定夸，回眸举袖拂青霞。尽抛今日贵人样，复振前朝名
相家。御史定来休直宿，尚书依旧趁参衙。具瞻尊重诚无敌，犹忆
洛阳千树花。

心如止水鉴常明，见尽人间万物情。雕鹗腾空犹逞俊，骅骝啮足自
无惊。时来未觉权为祟，贵了方知退是荣。只恐重重世缘在，事须
三度副苍生。

酬太原狄尚书见寄

家声烜赫冠前贤，时望穹崇镇北边。身上官衔如座主，幕中谭笑取
同年。幽并侠少趋鞭珥，燕赵佳人奉管弦。仍把天兵书号笔，远题
长句寄山川。

酬宣州崔大夫见寄

白衣曾拜汉尚书，今日恩光到敝庐。再入龙楼称绮季，应缘狗监说相如。中郎南镇权方重，内史高斋兴有馀。遥想敬亭春欲暮，百花飞尽柳花初。

酬皇甫十少尹暮秋久雨喜晴有怀见示

雨馀独坐卷帘帷，便得诗人喜霁诗。摇落从来长年感，惨舒偏是病身知。扫开云雾呈光景，流尽潢污见路岐。何况菊香新酒熟，神州司马好狂时。

再授连州至衡阳酬柳柳州赠别

去国十年同赴召，渡湘千里又分岐。重临事异黄丞相，三黜名惭柳士师。归目并随回雁尽，愁肠正遇断猿时。桂江东过连山下，相望长吟有所思。

望　夫　山

何代提戈去不还，独留形影白云间。肌肤销尽雪霜色，罗绮点成苔藓斑。江燕不能传远信，野花空解妒愁颜。近来岂少征人妇，笑采蘼芜上北山。

怀　妓 前三首一作刘损诗，题作愤惋。

玉钗重合两无缘，鱼在深潭鹤在天。得意紫鸾休一作辞舞镜，能言青鸟罢一作断衔笺。金盆已覆难收水，玉轸长抛不续弦。若向蘼芜山下过，遥一作空将红一作狂泪洒穷泉。

鸾飞远树栖何处，凤得新巢想称心。红壁一作粉尚留香漠漠，碧云初断信沉沉。情知一作那堪点污投泥玉,犹自一作懒更经营买笑金。从此山头似人石,丈夫形状泪痕深。

但曾行处遍寻看,虽是生离死一般。买笑树边花已老,画眉窗下月犹残。云藏巫峡音容断,路隔星桥过往难。莫怪诗成无泪滴,尽倾东海也须干。

三山不见海沉沉,岂有仙踪更可寻。青鸟去时云路断,姮娥归处月宫深。纱窗遥想春相忆,书幌谁怜夜独吟。料得夜来天上镜,只应偏照两人心。

答东阳于令寒碧图诗 并序

> 东阳令于兴宗,丞相燕国公之犹子。生绮襦纨裤间,所见皆贵盛,而挈然有心,如山东书生。前年白有司,愿为亲民官以自效,遂补东阳。及莅官,以简易为治,故多暇日。一旦,于县五里,偶得奇境,埋没于翳荟中。于生自以有特操,而生于公侯家,由覆荫入仕,常忽忽叹息。因移是心,开抉泉石,芟去萝茑,斧凡材,畚息壤,而清溪翠岩,森立坌来。因构亭其端,题曰寒碧。碧流贯于庭中,如青龙蜿蜒,冰(去声)彻射人。树石云霞列于前,昏旦万状。惜其居地不得有闻于时,故图之,来乞辞,既无负尤物,予亦久翳萝茑者,睹之慨然,遂赋七言,以贻后之文士。

东阳本是佳山水,何况曾经沉隐侯。化得邦人解吟咏,如今县令亦风流。新开潭洞疑仙境,远写丹青到雍州。落在寻常画师手,犹能三伏凛生秋。

麻 姑 山

曾游仙迹见丰碑,除却麻姑更有谁。云盖青山龙卧处,日临丹洞鹤归时。霜凝上界花开晚,月冷中天果熟迟。人到便须抛世事,稻田还拟种灵芝。

自江陵沿流道中

三千三百西江水,自古如今要路津。月夜歌谣有渔父,风天气色属
商人。沙村好处多逢寺,山叶红时觉胜春。行到南朝征战地,古来
名将尽为神。陆逊、甘宁皆有祠宇。

别夔州官吏

三年楚国巴城守,一去扬州扬子津。青帐联延喧驿步,白头俯伛到
江滨。巫山暮色常含雨,峡水秋来不恐人。惟有九歌词数首,里中
留与赛蛮神。

鱼复江中

扁舟尽室贫相逐,白发藏冠镊更加。远水自澄终日绿,晴林长落过
春花。客情浩荡逢乡语,诗意留连重物华。风樯好住贪程去,斜日
青帘背酒家。

巫山神女庙

巫山十二郁苍苍,片石亭亭号女郎。晓雾乍开疑卷幔,山花欲谢似
残妆。星河好夜闻清佩,云雨归时带异香。何事神仙九天上,人间
来就楚襄王。

柳　絮

飘扬南陌起东邻,漠漠濛濛暗度春。花巷暖随轻舞蝶,玉楼晴拂艳
妆人。萦回谢女题诗笔,点缀陶公漉酒巾。何处好风偏似雪,隋河
堤上古江津。

赠同年陈长史员外

明州长史外台郎，忆昔同年翰墨场。一自分襟多岁月，相逢满眼是凄凉。推贤有愧韩安国，论旧唯存盛孝章。所叹谬游东阁下，看君无计出栖惶。

送周鲁儒赴举诗 并引

　　昼居外次，晨门曰，有九疑生持一刺来谒，立西阶以须。生危冠方袂，浅拱舒拜，且前致辞称。赞其文，颇涉猎前言。居五六日，复袖来，益引古事以相劘切。与之言，能言其得姓因家之所自，暨县道乡亭之风俗。望山名水之概状，罗含所未记，朱赣之未条，咸得之于生。由是始列于宾籍，临觞而司斠，观博而审言，有日矣。初，邑中人闻有生来而二千石客之，骈然来观。迁客裴御史遇生于坐，抵掌曰："人固有貌类而族殊者，周生疑罗玠也。"众咸颣然而熟视生，疑也愈甚。夫形似，古所有也。优孟似叔敖，而楚君欲以为相。人殊而貌肖，犹或欲用之。玠生于衡山，而生生于九疑，其似诚匹也。无乃蹑其武，升俊造，仕甸服，佐君藩，为御史乎。古文人无避事，即有而书之，尚实也。行李之贶，则征夫诗曰：

宋日营阳内史孙，因家占得九疑村。童心便有爱书癖，手指今馀把笔痕。自握蛇珠辞白屋，欲凭鸡卜谒金门。若逢广坐 一作知 问羊酪，从此知名在一言。

送曹璩归越中旧隐诗 并引

　　余为连州，诸生以进士书刺者，浩不可纪。独曹生崖然自称为山夫。及与语，以征其实，则曰：所嗜者名。尝远游以索之，抗喉舌，脈挴脢，以干东诸侯。见之日，率莞然曰：秀才者，天下是，不礼，庸何伤。今方依名山以扬其声，将挂幨于南岳。生之言未及休，余遽曰：在己不在山，若子之言，依山而为高，是练神叩寂，捐日月而不顾。名闻而老至，持是焉用？生闻言，愀然如悔，色见于眉睫。因留止道士院，从余求书以观。居三时，而功倍一岁。读史书，自〔黄〕(皇)帝至吴、魏间，班班能言之。然而绝口不敢言衡山，知山夫不贩而赢也。十一月，告余归隐于会稽。且曰：知求名之自矣。乞词以发之，遂赋七言诗，以鉴其志。

行尽潇湘万里馀，少逢知己忆吾庐。数间茅屋闲临水，一盏秋灯夜读书。地远何当随计吏，策成终自诣公车。刬中若问连州事，唯有千山画不如。

白　鹰

毛羽斒斓白纻裁，马前擎出不惊猜。轻抛一点入云去，喝杀三声掠地来。绿玉觜攒鸡脑破，玄金爪擘兔心开。都缘解搦生灵物，所以人人道俊哉。

全唐诗卷三六二

刘禹锡

送工部张侍郎入蕃吊祭 时张兼修史

月窟宾诸夏,云官降一作向九天。饰终邻好重,锡命礼容全。水咽犹登陇,沙鸣一作明稍极边。路因乘驿近,志为饮冰坚。毳帐差池见,乌旗摇曳前。归来赐金石,荣耀自编年。

早秋送台院杨侍御归朝

兄弟四人,遍历诸科,二人同省。

仙署棣华春,当时已绝伦。今朝丹阙下,更入白眉人。重振高阳族,分居要路津。一门科第足,五府辟一作郡书频。鸷鸟得秋气,法星悬火旻。圣朝寰海静,所至不埋轮。

送陆侍御归淮南使府五韵 用年字

江左重诗篇,陆生名久传。凤城来已熟,羊酪不嫌膻。归路芙蓉府,离堂玳瑁筵。泰山呈腊雪,隋柳布新年。曾忝扬州荐,因君达短笺。时段丞相镇扬州,尝辱表荐。

送令狐相公自仆射出镇南梁

夏木正阴成,戎装出帝京。沾襟辞阙泪,回首别乡情。云树褒中路,风烟汉上城。前旌转谷去,后骑踏桥声。久_{一作又}领鸳行重,无嫌虎绶_{一作节轻}。终提一麾去_{一作当持一笔},再入福_{一作副苍生}。

奉送裴司徒令公自东都留守再命太原

本封晋国公;两任相去十六年。

星使出关东,兵符赐上公。山河归旧国,管籥换离宫。行色旌旗动,军声鼓角雄。爱棠馀故吏,骑竹见新童。汉垒三秋静,胡沙万里空。其如天下望,且夕咏清风。

海阳湖别浩初师 并引

潇湘间,无土山,无浊水。民乘是气,往往清慧而文。长沙人浩初,生既因地而清矣,故去荤洗虑,剔颠毛而坏其衣。居一都之殷,易与士会,得执外教,尽捐苛礼。自公侯守相,必赐其清问,耳目灌注,习浮于性。而里中儿贤适与浩初比者,婴冠带,豢妻子,吏得以乘凌之,汩没天慧,不得自奋,莫可望浩初之清光于侯门上坐,第自吟羡而已。浩初益自多其术,尤勇于近达者而归之。往年之临贺,喑侍郎杨公,留岁馀。公遗以七言诗,手笔于素。前年,省柳仪曹于龙城,又为赋三篇,皆章书。今复来连山,以前所得双南金,出于械,亟请余赓之。按师为诗颇清,而弈棋至第三品,二道皆足以取幸于士大夫,宜熏馀习以深入也。会吴郡以山水冠世,海阳又以奇甲一州,师慕道,于泉石为笃,故携之以嬉。及言旋,复引与共载于湖上,奕于树石间,以植沃州之因缘,宜赋诗具道其事。

近郭看_{一作有}殊境,独游常鲜欢。逢君驻缁锡,观貌称林峦。湖满景方霁,野香春未阑。爱泉移席近,闻石辍棋看。风止松犹韵,花

繁露未一作晚干。桥形出树曲,岩影落池寒。湘东架险凡四桥,山下出泉,
逗岩为池,泓澄可爱者不可遍举。故状其境,以贻好事。别路千嶂里一作峰外,诗
情暮云一作两端。他年买山处,似此得隳官。

许给事见示哭工部刘尚
书诗因命同作 从叔望出河间

汉室贤王后,孔门高第人。济时成国器,乐道任天真。特达圭无
玷,坚贞竹有筠。总戎宽得众,市义贵能贫。护塞无南牧,驰心拱
北辰。乞身来阙下,赐告卧漳滨。荣耀初题剑,清羸已拖绅。宫星
徒列位,隙日不回轮。自昔追飞侣,今为侍从臣。素弦哀已绝,青
简叹犹新。未遂挥金乐,空悲撤瑟晨。凄凉竹林下,无复见清尘。
从叔自渭北节度以疾归朝,比及拜尚书,竟不克中谢。

武陵书怀五十韵 并序

　　按《天官书》,武陵当翼轸之分。其在春秋及战国时,皆楚地。后为
秦惠王所并,置黔中郡。汉兴,更名曰武陵,东徙于今治所。常林《义陵
记》云:初项籍杀义帝于郴,武陵人曰:天下怜楚而兴,今吾王何罪,乃见
杀! 郡民缟素,哭于招屈亭,高祖闻而异之。故亦曰义陵。今郡城东南
亭舍,其所也。晋、宋、齐、梁间,皆以分王子弟,事存于其书。永贞元年,
余始以尚书外郎出补连山守,道贬为是郡司马。至则以方志所载,而质
诸其人民。顾山川风物,皆骚人所赋,乃具所闻见而成是诗,因自述其出
处之所以然,故用"书怀"为目云。

西汉开支郡,南朝号戚藩。四封当列宿,百雉俯清沅。高岸朝霞
合,惊湍激箭奔。积阴春暗度,将霁雾先昏。俗尚东皇祀,谣传义
帝冤。桃花迷隐迹,栋一作练叶慰忠魂。户算资渔猎,乡豪恃子孙。
照山畲火动,踏月俚歌喧。拥楫舟为市,连甍竹覆轩。披沙金粟
见,拾羽翠翘翻。茗折苍溪秀,蘋生枉渚暄一作妍。禽惊一作鸣格磔

起, 鱼戏唅喁繁。按《本草经》曰：鹪鹐声如钩辀格磔者是也。沉约台榭故,
李衡墟落存。隐侯台、本奴洲并在。湘灵悲鼓瑟, 泉客泣酬恩。露变兼
葭浦, 星悬橘柚村。虎咆空野震, 鼍作满川浑。邻里皆迁客, 儿童
习左言。炎天无洌井, 霜月见芳荪。清白家传远, 诗书志所敦。列
科叨甲乙, 从宦出丘樊。结友心多契, 驰声气尚吞。士安曾重赋,
元礼许登门。草檄嫖姚幕, 巡兵戊己屯。筑台先自隗, 送客独留
髡。遂结王畿绶, 来观衢室樽。鸾飞入鹰隼, 鱼目俪玙璠。晓烛罗
驰道, 朝阳辟帝阍。王正会夷夏, 月朔盛旗幡。独立当瑶阙, 传呵
步紫垣。按章清奸狱, 视祭洁蘋蘩。御历昌期远, 传家宝祚蕃。缫
文光夏启, 神教畏轩辕。内禅因天性, 雄图授化元。继明悬日月,
出震统乾坤。大孝三朝备, 洪恩九族惇。百川宗渤澥, 五岳辅昆
仑。何幸逢休运, 微班识至尊。校缗资笔榷, 复土奉山园。时以本官
判度支盐铁等兼崇陵使判官。一失贵人意, 徒闻太学论。直庐辞锦帐, 远
守愧朱幡。巢幕方犹燕, 抢榆尚笑鲲。遭回过荆楚, 流落感凉温。
旅望花无色, 愁心醉不惛。春江千里草, 暮雨一声猿。问卜安冥
数, 看方理病源。带赊衣改制, 尘涩剑成痕。三秀悲中散, 二毛伤
虎贲。来忧御魑魅, 归愿牧鸡豚。就日秦京远, 临风楚奏烦。南登
无灞岸, 旦夕上高原。

早秋集贤院即事 时为学士

金数已三伏, 火星正西流。树含秋露晓, 阁倚碧天秋。灰琯应新
律, 铜壶添夜筹。商飙从朔塞, 爽气入神州。蕙草香书殿, 愧花点
御沟一作楼。山明真色见, 水静一作净浊烟收。早岁忝华省, 再来成
白头。幸依群玉府, 末一作有路尚一作向瀛洲。

奉和吏部杨尚书太常李卿二相公策免后即事述怀赠答十韵

文雅关西族，衣冠赵北都。有声真汉相，无颣胜隋珠。当轴龙为友，临池凤不孤。九天开内殿，百辟一作拜看晨趋。诚满澄欹器，成功别大垆。馀芳在公论，积庆是神扶。步武离台席，徊翔集帝梧。铨材秉秦镜，典乐去齐竽。潇洒风尘外，逢迎诗酒徒。唯应待华诰一作皓，更食一作入万钱厨。

晚岁登武陵城顾望水陆怅然有作

星象承乌翼，蛮陬想犬牙。俚人祠竹节，仙洞闭桃花。城基一作塞历汉魏，江源自竇巴。华表廖王墓一作冢，菜地黄琼家。霜轻菊秀晚，石浅水纹斜。樵音绕故垒，汲路明寒沙。清风稍改叶，卢橘始含葩。野桥过驿骑，丛祠发迥箫。跳鳞避举网，倦鸟寄行楂。路尘高出树，山火远连霞。夕曛转赤岸，浮霭起苍葭。轧轧渡水桨，连连赴林鸦。叫阍道非远，赐环期自赊。孤臣本危涕，乔木在天涯。

罢郡归洛阳寄友人

远谪年犹少，初归鬓已衰。门闲故吏去，室静老僧期。不见蜘蛛集，频为佝偻一作偻句欺。颖微囊未出，寒甚谷难吹。濩落唯心在，平生有己知。商歌夜深后，听者竟为谁。

经伏波神祠

蒙蒙篁竹下，有路上壶头。汉垒麍麏斗，蛮溪雾雨愁。怀人敬遗像，阅世指东流。自负霸王略，安知恩泽侯。乡园辞石柱，筋力尽炎洲。一以功名累，翻思马少游。

和汴州令狐相公到镇改月偶书所怀 二十二韵

受脤新梁苑，和羹旧傅岩。援毫动星宿，垂钓取韬钤。赫奕三川
至，欢呼百姓瞻。绿油貔虎拥，青纸凤皇衔。外垒曾无警，中厨亦
罢监。推诚人自服，去杀令逾严。赳赳容皆饰，幡幡口尽钳。为兄
怜庾翼，选婿得萧咸。郁倔咽喉地，骈臻水陆兼。度桥鸣绀幰，入
肆扬云帆。端月当中气，东风应远占。管弦喧夜景，灯烛掩寒蟾。
酒每倾三雅，书能发百函。词人羞布鼓，远客献貂襜。歌榭白团
扇，舞筵金缕衫。旌旗遥一簇，舄履近相搀。花树当朱阁，晴河逼
翠帘。衣风飘暖馣，烛泪滴巉岩。玉斝虚频易，金炉暖更添。映鬟
窥艳艳，隔袖见纤纤。谢傅何由接，桓伊定不凡。应怜郡斋老，旦
夕镊霜髯。

遥贺 一作和 白宾客分司初到洛中戏呈冯尹

西辞望苑去，东占洛阳才。度岭无愁思，看山不懊来。冥鸿何所
慕，辽鹤乍飞回。洗竹通新径，携琴上旧台。尘埃长者辙，风月故
人杯。闻道龙门峻，还因上客开。

白侍郎大尹自河南寄示池北新葺水斋即事招宾十四韵兼命同作

公府有高政，新斋池上开。再吟佳句后，一似画图来。结构疏林
下，夤缘曲岸限。绿波穿户牖，碧甃叠琼瑰。幽异当轩满，清光绕
砌回。潭心澄晚镜，渠口起晴雷。瑶草缘堤种，松烟上岛栽。游鱼
惊拨剌，浴鹭喜毰毸。为客烹林笋，因僧采石苔。酒瓶常不罄，书
案任成堆。檐外青雀舫，坐中鹦鹉杯。蒲根抽九节，莲萼捧重台。
芳讯此时到，胜游何日陪。共讯吴太守，自占洛阳才。

和令狐相公谢太原李侍中寄蒲桃

珍果出西域,移根到北方。昔年随汉使,今日寄梁王。上相芳缄
至,行台绮席张。鱼鳞含宿润,马乳带残霜。染指铅粉腻,满喉甘
露香。酝成十日酒,味敌五云浆。咀嚼停金盏,称嗟响画堂。惭非
末至客,不得一枝尝。

和令狐相公玩白菊

家家菊尽黄,梁国独如霜。莹静真琪树,分明对玉堂。仙人披雪
氅,素女不红妆。粉蝶来难见,麻衣拂更香。向风摇羽扇,含露滴
琼浆。高艳遮银井,繁枝覆象床。桂丛惭并发,梅蕊妒先芳。一入
瑶华咏,从兹播乐章。

令狐相公见示新栽蕙兰二草之什兼命同作

上国庭前草,移来汉水浔。朱门虽易地,玉树有馀阴。艳彩凝还
泛,清香绝复寻。光华童子佩,柔软美人心。惜晚含远思,赏幽空
独吟。寄言知音者,一奏风中琴。

和令狐相公南斋小宴听阮咸

阮巷久芜沉,四弦有遗音。雅声发兰室,远思含竹林。座绝众宾
语,庭移芳树阴。飞觞助真气,寂听无流心。影似白团扇,调谐朱
弦琴。一毫不平意,幽怨古犹今。

和令狐相公九日对黄白二菊花见怀

素萼迎寒秀,金英带露香。繁华照旌钺,荣盛—作茂对银黄。琼璧
交辉映,衣裳杂彩章。晴云遥盖覆,秋蝶近悠扬。空想逢九日,何

由陪一觞。满丛佳色在，未肯委严霜。

令狐仆射与余投分素深纵山川阻修然音问相继今年十一月仆射疾不起闻予已承讣书寝门长恸后日有使者两辈持书并诗计其日时已是卧疾手笔盈幅翰墨尚新律词一篇音韵弥切收泪握管以成报章虽广陵之弦于今绝矣而盖泉之感犹庶闻焉焚之缥帐之前附于旧编之末

前日寝门恸，至今悲有馀。已嗟万化尽，方见八行书。满纸传相忆，裁诗怨索居。危弦音有绝，哀玉韵〔犹〕(由)虚。忽叹幽明异，俄惊岁月除。文章虽不朽，精魄竟焉如。零泪沾青简，伤心见素车。凄凉从此后，无复望双鱼。

和乐天闲园独赏八韵前以蜂鹤拙句寄呈今辱蜗蚁妍词见答因成小巧以取大哈

永日无人事，芳园任兴行。陶庐树可爱，潘宅雨新晴。傅粉琅玕节，熏香菡萏茎。榴花裙色好，桐子药丸成。柳蠹枝偏亚，桑空叶再生。睢盱欲斗雀，索漠不言莺。动植随四气，飞沉含五情。抢榆与水击，小大强为名。

奉和裴令公新成绿野堂即书

蔼蔼鼎门外，澄澄洛水湾。堂皇临绿野，坐卧看青山。位极却忘贵，功成欲爱闲。官名司管籥，心术去机关。禁苑凌晨出，园花及露攀。池塘鱼拨剌，竹径鸟绵蛮。志在安潇洒，尝经历险艰。高情方造适,众意望征还。好客交珠履,华筵舞玉颜。无因随贺燕,翔集画梁间。

三月三日与乐天及河南李尹
奉陪裴令公泛洛禊饮各赋十二韵

洛下今修禊,群贤胜会稽。盛筵陪玉铉,通籍尽金闺。波上神仙妓,岸傍桃李蹊。水嬉如鹭振,歌响杂莺啼。历览风光好,沿洄意思迷。棹歌能俪曲,墨客竞分题。翠幄连云起,香车向道齐。人夸绫步障,马惜锦障泥。尘暗宫墙外,霞明苑树西。舟形随鹢转,桥影与虹低。川色晴犹远,乌声暮欲栖。唯馀踏青伴,待月魏王堤。

乐天少傅五月长斋广延缁徒
谢绝文友坐成暌间因以戏之

五月长斋戒,深居绝送迎。不离通德里,便是法王城。举目皆僧事,全家少俗情。精修无上道,结念未来生。宾阁缁衣占,书堂信鼓鸣。戏童为塔象,啼鸟学经声。黍用青菰一作蒲角,葵承玉露烹。马家供薏苡,刘氏饷芜菁。暗网笼歌扇,流尘晦酒铛。不知何次道,作佛几时成。

酬乐天晚夏闲居欲相访先以诗见贻

池榭堪临泛,脩然散郁陶。步因驱鹤缓,吟为听蝉高。林密添新竹,枝低缒晚桃。酒醅晴易熟,药圃夏频薅。老是班行旧,闲为乡里豪。经过更何处,风景属吾曹。

酬乐天醉后狂吟十韵 来章有移家惟醉和之句

散诞人间乐,逍遥地上仙。诗家登逸品,释氏悟真筌。制诰留台阁,歌词入管弦。处身于木雁,任世变桑田。吏隐情兼遂,儒玄道两全。八关斋适罢,三雅兴尤偏。文墨中年旧,松筠晚岁坚。鱼书曾替代,香火有因缘。陆法和云,与梁元帝于空王寺佛前订香火因缘。欲向醉乡去,犹为色界牵。好吹杨柳曲,为我舞金钿。

牛相公见示新什谨依本韵次用以抒下情

剧韵新篇至,因难始见能。雨天龙变化,晴日凤鶱腾。游海惊何极,闻韶素不曾。悭心时拊髀,击节日麾肱。符彩添腴墨,波澜起剡藤。拣金光熠熠,累璧势层层。珠媚多藏贾,花撩欲定僧。封来真宝物,寄与愧交朋。已老无时疾,时洛中时疢,多伤少年。长贫望岁登。雀罗秋寂寂,虫翅晓薨薨。羸骥方辞绊,虚舟已绝絚。荣华甘死别,健羡亦生憎。玉柱琤玐韵,金觥匎凸棱。何时良宴会,促膝对华灯。

奉和中书崔舍人八月十五日夜玩月二十韵

暮景中秋爽,阴灵既望圆。浮一作腾精离一作浮碧海,分照接虞渊。迥见孤轮出,高从倚盖旋。二仪含皎澈,万象共澄鲜。整御当西陆,舒光丽上玄一作弦。从星变风雨,顺日助陶甄。远近同时望,晶荧此夜偏。运行调玉烛,洁白应金天。曲沼疑瑶镜,通衢若象筵。逢人尽冰雪,遇景一作境即神仙。引素吞银汉,凝清洗绿烟。皋禽警露下,邻杵思风前。水是还珠浦,山成种玉田。剑沉三尺影,灯罢九枝然。象外形无迹,寰中影有一作自迁。稍当云阙正,未映斗城悬。静对挥宸翰,闲临襞彩笺。境同牛渚一作浦上,宿在凤池边。兴掩寻安道,词胜命仲宣。从今纸贵后,不复咏陈篇。

奉和淮南李相公早一作暮秋即事寄成都武相公

八柱共承天，东西别隐然。远夷争慕化，真相故临边。并进夔龙位，仍齐龟鹤年。相公诗有齐年并进之句。同心舟已济，造膝璧常联。对领专征寄，遥持造物权。斗牛添气色，井络静氛烟。献可通三略，分甘出万钱。汉南趋节制，赵一作淮北赐山川。玉帐观渝舞，虹旌猎楚田。步嫌双绶重，梦入九城偏。秋雨一作兴，一作与。离情动，新诗一作诗从乐府传。聆音还窃抃，不觉抚么一缺么字弦。李中书自扬州见示诗本，因命仰和。

元和癸巳岁仲秋诏发江陵偏
师问罪蛮徼后命宣慰释兵归降
凯旋之辰率尔成咏寄荆南严司空

蛮水阻朝宗，兵符下渚宫。前筹得上策，无战已成功。汉使星飞入，夷心草偃同。歌一作欢谣开竹栈，拜舞戢一作掷桑弓。就日知冰释，投人念鸟穷。网罗三面解，章奏九门一作重通。卉服联操袂，雕题尽鞠躬。降幡秋练白，驿骑昼尘红。火号休传警，机桥罢亘空。登山不见虏，振旆自生风。江远烟波静，军回气色雄。伫看闻喜后，金石赐元戎。

全唐诗卷三六三

刘禹锡

和李六侍御文宣王庙释奠作

叹息鲁先师,生逢周室卑。有心律天道,无位救陵夷。历聘不能用,领徒空尔为。儒风正礼乐,旅一作旋,又作易。象入蓍龟。西狩非其应,中都安足施。世衰由我贱,泣下为人悲。遗教光文德,兴王叶梦期。土田封后胤,冕服饰虚仪。钟鼓胶庠荐,牲牢郡邑祠。闻君喟然叹,偏在上丁时。

和窦中丞晚入容江作

汉郡三十六,郁林东南遥。人伦选清臣,天外颁诏条。桂水步秋浪,火山凌雾朝。分圻辨风物,入境闻讴谣。莎岸见长亭,烟林隔丽谯。日落舟益驶,川平旗自飘。珠浦远明灭,金沙晴动摇。一吟道中作,离思悬层霄。

南海马大夫见惠著述三通勒成四帙上自邃古达于国朝采其菁华至简如富钦受嘉贶诗以谢之

红旗阅五兵，绛帐领诸生。味道轻鼎食，退公犹笔耕。青箱传学远，金匮纳书成。一瞬见前事，九流当抗行。编蒲曾苦思，垂竹愧无名。今日承芳讯，谁言赠衮荣。

和杨侍郎初至郴州纪事书情题郡斋八韵

旌节下朝台，分圭从北回。城头鹤立处，驿树凤栖来。苏耽传云，后化为仙鹤，止城东北隅楼上。又州北栖凤驿，《图经》云，常有威凤降于庭梧也。旧路芳尘在，新恩驲骑催。里闾风偃草，鼓舞抃成雷。吏散山禽啭，庭香夏蕊开。郡斋堪四望，壁记有三台。人讶征黄晚，文非吊屈哀。一吟梁甫曲，知是卧龙才。

和东川王相公新涨驿池八韵

今日池塘上，初移造物权。苞藏成别岛，沿浊致清涟。变化生言下，蓬瀛落眼前。泛舸惊翠羽，开幕对红莲。远写风光入，明含气象全。渚烟笼驿树，波日漾宾筵。曲岸留缇骑，中流转彩船。无因接元礼，共载比神仙。

酬杨八庶子喜韩吴兴与余同迁见赠 依本韵次用

早遇圣明朝，雁行登九霄。吴兴与余中外兄弟。文轻傅武仲，酒逼盖宽饶。舍矢同瞻鹄，当筵共赛枭。吴兴与余同年判入等第。琢磨三益重，唱和五音调。台柏烟常起，池荷香暗飘。吴兴与余同为御史，台门外有莲池也。星文辞北极，旗影度东辽。吴兴自度支郎中出为行军司马，所从即范仆射，昔范明友为度辽将军。直道由来黜，浮名岂敢要。三湘与百越，雨散又云摇。远守惭侯籍，征还荷诏条。悴容唯舌在，别恨几魂销。满眼悲陈事，逢人少旧僚。烟霞为老伴，蒲柳任先凋。虎绶悬新印，龙䠀理去桡。断肠天北郡，携手洛阳桥。幢盖今虽贵，弓旌会见招。其如草玄客，空宇久寥寥。

和兵部郑侍郎省中四松诗十韵

松是中书相公任侍郎时栽。

右相历中台，移松武库栽。紫茸抽组绶，青实长玫瑰。便有干霄势，看成构厦材。数分天柱半，影逐日轮回。旧赏台阶去，新知谷口来。息阴常仰望，玩境一作意几裴回。翠粒晴悬露，苍鳞雨起苔。凝音助瑶瑟，飘蕊泛金罍。月桂花一作光遥烛，星榆叶对开。终须似鸡树，荣茂近昭回。

酬郑州权舍人见寄十二韵

朱户凌晨启，碧梧含早凉。人从桔柣至，书到漆沮傍。抃会因佳句，情深取断章。惬心同笑语，入耳胜笙簧。忆昔三条路，居邻数仞墙。舍人旧宅光福里，时忝东邻。学堂青玉案，彩服紫罗囊。麟角看成就，龙驹见抑扬。彀中飞一箭，云际落双鸧。舍人一举登科，又判入等第。甸邑叨前列，天台愧后行。鄙人离渭南主簿十年，舍人方尉此邑。及罹谴谪，重入南宫为礼部郎中，舍人方任考功员外。鲤庭传事业，鸡树遂翱翔。书殿连鸡鹊，神池接凤凰。追游蒙尚齿，惠好结中肠。鄙人在集贤，与西掖接近，日夕追游。鋊翮方抬举，危根易损伤。一麾怜弃置，五字借恩光。鄙人出牧姑苏，舍人草制。汝海崆峒秀，溱流芍药芳。风行能偃草，境静不争桑。鄙人转临汝，舍人牧荥阳。转旆趋关右，颁条匝渭阳。病吟犹有思，老醉已无狂。尘满鸿沟道，沙惊白狄乡。忙闻黄纸诏，促召紫微郎。

和牛相公题姑苏所寄太湖石兼寄李苏州

震泽生奇石，沉潜得地灵。初辞水府出，犹带龙宫腥。发自江湖国，来荣卿相庭。从风夏云势，上汉古查形。拂拭鱼鳞见，铿锵玉韵聆。烟波含宿润，苔藓助新青。嵌穴胡雏貌，纤铓虫篆铭。屠颜傲林薄，飞动向雷霆。烦热近还散，馀醒见便醒。凡禽不敢息，浮塍莫能停。静称垂松盖，鲜宜映鹤翎。忘忧常目击，素尚与心冥。眇小欺湘燕，团圆笑落星。徒然想融结，安可测年龄。采取询乡耋，搜求按旧经。垂钩入空隙，隔浪动晶荧。有获人争贺，欢谣众共听。一州惊阅宝，千里远扬舲。睹物洛阳陌，怀人吴御亭。寄言垂天翼，早晚起沧溟。

浙西李大夫述梦四十韵并
浙东元相公酬和斐然继声

位是才能取，时因际会遭。羽仪呈鹭鸶，铠刃试豪曹。洛下推年少，山东许地高。门承金铉鼎，家有玉璜韬。吕仍嗣侯。海浪扶鹏翅，天风引骥髦。便知蓬阁闷，不识鲁衣褒。兴发春塘草，魂交益部刀。形开犹抱膝，烛尽遽挥毫。昔仕当初筮，逢时咏载橐。怀铅辨虫蠹，染素学鹅毛。车骑方休汝，归来欲效陶。大夫罢太原从事，归京师。南台资謇谔，内署选风骚。羽化如乘鲤，楼居旧冠鳌。美香焚湿麝，名果赐干葡。议赦蝇栖笔，邀歌蚁泛醪。代言无所戏，谢表自称叨。兰焰凝芳泽，芝泥莹玉膏。对频声价出，直久梦魂劳。草诏令归马，批章答献葵。银花悬院榜，翠羽映帘绦。讽谏欣然

纳,奇觚率尔操。禁中时谔谔,天下免忉忉。左顾龟成印,双飞鹄
织袍。谢宾缘地密,洁己是心豪。五日思归沐,三春羡众邀。茶炉
依绿笋,棋局就红桃。溟海桑潜变,阴阳炭暗熬。仙成脱屣去,臣
恋捧弓号。建节辞乌柏,宣风看鹭涛。土山京口峻,铁瓮郡城牢。
曲岛花千树,官池水一篙。莺来和丝管,雁起拂麾旄。宛转倾罗
扇,回旋堕玉搔。罚筹长竖蠡,觥盏样如船。山是千重障,江为四
面濠。卧龙曾得雨,浙东。孤鹤尚鸣皋。浙西。剑用雄开匣,二公。
弓闲蛰受弢。自谓。凤姿尝在竹,二公。鹗羽不离蒿。自谓。吴越分
双镇,东西接万艘。今朝比潘陆,江海更滔滔。

和浙西李大夫伊川卜居

早入八元数,尝承三接恩。飞鸣天上路,镇压海西门。清望寰中
许,高情物外存。时来诚不让,归去每形言。洛下思招隐,江干厌
作藩。按经修道具,依样买山村。马高唐为御史大夫,将置宅,命画工图其
状,戒所使曰:依此样求之。开凿随人化,幽阴为律暄。远移难得树,立
变旧荒园。绝塞通潜径,平泉占上原。烟霞遥在想,簿领益为繁。
丹禁虚东阁,苍生望北辕。徒令双白鹤,五里自翩翻。

省试风光草际浮

熙熙春景霁,草绿春光丽。的历乱相鲜,葳蕤互亏蔽。乍疑芊绵
里,稍动丰茸际。影碎翻崇兰,浮香转丛蕙。含烟绚碧彩,带露如
珠缀。幸因采掇日,况此临芳岁。

历阳书事七十韵 并引

长庆四年八月,余自夔州转历阳。浮岷〔江〕(山),观洞庭,历夏口,
涉浔阳而东。友人崔敦诗罢丞相,镇宛陵,缄书来招曰:必我觌而之藩,

不十日饮，不置子。故余自池州道宛陵，如其素。敦诗出祖于敬亭祠下，由姑敦西渡江，乃吾圉也。至则考《图经》，参见事，为之诗，俟采风之夜讽者。

一夕为湖地，千年列郡名。霸王迷路处，亚父所封城。汉置东南尉，梁分肘腋兵。本吴风俗剽，兼楚语音伧。沸井今无涌，乌江旧有名。土台游柱史，石室隐彭铿。老君适楚，有台在焉，彭铿石室，在含山县。曹操祠犹在，濡须坞未平。海潮随月大，江水应春生。忆昨深山里，终朝看火耕。鱼书来北阙，鹢首下南荆。云雨巫山暗，蕙兰湘水清。章华树已失，鄂渚草来迎。庐阜香炉出，溢城粉堞明。雁飞彭蠡暮，鸦噪大雷晴。平野分风使，恬和趁夜程。贵池登陆峻，春谷渡桥鸣。骆驿主人问，悲欢故旧情。几年方一面，卜昼便三更。助喜杯盘盛，忘机笑语訇。管清疑警鹤，弦巧似娇莺。炽炭烘蹲兽，华茵织斗鲸。回裾飘雾雨，急节堕琼英。敛黛凝愁色，施钿耀翠晶。容华本南国，妆束学西京。日落方收鼓，天寒更炙笙。促筵交履舄，痛饮倒簪缨。谑浪容优孟，娇怜许智琼。蔽明添翠帟，命烛挂一作挂金茎。坐久罗衣皱，杯频粉面驿。兴来从请曲，意堕即飞觥。令急重须改，欢冯醉尽呈。诘朝还选胜，来日又寻盟。道别殷勤惜，邀筵次第争。唯闻嗟短景，不复有馀酲。众散扃朱户，相携话素诚。晤言犹亹亹，残漏自丁丁。出祖千夫拥，行厨五熟烹。离亭临野水，别思入哀筝。接境人情洽，方冬馈具精。中流为界道，隔岸数飞甍。沙浦王浑镇，沧洲谢脁城。望夫人化石，梦帝日环营。半渡趋津吏，缘堤簇郡甿。场黄堆晚稻，篱碧见冬菁。里社争来献，壶浆各自擎。鸱夷倾底写，〔粔籹〕（妆粔）斗成缺一字。采石风传柝，新林暮击钲。茧纶牵拨刺，犀焰照澄泓。露冕观原野，前驱抗旆旌。分庭展宾主，望阙拜恩荣。比屋悍嫠辈，连年水旱并。遐思常后已，下令必先庚。远岫低屏列，支流曲带萦。湖鱼香胜肉,官酒重于饧。忆昔泉源变,斯须地轴倾。鸡笼为石颗,龟眼入泥坑。事系人风重,官从物论轻。江春俄澹荡,楼月几亏盈。柳长千丝宛,田塍一线绬。游鱼将婢从,野雉见媒惊。波净攒凫鹥,洲香发杜蘅。一钟菰黍米,千里水葵羹。受遣时方久,分忧政未成。比琼虽碌碌,于铁尚铮铮。早忝登三署,曾闻奏六英。无能甘负弩,不慎在提衡。口语成中遘,毛衣阻上征。时闻关利钝,智亦有聋盲。昔愧山东妙,今惭海内兄。后来登甲乙,早已在蓬瀛。心托秦明镜,才非楚白珩。齿衰亲药物,宦薄傲公卿。捧日皆元老,宣风尽大彭。好令朝集使,结束赴新正。

和武中丞秋日寄怀简诸僚故

退朝还公府,骑吹息繁阴。吏散秋庭寂,乌啼烟树深。威生奉白简,道胜外华簪。风物清远目,功名怀寸阴。云衢念前侣,彩翰写冲襟。凉菊照幽径,败荷攒碧浔。感时江海思,报国松筠心。空愧寿陵步,芳尘何处寻。

和令狐相公春日寻花有怀白侍郎阁老

芳菲满雍州,鸾凤许同游。花径须深入,时光不少留。色鲜由树嫩,枝亚为房稠。静对仍持酒,高看特上楼。晴宜连夜赏,雨便一年休。共忆秋官处,馀霞曲水头。

全唐诗卷三六四

刘禹锡

荆州歌二首

渚宫杨柳暗,麦城朝雉飞。可怜踏青伴,乘暖著轻衣。

今日好南风,商旅相催发。沙头樯竿上,始见春江阔。

纪 南 歌

风烟纪南城,尘土荆门路。天寒多猎骑一作猎兽者,走上樊姬墓。

视 刀 环 歌

常恨言语浅,不如人意深。今朝两相视,脉脉万重心。

三阁辞四首 吴声

贵人三阁上,日晏未梳头。不应有恨事,娇甚却成愁。

珠箔曲琼钩,仔一作子细见扬州。北兵那得度,浪话判一作语声悠悠。

沉香帖阁柱,金缕画门一作阁楣。回首降幡下,已见黍〔离〕(鸡)离。

三人出智井,一身登槛车。朱门漫临水,不可一作得见鲈鱼。

纥那曲二首

杨柳郁青青,竹枝无限情。周一作同郎一回顾,听唱纥那声。

踏曲兴无穷,调同词不同。愿郎千万寿,长作主人翁。

淮阴行五首 并引

　　　　古有《长干行》,言三江之事悉矣。余尝阻风淮阴,作《淮阴行》,以
　　裨乐府。

簇簇淮阴市,竹楼缘岸上。好日起樯竿,乌飞惊五两。

今日转船头,金乌指西北。烟波与春草,千里同一色。

船头大铜镮,摩挲光阵阵。早早一作晚使风一作便风来,沙头一眼认。

何物令侬羡,羡郎船尾燕。衔泥趁樯竿,宿食长相见。

隔浦望行船,头昂尾幰幰。无奈晚来一作挑菜时,清淮春浪软。

浑侍中宅牡丹

径尺千馀朵,人间有此花。今朝见颜色,更不向诸家。

咏 红 柿 子

晓连星影出,晚带日光悬。本因遗采掇一作摘,翻自保天年。

吕八见寄郡内书怀因而戏和

文苑振金声,循良冠百城。不知今史氏,何处列君名。

秋 风 引

何处秋风至,萧萧送雁群。朝来入庭树,孤客最先闻。

柳花词三首

开从绿条上，散逐香风远。故取花落时，悠扬占春晚。
轻飞不假风，轻落不委地。撩乱舞晴空，发人无限思。
晴天阆阆雪，来送青春暮。无意似多情，千家万家去。

路　傍　曲

南山宿雨晴，春入凤凰城。处处闻弦管，无非送酒声。

君 山 怀 古

属车八十一，此地阻长风。千载威灵尽，赭山寒水中。

庭　　竹

露涤铅粉节，风摇青玉枝。依依似君子，无地不相宜。

唐郎中宅与诸公同饮酒看牡丹

今日花前饮，甘心醉数杯。但愁花有语，不为老人开。

题寿安甘棠馆二首

公馆似仙家，池清竹径斜。山禽忽惊起，冲落半岩花。
门前洛阳道，门里桃花路。尘土与烟霞，其间十馀步。

古词二首 一作讽古

轩后初冠冕，前旒为蔽明。安知从复道，然后见人情。
簿领乃俗士，清谈信古风。吾观苏令绰，朱墨一何工。

寓兴二首

常谈即至理，安事非常情。寄语何平叔，无为轻老生。
世途多礼数，鹏鷃各逍遥。何事陶彭泽，抛官为折腰。

咏史二首

骠骑非无势，少卿终不去。世道剧颓波，我心如砥柱。
贾生明王道，卫绾工车戏。同遇汉文时，何人居贵位。

经檀道济故垒

万里长城坏，荒营野草秋。秣陵多士女，犹唱白符鸠。史云：当时人歌
曰：可怜白符鸠，枉杀檀江州。

伤段右丞 江湖旧游，南宫交代。

江海多豪气，朝廷有直声。何言马蹄下，一旦是佳城。

伤独孤舍人 并引

　　贞元中，余以御史监祠事。河南独孤生始仕为奉礼郎，有事宗庙郊
祀，必与之俱，由是甚熟。及余谪武陵，九年间，独孤生仕至中书舍人。
视草禁中，上方许以宰相。元和十年春，余祗召抵京师，次都亭日，舍人
以疾不起。余闻，因作伤词以为吊。

昔别矜一作公年少，今悲丧国华。远来同社燕，不见早梅花。

再伤庞尹

京兆归何处，章台空暮尘。可怜鸾镜下，哭杀画眉人。

敬酬微一作彻公见寄二首

凄凉沃州僧,憔悴柴桑宰。别来二十年,唯馀两心在。
越江千里镜,越岭四时雪。中有逍遥人,夜深观水月。

鄂渚留别李二十一表臣大夫

高樯起行色,促柱动离声。欲问江深浅,应如远别情。

答表臣赠别二首

昔为瑶池侣,飞舞集蓬莱。今作江汉别,风雪一徘徊。
嘶马立未还,行舟路将转。江头暝色深,挥袖依稀见。

始发鄂渚寄表臣二首

祖帐管弦绝,客帆西风生。回车已不见,犹听马嘶声。
晓发柳林戍,遥城闻五鼓。忆与故人眠,此时犹晤语。

出鄂州界怀表臣二首

离席一挥杯,别愁今尚醉。迟迟有情处,却恨江帆驶。
梦觉疑连榻,舟行忽千里。不见黄鹤楼,寒沙雪相似。

和游房公旧竹亭闻琴绝句

尚有竹间路,永无綦下尘。一闻流水曲,重忆餐霞人。

西州李尚书知愚与元武昌有旧远示二篇吟之泫然因以继和二首

来诗云,元公令陈从事求蜀琴。将以为寄,而武昌之讣闻。因陈生会葬。

如何赠琴日，已是绝弦时。无复双金报，空馀挂剑悲。
宝匣从此闲一作闭，朱弦谁复调。只应随玉树，同向土中销。

别苏州二首

三载为吴郡，临岐祖帐开。虽非谢桀黠，且为一裴回。
流水阊门外，秋风吹柳条。从来送客处，今日自魂销。

罢和州游建康

秋水清无力，寒山暮多思。官闲不计程，遍上南朝寺。

九 日 登 高

世路山河险，君门烟雾深。年年上高处，未省不伤心。

答 柳 子 厚

年方伯玉早，恨比四愁多。会待休车骑，相随出尉罗。

馆娃宫在旧郡西南砚石山前瞰姑苏台傍有采香径梁天监中置佛寺曰灵岩即故宫也信为绝境因赋二章

宫馆贮娇娃，当时意大夸。艳倾吴国尽，笑入楚王家。月殿移椒壁，天花代舜华。唯馀采香径，一带绕山斜。

全唐诗卷三六五

刘禹锡

听 琴 一作听僧弹琴

禅思何妨在玉琴,真僧不见听时心。秋堂境寂夜方半,云去苍梧湘水深。

魏宫词二首

日晚长秋帘外报,望陵歌舞在明朝。添炉欲爇一作欲添炉火熏衣麝,忆得分时一作明不忍烧。

日映西陵松柏枝,下台相顾一相思。朝来乐府长歌曲,唱著君王自作词。

杨枝词二首

迎得春光先到来,浅黄轻绿映楼台。只缘袅娜多情思,更被春风长倩猜。一作请揉,一作便被春风长挫摧。

巫峡巫山杨柳多,朝云暮雨远相和。因想阳台无限事,来君回唱竹一作柳枝歌。

竹枝词二首

杨柳青青江水平，闻郎江上唱歌声。东边日出西边雨，道是无晴_{一作情}却_{一作还}有晴_{一作情}。

楚水巴山江雨多，巴人能唱本乡歌。今朝北客思归去，回入纥那披绿罗。

堤上行三首

酒旗相望大堤头，堤下连樯堤上楼。日暮行人争渡急，桨声幽_{一作}呷轧满中流。

江南江北望烟波，入夜行人相应歌。桃叶传情竹枝怨，水流无限月明多。

春堤缭绕水徘徊，酒舍旗亭次第开。日晚上楼_{一作出帘}招估客，轲峨大艑落帆来。

踏歌词_{一作行}四首

春江月出大堤平，堤上女郎连袂行。唱尽新词欢_{一作看}不见，红霞映_{一作影}树鹧鸪鸣。

桃蹊柳陌好经过，灯下妆成月下歌。为是襄王故宫地，至今犹自细腰多。_{此首一作张籍《无题诗》。}

新词宛转递相传，振袖倾鬟风露前。月落乌啼云雨散，游童陌上拾花钿。

日暮江头_{一作江南}闻竹枝，南人行乐北人悲。自从雪里唱新曲，直到三春花尽时。

步虚词二首

阿母种桃云海际，花落子成三一作二千岁。海风一作沧海吹折最繁
枝，跪捧琼一作金盘献天帝。

华表千年一鹤一作鹤一归，凝丹为顶雪为衣。星星仙语人听尽，却
向五云翻翅飞。

阿　娇　怨

望见葳蕤举翠华，试开金屋扫一作锁庭花。须臾宫女传来信，言一作
云幸平阳公主家。

秋　词　二　首

自古逢秋悲寂寥，我言秋日胜春朝。晴一作横空一鹤排云上，便引
诗情到碧霄。

山明水净夜来霜，数树深红出浅黄。试上高楼清入骨，岂如春色嗾
人狂。

秋　扇　词

莫道恩情无重来，人间荣谢递相催。当时初入君怀袖，岂念寒炉有
死灰。

竹枝词九首 并引

　　四方之歌，异音而同乐。岁正月，余来建平。里中儿联歌竹枝，吹
短笛击鼓以赴节，歌者扬袂睢舞，以曲多为贤。聆其音，中黄钟之羽，卒
章激讦如吴声，虽伧伫不可分，而含思宛转，有淇澳之艳音。昔屈原居
沅湘间，其民迎神，词多鄙陋，乃为作《九歌》。到于今荆楚歌舞之，故余

　　亦作竹枝九篇，俾善歌者扬之，附于末。后之聆巴歈，知变风之自焉。

白帝城头春草生，白盐山下蜀江清。南人上来歌一曲，北人莫上动乡情。

山桃红花满上头，蜀江春水拍山流。花红易衰似郎意，水流无限似侬愁。

江上朱楼新雨晴，瀼西春水縠纹生。桥东桥西好杨柳，人来人去唱歌行。

日出三竿春雾消，江头蜀客驻兰桡。凭一作欲寄狂夫书一纸，家住成都万里桥。

两岸山花似雪开，家家春酒满银杯。昭君坊中多女伴，永安宫外踏青来。

城西门前滟滪堆，年年波浪不能摧一作推。懊恼一作恨人心不如石，少时东去复西来。

瞿塘嘈嘈十二滩，人言一作此中道路古来难。长恨人心不如水，等闲平地起波澜。

巫峡苍苍烟雨时，清猿啼在最高枝。个里愁人肠自断，由来不是此声悲。

山上层层桃李花，云间烟火是人家。银钏金钗来负水，长刀短笠去烧畲。

杨柳枝词九首

塞北梅花羌笛吹，淮南桂树小山词。请君莫奏前朝曲，听唱新翻杨柳枝。

南陌东城春早时，相逢何处不依依。桃红李白皆夸好，须得垂杨相发挥。

凤阙轻遮翡翠帏，龙池遥望麴尘丝。御沟春水相一作柳辉映，狂杀长安年少儿。

金谷园中莺乱飞，铜驼陌上好风吹。城中一作东桃李须臾尽，争似垂杨无限时。

花萼楼前初种时，美人楼上斗腰肢。如今抛掷长一作上街里，露叶如啼欲向一作恨谁。

炀帝行宫汴水滨，数枝一作株杨一作残柳不胜春。晚一作昨来风起花如雪，飞入宫墙不见人。

御陌青一作东门拂地垂，千条金缕万条丝。如今绾作同心结，将赠行人知不知。

城外春风吹一作满酒旗，行人挥袂日西时。长安陌上无穷树，唯有垂杨管别离。

轻盈袅娜占年华，舞榭妆楼处处遮。春尽絮花一作飞留不得，随风好去落谁家。

浪淘沙九首

九曲黄河万里沙，浪淘风簸自天涯。如今直上银河去，同到牵牛织女家。

洛水桥边春日斜，碧流清一作轻浅见琼砂。无端陌上狂风急，惊起鸳鸯出浪花。

汴水东流虎眼纹，清淮晓色鸭头春。君看渡口淘沙处，渡却人间多少人。

鹦鹉洲头浪飐沙，青楼春望日将斜。衔泥燕子争归舍，独自狂夫不忆家。一作张籍诗。

濯锦江边两岸花，春风吹浪正淘沙。女郎剪下鸳鸯锦，将向中流匹晚霞。

日照澄洲江雾开，淘金一作沙女伴满江隈。美人首饰侯王印，尽是沙中浪底来。

八月涛声吼地来，头高数丈触山回。须臾却入海门去，卷起沙堆似雪堆。

莫道谗言如浪深，莫言迁客似沙沉。千淘万漉虽辛苦，吹尽狂沙始到金。

流水淘沙不暂停，前波未灭后波生。令人忽忆潇湘渚，回唱迎神三两声。

洛中送韩七中丞之吴兴口号五首

昔年意气结群英，几度朝回一字行。海北江<small>一作天</small>南零落尽，两人相见洛阳城。

自从云散各东西，每日欢娱却惨凄。离别苦多相见少，一生心事在书<small>一作诗</small>题。

今朝无意诉离杯，何况清弦急管催。本欲醉中轻远别，不知翻引酒悲来。

骆驼桥上蘋风急<small>一作起</small>，鹦鹉杯中箬下春。水碧山青知好处，开颜一笑向何人。

溪中士女出笆篱，溪上鸳鸯避画旗。何处人间似仙境，春山携妓采茶时。

送廖参谋东游二首

九陌逢君又别离，行云别鹤本无期。望嵩楼上忽相见，看过花开花落时。

繁花落尽君辞去，绿草垂杨引征路。东道诸侯皆故人，留连必是多情处。

洛中春末送杜录事赴蕲州

樽前花下长相见,明日忽为千里人。君过午桥回首望,洛城一作阳犹自有残春。

夜燕福建卢侍郎一作常侍宅因送之镇

暂驻旌旗洛水堤,绮筵红烛醉兰闺。美人美酒长相逐,莫怕猿声发建溪。

重送鸿举师赴江陵谒马逢侍御

西北秋风凋蕙兰,洞庭波上碧云寒。茂陵才子江陵住,乞取新诗合掌看。

赠长沙赞头陀

外道邪山千万重,真言一发尽摧峰。有时明月无人夜,独向昭潭制恶龙。

送霄韵上人游天台 一作宝韵上人

曲江僧向松江见,又到天台看石桥。鹤恋故巢云恋岫,比君犹自不逍遥。

台 城 怀 古

清江悠悠王气沉,六朝遗事何处寻。宫墙隐嶙围野泽,鹳鹆夜鸣秋色深。

戏赠崔千牛

学道深山许一作虚老人，留名万代不关身。劝君多买长安酒，南陌东城占取春。

扬州春夜李端公益张侍御登段侍御平路一作仲密县李少府畅秘书张正字复元同会于水馆对酒联句追刻烛击铜钵故事迟辄举觥以饮之逮夜艾群公沾醉纷然就枕余偶独醒因题诗于段君枕上以志其事一作扬州春夜同会水馆夜艾独醒

寂寂独看金烬落，纷纷只见玉山颓。自羞不是高阳侣，一夜星星一作惺惺骑马回。

逢王十二学士入翰林因以诗赠

时贞元二十二年，以蓝田尉充学士。

厩马翩翩禁外逢，星槎上汉杳难从。定知欲报淮南诏，促召王褒入九重。

阙下口号呈柳仪曹

彩仗神旗猎晓风，鸡人一唱鼓蓬蓬一作逢逢。铜壶漏水何时歇，如此相催即老翁。

监祠夕月坛书事 其礼用昼

西皞司分昼夜平，羲和停午太阴生。铿锵一作锵锵揖让秋光里，观者如云出凤城。

元和甲午岁诏书尽征江湘逐客余自武陵赴京宿于都亭有怀续来诸君子

雷一作云雨江山一作湘，一作湖。起卧龙，武陵樵客蹑仙踪。十年楚水枫林下，今夜初闻长乐钟。

元和十一年自朗州召至京戏赠看花诸君子

紫陌红尘拂面来，无人不道看花回。玄都观里桃千树，尽是刘郎去一作别后栽。

再游玄都观 并引

　　余贞元二十一年为屯田员外郎时，此观未有花。是岁出牧连州，寻贬朗州司马。居十年，召至京师。人人皆言，有道士手植仙桃，满观如红霞，遂有前篇以志一时之事。旋又出牧，今十有四年。复为主客郎中，重游玄都观，荡然无复一树，唯兔葵燕麦动摇于春风耳。因再题二十八字，以俟后游。时大和二年三月。

百亩庭中半是苔，桃花净一作开，一作落。尽菜花开。种桃道士归何处，前度刘郎今又一作独来。

与歌者米嘉荣

唱得凉一作梁州意外声，旧人唯数。一作有，一作难数。米嘉荣。近来时世一作年少轻先一作前辈，好染髭须事后生。一作：一别嘉荣三十载，忽闻旧曲尚依然。如今世俗轻前辈，好染髭须事少年。

望夫石 山正对和州郡楼

终日望夫夫不归，化为孤石苦相思。望来已是几千载一作岁，只似当时一作年初望时。

听旧宫中乐人穆氏唱歌

曾随织女渡天河,记得云间第一歌。休唱贞元供奉曲,当时一作如今朝士已无多。

金陵五题 并序

余少为江南客,而未游秣陵,尝有遗恨。后为历阳守,跂而望之。适有客以金陵五题相示,逌尔生思,欻然有得。他日友人白乐天掉头苦吟,叹赏良久,且曰:《石头》诗云,潮打空城寂寞回。吾知后之诗人,不复措辞矣。馀四咏虽不及此,亦不孤乐天之言耳。

石 头 城

山围故国周遭在,潮打空城寂寞回。淮水东边旧时月,夜深还过女墙来。

乌 衣 巷

朱雀桥边野草花,乌衣巷口夕阳斜。旧时一作来王谢堂前燕,飞入寻常百姓家。

台　城

台城六代竞豪华,结绮临春事最奢。万户千门成野草,只缘一曲后庭花。

生 公 讲 堂

生公说法鬼神听,身后空堂夜不扃。高坐寂寥尘漠漠,一方明月可中庭。

江 令 宅

南朝词臣北朝客,归来唯见秦淮碧。池台竹树三亩馀,至今人道江家宅。

韩 信 庙

将略兵机命世雄，苍黄钟一作汉室叹良弓。遂令后代登坛者，每一
寻思怕立功。

李贾二大谏拜命后寄杨八寿州

谏省新登二直臣，万方惊喜捧丝纶。则知天子明如日，肯放淮南一
作阳高卧人。

美温尚书镇定兴元以诗寄贺

旌旗入境犬无声，戮尽鲸鲵汉水清。从此世人开耳目，始知名将出
书生。

酬瑞一作端州吴大夫夜泊湘川见寄一绝

夜泊湘川逐客心，月明猿苦血沾襟。湘妃旧竹痕犹浅，从此因君染
更深。

征还京师见旧番官冯叔达

前者匆匆褾被行，十年憔悴到京城。南宫旧吏来相问，何处淹留白
发生。

与歌者何戡

二十馀年别帝京，重闻天乐不胜情。旧人唯有何戡在，更与殷勤唱
渭城。

与歌童田顺郎

天下一作上能一作龙歌御史娘，花前叶一作月底奉君王。九重深处无
人见，分付新声与顺郎。

燕尔馆破屏风所画至精人多叹赏题之

画时应遇空亡日，卖处难逢识别去声人。唯有多情往来客，强将衫
袖拂埃尘。

赏　牡　丹

庭前芍药妖无格，池上芙蕖净少情。唯有牡丹真国色，花开时节动
京城。

题　欹　器　图

秦国功成思税驾，晋臣名遂叹危机。无因上蔡牵黄犬，愿作丹徒一
布衣。

伤桃源薛道士 一作尊师

坛边松在鹤巢空，白鹿闲行旧径中。手植红桃千树发，满山无主任
春风。

王思道碑堂下作

苍苍宰树起寒烟，尚有威名海内传。四府旧闻多故吏，几人垂泪拜
碑前。

伤愚溪三首 并引

　　故人柳子厚之谪永州,得胜地,结茅树蔬,为沼沚,为台榭,目曰愚溪。柳子没三年,有僧游零陵,告余曰:愚溪无复曩时矣。一闻僧言,悲不能自胜,遂以所闻为七言以寄恨。

溪水悠悠春自来,草堂无主燕飞回。隔帘惟见中庭草,一树山榴依旧开。

草圣数行留坏壁,木奴千树属邻家。唯见里门通德榜,残阳寂寞出樵车。

柳门竹巷依依在,野草青苔日日一作月多。纵有邻人解吹笛,山阳旧侣一作里更谁过。

伤循州浑尚书

贵人沦落路人哀,碧海一作水连天丹旐回。遥想长安此时节,朱门深巷百花开。

代靖安佳人怨二首 并引

　　靖安,丞相武公居里名也。元和十一年六月,公将朝,夜漏未尽三刻,骑出里门,遇盗,薨于墙下。初公为郎,余为御史,由是有旧故。今守远服,贱不可以诔,又不得为歌诗声于楚挽,故代作《佳人怨》以裨于乐府云。

宝马鸣珂踏晓尘,鱼文匕首犯车茵。适来行哭里门外,昨夜华堂歌舞人。

秉烛朝天遂不回,路人弹指望高台。墙东便是伤心地,夜夜流一作秋萤飞去来。

碧涧寺见元九侍御和展
上人诗有三生之句因以和

廊下题诗满壁尘,塔前松树已皴鳞。古来唯有王文度,重见平生竺道人。

思黯南墅赏牡丹

偶然相遇人间世,合在增城阿姥家。有此倾城好颜色,天教晚发赛诸花。

和浙西尚书闻—无此常州
杨给事制新楼因寄之作

文昌—作章星—作新象尽东来,油幕朱门次第开。且上新楼看风月,会乘云雨一时回。尚书在南宫为左丞给事,与禹锡皆是郎史。

后梁宣明二帝碑堂下作

玉马朝周从此辞,园陵寂寞对丰碑。千行宰树荆州道,暮雨萧萧闻子规。

赠李司空妓

　　一作禹锡赴吴台。扬州大司马杜公鸿渐开宴,命妓侍酒。《本事诗》云:李绅罢镇在京,慕刘名,尝邀至第中,厚设饮馔。酒酣,命〔妙妓〕(妓妙)歌以送之。刘于席上赋诗,李因以妓赠之。崔令钦《教坊记》云:杜韦娘,歌曲名,非妓姓名也。

高髻云鬟—作鬓鬟梳头,—作鬟鬓梳头。宫样妆,春风一曲杜韦娘。司空见惯浑闲事,断尽—作恼乱苏州刺史肠。

和西川李尚书伤孔雀及薛涛之什

玉儿已逐金镮葬,翠羽先随秋草萎。唯见芙蓉含晓露,数行红泪滴
清池。后魏元树,南阳王禧之子。南阳到建业,数年后北归。爱姬朱玉儿脱金指镮为
赠,树至魏,却以指镮寄玉儿,示有还意。

同乐天登栖灵寺塔

步步相携不觉难,九层云外倚阑干。忽然笑语半天上,无限游人举
眼看。

有所嗟二首 一作元稹诗,题作《所思》。

庾令楼中初见时,武昌春柳似腰肢。相逢相笑一作失尽如梦,为雨
为云今不知。

鄂渚濛濛烟雨微,女郎魂逐暮云归。只应长在汉阳渡,化作鸳鸯一
只飞。

和裴相公傍水闲行

为爱逍遥第一篇,时时闲步赏风烟。看花临水心无事,功业成来二
十年。

杏园花下酬乐天见赠

二十馀年作逐臣,归来还见曲江春。游人莫笑白头醉,老醉花间有
一作能几人。

和乐天春词

新妆面一作粉面下朱楼,深锁春光一院愁。行到中庭数花朵,蜻蜓

飞上玉搔头。

和严给事闻唐昌观玉蕊
花下有游仙—作仙游二绝

玉女来看玉蕊花，异香先引七香车。攀枝弄雪时回顾，惊怪间日易斜。

雪蕊琼丝—作葩满院春，衣轻步步—作羽衣轻步不生尘。君平帘下徒相问，长伴吹箫别有人。

忆 乐 天

寻常相见意殷勤，别后相思—作思量梦更频。每遇登临好风景，羡他天性少情人。

醉 答 乐 天

洛城洛城何日归，故人故人今转稀。莫嗟雪里暂时别，终拟云间相逐飞。

虎丘寺见元相公二年前题名
怆然有咏 前年产桥送之武昌

浐水送君君不还，见君题字虎丘山。因知早贵兼才子，不得多时在世间。

寄 赠 小 樊

花面丫头十三四，春来绰约向人时。终须买取名—作多春草，处处将行—作来，—作相将。步步随。

吟乐天自问怆然有作

亲友关心皆不见,风光满眼倍一作独伤神。洛阳城里多池馆,几处花开有主人。

和令狐相公别牡丹

平章宅里一栏花,临到开时不在家。莫道两京非远别,春明门外即天涯。

和令狐相公闻思帝乡有感 一本题上有遥字

当初造曲者为谁,说得思乡恋阙时。沧海西头旧丞相,停杯处分上声不须吹。

酬令狐相公见寄

群玉山头住四年,每闻笙鹤看诸仙。何时得把浮丘袖,白日将升第九天。

令狐相公春思见寄

一纸书封四句诗,芳晨对酒远相思。长吟尽日西南望,犹及残春花落时。

城内花园颇曾游玩令公居守亦有素期适春霜一夕委谢书实以答令狐相公见谑

楼下芳园最占春,年年结侣采花频。繁霜一夜相撩治,不似佳人似老人。

奉和裴晋公凉风亭睡觉

骊龙睡后珠元在,仙鹤行时步又轻。方寸莹然无一事,水声来似玉琴声。

答裴令公雪中讶白二十二与诸公不相访之什

玉树琼楼满眼新,的知开阁待诸宾。迟迟未^{一作来}去非无意,拟作梁园坐右人。

吴方之见示听江西故吏朱幼恭歌三篇颇有怀故林之想吟讽不足因而和之 一作和人忆江西故吏歌

侯家故吏歌声发,逸处能高怨处低。今岁洛中无雨雪,眼前风景是江西。

裴令公见示诮乐天寄奴买马绝句斐言仰和且戏乐天

常奴安得似方回,争望追风绝足来。若把翠娥酬骡耳^{一作骓},始知天下有奇才。

酬思黯代书见戏 一作酬牛相见寄

官冷如浆病满身,凌寒不易过^{一作遇}天津。少年留取^{一作守}多情兴,请待花时作主人。

答张侍御贾喜再登科后自洛赴上都赠别

又被时人写姓名,春风引路入京城。知君忆得前身事,分付莺花与后生。

赴连州途经洛阳诸公置酒相
送张员外贾以诗见赠率尔酬之

谪在三湘最远州,边鸿不到水南流。如今暂寄樽前笑,明日辞君步步愁。

赠元九侍御文石枕以诗奖之

文章似锦气如虹,宜荐华簪绿殿中。纵使凉飙生旦夕,犹堪拂拭愈头风。

酬元九院长自江陵见寄

无事寻花至仙境,等闲栽树比封君。金门通籍真多士,黄纸除书每日闻。

酬杨侍郎凭见寄

翔鸾阙底谢皇恩,缨上沧浪旧水痕。疏傅挥金忽相忆,远擎长句与招魂。

酬马大夫登洭口戍见寄

一作酬海南马大夫。一作汇口。一作涯口。

新辞将印拂朝缨,临水登山四体轻。犹念天涯未归客,瘴云深处守孤城。

答杨八敬之绝句 杨时亦谪居

饱霜孤竹声偏切，带火焦桐韵本悲。今日知音一留听，是君心事一作手不平时。

重寄表臣二首

对酒临流奈别何，君今已醉一作贵我蹉跎。分明记取星星鬓，他日相逢应更多。

世间人事有何穷，过后思量尽是空。早晚同归洛阳陌，卜邻须一作愿近祝鸡翁。

重寄绝句 一作寄唐州杨八

淮西既是平安地，鸦路今无羽檄飞。闻道唐州最清静，战场耕尽野花稀。

酬杨八副使将赴湖南途中见寄一绝

知逐征南冠楚材，远劳书信到阳台。明朝若上一作到君山上一作望，一道巴江自此来。

遥和韩睦州元相公二君子

玉人紫绶相辉映，却要霜须一作鬓一两茎。其奈无成空老去，每临明镜若为情。

吴兴敬郎中见惠斑竹杖兼示一绝聊以谢之

一茎炯炯琅玕色，数节重重玳瑁文。拄到高山未登处，青云路上愿逢君。

奉和裴令公夜宴

天下苍生望不休,东山虽有但时游。从来海上仙桃树,肯逐人间风露秋。

秋夜安国观闻笙

织女分明银汉秋,桂枝梧叶共飕飅。月露满庭人寂寂,霓裳一曲在高楼。

酬仆射牛相公晋国池上别后至甘棠馆忽梦同游因成口号见寄

已嗟池上别魂惊,忽报梦中携手行。此夜独归还乞梦,老人无睡到天明。

裴侍郎大尹雪中遗酒一壶兼示喜眼疾平一绝有闲行把酒之句斐然仰酬

卷尽轻云月更明,金篦不用且闲行。若倾家酿招来客,何必池塘春草生。

和滑州李尚书上巳忆江南禊事

白马津头春日迟,沙州归雁拂旌旗。柳营唯有军中戏,不似江南三月时。

酬柳柳州家鸡之赠

日日临池弄小雏,还思写论付官奴。柳家新样元和脚,且尽姜芽敛手徒。

答 前 篇

小儿弄笔不能嗔，涴壁书窗且当一作赏勤。闻彼梦熊犹未兆，女中谁是卫夫人。

答 后 篇

昔日慵工记姓名，远劳辛苦写西京。近来渐有临池兴，为报元常欲抗行。

重答柳柳州

弱冠同怀长者忧，临岐回想尽悠悠。耦耕若便遗身老，黄发相看万事休。

登清晖一作辉楼

浔阳江色潮添满，彭蠡秋声雁送来。南望庐山千万仞，共夸新出栋梁材。

赴和州于武昌县再遇毛仙翁十八兄因成一绝

武昌山下蜀江东，重向仙舟见葛洪。又得案前亲礼拜，大罗天诀玉函封。

寄毗陵杨给事三首

挥毫起制来东省，蹑足修名谒外台。好著囊鞬莫惆怅，出文入武是全才。

曾主鱼书轻刺史，今朝自请左鱼来。青云直上无多地，却要斜飞取势回。

东城南陌昔同游,坐上无人第二流。屈指如今已零落,且须欢喜一作笑作邻州。

陪崔大尚书及诸阁老宴杏园

更将何面上春台,百事无成老又催。唯有落花无俗态,不嫌憔悴满头来。

曹　刚

大弦嘈嘈小弦清,喷雪含风意思生。一听曹刚弹薄媚,人生不合出京城。

寄湖州韩中丞

老郎日日忧苍鬓,远守年年厌白蘋。终日相思不相见,长频一作头相见是何人。

杨　柳　枝

杨子江头烟景迷,隋家宫树拂金堤。嵯峨犹有一作是当时色,半醮波中水鸟栖。

田　顺　郎　歌

清歌不是世间音,玉殿尝闻一作开称主心。唯有顺郎全学得,一声飞出九重深。

夜闻商人船中筝

大舸高帆一百尺,新声促柱十三弦。扬州市里商人女,来占江西明月天。

闻道士弹思归引

仙公_{一作翁}一奏思归引，逐客初闻自泫然。莫怪殷勤悲此曲，越声
长苦已三年。

喜康将军见访

谪居愁寂似幽栖，百草当门茅舍低。夜猎将军忽相访，鹧鸪惊起绕
篱啼。

赠刘景擢第

湘中才子是刘郎，望在长沙住桂阳。昨日鸿都新上第，五陵年少让
清光。

赴连山途次德宗山陵寄张员外

常时并冕奉天颜，委佩低簪彩仗间。今日独来张乐地，万重云水望
桥山。

尝　茶

生拍芳丛鹰觜芽，老郎封寄谪仙家。今宵更有湘江月，照出菲菲满
碗花。

梁　国　祠

梁国三郎威德尊，女巫箫鼓走乡村。万家长见空山上，雨气苍茫生
庙门。

望　洞　庭

湖光秋月两相和,潭面无风镜未磨。遥望洞庭山水翠一作山翠色,白银一作云盘里一青螺。

杨　柳　枝

春江一曲柳千条,二十梯前旧板桥。曾与美人桥上别,恨无消息到今朝。

楼　　上

江上楼高二十梯,梯梯登遍与云齐。人从别浦经年去,天向平芜尽处低。

洛滨病卧户部李侍郎见惠
药物谑以文星之句斐然仰谢

隐几支颐对落晖,故人书信到柴扉。周南留滞商山老,星象如今属少微。

故洛城古墙

粉落椒飞知几春,风吹雨洒旋成尘。莫言一片危基在,犹过无穷来往人。

句

湖上收宿雨。

故国思如此,若为天外心。　寄白公　并见张为《主客图》

东屯沧海阔,南让洞庭宽。　秋水咏　见《纪事》

翠粒照晴露。　见《侯鲭录》。

银花垂院榜,翠羽撼绦铃。　雪　见《天中记》

全唐诗卷三六六

张弘靖

张弘靖,字元理,蒲州人,嘉贞之孙,延赏之子。以荫为河南参军,擢监察御史,累迁户部侍郎、河中节度使。元和中,拜刑部尚书、同中书门下平章事。封高平县侯,出为太原节度使,终太子少师。诗一首。

山 亭 怀 古

丛石依古城,悬泉洒清池。高低羡丈内,衡霍相蔽亏。归田竟何因,为郡岂所宜。谁能辨人野,寄适聊在斯。

韩 察

韩察,官历太原节度判官、侍御史、明州刺史。诗一首。

和张相公太原山亭怀古诗

公府政多暇,思与仁智全。为山想岩穴,引水听潺湲。轩冕迹自逸,尘俗无由牵。苍生方瞩望,讵得赋归田。

崔　恭

崔恭,官历太原节度副使、检校右散骑常侍、汾州刺史。诗一首。

和张相公太原山亭怀古诗

高情乐闲放,寄迹山水中。朝霞铺座右,虚白贮清风。潜窦激飞泉,石路跻且崇。步武有胜概,不与俗情同。

陆　瀍

陆瀍,登贞元元年进士第,官给事中。诗一首。

和张相公太原山亭怀古诗

激水泻飞瀑,寄怀良在兹。如何谢安石,要结东山期。入座兰蕙馥,当轩松桂滋。于焉悟幽道,境寂心自怡。

胡　证

胡证,字启中,河东人。举进士第,累官金吾大将军,岭南节度使。诗一首。

和张相公太原亭怀古诗

飞泉天台状,峭石蓬莱姿。潺湲与青翠,咫尺当幽奇。居然尽精道,得以书妍词。岂无他山胜,懿此清轩墀。

句

诗书入京国,旌旆过乡关。《因话录》云:证拜振武节度使,道河中。时赵宗儒
为帅,证备桑梓礼入谒,持刺称百姓,献赵公诗云云。州里荣之。

张　贾

张贾,弘靖之从侄。官至兵部尚书。诗二首。

和太原山亭怀古诗

中庭起崖谷,漱玉下涟漪。丹丘谁云远,寓象得心期。岂不贵钟
鼎,至怀在希夷。唯当蓬莱阁,灵凤复来仪。

和裴司空答张秘书赠马诗

阁下从容旧客卿,寄来骏马赏高情。司空诗云:古寺闭行独与君。任追烟
景骑仍醉,知有文章倚便成。步步自怜春日影,萧萧犹起朔风声。
须知上宰吹嘘意,送入天门上路行。

句

夫子生知者,相期妙理中。　送刘禹锡发华州

张文规

张文规,弘靖之子。尝为吴兴守,终桂管防御观察使。诗
二首。

吴 兴 三 绝

蘋洲须觉池沼俗,苎布直胜罗纨轻。清风楼下草初出,明月峡中茶始生。吴兴三绝不可舍,劝子强为吴会行。

湖州贡焙<small>一本此下有看发二字</small>新茶

凤辇寻春半醉回,仙娥进水御帘开。牡丹花笑金钿动,传奏吴兴紫笋来。

句

谁云隼旟吏,长对虎头岩。　见《吴兴掌故》

全唐诗卷三六七

张仲素

张仲素,字绘之,河间人。宪宗时为翰林学士,后终中书舍人。诗一卷。

猴山鹤

羽客骖仙鹤,将飞驻碧山。映松残雪在,度岭片云还。清唳因风远,高姿对水闲。笙歌忆天上,城郭叹人间。几变霜毛洁,方殊藻质斑。迢迢烟路逸,奋翮讵能攀。

夜闻洛滨吹笙

王子千年后,笙音五一作午夜闻。逶迤绕清洛,断续下仙云。泄泄飘难定,啾啾曲未分。松风助幽律,波月动轻文。凤管听何远,鸾声若在群。暗空思羽盖,馀气自氛氲。

上元日听太清宫步虚

仙客开金箓,元辰会玉京。灵歌宾紫府,雅韵出层城。磬杂音徐彻,风飘响更清。纤馀空外尽,断续听中生。舞鹤纷将集,流云住未行。谁知九陌上,尘俗仰遗声。

玉绳低建章

迢迢玉绳下,芒彩正阑干。稍复临鸡鹊,方疑近露寒。微明连粉
堞,的皪映仙盘。横接河流照,低将夜色残。天榆随影没,宫树与
光攒。遐想西垣客,长吟欲罢难。

寒云轻重色

佳期当可许,托思望云端。鳞影朝犹落,繁阴暮自寒。因风方袅
袅,间石已漫漫。隐映看鸿度,霏微觉树攒。凝空多似黛,引素乍
如纨。每向愁中览,含毫欲状难。

圣明乐 一作朝

九陌祥烟合,千春瑞月明。宫花将苑柳,先发凤皇城。

献　寿　词

玉帛殊方至,歌钟比屋闻。华夷今一作同一贯,同一作共贺圣朝君。

宫中乐五首

网户交如绮,纱窗薄似烟。乐吹天上曲,人是月中仙。
翠匣开寒镜,珠钗挂步摇。妆成只畏晓,更漏促春宵一作霄。
红果瑶池实,金盘露井冰。甘泉将避暑,台殿晓一作水光凝。
月采浮鸾殿,砧声隔一作绕凤楼。笙歌临水槛,红烛乍迎秋。
奇树留寒翠,神池结夕波。黄山一夜雪,渭水泻一作雁声多。

春游曲三首

烟柳飞轻絮,风榆落小钱。濛濛百花里,罗绮竞秋千。

骋望登香阁,争高下砌台。林间踏青去,席上寄笺一作意钱来。
行乐三春节,林花百和香。当年重意气,先占斗鸡场。

春 闺 思

袅袅城边柳,青青陌上桑。提笼忘采叶,昨夜梦渔阳。

春江曲二首

家寄征河一作江岸,征人几岁游。不如潮水信,每日到沙头。
乘晓南湖去,参差叠浪横。前洲在何处,霜一作雾里雁嘤嘤。

太 平 词

圣德超千古,皇威静四方。苍生今息战,无事觉时良一作长。

陇 上 行

行到黄云陇,唯闻羌戍鼙。不如山下水,犹得任东西。

思 君 恩

紫禁香如雾,青天月似霜。云韶何处奏,只是在朝阳。

王 昭 君

仙娥今下嫁,骄子自同和。剑戟归田尽,牛羊绕塞多。

秋 夜 曲

丁丁漏水夜何长,漫漫轻云露月光。秋逼暗虫通夕响,征衣未寄莫
飞霜。

秋　思　赠　远

博山沉燎绝馀香，兰烬金檠怨夜长。为问青青河畔草，几回经雨复经霜。

塞　上　曲

卷旆生风喜气新，早持龙节静边尘。汉家天子图麟阁，身是当今第一人。

塞下曲五首

三戍渔阳再渡辽，驿弓在臂剑横腰。匈奴似若一作欲似知名姓，休傍阴山更射雕。

猎马千行一作群雁几双，燕然山下碧油幢。传声漠北单于破，火照旌旗夜受降。

朔雪飘飘开雁门，平沙历乱卷一作瘞蓬根。功名耻计一作记擒生数，直斩楼兰报国恩。

陇水潺湲陇树秋，征一作无人到此泪双流。乡关万里无因见，西戍河源早晚休一作收。

阴碛茫茫塞草肥一作腓，桔槔烽上暮云一作烟飞。交一作关河北望天连海，苏武曾将汉节归。

秋一本有闺字思二首

碧窗斜日一作月蔼深晖，愁听寒螀泪湿衣。梦里分明见关塞，不知何路向金微。

秋天一夜静无云，断续鸿声到晓闻。欲寄征衣问消息，居延城外又移军。

汉苑行二首

回雁高飞一作风高，一作高翻。太液池，新花低发上林枝。年光到处皆堪赏，春色人间总不一作未知。

春风淡荡一作澹澹景悠悠，莺啭高枝燕入楼。千步回廊闻凤吹，珠帘处处上银钩。

天马辞二首

天马初从渥水来，郊歌曾唱得一作歌曾得濯龙媒。不知玉塞沙中路，苜蓿残花几处开。

躞蹀一作蹀躞宛驹齿未齐，抳金喷玉向风嘶。来时欲一作行尽金河道，猎猎轻风在碧蹄。

燕子楼诗三首 一作关盼盼诗

楼上残灯伴晓霜，独眠人起合欢床。相思一夜情多少，地角天涯不是长。

北邙松柏锁愁烟，燕子楼人思悄然。自埋剑履歌尘散，红袖香消已十年。

适看鸿雁岳阳回，又睹玄禽逼社来。瑶瑟玉箫无意绪，任从蛛网任从灰。

全唐诗卷三六八

庾承宣

庾承宣,贞元十年及第。太和中,终检校吏部尚书、天平军节度使。诗一首。

赋得冬日可爱

宿雾开天霁,寒郊见初日。林疏照逾远,冰轻影微出。岂假阳和气,暂忘玄冬律。愁抱望自宽,羁情就如失。欣欣事几许,暄暄状非一。倾心倘知期,良愿自兹毕。

郑　澣

郑澣,馀庆之子。贞元十年,举进士第,为右补阙。敢言,无所讳。文宗时,入翰林为侍讲学士,累进尚书左丞。出为山南西道节度使,俄以户部尚书召,未拜,卒。谥曰宣。集三十卷,今存诗五首。

赠毛仙翁

至道无名,至人长生。爱观绘事,似抱真形。方口渥丹,浓眉刷青。

松姿本秀,鹤质自轻。道德神仙,内蕴心灵。红肌丝发,外彰华精。色如含芳,貌若和光。胚浑造化,含吐阴阳。吾闻安期,隐见不常。或在世间,或游上苍。猗欤真人,得非后身。写此仙骨,久而不磷。皎皎明眸,了然如新。蔼蔼童颜,的然如春。金石可并,丹青不泯。通天台上,有见常人。俗士观瞻,方悟幽尘。君子图之,敬兮如神。

和李德裕游汉州房公湖二首

太尉留琴地,时移重可寻。徽弦一掩抑,风月助登临。荣驻青油骑,高张白雪音。祇言酬唱美,良史记王箴。

静对烟波夕,犹思栋宇清。卧龙空有处,驯鸟独忘情。顾步襟期远,参差物象横。自宜雕乐石,爽气际青城。

中书相公任兵部侍郎日后阁
植四松逾数年澣忝此官因献拙什

丞相当时植,幽襟对此开。人知舟楫器,天假栋梁材。错落龙鳞出,褵褷鹤翅回。重阴罗武库,细响静山台。得地公堂里,移根涧水隈。吴臣梦寐远,秦岳岁年摧。转觉飞缨缕,何因继组来。几寻珠履迹,愿比角弓培。柏悦犹依社,星高久照台。后凋应共操,无复问良媒。

和李德裕房公旧竹亭闻琴

石室寒飙弩,孙枝雅器裁。坐来山水操,弦断吊遗埃。

句

但虑彩色污,无虞臂胛肥。　段成式记,长安菩萨寺有画维摩变,为俗讲僧文淑装之,笔迹尽矣,故兴元郑尚书题句云云。

张 彙 一作彙征

张彙,贞元十年进士。诗三首。

游栖霞寺

跻险入幽林,翠微含竹殿。泉声无休歇,山色时隐见。潮来杂风雨,梅落成霜霰。一从方外游,顿觉尘心变。

春风扇微和

木德生和气,微微入曙风。暗催南向叶,渐翥北归鸿。澹荡侵冰谷,悠扬转蕙丛。拂尘回广路,泛籁过遥空。暖上烟光际,云移律候中。扶摇如可借,从此戾苍穹。

观藏冰

寒气方穷律,阴精正结冰。体坚风带壮,影素月临凝。冬赋凌人掌,春期命妇升。凿来壶色彻,纳处镜光澄。鲁史曾留问,豳诗旧见称。同观里射享,王道颂还兴。

陈通方

陈通方,闽县人。贞元十年登第,王播荐为江西院官。诗二首。

赋得春风扇微和

习习和风扇,悠悠淑气微。阳升知候改,律应喜春归。池柳晴初拆,林莺暖欲飞。川原浮彩翠,台馆动光辉。泛艳摇丹阙,扬芳入粉闱。发生当有分,枯朽幸因依。

金谷园怀古

缓步洛城下,轸怀金谷园。昔人随水逝,旧树逐春繁。冉冉摇风弱,菲菲裛露翻。歌台岂易见,舞袖乍如存。戏蝶香中起,流莺暗处喧。徒闻施锦帐,此地拥行轩。

句

应念路傍憔悴翼,昔年乔木幸同迁。《纪事》云:通方登第,与王播同年。播年五十六,通方甚少。因期集,抚播背曰:王老奉赠一第。言其日暮途远,及同年赠官也,播恨之。后通方丁家艰,辛苦万状。播为正郎,判盐铁。通方穷悴,求之,即不甚给。时李虚中为副使,通方以诗求为汲引云云。播不得已,荐为江西院官。

李　应

李应,贞元十一年登进士第。诗一首。

立春日晓望三素云

玄鸟初来日,灵仙望里分。冰容朝上界,玉辇拥朝云。碧落流轻艳,红霓间彩文。带烟时缥缈,向斗更氤氲。仿佛随风驭,迢遥出晓雰。兹辰三见后,希得从元君。

陈师穆

陈师穆,贞元十一年进士第。诗一首。

立春日晓望三素云

晴晓初春日，高心望素云。彩光浮玉辇，紫气隐元君。缥缈中天去，逍遥上界分。鸾骖攀不及，仙吹远难闻。礼候于斯睹，明循在解纷。人归悬想处，霞色自氛氲。

李季何

李季何，贞元十一年进士第。诗一首。

立春日晓望三素云

霭霭青春曙，飞仙驾五云。浮轮初缥缈，承盖下氛氲。薄影随风度，殊容向日分。羽毛纷共远，环珮杳犹闻。静合烟霞色，遥将鸾鹤群。年年瞻此节，应许从元君。

李　程

李程，字表臣，陇西人。贞元十二年，登进士第。累辟使府，为监察御史，充翰林学士。元和中，知制诰，拜礼部侍郎。敬宗即位，以吏部侍郎同平章事。后罢为河东节度使。程在翰苑，日过八砖乃至，时号八砖学士。诗五首。

春　台　晴　望

曲台送春目—作日，景物丽新晴。霭霭烟收翠，忻忻木向荣。静看迟日上，闲爱野云平。风慢游丝转，天开远水明。登高尘虑息，观徽道心清。更有迁乔意,翩翩出谷莺。

玉壶冰 一作咏冰壶

琢玉性惟坚,成壶体更圆。虚心含众象,应物受寒泉。温润资天
质,清贞一作真禀自然。日融光乍一作自散,雪照一作映色逾鲜。至鉴
功宁宰,无私照岂偏。明将水镜对,白与粉闱连。拂拭终为美,提
携伫见传。勿令毫发累,遗恨鲍公一作缀成篇。

赋得竹箭有筠

常爱凌寒竹,坚贞可喻人。能将先进礼,义与后凋邻。冉冉犹全
节,青青尚有筠。陶钧二仪内,柯叶四时春。待凤花仍吐,停霜色
更新。方持不易操,对此欲观身。

观 庆 云 图

五云从表瑞,藻绘宛成图。柯叶何时改,丹青此不渝。非烟色尚
丽,似盖状应殊。渥彩看犹在,轻阴望已无。方将遇翠幄,那羡起
苍梧。欲识从龙处,今逢圣合符。

赠 毛 仙 翁

茫茫尘累愧腥膻,强把蜉蝣望列仙。闲指紫霄峰下路,却归白鹿洞
中天。吹箫凤去一作丹凤经何代,茹玉方传一作黄麟得几年。他日更
来人世看,又应东海变桑田。

高一作乔弁

　　高弁,贞元十二年进士第。诗一首。

省试春台晴望

层台聊一望,遍赏帝城春。风暖闻啼鸟,冰开见跃鳞。晴山烟外翠,香蕊日边新。已变青门柳,初销紫陌尘。金汤千里国,车骑万方人。此处云霄近,凭高愿致身。

席　夔

席夔,贞元十二年宏词及第。诗二首。

霜　菊

时令忽已变,行看被霜菊。可怜后时秀,当此凛风肃。淅沥翠枝翻,凄清金蕊馥。凝姿节堪重,澄艳景非淑。宁祛青女威,愿盈君子掬。持来泛樽酒,永以照幽独。

赋得竹箭有筠

共爱东南美,青青叹有筠。贞姿众木异,秀色四时均。枝叶当无改,风霜岂惮频。虚心如待物,劲节自留春。鲜润期栖凤,婵娟可并人。可怜初箨卷,粉泽更宜新。

李行敏

李行敏,贞元十二年宏词登第。诗一首。

省试观庆云图

缋素传休祉,丹青状庆云。非烟凝漠漠,似盖乍纷纷。尚驻从龙意,全舒捧日文。光因五色起,影向九霄分。裂素观嘉瑞,披图贺圣君。宁同窥汗漫,方此睹氛氲。

陈　讽

陈讽,贞元十年擢进士第。诗一首。

赋得冬日可爱 一作张正元诗

寒日临清昼,寥天一望时。未消埋径雪,先暖读书帷。属思光难驻,舒情影若遗。晋臣曾比德,谢客昔言诗。散彩宁偏照,流阴信不追。馀辉如可就,回烛幸无私。

崔　护

崔护,字殷功,博陵人。贞元十二年登第。终岭南节度使。诗六首。

郡斋三月下旬作 以下三首一作张又新诗

春事日已歇,池塘旷幽寻。残红披独坠,嫩绿间浅深。偃仰卷芳褥,顾步爱新阴。谋春未及竟,夏初遽见侵。

五月水边柳

结根挺涯涘,垂影覆清浅。睡脸寒未开,懒腰晴更软。摇空条已重,拂水带方展。似醉烟景凝,如愁月露泫。丝长鱼误恐,枝弱禽惊践。长别几多情,含春任攀搴。

三月五日陪裴大夫泛长沙东湖

上巳馀风景,芳辰集远坰。彩舟浮泛荡,绣毂下娉婷。林树回葱
蒨,笙歌入杳冥。湖光迷翡翠,草色醉蜻蜓。鸟弄桐花日,鱼翻谷
雨萍。从今留胜会,谁看画兰亭。

山鸡舞石镜

庐峰开石镜,人说舞山鸡。物象纤无隐,禽情只自迷。景当烟雾
歇,心喜锦翎齐。宛转乌呈彩,婆娑凤欲栖。何言资羽族,在地得
天倪。应笑翰音者,终朝饮败醯。

题都城南庄

去年今日此门中,人面桃花相映红。人面不知一作只今何处在,桃
花依旧笑春风。《太平广记》云:初护举进士不第,清明独游都城南。得村居,花木
丛萃。叩门久,有女子自门隙问之。对曰:"寻春独行,酒渴求饮。"女子启关,以盂水
至,独倚小桃柯伫立,而意属殊厚。崔辞〔去〕(起),送至门,如不胜情而入。后绝不复
至。及来岁清明,径往寻之,户扃无人,因题此诗于左扉。后数日,复往寻之,有老父出
曰:"吾女笄年,知书,未适人。自去年已来,常恍惚若有所失。比日与之出,及归,见左
扉有字,读之,入门而病。遂绝食,数日死。得非君耶,杀吾女?"持崔大哭。崔感恸,请
入临。见其女俨然在床,举其首,枕其股,哭而祝曰:"某在斯。"须臾,开目复活。老父
大喜,遂以女归之。

晚　鸡

黯黯严城罢鼓鼙,数声相续出寒栖。不嫌惊破纱窗梦,却恐为奴半
夜啼。

全唐诗卷三六九

李　翱

　　李翱,字习之。中贞元进士第,调校书郎。元和初,为国子博士、史馆修撰。迁考功员外郎,除朗、庐二州刺史,入为谏议大夫。知制诰,改中书舍人。会昌中,终山南东道节度使。诗七首。

赠药山高僧惟俨二首

　　时刺朗州。一本无二首二字,第二首题云再赠。

　　练得身形似鹤形,千株松下两函经。我来问道无馀说,云在青霄水在瓶。

　　选得幽居惬野情,终年无送亦无迎。有时直上孤峰顶,月下披云啸一声。

赠毛仙翁

　　紫霄仙客下三山,因救生灵到世间。龟鹤计年承甲子,冰霜为质驻童颜。韬藏休咎传真箓,变化荣枯试小还。从此便教尘骨贵,九霄云路愿追攀。

拜禹歌 并序

　　贞元十五年六月二十九日，陇西李翱敬拜于禹之堂下。自宾阶升，北面立，弗敢叹，弗敢祝，弗敢祈。退，降，复敬，再行，哭而归。且歌曰：惟天地之无穷兮，哀生人之常勤。往者吾弗及兮，来者吾弗闻。已而，已而。

广 庆 寺

传者不足信，见景胜如闻。一水远赴海，两山高入云。鱼龙晴自戏，猿狖晚成群。醉酒斜阳下，离心草自薰。

奉酬刘言史宴光风亭

闻馀春早景沉沉，褉饮风亭恣赏心。红袖青娥留永夕，汉阴宁肯羡山阴。

戏 赠 诗

县君好砖渠，绕水恣行游。鄙性乐疏野，凿地便成沟。两岸值芳草，中央漾清流。所尚既不同，砖凿可自修。从他后人见，境趣谁为幽。

皇甫湜

　　皇甫湜，字持正，新安人。元和中擢进士第，为陆浑尉，仕至工部郎中。裴度辟为判官。集三卷，今存诗三首。

题浯溪石

次山有文章,可惋只在碎。然长于指叙,约洁有馀态。心语适相
应,出句多分外。于诸作者间,拔戟成一队。中行虽富剧,粹美若
一作君可盖。子昂感遇佳,未若君雅裁。退之全而神,上与千载对。
李杜才海翻,高下非可概。文与一作于一气间,为物莫与大。先王
路不荒,岂不仰吾辈。石屏立衙衙,溪口扬素濑。我思何人知,徙
倚如有待。

石佛谷

〔澶漫〕(漫澶)太行北,千里一块石。平腹有壑谷,深广数百尺。土
僧何为者,老草毛发白。寝处容身宪,足膝隐成迹。金仙琢灵象,
相好倚北壁。花座五云扶,玉毫六虚射。文人留纪述,时事可辨
析。鸟迹巧均分,龙骸极癯瘠。枯松间槎枿,猛兽恣腾掷。蜡螺
虫食纵一作踪,悬垂露凝滴。精艺贯古今,穷岩谁爱惜。托师禅诵
馀,勿使尘埃积。

出世篇

生当为大丈夫,断羁罗,出泥涂。四散号叫,〔傲扰〕(扰傲)无隅。埋
之深渊,飘然上浮。骑龙披青云,泛览游八区。经太山,绝大海,一
长吁。西摩月镜,东弄日珠。上括天之门,直指帝所居。群仙来迎
塞天衢,凤皇鸾鸟灿金舆。音声嘈嘈满太虚,旨饮食兮照庖厨。食
之不饫饫不尽,使人不陋复不愚。旦旦狎玉皇,夜夜御天姝。当御
者几人,百千为番,宛宛舒舒,忽不自知。支消体化膏露明,湛然无
色茵席濡。俄而散漫,〔斐〕(裴)然虚无。翕然复抟,抟久而苏。精
神如太阳,霍然照清都。四肢为琅玕,五脏为璠玙。颜如芙蓉,顶

为醍醐。与天地相终始,浩漫为欢娱。下顾人间,溷粪蝇蛆。

樊宗师

樊宗师,字绍述,河中人。始为国子主簿。元和中,擢军谋宏远科,授著作佐郎。历金部郎中,绵、绛二州刺史。进谏议大夫,未拜,卒。诗七百六十九篇。今存一首。

蜀绵州越王楼诗 并序

绵之城,帝猲撒。掀明威,弥石硝。驰涪濑,左陵凌一作(凌凌)红穓,簪天地(一作池)。送行癸壬,且掬跎踢于西北。蟠红颜(一作颇)青,越王贞故为楼。重轩叠飞,门明窗蒙伞。寨寨予始登,谓日月昏晓,可窥其背。雷电合,风云遇(一作遘),霜辛露酸,星辰介行,鬼神变化。草木显(一作颂),绣髻衔,蓑芰皆可察极。既紫视共江带,又极视其土冈。断暴远近,山嵫嵫若阒之束(一作东皇)。天原开,见荆山。我其黄(音衔,一作黄)河,洞(一作晌)然为曲直。泪雨落,不可掩。因口其心曰,无害若(一作苦)其自(一作目)果星星。过归果星星,过归尚悲,不能解。重为诗以释,益不可。顾谓郡中诸君,能无有以以华艳,其念蓄(一作缀)云。

危楼倚天门,如阗星辰宫。榱薄龙虎怪,泂泂绕雷风。徂秋试登临,大霮屯乔空。不见西北路,考怀益雕穷。石濑薄溅溅,上山杳穹穹。昔人创一作怆为逝,所适酡颜红。今我兹之来,犹校成岁功。辍田植科亩,游圃歌芳丛。地财无丛厚,人室安取丰。既乏富庶能,千万惭文翁。

卢 储

卢储,贞元间人。擢进士第一,诗二首。

催　妆

李翱典郡江淮，储以进士投卷。翱置几案间，其女见之，谓小青衣曰："此人必为状头。"翱闻，选以为婿。明年，果第一人及第。

昔年将去玉京游，第一仙人许状头。今日幸为秦晋会，早教鸾凤下妆楼。

官舍迎内子有庭花开 一作题芍药。一作迎内子题庭花。

芍药斩新栽，当庭数朵开。东风与拘束，留待细君来。

皇甫松

皇甫松，湜之子，自称檀栾子。诗十三首。

古松感兴

皇天后土力，使我向此生。贵贱不我均，若为天地情。我家世道德，旨意匡文明。家集四百卷，独立天地经。寄言青松姿，岂羡朱槿荣。昭昭大化光，共此遗芳馨。

怨回纥歌

白首南朝女，愁听异域歌。收兵颉利国，饮马胡芦河。毳布腥膻久，穹庐岁月多。雕巢城上宿，吹笛泪滂沱。

江上送别

祖席驻征棹，开帆候信潮。隔筵桃叶泣，吹管杏花飘。船去鸥飞阁，人归尘一作鹿上桥。别离惆怅泪，江路湿红蕉。

采莲子二首

菡萏香连十顷陂,小姑贪戏采莲迟。晚来弄水船头湿,更脱红裙裹鸭儿。

船动湖光滟滟秋,贪看年少信船流。无端隔水抛莲子,遥被人知半日羞。

抛球乐

红拨一声飘,轻球坠越绡。带翻金孔雀,香满绣蜂腰。少少抛分数,花枝正索饶。

金蹙花球小,真珠绣带垂。几回冲蜡烛,千度入春怀。上客终须醉,觥杯自乱排。

劝僧酒

劝僧一杯酒,共看青青山。醋然万象灭,不动心印一作即闲。

登郭隗台

燕相谋在兹,积金黄巍巍。上者欲何颜,使我千载悲。

杨柳枝词二首

烂漫春归水国时,吴王宫殿柳丝垂。黄莺长叫空闺畔,西子无因更得知。

春入行宫映翠微,玄宗侍女舞烟丝。如今柳向空城绿,玉笛何人更把吹。

浪淘沙二首

滩头细草接疏林,浪恶罾船半欲沉。宿鹭眠洲非旧浦,去年沙觜是江心。

蛮歌豆蔻北人愁,松雨蒲风野艇秋。浪起鸂鶒眠不得,寒沙细细入江流。

句

夜入真珠室,朝游玳瑁宫。《纪事》载:松为牛僧孺表甥,不相荐举。因襄阳大水,极言诽谤。真珠乃牛爱姬也。

马　异

马异,河南人。与卢仝友善。诗四首。

送皇甫湜赴举

马蹄声特特,去入天子国。借问去是谁,秀才皇甫湜。吞一作含吐一腹文,八音兼五色。主文有崔李,郁郁为朝德。青铜镜必明,朱丝绳必直。称意太平年,愿子长相忆。

贞 元 旱 岁

赤地炎都寸草无,百川水沸煮虫鱼。定应焦烂无人救,泪落三篇古尚书。

暮春醉中寄一作赠李干秀才

欢异一作喜且交亲,酒生开一作生开一瓮春。不须愁犯卯,且乞醉过申。折草为筹箸,铺花作锦裀。娇莺解言语,留客也殷勤。

答卢仝结交诗

有鸟自一作今南翔,口衔一书扎,达我山之维。开缄金玉焕陆离,乃是卢仝结交诗。此诗峭绝天边格,力与文星色相射。长河拔作数条丝,太华磨成一拳石。莫嗟独笑一作秀无往还,月中芳桂难追攀。况值乱邦不平年,回陵倒谷如等闲。与君俯首大艰阻,喙长三尺不得语。因君今日形章句。羡狝猴兮一作子著衣裳,悲蚯蚓兮一作子安翅羽。上天不识一作失察,仰我为辽或作僚天失所,将吾剑兮切淤泥,使良骥兮捕老鼠。昨日脱身卑贱笼,卯星借与老人峰。抱锄剧一作筑地芸芝术,偃盖参天旧有松,术一作我与松兮保身世。卧居居兮起于于一作吁吁,漱潺潺兮聆嗫嗫。道在其中可终岁,不教辜负尧为帝。烧我荷衣摧我身,回看天地如砥平。钢刀刲骨不辞去,卑一作毕躬君子今明明。俯首辞山心惨恻,白云虽好恋不得。看云且拟直须臾,疾风又卷西飞翼。为报覃怀心一作新结交,死生富贵存后凋。我心不畏朱公叔,君意须防刘孝标。以胶投漆苦不早,就中相去万里道。河水悠悠山之间,无由把袂摅怀抱。忆仝吟能文一作文能,洽臭成兰薰。不知何处清风夕,拟使张华见陆云。

全唐诗卷三七〇

吕　温

　　吕温,字和叔,一字化光,河中人。贞元末,擢进士第。因善王叔文,再迁为左拾遗,以侍御史使吐蕃,元和元年乃还。柳宗元等皆坐叔文贬,温独免。进户部员外郎,与窦群、羊士谔相昵。群为御史中丞,荐温知杂事,士谔为御史,宰相李吉甫持之不报。温乘间奏吉甫阴事,诘辩皆妄,贬均州刺史。议者不厌,再贬道州。久之,徙衡州卒。集十卷,内诗二卷,今编诗二卷。

白云起封中诗 题中用韵,六十字成。

封开白云起,汉帝坐斋宫。望在泥金上,疑生秘玉中。攒柯初缭绕,布叶渐蒙笼。日观祥光合,天门瑞气通。无心已出岫,有势欲凌风。倘遣成膏泽,从兹遍大空。

终南精舍月中闻磬声诗 题中用韵,六十字成。

月峰禅室掩,幽磬静昏氛。思入空门妙,声从觉路闻。泠泠满虚壑,杳杳出寒云。天籁疑难辨,霜钟谁可分。偶来游法界,便欲谢人群。竟夕听真响,尘心自解纷。

青出蓝诗 题中有韵，限四十字成。

物有无穷好，蓝青又出青。朱研未一作方比德，白受始成形。袍袭宜从政，衿垂可问经。当时不采撷，作色几飘零。

奉和李相公早朝于中书候传点偶
书所怀奉呈门下武相公中书郑相公

禁门留骑吹，内省正衣冠。稍辨旂常色，尚闻钟漏残。九天炉气一作焰暖，六月玉声寒。宿雾开霞观，晨光泛露盘。致君期反朴，求友得如兰。政自一作出同归理，言成共不刊。准绳临百度，领袖映千官。卧鼓流沙静，飞航涨海安。尽规酬主意，偕赋代交欢。雅韵人间满，多惭窃和难。

奉和武中丞秋日台中寄怀
简诸僚友 时西蕃使回，奉命追和。

圣朝思纪律，宪府得中贤。指顾风行地，仪形月丽天。不仁恒自远，为政复何先。虚室唯生白，闲情一作门却草玄。迎霜红叶早，过雨碧一作绿苔鲜。鱼乐翻秋水，乌声隔暮烟。旧游多绝席，感物遂成篇。更许穷荒谷，追歌白雪前。

吐蕃别一作列馆和周十一郎中
杨七录事望白水山作

纯精结奇状，皎皎天一涯。玉嶂拥清气，莲峰开白花。半岩晦云雪，高顶澄烟霞。朝昏一作暮对宾馆，隐映如仙家。凤闻蕴孤尚，终欲穷幽遐。暂因行役暇，偶得志所嘉。明时无外户，胜境即中华。况今舅甥国，谁道隔流沙。

奉和张舍人阁中直夜思
闻雅琴因书事通简僚友

迢递天上直,寂寞丘中琴。忆尔山水韵,起予仁智心。凝情在正
始,超想疏烦襟。凉生子夜后,月照禁垣深。远风霭兰气,微露清
桐阴。方袭缊衣庆,永奉南薰吟。

和舍弟惜花绝句 时蕃中使回

去年无花看,今年未看花。更闻飘落尽,走马向谁家。

和恭听晓笼中山鹊

掩〔抑〕(仰)中天意,凄怆触笼音。惊晓一闻处,伤春千里心。

和舍弟让笼中鹰

未用且求安,无猜也不残。九天飞势在,六月目〔睛〕(晴)寒。动触
樊笼倦,闲消肉食难。主人憎恶鸟,试待一呼看。

同恭夏日题寻真观李宽中秀才书院

闭一作闲院开轩笑语阑,江山并入一壶宽。微风但觉杉香满,烈日
方知竹气寒。披卷最宜生白室,吟诗好就步虚坛。愿君此地攻文
字,如炼仙家九转丹。

同舍弟恭岁暮寄晋州李六协律三十韵

古人犹悲秋,况复岁暮时。急景迫流念,穷阴结长悲。阳乌下西
岭,月鹊惊南枝。揽衣步霜砌,倚杖临冰池。悒悒若有失,悄悄良
不怡。忽闻晨起吟,宛是同所思。有美壮感激,无何远栖迟。摧藏

变化用,掩抑扶摇姿。时杰岂虚出,天道信可欺。巨川望汔济,寒谷待潜吹。剑匣益精利,玉韬一作韫宁磷缁。戒哉轻沾诸,行矣自宠之。伊我抱微尚,仲氏即心期。讨论自少小,形影相差池。比来胸中气,欲耀天下奇。云雨沛萧艾,烟阁双萎蕤。几年困方枘,一旦迷多岐。道因穷理悟,命以尽性知。事去类绝弦,时来如转规。伊吕偶然得,孔墨徒尔为。早行多露悔,强进触藩羸。功名岂身利,仁义非吾私。万物自身一作生化,一夫何驱驰。不如任行止,委命一作分安所宜。劝君休感叹,与予陶希夷。明年郊天后,庆泽岁华滋。曲水杏花雪,香街青柳丝。良时且暂欢,樽酒聊共持。闲过漆园叟,醉看五陵儿。寄言思隐一作所思处,不久来相追。

青海西寄窦三端公

时同事弗同,穷节厉阴风。我役流沙外,君朝紫禁中。从容非所羡,辛苦竟何功。但示酬恩路,浮生任转蓬。

蕃中拘留岁馀回至陇石先寄城中亲故

蓬转星霜改,兰陔色养违。穷泉百死别,绝域再生归。镜数成丝发,囊收扙血衣。酬恩有何力,只弃一毛微。

吐蕃别一作列馆卧病寄朝中诸友

星汉纵横车马喧,风摇玉佩烛花繁。岂知羸卧穷荒外,日满深山一作山头犹闭门。

吐蕃别一作列馆中和日寄朝中僚旧

清时令节千官会,绝域穷山一作荒一病夫。遥想满堂欢笑处,几人缘一作似我向西隅。

及第后答潼关主人

本欲云雨化,却随波浪翻。一沾太常第,十过潼关门。志力且虚弃,功名谁复论。主人故一作固相问,惭〔笑〕(暂)不能言。

河中城南姚家浴后题赠主人

新浴振轻衣,满堂寒月色。主人有美酒,况是曾相识。

看浑中丞山桃花初有他
客不通晚方得入因有戏赠

朝来驻马香街里,风度遥闻语笑声。无事闭门教日晚,山桃落尽不胜情。

赠　友　人

南山双乔松,擢本皆千寻。夕流膏露津,朝被青云阴。负雪出深涧,摇风倚高岑。明堂久不构,云干何森森。匠意方雕巧,时情正夸淫。生材会有用,天地岂无心。

道州夏日郡内北桥新亭书怀赠何元二处士

结构池梁上,登临日几回。晴空交密叶,阴岸积苍苔。爽气中央满,清风四面来。振衣生羽翰,高枕出尘埃。齐物鱼何乐,忘机鸟不猜。闲销炎昼静,选胜火云开。僻远宜屏性,优游赖废材。愿为长泛梗,莫作重然灰。守道穷非过,先时动是灾。寄言徐孺子,宾榻且徘徊。

道州弘道县主簿知县三年颇著廉慎
秩满县阙申使请留将赴衡州题其厅事

为理赖同力,陟明非所任。废田方垦草,新柘未成阴。术浅功难就,人疲感易深。烦君驻归棹,与慰不欺心。

道州将赴衡州酬别江华毛令

此人好书破百姓布绢头,及妄行杖。

布帛精粗任土宜,疲人识信一作性每先一作相期。明朝别后无他嘱,虽是蒲鞭也莫施。

道州夏日早访荀一作苗参军林园敬酬见赠

高眠日出始开门,竹径旁通到后园。陶亮横琴空有意,任棠置水竟无言。松窗宿翠含风薄,槿援一作院朝花带露繁。山郡本来车马少,更容相访莫辞喧。

道州敬酬何处士怀郡楼月夜之作

清质悠悠素彩融,长川一作天迥一作回陆合一作向为空。佳人甚近山城闭,夏一作一夜相望水镜中。

道州敬酬何处士书情见赠

意气曾倾四国豪,偶来幽寺息尘劳。严陵钓处江初满,梁甫吟时月正高。新识几人知杞梓,故园何岁长蓬蒿。期君自致青云上,不用伤心叹二毛。

戏赠灵澈上人

僧家亦有芳春兴，自是禅心一作心源无滞境。君看池水湛然时，何曾一作时不受花枝影。

二月一日是贞元旧节有感绝句寄

黔南窦三洛阳卢七一作寄窦三任黔南卢七任洛阳

同事一作侍先皇立玉墀，中和旧节又支离。今朝各自看花处，万里遥知掩泪时。

初发道州答崔三连州题海阳亭见寄绝句

吏中习隐好跻攀，不扰疲人便自闲。闻说殷勤海阳事，令人转忆舜祠山。

答 段 秀 才

尽日看花君不来，江城半夜与一作为君开。楼中共指南园火，红烬随花落碧苔。

宗礼欲往桂州苦雨因以戏赠

农人辛苦绿苗齐，正爱梅天水满堤。知汝使车行意速，但令骢一作骏马著鄣泥。

道州奉寄襄阳裴相公

悠悠世路自浮沉，岂问一作闻仁贤待物心。最忆过时留宴处，艳歌催酒后亭深。

全唐诗卷三七一

吕　温

吐蕃别一作列馆月夜

三五穷荒月,还应照北堂。回身向暗卧,不忍见圆光。

望 思 台 作

浸润成宫蛊,苍黄弄父兵。人情疑始变,天性感还生。宇县犹能洽,闺门讵不平。空令千载后,凄怆望思名。

孟冬蒲津关河亭作

息驾非穷途,未济岂迷津。独立大河上,北风来吹人。雪霜自兹始,草木当更新。严冬不肃杀,何以见阳春。

巩 路 感 怀

马嘶白日暮,剑鸣秋气来。我心浩一作眇无际,河上空徘徊。

题梁宣帝陵二首

即雠终自嗣,覆国岂为雄。假号孤城里,何殊一作如在甬东。祀夏功何薄,尊周义不成。凄凉庾信赋,千载共伤情。

岳阳怀古

晨飙发荆州，落日到巴丘。方知刭刿利，可接鬼神游。二湖豁南浸，九派驶东流。襟带三千里，尽在岳阳楼。忆昔斗群雄，此焉争上游。吴昌屯虎旅，晋盛鹜龙舟。宋齐纷祸难，梁陈成寇雠。钟鼓长震耀，鱼龙不得休。风雪一萧散，功业忽如浮。今日时无事，空江满白鸥。

道州途中即事

零桂佳山水，〔荥〕(荣)阳旧自一作日同。经途看不暇，遇境说难穷。叠嶂青时合，澄湘漫处空。舟移明镜里，路入画屏中。岩壑千家接，松萝一径通。渔烟一作灯生缥缈，犬吠隔笼葱。戏鸟留馀翠，幽花咨一作悦晚红。光翻沙濑日，香散橘园风。信美非吾土，分忧属贱躬。守愚资地僻，恤隐望年丰。且保心能静，那求政必工。课终如免戾，归养洛城东。

登少陵原望秦中诸川太原王至德妙用一本无用字有水术因用感叹

少陵最高处，旷望极秋空。君山喷清源，脉散秦川中。荷锸自一作动成一作成云雨，由来非鬼工。如何盛明代，委弃伤豳风。泾灞徒络绎，漆沮虚会同。东流滔滔去，沃野飞秋蓬。大禹平水土，吾人得其宗。发机回地势，运思与天通。早欲献奇策，丰财叙西戎。岂知年三十，未识大明宫。卷尔出岫云，追吾入冥鸿。无为学惊俗，狂醉哭途穷。

奉敕祭南岳十四韵

皇家礼赤帝,谬获司风域。致斋紫盖下,宿设祝融侧。鸣涧惊宵寐,清猿递时刻。澡洁事夙兴,簪佩思尽_{一作昼}饰。危坛象岳趾,秘殿翘翚翼。登拜不遑愿_{一作顾},酌献皆累息。赞道仪匪繁,祝史词甚直。忽觉心魂悸,如有精灵逼。漠漠云气生,森森杉柏黑。风吹虚箫韵,露洗寒玉色。寂寞有至公,馨香在明德。礼成谢邑吏,驾言归郡职。憩桑访蚕事,遵畴课农力。所愿风雨时,回首瞻南极。

经河源军汉村作

行行忽到旧河源,城外千家作汉村。樵采未侵征虏墓,耕耘犹就破羌屯。金汤天险长全设,伏腊华风亦暗存。暂驻单车空下泪,有心无力复何言。

题河州赤岸桥

左南桥上见河州,遗老相依赤岸头。匝塞歌钟_{一作中}受恩者,谁怜被发哭东流。

题 阳 人 城

忠驱义感即风雷,谁道南方乏武才。天下起兵诛董卓,长沙子弟最先来。

晋王龙骧墓

虎旗龙舰顺长_{一作天}风,坐引全吴入掌中。孙皓小儿何足取,便令千载笑争功。

题石勒城二首

长驱到处积人头,大旆连营压上游。建业乌栖何足问,慨然归去王
中州。

天生杰异固难驯,应变摧枯若有神。夷甫自能疑倚啸,忍将虚诞误
时一作吴人。

刘郎浦口号

吴蜀成婚此水浔,明珠步障幄黄金。谁将一女轻天下,欲换刘郎鼎
峙心。

自江华之衡阳途中作

孤棹迟迟怅有违,沿湘数日逗晴晖。人生随分为忧喜,回雁峰南是
北归。

吐蕃别一作列馆送杨七录事先归

愁云重拂地,飞雪乱遥程。莫虑前山暗,归人正眼一作眼自明。

奉送范司空赴朔方 得游字

筑坛登上将,膝席委前筹。虏灭南侵迹,朝分北顾忧。抗旌回广
漠,抚剑动旄头。坐见黄云暮,行看白草秋。山横旧秦塞,河绕古
灵州。戍一作善守如无一作兵家,又作知兵。事,惟应猎骑游。

送文畅上人东游

随缘聊振锡,高步出东城。水止一作月上无恒地,云行不计程。到
时为彼岸,过处即前生。今日临岐别,吾徒自有情。

喜俭北至送宗礼南行

洞庭舟始泊,桂江帆又开。魂从会处断,愁向笑中来。惆怅看残景,殷勤祝此杯。衡阳刷羽待,成取一行回。

送段九秀才归澧州

湘南孤白芷,幽托在清浔。岂有<small>一作在</small>馨香发,空劳知处深。摧贤路已隔,赈乏力不<small>一作弗</small>任。惭我一言分,贞君千里心。寸义薄联组,片诚敌兼金。方期践冰雪,无使弱思侵。

衡州送李十一兵曹赴浙东

慷慨视别剑,凄清<small>一作凉</small>泛离琴。前程楚塞断,此恨<small>一作别,一作别恨。</small>洞庭深。文字已久废,循良非所任。期君碧云上,千里一扬音。

临洮送袁七书记归朝

<small>时袁生作僧,蕃人呼为袁师。</small>

忆年十五在江湄,闻说平凉且半疑。岂料殷勤洮水上,却将家<small>一作归</small>信托<small>一作寄</small>袁师。

江陵酒中留别坐客

寻常纵恣倚青春,不契心期便不亲。今日烟波九疑去,相逢尽是眼中人。

道州酬送何山人之容州

匣有青萍简<small>一作笥</small>有书,何门不可曳长裾。应须定取真知者,遣对明君说子虚。

道州送戴简处士往贺州谒杨侍郎

羸马孤童鸟道微,三千客散独南归。山公念旧偏知我,今日因君泪满衣。

春日游郭驸马大安亭子

戚里容闲客,山泉若化成。寄游芳径好,借赏彩船轻。春至花常满,年多水更清。此中如传舍,但自立功名。

楚州追制后舍弟直一作在长安县失囚花下共饮

天子收郡印,京兆责狱囚。狂兄与狂弟,不解对花愁。

衡州岁前游合江亭见山樱蕊未折因赋含彩吝惊春

山樱先春发,红蕊满霜枝。幽处竟谁见,芳心空自知。似夺朝日照,疑畏暖风吹。欲问含彩意,恐惊轻薄儿。

衡州登楼望南馆临水花呈房戴段李诸公

夭桃临方塘,暮色堪秋思。托根岂求润,照影非自媚。胃挂青柳丝,零落绿钱地。佳期竟一作意何许,时有幽禽至。

合江亭槛前多高竹不见远岸花客命翦之感而成咏

吉凶岂前卜,人事何翻覆。缘看数日花,却翦凌霜竹。常言契君操,今乃妨众目。自古病当门,谁言出幽独。

道州春游欧阳家林亭

道州城北欧阳家,去郭一里占烟霞。主人虽朴甚有思,解留满地红桃花。桃花成泥不须扫,明朝更访桃源老。政成兴足告即一作即告,又作则告。归,门前便是家山道。

衡州早春偶游黄溪口号

偶寻黄溪日欲没,早梅未尽山樱发。无事江城闭此身,不得坐待花间月。

衡州夜后把火看花留客

红芳暗一作暖落碧池头,把火遥看且一作更少留。半夜忽然风更起,明朝不复上南楼。

夜后把火看花南园招李 十一兵曹不至呈座上诸公

夭桃红烛正相鲜,傲吏闲斋困独眠。应是梦中飞作蝶,悠扬只在此花前。

顺宗至德大圣大安孝皇帝挽歌词三首

遐视轻神宝,传归属圣猷。尧功终有待,文德本无忧。坐受朝汾水,行看告岱丘。那知鼎成后,龙驭弗淹留。

监抚垂三纪,声徽洽万方。礼因驰道著,明自垦田彰。积渐承鸿业,从容守太康。更留园寝诏,恭听有馀芳。

早秋同轨至,晨旆露华滋。挽度千夫咽,笳凝六马迟。剑悲长闭日,衣望出游时。风起西陵树,凄凉满孝思。

咏蜀客石琴枕

可怜他山石,几度一作岁负贞坚。推迁强为用,雕斫伤自然。文含巴江浪,色起青城烟。更闻馀玉声,时入朱丝弦。

河南府试赎帖赋得乡饮酒诗

酌言修旧典,刘楚始登堂。百拜宾仪尽,三终乐奏长。想同莺出谷,看似雁成行。礼罢知何适,随云入帝乡。

赋得失群鹤

杳杳冲天鹤,风排势暂违。有心长自负,无伴可相依。万里宁辞远,三山讵忆归。但令毛羽在,何处不翻飞。

道州南楼换柱

鸿灾起无朕,有见非前知。蚁入不足恤,柱倾何可追。良工操斤斧,沉吟方在斯。殚材事朽废,曷若新宏规。

道州北池放鹅

我非好鹅癖,尔乏鸣雁姿。安得免沸鼎,澹然游清池。见生不忍食,深情固在斯。能自远飞去,无念稻粱为。

回 风 有 怀

银宫翠岛烟霏霏一作菲菲,珠树玲珑朝日晖。神仙望见不得到,却逐回风何处归。

蕃中答退浑词二首

退浑种落尽在,而为吐蕃所鞭挞。有译者诉情于予,故以此答之。

退浑儿,退浑儿,朔风长在气何衰。万群铁马从奴虏,强弱由人莫叹时。

退浑儿,退浑儿,冰消青海草如丝。明堂天子朝万国,神岛龙驹将与谁。

上官昭容书楼歌

贞元十四年,友人崔仁亮于东都买得《研神记》一卷。有昭容列名书缝处,因用感叹而作是歌。

汉家婕妤唐昭容,工诗能赋千载同。自言才艺是天真,不服丈夫胜妇人。歌阑舞罢闲无事,纵恣优游弄文字。玉楼宝架中天居,缄奇秘异万卷馀。水精编帙绿钿轴,云母捣纸黄金书。风吹一作飘花露清旭时,绮窗高挂红绡帷。香囊盛烟绣结络,翠羽拂案青一作碧琉璃。吟披啸卷终一作纷无已,皎皎渊机破一作碎研理。词紫彩翰紫鸾回,思耿寥天碧云起。碧云起,心悠哉,境深转苦坐自摧一作催。金一作玉梯珠履声一断,瑶阶日夜生青苔。青苔秘空一作闲九关,曾比群玉山。神仙杳何许,遗逸满人间。君不见洛阳南市卖书肆,有人买得研神记。纸上香多蠹不成,昭容题处犹分明,令人惆怅难为情。

闻砧有感

千门俨云端,此地富罗纨。秋月三五夜,砧声满长安。幽人感中怀,静听泪汍澜。所恨捣衣者,不知天下寒。

早觉有感 一作怀

东方殊未明,暗室虫正飞。先觉忽先起,衣裳颠倒时。严冬寒漏长,此夜如何其。不用思秉烛,扶桑有清晖。

冬日病中即事

墙下长安道,嚣尘咫尺间。久牵身外役,暂得病中闲。背喜朝阳满,心怜暮鸟还。吾庐在何处,南有白云山。

病中自户部员外郎转司封

嬴卧承新命,优容获所安。遣儿迎贺客,无力拂尘冠。偃仰晴轩暖,支离晓镜寒。那堪报恩去,感激对衰兰。

久病初朝衢中即事

沉疴旷十旬,还过直城闉。老马犹知路,嬴童欲怕人。久骖三径计,更强百年身。许国将何力,空生衣上尘。

道州城北楼观李花

夜疑关山月,晓似沙场雪。曾使西域来,幽情望超越。将念浩无际,欲言忘所说。岂是花感人 一作感怀抱,自怜抱孤节。

道州秋夜南楼即事

谁念 一作怜,又作令。独坐愁,日暮此南楼。云去舜祠闭,月明潇水流。猿声何处晓,枫叶满山秋。不分 一作照匣中镜,少年看白头。

道州观野火

南风吹烈火,焰焰烧楚泽。阳景当昼迟一作连,阴天半夜赤。过处若彗扫,来时如电激。岂复辨萧兰一作艾,焉能分玉石。虫蛇尽烁烂,虎兕出一作亦奔迫。积秽一一作皆荡除,和气始融液。尧时既敬授,禹稼斯肇迹一作植。遍生合颖禾,大秀两岐麦。家有京坻咏,人无沟壑戚。乃悟焚如功,来岁终受益。

衡州早春二首

碧水何逶迤,东风吹沙一作春草。烟波千万一作里曲,不辨嵩阳道。病肺不饮酒,伤心不看花。惟惊望乡处,犹自隔长沙。

郡内书怀寄刘连州窦夔州

朱邑何为者,桐乡有古祠。我心常所慕,二郡老人知。

偶然作二首

栖栖复汲汲,忽觉年四十。今朝满衣泪一作泪满衣,不是伤春泣。中夜兀然坐,无言空涕洟。丈夫志气事,儿女安得知。

古　兴

越欧百炼时,楚卞三泣地。二宝无人识,千龄皆弃置。空岩起白虹,古狱生紫气。安得命世客,直来开奥秘。剑任荆钟看,玉从投火试。必能绝疑惑,然后论奇异。

风　咏

微风生青蘋,习习出金塘。轻摇深林翠,静猎幽径芳。掩抑时未

来，鸿毛亦无伤。一朝乘严气，万里号清霜。北走摧邓林，东去落
扶桑。扫却垂天云，澄清无私光。悠然返空寂，晏海通舟航。

镜中叹白发

年过潘岳才三岁，还见星星两鬓中。纵使他时能早达，定知不作黑
头公。

友人邀听歌有感

文章抛尽爱功名，三十无成白发生。辜负壮心羞欲死，劳君贵买断
肠声。

贞元十四年旱甚见权门移芍药花

绿原青垅渐成尘，汲井一作水开园日日新。四月带花移芍药，不知
忧国是何人。

冬 夜 即 事

百忧攒心起复卧，夜长耿耿不可过。风吹雪片似花落，月照冰文如
镜破。

道州郡斋卧疾寄东馆诸贤

东池送客醉年华，闻道风流胜习家。独卧郡斋寥落意一作处，隔帘
微雨湿梨花。

读小弟诗有感因口号以示之

忆吾一作君未冠赏年华，二十年间在咄嗟。今来羡汝看花岁，似汝
追思昨日花。

读 句 践 传

丈夫可杀不可羞,如何送我海西头。更生更聚终须报,二十年间死即休。

道州月叹 追述蕃中事,与道州对言之。

别馆月,犁牛冰河金山雪。道州月,霜树子规啼是血。壮心感此孤剑鸣,沉火在灰殊未灭。

风 叹

青海风,飞沙射面随惊蓬。洞庭风,危墙欲折身若空。西驰南走有何事,会须一决百年中。

道 州 感 兴

当代知文字,先皇记姓名。七年天下立,万里海西行。苦节终难辨,劳生竟自轻。今朝流落处,啸水绕孤城。

和李使君三郎—作兄弟早秋城北亭宴崔司士因寄关中张评事

黄花古城路,上尽见青山。桑柘晴川口,牛羊落照间。野情随卷幔,尘事隔重关。道合偏重赏,官微独不闲。鹤分琴久罢,书到雁应还。为谢登临客,琼林—作枝寄一攀。

题从叔园林

阮宅闲园暮,窗中见树阴。樵歌依野草,僧语过长林。鸟向花间井,人弹竹里琴。自嫌身未老,已有住山心。

送僧归漳州

几夏京城住,今朝独远归。修行四分律,护净七条衣。溪寺黄橙熟,沙田紫芋肥。九龙潭上路,同去客应稀。

全唐诗卷三七二

孟 郊

孟郊,字东野,湖州武康人。少隐嵩山,性介,少谐合。韩愈一见为忘形交。年五十,得进士第,调溧阳尉。县有投金濑、平陵城,林薄蒙翳,下有积水。郊间往坐水旁,裴回赋诗,曹务多废。令白府以假尉代之,分其半奉。郑馀庆为东都留守,署水陆转运判官。馀庆镇兴元,奏为参谋。卒,张籍私谥曰贞曜先生。郊为诗有理致,最为愈所称。然思苦奇涩,李观亦论其诗曰:高处在古无上,平处下顾二谢云。集十卷,今编诗十卷。

列女 一作妇操

梧桐相待老,鸳鸯会双死。贞女贵徇夫,舍生亦如此。波澜誓不起,妾心井中水。

灞上轻薄行

长安无缓步,况值天景暮。相逢灞浐间,亲戚不相顾。自叹方拙身,忽随轻薄伦。常恐失所避,化为车辙尘。此中生白发,疾走亦未 一作不 得歇。

长安羁旅行

十日一理发,每梳飞旅尘。三旬九过饮,每食唯旧贫。万物皆及时,独余不觉春。失名谁肯访,得意争相亲。直木有恬翼,静流无躁鳞。始知喧竞场,莫处君子身。野策藤竹轻,山蔬薇蕨新。潜歌归去来,事外风景真。

长 安 道

胡风激秦树,贱子风中泣。家家朱门开,得见不可入。长安十二衢,投树鸟亦急。高阁何人家,笙簧正喧吸。

送 远 吟

河水昏复晨,河边相送频。离杯有泪饮,别柳无枝春。一笑忽然敛,万愁俄已新。东波与西日,不惜远行人。

古 薄 命 妾

不惜十指弦,为君千万弹。常恐新声至一作发,坐使一作使我故声一作曲残。弃置今日悲,即是昨日欢。将新变故易,持一作将,一作变故为新难。青山有蘼芜,泪叶长不干。空令后代一作世人,采掇幽思攒一作思幽兰。

古离别 一作对景惜别

松山云缭绕,萍路一作合水分离。云去有归日,水分无合时。春芳一作芳景役双眼一作目,春色柔四支。杨柳织别愁,千条万条丝。

杂怨 一作古乐府杂怨

忆人莫至悲，至悲空自衰。寄人莫剪衣，剪衣未必归。朝为双一作
同蒂花，莫为四散飞。花落还绕树，游子不顾期。
夭桃花清晨，游女红粉新。夭桃花薄暮，游女红粉故。树有百年一
作度花，人无一定颜。花送人老尽，人悲花自闲。
贫女镜不明，寒花日一作日花少容。暗蚕有虚织，短线无长缝。浪
水不可照，狂夫不可从。浪水多散影，狂夫多异踪。持此一生薄，
空成万一作百恨浓。

静 女 吟

艳女皆妒色，静女独检踪。任礼耻任妆，嫁德不嫁容。君子易求
聘，小人难自从。此志谁与谅，琴弦幽韵重。

归 信 吟

泪墨洒为书，将寄万里亲。书去魂亦去，兀然空一身。

山 老 吟

不行山下地，唯种山上田。腰斧斫旅松，手瓢汲家泉。讵知文字
力，莫记日月迁。蟠木为我身，始得全天年。

游子吟 自注：迎母溧上作。

慈母手中线，游子身上衣。临行密密缝，意恐迟迟归。谁言一作难
将寸草心，报得三春晖。

小 隐 吟

我饮不在醉,我欢长寂然。酌溪四五盏,听弹两三弦。炼性静栖白一作日,洗情深寄玄一作塞渊。号怒路傍子,贪败不贪全。

苦 寒 吟

天寒色一作色寒青苍,北风叫枯桑。厚冰无裂文,短日有冷光。敲石不得火,壮阴夺正一作正夺阳。苦调竟一作更何言,冻一作久吟成此章。

猛 将 吟

拟脍楼兰肉,蓄怒时未扬。秋鼙无退声,夜剑不隐光。虎队手驱出,豹篇心卷藏。古今皆有言,猛将出北方。

伤 哉 行

众毒蔓贞松,一枝难久荣。岂知黄庭客,仙骨生不成。春色舍芳蕙,秋风绕枯茎。弹琴不成曲,始觉知音倾。馆月改旧照,吊宾写馀情。还舟空江上,波浪送铭旌。

怨　诗 一作古怨

试妾与君泪,两处滴池水。看取芙蓉花,今年为谁死。

湘 弦 怨

昧者理芳草,蒿一作萧兰同一锄。狂一作盲飙怒一作怨秋林,曲直同一枯。嘉木忌深蠹,哲人悲巧诬。灵均入回流,靳尚为良谟。我愿分众泉,清浊各异一作有渠。我愿分众巢,枭鸾相远居。此志谅难保,此情竟何如。湘弦少知音,孤响空踟蹰。

楚竹吟酬卢虔端公见和湘弦怨

握中有新声,楚竹人未闻。识音者谓谁,清^{一作静}夜吹赠君。昔为
潇湘引,曾动潇湘云。一叫凤改听^{一作聪},再惊鹤失^{一作出}群。江花
匪秋落,山日当昼曛。众浊响杂沓,孤清思氛氲。欲知怨有^{一作者}
形,愿向明月分。一掬灵均泪,千年湘水文。

远　愁　曲

飘飖何所从,遗冢行未逢。东西不见人,哭^{一作泣}向青青松。此地
有时尽,此哀无处容。声翻太白云,泪洗蓝田峰。水涉七八曲,山
^{一作石}登千万重。愿邀^{一作回}玄夜月^{一作灵},出视白日踪。

贫女词寄从叔先辈简

蚕^{一作贫}女非不勤,今年独无春。二月冰雪深,死尽万木身。时令
自逆行,造化岂不仁。仰企碧霞仙,高控沧海云。永别劳苦场,飘
飖游无垠。

边　城　吟

西城^{一作域}近日^{一作水}天,俗禀气候偏。行子独自渴,主^{一作居}人仍卖
泉。烧烽碧云外,牧马青坡巅。何处鹊突^{一作作幽}梦,归思寄仰^{一作}
酒眠。

新平歌送许问

边柳三四尺,暮春^{一作莫奏}离别歌。早回儒士驾,莫饮土番河。谁
识匣^{一作箧}中宝,楚云章句多。

杀气不在边

杀气不在边，凛然中国秋。道险不在山，平地有摧辀。河南一作中又起兵，清浊俱锁流。岂唯私客艰，拥滞官行舟。况余隔晨昏，去家成阻修。忽然两鬓雪，同一作固是一日愁。独寝夜难晓，起视星汉浮。凉风荡天地，日夕声飗飗。万物无少色，兆人皆老忧。长策苟未立，丈夫一作志士诚可羞。灵响复何事，剑鸣思戮雠。

结　爱 一作古结爱

心心复心心，结爱务在深。一度欲离一作言别，千回结衣襟。结妾独守一作栖志，结君早归意。始知结衣裳，不如结心肠。坐结行亦结，结尽百年月。

弦 歌 行

驱傩击鼓吹长笛，瘦鬼染面惟齿白。暗中崒崒拽茅鞭，裸足朱裈一作禅行戚戚。相顾笑声冲庭燎，桃弧射矢时独叫。

覆 巢 行

荒城古木枝多枯，飞禽嗷嗷朝哺雏。枝倾巢覆雏坠地，乌鸢下啄更相呼。阳和发生均孕育，鸟兽有情知不足。枝危巢小风雨多，未容长成已先覆。灵枝珍木满上林，凤巢阿阁重且深。尔今所托非本地，乌鸢何得同一作知尔心。

出 门 行

长河悠悠去无极，百龄同此可叹息。秋风白露沾人衣，壮心凋落夺一作旧颜色。少年出门将诉谁，川无梁兮路无岐。一闻陌上苦寒奏,使我伫立惊且悲。君今得意厌粱肉,岂复念我贫贱时。

海风萧萧天雨霜,穷愁独坐夜何长。驱车旧忆太行险,始知游子悲
故乡。美人相思隔天阙,长望云端不可越。手持琅玕欲有赠,爱而
不见心断绝。南山峨峨白石烂,碧海之波浩漫漫。参辰出没不相
待,我欲横天无羽翰。

湘妃怨 一作湘灵祠

南巡竟不返,二妃一作帝子怨一作悲逾积。万里丧蛾眉,潇湘水空碧。
冥冥荒山下,古庙收贞魄。乔木深青春,清光满一作肃瑶席。搴芳
徒有一作自荐,灵意殊脉脉。玉珮不可亲,徘徊烟波夕。

巫 山 曲

巴江上峡重复重,阳台碧峭十二峰。荆王猎时逢暮雨,夜卧高丘梦
神女。轻红流烟湿艳姿,行云飞去明星稀。目极魂断望不见,猿啼
三声泪滴衣。

巫山高 一作行

见尽数万里,不闻三声猿。但飞萧萧雨,中有一作郁亭亭魂。千载
楚王一作襄恨,遗文宋玉言。至今晴明天一作青冥里,云结深闺门。

楚 怨

秋入楚江水,独照汨罗魂。手把绿一作芰荷泣,意愁珠泪翻。九门
不可入,一犬吠千门。

塘 下 行

塘边日欲斜,年少早还家。徒将白羽扇,调妾木兰花。不是城头

树,那栖来去鸦。

临 池 曲

池中春蒲叶如带,紫菱成角莲子大。罗裙蝉鬓倚－作寄迎风,双双伯劳飞向东。

车 遥 遥

路喜到江尽,江上又通舟。舟车两无阻,何处不得游。丈夫四方志,女子安可留。郎自别日言,无令生远愁。旅雁忽叫月,断猿寒啼秋。此夕梦君梦,君在百一作北城楼。寄一作寒泪无因一作回波,寄恨无因一作回辋。愿为驭者手,与郎回马头。

征 妇 怨

良人昨日去,明月又不圆。别时各有泪,零落青楼前。君泪濡罗巾,妾泪满路尘。罗巾长一作去在手,今得随妾身。路尘如得一作因风,得上君车轮。前四句,一本别作一首。
渔阳千里道,近如中门限。中门逾有时,渔阳长在眼。生在绿一作丝罗一作梦下,不识渔阳道。良人自戍来,夜夜梦中到。前四句,一本别作一首。

空 城 雀

一雀入官仓,所食宁损几。只虑往覆频,官仓终害尔。鱼网不在天,鸟罗不张水。饮啄要自然,可以空城里。

闲 怨 一作闺怨

妾恨比斑竹,下盘烦冤根。有笋未出土,中已含泪痕。

羽 林 行

朔雪寒断指，朔风劲裂冰。胡中射雕者，此日犹不能。翩翩羽林儿，锦臂飞苍鹰。挥鞭快－作决白马，走出黄河凌。

古 意

河边织女星，河畔牵牛郎。未得渡清浅，相对遥相望。

古 别 离

欲别牵郎衣，郎今到何处。不恨归来迟，莫向临邛去。

游 侠 行

壮士性刚决，火中见石裂。杀人不回头，轻生如暂别。岂知眼有泪，肯白头上发。半一作平生无恩酬，剑闲一百月。

黄 雀 吟

黄雀舞承尘，倚恃主人仁。主人忽不仁，买弹弹尔身。何不远飞去，蓬蒿正繁新。蒿粒无人争，食之足为珍。莫觑翻车粟，觑翻罪有因。黄雀不知言，赠之徒殷勤。

有 所 思

桔槔烽火昼不灭，客路迢迢信难越。古镇刀攒万片霜，寒江浪起千堆雪。此时西去定如何，空使南心远凄切。

求 仙 曲

仙教生为门，仙宗静为根。持心若一作苦妄求，服食安足论。铲惑有灵药,饵真成本源。自当出尘网,驭凤登一作升昆仑。

婵　娟　篇

花婵娟,泛春泉。竹婵娟,笼晓烟。妓婵娟,不长妍。月婵娟,真可怜。夜半姮娥朝太一,人间本自无灵匹。汉宫承宠不多时,飞燕婕妤相妒嫉。

南　浦　篇

南浦桃花亚水红,水边柳絮由春风。鸟鸣喈喈烟濛濛,自从远送对悲翁。此翁已与少年别,唯忆深山深谷中。

清　东　曲

樱桃花参差,香雨红霏霏。含笑一作笑笑竞攀折,美人湿罗衣。采采清东曲,明眸艳珪玉。青巾编上郎,上下看不足。南阳公一作宫首词,编入新乐录。

望　远　曲

朝朝候归信,日日登高台。行人未去植庭梅,别来三见庭花开。庭花开尽复几时,春光骀荡阻佳期。愁来望远烟尘隔,空怜绿鬓风吹白,何当归见远行客。

全唐诗卷三七三

孟 郊

织妇—作女辞

夫是田中郎,妾是田中女。当年嫁得君,为君秉机杼。筋力日已疲,不息窗下机。如何织纨素,自著蓝缕衣。官家榜村路,更索栽桑树。

古 意

荡子守边戍,佳人莫相从。去来年月多,苦愁改形容。上山复下山,踏草成古踪。徒言采蘼芜,十度一不逢。鉴独是明月,识志唯寒松。井桃始开花,一见悲万重。人颜不再春,桃色有再浓。捐一作指气入空房,无惘乍一作自从容。启贴理针线,非独学裁缝。手持未染彩,绣为白芙蓉。芙蓉无染污,将以表心素。欲寄未归人,当春无信去。无信反增愁,愁心缘陇头。愿君如陇水,冰镜水还流。宛宛青丝线一作绳,纤纤白玉钩。玉钩不亏缺,青丝无断绝。回还胜双手,解尽心中结。

折 杨 柳

杨柳多短枝,短枝多别离。赠远屡攀折,柔条安得垂。青春有定节,离别无定时。但恐人别促,不怨来迟迟。莫言短枝条,中有长相思。朱颜与绿杨,并在别离期。

楼上春风过,风前杨柳歌。枝疏缘别苦,曲怨为年多。花惊燕地云,叶映楚池波。谁堪别离此,征戍在交河。

和丁助教塞上吟

哭雪复吟雪,广文丁夫子。江南万里寒,曾未及如此。整顿气候谁,言从生灵始。无令恻隐者,哀哀不能已。

古　怨　别

飒飒秋风生,愁人怨离别。含情两相向,欲语气先咽。心曲千万端,悲来却难说。别后唯所思,天涯共明月。

古　别　曲

山川古今路,纵横无断绝。来往天地间,人皆有离别。行衣未束带,中肠已先结。不用看镜中,自知生白发。欲陈去留意,声向言前咽。愁结填心胸,茫茫若为一作为君说。荒郊烟莽苍,旷野风凄切。处处得相随,人那不如月。

戏赠陆大夫十二丈 一作乐府戏赠陆大夫十二丈

莲子不可得,荷一作莲花生水中。犹胜道傍柳,无事一作时荡春风。渌萍与荷叶,同此一作在一水一作泉中。风吹荷叶在,渌萍西复东。莲叶未一作花不开时,苦心终日卷。春水一作风徒荡漾,荷一作莲花未开展。

劝善吟 醉会中赠郭行馀

瘦郭有志气,相哀老龙钟。劝我少吟诗,俗窄难尔容。一口百味别,况在醉会中。四座正当喧,片言何由通。顾余昧时调,居止多疏慵。见书眼始开,闻乐耳不聪。视听互相隔,一身且莫同。天疾难自医,诗癖将何攻。见君如见书,语善千万重。自悲咄咄感,变作烦恼翁。烦恼不可欺,一作不可欺古剑古剑涩亦雄。知君方少年,少年怀古风。藏书挂屋脊,不惜与凡聋。我愿拜少年,师之学崇崇。从他笑为矫,矫善亦可宗。

望 夫 石

望夫石,夫不来兮江水碧。行人悠悠朝与暮,千年万年色如故。

寒 江 吟

冬至日光白,始知阴气凝。寒江波浪冻一作急,千里无平冰。飞鸟绝高羽,一作树,一作去。行人皆晏兴。荻洲素浩渺,碕岸渐崚嶒。烟舟忽自阻,风帆不相乘。何况异形体,信任为股肱。涉江莫涉凌,得意须得朋。结交非贤良,谁免生爱憎。冻水有再浪,失飞有载腾。一言纵丑词,万响无善应。取鉴谅不远,江水千万层。何当春风吹,利涉吾道弘。

审 交

种树须择地,恶土变木根。结交若失人,中道生谤言。君子芳桂性,春荣冬一作浓寒更繁。小人槿花心,朝在夕不存。莫蹑冬冰坚,中有潜浪翻。唯当金石交,可以一作与贤达论。

怨　别

一别一回老,志士白发早。在富易为容,居贫难自好。沉忧损性灵,服药亦枯槁。秋风游一作客子衣,落日行远道。君问一作问君去何之一作住踪,贱身难一作宁自保。

百　忧

萱草女儿花,不解壮士忧。壮士心是剑,为君射斗牛。朝思除国雠一作难,暮思除国雠。计尽山河画,意穷草木筹。智士日千虑,愚夫唯四愁。何必在波涛,然后惊一作生沉浮。伯伦心不醉,四皓迹难留。出处各有时,众议徒啾啾。

路　病

病客无主人,艰哉求卧难。飞光赤道路,内火焦肺肝。欲饮井泉竭,欲医囊用单。稚颜能几日,壮志忽已残。人子不言苦,归书但云一作言安。愁环在我肠,宛转终无端。

衰　松

近世交道衰,青松落颜色。人心忌孤直,木性随改易。既摧栖日干,未展擎天力。终是君子材,还思君子识。

遣　兴

弦贞五条音一作五音调,松直百尺心。贞弦含古风,直松凌高岑。浮声与狂葩,胡为欲相侵。

退 居 一作退老

退身何所食一作何食可，败力不能一作得闲。种稻耕白水，负薪斫青山。众听喜巴唱，独醒愁楚颜。日暮静归时，幽幽扣松关。

卧 病

贫病诚可羞，故床无新裘。一作贫病对客羞，数整蓝缕裘。春色烧肌肤，时餐苦咽喉。倦寝意蒙昧，强言声幽柔。承颜自俯仰，有泪不敢流。默默寸心中，朝愁续莫愁。

隐 士

本末一相返，漂浮一作泊不还真。山野多饿士，市井无饥人。虎豹忌当道，麋鹿知藏身。奈何贪竞者，日与患害亲。颜貌岁岁改，利心朝朝新。孰知富生一作者祸，取富不取贫。宝玉忌出璞，出璞先为尘。松柏忌出山，出山先为薪。君子隐石壁，道书为我邻。寝兴思其一作载义一作源，澹泊味始真。陶公自放归，尚平去一作正有依。草木择地生，禽鸟顺性飞。青青与冥冥，所保各不违。

独 愁 一作独怨，一作赠韩愈。

前日远别离，昨日生白发。欲知万里情，晓卧半床月。常恐百虫鸣，使我芳草歇。

春 日 有 感

雨滴草芽出，一日长一日。风吹柳线垂，一枝连一枝。独有愁人颜，经春如等闲。且持酒满杯，狂歌狂笑来。

将见故人

故一作佳人季夏中，及此百馀日。无日不相思，明镜改形色一作质。
宁知仲冬时，忽有相逢期。振衣起踯躅，赪鲤跃天池。

伤　时

常闻贫贱士之常，嗟尔一作草木富者莫相笑。男儿得路即荣名，邂
逅失途成不调。古人结交而重义，今人结交而重利。劝人一种种
桃李，种亦直须遍天地。一生不爱嘱人事，嘱即直须为生死。我亦
不羡季伦富，我亦不笑原宪贫。有财有势即相识，无财无势同路
人。因知世事皆一作只如此，却向东溪卧白云。

寓　言

谁言碧山曲，不废青松直。谁言浊水泥，不污明月色。我有松月
心，俗骋风霜力。贞明既如此，摧折安可得。

偶　作

利剑不可近，美人不可亲。利剑近伤手，美人近伤身。道险不在
广，十步能摧轮。情爱一作忧不在多，一夕能伤神。

劝　学

击石乃有火，不击元无烟。人学始知道，不学非自然。万事须己
运，他得非我贤。青春须早为，岂能长少年。

赠 农 人

劝尔勤耕田，盈尔仓中粟。劝尔伐桑株，减尔身上服。清霜一委

地, 万草色不绿。狂飙一入林, 万叶不著木。青春如不耕, 何以自结束。

长安早春

旭日朱楼光, 东风不惊一作起尘。公子醉未起, 美人争探春。探春不为桑, 探春不为麦。日日出西园, 只望花柳色。乃知田家春, 不入五侯宅。

罪　松

虽为青松姿, 霜风何所宜。二月天下树, 绿于青松枝。勿谓贤者喻, 勿谓愚者规。伊吕代封爵, 夷齐终身饥。彼曲既在斯, 我正实在兹。泾流合渭流, 清浊各自持。天令设四时, 荣衰有常期。荣合随时荣, 衰合随时衰。天令既不从, 甚不敬天时。松乃不臣木, 青青独何为。

感　兴

拔心草不死, 去根柳亦荣。独有失意人, 恍然无力行。昔为连理枝, 今为断弦声。连理时所重, 断弦今所轻。吾欲进孤舟, 三峡水不平。吾欲载车马, 太行路峥嵘。万物根一气, 如何互相倾。

感　怀

秋气悲万物, 惊风振长道。登高有所思, 寒雨伤百草。平生有亲爱, 零落不相保。五情今已伤, 安得自能老。

晨登洛阳坂, 目极天茫茫。群物归大化, 六龙颓西荒。豺狼日已多, 草木日已霜。饥年无遗粟, 众鸟一作马去空场。路傍谁家子, 白首离故乡。含酸望松柏, 仰面诉穹苍。去去勿复道, 苦饥形貌伤。

徘徊不能寐,耿耿含酸辛。中夜登高楼,忆我旧星辰。四时互迁
移,万物何时春。唯忆首阳路,永谢当时人。

长安佳丽地,宫月生蛾眉。阴气凝万里,坐看芳草衰。玉堂有玄
鸟,亦以从此辞。伤哉志士叹,故国多迟迟。深宫岂无乐,扰扰复
何为。朝见名与利,莫还生是非一作是与非。姜牙佐周武,世业永巍
巍。

举才天道亲,首阳谁采薇。去去荒泽远,落日当西归。羲和驻其
轮,四海借馀晖。极目何萧索,惊风正离披。鸱鸮鸣高树,众鸟相
因依。东方有一士,岁暮常苦饥。主人数相问,脉脉今何为。贫贱
亦有乐,且愿掩一作守柴扉。

火云流素月,三五何明明。光曜侵白日,贤愚迷至精。四时更变
化,天道有亏盈。常恐今已没,须臾还复生。

河梁暮相遇一作逢,草草不复言。汉家正离乱,王粲别荆蛮。野泽
何萧条,悲风振空山。举头是星辰,念我何时还。亲爱久别散,形
神各离迁。未为生死诀,长在心目间。

有鸟东西来,哀鸣过我前。愿飞浮云外,饮啄见青天。

达　士

四时如逝水,百川皆东波。青春去不还一作回,白发镊更多。达人
识元化一作气,变愁为高歌。倾产取一醉,富者奈贫何。君看土中
宅,富贵一作已矣无偏颇。

暮 秋 感 思

西风吹垂杨,条条脆如藕。上有噪日蝉,催人成皓首。亦恐旅步
难,何独朱颜丑一作朽。欲慰一时心,莫如千日酒。

优哉遵渚鸿,自得养身旨。不〔啄〕(喙)太仓粟,不饮方塘水。振羽

戞浮云,置罗任徒尔。

古　兴

楚血未干衣,荆虹尚埋辉。痛玉不痛身,抱璞求所归。

劝　友

至白涅不缁,至交淡不疑。人生静躁殊,莫厌相箴规。胶漆武可接,金兰文可思。堪嗟无心人,不如松柏枝_{一作青松姿}。

夷门雪赠主人 是赠陆长源,陆有答诗。

夷门贫士空吟雪,夷门豪士皆饮酒。酒声欢闲入雪销,雪声激切悲枯朽。悲欢不同归去来,万里春风动江柳。

尧　歌

一作舜歌。前篇自注:赏郑氏庄客去妇。后篇注逸。

尔室何不安,尔孝无与齐。一言应对姑,一度为出妻。往辙才晚钟,还辙及晨鸡。往还迹徒新,很戾竟独迷。娥女无礼数,污家如粪泥。父母吞声哭_{一作瘦},禽鸟亦为啼。如何天与恶,不得和鸣栖。山色挽心肝,将归尽日看。村肩篮舆子,野坐白发官_{一作冠}。莺弄方短短,花明碎攒攒。琉璃堆可掬,琴瑟饶多欢。翠韵仙窈窕,岚漪出无端。养馆洞庭秋,响答虚吹弹。

全唐诗卷三七四

孟　郊

乱　离

天下无义剑，中原多疮痍。哀哀陆大夫，正直神反欺。子路已成血，嵇康今尚嗤。为君每一恸，如剑在四肢。折羽不复飞，逝水不复归。直松摧高柯，弱蔓将何依。朝为春日欢，夕为秋日悲。泪下无尺寸，纷纷天雨丝。积怨成疾疹，积恨成狂痴。怨草岂有边，恨水岂有涯。怨恨驰我心，茫茫日何之。

劝　酒

白日无定影，清江无定波。人无百年寿，百年复如何。堂上陈美酒，堂下列清歌。劝君金曲—作屈卮，勿谓朱颜酡。松柏岁岁茂，丘陵日日多。君看终南山，千古青峨峨。

去　妇

君心匣中镜，一破不复全。妾心藕中丝，虽断犹牵连。安知御轮士，今日翻回辕。一女事一夫，安可再移天。君听去鹤言，哀哀七丝弦。

君子勿郁郁士有谤毁者作诗以赠之

君子勿郁郁,听我青蝇歌。人间少平地,森耸山岳多。折辀不在道,覆舟不在河。须知一尺水,日夜增高波。叔孙毁仲尼,臧仓掩孟轲。兰艾不同香,自然难为和。良玉烧不热,直竹文不颇。自古皆如此,其如道在何。

日往复不见,秋堂暮仍学。玄发不知白,晓入寒铜觉。为林未离树,有玉犹在璞。谁把碧梧枝,刻作云门乐。

闻　砧

杜鹃声不哀,断猿啼不切。月下谁家砧,一声肠一绝。杵声不为客,客闻发自一作尽白。杵声不为衣,欲令游子归。

游　子

萱草生堂阶,游子行天涯。慈亲倚堂门,不见萱草花。

自　叹

愁与发相形,一愁白数茎。有发能几多,禁愁日日生。古若不置兵,天下无战争。古若不置名,道路无欹倾。太行耸巍峨,是天产不平。黄河奔浊浪,是天生不清。四蹄日日多,双轮日日成。二物不在天,安能免营营。

求　友

北风临大海,坚冰临河面。下有大波澜,对之无由见。求友须在良,得良终相善。求友若非良,非良中道变。欲知求友心,先把黄金炼。

投所知

苦心知苦节，不容一毛发。炼金索坚贞，洗玉求明洁。自惭所业微，功用如鸠拙。何殊嫫母颜，对彼寒塘月。君存古人心，道出古人辙。尽美固可扬，片善亦不遏。朝向公卿说，暮向公卿说。谁谓黄钟管，化为君子舌。一说清嶰竹，二说变嶰谷。三说四说时，寒花拆寒木。晔晔家道路，灿灿我衣服。岂直辉友朋，亦用慰骨肉。一暖荷匹素，一饱荷升粟。而况大恩恩，此身报得足。且将食檗劳，酬之作金刀。

病客吟

主人夜呻吟，皆入妻子心。客子一作远客昼呻吟，徒为虫鸟音。妻子手中病，愁思不复深。僮仆手中病，忧危独难任。丈夫久漂泊，神气自然沉。况于滞疾中，何人免嘘嗽。大海亦有涯，高山亦有岑。沉一作此忧独无极，尘泪互一作欲盈襟。

感怀

孟冬阴气交，两河正屯兵。烟尘相驰突，烽火日夜惊。太行险阻高，挽粟输连营。奈何操弧者，不使枭巢倾。犹闻汉北儿，怙乱谋纵横。擅摇干戈柄，呼叫豺狼声。白日临尔躯，胡为丧丹诚。岂无感激士，以致天下平。登高望寒原，黄云郁峥嵘。坐驰悲风暮，叹息空沾缨。

离思

不寐亦不语，片月秋稍举。孤鸿忆霜群，独鹤叫云侣。怨彼浮花心，飘飘无定所。高张系缍帆，远过梅根渚。回织别离字，机声有酸楚。

结　交

铸镜须青铜,青铜易磨拭。结交远小人,小人难姑息。铸镜图鉴微,结交图相依。凡铜不可照,小人多是非。

伤　春

两河春草海水清,十年征战城郭腥。乱兵杀儿将女去,二月三月花冥冥。千里无人旋风起,莺啼燕语荒城里。春色不拣墓傍株,红颜皓色逐春去。春去春来那得知,今人看花古人墓,令人惆怅山头路。

择　友

兽中有人性,形异遭人隔。人中有兽心,几人能真识。古人形似兽,皆有大圣德。今人表似人,兽心安可测。虽笑未必和,虽哭未必戚。面结口头交,肚里生荆棘。好人常直道,不顺世间逆。恶人巧谄多,非义苟且得。若是效真人,坚心如铁石。不谄亦不欺,不奢复不溺。面无吝色容,心无诈忧惕。君子大道人,朝夕恒的的。

夜　忧

岂独科斗死,所嗟文字捐。蒿蔓转骄弄一作王,菱荇减婵娟。未遂摆鳞志,空思吹浪旋。何当再霖雨,洗濯生华鲜。

惜　苦

于鹄值谏议,以球不能官。焦蒙值舍人,以杯不得完一作官。可惜大雅旨,意此小团栾。名回不敢辨,心转实是难。不惜为君转,转非君子观。转之复转之,强转谁能欢。哀哉虚转言,不可穷波澜。

寒地百姓吟

自注:为郑相,其年居河南,畿内百姓大蒙矜恤。

无火炙地眠,半夜皆立号。冷箭何处来,棘针风骚劳一作骚。霜吹破四壁,苦痛不可逃。高堂搥钟饮,到晓闻烹炮。寒者愿为蛾,烧死彼华膏。华膏隔仙罗,虚绕千万遭。到头落地死,踏地为游遨。游遨者是谁,君子为郁陶。

出 东 门

饿马骨亦耸,独驱出东门。少年一日程,衰叟十日奔。寒景不我为,疾走落平原。眇默荒草行,恐惧夜魄翻。一生自组织,千首大雅言。道路如抽茧,宛转羁肠繁。

教 坊 歌 儿

十岁小小儿,能歌得朝一作闻天。六十孤老人,能诗独临川。去年西京寺,众伶集讲筵。能嘶竹枝词,供养绳床禅。能诗不如歌,怅望三百篇。

访 疾

冷气入疮痛,夜来痛如何。疮从公怒生,岂以私恨多。公怒亦非道,怒消乃天和。古有焕辉句,嵇康闲婆娑。请君吟啸之,正气庶不讹。

酒 德

酒是古明镜,辗开小人心。醉见异举止,醉闻异声音。酒功如此多,酒屈亦以深。罪人免罪酒,如此可为箴。

冬　日

老人行人事,百一不及周。冻马四蹄吃,陟卓难自收。短景仄飞过,午光不上头。少壮日与辉,衰老日与愁。日一作自愁疑在日,岁箭迸如鎚。万事有何味,一生虚自囚。不知文字利,到死空遨游。

饥　雪　吟

饥乌夜相啄,疮声互悲鸣。冰肠一直刀,天杀无曲情。大雪压梧桐,折柴堕峥嵘。安知鸾凤巢,不与枭鸢倾。下有幸灾儿,拾遗多新争。但求彼失所,但夸此一作夸诞自经营。君子亦拾遗,拾遗非拾名。将补鸾凤巢,免与枭鸢并。因为饥雪吟,至晓竟一作意不平。

偷　诗

饿犬龁枯骨,自吃馋饥涎。今文与古文,各各称可怜。亦如婴儿食,饧桃口旋旋。唯有一点味,岂见逃景延。绳床独坐翁,默览有所传。终当罢文字,别著逍遥篇。从来文字净,君子不以贤。

晚　雪　吟

贫富喜雪晴,出门意皆饶。镜海见纤悉,冰天步飘飖。一一仙子行,家家尘声销。小儿击玉指,大耋歌圣朝。睿气流不尽,瑞仙何复寥。始知望幸色,终疑异礼招。市井亦清洁,闾阎耸岩峣。苍生愿东顾,翠华仍西遥。天念岂薄厚,宸衷多忧焦。忧焦致太平,以兹时比尧。古耳有未通,新词有潜韶。甘为酒伶俜,坐耻歌女娇。选音不易言,裁正逢今朝。今朝前古文;律异同一调。愿于尧琯中,奏尽郁抑谣。

自　惜

倾尽眼中力,抄诗过与人。自悲风雅老,恐被巴竹嗔。零落雪文字,分明镜精神。坐甘冰抱晚,永谢酒怀春。徒有言言旧,惭无默默新。始惊儒教误,渐与佛乘亲。

老　恨

无子抄文字,老吟多飘零。有时吐向床,枕席不解听。斗蚁甚微细,病闻亦清泠。小大不自识,自然天性灵。

湖州取解述情

雪水徒清深,照影不照心。白鹤未轻举,众鸟争浮沉。因兹挂帆去,遂作归山吟。

落　第

晓月难为光,愁人难为肠。谁言春物荣,独一作岂,一作起。见叶一作花上霜。雕鹗失势病一作鹤鹊飞失势,鸒鹈假一作改翼翔。弃置复弃置,情如刀剑一作刃伤。

咏　怀　一作咏情,一作感寓。

浊水心易一作已倾,明波兴初发。思逢海底人,乞取蚌中月。此兴若未谐,此心终不歇。

病 起 言 怀

强行寻溪一作净水,洗却残病姿。花景晼晚尽,麦风清泠吹。交道贱一作卧来见,世情贫去知。高闲思楚逸,澹泊一作浅薄厌齐儿。终伴碧山侣,结言青桂枝。

秋夕贫居述怀

卧冷无远梦,听秋酸别情。高枝低枝风,千叶万叶声。浅井一作水
不供饮,瘦田长废耕。今交非古交,贫语闻皆轻。

夜 感 自 遣

一作失志夜坐思归楚江,又作苦学吟。

夜学晓未休,苦吟神鬼愁。如何不自闲,心与身为雠。死辱片时
痛,生辱长年羞。清桂无直枝,碧江思旧游。

再 下 第

一夕九起嗟,梦短不到家。两度长安陌,空将泪见花。

下第东归留别长安知己

共照日月影,独为愁思人。岂知鹨鹑鸣一作鹨鹑等闲鸣,瑶草不得春。
一片两片云,千里万里身。云归嵩之阳,身寄江之滨。弃置复何
道,楚情吟白蘋。

失意归吴因寄东台刘复侍御

自念西上身,忽随东归风。长安日下影,又落江湖中。离娄岂不
明,子野岂不聪。至宝非眼别,至音非耳通。因缄俗一作物外词一作
调,仰一作远寄高天一作飞鸿。

下第东南行

越风东南清,楚日潇湘明。试逐伯鸾去,还作灵均行。江蓠伴我

泣，海月投人惊。失意容貌改，畏途性命轻。时闻丧侣猿，一叫千愁并一作生。

叹　命

三十年来命，唯藏一卦中。题诗还问一作怨问，一作还怨。易，问易蒙复蒙。本望文字达，今因文字穷。影孤别离月，衣破道路风。归去不自息，耕耘成楚农。

远　游

慈乌不远飞，孝子念先归。而我独何事，四时心有违。江海恋空积，波涛信来稀。长为路傍食一作客，著尽家中衣。别一作烈剑不割物，离人难作威。远行少僮仆，驱使无是非。为性玩好尽，积愁心绪微。始知时节驶，夏一作爱日非长辉。

商 州 客 舍

商山风雪壮，游子衣裳单。四望失道路，百忧攒肺肝。日短觉易老，夜长知至寒。泪流潇湘弦，调苦屈宋弹。识声今所易，识意古所难。声意今讵一作竟谁辨，高明鉴其端。

长 安 旅 情

尽说青云路，有足皆可至。我马亦四蹄，出门似无地。玉京十二楼，峨峨倚青翠。下有千朱门，何门荐孤士。

长 安 羁 旅

听乐别离中，声声入幽肠。晓泪滴楚瑟，夜魄绕吴乡。几回羁旅情，梦觉残烛光。

渭上思归

独访千里信，回临千里河。家在一作住吴楚乡，泪寄东南一作流波。

登科后

昔日龌龊不足夸，今朝放一作旷荡思无涯。一作今日坦然未可涯。春风一作春青得意马蹄疾，一日看尽长安花。

初于洛中选

尘土日易没，驱驰力无馀。青云不我与，白首方选书。宦途事非远，拙者取自疏。终然恋皇邑，誓以结吾庐。帝城富高门，京路绕一作饶胜居。碧水走龙蛇一作状，蜿蜒绕庭除。寻常异方客，过此亦踟蹰。

乙酉岁舍弟扶侍归兴义庄居后独止舍待替人

谁言旧居止，主人忽成客。僮仆强与言，相惧终脉脉。出亦何所求，入亦何所索。饮食迷精粗，衣裳失宽窄。回风卷闲簟，新月生空壁。士有百役身，官无一姓宅。丈夫耻自饰，衰须从飒白。兰交早已谢，榆景徒相迫。惟予心中镜，不语光历历。

西斋养病夜怀多感因呈上从叔子云

远客夜衣薄，厌眠待鸡鸣。一床空月色，四壁秋蛩声。守淡遗众俗，养疴念馀生。方全君子拙，耻学小人明。蚊蚋亦有时，羽毛各有成。如何骐骥迹，踡跼未能行。西北有平路，运来无相轻。

全唐诗卷三七五

孟　郊

秋　怀

孤骨夜难卧，吟虫相唧唧。老泣无涕洟，秋露为滴沥。去壮暂如
剪，来衰纷似织。触绪无新心，丛悲有馀忆。讵忍逐南帆，江山践
往昔。

秋月颜色冰_{去声}，老客志气单。冷露滴梦破，峭风梳骨寒。席上印
病文，肠中转愁盘。疑怀无所凭，虚听多无端。梧桐枯峥嵘，声响
如哀弹。

一尺月透户，仡栗如剑飞。老骨坐亦惊，病力所尚微。虫苦贪_{一作}
_舍剪色，鸟危巢焚辉。孀娥理故丝_{一作烦绪}，孤哭_{一作坐}抽馀思_{一作噫}。
浮年不可追，衰步多夕归。

秋至老更贫，破屋无门扉。一片月落床，四壁风入衣。疏梦不复
远，弱心良易归。商葩将去_{一作老绿}，缭绕争馀辉。野步踏_{一作贱}事
少，病谋向物违。幽幽草根虫，生意与我微。

竹风相戛语，幽闺暗中闻。鬼神满衰听，恍惚难自分。商叶堕干
雨，秋衣卧单云。病骨可剸物，酸呻亦成文。瘦攒如此枯，壮落随
西曛。衰衰一线命，徒言系细缊。

老骨惧秋月，秋月刀剑棱。纤辉不可干，冷魂坐自凝。鶗雌巢空

镜,仙飙荡浮冰。惊步恐自翻,病大不敢凌。单床瘄皎皎,瘦卧心兢兢。洗河不见水,透浊为清澄。诗壮昔空说,诗衰今何凭。

老病多异虑,朝夕非一心。商虫哭衰运,繁响不可寻。秋草瘦如发,贞芳缀疏金。晚鲜讵几时,驰景还易阴。弱习徒自耻,莫知欲何任。露才一见谗,潜智早已深。防深不防露,此意古所箴。

岁暮景气干,秋风兵甲声。织织劳无衣,喓喓徒自鸣。商声耸中夜,蹇支废前行。青发如秋园,一剪不复生。少年如饿花,瞥见不复明。君子山岳定,小人丝毫争。多争多无寿,天道戒其盈。

冷露多瘁索,枯风晓<small>一作饶</small>吹嘘。秋深月清苦,虫老声粗疏。赪珠枝累累,芳金蔓舒舒。草木亦趣时,寒荣似春馀。悲彼<small>一作自悲</small>零落生,与我心何如。

老人朝夕异,生死每日中。坐随一啜安,卧与万景空。视短不到门,听涩讵逐风。还如刻削形,免有纤悉聪。浪浪谢初始,皎皎幸归终。孤隔文章友,亲密蒿莱翁。岁绿闵以黄,秋节进又<small>一作已</small>穷。四时既相迫,万虑自然丛。南逸浩淼际,北贫硗确中。曩怀沉遥江,哀思结秋嵩<small>一作蓬</small>。锄食难满腹,叶衣多丑躬。尘<small>一作粗</small>缕不自整,古吟将谁通。幽竹啸鬼神,楚铁生虬龙。志士多异感,运郁由邪衷。常思书破衣,至死教初童。习乐莫习声,习声多顽聋。明明胸中言,愿写为高崇。

幽苦日日甚,老力步步微。常恐暂下床,至门不复归。饥者重一食,寒者重一衣。泛广岂无涘,恣行亦有随<small>一作随</small>时。语中失次第,身外生疮痍。桂蠹既潜朽<small>一作污</small>,桂花损贞姿。詈言一失香,千古闻臭词。将死始前悔,前悔不可追。哀哉轻薄行,终日与驷<small>一作欲</small>驱驰。

流运闪欲尽,枯折皆相号。棘枝风哭酸,桐叶霜颜高。老虫干铁鸣,惊兽孤玉咆。商气洗<small>一作满</small>声瘦,晚阴驱景劳。集耳不可遏,噎神不可逃。塞行散馀郁,幽坐谁与曹。抽壮无一线,剪怀盈千刀。
清诗一作诗清既名朓一作郊,金菊亦姓陶。收拾昔所弃,咨嗟今比毛。
幽幽岁晏言,零落不可操。

霜气入病骨,老人身生冰。衰毛暗相刺,冷痛不可胜。嘒嘒伸一作
神至明,强强揽所凭。瘦坐形欲折,腹一作晚饥心将崩。劝药左右
愚,言语如见憎。耸耳噎神开,一作耸燕神气开。始知功用一作者能。
日中视馀疮,暗隙一作锁闻绳一作细蝇。彼嗅一何酷,此味半点凝。
潜毒尔无厌,馀生我堪矜。冻飞幸不远,冬令反心惩。出没各有
时,寒热苦一作莫相凌。仰谢调运翁,请命愿有征。

黄河倒上天,众水有却来。人心不及水,一直去不回。一直亦有
巧,不肯至蓬莱。一直不知疲,唯闻至省台。忍古不失古,失古志
易摧。失古剑亦折,失古琴亦哀。夫子失古泪,当时落灌灌。诗老
失古心,至今寒皑皑。古骨无浊肉,古衣如藓苔。劝君勉忍古,忍
古销尘埃。

詈言一作署剑不见血,杀人何纷纷。声如穷家犬,吠窦何闟闟。詈
痛幽鬼哭,詈侵黄金贫。言词岂用多,憔悴在一闻。古詈舌不死,
至今书云云。今人咏古书,善恶宜自分。秦火不焚舌,秦火空焚
文。所以詈更生,至今横细缊。

靖 安 寄 居

寄静不寄华一作哗,爱兹岵嵝居。渴饮浊清泉,饥食无名蔬。败菜
一作叶不敢火,补衣亦写书。古云俭成德,今乃实起予。戆叟戆不
足,贤人贤有馀。役生皆促促,心竟谁舒舒。万马踏风衢,众尘随
奔车。高宾尽不见,大道夜方虚。卧有洞庭梦,坐无长安储。英髦
空骇耳,烟火独微如。厚念恐伤性,薄田忆亲锄。承一作忙世不出
力,冬竹肯抽菹。外物莫相诱,约心誓从初。碧芳既似水,日日咏

归欤。

雪

忽然太行雪,昨夜飞入来。崚嶒堕庭中,严白何皑皑。奴婢晓开户,四肢冻徘徊。咽言词不成,告诉情状摧。官给未入门,家人尽以灰。意劝莫笑雪,笑雪贫为灾。将暖此残疾,典卖争致杯。教令再举手,夸曜馀生才。强起吐巧词,委曲多新裁。为尔作非夫,忍耻轰喝雷。书之与君子,庶免生嫌猜。

春愁

春物与愁客,遇时各有违。故花辞新枝,新泪落故衣。日暮两寂寞,飘然亦同归。

懊恼

恶诗皆得官,好诗空抱山。抱山冷殗殜,音擘，寒貌。终日悲颜颜。好诗更相嫉,剑戟生牙关。前贤死已久,犹在咀嚼间。以我残秒身,清峭养高闲。求闲未得闲,众诮瞋虩虩。

游城南韩氏庄

初疑潇湘水,锁在朱门中。时见水底月,一作有时池底山。动摇池上风。清气润竹林,白光连虚空。浪簇霄汉羽,岸芳金碧丛。何言数亩间,环泛路不穷。愿逐一作常慕神仙侣,飘然一作从兹汗漫通。

与二三友秋宵会话清上人院

何处山不幽,此中情又别。一僧敲一磬,七子吟秋月。激石泉韵清,寄枝风啸咽。泠然诸境静,顿觉浮累灭。扣寂兼探真,通宵讵能辍。

好鸟无杂栖,华堂有嘉携。琴樽互倾奏,歌赋相和谐。但嘉鱼水合,莫令云雨乖。一为鹍鸡弹,再鼓壮士怀。初景待谁晓,新春逐_{一作还}君来。愿言良友会,高驾不知回。

招文士饮

曹刘不免死,谁敢负年华。文士莫辞酒,诗人命属花。退之如放逐,李白自矜夸。万古忽将似,一朝同叹嗟。何言天道正,独使地形斜。南士愁多病,北人悲去家。梅芳已流管,柳色未藏鸦。相劝罢吟雪,相从愁饮霞。醒时不可过,愁海浩无涯。

陪侍御叔游城南山墅

夜坐拥肿亭,昼登崔巍岑。日窥万峰首,月见双泉心。松气清耳目,竹氛碧衣襟。伫想_{一作仰悲}琅玕字,数听枯槁吟。

登华岩寺楼望终南山赠林校书兄弟

地脊亚为崖,耸出冥冥中。楼根插迥云,殿翼翔危空。前山胎元气,灵异生不穷。势吞万象高,秀夺五岳雄。一望俗虑醒,再登仙愿崇。青莲三居士,昼景真赏同。

游终南山

南山塞天地,日月石上生。高峰夜留景,_{太白峰西,黄昏后见馀日。}深谷昼未明。山中人自正,路险心亦平。长风驱松柏,声拂万壑清。到此悔读书,朝朝近浮名。

游终南龙池寺

飞鸟不到处，僧房终南巅。龙在水长碧，雨开山更鲜。步出白日上，坐依清溪边。地寒松桂短，石险道路一作苔磴偏。晚磬送归客，数声落遥天。

南阳公请东樱桃亭子春宴

万木皆未秀，一林一作株先含春。此地独何力，我公布深仁。霜叶日舒卷，风枝远埃尘。初英濯紫霞，飞雨流清津。赏异出器杂，折芳积欢忻。文心兹焉重，俗尚安能珍。碧玉妆粉比，飞琼秾艳均。鸳鸯七十二，花态并相新。常恐遗秀志，迨兹广宴陈。芳菲争胜引，歌咏竟良辰。方知戏马会，永谢登龙宾。

游华山云台观

华岳独灵异，草木恒新鲜。山尽五色石，水无一色泉。仙酒不醉人，仙芝皆延年。夜闻明星馆，时韵女萝弦。敬兹不能寐，焚柏吟道篇。

喜与长文上人宿李秀才小山池亭

灯尽语不尽，主人庭砌幽。柳枝星影曙，兰叶露华浮。块岭笑群岫，片池轻众流。更闻清净子，逸唱颇难俦。

邀花伴　自注:时在朔方。

边地春不足，十里见一花。及时须邀游，日暮饶风沙。

石　淙 一作五淙十首

岩谷不自胜，水木幽奇多。朔风入空曲，泾一作径流无大波。迢递径一作逗难尽，参差势相罗。雪霜有时洗，尘土无由和。洁冷一作结吟诚未厌，晚步将如何。

出曲水未断，入山深更重。泠泠若仙语，皎皎多异容。万响不相杂，四时皆有一作自浓。日月互分照，云霞各生峰。久迷向方理，建兹峯前踪。

荒策每恣远，懯步难自回。已抱苔藓疾，尚凌潺湲隈。驿骥苦衔勒，笼禽恨摧颓。实力苟未足，浮夸信悠哉。顾惟非时用，静言还自咍。

朔水刀剑利，秋石琼瑶鲜。鱼龙气不腥，潭洞状更妍。磴雪入呀谷，掬星洒遥天。声忙一作迫不及韵，势疾多断涎。输去虽有恨，躁气一作翻一何颠。蜿蜒相缠掣，荦确亦回旋。黑草灌铁发，白苔浮冰钱。具一作其生此云遥，非德不可甄。何况被犀士，制之空以权。始知静刚猛，文教从来先。

空谷峯视听，幽湍泽心灵。疾流脱鳞甲，叠岸冲风霆。丹巇堕环景，霁波灼一作闪虚形。淙淙虺厚轴，棱棱攒高冥。弱栈跨旋碧，危梯倚凝青。飘飘一作飖鹤骨仙，飞动鳌背庭一作亭。常闻夸大言，下顾皆细萍。

百尺明镜流，千曲寒星飞。为君洗故物，有色如新衣。不饮泥土污，但饮雪霜饥一作肌。石棱玉纤纤，草色琼霏霏。谷砲有馀力，溪春亦多机。从来一智萌，能使众利归。因之山水中，喧然论是非。

入深得奇趣，升险为良蹄。搜胜有闻见，逃俗无踪蹊。穴流恣回转，窍景忘东西。懯兽鲜猜惧，罗人巧置罦。幽驰异处所，忍虑多端倪。虚获我何饱，实归彼非迷。斯文浪云洁，此旨谁得齐。

屑珠泻潺湲，裂玉何威瑰。若调千瑟弦，未果一曲谐。古骇毛发栗，险惊视听乖。二一作土老皆劲骨，风趋缘欹崖。地远有馀一作遗美，我游采弃一作奇怀。乘时幸勤鉴，前恨多幽霾。弱力谢刚健，蹇策贵安排。始知随事静，何必当夕斋。

昔浮南渡飙，今攀朔山景。物色多瘦削，吟笑还孤永。日月冻有棱，雪霜空无影。玉喷不生冰，瑶涡旋成井。潜角时耸光，隐鳞乍漂同。再吟获新胜，返步失前省。惬怀虽已多，惕虑未能整。颓阳落何处，升魄衔疏岭。

圣朝搜岩谷，此地多遗玩。怠惰成远游，顽疏恣灵一作虚观。劲飙刷幽视，怒水慑馀懦。曾是结芳一作茅诚，远兹勉流倦。冰条耸危虑，霜翠莹遐昒。物诱信多端，荒寻谅难遍。去矣朔之隅，脩然楚之甸。

游韦七洞庭别业

洞庭如潇湘，叠翠荡浮碧。松桂无赤日，风物饶清激。逍遥展幽韵，参差逗良觌。道胜不知疲，冥搜自无斁。旷然青霞抱，永矣白云适。崆峒非凡乡，蓬瀛在仙籍。无言从远尚，还思君子识。一作兹焉与之敌。波涛漱古岸，铿锵辨奇石。灵响非外求，殊音自中积。人皆走烦浊，君能致虚寂。何以祛扰扰，叩调清淅淅。既惧豪华损，誓从诗书益。一举独往姿，再摇飞遁迹。山深有变异，意惬无惊惕。采翠夺日月，照耀迷昼夕。松斋何用扫，萝院自然涤。业峻谢烦芜，文高追古昔。暂遥朱门恋，终立青史绩。物表易淹留，人间重离析。难随洞庭酌，且醉横塘席。

越中山水

日一作动，一作夕。觉耳目胜，我来山水州。蓬瀛若仿佛，田一作四野如泛浮。碧嶂几千绕,清泉一作源万馀流。莫穷合沓步,孰尽派别游。越水净难污,越天阴易收。气鲜无隐物,目视远更周。举俗一作族媚葱蒨,连冬撷芳柔。菱湖有馀翠,茗圃无荒畴。赏异忽已远,探奇诚淹留。永言终南色,去矣销人忧。

春集越州皇甫秀才山亭

嘉宾一作嘉诱,一作善友。在何处,置亭春山巅。顾余寂寞者,谬厕芳菲筵。视听日澄澈,声光坐连绵。晴湖泻峰嶂,翠浪多萍薜。何以逞高志,为君吟秋天一作篇。

和皇甫判官游琅琊溪

山中琉璃境,物外琅琊溪。房廊逐岩壑,道路随高低。碧濑漱白石,翠烟含青蜺。客来暂游践,意欲忘簪珪。树杪灯火夕,云端钟梵齐。时同虽可仰,迹异难相携。唯当清宵梦,仿佛愿一作期攀跻。

全唐诗卷三七六

孟　郊

汝州南潭陪陆中丞公宴

一雨百泉涨，南潭夜来深。分明碧沙底，写出青天心。远客洞庭至，因兹涤烦襟。既登飞一作青云舫，愿奏清风琴。高岸立旗戟，潜蛟失一作互浮沉。威棱护斯浸，魍魉逃所侵。山态变初霁，水声流新音。耳目极眺听，潺湲与嵚岑。谁言柳太守，空有白蘋吟。

汝州陆中丞席喜张从事至同赋十韵

汝水无浊波，汝山饶奇石。大贤为此郡，佳士来如积。有客乘白驹，奉义惬所适。清风荡华馆，雅瑟泛瑶席。芳醑静无喧，金尊光有涤。纵情孰虑损，听论自招益。愿折若木枝，却彼曜灵夕。贵贱一相接，忧悰忽转易。会合勿言轻，别离古来惜。请君驻征车，良遇难再觌。

夜集汝州郡斋听陆僧辩弹琴

康乐宠词客，清宵意无穷。征文北山一作窗外，借月南楼中。千里愁并尽一作寂然静，一樽欢暂同。胡为戛楚琴一作瑟，淅沥起寒风。

同 年 春 燕

少年三十士,嘉会良在兹。高歌摇春风,醉舞摧花枝。意荡晼晚景,喜凝芳菲时。马迹攒骖裹,乐声韵参差。视听改旧趣,物象含新姿。红雨花上滴,绿烟柳际垂。淹中讲精义,南皮献清词。前贤与今人,千载为一期。明鉴有皎洁,澄一作良玉无磷缁。永与一作将沙泥别,各整云一作霄汉仪。盛气自中积,英名日四驰。塞鸿绝俦匹,海月难等夷。郁抑一作折忽已尽,亲朋乐无涯。幽蘅发空曲,芳杜绵所思。浮迹自聚散,壮心谁别离。愿保金石志,无令有夺移。

罗氏花下奉招陈侍御

眼在一作见枝上春,落地成埃尘。不是风流者,谁为攀折人。宁辞波浪阔,莫道往来频。拾紫岂宜晚,掇芳须及晨。劳收贾生泪,强起屈平身。花下本无俗,酒中别有神。游蜂不饮故,戏蝶亦争新。万物尽如此,过时非所珍。

游石龙涡　自注:四壁千仞,散泉如雨。

石龙不见形,石雨如散星。山下晴皎皎,山中阴泠泠。水飞林木杪,珠缀莓苔屏。畜异物皆别,当晨景欲暝。泉芳春气碧,松月寒色青。险一作阴力此独壮,猛兽亦不停。日暮且回去,浮心恨一作尚未宁。

浮 石 亭

曾是风雨力,崔巍漂来时。落星夜皎洁,近榜朝逶迤。翠潋递明灭,清濑泻欹危。况逢蓬岛仙,会合良在兹。

看　花

家家有芍药,不妨至温柔。温柔一同女,红笑笑不休。月娥双双下,楚艳枝枝浮。洞里逢仙人,一作幸逢仙人立。绰约青一作清宵游。芍药谁为婿,人人不敢来。唯应待诗老,日日殷勤开。玉立无气力,春凝且裴徊。将何谢青春,痛饮一百杯。芍药吹欲尽,无奈晓风何。馀花欲谁待,唯待谏郎过。谏郎不事俗,黄金买高歌。高歌夜更清,花意晚更多。一本连下饮之四句作一首。饮之不见底,醉倒深红波。红波荡谏心,谏心终无它。独游终难醉,挈榼徒经过。问花不解语,劝得酒无多。独游四句,供迈取为绝句。三年此村落,春色入心悲。料得一孀妇,经一作它时独泪垂。

济　源　春

太行横偃脊,百里芳崔巍。济滨花异颜,枋口云如裁。新画彩色湿,上界光影来。深红缕草木,浅碧珩溯洄。千家门前饮,一道传禊杯。玉鳞吞金钩,仙璇琉璃开。朴童茂言语,善俗无惊猜。狂吹寝恒宴,晓清梦先回。治生鲜惰夫,积学多深材。再游讵癫戆,一洗惊尘埃。

济　源　寒　食

风巢袅袅春鸦鸦,无子老人仰面嗟。柳弓苇箭一作蒿矢觑不见,高红远绿劳相遮。

女婵一作蝉童子黄短短,耳中闻人惜春晚。逃蜂匿蝶踏地一作花来,抛却斋一作黄糜一瓷碗。

一日踏春一百回,朝朝没脚走芳埃。饥童饿马扫花喂,向晚饮溪三两杯。

莓苔井上空相忆,辘轳索断无消息。酒人皆倚春发绿,病叟独藏秋发白。

长安落花飞上天,南风引至三殿前。可怜春物亦朝谒,唯我孤_{一作}独吟渭_{一作济}水边。

枋口花间_{一作开掣}手归,嵩阳_{一作山}为_{一作与}我留_{一作驻}红晖。可怜踯躅千万尺,柱地柱天疑_{一作今}欲飞。

蜜蜂为主各磨牙,咬尽村中万木花。君家瓮瓮今应满,五色冬笼甚可夸。

游　枋　口

一步复一步,出行_{一作行踏}千里幽。为取山水意,故作寂寞游。太行青巅高,枋口碧照浮。明明无底镜,泛泛忘机鸥。老逸不自限,病狂不可周。恣闲饶淡薄,息玩多淹留。芳物竞晼晚,绿梢挂新柔。和友莺相绕,言语亦以稠。_{一作和友鹊相远,飞鹰亦以稠。}始知万类然,静躁难相求。

耸我残病骨,健如一仙人。镜中照千里,镜浪洞百神。此神日月华,不作寻常春。三十夜皆明,四时昼恒新。鸟声尽依依,兽心亦忻忻。澄幽出所怪,闪异坐微纲。可来复可来,此地灵相亲。

与王二十一员外涯游枋口柳溪

万株古柳根,擎此磷磷溪。野榜多屈曲,仙浔无端倪。春桃散红烟,寒竹含晚凄。晓听忽以异,芳树安能齐。共疑落镜中,坐泛红景低。水意酒易醒,浪情事非迷。小儒峭章句,大贤嘉提携。潜窦韵灵瑟,翠崖鸣玉珪。主人稷卨翁,德茂艺术畦。凿出幽隐端,气象皆升跻。曾是清乐抱,逮兹几省溪。宴位席兰草,滥觞惊凫鹥。灵味荐鲂瓣,金花屑橙虀。江调摆衰俗,洛风远尘泥。徒言奏狂狷,讵敢忘筌蹄。

与王二十一员外涯游昭成寺

洛友寂寂约,省骑霏霏尘。游僧步晚磬,话茗含一作合芳春一作茵。瑶策冰入手,粉壁画莹神。頳廓芙蓉霁,碧殿琉璃匀一作津。玄讲岛一作海岳尽,渊咏文字新。屡笑寒竹宴,况接青云宾。顾惭馀眷下,衰瘵婴残身。

嵩　少

沙弥舞袈裟,走向踯躅飞。闲步亦惺惺,芳援相依依。噎塞春咽喉,蜂蝶事光辉。群嬉且已晚,孤引将何归。流艳去不息,朝英亦疏微。

旅次洛城东水亭

水竹色相洗,碧花动轩楹。自然逍遥风,荡涤浮竞情。霜落叶声燥,景寒人语清。我来招隐亭,衣上尘暂轻。

洛桥晚望

天津桥下冰初结,洛阳陌上人行绝。榆柳萧疏楼阁闲,月明直见嵩山雪。

北郭贫居

进乏广莫力,退为蒙笼一作泷居。三年失意归,四向相识疏。地僻草木壮,荒条扶我庐。夜贫灯烛绝,明月照吾书。欲识贞静操,秋蝉饮清虚。

题陆鸿渐上饶新开山舍

惊彼武陵状，移归此岩边。开亭拟贮云，凿石先得泉。啸竹引一作
索清吹，吟花成一作讨新篇。乃知高洁情，摆落区中缘。

题韦承总吴王故城下幽居 自注：韦生，相门子孙。

才饱身自贵，巷荒门岂贫。韦生堪继相，孟子愿依邻。夜思琴一作
酒语切，昼情茶味新。霜枝留过鹊一作鹤，风竹扫蒙尘。郢唱一声
发，吴花千片春。对君何所得，归去觉情真一作贞。

苏州昆山惠聚寺僧房

昨日到上方，片云挂一作封石床。锡杖莓苔青，袈裟松柏香。晴磬
无短韵，古灯含永光。有时乞鹤归，还访一作放逍遥场。

题从叔述灵岩山壁

换却世上心，独起山中情。露衣凉且鲜，云策高复轻。喜见夏日
来，变为松景清。每将逍遥听，不厌飕飅声。远念尘末宗，未疏俗
间名。桂枝一作科妄举手一作意，萍路空劳生。仰谢开净弦，相招时
一鸣。

题林校书花严寺书窗

隐咏不夸俗，问禅徒净居。翻将白云字一作寺，寄向青莲书。拟古
投松坐，就明开纸疏。昭昭一作绵绵南山景，独与心相如。

蓝溪元居士草堂

市井不容义，义归山谷中。夫君宅松桂，招我栖蒙笼。人朴情虑

肃，境闲视听空。清溪宛转水，修竹徘徊风。木倦采樵子，土劳稼穑翁。读书业虽异，敦本志亦同。蓝岸青漠漠，蓝峰碧崇崇。日昏各命酒一作返，寒蛩鸣蕙丛。一作寒鹿鸣荒丛。

新卜清罗幽居奉献陆大夫

黔娄住何处，仁邑无馁一作饥寒。岂悟旧羁旅，变为新闲安。二倾有馀食，三农行可观。笼禽得高巢，辙鲋还层澜。翳翳桑柘墟，纷纷田里欢。兵戈忽消散，耦耕非艰难。嘉木偶良酌，芳阴庇清弹。力农唯一事，趣世徒万端。静觉本相厚，动为末所残。此外有馀暇，锄荒出幽兰。

题韦少保静恭宅藏书洞

高意合天制，自然状无穷。仙华凝四时，玉薜生数峰。书秘漆文字，匣藏金蛟龙。闲一作闭为气候肃，开作云雨浓。洞隐谅非久，岩梦诚必通。将缀文士集，贯就真珠丛。

生　生　亭

滩闹不妨语，跨溪仍一作宜置亭。置亭嵼嵼头，开窗纳遥青。遥青新画出，三十六扇屏。袅袅立平地，棱棱浮高冥。一日数开扉，仙闪目不停。徒夸远方岫，曷若中峰灵。拔意千馀丈，浩言永堪铭。浩言无愧同，愧同忍丑醒。致之未有力，力在君子听。

寒　溪

霜一作露，一作路。洗水色尽，寒溪见纤鳞。幸临虚空镜，照此残悴身。潜滑不自隐，露底莹更新。豁如君子怀，曾是危陷人。始明浅俗心，夜结朝已津。净漱一掬碧，远消千虑尘。始知泥步泉，莫与山源邻。

洛阳岸边道，孟氏庄前溪。舟行素冰一作芰荷折，声作青瑶嘶。绿水结绿玉，白波生白珪。明明宝镜中，物物天照齐。仄步下危曲，攀枯闻孀啼。霜芬稍消歇一作宿雰萧索歇，凝景微茫齐。痴坐直视听，戆行失踪蹊。岸童一作重劚棘劳，语言多悲凄。

晓饮一杯酒，踏雪过清溪。波澜冻为刀，刬割凫与鹥。宿羽皆翦弃，血声沉沙泥。独立欲何语，默念心酸嘶。冻血莫作春，作春生不齐。冻血莫作花，作花发孀啼。幽幽棘针村，冻死难耕犁。

篙工磓玉星，一路随迸萤。朔冻哀彻底，獠馋咏潜鲑。冰齿相磨啮，风音酸铎铃。清悲不可逃，洗出纤悉听。碧潋卷已尽，彩缕飞飘零。下蹑滑不定，上栖折难停。哮嘐呷一作呻喢冤，仰诉何时宁。

一曲一直水，白龙何鳞鳞。冻飙杂碎号，齑音坑谷辛。柧音觚。柧棱，木也。椾古文笺字吃无力，飞走更相仁。猛弓一折弦，馀喘争来宾。大严此之立，小杀不复陈。皎皎何皎皎，氤氲复氤氲。瑞晴刷日月，高碧开星辰。独立两脚雪，孤吟千虑新。天欃徒昭昭，箕舌虚龂龂。尧圣不听汝，孔微亦有臣。谏书竟成章，古义终难陈。

因冻死得食，杀风仍不休。以兵为仁义，仁义生刀头。刀头仁义腥，君子不可求。波澜抽剑冰，相劈如仇雠。尖雪入鱼心，鱼心明愀愀。怳如罔两说，似诉割切由。谁使异方气，入此中土流。翦尽一月春，闭为百谷幽。仰怀新霁光，下照疑忧愁。

溪老哭甚寒，涕泗冰珊珊。飞死走死形，雪裂纷心肝。剑刃冻不割，弓弦强难弹。常闻君子武，不食天杀残。劚玉掩骼胔，吊琼哀阑干。

溪风摆馀冻，溪景衔明春。玉消花滴滴，虬解光鳞鳞。悬步下清曲，消期濯芳津。千里冰裂处，一勺暖亦仁。凝精互相洗，漪涟竞将新。忽如剑疮尽，初起百战身。

立德新居

立德何亭亭，西南耸高隅。阳崖泄春意，井圃留冬芜。胜引即纡
道，幽行岂通衢。碧峰远相揖，清思谁言孤。寺秩虽贵家一作未贵，
浊醪良可哺。

耸城架霄一作霁汉，洁宅涵细缊。开门洛北岸，时锁嵩阳云。夜高
星辰大，昼长天地分。厚韵属疏语，薄名谢嚣闻。兹焉有殊隔，永
矣难及群。

宾秩已觉厚，私储常恐多。清贫聊自尔，素责将如何。俭教先勉
力，修襟无馀佗。良栖一枝木，灵巢片叶荷。仰笑鹍鹏辈，委身拂
天波。

疏门不掩水，洛色寒更高。晓碧流视听，夕清濯衣袍。为於一作但
立仁义得一作德，未觉登陟劳。远岸雪难莫一作尽，劲枝风易号一作
挠。霜禽各啸侣，吾亦爱吾曹。

崎岖有悬步，委曲饶荒寻。远树足良木，疏巢无争禽。素魄衔夕
岸，绿水生晓浔。空旷伊洛视，仿佛潇湘心。何必尚远异，忧劳满
行襟。

悬途多仄足，崎圃无修畦。芳兰与宿艾，手撷心不迷。品子懒读
书，辕驹难服犁。虚食日相投一作役，夸肠讵能低。耻从新学游，愿
将古农齐。

都城多耸秀，爱此高县居。伊雉绕街巷，鸳鸯飞阁闻。翠景何的
砾，霜飔飘空虚。突出万家表，独治二亩蔬一作馀。一旬一手版，十
日九手锄。

手锄手一作良自勖，激劝亦已饶。畏彼梨栗儿，空资玩弄骄。夜景
卧难尽，昼光坐易消。治旧得新义，耕荒生嘉苗。锄治苟惬适，心
形俱逍遥。

玉蹄裂鸣水,金绶忽照门。拂拭贫士席,拜候丞相辕一作轩。德疏未为高,礼至方觉尊。岂唯耀兹日,可以荣远孙。如何一阳朝,独荷众瑞繁。

东南富水木,寂寥蔽光辉。此地足文字,及时隘骖䮘。仄雪踏为平,涩行变如飞。令畦生气色,嘉绿新霏微。天意资厚养,贤人肯相违。自注:末二章,冬至日郑相至门,以属意在焉。

全唐诗卷三七七

孟 郊

西上经灵宝观 自注：观即尹真人旧宅。

道士无白发,语音-作言灵泉清。青松多寿色,白石恒夜明。放步
霁霞起,振衣华风生。真文秘中顶,宝气浮四楹。一片古关路,万
里今人行。上仙不可见,驱-作孤策徒西征。

泛 黄 河

谁开昆仑源,流出混沌河。积雨-作羽飞作风,惊龙喷为波。湘瑟
飕飗弦,越宾-作客呜咽歌。有恨-作双眼不可洗,虚此来经过。

往河阳宿峡陵寄李侍御

暮天寒风悲屑屑,啼鸟绕树泉水噎。行路解鞍投古-作石陵,苍苍
隔山见微月。鸦鸣犬吠霜烟昏,开囊拂巾对盘飧。人生穷达感知
己,明日投君申片言。

鸦路溪行呈陆中丞

鸦路不可越,三十六渡溪。有物饮碧水,高林挂青霓。历览道更
险,驱使迹频-作顿暌。视听易常主,心魂互相迷。浪石忽摇动,沙

堤信难跻。危峰紫霄外,古木浮云齐。出阻—作徂望汝郡,大贤多
招携。疲马恋旧秣,羁禽思故栖。应怜泣楚玉,弃置如尘泥。

独宿岘首忆长安故人

月迥无隐物,况复大江秋。江城与沙村,人语风飕飀。岘亭当此
时,故人不同游。故人在长安,亦可将梦求。

自商行谒复州卢使君虔

一身绕千山,远作行路人。未遂东吴归,暂出西京尘。仲宣荆州
客,今余—作为竟陵宾。往迹虽不同,托意皆有因。商岭莓苔滑,石
坂上下频。江汉沙泥洁,永日—作水白光景新。独泪起残夜,孤吟
望初晨。驱驰竟何事,章句依深仁。

梦泽中行 —本无中字

楚山争蔽亏,日月无全辉。楚路饶回惑,旅人有—作多迷归。骐骥
思北首,鹪鹩愿南飞。我怀京洛游,未厌风尘衣。

京 山 行

众虻聚病马,流血不得行。后路起夜色,前山闻虎声。此时游子
心,百尺风中旌。

旅次湘沅有怀灵均

分拙多感激,久游遵长途。经过湘水源,怀古方踟蹰。旧称楚灵
均,此处殒忠躯。侧聆故老言,遂得旌贤愚。名参君子场,行为小
人儒。骚文衔贞亮,体物情崎岖。三黜有愠色,即非贤哲模。五十
爵高秩,谬膺从大夫。胸襟积忧愁,容鬓复—作先凋枯。死为不吊

鬼，生作猜谤徒。吟泽洁其身，忠节宁见输。怀沙灭其性，孝行焉能俱。且闻善称君，一何善自殊。且闻过称己，一何过不渝。悠哉风土人，角黍投川隅。相传历千祀，哀悼延八区。如今圣明朝，养育无羁孤。君臣逸雍熙，德化盈纷敷。巾车徇前侣，白日犹昆吾。寄君臣子心，戒此真良图。

过彭泽

扬帆过彭泽，舟人讶叹息。不见种柳人，霜风空寂历。

过分水岭 一作东岭

山壮马力短，马一作路行石齿中。十步九举辔，回环失西东。溪水变为雨，悬崖阴濛濛。客衣飘飖秋，葛花零落风。白日舍我没一作去，征途忽然穷。

分水岭别夜示从弟寂 一作示于孟叔

南中少平地，山水重叠生。别泉万馀曲，迷舟独难行。四际乱峰合，一眺千虑并。潺湲冬夏冷，光彩昼夜明。赏心难久胜，离肠忽自惊。古木摇雾色，高风动秋声。一作古木解旧叶，回风结秋声。饮尔一樽酒，慰我百忧轻。嘉期何处定，此晨堪寄情。

连州吟

春风朝夕起，吹绿日日深。试为连州吟，泪下不可禁。连山何连连，连天碧岑一作嵌岑。哀猿哭花死，子规裂客心。兰芷结新佩，潇湘遗旧音。怨声能匊弦，坐抚零落琴。

羽翼不自有，相追力难任。唯凭方寸灵，独夜万里寻。方寻魂飘飖，南梦山岖嵚。仿佛惊魈魉，悉窣闻枫林。正直被放者，鬼魅无所侵。贤人多安排，俗士多虚钦一作歆。孤怀吐明月，众毁铄黄金。愿君保玄曜，壮志无自沉。

朝亦连州吟，暮亦连州吟。连州果有信，一纸万里心。开缄白云断，明月堕衣襟。南风嘶舜琯，苦竹动猿音。万里愁一色，潇湘雨浧浧。两剑忽相触，双蛟恣浮沉。斗水正回斡，倒流安可禁。空愁江海信，惊浪隔相寻。

旅　行

楚水结冰薄，楚云为雨一作雪微。野梅参差发，旅榜逍遥归。

上河阳李大夫

上将秉神略，至兵无猛一作血威一作兵无血战威。三军当一作向严冬，一抚胜重衣。霜剑夺众景，夜星失长辉。苍鹰独立时，恶鸟不敢飞。武牢锁天关，河桥纽地机。大将一作君，一作军。奚以安，守此称者稀。贫士少颜色，贵门多轻肥。试登山岳高，方见草木微。山岳恩既广，草木心皆归。

投赠张端公 一作赠裴枢端公

君子量不极，胸吞百川流。嫉邪霜气直，问俗春辞柔。日户昼辉静，月杯夜一作宵景幽。咏惊芙蓉发，笑激风飘秋。鸾步独无侣，鹤音仍寡俦。幸沾分寸顾，散此千万忧。

赠苏州韦郎中使君

谢客吟一声，霜落群听清。文含元气柔，鼓动万物轻。嘉木依性植，曲枝亦不生。尘埃徐庾词，金玉曹刘名。章句作雅正，江山益鲜明。萍蘋一浪草，菰蒲片池荣。曾是康乐咏，如今搴其英。顾惟菲薄质,亦愿将此并_{一作行}。

上张徐州

为水不入海,安得浮天波。为木不在山,安得横日柯。再来君子
傍,始觉精义_{一作艺}多。大德唯一施,众情自偏颇。至乐无_{一作变}宫
徵,至声遗讴歌。愿鼓空桑弦,永使万物和。顾己诚拙讷,干名已
蹉跎。献词惟在口,所欲无馀佗。乍作支泉石,乍作罥松萝。一不
改方圆,破质为琢磨。贱子本如此,大贤心若何。岂是无异途,异
途难经过。

上包祭酒

岳岳冠盖彦,英英文字雄。琼音独听时,尘韵固不同。春云生纸
上,秋涛起胸中。时吟五君咏,再举七子风。何幸松桂侣,见知勤
苦功。愿将黄鹤翅,一借飞云空。

赠别崔纯亮 _{一本无别字}

食荠肠亦苦,强歌声无欢。出门即有碍,谁谓天地宽。有碍非遐
方,长安大道傍。小人智虑险,平地生太行。镜破不改光,兰死不
改香。始知君子心,交久道益彰。君心与我怀,离别俱回遑。譬如
浸蘗泉,流苦已_{一作来}日长。忍泣目易衰,忍忧形易伤。项籍岂_{一作}
_非不壮,贾生岂_{一作非}不良。当其失意时,涕泗各沾裳。古人劝加
餐_{一作食},此餐_{一作非}难自强。一饭九祝噎,一嗟十断肠。况是儿女
怨,怨气凌彼苍。彼苍若有知,白日下清霜。今朝始惊叹_{一作呼},碧
落_{一作白日}空茫茫。

赠文应上人 一作赠高僧

栖迟青山巅，高静身所便。不践有命草，但饮无声泉。斋性空转寂，学情深更专。经文开贝叶，衣制垂秋莲。厌此俗人群，暂来还却旋一作此安禅。

严 河 南

赤令风骨峭，语言清霜寒。不必用雄威，见者毛发攒。我有赤令心，未得赤令官。终朝衡门下，忍志将筑弹。君从西省郎，正有东洛观。洛民萧条久，威恩悯抚难。苦竹声啸雪，夜斋闻千竿。诗人偶寄耳，听苦心多端。多端落杯酒，酒中方得欢。隐士多饮酒，此言信难刊。取次令坊沽，举止务在宽。何必红烛娇，始言清宴阑。丈夫莫矜庄，矜庄不中看。

赠李观 自注：观初登第。

谁言形影亲，灯灭影去身。谁言鱼水欢，水竭鱼枯一作损鳞。昔为同恨客，今为独笑人。舍予在泥辙，飘迹上云津。卧木易成蠹，弃花难再春。何言对芳景，愁望极萧晨。埋剑谁识气，匣弦日生尘。愿君语高风，为余问苍旻。

吴安西馆赠从弟楚客

蒙笼杨柳馆，中有南风生。风生今为谁，湘客多远情。孤枕楚水梦，独帆楚江程。觉来残恨深一作心，尚与归路并。玉匣五弦在，请君时一鸣。

赠章仇将军

将军不夸剑，才气为英雄。五岳捵力内，百川倾意中。本立谁敢拔，飞文自难穷。前时天地翻，已有扶正功。

赠道月上人

僧貌净无点，僧衣宁缀华。寻常昼日行，不使身影斜。饭术煮松柏，坐山敷一作邀云霞。欲知禅隐高，缉薜为袈裟。

抒情因上郎中二十二叔监察十五叔兼呈李益端公柳缜评事

方凭指下弦，写出心中言。寸草贱子命，高山主人恩。游边风沙意，梦楚波涛魂。一日引别袂，九回沾泪痕。自悲何以然，在礼阙晨昏。名利时转甚，是非宵亦喧。浮情少定主，百虑随世翻。举此胸臆恨，幸从贤哲论。明明三飞鸾一作步兵与双鸾，照物如朝暾。

赠城郭道士

望里失却山，听中遗却泉。松枝休策云，药囊翻贮钱。曾依青桂邻，学得白雪弦。别来一作别别意未回，世上为隐仙。

桐庐山中赠李明府

静境无浊氛，清雨零碧云。千山不隐响，一叶动亦闻。即此佳志士，精微谁相群。欲识楚一作此章句，袖中兰茞薰。

献汉南樊尚书

天下昔崩乱，大君识贤臣。众木尽摇落，始见竹色真。兵势走山

岳,阳光潜埃尘。心开玄女符,面缚清波人。异俗既从化,浇风亦
归淳。自公理斯郡,寒谷皆变春。旗影卷赤电,剑锋匣青鳞。如何
嵩高气,作镇楚水滨。云镜忽开雾一作景,孤光射无垠。乃知寻常
鉴,照影不照神。

赠转运陆中丞

掌运职既大,摧邪名更雄。鹏飞簸曲云,鹗怒生直风。投彼霜雪
令,翦除荆棘丛。楚仓倾向西,吴米发自东。帆影咽河口,车声聋
关中。尧知才策高,人喜道路通。皆经内史力,继得酂侯功。莱子
真一作贫为少,相如未免穷。衣花野菡萏,书叶山梧桐。不是宗匠
心,谁怜久栖蓬。

赠万年陆郎中

天子忧剧县,寄深华省郎。纷纷风响佩,蛰蛰剑开霜。旧事笑堆
案,新一作杂声唯雅章。谁言百里一作步才,终作横天梁。江鸿耻承
眷,云津未能翔。徘徊尘俗中,短毳无辉光。

擢第后东归书怀献座主吕侍御 一作郎

昔岁辞亲泪,今为恋主一作恩泣。去住情难并,别离景易戢。天矫
大空鳞,曾为小泉蛰。幽意独沉时,震雷忽相及。神行既不宰,直
致一作制非所执。至运本遗功,轻生各一作苦自立。大君思此化,良
佐自然集。宝镜无私光,时文有新习。慈亲诚志就,贱子归情急。
擢第谢灵台,牵衣一作名出皇邑。行襟海日曙,逸抱江风入。兼葭
得一作绿波浪,芙蓉红岸湿。云寺势动摇,山钟韵嘘吸。旧游期再
践,悬水得重挹。松萝虽可居,青紫终当拾。

古意赠梁肃补阙

曲木忌日影,谗人畏贤明。自然一作来照烛间,不受邪佞轻。不有
百炼火,孰知寸金精。金一作铜铅正同炉,愿分精与粗。

赠黔府王中丞楚

旧说天下山,半在黔中青。又闻天下泉,半落黔中鸣。山水千万
绕,中有君子行。儒风一以扇,污俗心皆平。我愿中国春,化从异
方生。昔为阴草毒,今为阳华英。嘉实缀绿蔓,凉湍泻清声。逍遥
物景胜,视听空旷并。困骥犹在辕,沉珠尚隐精。路遏莫及眄,泥
污日已盈。岁晏将何从,落叶甘自轻。

上达奚舍人

北山少日月,草木苦风霜。贫士在重坎,食梅有酸肠。万俗皆走
圆,一身一作心犹学方。常恐众毁至,春叶成秋黄。大贤秉高鉴,公
烛无私光。暗室晓未及,幽行一作吟涕空行。

赠　主　人

斗水泻大海,不如泻枯池。分明贤达交,岂顾豪华儿。海有不足
流,豪有不足资。枯鳞易为水,贫士易为施。幸睹君子席,会将幽
贱期。侧闻清风议,饫如一作如饮黄金卮。此道与日月,同光无尽
时。

赠建业契公

师住青山寺,清华常绕身。虽然到城郭,衣上不栖尘。

献襄阳于大夫

襄阳青山郭,汉江白铜堤。谢公领兹郡,山水无尘泥。铁马万霜雪,绛旗千虹霓。风漪参差泛,石板重叠跻。旧泪不复堕,新欢居然齐。还耕竟原野,归老相扶携。物色增暖暖,寒芳更萋萋。渊清有遐略,高躅无近蹊。一作众赋无暴掠,舆歌有安绥。即此富苍翠,自然引翔栖。曩游常抱忆,凤好今尚暌。愿言从逸辔,暇日凌清溪。

赠郑夫子鲂

天地入胸臆,吁嗟生风雷。文章得其微,物象由我裁。宋玉逞大句,李白飞狂才。苟非圣贤心,孰与造化该。勉矣郑夫子,骊珠今始胎。

大隐坊　一作大隐咏

崔从事郧以直隳职　一作官

古人留清风,千载遥赠君。破松见贞心,裂竹见一作看直文。残月色不改,高贤德常新。家怀诗书富,宅抱草木贫。安得一蹄泉一作安排一泉深,来一作直化千尺鳞。含意永不语,钓璜幽水滨。

章仇将军良弃功守贫　一作赠章仇兵马使

饮君江一作沧海心,讵一作谁能辨浅深。抱君山岳德,谁能齐嵚岑。东海精为月,西岳气凝金。进则万景昼一作尽,退则群物阴。我欲荐此言,天门峻沉沉。风飙亦感激,为我颼飂吟。

赵记室俶在职无事

卑静身后老,高动物先摧。方圆水任器,刚劲木成灰。大道母群物,达人腹众才。时吟尧舜篇,心向无为开。彼隐山万曲,我隐酒一杯。公庭何所有,日日清风来。

赠韩郎中愈

何以定一作结交契，赠君高山石。何以保贞坚一作姿，赠君青松色。贫居一作交过此外，无可相彩饰。闻君硕一作首鼠诗一作更有其鼠诗，吟之泪空滴一作堪泪滴。

硕鼠既穿墉，又啮机上丝。穿墉有闲一作馀土，啮丝无馀衣一作丝。朝吟枯桑柘，暮泣空一作穿杼机。岂是无巧妙，丝断将何施。众人尚肥华，志士多饥羸。愿君保此节一作愿保此贞节，天意当察微。右二诗，一本作一首。

前日远别离，今日生白发。欲知万里情，晓卧半床月。常恐百虫秋，使我芳草歇。一本连上第二篇作一首。

戏 赠 无 本

长安秋声干，木叶相号悲。瘦僧卧冰凌，嘲一作朔咏含金痍。金痍非战痕，峭病方在兹。诗骨耸东野，诗涛涌一作勇退之。有时跟跄行，人惊鹤阿师。可惜李杜死，不见此狂痴。

燕僧耸听词，袈裟喜新翻。北岳厌利杀，玄功生微言。天高亦可飞，海广亦可源。文章杳无底，刷掘谁能根。梦灵仿佛到，对我方与论。拾月鲸口边，何人免为吞。燕僧摆造化，万有随手奔。补缀杂霞衣，笑傲诸贵门。将明文在身，亦尔一作示道所存。朔雪凝别句，朔风飘征魂。再期嵩少游，一访蓬萝村。春草步步绿，春山日日暄一作喧。遥莺相应吟，晚听恐不繁。相思塞心胸，高逸难攀援。

全唐诗卷三七八

孟 郊

寄 张 籍

夜镜不照物，朝光何时升。黯然秋思一作愁气来，走入志士膺。志士惜时逝，一宵三四兴。清汉徒自朗，浊河终无澄。旧爱忽已远，新愁坐相凌。君其隐壮怀，我亦逃名称。古人贵从晦，君子忌党朋。倾败生所竞，保全归懵懵一作苦懵。浮云何当来，潜虬会飞腾。

忆周秀才素上人时闻各在一方 一本无闻字

东西分我情，魂梦安能定。野客云作心，高僧月为性。浮云自高闲，明月常空净。衣敝得古风，居山无俗病。吟听碧云语，手把青松柄。羡尔欲寄书，飞禽杳难倩。

舟中喜遇从叔简别后寄上时从叔初擢第一作侍从归江南郊不从行

一意两片云，暂合还却分。南云乘庆归，北云与谁群。寄声千里风，相唤闻不闻。

怀南岳隐士

见说祝融峰,擎天势似腾。藏千寻布水,出十八高僧。古路无人迹,新霞吐石棱。终居将尔叟,一一共余登。

千峰映碧湘,真叟此中藏。饭不煮石吃,眉应似发长。枫棋即柤,与粗同支酒瓮,鹤虱落琴床。强效忘机者,斯人尚未忘。

春夜忆萧子真

半夜不成寐,灯尽又一作夕无月。独向阶前立,子规啼不歇。况我有金兰,忽尔为胡越。争得明镜中,久长无白发。

寄院中诸公

奕奕秋水傍,骎骎绿云蹄。月仙有高曜,灵凤无卑栖。翠色绕云谷,碧华凝月一本作句溪。竹林递历览,云寺行攀跻。冠豸犹屈蠖,匣龙期刿犀。千山惊月晓,百里闻霜鼙。戎府多秀异,谢公期相携。因之仰群彦,养拙固难齐。

寄洺州李大夫

自从蓟师反,中国事纷纷。儒道一失所,贤人多在军。鸟巢忧迸射,鹿耳骇惊闻。剑折唯恐匣一作怨匠,弓贪不让勋。方知省事将,动必谢前群。鹳阵常先罢,鱼符最晚分。步闲洺水曲,笑激太行云。诗叟未相识,竹儿争见君。殷勤越一作起谈说,记尽古风一作凤文。

寄卢虔使君

霜露再相换,游人犹未归。岁新月改色,客久线断衣。有鹤冰在翅,竟久力难飞。千家旧素沼,昨一作斜日生绿辉。春色若可一作不借,为君步芳菲。

寄崔纯亮

百川有馀水,大海无满波。器量各相悬,贤愚不同科。群辩有姿语,众欢无一作有行歌。唯馀洛阳子,郁郁恨常多。时读过秦篇,为君涕滂沱。

汴州离乱后忆韩愈李翱

会合一时哭,别离三断肠。残花不待风,春尽各飞扬。欢去收不得,悲来难自防。孤门清馆夜,独卧明月床。忠直血白刃,道路声苍黄。食恩三千士,一旦为豺狼。海岛士皆直,夷门士非良。人心既不类,天道亦反常。自杀与彼一作被杀,未知何者臧。

寄张籍

未见天子面,不如双盲人。贾生对文帝,终日犹悲辛。夫子亦如盲,所以空泣麟。有时独斋心,仿佛梦称臣。梦中称臣言,觉后真埃尘。东京有眼富不如,西京无眼贫西京。无眼犹有耳隔墙,时闻天子车一本有声之二字辚辚。辚辚车声辗冰玉,南郊坛上礼百神。西明寺后穷瞎张太祝,纵尔有眼谁尔珍。天子咫尺不得见,不如闭眼且养真。

寄义兴小女子

江南庄宅浅,所固唯疏篱。小女未解行,酒弟一作病叔老更痴。家中多吴语,教尔遥可知。山怪夜动门,水妖时弄池。所忧痴酒肠,不解委曲辞。渔妾性崛强,耕童手皴厘。想兹为褓褓,如鸟拾柴枝。我咏元鲁山,胸臆流甘滋。终当学自乳,起坐常一作尚相随。

忆江南弟

白首眼垂血,望尔唯梦中。筋力强起时,魂魄犹在东。眼光寄明星,起来东望空。望空不见人,江海波无穷。衰老无气力,呼叫不成风。孑然忆忆言,落地何由通。常师共被教,竟作生离翁。生离不可诉,上天何曾聪。未忍对松柏,自鞭残朽躬。自鞭亦何益,知一作矩教非所崇。努力拄杖来,馀活与尔同。不然死后耻,遗死亦有终。

宿空侄院寄澹公

夜坐冷竹声,二三高人语。灯窗看律钞,小师别为侣。雪檐晴滴滴,茗碗华举举一作乳华举。磬音多风飘,声韵闻江楚。官街不相隔,诗思空愁予。明日策杖归,去住两延伫。

寄陕府邓一作窦给事 第二十四句缺一字

陕城临大道,馆宇屹几鲜。候谒随芳一作方语,铿词芬蜀笺。从来镜目下,见尽道心前。自谓古诗量,异一作冀将新学偏。恋人年六十,每月请三千。不敢等闲用,愿为长寿钱。非关亦洁尔,将以救羸然。孤省痴皎皎,默吟写绵绵。病书凭昼日一作目,驿信寄宵鞭。疾诉将何谕,肆鳞今倒悬。尘鲤见枯浪,土鳖思干泉。感感无绪荡,愁愁作□边。贞元文祭酒,自注:即阳公。比谨学韦玄。满坐风无杂,当朝雅独全。见知嘱徐孺,自注:即徐端公。赏句类陶渊。一顾生鸿羽,再言将鹤翩。宣扬隘车马,君子凑骈阗。曾是此同眷,至今应赐怜。磨墨零落泪,楷字贡仁贤。

送谏议十六叔至孝义渡后奉寄

晓渡明镜中,霞衣相飘飖。浪凫惊亦双,蓬客将谁僚。别饮孤易醒,离忧壮难销。文清虽无敌,儒贵不敢骄。江吏捧紫泥,海旗剪红蕉。分明太守礼,跨蹑毗陵桥。伊洛去未回,遐瞩空寂寥。

至孝义渡寄郑军事唐二十五

咫尺不得见,心中空嗟嗟。官街泥水深,下脚道路斜。嵩少玉峻峻,伊雒碧华华。岸亭当四迥,诗老独一家。洧叟何所如,郑石唯有些。何当来说事,为君开流霞。

答　友　人

白日照清水,浅深无隐姿。君子业高文,怀抱多正思。砥行碧山石,结交青松枝。碧山无转易,青松难倾移。落落出俗韵,琅琅大雅词。自非随氏掌,明月安能持。千里一作十载不可倒一作到,一返一作发,一作别。无近一作回期。如何非意中,良觌忽在兹。道语一作话必疏淡,儒风易凌迟。愿存坚贞一作正直节,勿为霜霰一作雪欺。

酬友人见寄新文

为客栖未定,况当玄月中。繁云翳碧霄,落雪和清风。郊陌绝行人,原隰多飞蓬。耕牛返村巷,野鸟依房栊。我无饥冻忧,身托莲花宫。安闲赖禅伯,复得疏尘蒙。览君郢曲文,词彩何冲融。讴吟不能已,顿觉形神空。

答韩愈李观别因献张徐州

一作长安留别李观韩愈因献张徐州。

富别愁在颜，贫别愁销骨。懒磨旧铜镜，畏见新白发。古树春无花，子规啼有血。离弦不堪听，一听四五绝一作三四裂。世途非一险，俗虑有一作各千结。有客步大方，驱车独迷辙。故人韩与李，逸翰双皎洁。哀我摧折归，赠词纵横设。徐方国东枢一作号在，元戎天下杰。祢生投刺游，王粲吟诗谒。高情无遗照，朗抱开晓月。有土不埋冤，有仇皆为雪。愿为直一作奇草木，永向君地列。愿为古琴瑟，永向君听一作前发。欲识丈夫心，曾将孤一作宝剑说。

答昼上人止谗作

烈烈鸷鹭吟，铿铿琅玕音。枭摧明月啸，鹤起清风心。渭水不可浑，泾流徒相侵。俗侣唱桃叶，隐士一作仙鸣桂琴。子野真遗却，浮浅藏渊深。

答姚怤见寄

日月不同光，昼夜各有宜。贤哲不苟合，出处亦待时。而我独迷见，意求异士知。如将舞鹤管，误向惊凫吹。大雅难具陈，正声易漂沦。君有丈夫泪，泣人不泣身。行吟楚山玉一作下，义泪沾衣巾。

答郭郎中

松柏死不变，千年色青青。志士贫更坚，守道无异营。每弹潇湘瑟，独抱风波声。中有失意吟，知者泪满缨。何以报知者，永存坚与贞。

答卢虔故园见寄

访旧无一人，独归清雒春。花闻哭声死，水见别容新。乱后故乡宅，多为行路尘。因悲楚左右，谤玉不知珉。

汝坟蒙从弟楚材见赠时郊将入秦楚材适楚

朝为主人心，暮为行客吟。汝水忽凄咽，汝风流苦音。北阙秦门高，南路一作山楚石深。一作北阙时时远，南山路更深。分泪洒白日，离肠绕青岑。何以寄远怀一作我书，黄鹤能相寻。

同从叔简酬卢殷少府

梅尉吟楚声，竹风为凄清。深虚冰在性，高洁云入情。借水洗闲貌，寄蕉书逸名。羞将片石文，斗此双琼英。

酬李侍御书记秋夕雨中病假见寄

秋风绕衰柳，远客闻雨声。重兹阻良夕，孤坐唯积诚。果枉移疾咏，中含嘉虑明。洗涤烦浊尽，视听昭旷生。未觉衾枕倦，久为章奏婴。达人不宝一作保药，所保在闲情。

答　卢　仝

楚屈入水死，诗孟踏雪僵。直气苟有存，死亦何所妨。日劈高查牙，清棱含冰浆。前古后古冰，与山气势强。闪怪千石形，异状安可量。有时春镜破，百道声飞扬。潜仙不足言，朗客无隐肠。为君倾海宇，日夕多文章。天下岂无缘，此山雪昂藏。烦君前致词，哀我老更狂。狂歌不及狂，歌声缘凤皇。风兮何当来，消我孤直疮。君文真凤声，宣隘满铿锵。洛友零落尽，逮兹悲重伤。独自奋异骨，将骑白一作玉角翔。再三劝莫行，寒气有刀枪。仰惭君子多，慎勿作芬芳。

奉报翰林张舍人见遗之诗

百虫笑秋律，清削月夜闻。晓棱视听微，风剪叶已纷。君子鉴大
雅，老人非俊群。收拾古所弃，俯仰补空文。孤韵耻春俗，馀响逸
零雰。自然蹈终南，涤暑凌寒氛。岩霭不知午，硐澌镇含曛。曾是
醒古一作沽醉，所以多隐沦。江调乐之远，溪谣生徒新。众蕴有馀
采，寒泉空哀呻。南谢竟莫至，北宋当时珍。赜一作颐灵各自异，酌
酒一作圣，一作醒。谁能均。昔咏多写讽，今词讵无因。品松何高翠
一作位何高，宫一作翠殿没荒榛。苔趾识宏制，沙濠游崩津。忽吟陶
渊明，此即羲皇人。心放出天地，形拘在风尘。前贤素行阶，凤嗜
青山勤。达士立明镜，朗言为近臣。将期律万有，倾倒甄无垠。鹭
鸶应蟋蟀，丝毫意皆申。况于三千章，哀叩不为神。

送从弟郢东归

尔去东南夜，我无西北梦。谁言贫别易，贫别愁更重。晓色夺明
月，征人逐群动。秋风楚涛高，旅榜将谁共。

山中送从叔简赴举

石根百尺杉，山眼一片泉。倚之道气高，饮之诗思鲜。于此逍遥
场，忽奏别离弦。却笑薜萝子，不同鸣跃年。

送别崔寅亮下第

天地唯一气，用之自偏颇。忧人一作心成苦吟，达士为高歌。君子
识不浅，桂枝忧更多。岁晏期攀折，时归且婆娑。素质一作质貌如
削一作荆玉，清词若倾一作天河。虬龙一作潜虬未化时，鱼鳖同一波。
去矣当自适，故乡一作山饶薜萝。

大梁送柳淳先入关

青山辗一作转为尘，白日无闲人。自古推高车，争利西入秦。王门与侯门，待富不待贫。空携一作唯赍一束书，去一作独去谁相一作将谁亲。

送无怀道士游富春山水 一作送别吴逸士归山

造化绝一作最，一作见。高处，富春独多观。山浓翠滴洒一作的砾，水折珠摧残。溪镜不隐发，树衣长遇一作御寒。风猿虚空飞，月狖叫啸酸。信一作即此神仙路一作乐，岂为时俗安。煮金阴阳火一作芙蓉水，囚怪星宿坛。花发我一作或未识，玉生忽丛攒。蓬莱浮荡漾，非道相从难。

送温初下第

日落浊水中，夜光谁能分。高怀无近趣，清抱多远闻。欲识丈夫志，心藏孤岳云。长安风尘别，咫尺不见君。

送卢虔端公守复州

师旷听群木，自然识孤桐。正声逢知音，愿出大朴中。知音不韵俗，独立占一作上古风。忽挂触邪冠，逮逐南飞鸿。肃肃太守章，明明华毂熊。商山无平路，楚水有惊潨。日月千里外，光阴难载同。新愁徒自积，良会何由通。

送任载齐古二秀才自洞庭游宣城 并序

文章者，贤人之心气也。心气乐则文章正，心气非则文章不正。当正而不正者，心气之伪也。贤与伪，见于文章。一直之词，衰代多祸。

贤无曲词。文章之曲直,不由于心气。心气之悲乐,亦不由贤人,由于时故。今宣州多君子,闲暇而宽,文章之曲直纤微,悉而备举。洞庭二客勉而。客去之,鼓其风波之词,吾知夫乐莫是行也。遂为诗曰:

洞庭非人境,道路行虚空。二客月中下,一帆天外风。鱼龙波五色,金碧树千丛。闪怪如可惧,在_{一作至}诚无不通。扣奇知_{一作惊}浩淼,采异访_{一作动}穷崇。物表即_{一作积}高韵,人间访仙公。宣城文雅地,谢守声闻融。证玉易为力,辨珉谁_{一作调}不同。从兹阮籍泪,且免泣途穷。

送晓公归庭山 _{一作归稽亭}

庭山_{一作稽亭}何崎岖,寺路缘翠微。秋霁山尽出,日落人独归。云生高高步,泉洒田田衣。枯巢无还羽,新木有争飞。兹焉不可继,梦寐空清辉。

送豆卢策归别墅

短松鹤不巢,高石云不_{一作始}栖。君今潇湘去,意_{一作性}与云鹤齐。力买奇险地,手开清浅溪。身披薜荔衣_{一作萝襟},山陟莓苔梯。一卷冰雪文,避俗常自携。

送清远上人归楚山旧寺

一作国清上人游苏,一作送溪上人。

波中出吴境,霞际登楚岑。山寺一别来,云_{一作风}萝三改阴。诗夸碧云句,道证青莲心。应笑_{一作怜}泛萍_{一作萍泛}者,不知松隐深。

山中送从叔简

莫以手中琼,言邀世上名。莫以山中迹,久向人间行。松柏有霜操,风泉无俗声。应怜枯朽质,惊此别离情。

送萧炼师入四明山

闲于独鹤心,大于高<small>一作乔</small>松年。迥出万物表,高栖四明巅。千寻直裂峰,百尺倒泻泉。绛雪为我饭,白云为我田。静言不语<small>一作话</small>俗,灵踪时步天。

全唐诗卷三七九

孟 郊

感别送从叔校书简再登科东归

长安一作去年车马道,高槐一作柳结浮阴。下有名利人,一人千万心。黄鹄多远势一作黄鹤共远路,沧溟无近浔。怡怡静退姿,泠泠思归吟。菱唱忽生听,芸书回望深。清风散言笑,馀花缀衣襟。独恨鱼鸟别,一飞将一沉。

送玄亮师 一作送道友

兰泉涤我襟,杉月栖一作风凄我心。茗啜绿净花,经诵清柔音。何处一作事笑为别,淡情一作然愁不侵。

送李尊一作宗师玄

口诵碧简文,身是青霞君。头冠两片月,肩一作身披一条云。松骨轻自飞,鹤心高不群。

同昼上人送郭一作邬,一作邵秀才江南寻兄弟

地一作池上春色生,眼前诗彩明。手携片宝月,言是高僧名。溪转万曲心一作石,水流千里声。飞鸣向谁去,江鸿弟与兄。

春日同韦郎中使君

送邹儒立少府扶侍赴云阳

离思著百草,绵绵生无穷。侧闻畿甸秀,三振词策雄。太守不韵
俗,诸生皆变风。郡斋敞西清,楚瑟惊南鸿。海畔帝一作高城望,云
阳天色中。酒酣正芳景,诗缀新碧丛。服彩老莱并,侍车江革同。
过隋柳憔悴,入洛花蒙笼。高步讵留足,前程在层空。独惭病鹤
羽,飞送力难崇。

送从叔校书简南归 一作东游

长安别离道,宛在东城隅。寒草根未死,愁人心已枯。促促水上
景,遥遥天际途。生随昏晓中,皆被日月驱。北骑达一作骧绕山岳,
南帆指江湖。高踪一超越,千里在须臾。

送韩愈从军

志士感恩起,变衣非变性。亲宾改旧观,僮仆生新敬。坐作群书
吟,行为孤剑咏。始知出处心,不失平生正。凄凄天地秋,凛凛军
马令。驿尘时一飞,物色极四静。王师既不战,庙略一作画在一作尽
无竞。王粲有所依,元瑜初应命。一章喻橄明,百万心气定。今朝
旌鼓前,笑别丈一作大夫盛。

同茅一作第郎中使君送河南裴文学

河南有归客,江风绕行襟。送君无尘听,舞鹤清瑟音。菱蔓缀楚
棹,日华正嵩岑。如何谢文学,还起会云一作长吟。

送李翱习之

习之势翩翩,东南去遥遥。赠一作寄君双履足,一为上皋桥。皋桥路逶迤,碧水清风飘。新秋折藕花,应对吴语娇。千巷分渌波,四门生早潮。湖榜轻袅袅,酒旗高寥寥。小时屐齿痕,有处应未销。旧忆如雾星,恍见于梦消。言之烧人心,事去不可招。独孤宅前曲,箜篌醉中谣。壮年俱悠悠,速兹各焦焦。执手复执手,唯道无枯凋。

送丹霞子阮芳颜上人归山

松色不肯秋,玉性不可柔。登山须正路,饮水须直流。倩鹤附书信,索云作衣裘。仙村莫道远,枉一作挂策招交游。

送从舅端适楚地

归情似泛空,飘荡楚波中。羽扇扫轻汗,布帆筛细风。江花折菡萏,岸影泊梧桐。元舅唱离别,贱生愁不穷。

送卢汀侍御归天德幕

仲宣领骑射,结束皆少年。匹马黄河岸,射雕清霜天。旌旗防日北,道路上云巅。古雪无销铄,新冰有堆填。清溪徒筌诮,白璧自招贤。岂比重恩一作思者,闭门方独全。

送草书献上人归庐山

狂僧不为酒,狂笔自通天。将书云霞片,直至清明巅。手中飞黑电,象外泻玄泉。万物随指顾,三光为回旋。聚一作骤书云霭霭,洗砚山晴鲜。忽怒画蛇虺,喷然生风烟。江人愿停笔,惊浪恐倾船。

和薛先辈送独孤秀才上都赴嘉会得青字

秦云攀窈窕，楚桂搴芳馨。五色岂徒尔，万枝皆有灵。仙谣天上贵，林咏雪中青。持此一为赠，送君翔杳冥。

送崔爽之湖南

江与湖相通，二水洗高空。定知一日帆，使得—作竭千里风。雪唱与谁和，俗情多不通。何当逸翮纵—作鹤迹，飞起泥沙中。

送超上人归天台 一作送天台道士

天台山最高，动蹑赤—作仙城霞。何以静双目，扫山除妄花。何以洁其性—作鉴形影，滤泉去泥沙。灵境物皆直，万松无一斜。月中见心近—作迥，云外将俗—作世赊。山兽护方丈，山猿捧袈裟。一本无此二句。遗身独得身，笑我牵名华。

同李益崔放送王炼师还
楼观兼为群公先营山居

十一作千年白云士，一卷紫芝书。来结崆峒侣，还期缥缈居。霞冠遗彩翠，月—作丹帔上空虚。寄谢泉根水，清泠闲有馀。

张徐州席送岑秀才

振振芝—作芳兰步，升自君子堂。泠泠松—作枫桂吟，生自楚—作羁客肠。羁鸟无定栖，惊蓬在他乡。去兹门馆闲，即彼道路长。雨馀山川净，麦熟草木凉。楚泪滴章句，京—作荆尘染—作满衣裳。赠君无馀佗，久要不可忘。

送黄构擢第后归江南

澹澹沧海气,结成黄香才。幼龄思奋飞,弱冠游灵台。一鹗顾乔木,众禽不敢猜。一骥骋长衢,众兽不敢陪。遂得会风雨,感通如云雷。至矣小宗伯,确乎心不回。能令幽静人,声实喧九垓。却忆江南道,祖筵花里开。春风不能别,别罢空徘徊。

送 道 士

千年山上行,山上无遗踪。一日人间游,六合人皆逢。自有意中侣,白寒徒相从。

送孟寂赴举

烈士不忧身,为君吟苦辛。男儿久失意,宝剑亦生尘。浮俗官是贵,君子道所珍。况当圣明主,岂乏证玉臣。浊水无白日,清流鉴苍旻。贤愚皎然别,结交当有因。

同溧阳宰送孙秀才

废瑟难为弦,南风难为歌。幽幽拙疾中,忽忽浮梦多。清韵始啸侣,雅言相与和。讼闲每往招,祖送奈若何。牵苦强为赠,邦邑光峨峨。

溧阳唐兴寺观蔷薇花同诸公饯陈明府

忽惊红琉璃,千艳万艳开。佛火不烧物,净香空徘徊。花下印文字,林间咏觞杯。群官饯宰官,此地车马来。

送柳淳

青山临黄河,下有长安道。世上一作岁岁名利人,相逢不知老。

送殷秀才南游

诗句临一作满离袂,酒花薰别颜。水程千里外,岸泊几宵间。风叶乱辞木,雪猿清叫山。南中多古事,咏遍始应还。

送青阳上人游越

秋风吹白发,微官自萧索。江僧何用叹,溪县饶寂寞。楚思物皆清,越山胜非薄。时看镜中月,独向衣上落。多谢入冥鸿,笑予在笼鹤。

奉同朝贤送新罗使

森森望远国,一萍秋海中。恩传日月外,梦在波涛东。浪兴豁胸臆,泛程舟虚空。既兹吟仗信,亦以难私躬。实怪赏不足,异鲜悦多丛。安危所系重,征役谁能穷。彼俗媚文史,圣朝富才雄。送行数百首,各以铿奇工。冗隶窃抽韵,孤属思将同。

留弟郢不得送之江南

刚有下水船,白日留不得。老人独自归,苦泪满眼黑。

送陆畅归湖州因凭题一作吊故人皎然塔陆羽坟

森森雪寺前,白蘋多清风。昔游诗会满,今游诗会空。孤吟玉凄恻,远思景蒙笼。杼山砖塔禅,竟陵广一作扩宵翁。饶彼草木声,仿佛闻徐聪。因君寄数句,遍为书其丛。追吟当时说,来者实不穷。

江调难再得,京尘徒满躬。送君溪鸳鸯,彩色双飞东。东多高静乡,芳宅冬亦崇。手自撷甘旨,供养欢冲融。待我遂前心,收拾使有终。不然洛岸亭,归死为大同。

送 淡 公

燕本冰雪骨一作操,越淡莲花风。五言双宝刀,联响高飞鸿。翰苑钱舍人,诗韵铿雷公。识本未识淡,仰咏嗟无穷。清恨生物表,朗玉倾梦中。常于冷竹坐,相一作寒语道意冲。嵩洛兴不薄,稽江事难同。明年若不来,我作黄蒿翁。何以尤其心,为君学虚空。

坐爱青草上,意含沧海滨。渺渺独见水,悠悠不问人。镜浪洗手绿,剡花入心春。虽然防外触,无奈饶衣新。行当译文字,慰此吟殷勤。

铜斗饮江酒,手拍铜斗歌。侬是拍浪儿,饮则拜浪婆。脚踏小船头,独速舞短蓑。笑伊渔阳操,空恃文章多。闲倚青竹竿,白日奈我何。

短蓑不怕雨,白鹭相争飞。短楫画菰蒲,斗作豪横归。笑伊水健儿,浪战求光辉。不如竹枝弓,射鸭无是非。

射鸭复射鸭,鸭惊菰蒲头。鸳鸯亦零落,彩色难相求。侬是清浪儿,每踏清浪游。笑伊乡贡郎,踏土称风流。如何丱角翁,至死不裹头。

师得天文章,所以相知怀。数年伊雒同,一旦江湖乖。江湖有故庄,小女啼嗒嗒。我忧未相识,乳养难和谐。幸以片佛衣,诱之令看斋。斋中百福言,催促西归来。

伊洛气味薄,江湖文章多。坐缘江湖岸,意识一作织鲜明波。铜斗短蓑行,新章其奈何。兹焉激切句,非是等闲歌。制一作掣之附驿回,勿使馀风讹。都城第一寺,昭成屹嵯峨。为师书广壁,仰咏时经过。徘徊相思心,老泪双滂沱。

江南邑中寺一作寺邑古,平地生胜山。开元吴语僧,律韵高且闲。妙药溪岸平,桂榜往复还一作复往还。树石相斗生,红绿各异颜。风味我遥忆,新奇师独攀。

报恩兼报德,寺与山争鲜。橙橘金盖槛,竹蕉绿凝禅。经章音韵细,风磬清泠翩。离肠绕师足,旧忆随路延。不知几千尺,至死方绵绵。

乡在越镜中,分明见归心。镜芳步步绿,镜水日日深。异刹碧天上,古香清桂岑。朗约徒在昔,章句忽盈今。幸因西飞叶,书作东风吟。落我病枕上,慰此浮恨侵。

牵师袈裟别,师断袈裟归。问师何苦去,感吃言语稀。意恐被诗饿,欲住将底依。卢殷刘言史,饿死君已噫。不忍见别君,哭君他是非。

诗人苦为诗,不如脱空飞。一生空鹭气,非谏复非讥。脱枯挂寒枝,弃如一唾微。一步一步乞,半片半片衣。倚诗为活计,从古多无肥。诗饥老不怨,劳师泪霏霏。

送魏端公入朝

东洛尚淹玩,西京足芳妍。大宾一作贤威仪肃,上客冠剑鲜。岂惟空恋阙,亦以将朝天。局促尘末吏,幽老病中弦。徒怀青云价,忽至白发年。何当补风教,为荐三百篇。

送卢郎中汀

洛水春渡阔,别离心悠悠。一生空吟诗,不觉成白头。向事每计较,与山实绸缪。太华天上开,其下车辙流。县街无尘土,过客多淹留。坐饮孤驿酒,行思独山游。逸关岚气明,照渭空潋浮。玉珂摆新欢,声与鸾凤俦。朝谒大家事,唯余去无由。

送郑仆射出节山南 一作酬郑兴元仆射招

国老出为将,红旗入青山。再招门下生,结束馀病孱。自笑骑马丑,强从驱驰间。顾顾一作倾倾磨天路,袅袅镜下颜。文魄既飞越,宦情唯等闲。羡他白面少,多是清朝班。惜命非所报,慎行诚独艰。悠悠去住心,两说何能删。

别 妻 家

芙蓉湿晓露,秋别南浦中。鸳鸯卷一作眷,一作有新赠,遥恋东床空。碧水不息浪,清溪易生风。参差坐一作路成阻,飘飖去一作恨无穷。孤云目虽断,明月心相通。私情讵销铄,积芳在春丛。

赠 姚 怤 别

美人废琴瑟,不是无巧弹。闻君郢中唱,始觉知音难。惊蓬无还根,驰水多分澜。倦客厌出门,疲马思解鞍。何以写此心,赠君握中丹。

赠竟陵卢使君虔别

赤日千里火,火中行子心。孰不苦焦灼,所行为贫侵。山木岂无凉,猛兽蹲清阴。归人忆一作怀平坦,别路多岖嵚。赖得竟陵守,时闻建安吟。赠别折楚芳,楚芳一作芳色摇衣襟。

与韩愈李翱张籍话别

朱弦奏离别,华灯少光辉。物色一作思岂有一作知异,人心顾将违。客程殊未已,岁华忽然一作已微。秋桐故叶下,寒露新雁飞。远游

起重恨,送人念先归。夜集类饥一作羁鸟一作乌,晨光失相依。马迹
绕川水,雁书还一作妻泣守闺闱。常恐亲朋阻,独行知虑非。

监察十五叔东斋招李益端公会别

欲知惜别离,泻水还清池。此地有君子,芳兰步葳蕤。手掇一作缀
杂英一作彩佩,意摇春夜一作梦思。莫作绕山云,循环无定期。

汴州留别韩愈 一本无留字

不饮浊水澜,空滞此汴河。坐见绕岸水一作冰,尽为还海波。四时
不在家,弊服断线多。远客独憔悴,春英落一作各婆娑。汴水一作荒
陂饶曲流,野桑无直柯。但为君子心,叹息一作饮之终靡他。

赠别殷山人说易后归幽墅

夫子说天地,若与灵龟言。幽幽人不知,一一予所敦。秋月吐白
夜,凉风韵清源。旁通忽已远,神感寂不喧。一悟祛万结,夕怀倾
朝烦。旅辀无停波,别马嘶去辕。殷勤荒草士,会有知己论。

寿安西渡奉别郑相公

洛河向西道,石波横磷磷。清风送君子,车远无还尘。春别亦萧
索,况兹冰霜晨。零落景易入,郁抑抱难申。百宵华灯宴,一旦星
散人。岁去弦吐箭,忧来蚕抽纶。绵绵无穷事,各各驰绕身。徘徊
黄一作送缥缈,倏忽春霜宾。相为物表物,永谢区中姻。日嗟来教
士,仰望无由亲。

东都清风减,君子西归朝。独抱岁晏恨,泗吟不成谣。贵游意多
味,贱别情易消。回雁忆前叫,浪凫念后漂一作飘。悠悠孤飞景,耸
耸衔霜条。昧趣多滞涩一作趾,懒朋寡新僚。病深理方悟,悔至心

自烧。寂静道何在,忧勤学空饶。乃知减闻见,始遂情逍遥。文字徒营织,声华谅疑骄。顾惭耕稼士,朴略气韵调。善士一作才有馀食,佳畦冬生苗。养人在养身,此旨清如韶。愿贡高古言,敢望锡类招。

全唐诗卷三八〇

孟　郊

宇文秀才斋中海柳咏

玉缕青葳蕤,结为芳树姿。忽惊明月钩,钩出珊瑚枝。灼灼不死花,蒙蒙长生丝。饮柏泛仙味,咏兰拟古词。霜风清飕飕,与君长相思。

摇　柳 一作采柳

弱弱本易惊,看看势难定。因风似醉舞,尽日不能正。时邀咏花女,笑辍春妆镜。

晓　鹤

晓鹤弹古舌,婆罗门叫音。应吹天上律,不使尘中寻。虚空梦皆断,欹唏安能禁。如开孤月口,似说明星心。既非人间韵,枉作人间禽。不如相将去,碧落窠巢深。

和蔷薇花歌

仙机札札 一作轧轧 织凤凰,花开七十有二行。天霞落地攒红光,风枝袅袅时一飏,飞散葩馥绕空王。忽惊锦浪洗新色,又似宫娃逞妆饰。终当一使移花—作老根，还比蒲桃天上植。

邀人赏蔷薇

蜀色庶可比，楚丛亦应无。醉红不自力，狂艳如索扶。丽蕊惜未扫，宛枝长更纤。何人是花侯，诗老强相呼。

和宣州钱判官使院厅前石楠树

大朴既一剖，众材争万殊。懿兹南海华，来与北壤俱。生长如自惜，雪霜无凋渝。笼笼抱灵秀，簇簇抽芳肤。寒日吐丹艳，赪子流细珠。鸳鸯花数重，翡翠叶四铺。雨洗新妆色，一枝如一姝。耸异敷庭际，倾妍来坐隅。散彩饰机案，馀辉盈盘盂。高意—作立因—作自造化，常情逐荣枯。主公方寸中，陶植在须臾。养此奉君子，赏觌日为娱。始觉石楠咏，价倾赋两—作西都。棠颂庶可比，桂词难以逾。因谢丘墟木，空采—作操落泥涂。时来开佳姿，道去卧枯株。争芳无由缘，受气如郁纡。抽肝在郢匠，叹息何踟蹰。

酬郑毗踯躅咏

不似人手致，岂关地势偏。孤光袅馀翠，独影舞多妍。迸火烧闲地，红星堕青天。忽惊物表物，嘉客为留连。

品　松

追悲谢灵运，不得殊常封。纵然孔与颜，亦莫及此松。此松天格高，耸异千万重。抓拏巨灵手，擘裂少室峰。擘裂风雨狞，抓拏指爪脯。同佣，均也，直也。道入难抱心，学生易堕踪。时时数点仙，袅袅一线龙。霏微岚浪际，游戏颢兴浓。品松徒高高，雌鸣—作鸿，—作语。讵嗤嗤。赏异尚可贵，赏潜谁能容。名华非典实，翦弃徒纤茸。刻削大雅文,所以不敢慵。

答李员外小榼味

一拳芙蓉水,倾玉何泠泠。仙情夙—作清风已高,诗味今更馨。试
啜月入骨,再衔愁尽醒。荷君道古诚,使我善飞—作振翎。

井上枸杞架

深锁银泉甃,高叶架云空。不与凡木并,自将仙盖同。影疏千点
月,声细万条风。进子邻沟外,飘香客位中。花杯承此饮,椿岁小
无穷。

蜘蛛讽 —作咏

万类皆有性,各各禀天和。蚕身与汝身,汝身何太讹。蚕身不为
己,汝身—作心不为佗。蚕丝为衣裳,汝丝为网罗。济物几—作既无
功,害物日—作自已多。百虫虽切恨,其将奈尔何。

蚊

五月中夜息,饥蚊尚营营。但将膏血求,岂觉性命轻。顾己宁自
愧,饮人以偷生。愿为天下帱,一使夜景清。

烛　蛾

灯前双舞蛾,厌生何太切。想尔飞来心,恶明不恶灭。天若百尺
高,应去掩明月。

和钱侍郎甘露

玄天何以言,瑞露青松繁。忽见垂书迹,还惊涌澧源。春枝晨袅

衮,香味晓翻翻。子礼忽来献,臣心固易敦。清风惜不动,薄雾肯蒙昏。嘉昼色更晶,仁慈久乃存。一方难独占,天下恐争论。侧听飞中使,重荣华一作萃德门。从公乐万寿,馀庆及儿孙。

和令狐侍郎郭郎中题项羽庙

碧草凌古庙,清尘锁秋窗。当时独宰割,猛志谁能降。鼓气雷作敌,剑光电为双。新悲徒自起,旧恨一作怀旧空浮江。

读张碧集

天宝太白殁,六义已消歇。大哉国风本,丧而王泽竭。先生今复生,斯文信难缺。下笔证兴亡,陈词备风骨。高秋数奏琴,澄潭一轮月。谁作采诗官,忍一作教之不挥发。

听　琴

飒飒微雨收,翻翻橡一作桐叶鸣。月沉乱峰西,寥落三四星。前溪忽调琴,隔林寒玲玲。闻弹正弄声,不敢枕上听。回烛整头簪,漱泉立中庭。定步屦一作履齿深,貌禅目冥冥。微风吹衣襟,亦认宫徵声。学道三十年,未免忧死生。闻弹一夜中,会尽天地情。

闻夜啼赠刘正元

寄泣须寄黄河泉,此中怨声一作泪怨流彻一作方到天。愁人独有夜灯见,一纸乡书泪滴穿。

喜　雨

朝见一片云,暮成千里雨。凄清湿高枝,散漫沾荒土。

终南山下作

见此原野秀,始知造化偏。山村不假阴,流水自—作日雨田。家家
梯碧峰,门门锁青烟。因思蜕骨人,化作飞桂仙。

观 种 树

种树皆待春,春至难久留。君看朝夕花,谁免离别愁。心意已零
落,种之仍未休。胡为好奇者,无事自买忧。

春 雨 后

昨夜一霎雨,天意苏群物。何物最先知,虚庭草争出。

答友人赠炭

青山白屋有仁人,赠炭价重双乌银。驱却坐上千重寒,烧出炉中一
片春。吹霞弄日光不定,暖得曲身成直身。

烂 柯 石

仙界一日内,人间千载穷。双棋未遍局,万物皆为空。樵客返归
路,斧柯烂从风。唯馀石桥在,犹自凌丹虹—作犹有灵丹红。

寻 言 上 人

万里莓苔地,不见驱驰踪。唯开文字窗,时写日月容。竹韵漫萧
屑,草花徒蒙—作纤茸。披霜入众木,独自识青松。

喷 玉 布

去尘咫尺步,山笑康乐岩。天开紫石屏,泉缕—作镂明月帘。仙凝

刻削迹,灵绽云霞纤。悦闻若有待,瞥见终无厌。俗玩讵能近,道
嬉方可淹。踏着不死机,欲归多浮嫌。古醉今忽醒,今求古仍潜。
古今相共失,语默两难恬。赠君喷玉布,一濯高崭崭。

姑蔑城

劲越既成土,强吴亦为墟。皇风一已被,兹邑信平居。抚俗观旧
迹,行春布新书。兴亡意何在,绵叹空踌躇。

峥嵘岭

疏凿顺高下,结构横烟霞。坐啸郡斋肃,玩奇石路斜。古树浮绿
气,高门结朱华。始见峥嵘状,仰止逾可嘉。

寻裴处士

涉水更登陆,所向皆清真。寒草不藏径,灵峰知有人。悠哉炼金
客,独与烟霞亲。曾是欲轻举,谁言空隐沦。远心寄白月一作日,华
发回青春。对此钦胜事,胡为劳我身。

子庆诗

王家事已奇,孟氏庆无涯。献子还生子,羲之又有之。凤兮且莫
叹,鲤也会闻诗。小小豫章甲,纤纤玉树姿。人来唯仰乳,母抱未
知慈。我欲拣其养,放麛者是谁。

憩淮上观公法堂

动觉日月短,静知时岁长。自悲道路人,暂宿空闲堂。孤烛让清
昼,纱巾敛辉光。高僧积素行,事外无刚强。我有岩下桂,愿为炉
中香。不惜青翠姿,为君一作师扬芬芳。淮水色不污,汴流徒浑黄。

且将琉璃意,净缀芙蓉章。明日还独行,羁愁来旧肠。

江邑春霖奉赠陈侍御

江上花木冻,雨中零落春。应由放忠直,在此成漂沦。嘉艳皆损污,好音难殷勤。天涯多远恨,雪涕盈芳辰。坐哭青草上,卧吟幽水滨。兴言念风俗,得意唯波鳞。枕席病流湿,檐楹若飞津。始知吴楚水,不及京洛尘。风浦荡归棹,泥陂陷征轮。两途日无遂,相赠唯沾巾。

溧阳秋霁

晚雨晓犹在,萧寥激前阶。星星满衰鬓,耿耿入秋怀。旧识半零落,前心骤相乖。饱泉亦恐醉,惕宦肃如斋。上客处华池,下寮宅枯崖。叩高占生物,龃龉回难谐。

列仙文

方诸青童君

大霞霏晨晖,元气无常形。玄辂飞霄外,八景乘高清。手把玉皇袂,携我晨中生。玄庭自嘉会,金书拆华名。贤女密所妍,相期洛水轿。

清虚真人

欻驾空清虚,徘徊西华馆。琼轮暨晨抄,虎骑逐烟散。惠风振丹旌,明烛朗八焕。解襟埔房内,神铃鸣璀璨。栖景若林柯,九弦空中弹。遗我积世忧,释此千载叹。怡眄无极已,终夜复待旦。

金母飞空歌

驾我八景舆,欻然入玉清。龙群拂霄上,虎旗摄朱兵。逍遥三弦际,万流无暂停。哀此去留会,劫尽天地倾。当寻无中景,不死亦不生。体彼自然道,寂观合大冥。南岳挺直干,玉英曜颖精。有任麈期事,无心自虚灵。嘉会绛河内,相与乐朱英。

安度明

丹霞焕上清,八风鼓太和。回我神霄辇,遂造岭玉阿。咄嗟天地外,九围皆我家。上采白日精,下饮黄月华。灵观空无中,鹏路无间邪。顾见魏贤安,浊气伤汝和。勤研玄中思,道成更相过。

夏日谒智远禅师

吾师当几祖,说法云无空。禅心三界外,宴坐天地中。院静鬼神去,身与草木同。因知护王国,满钵盛毒龙。抖擞尘埃衣,谒师见真宗。何必千万劫,瞬息去樊笼。盛夏火为日,一堂十月风。不得为弟子,名姓挂儒宫。

访嵩阳道士不遇

先生五兵一作岳游,文焰藏金鼎。日下鹤过一作归时,人间空落影。常言一粒药,不堕生死境。何当列御寇,去问仙人请。

听蓝溪僧为元居士说维摩经

古树少枝叶,真僧亦相依。山木自曲直,道人无是非。手持维摩偈,心向居士归。空景忽开霁,雪花犹在衣。洗然水溪昼,寒物生光辉。

借　车

借车载家具,家具少于车。借者莫弹指,贫穷何足嗟。百年徒役走,万事尽随花。

喜符郎诗有天纵

念符不由级，屹得文章阶。白玉抽一毫，绿珉已难排。偷笔作文章，乞墨潜磨揩。海鲸始生尾，试摆蓬壶涡。幸当禁止之，勿使恣狂怀。自悲无子嗟，喜妒双喈喈。

凭周况先辈于朝贤乞茶

道意勿乏味，心绪病无惊。蒙茗玉花尽，越瓯荷叶空。锦水有鲜色，蜀山饶芳丛。云根才翦绿，印缝已霏红。曾向贵人得，最将诗叟同。幸为乞寄来，救此病_{一作穷}劣躬。

上昭成阁不得于从侄僧悟空院叹嗟

欲上千级_{一作尺}阁，问天三四言。未尺数十登，心目风浪翻。手手把惊魄，脚脚踏坠魂。却流至旧手，傍掔犹欲奔。老病但自悲，古蠹木万痕。老力安可夸，秋海萍一根。孤叟何所归，昼眼如黄昏。常恐失好步，入彼市井门。结僧为亲情，策竹为子孙。此诚徒切切，此意空存存。一寸地上语，高天何由闻。

魏博田兴尚书听嫂_{一本有之字}命不立非夫人诗

君子耽古礼，如馋鱼吞钩。昨闻敬嫂言，掣心东北流。魏博田尚书，与礼相绸缪。善词闻天下，一日一再周。

读　经

垂老抱佛脚，教妻读黄经。经黄名小品，一纸千明星。曾读大般若，细感肝虿听。当时把斋中，方寸抱万灵。忽复入长安，蹴踏日月宁。老方却归来，收拾可丁丁。拂拭尘几案，开函就孤亭。儒书难借索,僧签饶芳馨。驿驿不开手,铿铿闻异铃。得善如焚香,去恶如脱腥。安得颜子耳,曾未如此听。听之何有言,德教贵有形。何言中国外,有国如海萍。海萍国教异,天声各泠泠。安排未定时,心火竞荧荧。将如庶几者,声尽形元冥。

谢李輈再到

等闲拜日晚,夫妻犹相疮。况是贤人冤,何必哭飞扬。昨夜梦得剑,为君藏中肠。会将当风烹,血染布衣裳。劳君又叩门,词句失寻常。我不忍出厅,血字湿土墙。血字耿不灭,我心惧惶惶。会有铿锵夫,见之目生光。生光非等闲,君其且安详。

忽不贫喜卢仝书船归洛

贫孟忽不贫,请问孟何如。卢仝归洛船,崔嵬但载书。江潮清翻翻,淮潮碧徐徐。夜信为朝信,朝信良卷舒。江淮君子水,相送仁有馀。我去官色衫,肩经入君庐。喃喃肩经郎,言语倾琪琚。琪琚铿好词,鸟鹊跃庭除。书船平安归,喜报乡里闾。我愿拾遗柴,巢经于空虚。下免尘土侵,上为一作与云霞居。日月更相锁,道义分明储。不愿空岩峣,但愿实工夫。实空二理微,分别相起予。经书荒芜多,为君勉勉锄。勉勉不敢专,传之方在诸。

全唐诗卷三八一

孟　郊

吊国殇

徒言人最灵，白骨乱纵横。如何当春死，不及群草生。尧舜宰乾坤，器农不器兵。秦汉盗山岳，铸杀不铸耕。天地莫生金，生金人竞争。

吊比干墓

殷辛帝天下，厌为天下尊。乾刚既一断，贤愚无二门。佞是福身本，忠是丧己源。饿虎不食子，人无骨肉恩。日影不入地，下埋冤死魂。有骨不为土，应作直木根。今来过此乡，下马吊此坟。静念君臣间，有道谁敢论。

吊元鲁山

〔搏〕(抟)鸷有馀饱，鲁山长饥空。豪人饫鲜肥，鲁山饭蒿蓬。食名皆霸官，食力乃尧农。君子耻新态，鲁山与古终。天璞本平一，人巧生异同。鲁山不自剖，全璞竟没躬一作穷。
自剖多是非，流滥将何归。奔竞一作捐躯立诡节，凌侮争怪辉。五常坐销铄，万类随衰微。以兹见鲁山，道蹇无所依。

君子不自蹇，鲁山蹇有因。苟含天地秀，皆是天地身。天地蹇既
甚，鲁山道莫伸。天地气不足，鲁山食更贫。始知补元化，竟须得
贤人。

贤人多自艰，道理与俗乖。细功不敢言，远韵方始谐。万物饱为
饱，万人怀为怀。一声苟失所，众憾来相排。所以元鲁山，饥衰难
与偕。

远阶无近级，造次不可升。贤人洁肠胃，寒日空澄凝。血誓竟讹
谬，膏明易煎蒸。以之驱鲁山，疏迹去莫乘。

言从鲁山宦，尽化尧时心。豺狼耻狂噬，齿牙闭霜金一作针。竞来
辟田土，相与耕嵚岑。当一作常宵无关锁，竟岁饶歌吟。善教复一作
履天术，美词非俗箴。精微自然事，视听不可寻。因书鲁山绩，庶
合箫韶音。

箫韶太平乐，鲁山不虚作。千古若有知，百年幸如昨。谁能嗣教
化，以此洗浮薄。君臣贵深遇，天地有灵橐。力运既艰难，德符方
合漠。名位苟虚旷，声明自销铄。礼法虽相救，贞浓易精粕。哀哀
元鲁山，毕竟谁能度。

当今富教化一作圣主礼嘉士，元后得贤相。冰心镜衰古，霜议清遐障。
幽埋尽洗一作光洗，滞旅免流浪。唯馀鲁山名，未获旌廉让。二三
贞苦士，刷视耸危望。发秋青山夜，目断丹阙亮。诱类幸从兹，嘉
招固非妄。小生奏狂狷，感惕增万状。

黄犊不知孝，鲁山自驾车。非贤不可妻，鲁山竟无家。供养耻佗
力，言词岂纤瑕。将谣鲁山德，颐海一作海颐谁能涯。

遗婴尽雏乳，何况骨肉枝。心肠结苦诚，胸臆垂甘滋。事已出古
表，谁言独今奇。贤人母万物，岂弟流前诗。

哭李观

志士不得老，多为直气伤。阮公终日哭，寿命固难长。颜子既殂谢，孔门无辉光。文星落奇曜，宝剑摧修铓。常作金应石，忽为宫一作参别商。为尔吊琴瑟，断弦难再张。偏毂不可转，只翼不可翔。清尘无吹嘘，委地难飞扬。此义古所重，此风今则亡。自闻丧元宾，一日八九狂。沉痛此丈夫，惊呼彼穹苍。我有出俗韵，劳君疾恶肠。知音既已矣，微言一作善谁能彰。旅葬无高坟，栽松不成行。哀歌动寒日，赠泪沾晨霜。神理本窅窅一作冥冥，今来更茫茫。何以荡悲怀，万事付一觞。

李少府厅吊李元宾遗字

自注：元宾《题少府厅》云：宿从叔宅有感。有其义而无其辞。

零落三四字，忽成一作然千万年。那知冥寞一作寂客，不有补亡篇。斜月吊一作吐空壁，旅人难独眠。一生能几时，百虑来相煎。戚戚故交泪，幽幽长夜泉。已矣难重言，一言一潸然。

悼吴兴汤一作杨，一作张衡评事

君生一作在雪水清，君殁雪水浑。空令一作有骨肉情一作亲，哭得白日昏。大夜不复晓，古松长闭门。琴弦绿水绝，诗句青山存。昔为芳春颜，今为荒草根。独问冥冥理，先儒未曾言。

哀孟云卿嵩阳荒居

戚戚抱幽独，宴宴沉荒居。不闻新欢笑，但睹旧诗书。艺檗意弥苦，耕山食无馀。定交昔何在，至戚今或疏。薄俗易销歇，淳风难久舒。秋芜上空堂，寒槿落枯渠。薙草恐伤蕙，摄衣自理锄。残芳亦可饵,遗秀谁忍除。徘徊未能去,为尔涕涟如。

哭卢贞国

一别难与期,存亡易寒燠。下马入君门,声悲不成哭。自能富才艺,当冀深荣禄。皇天负我贤,遗恨至两目。平生叹无子,家家一作事亲相嘱。

伤旧游

去春会处今春归,花数不减人数稀。朝笑片时暮成泣,东风一向一作见还西辉。

吊房十五次卿少府

日高方得起,独赏些些春。可惜宛转莺,好音与他人。昔年此气味,还走曲江滨。逢著韩退之,结交方殷勤。蜀客骨目高,聪辩剑载新。如何昨日欢,今日见无因。英奇一谢世,视听一为尘。谁言老泪短,泪短沾衣一作足沾巾。

逢江南故昼上人会中郑方回

自注:上人往年手札五十篇相赠,云以为他日之念。

相逢失意中,万感因语至。追思东林日,掩抑北邙泪。筐箧有遗文,江山旧清气。尘生逍遥注一作篇,墨故飞动字。荒毁碧涧居,虚无青松位。珠沉百泉暗,月死群象闭。永谢平生言,知音岂容易。

哭秘书包大监

哲人卧病日,贱子泣玉年。常恐宝镜破,明月难再圆。文字未改素,声容忽归玄。始知知音稀,千载一绝弦。旧馆有遗琴,清风那复传。

悼 幼 子

一闭黄蒿门，不闻白日事。生气散成风，枯骸化为地。负我十年恩，欠尔千行泪。洒之北原上，不待秋风至。

悼 亡

山头明月夜增辉，增辉不照重泉下。泉下双龙无再期，金蚕玉燕空销化。朝云暮雨成古墟，萧萧野竹风吹亚。

吊李元宾坟

晓上荒凉原，吊彼寂寥一作冥寞魂。眼咽此时泪，耳凄在日言。冥冥一作寂寂千万年，坟锁孤松根。

览崔爽遗文因纾幽怀 自注：崔君没于南方。

堕泪数首文，悲结千里坟。苍旻且留我，白日空遗君。仙鹤未巢月，衰凤先坠云。清风独起时，旧语如再闻。瑶草罢葳蕤，桂花休氛氲。万物与我心，相感吴一作哭江濆。

峡 哀

昔多相与笑，今谁相与哀。峡哀哭幽魂一作梦，嗷嗷风吹来。堕魄抱空月，出没难自裁。齑粉一闪间，春涛百丈一作尺雷。峡水声不平，碧沱牵清洄。沙棱箭箭一作濿濿急，波齿断断开。呀彼无底吮，待此不测灾。谷号相喷激，石怒争旋回。古醉一作罪有一作少复乡，今缧多为能。字孤徒仿佛，衔雪犹惊猜。薄俗少直肠，交结须横财。黄金买相吊，幽泣无馀漼。我有古心意，为君空摧颓。

上天下天水，出地入地舟。石剑相劈斫，石波怒蛟虬。花木叠宿春，风飘凝古秋。幽怪窟穴语，飞闻肸蚃流。沉哀日已深，衔诉将何求。

三峡一线天，三峡万绳泉。上仄碎日月，下掣狂漪涟。破魂一两点，凝幽数百年。峡晖不停午，峡险多饥涎。树根锁枯棺，孤骨裹裹悬。树枝哭霜栖，哀韵杳杳鲜。逐客零落肠，到此汤火煎。性命如纺绩，道路随索缘。莫泪一作爵吊波灵，波灵将闪然。

峡乱鸣清磬一作峡虬鸣清声，产石为鲜鳞。喷为腥雨涎，吹作黑井身。怪光闪众异，饿剑唯待人。老肠未曾饱，古齿崭岩嗔。嚼齿三峡泉，三峡声断断。

峡螭一作蛟老解语，百丈潭底闻。毒波为计校，饮血养子孙。既非皋陶吏，空食沉狱一作玉魂。潜怪何幽幽，魄说徒云云。峡听哀哭泉，峡吊鳏寡猿。峡声非人声，剑水相劈翻。斯谁士诸谢，奏此沉苦言。

谗人峡虬心，渴罪呀然浔。所食无直肠，所语饶枭音。石齿嚼百泉，石风号千琴。幽哀莫能远，分雪何由寻。月魄高卓卓，峡窟一作冤清沉沉。衔诉何时明，抱痛已不禁。犀飞空波涛，裂石千嵌岑。

峡棱刿日月，日月多摧辉。物皆斜仄生，鸟亦一作翼斜仄飞。潜石齿相锁，沉魂招莫归。恍惚清泉甲，斑斓碧石衣。饿咽潺湲号，涎似泓浤肥。峡青一作春不可游，腥草生微微。

峡景滑易堕，峡花怪非春。红光根潜涎，碧雨飞沃津。巴谷蛟螭心，巴乡魍魉亲。啖生不问贤，至死独养身。腥语信者谁，拗歌欢非真。仄田无异稼，毒水多狞鳞。异类不可友，峡哀哀难伸。

峡水剑戟狞，峡舟霹雳翔。因依虺蜴手，起坐风雨忙。峡旅多窜官，峡氓多非良。滑心不可求，滑习积已长。漠漠涎雾起，断断涎水光。渴贤如之何，忽在水一作此中央。

枭鸱作人语，蛟虬吸水波。能于白日间，诌欲晴风和。骇智蹶众命，蕴腥布深萝。齿泉无底贫，锯涎在处多。仄树鸟不巢，踔踏猿相过。峡哀不可听，峡怨其奈何。

杏　殇 并序

杏殇，花乳也，霜蔃而落。因悲昔婴，故作是诗。

冻手莫弄珠，弄珠珠易飞。惊霜莫蔃春，蔃春无光辉。零落小花乳，斓斑昔婴衣。拾之不盈把，日暮空悲归。

地上空拾星，枝上不见花。哀哀孤老人，戚戚无子家。岂若没水凫，不如拾巢鸦。浪鷇破便飞，风雏袅相夸。芳婴不复生，向物空悲嗟。

应是一线泪，入此春木心。枝枝不成花，片片落蔃金。春寿何可长，霜哀亦已深。常时洗芳泉，此日洗泪襟。

儿生月不明，儿死月始光。儿月两相夺，儿命果不长。如何此英英，亦为吊苍苍。甘为堕地尘，不为末世一作世木芳。

踏地恐土痛，损彼芳树根。此诚天不知，蔃弃我子孙。垂枝有千落，芳命无一存。谁谓生人家，春色不入门。

冽冽霜杀春，枝枝疑纤刀。木心既零落，山窍空呼号。班班落地英，点点如明膏。始知天地间，万物皆不牢。

哭此不成春，泪痕三四斑。失芳蝶既狂，失子老亦孱。且一作岂无生生力，自一作甘有死死颜。灵凤不衔诉，谁为扣天关。

此儿自见灾，花发多不谐。穷老收碎心，永夜抱破怀。声死更何言，意死不必嗘。病叟无子孙，独立犹束柴。

霜似败红芳，剪啄十数双。参差呻细风，唅喁沸一作戏浅江。泣凝一作疑不可消一作消，恨壮难自降。空遗旧日影，怨彼一作此小书窗。

吊江南老家人春梅

念尔筋力尽,违我衣食恩。奈何粗犷儿,生鞭见死痕。旧使常以礼,新怨〔一作冤〕将谁吞。胡为乎泥中〔一作上天〕,消歇教义源。

哭李丹员外并寄杜中丞

生死方知交态存,忍将诈黠报幽魂。十年同在平原客,更遣何人哭寝门。

哭 刘 言 史

诗人业孤峭,饿死良已多。相悲与相笑,累累其奈何。精异刘言史,诗肠倾珠河。取次抱置之〔一作为抛掷〕,飞过东溟波。可惜大国谣,飘为四夷歌。常于众中会,颜色两切〔磋〕(嗟)。今日果成死,葬襄〔一作丧〕之洛河。洛岸远相吊,洒泪双滂沱。

吊 卢 殷

诗人多清峭,饿死抱空山。白云既无主,飞出意等闲。久病床席尸,护丧童仆孱。故书穷鼠啮,狼藉一室间。君归新鬼乡,我面古玉〔一作土〕颜。羞见入地时,无人叫追攀。百泉空相吊,日久〔一作夕〕哀潺潺。

唧唧复唧唧,千古一月色。新新复新新,千古一花春。邙风噫孟郊,嵩秋葬卢殷。北邙前后客,相吊为埃尘。北邙棘针草,泪根生苦辛。烟火不自暖,筋力早已贫。幽荐一杯泣,泻之清洛滨。添为断肠声,愁杀长别人。

棘针风相号,破碎诸苦哀。苦哀不可闻,掩耳亦入来。哭弦多煎声,恨涕有馀摧。噫贫气已焚,噫死心更灰。梦世浮闪闪,泪波深洞洞。薤歌一以去,蒿闭不复开。

登封草木深,登封道路微。日月不与光,莓苔空生衣。可怜无子
翁,蚍蜉缘病肌。挛卧岁时长,涟涟但幽噫。幽噫虎豹闻,此外相
访稀。至亲唯有诗,抱心死有归。河南韩先生,后君作因依。磨一
片嵌岩,书千古光辉。

贤人无计校,生苦死徒夸。他名润子孙,君名润泥沙。可惜千首
文,闪如一朝花。零落难苦言一作久留,起坐空惊嗟。

耳闻陋巷生,眼见鲁山君。饿死始有名,饿名高氛氲。戀叟老壮
气,感之为忧云。所忧唯一泣,古今相纷纷。平生与君说,逮此俱
云云。

初识漆鬓发,争为新文章。夜踏明月桥,店饮一作虚敛吾曹床。醉
啜二杯酿,名郁一县香。寺中摘梅花,园里鞠浮芳。高嗜绿蔬一作
云羹,意轻肥腻羊。吟哦无滓韵,言语多古肠。白首忽然至,盛年
如偷将。清浊俱莫追,何须骂沧浪。

前贤多哭酒,哭酒免哭心。后贤试衔之,哀至无不深。少年哭酒
时,白发亦已侵。老年哭酒时,声韵随生沉。寄言哭酒宾,勿作登
封音。登封徒放声,天地竟难寻。

同人少相哭,异类多相号。始知禽兽痴,却至天然高。非子病无
泪,非父念莫劳。如何裁亲疏,用礼如用刀。孤丧鲜匍匐,闭哀抱
郁陶。烦他手中葬,诚信焉能褒。嗟嗟无子翁,死弃如脱毛。

圣人哭贤人,骨化气为星。文章飞上天,列宿增晶荧。前古文可
数,今人文亦灵。高名称谪仙,升降曾莫停。有文死更香,无文生
亦腥。为君铿好辞,永传作谧宁。

全唐诗卷三八二

张　籍

　　张籍,字文昌,苏州吴人,或曰和州乌江人。贞元十五年登进士第,授太常寺太祝。久之,迁秘书郎。韩愈荐为国子博士。历水部员外郎、主客郎中。当时有名士皆与游,而愈贤重之。籍为诗长于乐府,多警句。仕终国子司业。诗集七卷,今编为五卷。

寄　远　曲

美人来去春江暖,江头无人湘水满。浣沙石上水禽栖,江南路长春日短。兰舟桂楫常渡江,无因重寄双琼珰。

行　路　难

湘东行人长叹息,十年离家归未得。弊裘羸马苦难行,僮仆饥寒一作尽饥少筋力。君不见床头黄金尽,壮士无颜色。龙蟠泥中未有云,不能生彼升天翼。

征　妇　怨

九月匈奴杀边将,汉军全没辽水上。万里无人收白骨,家家城下招魂葬。妇人依倚子与夫,同居贫贱心亦舒。夫死战场子在腹,妾身虽存如昼烛。

白纻一作苎歌

皎皎白纻一作苎白且鲜,将作春衣称少年。裁缝长短不能定,自持刀尺向姑前。复恐兰膏污纤指,常遣傍人收堕珥。衣裳著时寒食下,还把玉鞭鞭白马。

野老歌 一作山农词

老农家贫在山住,耕种山田三四亩。苗疏税多不得食,输入官仓化为土。岁暮锄犁傍空室,呼儿登山收橡实。西江贾客珠百斛,船中养犬长食肉。

寄 衣 曲

织素缝衣独苦辛,远因回使寄征人。官家亦自寄衣去,贵从妾手著君身。高堂姑老无侍子,不得自到边城里。殷勤为看初著时,征夫身上宜不宜。

送 远 曲

戏马台南山簇簇,山边饮酒歌别曲。行人醉后起登车,席上回尊劝僮仆。青天漫漫覆长路,远游无家安得住。愿君到处自题名,他日知君从此去。

筑城词 一作曲

筑城处一作去,千人万人齐把一作抱杵。重重土坚试行一作用锥,军吏执鞭催作迟。来时一年深碛里,尽著短衣渴无水。力尽不得抛一作休杵声,杵声未尽一作定人皆死。家家养男当门户,今日作君城下一作上土。

猛 虎 行

南山北山树冥冥,猛虎白日绕林—作村行。向晚—作晓一身当道食,
山—作此中麋鹿尽无声。年年养子在空—作深谷,雌雄上山—作下不
相逐。谷中近窟有山村—作林,长向村家—作林中取黄犊。五陵年少
不敢射,空来林下看行迹。

别 离 曲

行人结束出门去,几时更踏门前路—作马蹄几时踏门路。忆昔君初纳
采时,不言身属辽阳戍。早知今日当别离,成君家计良为谁。男儿
生身自有役,那得误我少年时。不如逐君征战死,谁能独老空闺
里。

牧 童 词

远牧牛,绕村四面禾黍稠。陂中饥乌啄牛背,令我不得戏垄头。入
陂草多牛散行,白犊时向芦中鸣。隔堤吹叶应同伴,还鼓长鞭三四
声。牛牛食草莫相触,官家截尔头上角。

沙堤行呈裴相公 —作国。一本无呈裴相公四字。

长安大道沙为堤,早风无尘雨—作晚,—作暖无泥。宫中玉漏下三刻,
朱衣导骑丞相来。路傍高楼息歌吹,千车不行行者避。街官闲吏
相传呼,当前十—作一里惟空衢。白麻诏下移相印,新堤未成旧堤
尽。

求 仙 行

汉皇欲作飞仙子,年年采药东海里。蓬莱无路海无边,方士舟中相枕死。招摇在天回白日,甘泉玉树无仙实。九皇真人终不下,空向离宫祠太乙。丹田有气凝素华,君能保之升绛霞。

古_{一作宝}钗叹

古钗堕_{一作坠}井无颜色,百尺泥中今复得。凤凰宛转有古仪,欲为首饰不称时。女伴传看不知主_{一作玉窗}下,罗袖拂拭生光辉。兰膏已尽股半折,雕文刻样无年月。虽离井底入匣中,不用还与坠时同。

各东西 _{一本此下有言字}

游人别,一东复一西。出门相背两不返,惟信车轮与马蹄。道路悠悠不知处,山高海阔谁辛苦。远游不定难寄书,日日空寻别时语。浮云上天雨堕地,暂时会合终离异。我今与子非一身,安得死生不相弃。

节妇吟寄东平李司空师道

君知妾有夫,赠妾双明珠。感君缠绵意,系在红罗襦。妾家高楼连苑起,良人执戟明光里。知君用心如日月,事夫誓拟同生死。还君明珠双泪垂,何不相逢未嫁时。

宴 客 词

上客不用顾金羁,主人有酒君莫违。请君看取园中花,地上渐多枝上稀。山头树影不见石,溪水无风应_{一作晚}更碧_{一作映天碧}。人人齐醉起舞时,谁觉翻衣与倒帻。明朝花尽人已去,此地独来空绕树。

永嘉行

黄头鲜卑入洛阳,胡儿执戟升明堂。晋家天子作降虏,公卿奔走如牛一作驱羊一作尽去驱牛羊。紫陌旌幡暗相触,家家鸡犬惊上屋。妇人出门随乱兵,夫死眼前不敢哭。九州诸侯自顾土,无人领兵来护主。北人避胡多在南,南人至今能晋语。

采莲曲

秋江岸边莲子多,采莲女儿凭一作并船歌。青房圆实齐戢戢,争前竞折漾微波。试牵绿茎下寻藕,断处丝多刺伤手。白练束腰袖半卷,不插玉钗妆梳浅。船中未满度前洲,借问阿谁家住远。归时共待暮潮上,自弄芙蓉还荡桨。

伤歌行 元和中,杨凭贬临贺尉。

黄门诏下促收捕,京兆尹系御史府。出门无复部曲随,亲戚相逢不容语。辞成谪尉南海州,受命不得须臾留。身着青衫骑恶马,中一作东门之外一作东无送者。邮夫防吏急喧驱,往往惊堕马蹄下。长安里中荒大宅,朱门已除十二载。高堂舞榭锁管弦,美人遥望西南天。

吴宫怨

吴宫四面秋江水,江清露白芙蓉死。吴王醉后欲更衣,座上美人娇不起。宫中千门复万户,君恩反覆谁能数。君心与妾既不同,徒向君前作歌舞。茱萸满宫红实垂,秋风袅袅生繁枝。姑苏台上夕燕罢,他人侍寝还独归。白日在天光在地,君今那得长相弃。

北邙行 一作白邙山

洛阳北门北邙道,丧车辚辚入秋草。车前齐唱薤露歌,高坟新起白峨峨。朝朝暮暮人送葬,洛阳城中人更多。千金立碑高百尺,终作谁家柱下石。山一作垅头松柏半无主,地下白骨多于土。寒食家家送纸钱,乌鸢作窠衔上树。人居朝市未解愁,请君暂向北邙游。

关 山 月

秋月朗一作明朗关山上,山中行人马蹄响。关山秋来雨雪多,行人见月唱边歌。海边茫茫天气白,胡儿夜度黄龙碛。军中探骑暮出城,伏兵暗处低旌戟。溪水一作沙碛连天霜草平,野驼寻水碛中鸣。陇头风急雁不下,沙场苦战多流星。可怜万国一作里关山道,年年战骨多秋草。

陇 头 行

陇头路一作已断人不行,胡骑夜一作已入凉州城。汉兵处处格斗死,一朝尽没陇西地。驱我边人胡中去,散一作恣放牛羊食禾黍。去年中国养子孙,今著毡裘学胡语。谁能更一作还使李轻车,收一作重取凉州入一作属汉家。

楚妃叹 一作怨

湘云初起江沉沉,君王遥在云梦林。江南雨多旌旗一作戟暗,台下朝朝春水深。章华殿前朝万一作下国,君心独自无终极。楚兵满地能一作兼逐禽,谁用一身骋筋力。西江若翻云梦中,麋鹿死尽应还宫。

春 日 行

春日融融池上暖,竹牙出土兰心短。草堂晨起酒半醒,家僮报我一本有后字园花一本有已字满。头上皮冠未曾整,直入花间不寻径。树树殷勤尽绕行,攀枝未遍春日暝。不用积金著青天,不用服药求神仙。但愿园里花长好,一生饮酒花前老。

秋 夜 长

秋天如水夜未央,天汉东西月色光。愁人不寐畏枕席;暗虫唧唧一作喷喷绕我傍。荒城为村无更声,起看北斗天未明。白露满田风袅袅,千声万声鹒鸟鸣。

白 鼍 鸣

天欲雨,有东风,南谿白鼍鸣窟中。六月人家井无水,夜闻鼍声人尽起。

洛 阳 行

洛阳宫阙当中州,城上峨峨十二楼。翠华西去几时返,枭一作鸣巢乳鸟藏蛰燕。御门空锁五十年,税彼农夫修玉殿。六街朝暮鼓冬冬,禁兵持戟守空宫。百官月月拜章表,驿使相续长安道。上阳宫树黄复绿,野豺入苑食麋鹿。陌上老翁双泪垂,共说武皇巡幸时。

春 江 曲

春江无云一作冰潮水平一作水平满,蒲心出水一作江心凫雏鸣。长干夫婿爱远行,自染春衣缝已成。妾身生长金陵侧,去年随夫住江北。春来未到父母家,舟小风多渡不得。欲辞舅姑先问人,私向江头祭水神。

送 远 曲

吴门向西流水长,水长柳暗烟茫茫。行人送客各惆怅,话离叙别倾清觞。吟丝竹,鸣笙簧,酒酣性逸歌猖狂。行人告我挂帆去,此去何时返故乡。殷勤振衣两相嘱,世事近来还浅促。愿君看取吴门山,带雪经春依旧绿。行人行处求知亲,送君去去徒酸辛。

塞 下 曲

边州八月修城堡,候骑先烧碛中草。胡风吹沙度陇飞,陇头林木无北枝。将军阅兵青塞下,鸣鼓逢逢一作冬冬促猎围。天寒山路石断裂,白日不销帐上雪。乌孙国乱多降胡,诏使名王持汉节。年年征战不得闲,边人杀尽唯空山。

董 逃 行

洛阳城头火曈曈,乱兵烧我天子宫。宫城南面有深山,尽将老幼藏其间。重岩为屋橡为食,丁男夜行候消息。闻道官军犹掠人,旧里如今归未得。董逃行,汉家几时重太平。

少 年 行．

少年从猎出一作出猎长杨,禁中新拜羽林郎。独对辇前射双虎,君王手赐黄金珰。日一作白日斗鸡都市里,赢得宝刀重刻字。百里报仇夜出城,平明还在娼楼醉。遥闻虏到平陵下,不待诏一作敕书行上马。斩得名王献桂宫,封侯起第一日中。不为一作同六郡良家子,百战始取边城功。

白 头 吟

请君膝上琴，弹我白头吟。忆昔君前娇笑语，两情宛转如萦素。宫中为我起高楼，更开花池种芳树。春天百草秋始衰，弃我不待白头时。罗襦玉珥色未暗，今朝已道不相宜。扬州青铜作明镜，暗中持照不见影。人心回互自无穷，眼前好恶那能定。君恩已去若再返，菖蒲花开一作青，一作生。月长满。

将 军 行

弹筝峡东有胡尘，天子择日拜将军。蓬莱殿前赐六纛，还领禁兵为部曲。当朝受诏不辞家，夜向咸阳原上宿。战车彭彭旌旗动，三十六军齐上陇。陇头战胜夜亦行，分兵处处收旧城。胡儿杀尽阴碛暮，扰扰唯有牛羊声。边人亲戚曾战没，今逐官军收旧骨。碛西行见万里空，幕一作乐府独奏将军功。

贾 客 乐

金陵向西贾客多，船中生长乐风波。欲发移船近江口，船头祭神各浇酒。停杯共说远行期，入蜀经蛮谁一作远别离。金多众中为上客，夜夜算缗眠独迟。秋江初月猩猩语，孤帆夜发潇湘渚。水工持楫防暗滩，直过山边及前侣。年年逐利西复东，姓名不在县籍中。农夫税多长辛苦，弃业长一作宁为贩宝翁。

羁 旅 行

远客出门行一作世路难，停车敛策在门端。荒城无人霜一作雪满路，野火烧一作火烧野桥不得度。寒虫一作兔入窟鸟归巢，僮仆问我谁家去。行寻田头暝未息，双毂长辕碍荆棘。缘冈入涧投田家，主人舂

米为夜食。晨鸡喔喔茅屋傍，行人起扫车上霜。旧山已别行已远，
身计未成难复返。长安陌上相识稀，遥望天山—作门白日晚。谁能
听我辛苦—作苦辛行，为向君前歌一声。

车　遥　遥

征人遥遥出古城，双轮齐动骊马鸣。山川无处不—作无归路，念君
长作万里行。野田人稀秋草绿，日暮放马车中宿。惊麇游兔在我
傍，独唱乡歌对僮仆。君家大宅凤城隅，年年道上随行车。愿为玉
銮系华轼，终日有声在君侧。门前旧辙—作路久已平—作抛，无由复
得君消息。

妾　薄　命

薄命妇—作薄命嫁得，良家子，无事从军去万里。汉家天子平四夷，
护羌都尉裹尸归。念君此行为死别，对君裁缝泉下衣。与君一日
为夫妇，千年万岁亦相守。君爱龙城征战功，妾愿青楼歌乐同。人
生各各有所欲，讵得将心入君腹。

朱　鹭　一本有曲字

翩翩兮朱鹭，来泛—作浴春塘栖绿树。羽毛如剪色如染，远飞欲下
双翅敛。避人引子入深堑，动处水纹开潋潋。谁知豪家网尔躯，不
如饮啄江海隅。

远　别　离

莲叶团团杏花—作荇叶拆，长江鲤鱼鬐鬛赤。念君少年弃亲戚，千
里万里独为客。谁言远别心不易，天星坠地能为石。几时断得城
南陌，勿使居人有行役。

楚宫行

章华宫中九月时，桂花半落红橘垂。江头骑火照辇道，君王夜从云梦归。霓旌风盖到双阙，台上重重歌吹发。千门万户开相当，烛笼左右列成行。下辇更衣入洞房，洞房侍女尽焚香。玉阶罗幕微—作似有霜，齐言此夕乐未央。玉酒湛湛盈华觞，丝竹次第鸣中堂。巴姬起舞向君王，回身垂手结明珰。愿君千年万年寿，朝出射麋夜饮酒。

江南行 一作曲

江南人家多橘树，吴姬舟上织白苧。土地卑湿饶虫蛇，连木为牌入江住。江村亥日长为市，落帆度桥来浦里。清莎覆城竹为屋，无井家家饮潮水。长干午日沽春酒，高高酒旗悬江口。娼楼两岸临水栅，夜唱竹枝留北客。江南风土欢乐多，悠悠处处尽经过。

乌夜啼引

秦乌啼哑哑，夜啼长安吏人家。吏人得罪囚在狱，倾家卖产将自赎。少妇起听夜啼乌，知是官家有赦书。下床心喜不重寐—作寝，未明上堂贺舅姑。少妇语啼乌，汝啼慎勿虚。借汝庭树作高巢，年年不令伤尔—作汝雏。

促促词

促促复促促，家贫夫妇欢不足。今年为人送租船，去年捕鱼在—作向江边。家中姑老子复小，自执吴绵输税钱。家家桑麻满地黑，念君一身空努力。愿—作作教牛蹄团团羊角直，君身常—作长在应不得。

宛　转　行

华屋重翠幄,绮席雕象床。远漏微更疏,薄衾中夜凉。炉气一作氲暗裴徊,寒灯背斜光。妍姿结宵态,寝臂一作壁幽梦长。宛转复宛转,忆君一作忆忆更未央。

短　歌　行

青天荡荡高且虚,上有白日无根株。流光暂出还入地,使我年少一作少年不须臾。与君相逢勿寂寞,衰老不复如今乐。玉卮盛酒置君前,再拜愿一作劝君千万年。

山　头　鹿

山头鹿一本有双字,角芟芟,尾促促。贫儿多租输不足,夫死未葬儿在狱。早日熬熬蒸野冈,禾黍不收一作熟无狱粮。县家唯忧少军食,谁能令尔无死伤。

湘　江　曲

湘水无潮秋水阔,湘中月落行人发。送人发,送人归,白蘋茫茫鹧鸪飞。

楚　妃　怨

梧桐叶下黄金井,横架辘轳牵素绠。美人初起天未明,手拂银瓶秋水冷。

离　宫　怨

高堂别馆连湘渚,长向春光一作江开万户。荆王去去不复来,宫中美人自歌舞。

成　都　曲

锦江近西烟水绿,新雨山头荔枝熟。万里桥边多酒家,游人爱向谁家宿。

寒　塘　曲

寒塘沉沉柳叶疏,水暗人语惊栖凫。舟中少年醉不起,持烛照水射游鱼。

春　别　曲

长江春水绿堪染,莲叶出水大如钱。江头橘树君自种,那不长系木兰船。

春　堤　曲

野塘鸂鶒飞树头,绿蒲紫菱盖碧流。狂客谁家一作谁家狂客爱云水,日日独来城下游。

乌　栖　曲

西山作宫潮满池,宫鸟晓鸣茱萸枝。吴姬采莲自唱曲一作吴姬自唱采莲曲,君王昨夜舟中宿。

雀　飞　多

雀飞多,触网罗,网罗高树颠。汝飞蓬蒿下,勿复投身网罗间。粟积仓,禾在田。巢之雏,望其母来还。

泗　水　行

泗水流急石纂纂,鲤鱼上下红尾短。春冰销散日华满,行舟往来浮桥断。城边鱼市人早行,水烟漠漠多棹声。

废　居一作宅行

胡马崩腾满阡陌,都人避乱唯空宅。宅边青桑垂宛宛,野蚕食叶还成茧。黄雀衔草入燕窠,啧啧啾啾白日晚。去时禾黍埋地中,饥兵掘土翻重重。鸱枭养子庭树上,曲墙空屋多旋风。乱定几人还本土,唯有官家重作主。

寄菖蒲 一本有吟字

石上生菖蒲,一寸十二节。仙人劝我食,令我头青面如雪。逢人寄君一绛囊,书中不得传此方。君能来作栖霞侣,与君同入丹玄乡。

江　村　行

南塘水深芦笋齐,下田种稻不作畦。耕场磷磷在水底,短衣半染芦中泥。田头刈莎结为屋,归来系牛还独宿。水淹手足尽有一作为疮,山虻绕身一作衣飞飓飓一作扑扑。桑林椹黑蚕再眠,妇姑采桑不向田。江南热旱天气毒,雨中移秧颜色鲜。一年耕种长苦辛,田熟家家将赛神。

樵　客　吟

上山采樵选枯树,深处樵多出辛苦。秋来野火烧栎林,枝柯已枯堪采取。斧声坎坎在幽谷,采得齐梢青葛束。日西待伴同下山,竹担弯弯向身曲。共知路傍多虎窟一作穴,未出深林不敢歇。村西地暗狐兔行，稚子叫时相应声。采樵客，莫采松与柏。松柏生枝直且坚，与君作屋成家宅。

湖 南 曲

潇湘多别离，风起芙蓉洲。江上人已远，夕阳满中流。鸳鸯东南飞，飞上青山头。

春 水 曲

鸭鸭，嘴唼唼。青蒲生，春水狭。荡漾木兰船，中有双少年。少年醉，鸭不起。

云 童 行

云童童，白龙之尾垂江中。今年天旱不作雨，水足墙上有禾黍。

新 桃 行

桃生叶婆娑，枝叶四向多。高未出墙颠，蒿藋相凌摩。植之三年馀，今年初试花。秋来已成实，其阴良已嘉。青蝉不来鸣，安得迅羽过。常恶一作恐牵丝虫，蒙幂成网罗。顾托戏儿童，勿折吾柔柯。明年结其实，磊磊充汝家。

忆 远 曲

水上山沉沉，征途复绕一作渡远林。途荒人行少，马迹犹可寻。雪中独立树，海口失侣禽。离忧如长线，千里萦我心。

长 塘 湖

长塘湖，一斛水中半斛鱼。大鱼如柳叶，小鱼如针锋，水浊谁能辨真龙。

废 瑟 词

古瑟在匣谁复识,玉柱颠倒朱丝黑。千年曲谱不分明,乐府无人传正声。秋虫暗穿尘作色,腹中不辨工人名。几时天下复古乐,此瑟还奏云门曲。

全唐诗卷三八三

张　籍

野　居

贫贱易为适，荒郊亦安居。端坐无馀思，弥乐古人书。秋田多良苗，野水多游鱼。我无耒与网，安得充廪厨。寒天白日短，檐下暖我躯。四肢暂宽柔，中肠郁不舒。多病减志气，为客足忧虞。况复苦时节一作节晚，览景独一作物空踟蹰。

西　州

羌胡据西州，近甸无边城。山东收税租，养我防塞一作塞下兵。胡骑来无时，居人常震惊。嗟我五陵间，农者罢耘耕。边头多杀伤一作伤杀，士卒难全形。郡县发丁役，丈夫各征行。生男不能养，惧身有姓名。良马不念秣，烈士不苟营。所愿除国难，再逢天下平。

杂一作离怨

切切重切切，秋风桂枝折。人当少年嫁，我当少年别。念君非征行，年年长远途。妾身甘独殁，高堂有舅姑。山川岂遥远，行人自不返。

惜　花

春潭足芳树,水清不如素。幽人爱华景,一一空山暮。月出潭气白,游鱼暗冲石。夜深春思多,酒醒山寂寂。

三原李氏园宴集

暮春天早热,邑居苦嚣烦。言从君子乐,乐彼李氏园。园中有草堂,池引泾水泉。开户西北望,远见嵯峨山。借问主人翁,北州佐戎轩。仆夫守旧宅,为客侍华—作施榻筵。高怀—作膏壤有馀兴—作滋,竹树芳且鲜。倾我所持觞,尽日共留连。疏拙不偶俗,常喜形体闲。况来幽栖地,能不重叹—作笑言。

沈千运旧—作故居

汝北君子宅,我来见颓墉。乱离子孙尽,地属邻里翁。土木被丘墟,豀路不连—作相通。旧井蔓草合,牛羊坠其中。君辞天子书,放意任体躬。一生不自力,家与逆旅同。高议切星辰,馀声激暗聋。方将旌旧间,百世可封崇。嗟其未积年,已为荒林丛。时岂无知音—作者,不—作莫能崇—作敦此风。浩荡竟无睹,我将安所从。

赠别孟郊　一本无别字

历历天上星,沉沉水中萍。幸当清秋夜,流影及微形。君生衰俗间,立身如礼经。纯诚—作淳意发新—作高文,独有金石声。才名振京国,归省东南行。停车楚城下,顾我不念程。宝镜曾坠水,不磨岂—作难自明。苦节居贫贱,所知赖友生。欢会方别离,戚戚忧虑并。安得在一方,终老无送迎。

卧　疾

身病多思虑,亦读神农经。空堂留灯烛一作空房夜留灯,四壁青荧荧。
羁旅随一作逐人欢,贫贱还自轻。今来问良医,乃知病所生。僮仆
各忧愁一作相忧,杵臼无停声。见我形憔悴,劝药语丁宁。春雨枕
席冷,窗前新禽鸣。开门起无力,遥爱鸡犬行。服药察耳目,渐如
醉者一作觉如酒醒。顾非达性命一作方悟养生者,犹一作不为忧患生一作
并。

别　段　生

与子骨肉亲,愿言一作其长相随。况离父母傍,从我学书诗。同在
道路间,讲论亦未亏。为文于我前,日夕生光仪。行役多疾疢一作
疹,赖此相扶持。贫贱事难拘一作俱难,今日有别离。我去秦城中,
子留汴水湄。离情两飘断,不一作岂异风中丝。幼年独为客,举动
难得一作为宜。努力自修励,常如见我时。送我登山冈,再拜一作揖
问还期。还期在新年,勿怨欢会迟。

哭一作伤于鹄

青一作西山无逸人,忽觉大国贫。良玉沉幽泉,名为天下珍。野性
疏时俗,再拜乃从军。气高终不合,去如镜上尘。我初有章句,相
合者唯君。今来吊嗣子,对陇烧新一作斯文。耕者废其耡,爨者绝
其薪。苟无新衣裳,曷用光我身。奠酒一作回徒拜手一作再拜,哀怀
一作昔意安能陈。徒保金石韵,千载人所闻。

南　归

促促念道路,四支不常宁。行车未及家,天外非尽程。骨肉待我

欢,乡里望我荣。岂知东与西,憔悴竟无成。人言苦夜长,穷者不
念明。惧离其寝寐,百忧伤性灵。世道多险薄,相劝毕中诚。远游
无知音,不如商贾行。达人有常志,愚夫劳所一作无营。旧山行去
远一作幸未卖,言归乐此生。

惜　花

濛濛庭树花,坠地无颜色。日暮东风起,飘扬玉阶侧。残蕊在犹
稀,青条耸复直。为君结芳实,令君勿叹息。

奉和舍人叔直省时思琴

蔼蔼紫薇直,秋意深无穷。滴沥仙阁漏,肃穆禁池风。竹月泛凉
影,萱露澹幽丛。地清物态胜,宵闲琴思通。时属雅音际,迥凝虚
抱中。达人掌枢近,常与隐默同。

离　妇

十载来夫家,闺门无瑕疵。薄命不生子,古制有分离。托身言同
穴,今日事乖违。念君终弃捐,谁能强在兹。堂上谢姑嫜,长跪请
离辞。姑嫜见我往,将决复沉疑。与我古时钏,留我嫁时衣。高堂
拊我身,哭我于路陲。昔日初为妇,当君贫贱时。昼夜常纺织,不
得事蛾眉。辛勤积黄金,济君寒与饥。洛阳买大宅,邯郸买侍儿。
夫婿乘龙马,出入有光仪。将为富家妇,永为子孙资。谁谓出君
门,一身上车归。有子未必荣,无子坐生悲。为人莫作女,作女实
难为。

怀　别

仆人驱行轩,低昂出我门。离堂无留客,席上唯琴樽。古道随水

曲,悠悠绕荒村。远程未奄息,别念在朝昏。端居愁岁永,独此留清景。岂无经过人,寻叹门巷静。君如天上雨,我如屋下井。无因同波流,愿作形与影。

学　仙

楼观开朱门,树木连房廊。中有学仙人,少年休谷粮。高冠如芙蓉,霞月披衣裳。六时朝上清,佩玉纷锵锵。自言天老书,秘覆云锦囊。百年度一人,妄泄有灾殃。每占有仙相,然后传此方。先生坐中堂,弟子跪四厢。金刀截身发,结誓焚灵香。弟子得其诀,清斋入空房。守神保元气,动息随天罡。炉烧丹砂尽,昼夜候火光。药成既服食,计日乘鸾凰。虚空无灵应,终岁安所望。勤劳不能成,疑虑积心肠。虚羸生疾疹,寿命多夭伤。身殁惧人见,夜埋山谷傍。求道慕灵异,不如守寻常。先王知其非,戒之在国章。

夜　怀

穷居积远念,转转迷所归。幽蕙零落色,暗萤参差飞。病生秋风簟,泪堕月明衣。无愁坐寂寞,重使奏清徽。

城　南

漾漾南涧水,来作曲池流。言寻参差岛,晓榜轻盈舟。万绕不再止,千寻尽孤幽。藻涩讶人重,萍分指鱼游。繁苗毯下垂,密箭翻回辀。曝鳖乱自坠,阴藤斜相钩。卧蒋黑米吐,翻菱紫角稠。桥低竞俯偻,亭近闲夷犹。目为逐胜朗,手因掇芳柔。渐喜游来极,忽疑归无由。气状虽可览,纤微谅难搜。未听主人赏,徒爱清华秋。

怀　友

人生有行役,谁能如草木。别离感中怀,乃为我桎梏。百年受命短,光景良不足。念我别离者,愿怀日月促。平地施道路,车马往不复。空知为良田,秋望禾黍熟。端居无俦侣,日夜祷耳目。立身难自觉,常恐—作惧忧与辱。穷贱无闲暇,疾痛多嗜欲。我思携手人,逍遥任心腹。

寄　别　者

寒天正飞雪,行人心切切。同为万里客,中路忽离别。别君汾水东,望君汾水西。积雪无平冈,空山无人蹊。羸马时倚辕,行行未遑食。下车劝僮仆,相顾莫叹息。讵知佳期隔,离念终无极。

献　从　兄

悠悠旱天云,不远如飞尘。贤达失其所,沉飘同众人。擢秀登王畿,出为良使宾。名高满朝野,幼贱谁不闻。一朝遇谗邪,流窜八九春。诏书近迁移,组绶未及身。冬井无寒冰,玉润难为焚。虚怀日迢遥,荣辱常保纯。我念出游时,勿吟康乐文。愿言灵溪期,聊欲相依因。

寄　韩　愈

野馆非我室,新居未能安。读书避尘杂,方觉此地闲。过郭多园墟,桑果相接连。独游竟寂寞,如寄空云山。夏景常昼毒,密林无鸣蝉。临溪一盥濯,清去肢体烦。出林望曾城,君子在其间。戎府草章记,阻我此游盘。忆昔西潭时,并持钓鱼竿。共忻得鲂鲤,烹鲙于我前。几朝还复来,叹息时独言。

赠姚怤

漏天日无光,泽土松不长。君今职下位,志气安得扬。白发文思
壮,才为国贤良。无人识高韵,荐于天子傍。况我愚朴姿,强趋利
名场。远同干贵人,身举固难彰。昔逢汴水滨,今会习池阳。岂无
再来期,顾恐非此方。愿为石中泉,不为瓦上霜。离别勿复道,所
贵不相忘。

病中寄白学士拾遗

秋亭病客眠,庭树满枝蝉。凉风绕砌起,斜影入床前。梨晚渐红
坠,菊寒无黄鲜。倦游寂寞日,感叹蹉跎年。尘欢久消委,华念独
迎延。自寓城阙下,识君弟事焉。君为天子识,我方沉病缠。无因
会同语,悄悄中怀煎。

雨中寄元宗简

秋堂羸病起,盥漱风雨朝。竹影冷疏涩,榆叶暗飘萧。街径多坠
果,墙隅有蜕蜩。延瞻游步阻,独坐闲思饶。君居应如此,恨言相
去遥。

野寺后池寄友

佛寺连野水,池幽夏景清。繁木荫芙蕖,时有水禽鸣。通溪岸暂
断,分渚流复萦。伴僧钟磬罢,月来池上明。友人竟不至,东北见
高城。独游自寂寞,况此恨盈盈。

董公诗

谁主东诸侯,元臣陇西公。旌节居汴水,四方皆承风。在朝四十

年，天下诵其功。相我明天子，政成如太宗。东方有艰难，公乃出临戎。单车入危城，慈惠安群凶。公谓其党言，汝材甚骁雄。为我帐下士，出入卫我躬。汝息为我子，汝亲我为翁。众皆相顾泣，无不和且恭。其父教子义，其妻勉夫忠。不自以为资，奉上但颙颙。公衣无文采，公食少肥浓。所忧在万人，人实我宁空。轻刑宽其政，薄赋弛租庸。四郡三十城，不知岁饥凶。天子临朝喜，元老留在东。今闻扬盛德，就安我大邦。百辟贺明主，皇风恩赐重。朝廷有大事，就决其所从。海内既无虞，君臣方肃雍。端居任僚属，宴语常从容。翩翩者苍乌，来巢于林丛。甘瓜生场圃，一蒂实连中。田有嘉谷陇，异亩穗亦同。贤人佐圣人，德与神明通。感应我淳化，生瑞我地中。昔者此州人，但矜马与弓。今公施德礼，自然威武崇。公其共百年，受禄将无穷。

祭 退 之

呜呼吏部公，其道诚巍昂。生为大贤姿，天使光我唐。德义动鬼神，鉴用不可详。独得雄直气，发为古文章。学无不该贯，吏治得其方。三次论诤退，其志亦刚强。再使平山东，不言所谋臧。荐待皆寒羸，但取其才良。亲朋有孤稚，婚姻有办营。如彼天有斗，人可为信常。如彼岁有春，物宜得华昌。哀哉未申施，中年遽殂丧。朝野良共哀，矧于知旧肠。籍在江湖间，独以道自将。学诗为众体，久乃溢笈囊。略无相知人，黯如雾中行。北游偶逢公，盛语相称明。名因天下闻，传者入歌声。公领试士司，首荐到上京。一来遂登科，不见苦贡场。观我性朴直，乃言及平生。由兹类朋党，骨肉无以当。坐令其子拜，常呼幼时名。追招不隔日，继践公之堂。出则连辔驰，寝则对榻床。搜穷古今书，事事相酌一作斟量。有花必同寻，有月必同望。为文先见草，酿熟偕共觞。新果及异鲜，无不相待尝。到今三十年，曾不少异更。公文为时师，我亦有微声。而后之学者，或号为韩张。我官麟台中，公为大司成。念此委末秩，不能力自扬。特状为博士，始获升朝行。未几享其资，遂忝南宫郎。是事赖拯扶，如屋有栋梁。去夏公请告，养疾城南庄。籍时官休罢，两月同游翔。黄子陂岸曲，地旷气色清。新池四平涨，中有蒲荇香。北台临稻畦，茂柳多阴凉。板亭坐垂钓，烦苦稍已平。共爱池上佳，联句舒遐情。偶有贾秀才，来兹亦同并。移船入南溪，东西纵篙撑。划波激船舷，前后飞鸥鸧。回入潭濑下，网截鲤与鲂。踏沙掇水蔬，树下烝新粳。日来相与嬉，不知暑日长。柴翁携童儿，聚观于岸傍。月中登高滩，星汉交垂芒。钓车掷长线，有获齐欢惊。夜阑乘马归，衣上草露光。公为游溪诗，唱咏多慨慷。自期此可老，结社于其乡。籍受新官诏，拜恩当入城。公因同归还，居处隔一坊。中秋十六夜，魄圆天差晴。公既相邀留，坐语于阶楹。乃出二侍女，合弹琵琶筝。临风听繁丝，忽遽闻再更。顾我数来过，是夜凉难忘。公疾浸日加，孺人视药汤。来候不得宿，出门每回遑。自是将重危，车马候纵横。门仆皆逆遣，独我到寝房。公有旷达识，生死为一纲。及当临终晨，意色亦不荒。赠我珍重言，傲然委衾裳。公比欲为书，遗约有修章。令我署其末，以为后事程。家人号于前，其书不果成。子符奉其言，甚于亲使令。鲁论未讫注，手迹今微茫。新亭成未登，闭在庄西厢。书札与诗文，重叠我笥盈。顷息万事尽，肠情多摧伤。旧茔盟津北，野窆动鼓钲。柳车一出门，终天无回箱。籍贫无赠赀，曷用申哀诚。衣器陈下帐，醪饵奠堂皇。明灵庶鉴知，仿佛斯来飨。

全唐诗卷三八四

张　籍

蓟北旅思 一作送远人

日日望乡国,空歌白苎词。长因一作于送人处,忆得别家时。失意还独语,多愁只自知。客亭门外柳,折尽向南枝。

江　南　春

江南杨柳春,日暖地无尘。渡口过新雨,夜来生白蘋。晴沙鸣乳燕,芳树醉游人。向晚青山下,谁家祭水神。

西楼一作登城望月

城西楼上月,复是一作值雪晴时。寒夜共来望,思乡独下迟。幽光落水堑,净色在一作遍霜枝。明日千里去,此中还别离。

别　鹤

双鹤出云溪,分飞各自迷。空巢在松顶一作杪,折羽落红泥。寻水终不饮,逢林亦未栖。别离应易老,万里雨一作两凄凄。

江陵孝女

孝女独垂发，少年唯一身。无家空托墓，主祭不从人。相吊有行客，起庐无一作因旧邻。江头闻哭处，寂寂楚花春。

山中古祠

春草空祠一作山墓，荒林唯鸟一作鸟雀飞。记年一作名碑石在，经乱祭人稀。野鼠缘朱一作珠帐，阴尘盖一作扑，一作满。画衣。近门潭水黑，时见宿龙归。

渔阳将

塞深沙草白，都护领燕兵。放火烧奚帐，分旗筑汉城。下营看岭势，寻雪觉人行。更向桑干北，擒生问碛名。

听夜泉

细泉深处落，夜久渐闻声。独起出门听，欲寻当涧行。还疑隔林远，复畏有风生。月下长来此一作立，无人亦到明。

送南迁客

去去远迁客，瘴中衰病身。青山无限路，白首不归人。海国战骑象，蛮州市用银。一家分几处，谁见日南春。

蓟北春怀

渺渺水云外，别一作望来音一作乡信稀。因逢过江使，却寄在家衣。问路更愁远，逢人空说归。今朝蓟城北，又见塞鸿飞。

思远人 一作寄远客

野桥春水清,桥上送君行。去去人应老,年年草自生。出门看远道,无信一作路向边城。杨柳别离处,秋蝉今复鸣。

赠 同 溪 客

幽居得相近,烟景每一作亦寥寥。共伐临谿树,因一作同为过水桥。自教青鹤舞,分采紫芝苗。更爱南峰住,寻君路恐一作恐路遥。

望行人 一作秋闺

秋风窗下起,旅雁向一作又南飞。日日出门望,家家行客归。无因见边使,空待寄寒衣。独倚一作闭青楼暮,烟深鸟雀稀。

送宫人入道

旧宠昭阳里,寻一作求仙此最稀。名初出宫籍,身未称霞衣。已别歌舞贵,长随鸾鹤飞。中官看入洞,空驾玉轮归。

送 越 客

见说孤帆去,东南到会稽。春云剡溪口,残月镜湖西。水鹤沙边立一作宿,山鼯竹里啼。谢家曾住处,烟洞入应迷。

赠 辟 谷 者

学得餐霞法,逢人与一作赠小还。身轻曾试鹤,力弱未离山。无食犬犹在,不耕牛自闲。朝朝空漱水一作唯盥漱,叩齿草堂间。

思江南旧游

江皋三月时,花发石楠枝。归客应无数,春山自不知。独行愁道远,回信畏家移。杨一作桥柳东西渡,茫茫欲问谁。

夜到渔家 一作宿渔家

渔家在江口,潮水入柴扉。行客欲投宿,主人犹未归。竹深村路远一作暗,月出钓船稀。遥见寻沙岸,春风动草衣。

送远一作边使

扬旌一作旌旗过陇头,陇水向西流。塞路依山远,戍城逢笛秋一作雨留。寒沙阴漫漫,疲一作瘦马去悠悠。为问征行将,谁封定远侯。

不食姑 一作赠山中女道士

几年山里住一作女仙唯独住,已作绿毛身。护气常稀语,存思一作斋心自见神。养龟同不食,留药任生尘。要问西王母,仙中第几人。

古苑杏花

废苑杏花在,行人愁到一作过,一作对。时。独开新堑底,半露旧烧枝。晚色连荒辙,低阴覆折碑。茫茫一作濛濛古陵下一作路,春尽又谁知。

送流人

独向长城北,黄云暗塞天。流名属边将,旧业作公田。拥雪添军垒,收冰当井泉。知君住应老,须记别乡年。

宿临江驿 _{一作宿江上，一作宿溪中驿。}

楚驿南渡口，夜深来客稀。月明见潮上，江静觉鸥飞。旅宿_{一作次}今已远，此行殊_{一作犹，一作独。}未归。离家久无信，又听捣寒衣。

送 蛮 客

借问炎州客，天南几日行。江连恶谿路，山绕夜郎城。柳叶瘴云湿，桂丛_{一作林}蛮鸟声_{一作惊}。知君却回日，记得海花名。

襄 国 别 友

晓_{一作晚}色荒城下，相看秋草时。独游无定计，不欲道来_{一作归}期。别处去家远，愁中驱马迟。归人渡烟水，遥映_{一作叶}落野棠枝。

送 远 客

南原相送处，秋水草还生_{一作秋草水边生}。同作忆乡客，如今_{一作今知}分路行。因谁寄归信，渐远问前程。明日重阳节，无人上古城。

山中 _{一作上国} 赠日南僧

独向双峰老，松门闭两崖_{一作涯}。翻经上蕉叶，挂衲落藤_{一作橙，一作藤。}花。甃石新开井，穿林自种茶。时逢海南客，蛮语问谁家。

征 西 将

黄沙北风起，半夜又翻营。战马雪中宿，探人冰上行。深山旗未展，阴碛鼓无声。几道征西将，同收碎叶城。

寄友人

忆在江南日,同游三月时。采茶寻远涧,斗鸭向春池。送客沙头宿,招僧竹里棋。如今各千里,无计得相随。

送防秋将

白首征西将,犹能射戟支。元戎选部曲,军吏换旌旗。逐虏招降远,开边旧垒移。重收陇外地,应似汉家时。

律　僧

苦行长不出,清羸最少年。持斋唯一食,讲一作寻律岂一作不曾眠。避草每移径,滤虫还入泉。从来天竺法,到此几人传。

山中秋一作春夜

寂寂山景一作春山静,幽人归去一作卧迟。横一作移琴当月下,压一作漉酒及花时。冷一作新露湿一作冷茅屋一作席,暗泉冲一作通竹篱。西峰采药一作芝伴,此夕恨无期。

送南客

行路雨修修,青山尽海头。天涯人去远一作老,岭北水空一作回,一作南。流。夜市连铜柱,巢居属象州。来时旧相识,谁向一作问日南一作边游。

宿江店

野店临西一作江,一作寒。浦,门前有橘花。停灯待贾客,卖酒与渔家。夜静江水白,路回山月斜。闲寻泊船处,潮落见平沙。

岭表—作外逢故人

过岭万馀里,旅游经此稀。相逢去家远,共说几时归。海上见花发,瘴中唯—作闻鸟—作无雁飞。炎州—作途望乡—作行伴,自识北人衣。

出　塞　—作塞上曲

秋塞雪初下,将军远出师。分营长记火,放马不收旗。月冷边帐湿,沙昏夜探迟。征人皆白首,谁见灭胡时。

寄紫阁隐者

紫阁气沉沉,先生住处深。有人时得见,无路可相寻。夜—作野鹿伴—作投茅屋,秋猿守栗林。唯应采灵药,更不别营心—作相侵。

夜宿黑灶溪

夜到碧溪里,无人秋月明。逢幽更移宿,取伴亦探行。花下红泉色,云西乳鹤声。明朝记归处,石上自书名。

古　树

古树枝柯少,枯来复几春。露根堪系马,空腹定—作恐藏人。蠹节莓苔老,烧痕霹雳新。若当江浦上,行客祭为神。

送徐—作阴先生归蜀

日暮远归处,云间仙观钟。唯持青玉牒,独立碧鸡峰。阴涧—作洞长收—作新生乳,寒泉—作潭旧养龙。几时因卖药,得向海边逢。

隐　者

先生已得道,市井亦容身。救病自行药,得钱多与人。问年长不定,传法又非真。每^{一作常}见邻家^{一作翁}说,时闻^{一作时使}鬼神。

送友人归山

出山成北首,重去结茅庐。移石修废井,扫龛盛旧书。开田留杏树,分洞与僧居。长在幽峰里,樵人见亦疏。

雪溪西亭晚望 _{一作雪溪远望}

雪^{一作云}水碧悠悠,西亭柳^{一作古岸}头。夕阴^{一作光}生远岫,斜照逐回流。此地动归思,逢人方倦游。吴兴耆旧尽,空见白蘋洲。

哭山中友人

入云遥便哭,山友隔今生。绕墓招魂魄,镌岩记姓名。犬因无主善,鹤为见人鸣。长说能尸解,多应别路行。

答 僧 挂 杖

灵藤为挂杖,白净色如银。得自高僧手,将扶病客身。春游不骑马,夜会亦呈人。持此归山去,深宜戴角巾。

灵都观李道士

仙观雨来静,绕房琼草春。素书天上字,花洞古时人。泥灶煮灵液,扫坛朝玉真。几回游阆苑,青节亦随身。

送韦一作韩评事归华阴

三峰西面住一作莲花峰下住，出见世人稀。老大一作白发谁相识，栖惶
一作青山又独归。扫一作拂窗秋菌落，开箧夜一作蛰蛾飞。若向一作访
云中伴，还应着褐衣。

送　闽　僧

几夏京城住，今朝独远归。修行四分律，护净七条衣。谿寺黄橙
熟，沙田紫芋肥。九龙潭上路，同去客应稀。

送海南客归旧岛　一本无南字

海上去应远，蛮家云岛孤。竹船来桂浦一作府，山市卖鱼须。入国
自献宝一作锦，逢人多赠珠。却归春洞口，斩象祭天吴。

登咸阳北寺楼　一作登感化寺楼

高秋原上寺，下马一登临。渭水西来直一作急，秦山南向一作去深。
旧宫人不住一作见，荒碣路难寻。日暮凉风起，萧条多远心。

送　新　罗　使

万里为朝使，离家今几年。应知旧行路，却上远归船。夜泊一作宿
避蛟窟，朝炊求岛泉。悠悠到乡国，远望海西天。

宿广德寺寄从舅

古寺客堂空，开帘四面风。移床动栖鹤一作鹆，停烛聚飞虫。闲卧
逐凉处，远愁生静中。林西微月色，思与宁家同。

宿邯郸馆寄马磁州 <small>一作宿邯郸寄磁州友人</small>

孤客到空馆,夜寒愁卧迟。虽沽主人酒,不似在家时。几宿得欢笑,如今成别离。明朝行更远,回望隔山陂。

舟行寄李湖州

客愁<small>一作行</small>无次第,川路重辛勤。藻<small>一作萍</small>密行<small>一作移舟</small>涩,湾多转楫频。薄游空感惠<small>一作命</small>,失计自怜贫。赖有<small>一作诵</small>汀洲句,时时慰远人。

送闲师归江南

遍住江南寺,随缘到上京。多生修律业,外学得诗<small>一作书</small>名。讲殿偏追入,斋家别请行。青枫乡路远,几日尽归程。

游襄阳山寺

秋色江边路,烟霞若有期。寺贫无利施<small>一作施利</small>,僧老足慈悲。薜荔侵禅窟,虾蟆占浴池。闲游殊未遍,即是下山时。

登城寄王秘书建 <small>一本无秘书二字</small>

闻君鹤岭住,西望日<small>一作自</small>依依。远客偏相忆,登城独不归。十年为道侣,几处共柴扉。今日烟霞外,人间得见稀。

送从弟戴玄往苏州

杨柳阊门路<small>一作外</small>,悠悠水岸斜。乘舟向山寺,着屐到渔<small>一作人</small>家。夜月红柑树,秋风白藕花。江天诗景好,回日莫令赊。

送朱庆馀及第归越

东南归路远，几日到乡中。有寺山皆遍，无家水不通。湖声莲叶雨，野气一作色稻花一作苗风。州县知名久，争邀与客同。

过贾岛野居

青门坊外住，行坐见南山。此地去人远，知君终日闲。蛙声篱落下，草色户庭间。好是经过处，唯愁暮独还。

酬 韩 庶 子

西街幽僻处，正与懒相宜。寻寺独行远，借书常送迟。家贫无易事，身病足一作是闲时。寂寞谁相问，只应君自知。

赠一作答姚合少府

病来辞赤县，案上有丹经。为客烧茶灶，教儿扫竹亭。诗成添旧卷，酒尽卧空瓶。阙下今遗逸，谁瞻一作占隐士一作者星。

送僧游五台兼谒李司空

一作送颢法师往太原兼谒李司空。

远去见双节，因行上五台。化楼一作云侵晓一作晚出，雪一作隐路向一作到春开。边寺连一作看峰去一作过，胡儿听法来。定知巡礼后，解夏始应回。

送郑秀才归宁

桂楫彩为衣，行当令节归。夕潮迷浦远一作尽，昼雨见人稀。野芰到时熟，江鸥泊处飞。离琴一奏罢，山雨一作水霭馀晖。

送李评事游越

未习风尘事，初为吴越游。露沾湖草晚一作湿，一作夕，日照海山秋。梅市门何在，兰亭水尚流。西陵待潮处，知汝不胜愁。

夏 日 闲 居

无事门多闭，偏知夏日长。早蝉声寂寞，新竹气清凉。闲对临书案，看移晒药床。自怜归未得，犹寄在班行。

闲　居

东城南陌尘，紫毂与朱轮。尽说无多事，能闲有几人。唯教推甲子，不信守庚申。谁见衡门里，终朝自在贫。

寄昭应王中丞

借得街西宅，开门渭一作御水头。长贫唯要健，渐老不禁愁。独凭藤书案，空悬竹酒钩一作筹。春风石瓮寺，作意共一作会拟待君游。

酬孙洛阳 一本此下有革字

家贫相远住，斋馆入时稀。独坐看书卷，闲行著褐衣。早蝉庭笋老，新雨径莎肥。各离争名地，无人见是非。

送人任济阴 一作送人往济南

黄绶在腰下，知君非旅行。将书报旧里，留褐与诸生。赠别尽沽酒，惜欢多出城。春风济水上，候吏听车声。

晚春过崔驸马东园

闲园多好风,不意在街东。早早诗名远,长长酒性同。竹香新雨后,莺语落花中。莫遣经过少,年光渐觉空。

夏 日 闲 居

多病逢迎少,闲居又一年。药看辰一作成日合,茶过卯时煎。草长晴来地,虫飞晚后天。此时幽梦远,不觉到山边。

晚 秋 闲 居

独坐高秋晚,萧条足远思。家贫常畏客,身老转怜儿。万种尽闲事,一生能几时。从来疏懒性,应只有僧知。

和陆司业习静寄所知

幽室独焚香,清晨下未央。山开登竹阁,僧到出茶床。收拾新琴谱,封题旧药方。逍遥无别事,不似在班行。

酬韩祭酒雨中见寄

雨中愁不出,阴黑尽连宵。屋湿唯添漏,泥深未放朝。无刍怜马瘦,少食信儿娇。闻道韩夫子,还同此寂寥。

和裴仆射移官言志 一作和裴仆射寄韩侍郎

身一作久在勤劳地,常思放旷时。功成一作高归圣主,位重委群司。看垒台边石,闲一作行吟箧里诗。苍生正瞻望一作仰,难与故山期。

酬白二十二舍人早春曲江见一作相招

曲江冰欲尽,风日已恬和。柳色看犹浅,泉声觉渐多。紫蒲生湿岸,青鸭戏新波。仙掖高情客,相招共一过。

和裴仆射朝回寄韩吏部

独爱南关里,山晴竹杪风。从容朝早退,萧洒客常通。案曲新亭上,移花远寺中。唯应有吏部,诗酒每相同。

春日李舍人宅见两省诸公唱和因书情即事

又见帝城里,东风天气和。官闲人事少,年长道情多。紫掖发章句,青闱更咏歌。谁知余寂寞一作幽寂处,终日断经过。

和李仆射秋日病中作

由来病根一作源浅,易见药功成一作程。晓日杵臼静,凉风衣服轻。犹疑少气力,渐觉有心情。独倚红藤杖,时时阶上行。

早春一作春日病中

羸病及年初,心情不自如。多申请假牒,只送贺官书。幽径独行步,白头长懒梳。更怜晴日色,渐渐暖贫居。

送严大夫之桂州

旌旆过湘潭,幽奇得遍探。莎城百越北,行路九疑南。有地多生桂,无时不养蚕。听歌疑似一作难辨曲,风俗自相谙。

咏　怀

老去多悲事,非唯见二毛。眼昏书字大,耳重觉声高。望月偏增思,寻山易一作觉发劳。都无作官意,赖得在闲曹。

使至蓝谿驿寄太常王丞

独上七盘去,峰峦转转稠。云中迷象鼻,雨里下一作上笋头。水没荒桥路,鸦啼古驿楼。君今在城阙,肯见此中愁。

留别江陵王少府 一作尹

迢迢山上路,病客独行迟。况此分手处一作襟日,当君失意时。寒林远路驿一作露远邑,晚烧过荒陂。别后空回首,相逢未有期。

赠 海 东 僧

别家行万里,自说过扶馀。学得中州语,能为外国书。与医收海藻,持咒取龙鱼。更问同来伴,天台几处居。

寄汉阳故人

知君汉阳住,烟树远重重。归使雨中发,寄书灯下封。同时买江坞,今日别云松。欲问新移处,青萝最北峰。

送 安 西 将

万里海西路,茫茫边草秋。计程沙塞口,望伴驿峰头一作楼。雪暗非时宿,沙深独去愁。塞一作忆乡人易老,莫住近蕃州。

题李山人幽居

襄阳南郭外,茅屋一书生。无事焚香坐,有时寻竹行。画苔藤杖细,踏石笋鞋轻。应笑风尘客,区区逐世名。

早 春 闲 游

年长身多病,独宜作冷官。从来闲坐惯,渐觉出门难。树影新犹薄,池光晚尚寒。遥闻有花发,骑马暂行看。

赠太常王建藤杖笋鞋

蛮藤剪为杖,楚笋结成鞋。称与诗人用,堪随礼寺斋。寻花入幽径,步日下寒阶。以此持相赠,君应惬素怀。

和周赞善闻子规

秦城啼楚鸟,远思更纷纷。况是街西夜,偏当雨里闻。应投最高树,似隔数重云。此处谁能听,遥知独有君。

送李骑曹灵州归觐

翩翩出上京,几日到边城。渐觉风沙起,还将弓箭行。席箕侵路暗,野马见人惊。军府知归庆,应教数骑迎。

寒食夜寄姚侍郎 一作御

贫官多寂寞,不异野人居。作酒和山一作仙药,教儿写道书。五湖归去远,百事病来疏。况一作沈忆同怀者,寒庭月上初。

题清彻上人院

古寺临坛久,松间别起堂。看添浴佛水,自合读经香。爱养无家客,多传得效—作力方。过斋长不出,坐卧一绳床。

寄灵一上人初归云门寺

寒山白云里,法侣自招携。竹径通城下,松门隔水西。方同沃洲去,不作武陵迷。仿佛遥看处,秋风是会稽。

和裴司空即事通简旧僚

肃肃上台坐,四方皆仰风。当朝奉明政,早日立元功。独对赤墀下,密宣黄阁中。犹闻动高韵,思与旧僚同。

使回留别襄阳李司空

江亭寒日晚,弦管有离声。从此一筵别,独为千里行。迟迟恋恩德,役役限公程。回首吟新句,霜云满楚城。

和户部令狐尚书喜裴司空见招看雪

南园新覆雪,上宰晓来看。谁共登春榭,唯闻有地官。色连山远静,气与竹偏寒。高韵更相应,宁同歌吹欢。

和裴司空以诗请刑部白侍郎双鹤

皎皎仙家—作山鹤,远留闲宅中。徘徊幽树月,嘹唳小亭风。丞相西园好,池塘野水通。欲将来放此—作从君求置此,赏望与宾同。

同锦州胡郎中清明日对雨西亭宴

郡内开新火,高斋雨气清。惜花邀客赏,劝酒促歌声。共醉移芳席,留欢闭暮城。政闲方宴语,琴筑任遥情。

庄陵挽歌词三首

白日已昭昭,干戈亦渐消。迎师亲出道,从谏早临朝。佞幸威权薄,忠良宠锡饶。丘陵今一变,无复白云谣。

观风欲巡洛,习战亦一作且开池。始改三年政,旋闻七月期。陵分内外使,官具吉凶仪。渭北新园路,箫笳远更悲。

晓日龙车动,秋风阊阖开。行帷六宫出,执绋万方来。惨惨郊原暮,迟迟挽唱哀。空山烟雨夕,新陌绕陵台。

和左司元郎中秋居十首

选得闲坊住,秋来草树肥。风前卷筒簟,雨里脱荷一作生衣。野客留方去,山童取一作收药归。非因入朝省,过此出门稀。

有地唯栽竹,无池亦养鹅。学书求墨迹,酿酒爱朝和。古镜铭文浅,神方谜语多。居贫闲自乐,豪客莫相过。

闲来松菊地,未省有埃尘。直去多将药,朝回不访人。见僧收酒器,迎客换纱巾。更恐登清要,难成自在身。

自知清静好,不要问时豪。就石安琴枕,穿松压酒槽。山晴一作情因月甚,诗语入秋高。身外无馀事,唯应笔砚劳。

闲堂新扫洒,称是早秋天。书客多呈帖,琴僧与合弦。莎台乘晚上,竹院就凉眠。终日无忙事,还应似得仙。

醉倚斑藤杖,闲眠癭木床。案头行气诀,炉里降真香。尚俭经营少,居闲意思长。秋茶莫夜饮,新自作松浆。

每忆旧山居，新教上墨图。晚花回地种，好酒问人沽。夜后开朝
簿，申前发省符。为郎凡几岁，已见白髭须。

菊地才通履—作屐，茶房不垒阶。凭医看蜀药，寄信觅吴鞋。尽得
仙家法，多随道客斋。本无荣辱意，不是学安排。

林下无拘束，闲行—作吟放性灵。好时开药灶，高处置琴亭。更撰
居山记，唯寻相鹤经。初当授衣假，无吏挽门铃。

客散高斋晚，东园景象偏。晴明犹有蝶，凉冷渐无蝉。藤折霜来
子，蜗行雨后涎。新诗才上卷，已得满城传。

经王处士原居

旧宅谁相近，唯僧近竹关。庭闲—作寒云满井，窗晓雪通山。来客
半留宿，借书多寄还。明时未中岁，莫便一生闲。

不食仙姑山房

寂寂花枝里，草堂唯素琴。因山曾改眼—作姓，见客不言心。月出
溪路静，鹤鸣云树深。丹砂如可学，便欲住幽林。

江　头

晚步随江远，来帆过眼频。试寻新住客，少见故乡人。回首怜归
翼，长吟任此身。应同南浦雁，更见岭头春。

寄孙冲主簿

低折沧洲簿，无书整两春。马从同事借，妻怕罢官贫。道僻收闲
药，诗高笑故人。仍闻长吏奏，表乞锁厅频。

赠任懒

未肯求科第,深坊且隐居。胜游寻野客,高卧看兵书。点药医闲马,分泉灌远蔬。汉庭无得意,谁拟荐相如。

旧宫人

歌舞一作得宠梁一作秦州女,归时白发生。全家没蕃地,无一作何处问乡程。宫锦不传样,御香空记名。一身难自说,愁逐路人行。

春日留别 一作惜别

游人欲别离,半醉一作醉复对花枝。看著一作却春又晚,莫轻少年时。临行记分处,回首是相思。各向天涯去,重来未可一作有期。

没蕃故人

前年伐月支,城上一作下没全师。蕃汉断消息,死生长别离。无人收废帐,归马识残旗。欲祭疑君在,天涯哭此时。

赠箕山僧

久住空林下,长斋耳目清。蒲团借客坐,石磴瞀人行。似鹤难知性,因山强号名。时闻衣袖里,暗掐念珠声。

冬夕

寒蛩独一作犹罢织,湘雁犹一作独能鸣。月色当窗入,乡心半夜生。不成高枕梦,复作绕阶行。回首嗟淹一作飘泊,城头北斗横。

奉和陕州十四翁中丞寄
雷州二十二翁司户之作

联飞独不前，迥落海南天。贾傅竟行矣，邵公惟泫然。瘴开山更远，路极水无边。沉劣本多感，况闻原上篇。

老　将

鬓衰头似雪，行步急如风。不怕骑生马，犹能挽硬弓。兵书封锦字，手诏满香筒。今日身憔悴，犹夸定远功。

送友生游峡中

风静杨柳垂，看花又别离。几年同在此，今日各驱驰。峡里闻猿叫，山头见月时。殷勤一杯酒，珍重岁寒姿。

送 安 法 师

出郭见落日，别君临古津。远程无野寺，宿处问何人。原色不分路，锡声遥隔尘。山阴到家节，犹及蕙兰春。

水

荡漾空沙际，虚明入远天。秋光照不极，鸟色去无边。势引长云阔，波轻片雪连。汀洲杳难测，万古覆苍烟。

岳 州 晚 景

晚景寒鸦集，秋声旅雁归。水光浮日去，霞彩映江飞。洲白芦花吐，园红柿叶稀。长沙卑湿地，九月未成衣。

寒食后 一作王建诗

田舍清明日，家家出火迟。白衫眠古巷，红索搭高枝。纱带生难结，铜钗重易垂。斩新衣著尽，还似去年时。

寒食书事二首

今朝一百五，出户雨初晴。舞爱双飞蝶，歌闻数里莺。江深青草岸，花满白云城。为政多屛懦，应无酷吏名。

出城烟火少，况复是今朝。闲坐将谁语，临觞只自谣。阶前春藓遍，衣上落花飘。妓乐州人戏，使君心寂寥。

和李仆射雨中寄卢严二给事

郊原飞雨至，城阙湿云埋。进点时穿牖，浮沤欲上阶。偏滋解箨竹，并洒落花槐。晚润生琴匣，新凉满药斋。从容朝务退一作后，放旷披曹乖一作侪。尽日无来客，闲吟感此怀。

酬李仆射晚春见寄

戴户洞一作动初晨，莺声雨后频。虚庭清气在，众药湿光新。鱼动芳池面，苔侵老竹身。教铺尝酒处，自问探花人。独此长多病，幽一作闲居欲过春。今朝听高韵，忽觉离埃尘。

和卢常侍寄华山郑隐者

独住一作忆，一作坐。三峰下，年深学炼丹。一间松叶屋，数片石花冠。酒待山中饮，琴将洞口一作里弹。开门移远竹，剪草出幽兰。荒壁通泉架，晴崖晒药坛。寄知骑省客，长向白云闲。

和令狐尚书平泉东一作西庄近居一作属李仆射有一作因寄十韵

平地有清泉,伊南古寺边。涨池闲绕屋,出野一作流墅遍浇田。旧隐离多日,新邻得几年。探幽皆一绝,选胜又双全。门静山光别,园深竹影连。斜分采药径,直过钓鱼船。鸡犬还应识,云霞顿觉鲜。追思一作寻应不远,赏爱谅一作吟赏定难偏。此处堪长往,游人早共传。各当恩寄重,归卧恐无缘。

送郑尚书出镇南海 各用来字

远镇承新命,王程不假催。班行争路送,恩赐并一作一时来。牙旆从城展,兵符到府开。蛮声喧夜市,海色浸潮一作润朝台一作南台。画角天边月,寒关岭上梅。共知公望重,多是隔年回。

徐州试反舌无声

夏木多好鸟,偏知反舌名。林幽仍共宿,时过即一作已无声。竹外天空晓,溪头雨自晴。居人宜寂寞,深院益凄清。入雾暗相失,当风闲易惊。来年上林苑,知尔最先鸣。

省试行不由径

田里有微径,贤人不复行。孰知求一作趋捷步,又一作惟恐异端成。从易众所欲,安邪一作难患亦生一作平。谁能达天道一作违大路,共此竞前程。子羽有遗迹,孔门传旧声。今逢大君子,士节自光一作应明。

新城甲仗楼

谢氏一作守起新楼，西临城角一作上头。图功百尺一作仗丽，藏器五兵修。结缔一作构榱甍固，虚明户槛幽。鱼龙卷旗帜，霜雪积戈矛。暑雨熇炰隔，凉风宴位留。地高形出没一作远出，山静气清优。睥睨斜光彻，阑干宿霭浮。芊芊粳稻色，脉脉苑溪流。郡化黄丞相，诗成沈隐侯。居兹良得景，殊胜岘山游。

赠殷山人

郁郁山中客，知名四十年。栖惶身独隐，寂寞性应便。世业公侯籍，生涯黍稷田。藤悬读书帐，竹系网鱼船。已种千头橘，新开数脉泉。闲游携酒远，幽语向僧偏。入洞题松过，看花选石眠。避喧长汩没，逢胜即留连。自古多高迹，如君少比肩。耕耘此一作既辛苦，章句已流传。昔日交游盛，当时省阁贤。同袍还共弊，连辔每推先。讲序居重席，群儒愿执鞭。满堂虚左待，众目望乔迁。才异时难用，情高道自全。畏人颜一作频惨澹，疏物势迍邅。贤一作达者闻知命，吾生复礼玄。深藏报恩剑，久缉养生篇。憔悴众夫笑，经过郡守怜。夕阳悲病鹤，霜气动饥鸢。处士谁能荐，穷途世所捐。伯鸾甘寄食，元淑苦无钱。策蹇秋尘里，吟诗黄叶前。故裘馀白领，废瑟断朱弦。志气终犹在，逍遥任自然。家贫念婚嫁，身老恋云烟。放逸栖岩鹿，清虚饮露蝉。郑逃秦谷口，严爱越溪边。霄汉予犹阻，荣枯子不牵。山城一相遇，感激意难宣。

夏日可畏 一作丘为诗

赫赫温风扇，炎炎夏日徂。火威驰迥野，畏景铄遥途。势矫翔阳翰，功分造化炉。禁城千品烛，黄道一轮孤。落照频空篝，馀晖卷夕梧。如何倦游子,中路独踟蹰。

罔象得玄珠

赤水今何处,遗珠已渺然。离娄徒肆目,罔象乃通玄。皎洁因成
性,圆明不在泉。暗中看一作驱夜色,尘外照晴一作情田。无胫真难
掬,怀疑实一作宝易迁。今朝搜择得,应免一作自媚晴川。

和李仆射西园

遇午归闲处,西庭一作亭敞四檐。高眠著琴枕,散帖检书签。印在
休通客,山晴好卷帘。竹凉蝇少到,藤暗蝶争潜。晓一作晚鹊频惊
喜,疏蝉不许拈。石苔生紫点,栏药吐红尖。虚坐诗情远,幽探道
侣兼。所营尚一作当胜地,虽俭复谁嫌。

全唐诗卷三八五

张　籍

送裴相公赴镇太原

盛德雄名远近知,功高先乞守藩维。衔恩暂一作乍遣分龙节,署敕还同在凤池。天子亲临楼上送,朝官齐出道傍辞。明年塞北清一作诸蕃落,应建一作起生祠请立碑。

寄元员外

外郎直罢无馀事,扫洒书堂试一作对药炉。门巷不教当要闹一作闹市,诗篇转觉足工夫。月明台上唯僧到,夜静坊中有酒沽。朝省入频闲日少,可能同作旧游无。

赠梅处士

早闻声价满京城,头白江湖放旷情。讲易自传新注义,题诗不著旧官名。近移马迹山前住,多向牛头寺里行。天子如今议封禅,应将束帛请先生。

赠王秘书

不曾浪出谒公侯,唯向花间水畔游。每著一作酌新衣一作泉看药灶,多收古器在书楼。有官只作山人老,平地能开洞穴幽。自领闲司了无事,得来君处喜相留。

谢裴司空寄马 _{一作蒙裴相公赐马谨以诗谢}

骅耳新驹骏得_{一作已有名}名,司空远自_{一作自选}寄书生。乍离华厩移蹄涩,初到贫家举眼惊。每被闲人来借问,多_{一作惟}寻古寺独骑行。长思岁旦沙堤上,得从鸣珂傍火城。

酬秘书王丞见寄 _{一作酬王秘书闲居见寄}

相看头白来城阙,却忆漳溪旧往还。今体诗中偏出格,常参官里每同班。街西借宅多临_{一作邻}水,马上逢人亦说山。芸阁水曹虽最冷,与君长喜得身闲。

送李馀及第后归蜀

十年人咏好诗章,今日成名出举场。归去唯将新诰牒,后来争取旧衣裳。山桥晓上芭蕉_{一作蕉花暗},水店晴看芋草黄。乡里亲情相见日,一时携酒贺高堂。

早朝寄白舍人严郎中

鼓声初动未闻鸡,羸马街中踏冻泥。烛暗有时冲石柱,雪深无处认沙堤。常参班里人犹少,待漏房前月欲西。凤阙星郎离_{一作虽去}远,阊门开日_{一作处入}还齐。

书怀寄元郎中

转觉人间无气味,常因身外省因缘。经过独爱游山客,计校唯求买药钱。重作学官闲尽日,一离江坞病多年。吟君钓客词中说,便欲南归榜小船。

赠道士宜师 一作赠广宣师

自到王一作皇城得几年,巴童蜀马共随缘。两朝侍从当时贵,五字
声名远处传。旧一作因住红楼通内院,新承墨诏赐斋钱。闲房一作
坊暂喜居相近,还得陪师坐竹边。

书怀寄王秘书

白发如今欲满头,从来一作前百事一作计尽应休。只一作惟于触目一作
事须防病,不拟将心更养愁。下药远求新熟酒,看山多上最高楼。
赖君同在京城住一作华内,每到花前免独游。

题韦郎中新亭

起得幽亭景复新,碧莎地上更无尘。琴书著尽犹嫌少,松竹栽多亦
一作不称贫。药酒欲开期好客,朝衣暂脱见闲身。成名同日官连
署,此处经过有几人。

送杨州判官 一作赠茅山杨判官

应得烟霞出俗心,茅山道士共追寻。闲怜鹤貌偏能画,暗辨桐声自
作琴。长啸每来松下坐,新诗堪向雪中吟。征南幕里多宾客,君独
相知最校深。

喜王起侍郎放牒 一作榜

东风节气一作时节近清明,车马争来满禁城。二十八人初上牒,百
千万里尽传名。谁家不借花园看,在处多将酒器行。共贺春司能
鉴识,今年定合有公卿。

赠 王 司 马

白笴朱衫年少时,久登班列会朝仪。贮财不省关身用,行义唯愁被众知。藏得宝刀求主带,调成骏马乞人骑。未曾相识多闻说,遥望长如白玉一作玉树枝。

书　怀

自小信一作习成疏懒性,人间事事总无功。别从仙客求方法,时到僧家问苦空。老大登朝如梦里,贫穷作活似村中。未能即便休官去,惭愧南山采药翁。

赠令狐一本此下有巨源二字博士

头白新年六十馀,近闻生计转空虚。久为博士谁能识,自到长安赁舍居。骑马出随寻寺客,呼儿散写乞钱书。古来贤哲皆如此,应是才高与众一作世疏。

送从弟删一作彤东归

云水东南两月程,贪归庆节马蹄轻。春桥欲醉攀花别,野路闲吟触雨行。诗价已高犹失意,礼司曾赏会成名。旧山风月知应好,莫向一作过秋时不到京。

赠 王 秘 书

早在山东声价远,曾将顺一作奇策佐嫖姚。赋来诗句无闲语,老去官班未在朝。身屈只闻词客说,家一作居贫多见野僧招。独从书阁归时晚,春水渠边看柳条。

哭丘长史

曾是先皇殿上臣,丹砂久服_{一作别}不成真。常骑马在嘶空枥,自作
书留别故人。诗句遍传天下口,朝衣偏_{一作长}送地中身。最悲昨日
同游处,看却春_{一作东风}树树_{一作处处}新。

送枝江刘明府

老著青衫为楚宰,平生志业有谁知。家僮从去愁行远,县吏迎来怪
到迟。定访玉泉幽院宿,应过碧涧早茶时。向南渐渐云山好,一路
唯_{一作遥}闻唱竹枝。

送从弟彻东归

猴山领印知公奏,才称同时尽不如。奉使贺成登册礼,陪班看出降
恩书。去回在路_{一作回程去}在秋尘里,受诏辞归晓漏初。早晚得为
朝署拜,闲坊买宅作邻居。

哭胡十八遇

早得声名年尚少,寻常_{一作思}志气出风尘。文场继续成三代,家族
_{一作世}辉华在一身。幼子见生_{一作存}才满月,选书知写未呈人。送
君帐下衣裳白,数尺坟头柏树新。

赠贾岛

篱落荒凉僮仆饥,乐游原上住多时。蹇驴放饱骑将出_{一作去},秋卷
装成寄与谁。拄杖傍田寻野菜,封书乞米趁时_{一作朝炊}。姓名未上
登科记,身屈惟应内史知。

逢王建有赠

年状皆齐初有髭,鹊山漳水每追随。使君座下朝听易,处士庭中夜会诗。新作句成相借问,闲求义尽共寻思。经今三十馀年事,却说还同昨日时。

移居静安坊答元八郎中

长安寺里多时住,虽守卑官不苦—作厌贫。作活每常嫌费力,移居只是贵容身。初开井浅偏宜树,渐觉街闲省踏尘。更喜往还相去近,门前减却送书人。

送杨少尹赴凤翔

诗名往日动长安,首首人家卷里看。西学已行秦博士,南宫新拜汉郎官。得钱只了还书铺,借宅常时事药栏。今去岐州生计薄,移居偏近陇头寒。

送韩侍御归山

闻君久卧在云间,为佐嫖姚未得还。新结茅庐招隐逸—作客,独骑骢马入深山。九灵洞口行应到,五粒松枝醉亦攀。明日珂声出城去,家僮不复扫柴关。

新除水曹郎答白舍人见贺

年过五十到南宫,章句无名荷至公。黄纸开呈相府后,朱衣引入谢班中。诸曹纵许为仙侣,群吏多嫌是老翁。最幸—作幸有紫薇郎见爱,独称官与古人同。

送杨少尹赴满 一作蒲城

官为本府当身荣，因得还乡任野情。自废田园今作主，每逢耆老不
呼名。旧游寺里僧应识，新别桥边树已 一作亦 成。公事况 一作多 闲
诗更好，将随 一作谁 相逐 一作送 上山行。

哭元九少府 一作尹

平生志业独相知，早结云山老去期。初作学官常共 一作对 宿，晚登
朝列暂同时。闲来各数经过地，醉后齐吟唱和诗。今日春风花满
宅 一作院，入门行哭见灵帷。

送侯判官赴广州从军 一作事

年少才高求自展，将身万里赴军门。辟书远到开呈客，公服新成著
谢恩。驿舫过江分白堠，戍亭 一作楼 当岭见红幡。海花蛮草连冬
有，行处无家不满园。

答白杭州郡楼登望画图见寄

画得江城登望处，寄来今日到长安。乍惊物色从诗出，更想工人下
手难。将展书堂偏觉好，每来朝客尽求看。见君向此闲吟意，肯恨
当时作外官。

赠 赵 将 军

当年胆略已纵横，每见妖星气不平。身贵早登龙尾道，功高自破鹿
头城。寻常得对论边事，委曲承恩掌内兵。会取安西将报国，凌烟
阁上大 一作早 书名。

送和蕃公主

塞上如今无战尘,汉家公主出和亲。邑司犹属宗卿寺,册号还同虏帐人。九姓旗幡先引路,一生衣服尽随身。毡城南望无回日,空见沙蓬水柳春。

寒食内宴二首

朝光瑞气满宫楼,彩纛鱼龙四周稠。廊下御厨分冷食,殿前香骑逐飞球。千官尽醉犹教坐,百戏皆呈未放休。共喜—作起拜恩侵夜出,金吾不敢问行—作来由。

城阙沉沉向晓寒,恩当令节赐馀欢。瑞烟深—作入处开三殿,春雨微时引百官。宝树楼前分绣—作翠幕,彩花廊下映华—作朱栏。宫筵戏乐年年别,已得三回对御看。

朝日敕赐百官樱桃

仙果人间都未有,今朝忽见下天门。捧盘小吏初宣敕,当殿群臣共拜恩。日色遥分门—作廊下坐,露香才出禁中园。每年重此先偏待—作长先熟,愿得千春奉至尊。

太白—作山老人

日观东峰—作南,一作边。幽客住,竹巾藤带亦逢迎。暗修黄箓无人见,深种胡麻共犬行。洞里仙家常独往,壶中灵药自为名。春泉四面绕茅屋,日日唯闻杵臼声。

和裴司空酬满—作蒲城杨少尹

圣朝偏重大司空,人咏元和第一功。拥节高临汉水上,题诗远入舜城中。共惊向老多年别，更忆登科旧日同。谁不望归丞相府，江边杨柳又秋风。

寄和州刘使君

别离已久犹为郡，闲向春风倒酒瓶。送客特一作将，一作时。过沙口堰，看花多上水心亭。晓来江气连城白，雨后山光满郭青。到此诗情应更远，醉中高咏有谁听。

赠商州王使君

衔命南来会郡堂，却思朝里接班行。才雄犹是山城守，道薄初为水部郎。选胜相留开客馆，寻幽更引到僧房。明朝从此辞君去，独出商关路渐长。

寄令狐宾客

勋名尽得国家一作东传，退狎琴僧与酒仙。还带郡符经几处，暂辞台座已三年。留司未到龙楼下，拜表长怀玉案前。秋日出城伊水好，领谁相逐上闲船。

寄 梅 处 士

扰扰人间是与非一作足是非，官闲自觉省心机。六行班里身常下，九列符中事亦稀。市客惯曾赊贱药，家僮惊见著新衣。君今独得居山乐，应喜一作笑多时未办归。

送施肩吾东归

知君本是烟霞客，被荐因来城阙间。世业偏临七里濑，仙游多在四明山。早闻诗句传人遍，新得科名到处闲。惆怅灞亭相送去，云中琪树不同攀。

昆 仑 儿

昆仑家住海中州,蛮客将来汉地游。言语解教秦吉了,波涛初过郁
林洲。金环欲落曾穿耳,螺髻长卷不裹头。自爱肌肤黑如漆,行时
半脱木绵裘。

赠 李 杭 州

仙郎白首未归朝,应为苍生领六条。惠化州人尽清净,高情野鹤与
一作共逍遥。竹间虚馆无朝讼,山畔青田长夏苗。终日政声长独
坐,开门长一作唯望浙江潮。

送郑尚书赴广州

圣朝选将持符节,内使一作制宣时百辟听。海北蛮夷来舞蹈,岭南
封管送图经。白鹇飞绕迎官舫,红槿开当宴客亭。此处莫言多瘴
疠,天边看取老人星。

贺秘书王丞南郊摄将军

正初天子亲郊礼,诏摄将军领卫兵。斜带银刀入黄道,先随玉辂到
青城。坛边不在千官位,仗外唯闻再拜声。共喜与君逢此日,病中
无计得随一作同行。

送令狐尚书赴东都留守

朝廷重寄在关东,共说从前选上公。勋业新城大梁镇,恩荣更守洛
阳宫。行香暂出天桥上,巡礼常过禁殿中。每领群臣拜章庆一作
表,半开门仗日曈曈。

拜　丰　陵

岁朝园寝遣公卿,学省班中亦摄行。身逐陵官齐再拜,手持木铎叩三声。寒更报点来山殿,晓炬分行照柏城。却下龙门看渐远,金峰高处日微明一作初晴。

赠　孔　尚　书

能将直道历荣班,事著元和实录间。三表自陈辞北阙,一家相送入南山。买来侍女教人嫁,赐得朝衣在箧闲。宅近青山一作门高静处,时归林下暂开关。

酬杭州白使君兼寄浙东元大夫

相印暂离临远镇,披垣出守复同时。一行已作三年别,两处空传七字诗。越地江山应共见,秦天风月不相知。人间聚散真难料,莫叹平生信所之。

寄苏州白二十二使君

三朝出入紫微臣,头白金章未在身。登第早年同座主,题诗今日是一作异州人。阊门柳色烟中远,茂苑莺声雨后新。此处吟诗向山寺,知君忘却曲江春。

送白宾客分司东都

赫赫声名三十春,高情人独出埃尘。病辞省闼归闲地一作处,恩许宫曹作上宾。诗里难同相得伴,酒边多见自由身。老人也拟休官去,便是君家池上人。

赠阁少保

辞荣恋阙未还乡，修养年多气力强。半俸归烧伏火药，全家解说养生方。特承恩诏新开载，每见公卿不下床。竹树晴深寒院静，长悬石磬在虚廊。

赠别王侍御赴任陕州司马 一作赠王司马赴陕州

京城在处闲人少，唯共君行并马蹄。更和诗篇名最出，时一作对倾杯酒户常齐。同趋阙下听钟漏，独向军前闻鼓鼙。今日春明门外别，更无因得到街西。

田司空入朝

西来将相位一作望兼雄，不与诸君一作军觐礼同。早变山东知顺命，新收济上一作下立殊功。朝官叙谒趋门外，恩使喧一作宣迎满路中。闾阖晓开一作来铜漏静，身当受册大明宫。

送浙西周判官 一作送浙东周阮范判官

由来自一作身是烟霞客，早已闻名诗酒间。天阙因将贺表到，家乡新一作江城应著赐衣还。常吟卷里新酬句，自话湖中一作边旧住山。吴越主人偏爱重，多应不肯放君闲。

送吴一作胡炼师归王屋

玉阳峰下学长生，玉洞仙中一作乡已有名。独戴熊须冠暂出，唯将鹤尾扇同行。炼成云母休炊爨，已得雷公当吏兵。却到瑶一作天坛上头宿，应闻空里步虚声。

送邵州林使君

词客南行宠命新,潇湘郡入曲江津。山幽自足探微处,俗朴应无争竞人。郭外相连排殿阁,市中多半用金银。知君不作家私计,迁日还同到日贫。

寄王六侍御

渐觉近来筋力少,难堪今日在风尘。谁能借问功名事,只自扶持老病身。贵得药资将助道,肯嫌家计不如人。洞庭已置新居处,归去安期一作期君与作邻。

送稽亭山寺僧 一本无寺字

师住稽亭高处寺,斜廊曲阁倚云开。山门十里松间入,泉涧三重洞里来。名岳寻游今已遍,家城礼谒便应回。旧房到日闲吟后,林下还登说法台。

送汀州源使君

曾成赵北归朝计,因拜王门最好官。为郡暂辞双凤阙,全家远过九龙滩。山乡只有输蕉户,水镇应多养鸭栏。地僻寻常来客少,刺桐花发共谁看。

寄孙洛阳格 一作寄洛阳孙明府

久持刑宪声名远,好是中朝正直臣。赤县上来应足事,青山老去未离身。常思从省连归马,乍觉同班少旧人。遥爱南桥秋日晚,雨边杨柳映天津。

胡山人归王屋因有赠

转转无成到白头，人间举眼尽堪愁。此生已是蹉跎去，每事应_{一作}
终从卤莽休。虽作闲官少拘束，难逢胜景可淹留。君归与访移家
处，若个峰头_{一作前}最较幽。

寄虔州韩使君

南康太守负才豪，五十如今未拥旄。早得一人知姓字，常闻三事说
功劳。月明渡口漳江静，云散城头赣石高。郡政已成秋思远，闲吟
应不问官曹。

送从弟濛赴饶州

京城南去鄱阳远，风月悠悠别思劳。三领郡符新寄重，再登科第旧
名高。去程江上多看堠，迎吏船中亦带刀。到日更行清静化，春田
应不见蓬蒿。

罗_{一作赠}道士

城里无人得实年，衣襟常带臭黄烟。楼中赊酒唯留药，洞里争棋不
赌钱。闻客语声知贵贱，持_{一作对}花歌咏似狂颠。寻常行处皆逢
见，世上多疑是谪仙。

寄陆浑赵明府

与君学省同官处，常日相随说道情。新作陆浑山县长，早知三礼甲
科名。郭中时有仙人住，城内应多药草生。公事稀疏来客少，无妨
著屐独闲行。

同将作韦二少监赠水部李郎中

旧年同是水曹郎，各罢鱼符自楚乡。重著青衫承诏命，齐趋紫殿异班行。别来同说经过事，老去相传补养方。忆得当时亦连步，如今独在读书堂。

赠 王 侍 御

心同野鹤与尘远，诗似冰壶见底清。府县同趋昨日事，升沉不改故人情。上阳春晚萧萧雨，洛水寒来夜夜声。自叹独为折腰吏，可怜骢马路傍行。

送金少卿副使归新罗

云岛茫茫天畔微，向东万里一帆飞。久为侍子承恩重，今佐使臣衔命归。通海便应将国信，到家犹自著朝衣。从前此去人无数，光彩如君定是稀。

送李司空赴镇襄阳一本无赴字

中外兼权社稷臣，千官齐出拜行尘。再调公鼎勋庸盛，三受兵符宠命新。商路雪开旗旆展一作远，楚堤梅发驿亭春。襄阳风景由来好，重与江山作主人。

送李仆射愬赴镇凤翔 一本无愬字

由来勋业属英雄，兄弟连营列位同。先入贼城擒首恶一作恶首，尽封笾库让元公。旌幢独继家声外，竹帛新添国史中。天子新一作欲收秦陇地，故教移镇古扶风。

寄白二十二舍人

早知内诏过先—一作前辈，蹭蹬江南百事疏。溢浦城中为上佐，炉峰寺后著幽居。偏依仙法多求药，长共僧游不读书。三省比来名望重，肯容君去—一作意乐樵渔。

送友人卢处士游吴越

羡君东去见残梅，惟有王孙独未回。吴苑夕阳明古堞，越宫春草上高台。波生野水雁初下，风满驿楼潮欲来。试问渔舟看雪浪，几多江燕荇花开。

苏州江岸留别乐天

一作白居易诗，题云《武丘寺路宴留别诸妓》。

银泥裙映锦障泥，画舸停桡马簇蹄。清管曲终鹦鹉语，红旗影动薄寒嘶。渐消酒色朱颜浅，欲话离情翠黛低。莫忘使君吟咏处，女坟湖北武丘西。

寒 食 看 花

早入公门到夜归，不因寒食少闲时。颠狂绕树猿离锁，踊跃缘冈马断羁。酒污衣裳从客笑，醉饶言语觅花知。老来自喜常无事，仰面西园得咏诗。

酬浙东元尚书见寄绫素

越地缯纱纹样新，远封来寄学曹人。便令裁制为时服，顿觉光荣上病身。应念此官同弃置，独能相贺更殷勤。三千里外无由见，海上东风又一春。

赠项斯 一作王建诗,题云《赠贾岛》。

端坐一作尽日吟诗忘一作坐忍饥,万人中觅似君稀。门连野水风长
到,驴放秋原夜不归。日暖剩收新落叶,天寒更著旧生衣。曲江亭
上频频见,为爱鸬鹚雨里飞。

全唐诗卷三八六

张　籍

和韦开州盛山十二首

宿云亭 一作寺

清净当深处,虚明向远开。卷帘无俗客,应只见云来。

梅　溪

自爱新梅好,行寻一径斜。不教人扫石,恐损落来花。

茶　岭

紫芽连白蕊,初向岭头生。自看家人摘,寻常触露行。

流 杯 渠

渌酒白螺杯,随流去复回。似知人把处,各向面前来。

盘 石 磴

垒石盘一作连空远,层层势不一作更危。不知行几匝,得到上头时。

桃 坞

春坞桃花发,多将野客游。日西殊未散,看望酒缸头。

竹　岩

独入千竿里,缘岩踏石层。笋头齐欲出,更不许人登。

琵 琶 台

台上绿萝春,闲登不待人。每当休暇日,著履戴纱一作纶巾。

胡芦沼

曲沼春流满，新蒲映野鹅。闲斋朝饭后，拄杖绕行多。

隐月岫

月出深峰里，清凉一作光夜一作夏亦寒。每嫌西落疾，不得到明看。

绣衣石榻

山城无别味，药草兼鱼果。时到绣衣人，同来石上坐。

上士泉瓶 一本无瓶字

阶上一眼泉，四边青石甃。唯有护净僧，添瓶将盥漱。

送远客

憔悴远归一作行客，殷勤欲别杯。九星坛下路，几日见重来。

寄西峰僧

松暗水涓涓，夜凉人未眠。西峰月犹在，遥忆草堂前。

禅师 一作西峰顶

独在西峰顶，年年闭石房。定中无弟子，人到为焚香。

惜花

山中春已晚，处处见花稀。明日来应尽，林间宿不归。

题晖一本此下有禅字师影堂

日早欲参禅，竟无相识缘。道场今独到，惆怅影堂前。

泾州塞

行到泾州塞，唯闻羌戍鼙。道边古双堠，犹记向安西。

野　田 —作中

漠漠—作幕幕野田草,草中牛羊道。古墓无子孙,白杨不得老。

岸　花

可怜岸边树,红蕊发青条。东风吹渡水,冲着木兰桡。

别于鹄

离灯及晨辉,行人起复思。出门两相顾,青山路逶迤。

送蜀客

蜀客南行祭—作际碧鸡,木绵花发锦江西。山桥日晚行人少,时见猩猩树上啼。

送元结 —作绍

昔日同游漳水边,如今重说恨绵绵。天涯相见还离别,客路秋风又几年。

宿山祠 —作宫山祠

秋草宫人—作中斜里墓,宫人—作中谁送葬来时。千千万万皆如此—作相似,家在边城—作城边亦不知。

美人宫棋

红烛台前出翠娥,海沙铺局巧相和。趁行移手巡收尽,数数看谁得最多。

蛮　州 一作杜牧诗,题云《蛮中醉》。

瘴水蛮中入洞流,人家多住竹棚头。一一作青山海上无城郭,唯见松牌记象州。

送元宗简

貂帽垂肩窄皂裘,雪深骑马向西州。暂时相见还相送,却闭闲门依旧愁。

寄徐晦

鄂陂鱼美酒偏浓,不出琴斋见雪峰。应胜昨来趋府日,簿书床上乱重重。

寄白学士

自掌天书见客稀,纵因休沐锁双扉。几回扶病欲相访,知向禁中归未归。

喜王六同宿

十八年来恨别离,唯同一宿咏新诗。更相借问诗中语,共说如今胜旧时。

题玉像堂

玉毫不着世间尘,辉相分明十八身。入夜无烟灯更一作亦好,堂中唯有转经人。

与贾岛闲游

水北原南草色新,雪消风暖不生尘。城中车马应无数,能解闲行有几人。

哭丘长史

丘公已殁故人稀,欲过街西更访谁。每到子城东路上,忆君相逐入朝时。

哭孟寂

曲江院里题名处,十九人中最少年。今日春光君不见,杏花零落寺门前。唐进士登科记:孟寂乃中书舍人高郢所取第十六名。其年进士十七人,博学宏词二人,故诗云十九人。

患眼

三年患眼今年〔校〕(免),〔免〕(校)与风光便隔生。昨日韩家后园里,看花犹似未分明。

答刘竞

刘君久被时抛掷,老向城中作选人。昨日街西相近住,每来存问老夫身。

赠华严院僧

一身依止荒闲院,烛耀窗中有宿烟。遍礼华严经里字,不曾行到寺门前。

逢 故 人

山东一一作二十馀年别，今日相逢在上都。说尽向来无限事，相看
摩挱白髭须。

送 萧 远 弟

街北槐花傍马垂，病身相送出门迟。与君别后秋风夜，作得新诗说
向谁。

送辛少府任乐安 一作安县

才多不肯浪容身，老大诗章转更新。选得天台山下住，一家全作学
仙人。

赠 任 道 人

长安多病无生计，药铺医人乱索钱。欲得定知身上事，凭君为算小
行年。

招周居一作处士

闭门秋雨湿墙莎，俗客来稀野思多。已扫书斋一作堂安药灶，山人
作意早经过。

送 许 处 士

高情自与俗人疏，独向蓝溪选僻一作僻处居。会到白云长取醉，不
能窗下读闲书。

送律师归婺州

京中开讲已多时,曾作坛头证戒师。归到双溪桥北寺,乡僧争就学威仪。

题杨秘书新居

爱闲不向争名地,宅在街西最静坊。卷里诗过一千首,白头新受秘书郎。

送旸师

九星台下煎茶别,五老峰头觅寺居。作得新诗旋相寄,人来请莫达空书。

送僧往—作归金—作全州

闻道溪阴山水好,师行一一遍经过。事须觅取堪居处,若个溪头药最多。

寻徐道士

寻师远到晖天观,竹院森森闭药房。闻入静来经七日,仙童檐下独焚香。

答开州韦使君寄车前子

开州午—作五日车前子,作药人皆道有神。惭愧使君怜病眼,三千馀里寄闲人。

忆故州 一作山

垒石为山伴野夫,自收灵药读仙书。如今身是他州客,每见青山忆旧居。

送客游蜀

行尽青山到益州,锦城楼下二江流。杜家曾向此中住,为到浣花溪水头。

送一作赠陆畅

共踏长安街里尘,吴州一作门独作未归身。昔年一作胥门旧宅今谁住,君过西塘与问人。

感　春

远客悠悠任病身,谢家池上又逢春。明年各自东西去,此地看花是别人。

赠李司议

汉庭谁问投荒客,十载一作岁天南着白衣。秋草茫茫恶谿一作溪路,岭头遥送北人稀一作归。

别　客

青山历历水悠悠,今日相逢明日秋。系马城边杨柳树,为君沽酒暂淹留。

登楼寄胡家兄弟

独上西楼尽日闲，林烟演漾鸟蛮一作绵蛮。谢家兄弟重城里，不得同看雨后山。

答刘明府

身病多时又客居，满城亲旧尽一作久相疏。可怜绛县刘明府，犹解频频寄远书。

酬藤杖

病里出门行步迟，喜君相赠古藤枝。倚来自觉身生力，每向傍人说得时。

法雄寺东楼

汾阳旧宅今为寺，犹有当时歌舞楼。四十年来车马绝，古槐深巷暮蝉愁。

寄故人

静曲闲房病客居，蝉声满树槿花疏。故人只在蓝田县，强半年来未得书。

邻妇哭征夫

双鬟初合便分离，万里征夫不得随。今日军回身独殁，去时鞍马别人骑。

和崔驸马闻蝉

凤凰楼下多欢乐,不觉秋风暮雨天。应为昨来身暂病,蝉声得到耳傍边。

和裴仆射看樱桃花

昨日南园新雨后,樱桃花发旧枝柯。天明不待人同看,绕树重重履迹多。

和长安郭明府与友人县中会饮

一尊清酒两人同,好在街西水县中。自恨病身相去远,此时闲坐对秋风。

唐昌一作兴唐观看花

新红旧紫不相宜,看觉从前两月迟。更向同来诗客道,明年到此莫过时。

九华观看花

街西无数闲游处,不似九华仙观中。花里可怜池上景,几重墙壁贮春风。

赠　姚　合

丹凤城门向晓开,千官相次入朝来。唯君独走冲尘土,下马桥边报直回。

同韦员外开元观寻时道士

观里初晴竹树凉，闲行共到最高房。昨来官罢无生计，欲就师求断谷方。

同韩侍御南溪夜赏

喜作闲人得出城，南溪两月逐君行。忽闻新命须归去，一夜船中语到明。

使行望—作至悟真寺

采玉峰连佛寺幽，高高斜对驿门楼。无端来去骑官马，寸步教身不得游。

重阳日至峡道

无限青山行已尽，回看忽觉远离家。逢高欲饮重阳酒，山菊今朝未有花。

赠主客刘郎中

忆昔君登南省日，老夫犹是褐衣身。谁知二十馀年后，来作客曹相替人。

同严给事闻唐昌观玉蕊
近有仙过因成绝句二首

千枝花里玉尘飞，阿母宫中见亦稀。应共诸仙斗百草，独来偷得一枝归。

九色云中紫凤车，寻仙来到洞仙家。飞轮回处无踪迹，唯有斑斑满地花。

秋　思

洛阳城里见秋风，欲作归一作家书意万重。忽一作复恐匆匆说不尽，
行人临发又开封。

忆　远

行人犹未有归期，万里初程日暮时。唯爱门前双柳树，枝枝叶叶不
相离。

玉仙一作山馆

长溪新雨色如泥，野水阴云尽向西。楚客天南行渐远，山山树里鹧
鸪啼。

寄　府　吏

野外寻花共作期，今朝出郭不相随。待君公事有闲日，此地春风一
作光应过时。

弟萧远雪夜同宿

数卷新游蜀客诗，长安僻巷得相随。草堂雪夜携琴宿，说是一作似
青城馆里时。

凉州词三首

边城暮雨雁飞低，芦笋初生渐欲齐。无数铃声遥过碛，应驮白练到
安西。

古镇城门白碛开，胡兵往往傍沙堆。巡边使客行应早，欲问平安无

使来一作每待平安火到来。

凤林关里水东流,白草黄榆六十秋。边将皆承主恩泽,无人解道取
凉州。

宫　词

新鹰初放兔犹一作初肥,白日君王在内稀。薄暮千门临欲锁,红妆
飞骑向前归。

黄金捍拨紫檀槽,弦索初张调更高。尽理昨来新上曲,内官帘外送
樱桃。

华 清 宫

温泉流入汉离宫,宫树行行浴殿空。武帝时人今欲尽,青山空闭御
墙中。

崔驸马养鹤

身闲无事称高情,已有人间章句名。求得鹤来教翦翅,望仙台下亦
将行。

闲　游

老身不计人间事,野寺秋晴每独过。病眼校来犹断酒,却嫌行处菊
花多。

刘兵曹赠酒

一瓶颜色似甘泉,闲向新栽小竹前。饮罢身中更无事,移床独就夕
阳眠。

送梧州王使君

楚江亭上秋风起,看发苍梧太守船。千里同行从此别,相逢又隔几多年。

春日早朝

晓陌春寒朝骑来,瑞云深处见楼台。夜来新雨沙堤湿,东上阁门应未开。

寄朱阚二山人

为个朝章束此身,眼看东路一作洛去无因。历阳旧客今应少,转忆邻家二老人。

寄李渤

五度溪头蹰躅红,嵩阳寺里讲时钟。春山处处行应好,一月看花到几峰。

寻　仙

溪头一径入青崖,处处仙居隔杏花。更见峰西幽客说,云中犹有两三家。

同白侍郎杏园赠刘郎中

一去潇湘头欲一作已白,今朝始见杏花一作园春。从来迁客应无数,重到花前有几人。

答鄱阳客药名诗

江皋岁暮相逢地,黄叶霜前半夏枝。子夜吟诗向松桂,心中万事喜君知。

寄宋景

诏发官兵取乱臣,将军弓箭不离身。今君独在征东府,莫遣功名属别人。

寄王侍御 一作奉御

爱君紫阁峰前好,新作书堂药灶成。见欲移居相近住,有田多与种黄精。

题渭北寺上方

昔祭郊坛今谒陵,寺中高处最来登。十馀年后人多别,喜见当时转读僧。

闲游 一作题山寺僧院

终日不离尘土间,若为能见此身闲。今朝暂共游僧语,更恨趋时别旧山。

倡女词

轻鬓丛梳阔扫眉,为嫌风日下楼稀。画罗金缕难相称,故著寻常淡薄衣。

答元八遗纱帽

黑纱方帽君边得,称对山前坐竹床。唯恐被人偷剪样,不曾闲戴出书堂。

题 僧 院

闻师行讲青龙疏,本寺住来多少年。静扫空房唯独坐,千茎秋竹在檐前。

送 元 八

百神斋祭相随遍,寻竹一作水看山亦共行。明日城西送君去,旧游重到独题名。

吴 楚 歌 词

庭前春鸟啄林声,红夹罗襦缝未成。今朝社日一作酒停针线,起向朱樱树下行。

题方睦上人月台观

一身清净无童子,独坐空堂得几年。每夜焚香通月观,可怜光影最团圆。

华山一作岳庙

金天庙下西京道,巫女纷纷走似烟。手把纸钱迎过客,遣求恩福到神前。

病中酬元宗简

东风渐暖满城春,独占一作向幽居养病身。莫说樱桃花已发,今年不作看花人。

寺 宿 斋

晚到金光门外寺,寺中新竹隔帘多。斋官禁与僧相见,院院开门不得过。

赠 施 肩 吾

世间渐觉无多事,虽有一作得空名未著身。合取药成相待吃,不须先作上天人。

赠 王 建

白君去后交游少,东野亡来箧笥贫。赖有白头王建在,眼前犹见咏诗人。

逢 贾 岛

僧房逢着款冬花,出寺行吟日已斜。十二街中春雪遍,马蹄今去入谁家。

山 中 酬 人

山中日暖春鸠鸣,逐水看花任意行。向晚归来石窗下,菖蒲叶上见题名。

弱柏院僧影堂

弱柏倒垂如线蔓,檐头不见有枝柯。影堂香火长相续,应得人来礼拜多。

题故僧影堂

香消云锁旧僧家,僧刹残形半壁斜。日暮松烟寒漠漠,秋风吹破纸莲花。

无　题 一作刘禹锡诗,题云《踏歌词》。

桃溪柳陌好经过,灯下妆成月下歌。为是襄王故宫地,至今犹有一作自细腰多。

山　禽

山禽毛如白练带,栖我庭前栗树枝。猕猴半夜来取栗,一双中林向月飞。

秋　山

秋山无云复无风,溪头看月出深松。草堂不闭石床静,叶间坠露声重重。

玉　真　观

台殿曾为贵主家,春风吹尽竹窗纱。院中仙女修香火,不许闲人入看花。

蛮 中

铜柱南边毒草春,行人几日到金麟。玉镮穿耳谁家女,自抱琵琶迎海神。

赠道士 一作剡溪逢茅山道士

茅山近别剡溪逢,玉节青旄十二重。自说年年上天去,罗浮最近海边峰。

重 一作望平驿作

茫茫菰草平如地,渺渺长堤曲似城。日暮未知投宿处,逢人更问向前程。

宿天竺寺寄灵隐寺僧

夜向灵溪息此身,风泉竹露净衣尘。月明石上堪同宿,那作山南山北人。

酬 朱 庆 馀

越女新妆出镜心,自知明艳更沉吟。齐纨未是人间贵,一曲菱歌敌万金。

寒食忆归 以下二首见《岁时杂咏》

京中曹局无多事,寒食贫儿要在家。遮莫杏园胜别处,亦须归看傍村花。

寒　食

绿杨枝上五丝绳,枝弱春多欲不胜。唯有一年寒食日,女郎相唤摆
阶㾆。

赋　花 并序

　　白乐天分司东洛,朝贤悉会兴化亭送别。酒酣,各赋一字至七字
　　诗,以题为韵。

花,花。落早,开赊。对酒客,兴诗家。能回游骑,每驻行车。宛宛
清风起,茸茸丽日斜。且愿相留欢洽,惟愁虚弃光华。明年攀折知
不远,对此谁能更叹嗟。

句

韩公国大贤,道德赫已闻。时出为阳山,尔区来趋奔。韩官迁掾
曹,子随至荆门。韩入为博士,崎岖送归轮。 送区弘 《事文类聚》

全唐诗卷三八七

卢 仝

卢仝,范阳人。隐少室山,自号玉川子。征谏议不起。韩愈为河南令,爱其诗,厚礼之。后因宿王涯第,罹甘露之祸。诗三卷。

月 蚀 诗

新天子即位五年,岁次庚寅,斗柄插子,律调黄钟。森森万木夜僵立,寒气屭赑顽无风。烂银盘从海底出,出来照我草屋东。天色绀滑凝不流,冰光交贯寒朦胧。初疑白莲花,浮出龙王宫。八月十五夜,比并不可双。此时怪事发,有物吞食来。轮如壮士斧斫坏,桂似雪山风拉摧。百炼镜,照见胆,平地埋寒灰。火龙珠,飞出脑,却入蚌蛤胎。摧环破璧眼看尽,当天一搭如煤炱。磨踪灭迹须臾间,便似万古不可开。不料至神物,有此大狼狈。星如撒沙出,争头事光大。奴婢炷暗灯,掩鸟感切菐如玳瑁。今夜吐焰长如虹,孔隙千道射户外。玉川子,涕泗下,中庭独自行。念此日月者,太阴太阳精。皇天要识物,日月乃化生。走天汲汲劳四体,与天作眼行光明。此眼不自保,天公行道何由行。吾见阴阳家有说,望日蚀月月光灭,朔月掩日日光缺。两眼不相攻,此说吾不容。又孔子师老子云,五色令人目盲。吾恐天似人,好色即_{一作则}丧明。幸且非春时

一作晴，万物不娇荣。青山破瓦色，绿水冰峥嵘。花枯无女艳，鸟死
沉歌声。顽冬何所好，偏使一目盲。传闻古老说，蚀月虾蟆精。径
圆千里入汝腹，汝此痴骸一作骏阿谁一作何从生。可从海窟来，便解
缘青冥。恐是眠睫间，掩一作揩塞所化成。黄帝有二目，帝舜重瞳
明。二帝悬四目，四海生光辉。吾不遇二帝，混沌不可知。何故瞳
子上，坐受虫豸欺。长嗟白兔捣灵药，恰似有意防奸非。药成满臼
不中度，委任白兔夫何为。忆昔尧为天，十日烧九州。金铄水银
流，玉炒丹砂焦。六合烘为窑，尧心增百忧。帝见尧心忧，勃然发
怒决洪流。立拟沃杀九日妖，天高日走沃不及，但见万国赤子䲡
䲡生鱼头。此时九御导九日，争持节幡麾幢旄。驾车六九五十四
头蛟螭虬，掣电九火辀。汝若蚀开龃龉一作龃龉轮，御辔执索相爬
钩，推荡轰訇一作渴入汝喉。红鳞焰鸟烧口快，翎鬣倒侧声酰邹。
撑肠拄肚礧傀如山丘，自可饱死更不偷。不独填饥坑，亦解尧心
忧。恨汝时一本无时字当食，藏一作埋头抆脑不肯食。不当食，张唇
哆脂食不休。食天之眼养逆命，安得上一作天帝请汝刘。呜呼，人
养虎，被虎啮。天媚蟆，被蟆瞎。一作天昏瞀，得瞽疾，虾蟆敢将天眼瞎。乃
知恩非类，一一自作孽。吾见患眼人，必索良工诀。想天不异人，
爱眼固应一。安得常娥氏，来习扁鹊术。手操春喉戈，去此睛上
物。其初一作初既犹朦胧，既久如一作似抹漆。但恐功业成，便此不
吐出。玉川子又涕泗下，心祷再拜额榻一作蹋砂土中，地上蚍虱臣
全告诉帝天皇。臣心有铁一寸，可刜妖蟆痴肠。上天不为臣立梯
磴，臣血肉身，无由飞上天，扬天光。封词付与小心风，一作先封辞付
与赤心风。飏一作越排阊阖入紫宫。密迩玉几前擘坼，奏上臣全顽愚
胸。敢死横干天，代天谋其长。一作敢死横干天甚长。东方苍龙角，插
戟尾捭风。当心开明堂。统领三百六十鳞虫，坐理一作治东方宫。
月蚀不救援，安用东方龙。南方火鸟赤泼血，项长尾短飞跋踅一作

刺,头戴井一作丹冠高逵桥。月蚀乌宫十三度,乌为居停主人不觉察,贪向何人家。行赤口毒舌,毒虫头上吃却月,不啄杀。虚眨鬼眼明突窎音抉血,乌罪不可雪。西方攫虎立踦踦音几,斧为牙,凿为齿。偷牺牲,食封豕。大蟆一脔,固当软美。见似不见,是何道理。爪牙根天不念天,天若准拟错准拟。北方寒龟被蛇缚,藏头入壳如入狱。蛇筋束紧束破壳,寒龟夏鳖一种味。且当以其肉充臛,死壳没信处,一作且当臛其肉,一底板没信处。唯堪支床脚,不堪一作中钻灼与天一本有下字卜。岁星主福德,官爵奉董秦。忍使黔娄生,覆尸无衣巾。天失眼不吊,岁星胡其仁。荧惑矍铄翁,执法大不中。月明无罪过,不纠蚀月虫。年年十月朝太微。支卢谪罚何灾凶。土星与土性相背,反养福德生祸害。到人头上死破败,今夜月蚀安可会。太白真将军,怒激锋铓生。恒州阵斩郿定进,项骨脆甚春蔓菁。天唯两眼失一眼,将军何处行天兵。辰星任廷尉,天律自主持。人命在盆底,固应乐见天盲时。天若不肯信,试唤皋陶鬼一问。一如今日,三台文昌宫,作上天一作天上纪纲。环天二十八宿一本无宿字,磊磊尚书郎。整顿排班行,剑握他人将。一四太阳侧,一四天市傍。操斧代大匠,两手不怕伤。弧矢引满反射人,天狼呀啄明煌煌。痴牛与骏女,不肯勤农桑。徒劳含淫思,旦夕遥相望。蚩尤簸旗弄旬朔,始捶天鼓鸣珰琅。枉矢能蛇行,眊目森森张。天狗下舐地,血流何滂滂。谲险万万党,架构何可当。眯目蚸成就,害我光明王。请留北斗一星相北极一作请留北斗相北极,指麾万国悬中央。此外尽扫一作拂除,堆积一作砂碛如山冈,赎我父母光。当时常星没,殒一作星雨如迸一作坼浆。似天会事发,叱喝诛奸强。何故中道废,自遗今日殃。善善又恶恶,郭公所以亡。愿天神圣心,无信他人忠。玉川子词讫,风色紧格格。近月黑暗边,有似动剑戟。须臾痴蟆精,两吻自决坼。初露半个璧,渐吐满轮魄。众星尽原赦,一蟆独诛磔。腹肚忽脱落,依旧挂穹碧。光彩未苏来,惨澹一片白。奈何万里光,受此吞吐厄。再得见天眼,感荷天地力。或问玉川子,孔子修春秋。二百四十年,月蚀尽不收。今子咄咄词,颇一作固合孔意不。玉川子笑答,或请听逗留。孔子父母鲁,讳鲁不讳周。书外书大恶,故月蚀不见收。予命唐天,口食唐土。唐礼过三,唐乐过五。小犹不说,大不可数。灾沴无有小大愈,安得一本无得字引衰周,研核其一本无其字可否。日分昼,月分夜,辨寒暑。一主刑,二主德,政乃举。孰为人面上,一目偏可去。愿天完两目,照下万方土,万古更不瞽,万万古,更不瞽,照万古。

哭 玉 碑 子

山有洞左颊,拾得玉碑子。其长一周尺,其阔一药匕。颜色九秋天,棱角四面起。轻敲吐寒流,清悲动神鬼。稽首置手中,只似一片水。至文反无文,上帝应有以。予疑仙石灵,愿以仙人比。心期香汤洗,归送篆堂里。颇奈穷相驴,行动如跛鳖。十里五里行,百蹶复千蹶。颜子不少夭,玉碑中路折。横文寻龟兆,直理任瓦裂。劈竹不可合,破环永离别。向人如有情,似痛滴无血。勘斗平地上,罅坼多啮缺。百见百伤心,不堪再提挈。怪哉坚贞姿,忽脆不坚固。矧曰人间人,安能保常度。敢问生物成,败为有真素。为禀灵异气,不得受秽污。驴罪真不厚,驴生亦错误。更将前前行,复恐山神怒。白云蓊闭岭,高松吟古墓。置此忍其伤,驱驴下山路一作去。

观 放 鱼 歌

常州贤刺史,从谏议大夫除。天地好生物,刺史性与天地俱。见山客,狎鱼鸟。坐山客,北亭湖。命舟人,驾舫子,漾漾菰蒲。酒兴引行处，正见渔人鱼。刺史密会山客意，复念网罗婴无辜。忽脱身上殷绯袍，尽买罟擭尽有无。鳗鳢鲇鳝鳅，涎恶最顽愚。鳟鲂见阴风，质干稍高流。时白喷雪鲫鲤鮂，此辈肥脆为绝尤。老鲤变化颇神异，三十六鳞如抹朱。水苍弘窟有蛟鼍，饵非龙饵唯无鲈。丛杂百千头，性命悬须臾。天心应刺史，刺史尽活诸。一一投深泉，跳脱不复拘。得水竞腾突，动作诡怪殊。或透藻而出，或破浪而趋。或掉尾孑孑，或奋鬣愉愉。或如莺掷梭一本缺此三字，或如蛇衔珠。四散渐不见，岛屿徒萦纡。鹥鹕鸧鸥凫，喜观争叫呼。小虾亦相庆，绕岸摇其须。乃知贪生不独顽痴夫。可怜百千命，几为中肠菹。若养圣贤真，大烹龙髓敢惜乎。苦痛如今人，尽是鱼食鱼。族类恣饮啖，强力无亲疏。明明刺史心，不欲与物相欺诬。岸虫两与命，无意杀此活彼用贼徒。亦忆清江使，横遭乎余且。圣神七十钻，不及泥中鳅。哀哉托非贤，五脏生冤仇。若当刺史时，圣物保不囚。不疑且不卜，二子安能谀。二子倘故谀，吾知心受诛。礼重一草木，易封称中孚。又曰钓不纲，又曰远庖厨。故一作考仁人用心，刺史尽合符。昔鲁公观棠距箴，遂被孔子贬而书。今刺史好生，德洽民心，谁为刺史一褒誉。刺史自上来，德风如草铺。衣冠兴废礼，百姓减暴租。豪猾不豪猾，鳏孤不鳏孤。开古孟渎三十里，四千顷泥坑为膏腴，刺史视之总若无。讼庭雀噪坐不得，湖上拔茭植芙蕖。胜业庄中二桑门，时时对坐谈真如。因说十千天子事，福力当与刺史俱。天雨曼陀罗花深没膝，四十千真珠璎珞堆高楼。此中怪特不可会，但慕刺史仁有馀。刺史敕左右兼小家一本有生字奴，慎勿背我沉毒钩。念鱼承奉刺史仁，深僻处，远远游。刺史官职小，教化未能敷。第一莫近人，恶人唯口腴。第一莫出境，四境多网罟。重伤刺史心，丧尔微贱躯。

示添丁

春风苦不仁，呼逐马蹄行人家。惭愧瘴气却怜我，入我憔悴骨中为生涯。数日不食强强行，何忍索我抱看满树花。不知四体正困惫，泥人啼哭声呀呀。忽来案上翻墨汁，涂抹诗书如老鸦。父怜母惜捆不得，却生痴笑令人嗟。宿舂连晓不成米，日高始进一碗茶。气力龙钟头欲白，凭仗添丁莫恼爷。

寄男抱孙

别来三得书，书道违离久。书处甚粗杀，且喜见汝手。殷十七又报，汝文颇新有。别来才经年，囊盎未合斗。当是汝母贤，日夕加训诱。尚书当毕功，礼记速须剖。喽啰儿读书，何异擢枯朽。寻义低作声，便可养年寿。莫学村学生，粗气强叫吼。下学偷功夫，新宅锄藜莠。乘凉劝奴婢，园里耨葱韭。远篱编榆棘，近眼栽桃柳。引水灌竹中，蒲池种莲藕。捞漉蛙蟆脚，莫遣生科斗。竹林吾最惜，新笋好看守。万箨苞龙儿，攒迸溢一作临林薮。吾眼恨不见，心肠痛如掐。宅钱都未还，债利日日厚。箨龙正称冤，莫杀入汝口。丁宁嘱托汝，汝活箨龙不。殷十七老儒，是汝父师友。传读有疑误，辄告咨问取。两手莫破拳，一吻莫饮酒。莫学捕鸠鸽，莫学打鸡狗。小时无大伤，习性防已后。顽发苦恼人，汝母必不受。任汝恼弟妹，任汝恼姨舅。姨舅非吾亲，弟妹多老丑。莫恼添丁郎，泪子作面垢。莫引添丁郎，赫赤日里走。添丁郎小小，别吾来久久。脯脯不得吃，兄兄莫捻搜。他日吾归来，家人若弹纠。一百放一下，打汝九十九。

自咏三首

为报玉川子,知君未是贤。低头虽有地,仰面辄无天。骨肉清成瘦,萎蔓老觉膻。家书与心事,相伴过流年。

卢子跰踵一作龙钟也,贤愚总莫惊。蚊虻当家口,草石是亲情。万卷堆胸朽,三光撮眼明。翻悲广成子,闲气说长生。

物外无知己,人间一癖王。生涯身是梦,耽乐酒为乡。日月粘髭须,云山锁肺肠。愚公只公是,不用谩惊张。

送王储詹事西游献兵书 一本分作三首

美酒拨醅酌,杨花飞尽时。落日长安道,方寸无人知。篋中制胜术,气雄屈指算。半醉千殷勤,仰天一长叹。玉匣百炼剑,龟文又龙吼。抽赠王将军,勿使虚白首。

送邵兵曹归江南

春风杨柳陌,连骑醉离觞。千里远山碧,一条归路长。花开愁北渚,云去渡南湘。东望濛濛处,烟波是故乡。

寄外兄魏澈

何处堪惆怅,情亲不得亲。兴宁楼上月,辜负酒家春。

喜逢郑三游山

相逢之处花茸茸,石壁攒峰千万重。他日期君何处好,寒流石上一株松。

卓 女 怨

妾本怀春女,春愁一作怀不自任。迷魂随凤客,娇思入琴心。托援
交情重,当垆酌意深。谁家有夫婿,作赋得黄金。

守 岁 二 首

去年一作年去留不住,年来也任他。当垆一榼酒,争奈两年何。
老来经节腊,乐事甚悠悠。不及儿童日,都卢不解愁。

新 月

仙宫云箔卷,露出玉帘钩。清光无所赠,相忆凤凰楼。

解 闷

人生都几日,一半是离忧。但有尊中物,从他万事休。

扬 子 津

风卷鱼龙暗楚关,白波沉却海门山。鹏腾鳌倒且快性,地圻天开总
是闲。

人 日 立 春

春度春归无限春,今朝方始觉成人。从今克己应犹及,颜一作愿与
梅花俱自新。

送尉迟羽之归宣州

君归乎,君归兴不孤。谢脁澄江今夜月,也应忆著此山夫。

悲 新 年

新年何事最堪悲,病客遥听百舌儿。太岁只游桃李径,春风肯管岁
寒枝。

忆酒寄刘侍郎

爱酒如偷蜜,憎醒似见刀。君为麴蘖主,酒醒—作醒莫辞劳。

白 鹭 鸶

刻成片玉白鹭鸶,欲捉纤鳞心自急。翘足沙头不得时,傍人不知谓
闲立。

风 中 琴

五音六律十三徽,龙吟鹤响思庖羲。一弹流水一弹月,水月风生松
树枝。

感 秋 别 怨

霜秋自断魂,楚调怨离分。魄散瑶台月,心随巫峡云。蛾眉谁共
画,凤曲不同闻。莫似湘妃泪,斑斑点翠裙。

新 蝉

泉溜潜幽咽,琴鸣乍往还。长风剪不断,还在树枝间。

题褚遂良孙庭竹

负霜停雪旧根枝,龙笙凤管君莫截。春风一番琴上来,摇碎金尊碧
天月。

访含曦上人

三入寺,曦未来。辘轳无人井百尺,渴心归去生尘埃。

客 淮 南 病

扬州蒸毒似燀汤,客病清枯鬓欲霜。且喜闭门无俗物,四肢安稳一张床。

村 醉

昨夜村饮一作村醉黄昏归,健一作连倒三四五。摩挲青莓苔,莫嗔一作嗔我惊著汝。

萧宅二三子赠答诗二十首 并序

　　萧才子修文行名,闻将迁家于洛,卖扬州宅,未售。玉川子客扬州,羁旅识萧,遂馆萧未售之宅。既而萧有事于歙州,玉川子欲归洛,忆萧,遂与砌下二三子酬酢,说相愧意。俄而二三子有忧宅售心,与其他人手,孰与洛。客以萧故亦有勉强,不能逆其情。文以见意,遂尽录寄萧。天知地知,非苟有所欲,二三子心远讷君子。萧乎萧乎,君归不得见者,细长三四片者乎。

客 赠 石

竹下青莎中,细长三四片。主人虽不归,长见主人面。

石 让 竹

自顾拨一作掇不转,何敢当主人。竹弟有清风,可以娱嘉宾。

竹 答 客

竹弟谢石兄,清风非所任。随分有萧瑟,实无坚重心。

石 请 客

竹弟虽让客,不敢当客恩。自惭埋没久,满面苍苔痕。

客 答 石

遍索天地间,彼此最痴癖。主人幸未来,与君为莫逆。

石 答 竹

石报孤竹君,此客甚高调。共我相共痴,不怕主人天下笑。我非蛱
蝶儿,我非桃李枝。不要儿女扑,不要春风吹。苔藓印我面,雨露
皱我皮。此故不嫌我,突兀蒙相知。此客即西归,我心徒依依。我
欲随客去,累重不解飞。知弟虚心亦待客,此客何以共报之。

竹 请 客

我本泰山阿,避地到南国。主人欲移家,我亦要归北。上客幸先
归,愿托归飞翼。唯将修修风,累路报恩德。

客 谢 竹

扬州驳杂地,不辨龙蚧当作蜥蜴。客身正干枯,行处无膏泽。太山
道不远,相庇实无力。君若随我行,必有煎茶厄。

石 请 客

启母是诸母,三十六峰是诸父。知君家近父母家,小人安得不怀
土。怜君与我金石交,君归可得共载否。小人无以报君恩,使君池
亭风月古。

客 谢 石

我有水竹庄,甚近嵩之巅。是君归休处,可以终天年。虽有提携
劳,不忧粮食钱。但恐主人心,疑我相钓竿。

石 再 请 客

主人若知我,应喜我结得君。主人不知我,我住何求于主人。我在
天地间,自是一片物。可得杠压我,使我头不出。

客·许石

石公说道理，句句出凡格。相知贵知心，岂恨主为客。过须归去来，且晚上无厄。主人诚贤人，多应不相责。

井请客

我生天地间，颇是往还数。已效炊爨劳，我亦不愿住。君有造化力，在君一降顾。我愿拔黄泉，轻举随君去。

客谢井

改邑不改井，此是井卦辞。井公莫怪惊，说我成憨痴。我纵有神力，争敢将公归。扬州恶百姓，疑我卷地皮。

马兰请客

兰兰是小草，不怕郎君骂。愿得随君行，暂到嵩山下。

客请马兰

嵩山未必怜兰兰，兰兰已受郎君恩。不须刷帚跳踪走，只拟兰浪一作郎出其门。

蛱蝶请客

粉末为四体，春风为生涯。愿得纷飞去，与君为眼花。

客答蛱蝶

君是轻薄子，莫窥君子肠。且须看雀儿，雀儿衔尔将。

虾蟆请客

凡有水竹处，我曹长先行。愿君借我一勺水，与君昼夜歌德声。

客请虾蟆

虾蟆蟆，叩头莫语人闻声。扬州虾蚬忽得便，腥臊臭秽逐我行。我身化作青泥坑。

全唐诗卷三八八

卢　仝

龟　铭

龟,汝灵于人,不灵于身,致网于津。吾灵于身,不灵于人,致走于尘。龟,吾与汝邻。

梳　铭

有发兮朝朝思理,有身兮胡不如是。

小　妇　吟

小妇欲入门,隈门匀红妆。大妇出门迎,正顿罗衣裳。门边两相见,笑乐不可当。夫子于傍聊一作即断肠,小妇哆啼上高堂。开玉匣,取琴张。陈金罍,酌满觞。愿言两相乐,永与同心事我郎。夫子于傍剩欲狂。珠帘风度百花香,翠帐云屏白玉床。啼鸟休啼花莫笑,女英新喜得娥皇。

月下寄徐希仁

夜半沙上行,月莹天心明。沙月浩无际,此中离思生。上天何寥廓,下地何峥嵘。吾道岂已矣,为君倾觥觫。

赠徐希仁石砚别

灵山一片不灵石,手斫成器心所惜。凤鸟不至池不成,蛟龙干蟠水
空滴。青松火炼翠烟凝,寒竹风摇远天碧。今日赠君离别心,此中
至浅造化深。用之可以过圭璧,弃置还为一片石。

有　所　思

当时我醉美人家,美人颜色娇如花。今日美人弃我去,青楼珠箔天
之涯。天涯一本无天涯二字娟娟姮娥月,三五二八一本无二八二字盈又
缺。翠眉蝉鬓生别离,一望不见心断绝。心断绝,几千里。梦中醉
卧巫山云,觉来泪滴湘江水。湘江两岸花木深,美人不见愁人心。
含愁更奏绿绮琴,调高弦绝无知音。美人兮美人,不知为暮雨兮为
朝云。相思一夜梅花发,忽到窗前疑是君。

楼上女儿曲

谁家女儿楼上头,指挥婢子挂帘钩。林花撩乱心之愁,卷却罗袖弹
箜篌。箜篌历乱五六弦,罗袖掩面啼向天。相思弦断情不断,落花
纷纷心欲穿。心欲穿,凭栏干。相忆柳条绿,相思锦帐寒。直缘感
君恩爱一回顾,使我双泪长珊珊。我有娇靥待君笑,我有娇蛾待君
扫。莺花烂熳君不来,及至君来花已老。心肠寸断谁得知,玉阶幂
历生青草。

秋　梦　行

客行一夜秋风起,客梦南游渡湘水。湘水泠泠彻底清,二妃怨处无
限情。娥皇不语启娇靥,女英目成转心悁。长眉入鬓何连娟,肌肤
白玉秀且鲜。裴回共咏东方日,沉吟再理南风弦。声断续,思绵

绵,中含幽意两不宣。殷勤纤手惊破梦,中宵寂寞心凄然。心凄然,肠亦绝。寐不寐兮玉枕寒,夜深夜兮霜似雪。镜中不见双翠眉,台前空挂纤纤月。纤纤月,盈复缺,娟娟似眉意难诀。愿此眉兮如此月,千里万里光不灭。

自君之出矣

自君之出矣,壁上蜘蛛织。近取见妾心,夜夜无休息。妾有双玉环,寄君表相忆。环是妾之心,玉是君之德。驰情增悴容,蓄思损精力。玉簟寒凄凄,延想心恻恻。风含霜月明,水泛碧天色。此水有尽时,此情无终极。

走笔谢孟谏议寄新茶

日高丈五睡正浓,军将打门惊周公。口云谏议送书信,白绢斜封三道印。开缄宛见谏议面,手阅月团三百片。闻道新年入山里,蛰虫惊动春风起。天子须尝阳羡茶,百草不敢先开花。仁风暗结珠琲瓃,先春抽出黄金芽。摘鲜焙芳旋封裹,至精至好且不奢。至尊之馀合王公,何事便到山人家。柴门反关无俗客,纱帽笼头自煎吃。碧云引风吹不断,白花浮光凝碗面。一碗喉吻润,两碗破孤闷。三碗搜枯肠,唯有文字五千卷。四碗发轻汗,平生不平事,尽向毛孔散。五碗肌骨清,六碗通仙灵。七碗吃不得也,唯觉两腋习习清风生。蓬莱山,在何处。玉川子,乘此清风欲归去。山上群仙司下土,地位清高隔风雨。安得知百万亿苍生命,堕在巅崖受辛苦。便为谏议问苍生,到头还得苏息否。

冬 行 三 首

虫豸腊月皆在蛰,吾独何乃劳其形。小大无由知天命,但怪守道不得宁。老母妻子一挥手，涕下便作千里行。自顾不及遭霜叶，且夕保得同飘零。达生何足云，偶然苦乐经其身。古来尧孔与桀跖，善恶何补如今人。

长年爱伊洛，决计卜长久。赊买里仁宅，水竹且小有。卖宅将还资，旧业苦不厚。债家征利心，饿虎血染口。腊风刀刻肌，遂向东南走。贤哉韩员外，劝我莫强取。凭风谢长者，敢不愧心苟。赁载得估舟，估杂非吾偶。壮色排榻席，别座夸羊酒。落日无精光，哑暝被掣肘。漕石生齿牙，洗滩乱相掀。奔澌嚼篙杖，夹岸雪龙吼。可怜圣明朝，还为丧家狗。通运隔南溟，债利挂北斗。扬州屋舍贱，还债堪了不。此宅贮书籍，地湿忧蠹朽。贾傔旧相识，十年与营守。贫交多变态，傔得君子不。利命子罕言，我诚孔门丑。且贵终焉图，死免惭狐首。何当归帝乡，白云永相友。

不敢唾汴水，汴水入东海。污泥龙王宫，恐获不敬罪。不敢蹋汴堤，汴堤连秦宫。蹋尽天子土，馈挥无由通。此言虽太阔，且是臣心肠。野风结阴兵，千里鸣刀枪。海月护羁魄，到晓点孤光。上不事天子，下不识侯王。夜半睡独觉，爽气盈心堂。颜子甚年少，孔圣同行藏。我年过颜子，敢道不自强。船人虽奴兵，亦有意智长。问我何所得，乐色填清扬。我报果有为，孔经在衣裳。

常州孟谏议座上闻韩员外职方贬国子博士有感五首

忽见除书到，韩君又学官。死生纵有命，人事始知难。烈火先烧玉，庭芜不养兰。山夫与刺史，相对两嵚岎。

干禄无便佞，宜知黜此身。员郎犹小小，国学大频频。孤宦心肝直，天王苦死嗔。朝廷无谏议，谁是雪韩人。

何事遭朝贬，知何被不容。不如思所自，只欲涕无从。爵服何曾好,荷衣已惯缝。朝官莫相识,归去老岩松。

力小垂垂上,天高又不登。致身唯一己,获罪则颜朋。禄位埋坑
阱,康庄垒剑棱。公卿共惜取,莫遣玉山崩。

谁怜野田子,海内一韩侯。左道官虽乐,刚肠得健无武侯反。功名
生地狱,礼教死天囚。莫言耕种好,须避蒺藜秋。

夏夜闻蚯蚓吟

夏夜雨欲作,傍砌蚯蚓吟。念尔无筋骨,也应天地心。汝无亲朋
累,汝无名利侵。孤韵似有说,哀怨何其深。泛泛轻薄子,旦夕还
讴吟。肝胆异汝辈,热血徒相侵。

扬州送伯龄过江

伯龄不厌山,山不养伯龄。松颠有樵堕,石上无禾生。不忍六尺
躯,遂作东南行。诸侯尽食肉,壮气吞八纮。不唧溜钝汉,何由通
姓名。夷齐饿死日,武王称圣明。节义士枉死,何异鸿毛轻。努力
事干谒,我心终不平。

忆金鹅山沈山人二首

君家山头松树风,适来入我竹林里。一片新茶破鼻香,请君速来助
我喜。莫合九转大还丹,莫读三十六部大洞经。闲来共我说真意,
齿下领取真长生。不须服药求神仙,神仙意智或偶然。自古圣贤
放入土,淮南鸡犬驱上天。白日上升应不恶,药成且辄一丸药。暂
时上天少问天,蛇头蝎尾谁安著。

君爱炼药药欲成,我爱炼骨骨已清。试自比校得仙者,也应合得天
上行。天门九重高崔嵬,清空凿出黄金堆。夜叉守门昼不启,夜半
醮祭夜半开。夜叉喜欢动关锁,锁声撼地生风雷。地上禽兽重血

食,性命血化飞黄埃。太上道君莲花台,九门隔阔安在哉。呜呼沈君大药成,兼须巧会鬼物情,无求长生丧厥生。

寄萧二十三庆中

萧乎萧乎,忆萧者嵩山之卢。卢扬州,萧歙州。相思过春花,鬓毛生麦秋。千灾万怪天南道,猩猩鹦鹉皆人言。山魈吹火虫入碗,鸩鸟咒诅鲛吐涎。就中南瘴欺北客,凭君数磨犀角吃,我忆君心千百间。千百间君何时还,使我夜夜劳魂魄。

赠金鹅山人沈师鲁 第二十一句缺一字

金鹅山中客,来到扬州市。买药床头一破颜,撇然便有上天意。日月高挂玄关深,金膏切淬肌骨异。人皆食谷与五味,独食太和阴阳气。浩浩流珠走百关,绵绵若存有深致。种玉不耕山外非内粹。凿儒关决文泉彰,风雅因君不复坠。光不外照刃不磨,回避人间恶富贵。三日四日五六日,盘礴化元搜万类。昼饮兴酣陶天和,夜话造微□精魅。示我插血不死方,赏我风格不肥腻。肉眼不识天上书,小儒安敢窥奥秘。昆仑路隔西北天,三山后浮不著地。君到头来忆我时,金简为吾镌一字。

叹昨日三首

昨日之日不可追,今日之日须臾期。如此如此复如此,壮心死尽生鬓丝。秋风落叶客肠断,不办斗酒开愁眉。贤名圣行甚辛苦,周公孔子徒自欺一作骨朽名扬徒尔为。

天下薄夫苦耽酒,玉川先生也耽酒。薄夫有钱恣张乐,先生无钱养恬漠。有钱无钱俱可怜,百年骤过如流川。平生心事消散尽,天上白日悠悠悬。

上帝板板主何物,日车劫劫西向没。自古贤圣无奈何,道行不得皆白骨。白骨土化鬼入泉,生人莫负平生年。何时出得禁酒国,满瓮酿酒曝背眠。

月　蚀　诗

东海出明月,清明照毫发。朱弦初罢弹,金兔正奇绝。三五与二八,此时光满时。颇奈虾蟆儿,吞我芳桂枝。我爱明镜洁,尔乃痕翳之。尔且无六翮,焉得升天涯。方寸有白刃,无由扬清辉。如何万里光,遭尔小物欺。却吐天汉中,良久素魄微。日月尚如此,人情良可知。

直　钩　吟

初岁学钓鱼,自谓鱼易得。三十持钓竿,一鱼钓不得。人钩曲,我钩直,哀哉我钩又无食。文王已没不复生,直钩之道何时行。

与马异结交诗

天地日月如等闲,卢仝四十无往还。唯有一片心脾骨,巉岩崒硉兀郁律。刀剑为峰崿,平地放著高如昆仑山。天不容,地不受,日月不敢偷照耀。神农画八卦,凿破天心胸。女娲本是伏羲妇一作女娲伏羲妹,恐天怒,捣炼五色石,引日月之针,五星之缕把天补。补了三日不肯归婿家,走向日中放老鸦。月里栽桂养虾蟆,天公发怒化一作罚龙蛇。此龙此蛇得死病,神农合药救死命。天怪神农党龙蛇,罚神农为牛头,令载元气车。不知药中有毒药,药杀元气天不觉。尔来天地不神圣,日月之光无正定。不知元气元不死,忽闻空中唤马异。马异若不是祥瑞,空中敢道不容易。昨日仝不仝,异自异,是谓大仝而小异。今日仝自仝,异不异,是谓仝不往兮异不至,直当中兮动天地。白玉璞里斫出相思心，黄金矿里铸出相思泪。
忽闻空中崩崖倒谷声，绝胜明珠千万斛，买得西施南威一双婢。此
婢娇饶恼杀人，凝脂为肤翡翠裙，唯解画眉朱点唇。自从获得君，
敲金扐玉凌浮云。却返顾，一双婢子何足云。平生结交若少人，忆
君眼前如见君。青云欲开白日没，天眼不见此奇骨。此骨纵横奇
又奇，千岁万岁枯松枝。半折半残压山谷，盘根蹩节成蛟螭。忽雷
霹雳卒风暴雨撼不动，欲动不动千变万化总是鳞皱皮。此奇怪物
不可欺。卢仝见马异文章，酌得马异胸中事。风姿骨本恰如此，是
不是，寄一字。

感古四首 第四首缺七字

天生圣明君，必资忠贤臣。舜禹竭股肱，共佐尧为君。四载成地
理，七政齐天文。阶下蓂荚生，琴上南风薰。轮转夏殷周，时复犹
一人。秦汉事谶巧，魏晋忘机钧。猜忌相翦灭，尔来迷恩亲。以愚
保其身，不觉身沉沦。以智理其国，遂为国之贼。苟图容一身，万
事良可恻。可怜万乘君，聪明受沉惑。忠良伏草莽，无因施羽翼。
日月异又蚀，天地晦如墨。既亡而后求，异哉龙之德。
人生何所贵，所贵有终始。昨日盈尺璧，今朝尽瑕弃。苍蝇点垂
棘，巧舌成锦绮。箕子为之奴，比干谏而死。仲尼鲁司寇，出走为
_{去声}群婢。假如屈原醒，其奈一国醉。一国醉号呶，一人行清高。
便欲激颓波，此事真徒劳。上山逢猛虎，入海逢巨鳌。王者苟不
死，腰下鱼鳞刀。东海波连天，三度成桑田。高岸高于屋，斯须变
溪谷。天地犹尚然，人情难久全。夜半白刃仇，旦来金石坚。萧绎
既解坼，陈印亦弃捐。竭节遇刀割，输忠遭祸缠。不予衾之眠，信
予衾之穿。镜明不自照，膏润徒自煎。抱剑长太息，泪堕秋风前。
古来不患寡，所患患不均。单醪投长河，三军尽沉沦。今人异古

人，结托唯亲宾。毁坼维鹊巢，不行鸤鸠仁。鄙吝不识分，有心占阳春。鸾鹤日已疏，燕雀日已亲。小物无大志，安测栖松筠。恩眷多弃故，物情尚逐新。瓦砾暂拂拭，光掩连城珍。唇吻恣谈铄，黄金同灰尘。苏秦北游赵，张禄西入秦。既变嫂叔节，仍摈华阳君。万世金石交，一饷如浮云。骨肉且不顾，何况长羁贫。

君莫以富贵，轻忽他年少，听我暂话会稽朱太守。正受冻饿时，索得人家贵傲妇。读书书史未润身，负薪辛苦胝生肘。谓言琴与瑟，糟糠结长久。不分杀人羽翻成，临临冲天妇嫌丑。□□□□□□。其奈一朝太守振羽仪，乡关昼行衣锦衣。哀哉旧妇何眉目，新婚随行向天哭。寸心金石徒尔为，杯水庭沙空自覆。乃知愚妇人，妒忌阴毒心。唯救眼底事，不思日月深。等闲取羞死，岂如甘布衾。

杂　兴

意智未成百不解，见人富贵亦心爱。等闲对酒呼三达，屠羊杀牛皆自在。放心为乐笙歌攒，壮气激作风霜寒。厨中玉馔盈金盘，方丈厌见嫌不餐。飞鹰跃马实快性，唇腐齿烂空嵁岏。岂期福极翻成祸，祸成身诛家亦破。昨朝惆怅不如君，今日悲君不如我。否泰交加无定主，懒学风云戢翎羽。绿酒清琴好养生，出将入相无心取。三五图书旧揣摩，五千道德新规矩。

酬徐公以新文见招

昨夜霜月明，果有清音生。便欲走相和，愁闻寒玉声。

门　箴

贪残奸酗，狡佞讦愎，身之八杀。背惠，恃己，狎不肖，妒贤能，命之四孽。有是有此予敢辞,无是无此予之师,一日不见予心思。思其人,惧其人。其交其难,敢告于门。

孟夫子生生亭赋

玉川子沿孟冬之寒流兮,辍棹上登生生亭。夫子何之兮,面逐云没兮南行。百川注海而心不写兮,落日千里凝寒精。予日衰期人生之世斯已矣,爰为今日犹犹岐路之心生。悲夫,南国风涛,鱼龙畜伏。予小子戆朴,必不能济夫子欲。嗟自惭承夫子而不失予兮,传古道甚分明。予且广孤目遐赏_{一作赏}于天壤兮,庶得外尽万物变化之幽情。然后惭愧而来归兮,大息吾躬于夫子之亭。

全唐诗卷三八九

卢　仝

走笔追王内丘

自识夫子面,便获夫子心。夫子一启颜,义重千黄金。平原孟尝骨已土,始有夫子堪知音。忽然夫子不语,带席帽,骑驴去。余对酴醾不能斟,君且来,余之瞻望心悠哉。零雨其濛愁不散,闲花寂寂斑阶苔。不如对此景,含笑倾金罍。莫问四肢畅,暂取眉头开。弦琴待夫子,夫子来不来。

思君吟寄□□生 题缺二字

我思君兮河之堧。我为河中之泉,君为河中之青天。天青青,泉泠泠。泉含青天天隔泉,我思君兮心亦然。心亦然,此心复在天之侧。我心为风兮淅淅,君身为云兮幂幂。此风引此云兮云不来,此风此云兮何悠哉,与我身心双裴回。

将归山招冰僧 第七句缺一字

买得一片田,济源花洞前。千里石壁坼,一条流泌泉。青松盘樛枝,森森上插青冥天。枝上有□猿,宿一本有字下不空,宿字下重一宿字。处近鹤巢,清唳孤吟声相交。月轮下射空洞响,丝篁成韵风萧萧。

我心尘外心，爱此尘外物。欲结尘外交，苦无尘外骨。泌一本缺此字泉有冰公，心静见真佛。可结尘外交，占此松与月。

酬愿公雪中见寄

积雪三十日，车马路不通。贫病交亲绝，想忆唯愿公。春鸠报春归，苦寒生暗风。檐乳堕悬玉，日脚浮轻红。梅柳意却活，园圃冰始融。更候四体好，方可到寺中。

苦雪寄退之 <small>第二十五句缺一字</small>

天王二月行时令，白银作雪漫天涯。山人门前遍受赐，平地一尺白玉沙。云颓月坏桂英下，鹤毛风剪乱参差。山人屋中〔冻〕(冻)欲死，千树万树飞春花。菜头出土胶入地，山庄取粟埋却车。冷絮刀生削峭骨，冷斋斧破慰老牙。病妻烟眼泪滴滴，饥婴哭乳声呶呶。市头博米不用物，酒店买酒不肯赊。闻道西风弄剑戟，长阶杀人如乱麻。天眼高开欺草芽，我死未肯兴叹嗟。但恨口中无酒气，刘伶见我相揄揶。清风搅肠筋力绝，白灰压屋梁柱斜。圣明有道□命汉，可得再见朝日耶。柴门没胫昼不扫，黄昏绕树栖寒鸦。唯有河南韩县令，时时醉饱过贫家。

寄赠含曦上人 <small>第三十三句、四十九句各缺一字</small>

楞伽大师兄，夸曦识道理。破锁推玄关，高辩果难揣。论语老庄易，搜索通神鬼。起信中百门，敲骨得佛髓。此外杂经律，泛读一万纸。高殿排名僧，执卷坐累累。化物自一心，三教齐发起。随钟嚼宫商，满口文字美。商贾女郎辈，不曾道生死。纵遇强礼拜，雅语不露齿。劈破天地来，节义可屈指。季展即此僧，孤立无依倚。近来爱作诗，新奇颇烦委一作猥。忽忽造古格，削尽俗绮靡。假如愲裹头,但勤读书史。切磋并工夫,休远不可比。怜僧无远□,信佛残未已。貌古饶风情,清论兴亹亹。访余十数度,相去三五里。见时心亦喜,不见心亦喜。见时谈谑乐,四座尽角嘴。不见养天和,无人聒人耳。昨朝披雪来,面色赤靴靴。封灶养黄金,许割方寸匕。泥丸佛□教,怛化庄宋耻。未达不敢尝,孔子疑季子。药成必分余,余必投泥里。不如向阳堂,拨醅泛浮蚁。麴米本无愆,酒成是法水。行道不见心,毁誉徒云尔。雪晴天气和,日光弄梅李。春鸟娇关关,春风醉旎旎。道上正无尘,人家有花卉。高僧有挂杖,愿得数觌止。

听萧君姬人弹琴

弹琴人似膝上琴,听琴人似匣中弦。二物各一处,音韵何由传。无风质气两相感,万般悲意内缠绵。初时天山之外飞白雪,渐渐万丈涧底生流泉。风梅花落轻扬扬,十指干净声涓涓。昭君可惜嫁单于,沙场一本缺此二字不远只眼前。蔡琰薄命没胡虏,乌枭啾唧啼胡天。关山险隔一万里,颜色错漠生风烟。形魄散逐五音尽,双蛾结草空婵娟。中腹苦恨杳不极,新心愁绝难复传。金尊湛湛夜沉沉,馀音叠发清联绵。主人醉盈有得色,座客向隅增内然。孔子怪责颜回瑟,野夫何事萧君筵。拂衣屡命请中废,月照书窗归独眠。

蜻蜓歌　自注:黄河中蜻蜓,其力小,犯险无溺。

黄河中流日影斜,水天一色无津涯,处处惊波喷流飞雪花。篙工楫师力且武,进寸退尺莫能度。吾甚惧。念汝小虫子,造化借羽翼。随风戏中流,翩然有馀力。吾不如汝无他,无羽翼。吾若有羽翼,则上叩天关。为圣君请贤臣,布惠化于人间。然后东飞浴东溟,吸日精,撼若木之英,纷而零。使地上学仙之子,得而食之皆长生。

不学汝无端小虫子,叶叶水上无一事,忽遭风雨水中死。

出 山 作

出山忘掩山门路,钓竿插在枯桑树。当时只有鸟窥觑,更亦无人得知处。家僮若失钓鱼竿,定是猿猴把将去。

寄 崔 柳 州

使者立取书,叠纸生百忧。使君若不信,他时看白头。三百六十州,克情惟柳州。柳州蛮天末,鄙夫嵩之幽。花落陇水头,各自东西流。凛凛长相逐,为谢池上鸥。

赠 稚 禅 师

春风满禅院,师独坐南轩。万化见中尽,始觉静性尊。我来契平生,目击道自存。与师不动游,游此无迹门。

送好约法师归江南

杯度度一身,法度度万民。为报江南三二日,这回应见雪中人。

萧二十三赴歙州婚期二首

淮上客情殊冷落,蛮方春早客何如。相思莫道无来使,回雁峰前好寄书。

南方山水生时兴,教有新诗得寄余。路带〔一作到长安迢递急,多应不逐使君书。

掩 关 铭

蛇毒毒有形,药毒毒有名。人毒毒在心,对面如弟兄。美言不可听,深于千丈坑。不如掩关坐,幽鸟时一声。

逢 病 军 人

行多有病住无粮,万里还乡未到乡。蓬鬓哀吟古城下,不堪秋气入
金疮。

山 中

饥拾松花渴饮泉,偶从山后到山前。阳坡软草厚如织,困与鹿麛相
伴眠。

除 夜

衰残归未遂,寂寞此宵情。旧国馀千里,新年隔数更。寒犹近北
峭,风渐向东生。惟见长安陌,晨钟度火城。
殷勤惜此夜,此夜在逡巡。烛尽年还别,鸡鸣老更新。傩声方去
病,酒色已迎春。明日持杯处,谁为最后人。

全唐诗卷三九〇

李 贺

李贺,字长吉。系出郑王后。七岁能辞章。韩愈、皇甫湜始闻未信,过其家,使贺赋诗,援笔辄就,自目曰《高轩过》。二人大惊,自是有名。贺每旦日出,骑弱马,从小奚奴,背古锦囊,遇所得,书投囊中。及暮归,足成之,率为常。以父名晋肃,不肯举进士。诗尚奇诡,绝去畦径,当时无能效者。乐府数十篇,云韶诸工皆合之弦管。仕为协律郎。卒年二十七。诗四卷,外集一卷。今编诗五卷。

李凭箜篌引

吴丝蜀桐张高秋,空白一作山凝云颓不流。江娥啼竹素女愁,李凭中国弹箜篌。昆山玉碎凤凰叫,芙蓉泣露香兰笑。十二门前融冷光,二十三丝动紫皇。女娲炼石补天处,石破天惊逗秋雨。梦入坤一作神山教神妪,老鱼跳波瘦蛟舞。吴质不眠倚桂树,露脚斜飞湿寒兔。

残 丝 曲

垂杨叶老莺哺儿,残丝欲断黄蜂归。绿鬓年少一作少年金钗客,缥粉壶中沉琥珀。花台欲暮春辞去,落花起作回风舞。榆荚相催不知数,沈郎青钱夹城路。

还自会稽歌　并序

　　庾肩吾于梁时,尝作宫体谣引,以应和皇子。及国世一作势沦败,肩吾先潜难会稽,后始还家。仆意其必有遗文,今无得焉。故作还自会稽歌,以补其悲。

野粉椒壁黄,湿萤一作蚕满梁殿。台城应教人,秋衾梦铜辇。吴霜点归鬓,身与塘蒲晚。脉脉辞金鱼,羁臣守迍贱。

出城寄权璩杨敬之

草暖云昏万里春,宫花拂面送行人。自言汉剑当飞去,何事还车载病身。

示　弟

别弟三年后,还家一一作十日馀。醻酾今夕酒,缃帙去时书。病骨犹一作独能在,人间底事无。何须问牛马,抛掷任枭卢。

竹

入水文光动,抽空绿影春。露华生一作垂笋径,苔色拂霜根。织可承香汗,裁堪钓锦鳞。三梁曾入用,一节奉王孙。

同沈驸马赋得御沟水

入苑白泱泱,宫人正靥黄。绕堤龙骨冷,拂岸鸭头香。别馆惊残梦,停杯泛小觞。幸因流浪处,暂得见何郎。

始为奉礼忆昌谷山居

扫断马蹄痕,衔回自闭门。长枪江米熟,小树枣花春。向壁悬如意,当帘阅角巾。犬书曾去洛,鹤病悔游秦。土甑封茶叶,山杯锁竹根。不知船上月,谁棹满溪云。

七 夕

别浦今朝暗,罗帷午夜愁。鹊辞穿线月,花入曝衣楼。天上分金镜,人间望玉钩。钱塘苏小小,更一作又值一年秋。

过 华 清 宫

春月夜啼鸦,宫帘隔御花。云生朱络暗,石断紫钱斜。玉碗盛残露,银灯点旧纱。蜀王无近信,泉上有芹芽。

送沈亚之歌 并序

> 文人沈亚之,元和七年,以书不中第,返归于吴江。吾悲其行,无钱酒以劳,又感沈之勤请,乃歌一解以劳之。

吴兴才人怨春风,桃花满陌千里红。紫丝竹断骢马小,家住钱塘东复东。白藤交穿织书笈,短策齐裁如梵夹。雄光宝矿献春卿,烟底蓦波乘一叶。春卿拾材白日下,掷置黄金解龙马。携笈归江一作家重入门,劳劳谁是怜君者。吾闻壮夫重心骨,古人三走无摧捽。请君待旦事长鞭,他日还辕及秋律。

咏 怀 二 首

长卿怀茂陵,绿草垂石井。弹琴看文君,春风吹鬓影。梁王与武帝,弃之如断梗。惟留一简书,金泥泰山顶。

日夕著一作看书罢,惊霜落素丝。镜中聊自笑,讵是南山期。头上无幅巾,苦蘖已染衣。不见清溪鱼,饮水得自一作相宜。

追和柳恽

汀洲白蘋草,柳恽乘马归。江头楂—作枦树香,岸上蝴蝶飞。酒杯
箬叶露,玉轸蜀桐虚。朱楼通水陌,沙暖一双鱼。

春坊正字剑子歌

先辈匣中三尺水,曾入吴潭斩龙子。隙月斜明刮露寒,练带平铺吹
不起。蛟胎皮老蒺藜刺,鸊鹈淬花白鹇尾。直是荆轲一片心,莫教
照见春坊字。揆丝团金悬麗毂,神光欲截蓝田玉。提出西方白帝
惊,嗷嗷鬼母秋郊哭。

贵公子夜阑曲

袅袅沉水烟,乌啼夜阑景。曲沼芙蓉波,腰围白玉冷。

雁门太守行

《幽闲鼓吹》云:贺以诗歌谒韩愈,时愈送客归,极困。解带读之,首
篇乃《雁门太守行》,即束带见之。

黑云压城城欲摧,甲光向日—作月金鳞开。角声满天秋色里,寒上
—作土燕脂凝夜紫。半卷红旗临易水,霜重鼓寒声—作声寒不起。报
君黄金台上意,提携玉龙为君死。

大堤曲

妾家住横塘,红纱满桂香。青云教绾头上髻,明月与作耳边珰。莲
风起,江畔春。大堤上,留北人。郎食鲤鱼尾,妾食猩猩唇。莫指
襄阳道,绿浦归帆少。今日菖蒲花,明朝枫树老。

蜀　国　弦

枫香晚花静,锦水南山影。惊石坠猿哀,竹一作行云愁半岭。凉月
生秋浦,玉沙粼粼一作鳞鳞光。谁家红泪客,不忍过瞿塘。

苏小小墓 一作歌

幽兰露,如啼眼。无物结同心,烟花不堪剪。草如茵,松如盖。风
为裳,水为佩。油壁车,夕一作久相待。冷翠烛,劳光彩。西陵下,
风吹雨。

梦　天

老兔寒蟾泣天色,云楼半开壁斜白。玉轮轧露湿团光,鸾佩相逢桂
香陌。黄尘清水三山下,更变千年如走马。遥望齐州九点烟,一泓
海水杯中泻。

唐儿歌 杜豳公之子

头玉硗硗眉刷翠,杜郎生得真男子。骨重神寒天庙器,一双瞳人剪
秋水。竹马梢梢摇绿尾,银鸾睒音闪光踏半臂。东家娇娘求对值,
浓笑画一作书空作唐字。眼大心雄知所以,莫忘作歌人姓李。

绿章封事 为吴道士夜醮作

青霓一作猊扣额呼宫神,鸿龙玉狗开天门。石榴花发满溪津,溪一作
汉女洗花染白云。绿章封事谘元父,六街马蹄浩无主。虚空风气
不清泠,短衣小冠作尘土。金家香巷千轮鸣,扬雄秋室无俗声。愿
携汉戟招书鬼,休令恨骨填蒿里。

河南府试十二月乐词 并闰月

正　月

上楼迎春新春归,一作正月上楼迎春归,一本无正月。暗黄著柳宫漏迟。
薄薄淡霭弄野姿,寒绿幽风一作泥生短丝。锦床晓卧玉肌冷,露脸
未开对朝暝。官街柳带不堪折,早晚菖蒲胜绾结。

二　月

二月一本无二月二字饮酒采桑津,宜男草生兰笑人。蒲如交剑一作绞刀
风如薰,劳劳胡一作莺燕怨酣春。薇帐逗烟生绿尘一作香雾昏,金翘
峨一作蛾髻愁暮云,沓飒起舞真珠裙。津头送别唱流水,酒客背寒
南山死。

三　月

东方风来满眼春,花城柳暗一作禁愁杀一作几人。复宫深殿竹风起,
新翠舞衿净一作襟静如水。光风转蕙百馀里,暖雾驱云扑天地。军
装宫妓扫蛾浅,摇摇锦旗夹城暖。曲水漂香去不归,梨花落尽成秋
一作愁苑。

四　月

晓凉暮凉树如尽,千山浓绿生云外。依微香雨青氛氲一作过清氛,腻
叶蟠花照曲门。金塘闲水摇碧漪,老景沉重一作帖无惊飞,堕红残
萼暗参差。

五　月

雕玉押帘额一作上,轻縠笼虚门。井汲铅华水,扇织鸳鸯纹一作文。
回雪舞凉殿,甘露洗空绿。罗袖一作绶从徊一作风翔,香汗沾宝粟。

六　月

裁生罗,伐湘竹,帔一本无帔字拂疏霜簟秋玉。炎炎红镜东方开,晕

如车轮上裴回,啾啾赤帝骑龙来。

七　月

星依云渚冷,露滴盘中圆。好花生木末,衰蕙愁空一作故园。夜天
如玉砌,池叶极青钱。仅厌舞衫薄,稍知花簟寒。晓风何拂拂,北
斗光阑干。

八　月

媚一作宫妾怨夜长,独客梦归家。傍檐虫缉一作织丝,向壁灯垂花。
帘外月光吐,帘内一作中树影斜。悠悠飞露姿,点缀池中荷。

九　月

离宫散萤一作云天似水,竹黄池冷芙蓉死。月缀金铺光脉脉,凉苑
虚庭空澹白。露一作霜花飞飞风草草,翠锦斓斑满层道。鸡人罢唱
晓珑璁,鸦啼金井下疏桐。

十　月

玉壶银箭稍难倾,钉花夜笑凝幽明。碎霜斜舞上罗幕,烛龙两行照
飞阁。珠帷怨卧不成眠,金凤刺音戚衣著体寒,长眉对月斗弯环。

十 一 月

宫城团回凛严光,白天碎碎堕琼芳。挝钟高饮千日酒,却天一作战
却凝寒作君寿。御沟泉一作冰合如环素,火井温泉一作水在何处。

十 二 月

日脚淡光红洒洒,薄霜不销桂枝下。依稀和气排一作解冬严,已就
长日辞长夜。

闰　月

帝重光,年一作午重时,七十二候回环推,天官玉琯灰剩飞。今岁何
长来岁迟,王母移桃献天子,羲氏和氏迁龙辔。

天上谣

天河夜转漂回星,银浦流云学水声。玉宫桂树花未落,仙妾采香垂佩缨。秦妃卷帘北窗晓,窗前植桐青凤小。王子吹笙鹅管长,呼龙耕烟种瑶草。粉霞红绶藕丝裙,青洲步拾兰苕春。东指羲和能走马,海尘新生石山下。

浩歌

南风吹山作平地,帝遣天吴移海水。王母桃花千遍红,彭祖巫咸几回死。青毛骢马参差钱,娇春杨柳含细烟。筝人劝我金屈卮,神血未凝身问谁。不须浪饮一作乱舞丁都护,世上英雄本无主。买丝绣作平原君,有酒惟浇赵州土。漏催水咽玉蟾蜍,卫娘发薄不胜梳。看一作羞见秋眉换新一作深绿,二十男儿那刺促。

秋来

桐风惊心壮士苦,衰灯络纬啼寒素。谁看青简一编书,不遣花虫粉空蠹。思牵今夜肠应直,雨冷香魂吊书客。秋坟鬼唱鲍家诗,恨血千年土中碧。

帝子歌

洞庭明月一作帝子一千里,凉风雁啼天在水。九节菖蒲石上死,湘神弹琴迎帝子。山头老桂吹古香,雌龙怨吟寒水光。沙浦走鱼白石郎,闲取真珠掷龙堂。

秦王饮酒

秦王骑虎游八极,剑光照空天自碧。羲和敲日玻璃声,劫灰飞尽古

今平。龙头泻酒邀酒星,金槽琵琶夜枨枨。洞庭雨脚来吹笙,酒酣
喝月使倒行。银云栉栉瑶殿明,宫门掌事报一更。花楼玉凤声娇
狞,海绡红文香浅清,黄鹅跌舞千年觥。仙人烛树蜡烟轻,清琴醉
眼泪泓泓。

洛姝真珠

真珠小娘下清一作青廓,洛苑香风飞绰绰。寒鬓斜钗玉燕光,高楼
唱月敲悬珰。兰风桂露洒幽翠,红弦袅云咽深思。花袍白马不归
来,浓蛾叠柳香唇醉。金鹅屏风蜀山梦,鸾裾凤带行烟重。八骢笼
晃脸差移,日丝繁散曛罗洞。市南曲陌无秋凉,楚腰卫鬓四时芳。
玉喉窠窠排空光,牵云曳雪留陆郎。

李夫人歌 一本无歌字

紫皇宫殿重重开,夫人飞入琼瑶台。绿香绣帐何时歇,青云无光宫
水咽。翩联一作翩桂花坠秋月,孤鸾惊啼商丝发。红壁阑珊悬佩
珰,歌台小妓一作柏遥相望。玉蟾滴水鸡人唱,露华兰叶参差光。

走 马 引

我有辞乡剑,玉锋堪截云。襄阳一作长安走马客一作使,意气自生春。
朝嫌剑花一作光净,暮嫌剑光冷。能持剑向人,不解持照身一作解持
照身影。

湘 妃

筠竹千年老不死,长伴秦一作神娥盖湘水。蛮娘吟弄满寒空,九山
静绿泪花红。离鸾别凤烟梧中,巫云蜀雨遥相通。幽愁秋气上青
枫一作清峰,凉夜波间吟古龙。

南园十三首

花枝草蔓眼中开,小白长红越女腮。可怜日暮嫣香落,嫁与春风不用媒。

宫北田塍晓气酣,黄桑饮露窣宫帘。长腰健妇偷攀折,将喂吴王八茧蚕。

竹里缲丝挑网车,青蝉独噪日光斜。桃胶迎夏香琥珀,自课越佣能种瓜。

三十未有一作满二十馀,白日长饥小甲蔬。桥头长老相哀念,因遗戎韬一卷书。

男儿何不带吴钩一作横刀,收取关山五十州。请君暂上凌烟阁,若个书生万户侯。

寻章摘句老雕虫,晓月当帘挂玉弓。不见年年辽海上,文章何处哭秋风。

长卿牢落悲空舍,曼倩诙谐取自容。见买若耶溪水剑,明朝归去事猿公。

春水初生乳燕飞,黄蜂小尾扑花归。窗含远色通书幌,鱼拥香钩近石矶。

泉沙软卧鸳鸯暖,曲岸回篙舴艋迟。泻酒木栏椒叶盖,病容扶起种菱丝。

边让今朝忆蔡邕,无心裁曲卧春风。舍南有竹堪书字,老去溪头作钓翁。

长峦谷口倚嵇家,白昼千峰老翠华。自履藤鞋收石蜜,手牵苔絮长莼花。

松溪黑水新龙卵,桂洞生硝旧马牙。谁遣一作为,又作道。虞卿裁道帔,轻绡一匹染朝霞。

小树开朝径,长茸湿夜烟。柳花惊雪浦,麦雨涨溪田。古刹疏钟度,遥岚破月悬。沙头敲石火,烧竹照渔船。

全唐诗卷三九一

李 贺

金铜仙人辞汉歌 并序

魏明帝青龙元年八月，诏宫官牵车西取汉孝武捧露盘仙人，欲立置前殿。宫官既拆盘，仙人临载，乃潸然泪下。唐诸王孙李长吉，遂作《金铜仙人辞汉歌》。

茂陵刘郎秋风客，夜闻马嘶晓无迹。画栏桂树悬秋香，三十六宫土花碧。魏官牵车指千里，东关酸风射眸子。空将汉月出宫门，忆君清泪如铅水。衰兰送客咸阳道，天若有情天亦老。携盘独出月荒凉，渭城已远波声小。

古 悠 悠 行

白景归西山，碧华上迢迢。今古何处尽，千岁随风飘。海沙变成石，鱼沫吹秦桥。空光远流浪，铜柱从年消。

黄 头 郎

黄头郎，捞拢去不归。南浦芙蓉影，愁红独自垂。水弄湘娥佩，竹啼山露月。玉瑟调青门，石云湿黄葛。沙上蘼芜花，秋风已先发。好持一作待扫罗荐，香出鸳鸯一作笼热。

马诗二十三首

龙脊贴连钱，银蹄白踏烟。无人织锦韂，谁为铸金鞭。

腊月草根甜，天街雪似盐。未知口硬软，先拟蒺藜衔。

忽忆周天子，驱车上玉山。鸣驺辞凤苑，赤骥最承恩。

此马非凡马，房星本是星一作精。向前敲瘦骨，犹自带铜声。

大漠山一作沙如雪，燕山月似钩。何当金络脑，快走踏清秋。

饥卧骨查牙，粗毛刺破花。鬣焦朱色落，发断锯长麻。

西母酒将阑，东王饭已干。君王若燕去，谁为拽车辕。

赤兔无人用，当须吕布骑。吾闻果下马，羁策任蛮儿。

飂叔去一作死匆匆，如今不秣龙。夜来霜压栈，骏骨折西风。

催榜渡乌江一作江东，神骓泣向风。君一作吾王今解剑，何处逐英雄。

内马赐宫人，银鞯刺麒骐。午时盐坂上，蹭蹬溢风尘。

批竹初攒耳，桃花未上身。他时须搅阵，牵去借将军。

宝玦谁家子，长闻侠骨香。堆金买骏骨，将送楚襄王。

香襆赭罗新，盘龙蹙镫鳞。回看南陌上，谁道不逢春。

不从桓公猎，何能伏虎威。一朝沟陇出，看取拂云飞。

唐剑斩隋公，拳毛属太宗。莫嫌金甲重，且去捉旋一作飘，又作飙风。

白铁锉青禾，砧间落细莎。世人怜小颈，金埒畏长牙。

伯乐向前看，旋毛在腹间。只今捎白草，何日蓦青山。

萧寺驮经马，元从竺国来。空知有善相，不解走章台。

重围如燕尾，宝剑似鱼肠。欲求千里脚，先采眼中光。

暂系腾黄马，仙人上彩楼。须鞭玉勒吏，何事谪高州。

汗血到王家，随鸾撼玉珂。少君骑海上，人见是青骡。

武帝爱神仙，烧金得紫烟。厩中皆肉马，不解上青天。

申胡子觱篥歌 并序

　　申胡子,朔客之苍头也。朔客李氏,本亦世家子,得祀江夏王庙,当年践履失序,遂奉官北郡。自称学长调短调,久未知名。今年四月,吾与对舍于长安崇义里,遂将衣质酒,命予合饮。气热杯阑,因谓吾曰:"李长吉,尔徒能长调,不能作五字歌诗。直强回笔端,与陶、谢诗势相远几里!"吾对后请撰《申胡子觱篥歌》,以五字断句。歌成,左右人合噪相唱。朔客大喜,擎觞起立,命花娘出幕,裴回拜客。吾问所宜,称善平弄,于是以弊辞配声,与予为寿。

颜热感君酒,含嚼芦中声。花娘篸绥妥,休睡芙蓉屏。谁截太平管,列点排空星。直贯开花风,天上驱云行。今夕岁华落,令人惜平生。心事如波涛,中坐时时惊。朔客骑白马,剑弨悬兰缨。俊健如生猱,肯拾蓬中萤。

老夫采玉歌

采玉采玉须水碧,琢作步摇徒好色。老夫饥寒龙为愁,蓝溪水气无清白。夜雨冈头食蓁子,杜鹃口血老夫泪。蓝溪之水厌生人,身死千年恨溪水。斜山柏风雨如啸,泉脚挂绳青袅袅。村寒白屋念娇婴,古台石磴悬肠草。

伤　心　行

咽咽学楚吟,病骨伤幽素。秋姿白发生,木叶啼风雨。灯青兰膏歇,落照飞蛾舞。古壁生凝尘,羁魂梦中语。

湖　中　曲

长眉越沙采兰若,桂叶水葓春漠漠。横船一作倚醉眠白昼闲,渡口梅风歌扇薄。燕钗玉股照青渠,越王娇郎小字书。蜀纸封巾报云鬓,晚漏壶中—作铜壶水淋尽。

黄　家　洞

雀步蹙沙声促促,四尺角弓青石镞。黑幡三点铜鼓鸣,高作猿啼摇箭箙。彩巾缠跤幅半斜,溪头簇队映葛花。山潭晚雾吟白鼍,竹蛇飞蠹射金沙。闲驱竹马缓归家,官军自杀容州槎。

屏　风　曲

蝶栖石竹银交关,水凝绿鸭琉璃钱。团回六曲抱膏兰,将鬟镜上掷金蝉。沉香火暖茱萸烟,酒觥—作馀绡带新承欢。月风吹露屏外寒,城上乌啼楚女眠。

南山田中行

秋野明,秋风白,塘水漻漻虫啧啧。云根苔藓山上石,冷红泣露娇啼色。荒畦九月稻叉牙,蛰萤低飞陇径斜。石脉水流泉滴沙,鬼灯如漆点—作照松花。

贵主征行乐

奚骑—作妓黄铜连锁甲,罗旗香干金画叶。中军留醉河阳城,娇嘶紫燕踏花行。春营骑将如红玉,走马捎鞭上空绿。女垣素月角呷呷,牙帐未开分锦衣。

酒罢张大彻索赠诗 时张初效潞幕

长鬣张郎三十八,天遣裁诗花作骨。往还谁是龙头人,公主遣秉鱼须笏。太行—作水莽青草上白衫,匣中章奏密如蚕。金门石阁知卿

有，豸角鸡香早晚含。陇西长吉摧颓客，酒阑感觉中区窄。葛衣断
碎赵城秋，吟诗一夜东方白。

罗浮山父 一作人与葛篇

依依宜织江雨空，雨中六月兰台风。博罗老仙时出洞，千岁石床啼
鬼工。蛇毒浓凝 一作毒蛇浓吁洞堂湿，江鱼不食衔沙立。欲剪箱 一作
湘中一尺天，吴娥莫道吴刀涩。

仁和里杂叙皇甫湜 湜新尉陆浑

大人乞马癯乃寒，宗人贷宅荒厥垣。横庭鼠径空土涩，出篱大枣垂
朱残。安定美人截黄绶，脱落缨裾瞑朝酒。还家白笔未上头，使我
清声落人后。枉辱称知犯君眼，排引才升强缁断。洛风送马入长
关，阖扇未开逢猰犬。那知坚 一作竖都相草草，客枕幽单看春老。
归来骨薄面无膏，疫气冲头鬓茎少。欲雕小说干天官，宗孙不调为
谁怜。明朝下元复西道，崆峒叙别长如天。

宫 娃 歌

蜡光高悬照纱空，花房夜捣红守宫。象口吹香毑毢暖，七星挂城
闻漏板。寒入罘罳殿影昏，彩鸾帘额著霜痕。啼蛄吊月钩栏下，屈
膝铜铺锁阿甄。梦入家门上沙渚，天河落处长洲路。愿君光明如
太阳，放妾骑鱼撇波去。

堂 堂

堂堂复堂堂，红脱梅灰香。十年粉蠹生画梁，饥虫不食推 一作堆碎
黄。蕙花已老桃叶长，禁院悬帘隔御光。华清源中矾石汤，裴回白
凤随君王。

勉爱行二首送小季之庐山

洛郊无俎豆,弊厩惭老马。小雁过炉峰,影落楚水下。长船倚云泊,石镜秋凉夜。岂解有乡情,弄月聊呜哑。

别柳当马头,官槐如兔目。欲将千里别,持我一作此易斗粟。南云北云空脉断,灵台经络悬春线。青轩树转月满床,下国饥儿梦中见。维尔之昆二十馀,年来持镜颇有须。辞家三载今如此,索米王门一事无。荒沟古水光如刀,庭南拱柳生蛴螬。江干幼客真可念,郊原晚吹悲号号。

致 酒 行

零落栖迟一杯酒,主人奉觞客长寿。主父西游困不归,家人折断门前柳。吾闻马周昔作新丰客,天荒地老无人识。空将笺上两行书,直犯龙颜请恩泽。我有迷魂招不得,雄鸡一声天下白。少年心事当挐云,谁念幽寒坐呜呃。

长歌续短歌

长歌破衣襟,短歌断白发。秦王不可见,旦夕成内热。渴饮壶中酒,饥拔陇头粟。凄凄一作凉四月阑,千里一时绿。夜峰何离离,明月落石底。裴回沿石寻,照出高峰外。不得与之游,歌成鬓先改。

公莫舞歌 并序

　　《公莫舞歌》者,咏项伯翼蔽刘沛公也。会中壮士,灼灼于人,故无
　　复书。且南北乐府,率有歌引。贺陋诸家,今重作《公莫舞歌》云。
方花古一作石础排九楹,刺豹淋血盛银罍。华一作军筵鼓吹无桐竹,长刀直立割鸣筝。横楣粗锦生红纬,日炙锦嫣王未醉。腰下三看

宝玦光,项庄掉箭栏前起。材官小臣公莫舞,座上真人赤龙子。芒砀云瑞抱天回,咸阳王气清如水。铁枢铁楗重束关,大旗五丈撞双镮。汉王今日颁_{一作颁}秦印,绝膑刳肠臣不论。

昌谷北园新笋四首

箨落长竿削玉开,君看母笋是龙材。更容一夜抽千尺,别却池园数寸泥。

斫取青光写楚辞,腻香春粉黑离离。无情有恨何人见,露压烟啼千万枝。

家泉石眼两三茎,晓看阴根紫脉_{一作陌生}。今年水曲春沙上,笛管新篁拔玉青。

古竹老梢惹碧云,茂陵归卧叹清贫。风吹千亩迎雨啸,鸟重一枝入酒尊。

恼　公

宋玉愁空断,娇饶粉自红。歌声春草露,门掩杏花丛。注口樱桃小,添眉桂叶浓。晓奁妆秀靥,夜帐减香筒。钿镜飞孤鹊,江图画水葓。陂陀梳碧凤,腰袅带金虫。杜若含清露,河蒲聚紫茸。月分蛾黛破,花合靥朱融。发重疑盘雾,腰轻乍倚风。密书题豆蔻,隐语笑芙蓉。莫锁荼蘼匣,休开翡翠笼。弄珠惊汉燕,烧蜜引胡蜂。醉缬抛红网,单罗挂绿蒙。数钱教姹女,买药问巴賨。匀脸安斜雁,移灯想梦熊。肠攒非束竹,胘急是张弓。晚树迷新蝶,残霓忆断虹。古时填渤澥,今日凿崆峒。绣沓褰长幔,罗裙结短封。心摇如舞鹤,骨出似飞龙。井槛淋清漆,门铺缀白铜。隈花开兔径,向壁印狐踪。玳瑁钉帘薄,琉璃叠扇烘。象床缘素柏,瑶席卷香葱。细管吟朝幌,芳醪落夜枫。宜男生楚巷,栀子发金墉。龟甲开屏

涩，鹅毛渗一作澡墨浓。黄庭留卫瓘，绿树养韩冯。鸡唱星悬柳，鸦
啼露滴桐。黄娥初出座，宠妹始相从。蜡泪垂兰烬，秋芜扫绮栊。
吹笙翻旧引，沽酒待新丰。短佩愁填粟，长弦怨削菘。曲池眠乳
鸭，小阁睡娃僮。褥缝篸双线，钩绦辫五总。蜀烟飞重锦，峡雨溅
轻容。拂镜羞温峤，薰衣避贾充。鱼生玉藕下，人在石莲中。含水
弯蛾翠，登楼选马鬃。使君居曲陌，园令住临邛。桂火流苏暖，金
炉细炷通。春迟王子态，莺啭谢娘慵。玉漏三星曙，铜街五马逢。
犀株防胆怯，银液镇心忪。跳脱看年命，琵琶道吉凶。王时应七
夕，夫位在三宫。无力涂云母，多方带药翁。符因青鸟送，囊用绛
纱缝。汉苑寻官柳，河桥阂禁钟。月明中妇觉，应笑画堂空。

感 讽 五 首

合浦无明珠，龙洲无木奴。足知造化力，不给使君须。越妇未织
作，吴蚕始蠕蠕。县官骑马来，狞色虬紫须。怀中一方板，板上数
行书。不因使君怒，焉得诣尔庐。越妇拜县官，桑牙今尚小。会待
春日晏，丝车方掷掉。越妇通言语，小姑具黄粱。县官踏餐去，簿
吏复登堂。

奇俊无少年，日车何蹢躅。我待纡双绶，遗我星星发。都门贾生
墓，青蝇久断绝。寒食摇扬天，愤景长肃杀。皇汉十二帝，唯帝称
睿哲。一夕信竖儿一作反信竖儿言，文明永沦歇。

南山何其悲，鬼雨洒空草。长安夜半秋，风前几人一作剪春姿老。低
迷黄昏径，袅袅青栎道。月午树无影，一山唯白晓。漆炬迎新人，
幽圹萤扰扰。

星尽四方高，万物知天曙。已生须己养，荷担出门去。君平久不
反，康伯循一作遁国路。晓思何诜诜，阛阓千人语。

石根秋水明，石畔秋草瘦。侵衣野竹香，蛰蛰垂叶厚。岑中月归

来,蟾光挂空一作云秀。桂一作秋露对仙娥,星星下云逗。凄凉栀子落,山嫛泣清漏。下有张仲蔚,披书案将朽。

三月过行宫

渠水红繁拥御墙,风娇小叶学娥妆。垂帘几度青春老,堪锁千年白日长。

全唐诗卷三九二

李 贺

追和何谢铜雀妓

佳人一壶酒，秋容满千里。石马卧新烟，忧来何所似。歌声且潜弄，陵树风自起。长裾压高台，泪眼看花机同几。

送秦光禄北征

北虏胶堪折，秋沙乱晓鼙。髯胡频犯塞，骄气似横霓。灞水楼船渡，营门细柳开。将军驰白马，豪彦骋雄材。箭射櫑枪落，旗悬日月低。榆稀山易见，甲重马频嘶。天远星光没，沙平草叶齐。风吹云路火，雪污玉关泥。屡断呼韩颈，曾然董卓脐。太常犹旧宠，光禄是新阶一作阶。宝玦麒麟起，银壶狒狔啼。桃花连马发，彩絮扑鞍来。呵臂悬金斗，当唇注玉罍。清苏和碎蚁，紫腻卷浮杯。虎鞹先蒙马，鱼肠且断犀。趁趡西旅狗，蹙额北方奚。守帐然香暮，看鹰永夜栖。黄龙就别镜，青冢念阳台。周处长桥役，侯调短弄哀。钱塘阶凤羽，正室擘鸾钗。内子攀琪树，羌儿奏落梅。今朝擎剑去，何日刺蛟回。

酬 答 二 首

金鱼公子夹衫长,密装腰鞁割玉方。行处春风随马尾,柳花偏打内家香。

雍州二月梅一作海池春,御水鹓鹐暖白蘋。试问酒旗歌板地,今朝谁是拗花人。

画 角 东 城

河转曙萧萧,鸦飞睥睨高。帆长摽一作标越甸,壁冷挂吴刀。淡菜生寒日,鲥鱼渍白涛。水花沾抹额,旗鼓夜迎潮。

谢秀才有妾缟练改从于人秀才引留之不得〔后〕(从)生感忆座人制诗嘲谢贺复继四首

谁知泥忆云,望断梨花春。荷丝制机练,竹叶剪花裙。月明啼阿姊,灯暗会良人。也识君夫婿,金鱼挂在身。

铜镜立青鸾,燕脂拂紫绵。腮花弄暗粉,眼尾泪侵寒。碧玉破不复一作破瓜后,瑶琴重拨弦。今日非昔日,何人敢正看。

洞房思不禁,蜂子作花心。灰暖残香炷,发冷青虫簪。夜遥灯焰短,睡熟小屏深。好作鸳鸯梦,南城罢捣砧。

寻常轻宋玉,今日嫁文鸯。戟干横龙簴,刀环倚桂窗。邀人裁半袖,端坐据胡床。泪湿红轮重,栖乌上井梁。

昌谷读书示巴童

虫响灯光薄,宵寒药气浓。君怜垂翅客,辛苦尚相从。

巴 童 答

巨鼻宜山褐，庞眉入苦吟。非君唱乐府，谁识怨秋深。

代崔家送客

行尽柳烟下，马蹄白翩翩。恐随行一作送处尽，何忍重一作复扬鞭。

出 城

雪下桂花稀，啼乌被弹归。关水乘驴影，秦风帽带垂。入乡试万里一作诚可重，无印自堪悲。卿卿忍相问，镜中双泪姿一作垂。

莫 种 树

园中莫种树，种树四时愁。独睡南床一作窗月，今秋似去秋。

将 发

东床卷席罢，〔渡〕(护)落将行去。秋白遥遥空，日满门前路。

追赋画江潭苑四首

吴苑晓苍苍，宫衣水溅黄。小鬟红粉薄，骑马佩珠长。路指台城迥，罗薰袴褶香。行云沾翠辇，今日似襄王。

宝袜菊衣单，蕉花密露寒。水光兰泽叶，带重剪刀钱。角暖盘弓易，靴长上马难。泪痕沾寝帐，匀粉照金鞍。

剪翅小鹰斜，〔绦〕(绐)根玉镞花。辔垂妆细粟，箭箙钉文牙。狒狒啼深竹，鸡鹠老湿沙。宫官烧蜡火，飞烬污铅华。

十骑簇芙蓉，宫衣小队红。练香熏宋鹊，寻箭踏卢龙。旗湿金铃重，霜干玉镫空。今朝画眉早，不待景阳钟。

潞州张大宅病酒遇江使寄上十四兄

秋至昭关后，当知赵国寒。系书随短羽，写恨破长笺。病客眠清
晓，疏桐坠绿鲜。城鸦啼粉堞，军吹压芦烟。岸帻赛沙幌，枯塘卧
折莲。木窗银迹画，石磴水痕钱。旅酒侵愁肺，离歌绕懦弦。诗封
两条泪，露折一枝兰。莎老沙鸡泣，松干瓦兽残。觉骑燕地马，梦
载楚溪船。椒桂倾长席，鲈鲂斫玳筵。岂能忘旧路，江岛滞佳年。

难 忘 曲

夹道开洞门，弱杨低画戟。帘影竹华一作叶起，箫声吹日色。蜂语
绕妆镜，拂一作画蛾学春碧。乱系丁香梢，满栏花向夕。

贾公间贵婿曲

朝衣不须长，分花对袍缝。嘤嘤白马来一作春，满脑黄金重。今朝
香气苦，珊瑚涩难枕。且要弄风人，暖蒲沙上饮。燕语踏帘钩，日
虹屏中碧。潘令在河阳，无人死芳色。

夜饮朝眠曲

觥醨出座东方高，腰横半解星劳劳。柳苑鸦啼公主醉，薄露压花蕙
园一作兰气。玉转湿丝牵晓水，熟一作热粉生香琅玕紫。夜饮朝眠
断无事，楚罗之帏卧皇子。

王濬墓下作

人间无阿童，犹唱水中龙。白草侵烟死，秋梨绕地红。古书平黑
石，袖一作神剑断青铜。耕势鱼鳞起，坟科一作斜马鬣封。菊花垂湿
露，棘径卧干蓬。松柏愁香涩，南原几夜风。

客　游

悲满千里心,日暖南山石。不谒承明庐,老作平原客。四时别家庙,三年去乡国。旅歌屡弹铗,归问时裂帛。

崇义里滞雨

落莫谁家子,来感长安秋。壮年抱羁恨,梦泣生白头。瘦马秣败草,雨沫飘寒沟。南宫古帘暗,湿景传签筹。家山远千里,云脚天东头。忧眠枕剑匣,客帐梦封侯。

冯　小　怜

湾头见小怜,请上琵琶弦。破得春风恨,今朝直几钱。裙垂竹叶带,鬓湿杏花烟。玉冷红丝重,齐宫妾驾鞭。

赠　陈　商

长安有男儿,二十心已朽。楞伽堆案前,楚辞系肘后。人生有穷拙,日暮聊饮酒。只今道已塞,何必须白首。凄凄陈述圣,披褐钳俎豆。学为尧舜文,时人责衰偶。柴门车辙冻,日下榆影瘦。黄昏访我来,苦节青阳皱。太华五千仞,劈地抽森秀。旁古无寸寻,一上戛牛斗。公卿纵不怜一作言,宁能锁吾口。李生师太华,大坐看白昼。逢霜作朴樕,得气为春柳。礼节乃相去,憔悴如刍狗。风雪直斋坛,墨组贯铜绶。臣妾气态间,唯欲承箕帚。天眼何时开,古剑庸一吼。

钓　鱼　诗

秋水钓红渠,仙人待素书。菱丝萦独茧,蒲一作菰米蛰双鱼。斜竹垂清沼,长纶贯碧虚。饵悬春蜥蜴,钩坠小蟾蜍。詹子情无限,龙阳恨有馀。为看烟浦上,楚女泪沾裾。

奉和二兄罢使遣马归延州

空留三尺剑,不用一丸泥。马向沙场去,人归故国来。笛愁翻陇水,酒喜沥春灰。锦带休惊雁,罗衣尚斗鸡。还吴已渺渺,入郢莫凄凄。自是桃李树,何畏不成蹊。

答　赠

本是张公子,曾名萼绿华。沉香熏小像,杨柳伴啼鸦。露重金泥冷,杯阑玉树斜。琴堂沽酒客,新买后园花。

题 赵 生 壁

大妇然竹根,中妇舂玉屑。冬暖拾松枝,日烟坐蒙灭。木藓青桐老,石井一作泉水声发。曝背卧东亭,桃花满肌骨。

感　春

日暖自萧条,花悲北郭骚。榆穿莱子眼,柳断舞儿腰。上幕迎神燕,飞丝送百劳。胡琴今日恨,急语向檀槽。

仙　人

弹琴石壁上,翻翻一仙人。手持白鸾尾,夜扫南山云。鹿饮寒涧下,鱼归清海滨。当时汉武帝,书报桃花春。

河 阳 歌

染罗衣,秋蓝难著色。不是无心人,为作台一作临邛客。花烧中禅音诞城,颜郎身已老。惜许两少年,抽心似春草。今日见银牌,今夜鸣玉宴。牛头高一尺,隔坐应相见。月从东方来,酒从东方转。觟船饫口红,〔蜜〕(密)炬千枝烂。

花游曲 并序

寒食日,诸王妓游。贺入座,因采梁简文诗调,赋《花游曲》,与妓弹唱。

春柳南陌态,冷花寒露姿。今朝醉城外,拂镜浓扫眉。烟湿愁车重,红油覆画衣。舞裙香不暖,酒色上来迟。

春　昼

朱城报春更漏转,光风催兰吹小殿。草细堪梳,柳长如线。卷衣秦帝,扫粉赵燕。日含画幕,蜂上罗荐。平阳花坞,河阳花县。越妇支机,吴蚕作茧。菱汀系带,荷塘倚扇。江南有情,塞北无恨。

安　乐　宫

深一作漆井桐乌起,尚复牵情一作清水。未盟邵陵瓜,瓶中弄长翠。新成一作城安乐宫,宫如凤凰翅。歌回蜡板鸣,左馆提壶使。绿繁悲水曲,茱萸别秋子。

胡蝶飞 一作舞

杨花扑帐春云热,龟甲屏风醉眼缬。东家胡蝶西家飞,白骑少年今日归。

梁　公　子

风彩出萧家,本是菖蒲花。南塘莲子熟,洗马走江沙一作涯。御筵银沫冷,长簟凤窠斜。种柳营中暗,题书赐馆娃。

牡 丹 种 曲

莲枝未长秦蘅老,走马驮金剗春草。水灌香泥却月盆,一夜绿房迎
白晓。美人醉语园中烟,晚华已散蝶又阑。梁王老去罗衣在,拂袖
风吹蜀国弦。归霞帔拖蜀帐昏,嫣红落粉罢承恩。檀郎谢女眠何
处,楼台月明燕夜语。

后园凿井歌

井上辘轳床上转。水声繁,弦声浅。情若何,荀奉倩。城头日,长
向城头住。一日作千年,不须流下去。

开愁歌 华下作

秋风吹地百草干,华容碧影生晚寒。我当二十不得意,一心愁谢如
枯兰。衣如飞鹑马如狗,临岐击剑生铜吼。旗亭下马解秋衣,请贳
宜阳一壶酒。壶中唤天云不开,白昼万里闲凄迷。主人劝我养心
骨,莫受俗物相填豗。《玉篇》、《广韵》俱无豗字。《统签》云:按豗即虺字,音灰,
相击也。

秦宫诗 并序

　　汉人秦宫,将军梁冀之嬖奴也。秦宫得宠内舍,故以骄名大噪于人。
　　予抚旧而长作辞,以冯子都之事,相为对望,又云昔有之诗。
越罗衫袂一作夹衫迎春风,玉刻麒麟腰带红。楼头曲宴仙人语,帐
底吹笙香雾浓。人间一作闲酒暖春茫茫,花枝入帘白日长。飞窗复
道传筹一作头饮,十夜铜盘一作半夜朦胧腻烛黄。秃衿小袖调鹦鹉,紫
绣麻韅踏哮同㹱虎。斫桂烧金待晓筵,白鹿青苏一作清酥夜半煮。

桐英永巷骑新一作主马，内屋深一作珍屏生色画。开门烂用水衡钱，卷起黄河向身泻。皇天厄运犹曾裂，秦宫一生花底一作里活。鸾篦夺得不还人，醉睡氍毹满堂月。

古邺城童子谣效王粲刺曹操

邺城中，暮尘起。将一作探黑丸，斫文吏。棘为鞭，虎为马。团团走，邺城下。切玉剑，射日弓。献何人，奉相公。扶毂来，关右儿。香扫涂，相公归。

杨生青花紫石砚歌

端州石工巧如神，踏天磨刀割紫云。佣元抱水含满唇，暗洒苌弘冷血痕。纱帷昼暖墨花春，轻沤漂沫松麝薰。干腻薄重立脚匀，数寸光秋无日昏。圆毫促点声静新，孔砚宽顽一作硕何足云。

房 中 思

新桂如蛾眉，秋风吹小绿。行轮出门去，玉銮声断续。月轩下风露，晓庭自幽涩。谁能事贞素，卧听莎鸡泣。

石 城 晓

月落大堤上，女垣栖乌起。细露湿团红，寒香解夜醉。女牛一作石子渡天河，柳烟满城曲。上客留断缨，残蛾斗双绿。春帐依微蝉翼罗，横茵突金隐体花。帐前轻絮鹤一作鹅毛起，欲说春心无所似。

苦 昼 短

飞光飞光，劝尔一杯酒。吾不识青天高，黄地厚，唯见月寒日暖，来煎人寿。食熊则肥，食蛙则瘦。神君何在，太一安有。天东有若木,下置衔烛龙。吾将斩龙足,嚼龙肉。使之朝不得回,夜不得伏。自然老者不死,少者不哭。何为服—作饵黄金,吞白玉。谁似—作是任公子,云中骑碧—作白驴。刘彻茂陵多滞骨,嬴政梓棺费鲍鱼。

章和二年中

云萧索,田—本无田字风拂拂,麦芒如篸黍如粟。关中父老百领襦,关东吏人乏诟租。健犊春耕土膏黑,菖蒲丛丛沿水脉。殷勤为我下田租,百钱携偿—作赏丝桐客。游春漫光坞花白,野林散香神降席。拜神得寿献天子,七星贯断姮娥死。

春归昌谷

束发方读书,谋身苦不早。终军未乘传,颜子鬓先老。天网信崇大,矫士常慆慆。逸目骈甘华,羁心如荼蓼。旱云二三月,岑岫相颠倒。谁揭赪玉盘,东方发红照。春热张鹤盖,兔目官槐小。思焦面如病,尝胆肠似绞。京国心烂漫,夜梦归家少。发轫东门外,天地皆浩浩。青树骊山头,花风满秦道。宫台光错落,装尽—作画偏—作遍峰峤。细绿及团红,当路杂啼笑。香风下高广,鞍马正华耀。独乘鸡栖车,自觉少风调。心曲语形影,只身焉足乐。岂能脱负檐,刻鹤—作鹄曾无兆。幽幽太华侧,老柏如建藥。龙皮相排戛,翠羽更荡掉。驱趋委憔悴,眺览强容貌。花蔓阁行輈,縠烟暝深徼。少健无所就,入门愧家老。听讲依大树,观书临曲沼。知非出柙虎,甘作藏雾豹。韩乌处〔矰〕(缯)缴,湘鲦在笼罩。狭行无廓落,壮士徒轻躁。

昌谷诗 五月二十七日作

昌谷五月稻,细青满平—作草平秋水。遥峦相压叠,颓绿愁堕地。光洁无秋思一作丝,凉旷吹浮媚。竹香满凄寂,粉节涂生翠。草发垂恨鬓,光露泣幽泪。层围烂洞曲,芳径老红醉。攒虫锼古柳,蝉子鸣高邃。大带委黄葛,紫蒲交狭涘。石钱差复藉,厚叶皆蟠腻。汰沙好平白,立马印青字。晚鳞自遨游,瘦鹄眠单跱。嘹嘹湿蛄声,咽源惊溅起。纤缓玉真路,自注:近武后巡幸路。神娥薰花里。苔絮萦涧砾,山实垂赪紫。小柏俨重扇,肥松突丹髓。鸣流走响韵,垄秋拖光穟。莺唱闵女歌,瀑悬楚练帔。风露满笑眼,骈岩杂舒坠。乱条一作筱进石岭,细颈喧岛狴。日脚扫昏翳,新云启华闷。谧谧厌夏光,商风道清气。高眠服一作复玉容,烧桂祀天几。谷与女山岭阪相承,山即兰香神女上天处也,遗几在焉。雾衣夜披拂,眠坛梦真粹。待驾栖鸾老,故宫椒壁圮。福昌宫在谷之东。鸿珑数铃响,羁臣发凉思。阴藤束朱键,龙帐著魍魅。碧锦帖花栿,香衾事残贵。歌尘蠹木在,舞彩长云似。珍一作玲壤割绣段,里俗祖风义。邻凶不相杵,疫病无邪祀。鲐皮识仁惠,丱角知膻耻。县省司刑官,户乏诟租吏。竹薮添堕简,石矶引钩饵。溪湾转水带,芭蕉倾蜀纸。岑光晃毂襟,孤景拂繁事。泉尊陶宰酒,月眉谢郎妓。丁丁幽钟远,矫矫单飞至。霞巘殷嵯峨,危溜听争次。淡蛾流平碧,薄月眇阴悴。凉光入涧岸,廓尽山中意。渔童下宵网,霜禽竦烟翅。潭镜滑蛟涎,浮珠噞鱼戏。风桐一作松瑶匣瑟,萤星锦城使。柳缀长缥带,篁掉短笛吹。石根缘绿藓,芦笋抽丹渍。漂旋弄天影,古桧拏云臂。愁月薇帐红,罥云香蔓刺。芒麦平百井,闲乘列千肆。刺促成纪人,好学鸱夷子。

铜 驼 悲

落魄三月罢,寻花去东家。谁作送春曲,洛岸悲铜驼。桥南多马客,北山饶古人。客饮杯中酒,驼悲千万春。生世莫徒劳,风吹盘上烛。厌见桃株笑,铜驼夜来哭。

自昌谷到洛后门

九月大野白,苍岑竦秋门。寒凉十一作交月末,露一作雪霿濛晓昏。澹色结昼天,心事填空云。道上千里风,野竹蛇涎痕。石涧冻一作东波声,鸡叫清寒晨。强行到东一作都舍,解马投旧邻。东家名廖者,乡曲传姓辛。杖头非饮酒,吾请造其人。始欲南去楚,又将西适秦。襄王与武帝,各自留青春。闻道兰台上,宋玉无归魂。绷缥两行字,蛀虫蠹秋芸。为探秦台意,岂命余负薪。

七月一日晓入太行山

一夕绕山秋,香露溢蒙茫。新桥倚云阪,候虫嘶露朴。洛南一作阳今已远,越衾谁为熟。石气何凄凄,老莎如短镞。

秋凉诗寄正字十二兄

闭门感秋风,幽姿任契阔。大野生素空,天地旷肃杀。露光一作光露泣残蕙,虫响连夜发。房寒寸辉薄,迎风绛纱折。披书古芸馥,恨唱华容歇。百日不相知,花光变凉节。弟兄谁念虑,笺翰既通达。青袍度白马,草简奏东阙。梦中相聚笑,觉见半床月。长思剧寻环,乱忧抵覃葛。

全唐诗卷三九三

李 贺

艾 如 张

锦襜褕,绣裆襦。强饮啄,哺尔雏。陇东卧穟满风雨,莫信_{一作逐笼}_{一作龙媒}陇西去。齐人织网如素空,张在野田_{一作春平碧}中。网丝漠漠无形影,误尔触之伤首红。艾叶绿花谁剪刻,中藏祸机不可测。

上 云 乐

飞香走红满天春,花龙盘盘上紫云。三千宫_{一作彩}女列金屋,五十弦瑟海上闻。天江_{一作河}碎碎银沙路,嬴女机中断烟素。断烟素,缝衣缕_{一作舞衣},八月一日君前舞。

摩多楼_{一作栖}子

玉塞去金人,二万四千里。风吹沙作云,一时渡辽水。天白水如练,甲丝双串断。行行莫苦辛,城月犹残半。晓气朔烟上,趦趄胡马蹄。行人临水别,隔陇_{一作陇水}长东西。

猛虎行 四言

长戈莫舂,长弩莫抨。乳孙哺子,教得生狞。举头为城,掉尾为旌。
东海黄公,愁见夜行。道逢驺虞,牛哀不平。何用尺刀,壁上雷鸣。
泰山之下,妇人哭声。官家有程,吏不敢听。

日 出 行

白日下昆仑,发光如舒丝。徒照葵藿心,不照游子悲。折折黄河
曲,日从中央转。旸谷耳曾闻,若木眼不见。奈尔一作何铄石,胡为
销人。羿弯弓属矢那不中,足令一本有鸟不得翔四字久一作火不得奔,
讵教晨光夕昏。

苦篁调啸引

请说轩辕在时事,伶伦采竹二十四。伶伦采之自昆丘一作仑,轩辕
诏遣中分作十二。伶伦以之正音律,轩辕以之调元气。当时黄帝
上天时,二十三管咸相随,唯留一管人间吹。无德不能得此管,此
管沉埋虞舜祠。

拂 舞 歌 辞

吴娥声绝天,空云闲裴回。门外满车马,亦须生绿苔。尊有乌程
酒,劝君千万寿。全胜汉武锦楼上,晓望晴寒一作空饮花露。东方
日不破,天光无老时。丹成作蛇乘白雾,千年重化玉井土。从蛇作
土一一作二千载,吴堤绿草年年在。背有八卦称神仙,邪鳞顽甲滑
腥涎。

夜坐吟

踏踏马蹄谁见过,眼看北斗直天河。西风罗幕生翠波,铅华笑妾颦青蛾。为君起唱_{一作舞}长相思,帘外严霜皆倒飞。明星烂烂东方陲,红霞梢出东南涯,陆郎去矣乘班骓。

箜篌引 又曰公无渡河

公乎公乎,提壶将焉如。屈平沉湘不足慕,徐衍入海诚为愚。公乎公乎,床有菅席盘有鱼。北里有贤兄,东邻有小姑。陇亩油油黍与葫_{一作禾},瓦瓶浊醪蚁浮浮。黍可食,醪可饮,公乎公乎其奈居。被发奔流竟何如,贤兄小姑哭呜呜。

巫山高

碧丛丛,高_{一作齐}插_{一作撑}天,大江翻澜神曳烟。楚魂寻梦风颸_{一作飔}然,晓风飞雨生苔钱。瑶姬一去一千年,丁香筇竹啼老猿。古祠近月蟾桂寒,椒花坠红湿云间_{一作端}。

平城下

饥寒平城下,夜夜守明月。别剑无玉花,海风断鬓发。塞长连白空,遥见汉旗红。青帐吹短笛,烟雾湿昼龙。日晚在城上,依稀望城下。风吹枯蓬起,城中嘶瘦马。借问筑城吏,去关几千里。惟愁裹尸归,不惜倒戈死。

江南弄

江中绿雾起凉波,天上叠巘红嵯峨。水风浦云生老竹,渚暝蒲帆如一幅。鲈鱼千头酒百斛,酒中倒卧南山绿。吴歈越吟未终曲,江上团团帖寒玉。

荣华乐 一作东洛梁家谣

鸢肩公子二十馀，齿编贝，唇激朱。气如虹霓，饮如建瓴，走马夜归叫严更。径穿复道游椒房，龙裘金玦杂花光。玉堂调笑金楼子，台下戏学邯郸倡。口吟舌话称女郎，锦袪绣面汉帝旁。得明珠十斛，白璧一双，新诏垂金曳紫光煌煌。马如飞，人如水，九卿六官皆望履。将回日月先反掌，欲作江河唯画地。峨峨虎冠上切云，㻬剑晨趋凌紫氛。绣段千寻贻皂隶，黄金百镒赆家臣。十二门前张大宅，晴春烟起连天碧。金铺缀日杂红光，铜龙啮环似争力。瑶姬凝醉卧芳席，海素笼窗空下隔。丹穴取凤充行庖，玃玃如拳那足食。金蟾呀呀兰烛香，军装武妓声琅珰。谁知花雨夜来过，但见池台春草长。嘈嘈弦吹匝天开，洪崖箫声绕天来。天长一矢贯双虎，云弨绝骋聒旱雷。乱袖交竿管儿舞，吴音绿鸟学言语。能教刻石平紫金，解送刻毛寄新兔。三皇皇一本少一皇字后七贵人，五十校尉二将军。当时飞去逐彩云，化作今日京华春。

相 劝 酒

羲和骋六辔，昼夕不曾闲。弹乌崦嵫竹一作石，抶马蟠桃鞭。䔲收既断翠柳，青帝又造红兰。尧舜至今万万岁，数子将为倾盖间。青钱白璧买无端，丈夫快意方为欢。臛蠵臇熊何足云。会须钟饮北海，箕踞南山。歌淫淫，管愔愔，横波好送雕题金。人生得意且如此，何用强知元化心。相劝酒，终无辍。伏愿陛下鸿名终不歇，子孙绵如石上葛。来长安，车骈骈。中有梁冀旧宅，石崇故园。

瑶 华 乐

穆天子，走龙媒。八箐冬珑逐天回，五精扫地凝云开。高门左右日月环，四方错镂棱层殿。舞霞垂尾长盘珊，江澄海净神母颜。施红点翠照虞泉，曳云拖玉下昆山。列旆如松，张盖如轮。金风殿一作敛秋，清明发春。八蛮十乘，蠹如云屯。琼钟瑶席甘露文，玄霜绛雪何足云，薰梅染柳将赠君。铅华之水洗君骨，与君相对作真质。

北 中 寒

一方黑照三方紫，黄河冰合鱼龙死。三尺木皮断文理，百石强车上河水。霜花草上大如钱，挥刀不入迷濛天。争一作净潪海水飞凌喧，山瀑无声玉虹悬。

梁台古愁 一作意

梁王台沼空中立，天河之水夜飞入。台前斗玉作蛟龙，绿粉扫天愁露湿。撞钟饮酒行射天，金虎蹙裘喷血斑。朝朝暮暮愁海翻，长绳系日乐当年。芙蓉凝红得秋色，兰脸别春啼脉脉。芦洲客雁报春来，寥落野篁秋漫白。

公 无 出 门

天迷迷，地密密。熊虺食人魂，雪霜断一作风破人骨。嗾犬狺狺相索索，舐掌偏宜佩兰客。帝遣乘轩灾自息，玉星点剑黄金轭。我虽跨马不得还，历阳湖波大如山。毒虬相视振金环，狻猊猰貐吐馋涎。鲍焦一世披草眠，颜回廿九鬓毛斑。颜回非血衰，鲍焦不违天。天畏遭衔啮，所以致之然。分明犹惧公不信，公看呵壁书问天。

神 弦 别 曲

巫山<small>一作阳</small>小女隔云别，春风松花<small>一作松花春风</small>山上发。绿盖独穿香
径归，白马花竿前孑孑。蜀江风澹水如罗，堕兰谁泛相经过。南山
桂树为君死，云衫浅污红脂花。

绿 水 词

今宵好风月，阿侯在何处。为有倾人色<small>一作城人</small>，翻成足愁苦。东
湖采莲叶，南湖拔<small>一作折</small>蒲根<small>一作茸</small>。未持寄小姑，且持感愁魂<small>一作秋</small>
风。

沙 路 曲

柳脸<small>一作阴</small>半眠丞相树，珮马钉铃踏沙路。断烬遗香袅翠烟，烛<small>一作</small>
独骑啼<small>一作啼</small>乌<small>一作鸣</small>上天去。帝家玉龙开九关，帝前动<small>一作簪</small>笏移
南山。独垂重印押千官，金窠<small>一作科</small>篆字红屈盘。沙路归来闻好
语，旱火不光天下雨。

上 之 回

上之回，大旗喜。悬红云，挞凤尾。剑匣破，舞蛟龙。蚩尤死，鼓逢
逢。天高庆雷齐坠地，地无惊烟海千里。

高轩过 <small>韩员外愈、皇甫侍御湜见过，因而命作。</small>

华裾织翠青如葱，金环压辔摇玲<small>一作冬</small>珑。马蹄隐耳<small>一作隐声</small>隆隆，
入门下马气如虹。云是<small>一本无云是二字</small>东京才子，文章钜<small>一本无钜字</small>
公。二十八宿罗心胸，九精照耀<small>一作元精耿耿</small>贯当中。殿前作赋声
摩空，笔补造化天无功。庞眉书客感秋蓬，谁知死草生华风。我今

垂翅附冥鸿,他日不羞蛇作龙。

贝宫夫人

丁丁海女弄金环一作钱,雀钗翘揭双翅关。六宫不语一生闲,高悬银榜照青山。长眉凝绿几千年,清凉堪老镜中鸾。秋肌稍觉玉衣寒,空光帖妥水如天。

兰香神女庙 三月中作

古春年年在,闲绿摇暖云。松香飞晚华,柳渚含日昏。沙砌落红满,石泉生水芹。幽篁画新粉,蛾绿横晓门。弱蕙不胜露,山秀愁空春。舞珮剪鸾翼,帐带涂轻银。兰桂吹浓香,菱藕长莘莘。看雨逢瑶姬,乘船值江君。吹箫饮酒醉,结绶金丝裙。走天呵白鹿,游水鞭锦鳞。密发虚鬟飞,腻颊一作靥凝花匀。团鬓分蛛巢,秾眉笼小唇。弄蝶和轻妍,风光怯腰身。深帏金鸭冷,奁镜幽凤尘。踏雾乘同归,撼玉山上闻。

送韦仁实兄弟入关

送客饮别酒,千觞无赪颜。何物最伤心,马首鸣金镮。野色浩无主,秋明空旷间。坐来壮胆破,断目不能看。行槐引西道,青梢长攒攒。韦郎好兄弟,叠玉生文翰。我在山上舍,一亩蒿磽田。夜雨叫租吏,春声暗交一作闻暗关。谁解念劳劳一作苦,苍突唯南山。

洛阳城外别皇甫湜

洛阳吹别风,龙门起断烟。冬树束生涩,晚紫凝华天。单身野霜上,疲马飞蓬间。凭轩一双泪,奉坠绿衣前。

溪 晚 凉

白狐向月号山风,秋寒扫云留碧空。玉烟青湿白如幢,银湾晓转流
天东。溪汀眠鹭梦征鸿,轻涟不语细游溶。层岫回岑复叠龙,苦篁
对客吟歌筒。

官不来题皇甫湜先辈厅

官不来,官庭秋,老桐错干青龙愁。书司曹佐走如牛,叠声问佐官
来不。官不来,门幽幽。

长平箭头歌

漆灰骨末丹水沙,凄凄古血生铜花。白翎金簳雨中尽,直馀三脊一
作径寸残狼牙。我寻平原乘两马,驿东石田蒿坞下。风长日短星萧
萧,黑旗云湿悬空夜。左魂右魄啼肌瘦,酪瓶倒尽将羊炙。虫栖雁
病芦笋红,回风送客吹阴火。访古汍澜收断镞,折锋赤翚曾刲肉。
南陌东城马上儿,劝我将金换箭竹。

江 楼 曲

楼前流水江陵道,鲤鱼风起芙蓉老。晓钗催一作拥鬟语南风,抽帆
归来一日功。鼍吟浦口飞梅雨,竿头酒旗换青苎。萧骚浪白云差
池一作参差,黄粉油衫寄郎主。新槽酒声苦无力,南湖一顷菱花白。
眼前便有千里愁,小玉开屏见山色。

塞下曲 《乐府诗》作三首

胡角引北风,蓟门白于水。天含青海道,城头月千里。露下旗濛
濛,寒金鸣夜刻。蕃甲锁蛇鳞,马嘶青冢白。秋静见旄头,沙远席

羁—作其愁。帐北天应尽,河声出塞流。

染丝上春机

玉罂泣—作汲水桐花井,蒨丝沉水如云影。美人懒态燕脂愁,春梭
抛掷鸣高楼。彩线结茸背复叠,白夹玉郎寄桃叶。为君挑鸾作腰
绶,愿君处处宜春酒—作雪。

五粒小松歌 并序

前谢秀才杜云卿,命予作《五粒小松歌》。予以选书多事,不治曲
辞,经十日,聊道八句,以当命意。

蛇子蛇孙鳞蜿蜿,新香几粒洪崖饭。绿波浸叶满浓光,细束龙髯铰
刀剪。主人壁上铺州图,主人堂前多俗儒。月明白露秋泪滴—作露
泣悬秋泪,石笋溪云肯寄书。

塘 上 行

藕花凉露湿,花缺藕根涩。飞下雌—作雄鸳鸯,塘水声溘溘。

吕 将 军 歌

吕将军,骑赤兔。独携大胆出秦门,金粟堆边哭陵树。北方逆气污
青天,剑龙夜叫将军闲。将军振袖挥剑锷,玉阙朱城有门阁。楬楬
银龟摇白马,傅粉女郎火—作大旗下。恒山铁骑请金枪,遥闻箙中
花箭香。西郊寒蓬叶如刺,皇天新—作亲栽养神骥。厩中高桁排—
作挑塞蹄,饱食青刍饮白水。圆苍低迷盖张地,九州人事皆如此。
赤山秀铤御时英,绿眼将军会天意。

休 洗 红

休洗红,洗多红色浅。卿卿骋少年,昨日殷桥见。封侯早归来,莫

作弦上箭。

神 弦 曲

西山日没东山昏，旋风吹马马踏云。画弦素管声浅繁，花裙綷縩
步秋尘。桂叶刷风桂坠子，青狸哭血寒狐死。古壁彩虬金帖尾，雨
工骑入秋_{一作夜骑入潭}水。百年老鸮成木魅，笑声碧火巢中起。

野 歌

鸦翎羽箭山桑弓，仰天射落衔芦鸿。麻衣黑肥冲北风，带酒日晚歌
田中。男儿屈穷心不穷，枯荣不等嗔天公。寒风又变为春柳，条条
看即烟濛濛。

神 弦

女巫浇酒云满空，玉炉炭火香冬冬。海神_{一作寒云}山鬼来座中，纸
钱窸窣鸣旋风。相思木帖金舞鸾，攒蛾一啑重一弹。呼星召鬼歆
杯盘，山魅食时人森寒。终南日色低平湾，神兮长在有无间。神嗔
神喜师更颜，送神万骑还青山。

将 进 酒

琉璃钟，琥珀浓，小槽酒滴真珠红。烹龙炮凤玉脂泣，罗屏_{一作帏}绣
幕围香_{一作春}风。吹龙笛，击鼍鼓。皓齿歌，细腰舞。况是青春日
将暮，桃花乱落如红雨。劝君终日酩酊醉_{一作归}，酒不到刘伶坟上
土。

美人梳头歌

西施晓梦绡帐寒，香鬟堕髻半沉檀。辘轳咿哑转鸣玉，惊起芙蓉睡

新足。双鸾开镜秋水光,解鬟临镜立象床。一编香丝云撒地,玉钗
落处无声腻。纤手却盘老鸦色,翠滑宝钗簪不得。春风烂熳恼娇
慵,十八鬟多无气力。妆成鬓鬌欹不斜,云裾数步踏雁沙。背人不
语向何处,下阶自折樱桃花。

月漉漉篇

月漉漉,波烟<small>一作咽</small>玉。莎青桂花繁,芙蓉别江木。粉态夹罗寒,雁
羽铺烟湿。谁能看石帆,乘船镜中入。秋白鲜红死,水香莲子齐。
挽菱隔歌袖,绿刺胃银泥。

京　城

驱马出门意,牢落长安心。两事谁向道,自作秋风吟。

官　街　鼓

晓声隆隆催转日,暮声隆隆呼月出。汉城黄柳映新帘,柏陵飞燕埋
香骨。磓发<small>一作碎</small>千年日长白,孝武秦王<small>一作皇</small>听不得。从君翠发
芦花色,独共南山守中国。几回天上葬神仙,漏声相将无断缘。<small>一
作续,又作绝。</small>

许公子郑姬歌 <small>郑园中请贺作</small>

许史世家外亲贵,宫锦千端买沉醉。铜驼酒熟烘明胶,古堤大柳烟
中翠。桂开客花名郑袖,入洛闻香鼎门口。先将芍药献妆台,后解
黄金大如斗。莫愁帘中许合欢,清弦五十为君弹。弹声咽春弄君
骨,骨兴牵人马上鞍。两马八蹄踏兰苑,情如合竹谁能见。夜光玉
枕栖凤凰,夹罗当门刺纯线。长翻蜀纸卷明君,转角含商破碧云。
自从小敞来东道,曲里长眉少见人。相如冢上生秋柏,三秦谁是言

情客。蛾鬟醉眼拜诸宗,为谒皇孙请曹植。

新 夏 歌

晓木千笼真蜡彩,落一作绛蕊一作蒂枯香数分在。阴枝秀一作拳牙卷
缥茸,长风回气扶葱茏。野家麦畦上新垄,长畛裴回桑柘重。刺香
满地菖蒲草,雨梁燕语悲身老。三月摇扬入河道,天浓地浓一作秾
柳梳扫。

题 归 梦

长安风雨夜,书客梦昌谷。怡怡中堂笑,小弟栽涧菉。家门厚重
意,望我饱饥腹。劳劳一寸心,灯花照鱼目。

经 沙 苑

野水泛长澜,宫牙开小茜。无人柳自春,草渚鸳鸯暖。晴嘶卧沙
马,老去悲啼展。今春还不归,塞嘤折翅雁。

出城别张又新酬李汉

李子别上国,南山崆峒春。不闻今夕鼓,差慰煎情人。赵壹赋命
薄,马卿家业贫。乡书何所报,紫蕨生石云。长安玉桂国,戟带披
侯门。惨阴地自光,宝马踏晓昏。腊春戏草苑,玉挽鸣辔辚。绿网
缒金铃,霞卷清池湜。开贯泻蚨母,买冰防夏蝇。时宜裂大袂一作
被,剑客车盘茵。小人如死灰,心切生秋榛。皇图跨四海,百姓拖一
作施长绅。光明霭不发,腰龟徒甃银。吾将噪礼乐,声调摩清新。
欲使十千岁,帝道如飞神。华实自苍老,流采一作来长倾溢。没没
暗蠟舌,涕血不敢论。今将下东道,祭酒而别秦。六郡无剿儿,长
刀谁拭尘。地理阳无正,快马逐服辕。二子美年少,调道讲一作讲

道调清浑。讥笑断冬夜,家庭疏筱穿。曙风起四方,秋月当东悬。赋诗面投掷,悲哉不遇人。此别定沾臆,越布先裁巾。

全唐诗卷三九四

李 贺

南 园

方领蕙带折角巾,杜若已老兰苔春。南山削秀蓝玉合,小雨归去飞凉云。熟杏暖香梨叶老,草梢一作蒲竹栅锁池痕一作溅。郑公乡老开酒尊,坐泛楚奏一作酒吟招魂。

假 龙 吟 歌

石轧铜杯,吟咏枯瘁。苍鹰一作鸾摆血,白凤下肺。桂子自落,云弄车盖。木死沙崩恶谿岛,阿母得仙今不老。窦中跳汰截清涎,隈堁卧水埋金爪。崖蹬苍苔一作苍吊石发,江君掩帐筭笪折。莲花去国一千年,雨后闻腥犹带铁。

感 讽 六 首

人间春荡荡,帐暖香扬扬。飞光染幽红,夸娇来洞房。舞席泥金蛇,桐竹罗花床。眼逐春瞑醉,粉随泪色黄。王子下马来,曲沼鸣鸳鸯。焉知肠车转,一夕巡九方。

苦风吹朔寒,沙惊秦木折。舞影逐空天,画鼓馀清节。蜀书秋信断,黑水朝波咽。娇魂从回风,死处悬乡月。

杂杂胡马尘，森森边士戟。天教胡马战，晓云皆血色。妇人携汉卒，箭箙囊巾帼。不惭金印重，踉跄腰鞬力。恂恂乡门老，昨夜试锋镝。走马遣书勋，谁能分粉墨。

青门一作鸟，又作马。放弹去，马色连空郊。何年帝家物，玉装鞍上摇。去去走犬归，来来坐烹羔。千金不了馔，貊一作格肉称盘臊。试问谁家子，乃老一作云能佩刀。西山白盖下，贤俊寒萧萧。

晓菊泫一作泣寒露，似悲团扇风。秋凉经汉殿，班子泣衰红。本无辞辇意，岂见入空宫。腰裾珮珠断，灰蝶生阴松。

蝶一作蜂飞红粉台，柳扫吹笙道。十日悬户庭，九秋无衰一作素草。调歌送风转，杯池白鱼小。水宴截香腴，菱科映青罩。芊蒙一作茸梨花满，春昏弄长啸一作笑。唯愁苦花落，不悟世衰到。抚旧唯销一作伤魂，南山坐悲峭一作啸。

莫　愁　曲

草生龙坡下，鸦噪城堞头。何人此城里，城角栽石榴。青丝系五马，黄金络双牛。白鱼驾莲船，夜作十里游。归来无人识，暗上沉香楼。罗床倚瑶瑟，残月倾帘钩。今日槿花落，明朝桐树秋。莫一作若负平生意，何名何一作作作莫愁。

夜　来　乐

红罗复帐金流一作涂苏，华灯九枝悬鲤鱼。丽人映月开铜铺，春水滴酒猩猩沾一本有价字。重一箧，香十株，赤金瓜子兼杂麸。五丝封青㲲，一作五色丝封青㲲，一作五色丝封青玉㲲。阿侯此笑千万馀。南轩汉转帘影疏，桐林哑哑挟子乌。剑崖鞭节青石珠，白骢吹湍凝霜须。漏长送珮承明一作胡庐，倡楼嵯峨明月孤。新客下马故客去，绿蝉秀黛重拂梳。

嘲　雪

昨日发葱岭，今朝下兰渚。喜从千里来，乱笑含春语—作雨。龙沙湿汉旗，凤扇迎秦素。久别辽城鹤，毛衣已应故。

春 怀 引

芳蹊密影成花洞，柳结浓烟花—作阴香带重。蟾蜍碾玉挂—作作明弓，捍拨装金打仙凤。宝枕垂云选春梦，钿合碧寒龙脑冻。阿侯系锦觅周郎，凭仗东风好相送。

白 虎 行

火乌日暗崩腾云，秦皇虎视苍生群。烧书灭国无暇日，铸剑佩玦惟—作呼将军。玉坛设醮思冲天，一世二世当万年。烧丹未得不死药，挐舟海上寻神仙。鲸鱼张鬣海波沸，耕人半作征人鬼。雄豪气猛如焰烟—作猛焰烈烧空，无人为决天河水。谁最苦兮谁最苦，报人义士深相许。渐离击筑荆卿歌，荆卿把酒燕丹语。剑如霜兮胆—作肠如铁，出燕城兮望秦月。天授秦封祚未移—作终，衮龙衣点荆卿血。朱旗卓地白虎死，汉皇知—作却是真天子。

有 所 思

去年陌上歌离曲，今日君书远游蜀。帘外花开二月风，台前泪滴千行竹。琴心与妾肠，此夜断还续。想君白马悬雕弓，世间何处无春风。君心未肯镇如石，妾颜不久如花红。夜残高碧横长河，河上无梁空白波。西风未起悲龙梭，年年织素攒双蛾。江山迢递无休绝，泪眼看灯乍明灭。自从孤馆深锁窗，桂花几度圆还缺。鸦鸦向晓鸣森木，风过池塘响丛玉。白日萧条梦不成，桥南更问仙人卜。

啁少年

青骢马肥金鞍光,龙脑入缕罗衫香。美人狭坐飞琼觞,贫人唤云天上郎。别起高楼临碧筱,丝曳红鳞出深沼。有时半醉百花前,背把金丸落飞鸟。自说生来未为客,一身美妾过三百。岂知劚地种苗一作田家,官税频催勿一作没人织。长得一作金积玉夸豪毅,每揖闲人多意气。生来不读半行书,只把黄金买身贵。少年安得长少年,海波尚变为桑田。荣枯递传一作转急如箭,天公不一作岂肯于公偏。莫道韶华镇长在,发白面皱专相待。

高平县东私路

侵侵槲叶香,木花滞寒雨。今夕山上秋,永谢无人处。石谿远荒涩,棠实悬辛苦。古者一作道定幽寻,呼君作私路。

神仙曲

碧峰海面藏灵书,上帝拣作神仙居。清明一作晴时笑语闻空虚,斗乘巨浪骑鲸鱼。春罗书字邀王母,共宴红楼最深处。鹤羽冲风过海迟,不如却使青龙去。犹疑王母不相许,垂露一作雾娃鬟更传语。

龙夜吟

鬈发胡儿眼睛绿,高楼夜静吹横竹。一声似向天上来,月下美人望乡哭。直排七点星藏指,暗合清风调宫徵。蜀道秋深云满林,湘江半夜龙惊起。玉堂美人边塞情,碧窗皓月愁中听。寒砧能捣百尺练,粉泪凝珠滴红线。胡儿莫作陇头吟,隔窗暗结愁人心。

昆仑使者

昆仑使者无消息,茂陵烟树生愁色。金盘玉露自淋漓,元气茫茫收不得。麒麟背上石文裂,虬龙鳞下红枝折。何处偏伤万国心,中天夜久高明月。

汉唐姬饮酒歌

御服沾霜露,天衢长蓁棘。金隐秋尘姿,无人为带饰。玉堂歌声寝,芳林烟树隔。云阳台上歌,鬼哭复何益。铁剑常_{一本缺此字}光光,至凶威屡逼。_{一作伏剑明秋水,凶威屡胁逼。}强枭噬母心,奔厉索人魄。相看两相泣,泪下如波激。宁用清酒为,欲作黄泉客_{一作隔}。不说玉山颓,且无饮中色。勉从天帝诉,天上寡沉厄。无处张穗帷,如何望松柏。妾身昼团团,君魂夜寂寂。蛾眉自觉长,颈粉谁怜白。矜持昭阳意,不肯看_{一作即}南陌。

听颖师琴歌

别浦云归桂花渚,蜀国弦中双凤语。芙蓉叶落秋鸾离,越王夜起游天姥。暗佩清臣敲水玉,渡海蛾眉牵_{一作乘}白鹿。谁看挟剑赴长桥,谁看浸发题春竹。竺僧前立当吾门,梵宫真相眉棱尊。古琴大轸长八尺,峄阳老树非桐孙。凉馆闻弦惊病客,药囊暂别龙须席。请歌直_{一作当}请卿相歌,奉礼官卑复何益。

谣　俗

上林胡蝶小,试伴汉家君_{一作春}。飞向南城去,误落石榴裙。脉脉花满树,翾翾燕绕云。出门不识路,羞问陌头人。

静女春曙曲

嫩叶怜芳抱新蕊,泣露枝枝滴天泪。粉窗香咽颓晓云,锦堆花密藏春睡。恋屏孔雀摇金尾,莺舌分明呼婢子。冰洞寒龙半匣水,一只商鸾逐烟起。

少　年　乐

芳草落花如锦地,二十长游醉乡里。红缨不动白马骄,垂柳金丝香拂水。吴娥未笑花不开,绿鬟耸堕兰云起。陆郎倚醉牵罗袂,夺得宝钗金翡翠。

句

不见山巅树,摧杌下为薪。日睹井中泥,上出作埃尘。《签箧谣》一作岂甘井中泥,时至出作尘。

情知一丘趣,不谢千里印。

倚剑登高台,悠悠送春目 以上并见《海录碎事》

全唐诗卷三九五

刘 叉

　　刘叉,元和时人。少任侠,因酒杀人,亡命,会赦出,更折节读书,能为歌诗。闻韩愈接天下士,步归之,作《冰柱》、《雪车》二诗。后以争语不能下宾客,因持愈金数斤去,曰:"此谀墓中人得耳,不若与刘君为寿。"遂行,归齐鲁,不知所终。诗一卷。

冰　柱

师干久不息,农为兵兮民重嗟。骚然县宇一作宇县,土崩水溃。畹中无熟谷,垄上无桑麻。王春判序,百卉茁甲含葩。有客避兵奔游僻,跋履险厄至三巴。貂裘蒙茸已敝缕,鬖发蓬鮐。雀惊鼠伏,宁逞安处。独卧旅舍无好梦,更堪走风沙。天人一夜剪瑛琭,诘旦都成六出花。南亩未盈尺,纤片乱舞空纷挐。旋落旋逐朝一作晴暾化,檐间冰柱若削出交加。或低或昂,小大莹洁,随势无等差。始疑玉龙下界来人世,齐向茅檐布爪牙。又疑汉高帝,西方未一作来斩蛇。人不识,谁为当风杖一作空非莫邪。铿锵一作锵铿冰有韵,的皪玉无瑕。不为四时雨,徒于道路成泥柤。不为九江浪,徒为汩没天之涯。不为双井水,满瓯泛泛烹春茶。不为中山浆,清新馥一作朴鼻盈百车。不为池与沼,养鱼种芰成霪霪。不为醴泉与甘露,使名异瑞世俗夸。特禀朝澈气,洁然自许麾间其迍邅。森然气结一千里,滴沥声沉十万家。明也虽小,暗之大不可遮。勿一作物被曲瓦,直下不能抑群邪。奈一作抑何时逼,不得时在我目中,倏然漂去无馀些。自是成毁任天理,天于此物岂宜有贰赊。反令井蛙壁虫变容易,背人缩首竞呀呀。我愿天子回造化,藏之韫椟玩之生光华。

雪　车

腊令凝绨三十日,缤纷密雪一复一。勃云润泽在枯荄,阛阓饿民冻欲死。死中犹被豺狼食,官车初还城垒未完备。人家千里无烟火一作爨,鸡犬何太怨。天下恤吾氓,如何连夜瑶花乱。皎洁既同君子节,沾濡多著小人面。寒锁侯门见客稀,色迷塞路行商断。小小细细如尘间,轻轻缓缓成扑簌一作扑籁。官家不知民馁一作冻寒,尽驱牛车盈道载屑玉。载载欲何之,秘藏深宫以御炎酷。徒能自卫九重间,岂信车辙血,点点尽是农夫哭。刀兵残丧后,满野谁为载白骨。远戍久乏粮,太仓谁为运红粟。戎夫尚逆命,扁箱鹿角谁为敌。士夫困征讨,买花载酒谁为适。天子端然少旁求,股肱耳目皆奸慝。依违用事佞上方,犹驱饿民运造化防暑厄。吾闻躬耕南亩舜之圣,为民吞蝗唐之德。未闻墟孽苦苍生,相群相党上下为蟊贼。庙堂食禄不自惭,我为斯民叹息还叹息。

修　养

损神终日谈虚空,不必一作必不归命于胎中。我神不西亦不东,烟收云散何濛濛。尝令体如微一作冷出微风,绵绵不断道自冲。世人逢一不逢一,一回存想一回出。只知一切望一切,不觉一日损一日。劝君修真复识真一作真修,世上道人多忤一作误人,披图醮录益乱神。此法那能坚此身,心田自有灵地珍。惜哉自有不自亲,明真泪没随埃尘。

勿执古寄韩潮州

古人皆执古,不辞冻饿悲。今人亦执古,自取行坐危。老菊凌霜葩,狞松抱雪姿。武王亦至明,宁哀首阳饥。仲尼岂非圣,但为互乡嗤。寸心生万路,今古棼若丝。逐逐行不尽,茫茫休者谁。来恨不可遏,去悔何足追。玉石共笑唾,驽骥相奔驰。请君勿执古,执古徒自隳。

答孟东野

酸寒孟夫子,苦爱老叉诗。生涩有百篇,谓是琼瑶辞。百篇非所长,忧来豁穷悲。唯有刚肠铁,百炼不柔亏。退之何可骂,东野何可欺。文王已云没,谁顾好爵縻。生死守一丘,宁计饱与饥。万事付杯酒,从人笑狂痴。

自古无长生劝姚合酒 一本作劝杨勉酒

奉子一杯酒,为子照颜色。但愿腮上红,莫管颏下白。自古无长生,生者何戚戚。登山何厌高,四望都无极。丘陇逐日多,天地为我窄。只见李耳书,对之一作为我空脉脉。何曾见天上,著得刘安宅。若问一作自古长生人,昭昭孔丘一作孟籍。

独　饮

尽欲调太羹,自古无好手。所以山中人,兀兀但饮酒。

作　诗

作诗无知音,作不如不作。未逢赓载人,此道终－作长寂寞。有虞今已殁－作矣,来者谁为托。朗咏豁心胸,笔与泪俱落。

天　津　桥

洛阳宫阙照天地,四面山川无毒气。谁令汉祖都秦关,从此奸雄转相炽。

嘲　荆　卿

白虹千里气,血颈一剑义。报恩不到头,徒作轻生士－作事。

代　牛　言

渴饮颍水流,饿喘吴门月。黄金如可种,我力终不竭－作歇。

莫　问　卜

莫问卜,人生吉凶皆自速。伏羲文王若无死,今人不为古人哭。

观　八　骏　图

穆王八骏走不歇,海外去寻长日月。五云望断阿母宫,归来落得新白发。

经　战　地

杀气不上天,阴风吹雨血。冤魂不入地,髑髅哭沙月。人命固有常,此地何夭折。

野　哭

棘针生狞义路闲,野泉相吊声潺潺。哀哉异教溺颓俗,淳源一去何
时还。

古　怨

君莫嫌丑妇,丑妇死守贞。山头一怪石,长作望夫名。鸟有并翼
飞,兽有比肩行。丈夫不立义,岂如鸟兽情。

烈士一作女咏

烈士一作女或一作不爱金,爱金不为贫。义死天一作人亦许,利生鬼一
作天亦嗔。胡为轻薄儿,使酒杀平人。

狂　夫

大妻唱舜歌,小妻鼓湘瑟。狂夫游冶归,端坐仍作色。不读关雎
篇,安知后妃德。

饿　咏

文王久不出,贤士如土贱。妻孥从饿死,敢爱黄金篆。

自　问

自问彭城子,何人授汝颠。酒肠宽似海,诗胆大于天。断剑徒劳
匣,枯琴无复弦。相逢不多一作得合,赖是向林泉一作颓手响秋泉。

入　蜀

望空问真宰,此路为谁开。峡色侵天去,江声滚地来。孔明深有

意,钟会亦何才。信此非人事,悲歌付一杯。

塞上逢卢仝

直到桑干北,逢君夜不眠。上楼腰脚健,怀土眼睛穿。斗柄寒垂地,河流一作黄河冻彻天一作河源冷接天。羁魂泣相向,何事有诗篇。

偶 书

日出扶桑一丈高,人间万事细如毛。野夫怒见不平处一作事,磨损一作尽胸中万古刀。

爱碣山石

碣石何青青,挽我双眼睛。爱尔多古峭,不到人间行。

与孟东野

寒衣草木皮,饥饭葵藿一作食草木根。不为孟夫子,岂识市井门。

姚秀才爱予小剑因赠

一条古时一作万古水,向我手心一作胸中流。临行泻一作解赠君,勿薄一作报,又作临。细碎仇。

老 恨

雪一作风打杉松一作雪残,补书书不完。懒学渭上翁,辛苦把钓一作持竹竿。

全唐诗卷三九六

元 稹

　　元稹，字微之，河南河内人。幼孤，母郑贤而文，亲授书传。举明经书判入等，补校书郎。元和初，应制策第一。除左拾遗，历监察御史。坐事贬江陵士曹参军，徙通州司马。自虢州长史征为膳部员外郎，拜祠部郎中、知制诰。召入翰林为中书舍人、承旨学士，进工部侍郎同平章事。未几罢相，出为同州刺史。改越州刺史、兼御史大夫、浙东观察使。太和初，入为尚书左丞、检校户部尚书，兼鄂州刺史、武昌军节度使。年五十三卒，赠尚书右仆射。稹自少与白居易倡和，当时言诗者称"元白"，号为"元和体"。其集与居易同名长庆。今编诗二十八卷。

思 归 乐

山中一作我作思归乐，尽作思归鸣。尔是此山鸟，安得失乡名。应缘此山路一作寄迹，自古离人征。阴愁感和气，俾尔从此生。我虽失乡去，我无一作不失乡情。惨舒在方寸，宠辱将何惊。浮生居大块，寻丈可寄形一作身。身安即形乐，岂独乐咸京。命者道之本，死者天之平。安问远与近，何言殇与彭。君看赵工部，八十支体轻。交州二十载，一到一作始对长安城。长安不须臾，复作交州行。交州又累岁，移镇广与荆一作移镇值江陵。归朝新天子，济济为上卿。肌肤无瘴色，饮食康且宁。长安一昼夜，死者如陨星。丧车四门出，何关炎瘴萦。况我三十二一作徐，百年一作来未半程。江陵道涂近，楚俗云水清。遥想玉泉寺，久闻岷山一作久欲登斯亭。此去尽绵历，岂无心赏并。红餐日充腹，碧涧朝析酲。开门一作酿酒待宾客，寄书安弟兄。闲穷四声韵，闷阅九部经。身外皆委顺一作无所求，眼前随所营。此意久已定，谁能求苟荣。所以官甚小，不畏权一作朝野已势倾。倾心岂不易，巧诈神之刑。万物有本性，况复人性一作至灵。金埋无土色，玉坠无瓦声。剑折有寸利，镜破有片明。我可俘为囚，我可刃为兵。我心终不死，金石贯以诚。此诚患不至一作立，诚至一作虽困道亦亨。微哉满山鸟，叫噪何足听。

春　鸠

春鸠与百舌，音响讵同年。如何一时语，俱得春风怜。犹知化工一作造物意，当春不生蝉。免教争叫噪，沸渭桃花前。

春　蝉

我自东归日，厌苦春鸠声。作诗怜化工，不遣春蝉生。及来商山道，山深气不平。春秋两相似，虫豸百种鸣。风松不成韵，蜩螗沸如羹。岂无朝阳凤，羞与微物争。安得天上雨，奔浑河海倾。荡涤反时气，然后好晴明。

兔　丝

人生莫依倚，依倚事不成。君看兔丝蔓，依倚榛与荆。荆榛易蒙密，百鸟撩乱鸣。下有狐兔穴，奔走亦纵横。樵童斫将去，柔蔓与之并。翳荟生可耻，束缚死无名。桂树月中出，珊瑚石上生。俊鹘度海食，应龙升天行。灵物本特达，不复相缠萦。缠萦竟何者，荆棘与飞茎。

古　社

古社基址在，人散社不神。惟有空心树，妖狐藏魅人。狐惑意颠倒，臊腥不复闻。丘坟变城郭，花草仍荆榛。良田千万顷，占作天荒田。主人议芟斫，怪见不敢前。那言空山烧，夜随风马—作长奔。飞—作壮声鼓鼙震，高焰旗帜翻。逡巡荆棘尽，狐兔无子孙。狐死魅人灭，烟消坛埠存。绕坛旧田地，给授有等伦。农收村落盛，社树新团圆。社公千万岁，永保村中民。

松　树

华山高幢幢—作憧憧，上有高高松。株株遥各各，叶叶相重重。槐树夹道植，枝叶俱冥蒙。既无贞直干，复有胃挂虫。何不种松树，使—作种之摇清风。秦时已曾种，憔悴种不供。可怜孤松意，不与槐树同。闲在高山顶，樛盘虬与龙。屈为大厦栋，庇荫侯与公。不肯作行伍，俱在尘土中。

芳　树

芳树已寥落，孤英尤可嘉。可怜团团—作团圆叶，盖覆深深花。游蜂竞钻刺，斗雀亦纷挐。天生细碎物，不爱好光华。非无奸殄法，念尔有生涯。春雷一声发，惊燕亦惊蛇。清池养神蔡，已复长虾蟆。雨露贵平施，吾其春草芽。

桐　花

胧月上山馆，紫桐垂好阴。可惜暗澹色，无人知此心。舜没苍梧

野，凤归丹穴岑。遗落在人世，光华那复深。年年怨春意，不竞桃
杏林。唯占清明后，牡丹还复侵。况此空馆闭，云谁恣幽寻。徒烦
鸟噪集，不语山嶔岑。满院青苔地，一树莲花簪。自开还自落，暗
芳终暗沈。尔生不得所，我愿裁为琴。安置君王侧，调和元首音。
安问宫徵角，先辨雅郑淫。宫弦春以君，君若春日临。商弦廉以
臣，臣作旱天霖。人安角声畅，人困斗不任。羽以类万物，袄物神
不歆。徵以节百事，奉事罔不钦。五者苟不乱，天命乃可忱。君若
问孝理，弹作梁山吟。君若事宗庙，拊以和球琳。君若不好谏，愿
献触疏箴。君若不罢猎，请听荒于禽。君若侈台殿，雍门可沾襟。
君若傲贤隽，鹿鸣有食芩。君闻祈招什，车马勿骎骎。君若欲败
度，中有式如金。君闻薰风操，志气在愔愔。中有阜财语，勿受来
献赕。北里当绝听，祸莫大于淫。南风苟不竞，无往遗之擒。奸声
不入耳，巧言宁孔壬。枭音亦云革，安得渗与祲。天子既穆穆，群
材亦森森。剑士还农野，丝人归织纴。丹凤巢阿阁，文鱼游碧浔。
和气浃寰海，易若溉蹄〔涔〕（岑）。改张乃可鼓，此语无古今。非琴
独能尔，事有谕因针。感尔桐花意，闲怨杳难禁。待我持斤斧，置
君为大琛。

雉　媒

双雉在野时，可怜同嗜欲。毛衣前后成，一种文章足。一雉独先
飞，冲开芳草绿。网罗幽草中，暗被潜羁束。剪刀摧六翮，丝线缝
双目。啖养能几时，依然已驯熟。都无旧性灵，返与他心腹。置在
芳草中，翻令诱同族。前时相失者，思君意弥笃。朝朝旧处飞，往
往巢边哭。今朝树上啼，哀音断还续。远见尔文章，知君草中伏。
和鸣忽相召，鼓翅遥相瞩。畏我未肯来，又啄嶷前粟。敛翮远投
君，飞驰势奔蹙。冐挂在君前，向君声促促。信君决无疑，不道君

相覆。自恨飞太高,疏罗偶然触。看看架上鹰,拟食无罪肉。君意定何如,依旧雕笼宿。

箭镞

箭镞本求利,淬砺良甚难。砺将何所用,砺以射凶残。不砺射不入,不射人不安。为盗即当射,宁问私与官。夜射官中盗,中之血阑干。带箭君前诉,君王悄不欢。顷曾为盗者,百箭中心攒。竞将儿女泪,滴沥助辛酸。君王责良帅,此祸谁为端。帅言发硎罪,不使刃稍刓。君王不忍杀,逐之如逭丸。仍令后来箭,尽可头团团。发硎去虽远,砺镞心不阑。会射蛟螭尽,舟行无恶澜。

赛神

村落事妖神,林木大如村。事来三十载,巫觋传子孙。村中四时祭,杀尽一作尽杀鸡与豚。主人不堪命,积燎曾欲燔。旋风天地转,急雨江河翻。采薪持斧者,弃斧纵横奔。山深多掩映,仅免鲸鲵吞。主人集邻里,各各持酒樽。庙中再三拜,愿得禾稼存。去年大巫死,小觋又妖言。邑中神明宰,有意效西门。焚除计未决,伺者迭乘轩。庙深荆棘厚,但见狐兔蹲。巫言小神变,可验牛马蕃。邑吏齐进说,幸勿祸乡原。逾年计不定,县听良亦烦。涉夏祭时至,因令修四垣。忧虞神愤恨,玉帛意弥敦。我来神庙下,箫鼓正喧喧。因言遣妖术,灭绝由本根。主人中罢舞,许我重叠论。蜉蝣生湿处,鸱鸮集黄昏。主人邪心起,气焰日夜繁。狐狸得蹊径,潜穴主人园。腥臊袭左右,然后托丘樊。岁深树成就,曲直可轮辕。幽妖尽依倚,万怪之所屯。主人一心好,四面无篱藩。命樵执斤斧,怪木宁遽髡。主人且倾听,再为谕清浑。阿胶在末派,罔象游上源。灵药逡巡尽,黑波朝夕喷。神龙厌流浊,先伐鼋与鼍。鼋鼍在

龙穴,妖气常郁温。主人恶淫祀,先去邪与憛。憛邪中人意,蛊祸
蚀精魂。德胜妖不作,势强威亦尊。计穷然后赛,后赛复何恩。

大 觜 乌

阳乌有二类,嘴白者名慈。求食哺慈母,因以此名之。饮啄颇廉
俭,音响亦柔雌。百巢同一树,栖宿不复疑。得食先反哺,一身常
苦羸。缘知五常性,翻被众禽欺。其一觜大者,攫搏性贪痴。有力
强如鹘,有爪利如锥。音声甚吷喑,潜通妖怪词。受日馀光庇,
终天无死期。翱翔富人屋,栖息屋前枝。巫言此乌至,财产日丰
宜。主人一心惑,诱引不知疲。转见乌来集,自言家转挚。白鹤门
外养,花鹰架上维。专听乌喜怒,信受若神龟。举家同此意,弹射
不复施。往往清池侧,却令鸂鷘随。群乌饱粱肉,毛羽色泽滋。远
近恣所往,贪残无不为。巢禽攫雏卵,厩马啄疮痍。渗沥脂膏尽,
凤凰那得知。主人一朝病,争向屋檐窥。呦嘤呼群鹏,翩翩集怪
鸱。主人偏养者,啸聚最奔驰。夜半仍惊噪,鸺鹠逐老狸。主人病
心怯,灯火夜深移。左右虽无语,奄然皆泪垂。平明天出日,阴魅
走参差。乌来屋檐上,又惑主人儿。儿即富家业,玩好方爱奇。占
募能言鸟,置者许高贳。陇树巢鹦鹉,言语好光仪。美人倾心献,
雕笼身自持。求者临轩坐,置在白玉墀。先问鸟中苦,便言乌若
斯。众乌齐搏铄,翠羽几离披。远掷千馀里,美人情亦衰。举家惩
此患,事乌逾昔时。向言池上鹭,啄肉寝其皮。夜漏天终晓,阴云
风定吹。况尔乌何者,数极不知危。会结弥天网,尽取一无遗。常
令阿阁上,宛宛宿长离。

分 水 岭

崔嵬分水岭,高下与云平。上有分流水,东西随势倾。朝同一源

出，暮隔千里情。风雨各自异，波澜相背惊。势高竞奔注，势曲已回萦。偶值当途石，蹙缩又纵横。有时遭孔穴，变作呜咽声。褊浅无所用，奔波奚所营。团团井中水，不复东西征。上应美人意，中涵孤月明。旋风四面起，并深波不生。坚冰一时合，井深冻不成。终年汲引绝，不耗复不盈。五月金石铄，既寒亦既清。易时不易性，改邑不改名。定如拱北极，莹若烧玉英。君门客如水，日夜随势行。君看守心者，井水为君盟。

四　皓　庙

巢由昔避世，尧舜不得臣。伊吕虽急病，汤武乃可君。四贤胡为者，千载名氛氲。显晦有遗迹，前后疑不伦。秦政虐天下，黩武穷生民。诸侯战必死，壮士眉亦颦。张良韩孺子，椎碎属车轮。遂令英雄意，日夜思报秦。先生相将去，不复婴世尘。云卷在孤岫，龙潜为小鳞。秦王转无道，谏者鼎镬亲。茅焦脱衣谏，先生无一言。赵高杀二世，先生如不闻。刘项取天下，先生游白云。海内八年战，先生全一身。汉业日已定，先生名亦振。不得为济世，宜哉为隐沦。如何一朝起，屈作储贰宾。安存孝惠帝，摧悴戚夫人。舍大以谋细，虻盘而蝥伸。惠帝竟不嗣，吕氏祸有因。虽怀安刘志，未若周与陈。皆落子房术，先生道何屯。出处贵明白，故吾今有云。

全唐诗卷三九七

元　稹

青　云　驿

岧峣青云岭，下有千仞谿。裴回不可上，人倦马亦嘶。愿登青云
路，若望丹霞梯。谓言青云驿，绣户芙蓉闺。谓言青云骑，玉勒黄
金蹄。谓言青云具，瑚琏杂—作并象犀。谓言青云吏，的的颜如圭。
怀此青云望，安能复久稽—作栖。攀援—作路途信不易，风雨正凄凄。
已怪杜鹃鸟，先来山下啼。才及青云驿—作归家尘雾暗，忽遇蓬蒿妻。
延我开荜户，凿窦宛如圭。逡巡吏来谒—作来叙别，头白颜色黧。馈
食频叫噪，假器仍乞醯。向时延我者，共舍—作拾藋与藜。乘我驿
舸马，蒙茸大如羝。悔为青云意，此意良噬脐。昔游蜀门—本缺，一
作关。下，有驿名青泥。闻名意惨怆，若坠牢与狴。云泥异所称，人
物一以齐。复闻阊阖上，下视日月低。银城蕊珠殿，玉版金字题。
大帝直南北，群仙侍东西。龙虎俨队仗，雷霆轰鼓鼙。元君理庭
内，左右桃花蹊。丹霞烂成绮，景—作素云轻若绨。天池光潋潋，瑶
草绿萋萋。众真千万辈，柔颜尽如荑。手持凤尾扇，头戴翠羽笄。
云韶互铿戞，霞服相提携。双双发皓齿，各各扬轻桂。天祚乐未
极，溟波浩无堤。秽贱灵所恶，安肯问黔黎。桑田变成海，宇县烹
为虀。虚皇不愿见，云雾重重翳。大帝安可梦，阊阖何由跻。灵物

可见者,愿以谕端倪。虫蛇吐云气,妖氛变虹霓。获麟书诸册,豢
龙醢为齑。凤凰占梧桐,丛杂百鸟栖。野鹤啄腥虫,贪饕不如鸡。
山鹿藏窟穴,虎豹吞其麛。灵物比一作此灵境,冠履宁甚睽。道胜
即为乐,何惭居稗稊。金张好车马,於陵亲灌畦。在梁或在火,不
变玉与鹈。上天勿行行,潜穴勿凄凄。吟此青云谕,达观终不迷。

阳　城　驿

商有阳城驿,名同阳道州。阳公没已久,感我泪交流。昔公孝父
母,行与曾闵俦。既孤善兄弟,兄弟和且柔。一夕不相见,若怀三
岁忧。遂誓不婚娶,没齿同衾裯。妹夫死他县,遗骨无人收。公令
季弟往,公与仲弟留。相别竟不得,三人同远游。共负他乡骨,归
来藏故丘。栖迟居夏邑,邑人无苟偷。里中竞长短,来问劣与优。
官刑一朝耻,公短终身羞。公亦不遗布,人自不盗牛。问公何能一
作德尔,忠信先自修。发言当道理,不顾党与雠。声香渐翕习,冠盖
若云浮。少者从公学,老者从公游。往来相告报,县尹与公侯。名
落公卿口,涌如波荐一作数万舟。天子得闻之,书下再三求。书中
愿一见,不异旱地一作呈天虹。何以持为聘,束帛藉琳球。何以持
为御,驷马驾安辀。公方伯夷一作云自挺操,事殷不事周。我实唐士
庶,食唐之田畴。我闻天子忆,安敢专自由。来为谏大夫,朝夕侍
冕旒。希夷悼薄俗,密勿献良筹。神医不言术,人瘳曾暗瘳。月请
谏官俸,诸弟相对谋。皆曰亲戚外,酒散目前愁。公云不有尔,安
得此嘉猷。施馀尽酤酒,客来相献酬。日旰不谋食,春深仍弊裘。
人心良戚戚,我乐独由由一作油油。贞元岁云暮,朝有曲如钩。风
波势奔蹙,日月光绸缪。齿牙属为猾,禾黍暗生蟊。岂无司言者,
肉食吞其喉。岂无司搏者,利柄扼其一作如韛。鼻复势气塞,不得
辩薰莸。公虽未显谏,惴惴如患瘤。飞章八九上,皆若珠暗投。炎

炎日将炽,积燎无人抽。公乃帅其属,决谏同报仇。延英殿门外,叩阁仍叩头。且曰事不止,臣谏誓不休。上知不可遏,命以美语酬。降官司成署,俾之为赘疣。奸心不快活,击刺砺戈矛。终为道州去,天道竟悠悠。遂令不言者,反以言为讹。喉舌坐成木,鹰鹯化为鸠。避权如避虎,冠豸如冠猴。平生附我者,诗人称好逑。私来一执手,恐若坠诸沟。送我不出户,决我不回眸。唯有太学生,各具粮与糇。咸言公去矣,我亦去荒陬。公与诸生别,步步驻行驺。有生不可诀,行行过闽瓯。为师得如此,得为贤者不。道州闻公来,鼓舞歌且讴。昔公居夏邑,狎人如狎鸥。况自为刺史,岂复援鼓枹。滋章一时罢,教化天下遒。炎瘴不得老,英华忽已秋。有鸟哭杨震,无儿悲邓攸。唯馀门弟子,列树松与楸。今来过此驿,若吊汨罗洲。祠曹讳羊祜,此驿何不俦。我愿避公讳,名为避贤邮。此名有深意,蔽贤天所尤。吾闻玄元教,日月冥九幽。幽阴蔽翳者,永为幽翳一作阴因。

苦　雨

江瘴气候恶,庭空田地芜。烦昏一日内,阴暗三四殊。巢燕污床席,苍蝇点肌肤。不足生诟怒,但若寡欢娱。夜来稍清晏,放体阶前呼。未饱风月思,已为蚊蚋图。我受簪组身,我生天地炉。炎蒸安敢倦,虫豸何时无。凌晨坐堂庑,努力泥中趋。官家事不了,尤悔亦可虞。门外竹桥折,马惊不敢逾。回头命僮御,向我色踟蹰。自顾方潃落,安能相诘诛。隐忍心愤恨,翻为声煦愉。逡巡崔嵬日,昊曜东南隅。已复云蔽翳,不使及泥涂。良农尽蒲苇,厚地积潢污。三光不得照,万物何由苏。安得飞廉车,礌裂云将驱。又提精一作旌阳剑,蛟螭支节屠。阴沴皆电扫,幽妖亦雷驱。煌煌启阊阖,轧轧掉乾枢。东西生日月,昼夜如转珠。百川朝巨海,六龙蹋亨衢。此意倍寥廓,时来本须臾。今也泥鸿洞,鼋鼍真得途。

种　竹　并序

　　　昔乐天赠予诗云:无波古井水,有节秋竹竿。予秋来种竹厅下,因
　　而有怀,聊书十韵。

昔公怜我一作有直,比之秋竹竿。秋来苦相忆,种竹厅前看。失地
颜色改,伤根枝叶残。清风犹渐渐,高节空团团。鸣蝉聒暮景,跳
蛙集幽阑。尘土复昼夜,梢云良独难。丹丘信云远,安得临仙坛。
瘴江冬草绿,何人惊岁寒。可怜亭亭干,一一青琅玕。孤凤竟不
至,坐伤时节阑。

和乐天赠樊著作

君为著作诗,志激词且温。璨然光扬者,皆以义烈闻。千虑竟一
失,冰玉不断痕。谬予顽不肖,列在数子间。因君讥史氏,我亦能
具陈。羲黄眇云远,载籍无遗文。煌煌二帝道,铺设在典坟。尧心
惟舜会,因著为话言。皋夔益稷禹,粗得无间然。缅然千载后,后
圣曰孔宣。迥知皇王意,缀书为百篇。是时游夏辈,不敢措舌端。
信哉作遗训,职在圣与贤。如何至近古,史氏为闲官。但令识字
者,窃弄刀笔权。由心书曲直,不使当世观。贻之千万代,疑言相
并传。人人异所见,各各私所遍。以是曰褒贬,不如都无焉。况乃
丈夫志,用舍贵当年。顾予一作愿子有微尚,愿以出处论。出非利
吾已,其出贵道全。全道岂虚设,道全当及人。全则富与寿,亏则
饥与寒。遂我一身逸,不如万物安。解悬不泽手,拯溺无折旋。神
哉伊尹心,可以冠古先。其次有独善,善己不善民。天地为一物,
死生为一源。合杂分万变,忽若风中尘。抗哉巢由志,尧舜不可
迁。舍此二者外,安用名为宾。持谢著书郎,愚不愿有云。

和乐天感鹤

我有所爱鹤,毛羽霜雪妍。秋霄一滴露,声闻林外天。自随卫侯去,遂入大夫轩。云貌久已隔,玉音无复传。吟君感鹤操,不觉心惕然。无乃予所爱,误为微物迁。因兹谕直质,未免柔细牵。君看孤松树,左右萝茑缠。既可习为饱,亦可薰为荃。期君常善救,勿令终弃捐。

谕宝二首

沉玉在弱泥,泥弱玉易沉。扶桑寒日薄,不照万丈心。安得潜渊虬,拔壑超邓林。泥封泰山址,水散旱天霖。洗此泥下玉,照耀台殿深。刻为传国宝,神器人不侵。

冰置白玉壶,始见清皎洁。珠穿殷红缕,始见明洞彻。镆铘无人淬,两刃幽壤铁。秦镜无人拭,一片埋雾月。骥蹄环堵中,骨附筋入节。虹蟠尺泽内,鱼贯一作众蛙同穴。舻舳无巨海,浮浮矜潢潏。栋梁无广厦,颠倒卧霜雪。大鹏无长空,举翮受羁绁。豫樟无厚地,危柢真虺虺。圭璧无卞和,甘与顽石列。舜禹无陶尧,名随腐草灭。神功伏神物,神物神乃别。神人不世出,所以神功绝。神物岂徒然,用之乃一作有施设。禹功九州理,舜德天下悦。璧充传国玺一作璧用充传玺,圭用祈太折。千寻豫樟干,九万大鹏歇。栋梁庇生民,舻舳济来哲。虹腾旱天雨,骥骋流电掣。镜悬奸胆露,剑拂妖蛇裂。珠玉照乘光,冰莹环坐热。此物比在泥,斯言为谁发。于今尽凡耳,不为君不一作陈说。

说　剑

吾友有宝剑,密之如密友。我实胶漆交,中堂共杯酒。酒酣肝胆露,恨不眼前剖。高唱荆卿歌,乱击相如缶。更击复更唱,更酌一作舞亦更寿。白虹坐上飞,青蛇匣中吼。我闻音响异,疑是干将偶一作斗。为君再拜言,神物可见不。君言我所重,我自为君取。迎箧已焚香,近鞘先泽手。徐抽寸寸刃,渐屈弯弯肘。杀杀霜在锋,团团月临纽。逡巡潜虬跃,郁律惊左右。霆电满室光,蛟龙绕身一作逐奋走。我为捧之泣,此剑别来久。一作何人为铸之,干将别来久。铸时近一作堇山破,藏在松桂朽。幽匣一作质狱底一作中埋,神人水心守。本是稽泥一作泥稽滓,果非雷焕有。我欲评剑功,愿君良听受。剑可刬犀兕,剑可切琼玖。剑决天外云,剑冲日中斗。剑隳妖蛇腹,剑拂佞臣首。太古初断鳌,武王亲击纣。燕丹卷地图,陈平绾花绶。曾被桂树枝,寒光射林薮一作莽。曾经铸农器,利用翦稂莠。神物终变化,复为龙牝牡。晋末武库烧,脱然排户牖。为欲扫群胡,散作弥天帚。自兹失所往,豪英共为诟音苟。今复谁人铸,挺然千载后。既非古风胡一作壶,无乃近鸦九。自我与君游,平生益自负。况擎宝剑出,重以雄心扣。此剑何太奇,此心何太厚。劝君慎所用一作宝,所用无或苟。潜将辟魑魅,勿但防一作惊妾妇。留斩泓下蛟,莫试街中狗。君一作古今困泥滓,我亦坌尘垢。俗耳惊大言,逢人少开口。

书　异

孟冬初寒月,渚泽蒲尚青。飘萧北风起,皓雪纷满庭。行过冬至后,冻闭万物零。奔浑驰暴雨,骤鼓轰雷霆。传云不终日,通宵曾莫停。瘴云愁拂地,急溜疑注瓶。汹涌潢潦浊,喷薄鲸鲵腥。跳趚井蛙喜,突兀水怪形。飞蚋奔不死,修蛇蛰再醒。应龙非时出,无乃岁不宁。吾闻阴阳户,启闭各有扃。后时无肃杀,废职乃玄冥。座配五天帝,荐用百品珍。权为祝融夺,神其焉得灵。春秋雷电异,则必书诸经。仲冬雷雨苦,愿省蒙蔽刑。

和乐天折剑头

闻君得折剑,一片雄心起。讵意铁蛟龙,潜在延津水。风云会一作
剑一合,呼吸期万里。雷震山岳碎,电斩鲸鲵死。莫但宝剑头,剑
头非此比。

全唐诗卷三九八

元　稹

松　鹤

渚宫本坳下，佛庙有台阁。台下三四松，低昂势前却。是时晴景丽，松梢残雪薄。日色相玲珑，纤云映罗幕。逡巡九霄外，似振风中铎。渐见尺帛光，孤飞唳空鹤。裴回耀霜雪，顾慕下寥廓。蹋动槮盘枝，龙蛇互跳跃。俯瞰九江水，旁瞻万里壑。无心眄乌鸢，有字悲城郭。清角已沉绝，虞韶亦冥寞。骞翻勿重留，幸及钧天作。

竞　渡

吾观竞舟子，因测大竞源。天地昔将竞，蓬勃昼夜昏。龙蛇相嗔薄，海岱俱崩奔。群动皆搅挠，化作流浑浑。数极斗心息，太和蒸混元。一气忽为二，蠹然画乾坤。日月复照耀，春秋递寒温。八荒坦以旷，万物罗以〔一作亦〕繁。圣人中间立，理世了不烦。延绵复几岁，逮及羲与轩。炎皇炽如炭，蚩尤扇其燔。有熊竞心起，驱兽出林樊。一战波委焰，再战火燎原。战讫天下定，号之为轩辕。自是岂无竞，琐细不复言。其次有龙竞，竞渡龙之门。龙门浚如泻，淙射不可援。赤鳞化时至，唐突鳍鬣掀。乘风瞥然去，万里黄河翻。接瞬电綖出，微吟霹雳喧。傍瞻旷宇宙，俯瞰卑昆仑。庶类咸在

下，九霄行易扣。倏辞蛙黾穴，遗_{一作递}排天帝阍。回悲曝鳃者，未
免鲸鲵吞。帝命泽诸夏，不弃虫与昆。随时布膏露，称物施厚恩。
草木沾我润，豚鱼望我蕃。向来同竞辈，岂料由我存。壮哉龙竞
渡，一竞身独尊。舍此皆蚁斗，竞舟何足论。

寺院新竹

宝地琉璃坼，紫苞琅玕踊。亭亭巧于削，一一大如拱。冰碧林外
寒，峰峦眼前耸。槎枒矛戟合，屹仡龙蛇动。烟泛翠光流，岁馀霜
彩重。风朝竽籁过，雨夜鬼神恐。佳色有鲜妍，修茎无拥肿。节高
迷玉镞，箨缀疑花捧。讵必太山根，本自仙坛种。谁令植幽壤，复
此依闲冗。居然霄汉姿，坐受藩篱壅。噪集倦鸲乌，炎昏繁蟏蟒。
未遭伶伦听，非安子犹宠。威凤来有时，虚心岂无奉。

酬别致用

风行自委顺，云合非有期。神哉心相见，无朕安得离。我有恳愤
志，三十无人知。修身不言命，谋道不择时。达则济亿兆，穷亦济
毫牦。济人无大小，誓不空济私。研几未淳熟，与世忽参差。意气
一为累，猜仍良已随。昨来审荆蛮，分与平生瘝。那言返为遇，获
见心所奇。一见肺肝尽，坦然无滞疑。感念交契定，泪流如断縻。
此交定生死，非为论盛衰。此契宗会极，非谓同路歧。君今虎在
柙，我亦鹰就羁。驯养保性命，安能奋殊姿。玉色深不变，井水挠
不移。相看各年少，未敢深自悲。

竹　部 _{石首县界}

竹部竹山近，岁伐竹山竹。伐竹岁亦深，深林隔深谷。朝朝冰雪
行，夜夜豺狼宿。科首霜断蓬，枯形烧_{去声}馀木。一束十馀茎，千钱

百馀束。得钱盈千百，得粟盈斗斛。归来不买食，父子分半菽。持此欲何为，官家岁输促。我来荆门掾，寓食公堂肉。岂惟遍妻孥，亦以及僮仆。分尔有限资，饱我无端腹。愧尔不复言，尔生何太蹙。

赛　神

楚俗不事事，巫风事妖神。事妖结妖社，不问疏与亲。年年十月暮，珠稻欲垂新。家家不敛获，赛妖无富贫。杀牛贳官酒，椎鼓集顽民。喧阗里闾隘，凶酗日夜频。岁暮雪霜至，稻珠随陇湮。吏来官税迫，求质倍称缗。贫者日消铄，富亦无仓囷。不谓事神苦，自言诚不真。岳阳贤刺史，念此为俗屯。未可一朝去，俾之为等伦。粗许存习俗，不得呼党人。但许一日泽，不得月与旬。吾闻国侨理，三年名乃振。巫风燎原久，未必怜徙薪。我来歌此事，非独歌政仁。此事四邻有，亦欲闻四邻。

竞　舟

楚俗不爱力，费力为竞舟。买舟俟一竞，竞敛贫者赇。年年四五月，茧实麦小秋。积水堰堤坏，拔秧蒲稗稠。此时集丁壮，习竞南亩头。朝饮村社酒，暮椎邻舍牛。祭船如祭祖，习竞如习雠。连延数十日，作业不复忧。君侯馔良吉，会客陈膳羞。画鹢四来合，大竞长江流。建标明取舍，胜负死生求。一时欢呼罢，三月农事休。岳阳贤刺史，念此为俗疣。习俗难尽去，聊用去其尤。百船不留一，一竞不滞留。自为里中戏，我亦不寓游。吾闻管仲教，沐树惩堕游。节此淫竞俗，得为良政不。我来歌此事，非独歌此州。此事数州有，亦欲闻数州。

茅　舍

楚俗不理居，居人尽茅舍。茅苫竹梁栋，茅疏竹仍罅。边缘堤岸斜，诘屈檐楹亚。篱落不蔽肩，街衢不容驾。南风五月盛，时雨不来下。竹蠹茅亦干，迎风自焚地。防虞集邻里，巡警劳昼夜。遗烬一星然，连延祸相嫁。号呼怜谷帛，奔走伐桑柘。旧架已新焚，新茅又初架。前日洪州牧韦大夫丹，念此常嗟讶。牧民未及久，郡邑纷如化。峻邸俨相望，飞甍远相跨。旗亭红粉泥，佛庙青鸳瓦去声。斯事才未终，斯人久云谢。有客自洪来，洪民至今藉。惜其心太亟，作役一作后无容暇。台观亦已多，工徒稍冤吒。我欲他郡长，三时务耕稼。农收次邑居，先室后台榭。启闭既及期，公私亦相借。度材无强略，庀役有定价。不使及偭差，粗得御寒夏。火至殊陈郑，人安极嵩华。谁能继此名，名流袭兰麝。五裤有前闻，斯言我非诈。

后　湖

荆有泥泞水，在荆之邑郛。郛前水在后，谓之为后湖。环湖十馀里，岁积潢与污。臭腐鱼鳖死，不植菰与蒲。郑公理三载，严司空绶。其理用煦愉。岁稔民四至，隘廛亦隘衢。公乃署其地，为民先矢谟。人人倘自为，我亦不宕徒。下里得闻之，各各相俞俞。提携翁及孙，捧戴妇与姑。壮者负砾石，老亦摔茅刍。斤磨片片雪，椎隐连连珠。朝餐布庭落，夜宿完户枢。邻里近相告，新戚远相呼。鬻者自为鬻，酤者自为酤。鸡犬丰中市，人民岐下都。百年废滞所，一旦奥浩区。我实司水土，得为官事无。人言贱事贵，贵直不贵谀。此实公所小，安用歌袴襦。答云潭及广，以至鄂与吴。万里尽泽国，居人皆垫濡。富者不容盖，贫者不庇躯。得不歌此事，以我为楷模。

八骏图诗 并序

　　良马无世无之，然而终不得与八骏并名，何也？吾闻八骏日行三万里，夫车行三万里而无毁轮坏辕之患，盖神车者(一作人)。行三万里而无丧精瘪魄之患，亦神之人也。无是三神而得是八马，乃破车掣御踬人之乘也，世焉用之？今夫画，古者画马而不画车驭，不画所以乘马者，是不知夫古者也。予因作诗以辩之。

穆满志空阔，将行九州野。神驭四来归，天与八骏马。龙种无凡性，龙行无暂舍。朝辞扶桑底，暮宿昆仑下。鼻息吼春雷，蹄声裂寒瓦。尾掉沧波黑，汗染白一作浮云赭。华辀本修密，翠盖尚妍冶。御者腕不移，乘者寐不假。车无轮扁斫，辔无王良把。虽有万骏来，谁是敢骑者。

画　松

张璪画古松，往往得神骨。翠帚扫春风，枯龙戛寒月。流传画师辈，奇态尽埋没。纤枝无萧洒，顽干空突兀。乃悟埃尘心，难状烟霄质。我去淅阳山，深山看真物。

遣　兴　十　首

始见梨花房，坐对梨花白。行看梨叶青，已复梨叶赤。严霜九月半，危蒂几时客。况有高高原，秋风四来迫。

莫厌夏日长，莫愁冬日短。欲识短复长，君看寒又暖。城中百万家，冤哀杂丝管。草没奉诚园，轩车昔曾满。

孤竹迸荒园，误与蓬麻列。久拥萧萧风，空长高高节。严霜荡群秽，蓬断麻亦折。独立转亭亭，心期凤凰别。

艳艳鞴红英，团团削翠茎。托根在褊浅，因依泥滓生。中有合欢
蕊，池枯难遽呈。凉宵露华重，低徊当月明。

晚荷犹展卷，早蝉遽萧嘹。露叶行已重，况乃江风摇。炎夏火再
伏，清商暗回飙。寄言抱志士，日月东西跳。

买马买锯牙，买犊买破车。养禽当养鹘，种树先种花。人生负俊
健，天意与光华。莫学蚯蚓辈，食泥近土涯。

爱直莫爱夸，爱疾莫爱斜。爱谟莫爱诈，爱施莫爱奢。择才不求
备，任物不过涯。用人如用己，理国如理家。

燿燿刀刃光，弯弯弓面张。入水斩犀凶，上山_{一作入山}椎_{一作摧}虎狼。
里中无老少，唤作癫儿郎。一日风云_{一作雨}会，横行_{一作金}归故乡。

团团规内星，未必明如月。托迹近北辰，周天无沦没。老人在南
极，地远光不发。见则寿圣明，愿照高高阙。

河清谅嘉瑞_{是岁黄河清}，吾帝真圣人。时哉不我梦，此时为废民。光
阴本跳踯，功业劳苦辛。一到江陵郡，三年成去尘。

野　节　鞭

神鞭鞭宇宙，玉鞭鞭骐骥。紧绍野节鞭，本用鞭颛顼。使君鞭甚
长，使君马亦利。司马并马行，司马马憔悴。短鞭不可施，疾步无
由致。使君驻马言，愿以长鞭遗。此遗不寻常，此鞭不容易。金坚
无缴绕，玉滑无尘腻。青蛇坼生石，不刺山阿地。乌龟旋眼斑，不
染江头泪。长看雷雨痕，未忍驽骀试。持用换所持，无令等闲弃。
答云君何奇，赠我君所贵。我用亦不凡，终身保明义。誓以鞭奸
顽，不以鞭蹇踬。指挐狡兔踪，决挞怪_{平声}龙睡。惜令寸寸折，节节
不虚坠。因作换鞭诗，诗成谓同志。而我得闻之，笑君年少意。安
用换长鞭，鞭长亦奚为。我有鞭尺馀，泥抛风雨渍。不拟闲赠行，

唯将烂夸醉。春来信马头,款缓花前辔。愿我迟似拏,饶君疾如翅。

全唐诗卷三九九

元 稹

旱灾自咎贻七县宰 同州时

吾闻上帝心,降命明且仁。臣稹苟有罪,胡不灾我身。胡为旱一州,祸此千万人。一旱犹可忍,其旱亦已频。腊雪不满地,膏雨不降春。恻恻诏书下,半减麦与缗。半租岂不薄,尚竭力与筋。竭力不敢惮,惭戴天子恩。累累妇拜姑,呐呐翁语孙。禾黍日夜长,足得盈我囷。还填折粟税,酬偿赉麦邻。苟无公私责,饮水不为贫。欢言未盈口,旱气已再振。六月天不雨,秋孟亦既旬。区区昧陋积,祷祝非不勤。日驰衰白颜,再拜泥甲鳞。归来重思忖,愿告诸邑君。以彼天道远,岂如人事亲。团团图圌中,无乃冤不申。扰扰食廪内,无乃奸有因。轧轧输送车,无乃使不伦。遥遥负担卒,无乃役不均。今年无大麦,计与珠玉滨。村胥与里吏,无乃求取繁。符下敛钱急,值官因酒嗔。诛求与挞罚,无乃不逡巡。生小下里住,不曾州县门。诉词千万恨,无乃不得闻。强豪富酒肉,穷独无刍薪。俱由案牍吏,无乃移祸屯。官分市井户,迭配水陆珍。未蒙所偿直,无乃不敢言。有一于此事,安可尤苍旻。借使漏刑宪,得不虞鬼神。自顾顽滞牧,坐贻灾沴臻。上羞朝廷寄,下愧闾里民。岂无神明宰,为我同苦辛。共布慈惠语,慰此衢客尘。

虫豸诗 七篇 并序

天之居物于地也,有兽宜山宜穴,鱼宜水宜泥,鸟宜木宜洲,虫宜草宜腐秽。风雨会而寒暑时,山川正而原野平衍,然后郛闬屋室以州之人之宜。人不得其宜,而之鸟兽虫鱼之所宜,非虫鱼兽鸟之罪也。然而自非圣贤,人失所宜,未尝无不得宜之叹云。始辛卯年,予掾荆州之地,洲渚湿垫,其动物宜介,其毛物宜翅羽。予所舍,又荆州树木洲渚处,昼夜常有翅羽百族闹,心不得闲静,因为有鸟二十章以自达。又数年,司马通州郡。通之地,丛秽卑褊,烝瘴阴郁,焰为虫蛇,备有辛螫。蛇之毒百,而鼻褰者尤之。虫之辈亦百,而虻、蟆、浮尘、蜘蛛、蚁子、蛒蜂之类,最甚害人。其土民具能攻其所毒,亦往往合于方籍。不知者,毒(一作遭)辄死。予因赋其七虫为二十一章,别为序,以备琐细之形状,而尽药石之所宜,庶亦叔敖之意焉。

巴　蛇 三首 并序

巴之蛇百类:其大,蟒;其毒,褰鼻。蟒,人常不见。褰鼻,常遭之。毒人则毛发皆竖起,饮溪涧而泥沙尽沸。《验方》云:攻巨蟒用雄黄烟,被其脑则裂,而鹘鸟能食其小者。巴无是物,其民常用禁术制之,尤效。

巴蛇千种毒,其最鼻褰蛇。掉舌翻红焰,盘身蹙白花。喷人竖毛发,饮浪沸泥沙。欲学叔敖瘗,其如多似麻。

越岭南滨海,武都西隐一作陷戎。雄黄假名石,鹘鸟远难笼。讵有豗肠计,应无破脑功。巴山昼昏黑,妖雾毒濛濛。

汉帝斩蛇剑,晋时烧上天。自兹繁巨蟒,往往寿千年。白昼遮长道,青溪蒸毒烟。战龙苍海外,平地血浮船。

蛒　蜂 三首 并序

蛒,蜂类而大,巢在褰鼻蛇穴下,故毒螫倍诸蜂虿,中手足辄断落,及心胸则圮裂。用他蜂中人之方疗之,不能愈。巴人往往持禁以制之,则差。

巴蛇蟠窟穴,穴下有巢蜂。近树禽垂翅,依原兽绝踪。微遭断手足,厚毒破心胸。昔甚招魂句,那知眼自逢。

梨笑清都月,京都开元观,多梨花蜂。蜂游紫殿春。构脾分部伍,嚼蕊奉君亲。翅羽颇同类,心神固异伦。安知人世里,不有噬人人。

兰蕙本同畹,蜂蛇亦杂居。害心俱毒螫,妖焰两吹嘘。雷蛰吞噬止,枯焚巢穴除。可怜相济恶,勿谓祸无馀。

蜘　蛛 三首 并序

巴蜘蛛大而毒,其甚者,身边数寸,而蹄长数倍其身,网罗竹柏尽死;中人,疮痏潗湿,且痛痒倍常。用雄黄苦酒涂所啮,仍用鼠妇虫食其丝尽,辄愈;疗不速,丝及心,而疗不及矣。

蜘蛛天下足,巴蜀就中多。缝隙容长蹄,虚空织横罗。萦缠伤竹柏,吞噬及虫蛾。为送佳人喜,珠栊无奈何。

网密将求食,丝斜误著人。因依方纪一作托绪,挂胃遂容身。截道蝉冠碍,漫天玉露频。儿童怜小巧,渐欲及车轮。

稚子怜圆网,佳人祝喜丝。那知缘暗隙,忽被啮柔肌。毒媵攻犹易,焚心疗恐迟。看看长袄绪,和扁欲涟洏。

蚁　子 三首 并序

巴蚁众而善攻栾栋,往往木容完具,而心节朽坏。屋居者不省其微,而祸成倾压。

蚁子生无处,偏因湿处生。阴霾烦扰攘,拾粒苦嘤咛。平声床上主人病,耳中虚藏鸣。雷霆翻不省,闻汝作牛声。

时术功虽细,年深祸亦成。攻穿漏江海,嚼食困蛟鲸。敢惮檐栾蠹,深藏柱石倾。寄言持重者,微物莫全轻。

攘攘终朝见,悠悠卒岁疑。讵能分牝牡,焉得有蝼蚳_{蚁卵}。徙市竟
何意,生涯都几时。巢由或逢我,应似我相期。

蟆　子 <small>三首　并序</small>

> 蟆,蚊类也,其实黑而小,不碍纱縠,夜伏而昼飞,闻柏烟与麝香辄
> 去。蚊蟆与浮尘,皆巴蛇鳞中之细虫耳,故啮人成疮,秋夏不愈。膏楸
> 叶而傅之,则差。

蟆子微于蚋,朝繁夜则无。毫端生羽翼,针喙嚼肌肤。暗毒应难
免,羸形日渐枯。将身远相就,不敢恨非辜。

晦景权藏毒,明时敢噬人。不劳生诟怒,只足助酸辛。隼眦看无
物,蛇躯庇有鳞。天方勹狗我,甘与尔相亲。

有口深堪异,趋时讵可量。谁令通鼻息,何故辨馨香。沉水来沧
海,崇兰泛露光。那能枉焚爇,尔众我微茫。

浮尘子 <small>三首　并序</small>

> 浮尘,蟆类也。其实微不可见,与尘相浮而上下。人苦之,往往蒙
> 絮衣自蔽,而浮尘辄能通透及人肌肤。亦巢巴蛇鳞中,故攻之用前术。

可叹浮尘子,纤埃喻此微。宁论隔纱幌,并解透绵衣。有毒能成
痛,无声不见飞。病来双眼暗,何计辨雾霏。

乍可巢蚊睫,胡为附蟒鳞。已微於蠢蠢,仍害及仁人<small>一作人人</small>。动
植皆分命,毫芒亦是身。哀哉此幽物,生死敌浮尘。

但觉皮肤懵,安知琐细来。因风吹薄雾,向日误轻埃。暗啮堪销
骨,潜飞有祸胎。然无防备处,留待雪霜摧。

虻 <small>三首　并序</small>

> 巴山谷间,春秋常雨,自五六月至八九月,雨则多虻,道路群飞,噬

马牛血及蹄角，且暮尤极繁多。人常用日中时趣程，逮雪霜而后尽。其
啮人，痛剧浮螟，而不能毒留肌，故无疗术。

阴深山有瘴，湿垫草多虻。众噬锥刀毒，群飞风雨声。汗粘疮痏
痛，日曝苦辛行。饱尔蛆残腹，安知天地情。

千山溪沸石，六月火烧云。自顾生无类，那堪毒有群。搏牛皮若
截，噬马血成文。蹄角尚如此，肌肤安可云。

辛螫终非久，炎凉本递兴。秋风自天落，夏蘖与霜澄。一镜开潭
面，千锋露石棱。气平虫豸死，云路好攀登。

楚歌十首 江陵时作

楚人千万户，生死系时君。当璧便为嗣，贤愚安可分。干戈长浩
浩，篡乱亦纷纷。纵有明在下，区区何足云。

陶虞事已远，尼父独将明。潜穴龙无位，幽林兰自生。楚王谋授
邑，此意复中倾。未别子西语，纵来何所成。

平王渐昏惑，无极转承恩。子建犹相贰，伍奢安得存。生居宫雉
闼，死葬寝园尊。岂料奔吴士，鞭尸郢市门。

惧盈因邓曼，罢猎为樊姬。盛德留金石，清风鉴薄帷。襄王忽妖
梦，宋玉复淫辞。万事捐宫馆，空山云雨期。

宜僚南市住，未省食人恩。临难忽相感，解纷宁用言。何如晋夷
甫，坐占紫微垣。看著五胡乱，清谈空自尊。

谁恃王深宠，谁为楚上卿。包胥心独许，连夜哭秦兵。千乘徒虚
尔，一夫安可轻。殷勤聘名士，莫但倚方城。

梁业雄图尽，遗孙世运消。宣明徒有号，江汉不相朝。碑碣高临
路，松枝半作樵。唯馀开圣寺，犹学武皇妖。

江陵南北道，长有远人来。死别登舟去，生心上马回。荣枯诚异
日，今古尽同灰。巫峡朝云起，荆王安在哉。

三峡连天水,奔波万里来。风涛各自急,前后苦相推。倒入黄牛
漩,惊冲滟滪堆。古今流不尽,流去不曾回。

八荒同日月,万古共山川。生死既由命,兴衰还付天。栖栖王粲
赋,愤愤屈平篇。各自埋幽恨,江流终宛然。

襄　阳　道

羊公名渐远,唯有岘山碑。近日称难继,曹王任马彝。椒兰俱下
世,城郭到今时。汉水清如玉,流来本为谁。

赋得鱼登龙门 用登字

鱼贯终何益,龙门在苦登。有成当一作有时常作雨,无用耻为鹏。激
浪诚难溯,雄心亦自凭一作庶亦凭。风云一作雷潜会合,鬐鬣忽腾凌。
泥滓辞河浊,烟霄见海澄。回瞻顺流辈,谁敢望同升。

贞元一作永贞历

是岁秋八月,太上改元永贞,传位今皇帝。

象魏才颁历,龙镳已御天。犹看后元历,新署永贞年。半岁光阴
在,三朝礼数迁。无因书简册,空得咏诗篇。

塞　马

塞马倦江渚,今朝神彩生。晓风寒猎猎,乍得草头行。夷狄寝烽
候,关河无战声。何由当阵面,从尔四蹄轻。

鹿角镇 洞庭湖中地名

去年湖水满,此地覆行舟。万怪吹高浪,千人死乱流。谁能问帝
子,何事宠阳侯。渐恐鲸鲵大,波涛及九州。

感事三首 此后并是学士时作

为国谋羊舌,从来不为身。此心长自保,终不学张陈。
自笑心何劣,区区辨所冤。伯仁虽到死,终不向人言。
富贵年皆长,风尘旧转稀。白头方见绝,遥为一沾衣。

题翰林东阁前小松

檐碍修鳞亚,霜侵簇翠黄。唯馀入琴韵,终待舜弦张。

全唐诗卷四〇〇

元　稹

清都夜境 自此至《秋夕》,并年十六至十八时诗。

夜久连观静,斜月何晶荧。寥天如碧玉,历历缀华星。楼榭自阴映,云牖深冥冥。纤埃悄不起,玉砌寒光清。栖鹤露微影,枯松多怪形。南厢俨容卫,音响如可聆。启圣发空洞,朝真趋广庭。闲开蕊珠殿,暗阅金字经。屏气动方一作万息,凝神心自灵。悠悠车马上,浩思安得宁。

春晚寄杨十二兼呈赵八 时杨生馆于赵氏

蒙蒙竹树深,帘牖多清阴。避日坐林影,馀花委芳襟。倾尊就残酌,舒卷续微吟。空际扬高蝶,风中聆素琴。广庭备幽趣,复对商山岑。独此爱时景,旷怀云外心。迁莺恋嘉木,求友多好音。自无琅玕实,安得莲花簪。寄之二君子,希见双南金。

与杨十二李三早入永寿寺看牡丹

晓入白莲宫,琉璃花界净。开敷多喻草,凌乱被幽径。压砌锦地铺,当霞日轮映。蝶舞香暂飘,蜂牵蕊难正。笼处彩云合,露湛红珠莹。结叶影自交,摇风光不定。繁华有时节,安得保全盛。色见尽浮荣,希君了真性。

春馀遣兴

春去日渐迟,庭空草偏长。馀英间初实,雪絮萦蛛网。好鸟多息阴,新篁已成响。帘开斜照入,树袅游丝上。绝迹念物闲,良时契心赏。单衣颇新绰,虚室复清敞。置酒奉亲宾,树萱自怡养。笑倚连枝花,恭扶瑞藤杖。步犀恣优游,望山多气象。云叶遥卷舒,风裾^{一作裙}动萧爽。簪缨固烦杂,江海徒浩荡。野马笼赤霄,无由负羁鞅。

忆云之

为鱼实爱泉,食辛宁避蓼。人生既相合,不复论宛宛。沧海良有穷,白日非长皎。何事一^{一作二}人心,各在四方表。泛若逐水萍,居为附松茑。流浪随所之,萦纡牵所绕。百龄颇局促,况复迷寿夭。芟发君已衰,冠岁予非小。娱乐不及时,暮年壮心少。感此幽念绵,遂为长悄悄。中庭草木春,历乱递相扰。奇树花冥冥,竹竿凤袅袅。幽芳被兰径,安得寄天杪。万里潇湘魂,夜夜南枝鸟。

别李三

阶蓂附瑶砌,丛兰偶芳藿。高位良有依,幽姿亦相托。鲍叔知我贫,烹葵不为薄。半面契始终,千金比然诺。人生系时命,安得无苦乐。但感游子颜,又值馀英落。苍苍秦树云,去去猴山鹤。日暮分手归,杨花满城郭。

秋夕远怀

且夕天气爽,风飘叶渐轻。星繁河汉白,露逼衾枕清。丹鸟月中灭,莎鸡床下鸣。悠悠此怀抱,况复多远情。

东 西 道

天皇开四极,便有东西道。万古阅行人,行人几人老。顾我倦行
者,息阴何不早。少壮尘事多,那言壮年好。

分 流 水

古时愁别泪,滴作分流水。日夜东西流,分流几千里。通塞两不
见,波澜各自起。与君相背飞,去去心如此。

西 还

悠悠洛阳梦,郁郁灞陵树。落日正西归,逢君又东去。

含风夕 此后拾遗时作

炎昏倦烦久,逮此含风夕。夏服稍轻清,秋堂已岑寂。载欣凉宇
旷,复念佳辰掷。络纬惊岁功,顾我何成绩。青荧微月钩,幽晖洞
阴魄。水镜涵玉轮,若见渊泉璧。参差帘牖重,次第笼虚白。树影
满空床,萤光缀深壁。怅望牵牛一作牛斗星,复为经年隔。露网袅
风珠,轻河泛遥碧。讵无深秋夜一作稠景,感此乍一作年流易。亦有
迟暮年,壮年良自惜。循环切中肠,感念一作今追往昔。接瞬无停
阴,何言陈陈积。馨香推蕙兰,坚贞谕松柏。生物固有涯,安能比
金石。况兹百龄内,扰扰纷众役。日月东西驰,飞车无留迹。来者
良未穷,去矣定奚适。委顺在物为,营营复何益。

秋 堂 夕

炎凉正回互,金火郁相乘。云雷时交构,川泽方蒸腾。清风一朝

胜,白露忽已凝。草木凡气尽,始见天地澄。况此秋堂夕,幽怀旷无朋。萧条帘外雨,倏闪案前灯。书卷满床席,蟏蛸悬复升。啼儿屡哑咽,倦僮时寝兴。泛览昏夜目,咏谣畅烦膺。况吟获麟章,欲罢久不能。尧舜事已远,丘道安可胜。蜉蝣不信鹤,蜩鷃肯窥鹏。当年且不偶,没世何必称。胡为揭闻见,褒贬贻爱憎。焉用汨其泥,岂在清如冰。非白又非黑,谁能点青蝇。处世苟无闷,佯狂道非弘。无言被人觉,予亦笑孙登。

酬乐天 时乐天摄尉,予为拾遗。

放鹤在深水,置鱼在高枝。升沉或异势,同谓非所宜。君为邑中吏,皎皎鸾凤姿。顾我何为者,翻侍白玉墀。昔作芸香侣,三载不暂离。逮兹忽相失,旦夕梦魂思。崔嵬骊山顶,宫树遥参差。只得两相望,不得长相随。多君岁寒意,裁作秋兴诗。上言风尘苦,下言时节移。官家事拘束,安得携手期。愿为云与雨,会合天之垂。

杨子华画三首

杨画远于展,何言今在兹。依然古妆服,但感时节移。念君一朝意,遗我千载思。子亦几时客,安能长苦悲。

皓腕卷红袖,锦鞲臂苍鹯。故人断弦心,稚齿从禽乐。当年惜贵游,遗形寄丹臕。骨象或依稀,铅华已寥落。似对古人民,无复昔城郭。子亦观病身,色空俱寂寞。

颠倒世人心,纷纷乏公是。真赏一作贵画不成,画赏真相似。丹青各所尚,工拙何足恃。求此妄中精一作情,嗟哉子华子。

西州院 东川官舍

自入西州院,唯见东川城。今夜城头月,非暗又非明。文案床席

满,卷舒赃罪名。惨凄且烦倦,弃之阶下行。怅望天回转,动摇万
里情。参辰次第出,牛女颠倒倾。况此风中柳,枝条千万茎。到来
篱下笋,亦已长短生。感怆正多绪,鸦鸦相唤惊。墙上杜鹃鸟,又
作思归鸣。以彼撩乱思,吟为幽怨声。吟罢终不寝,冬冬复锽锽。

台中鞫狱忆开元观旧事
呈损之兼赠周兄四十韵

忆在开元馆,食柏练玉颜。疏慵日高卧,自谓轻人寰。李生隔墙
住,隔墙如隔山。怪我久不识,先来问骄顽。十过乃一往,遂成相
往还。以我文章卷,文章甚斒斓。因言辛庚辈,亦愿放羸孱。既回
数子顾,展转相连攀。驱令选科目,若在阓与阛。学随尘土坠,漫
数公卿关。唯恐坏情性,安能惧谤讪。还招辛庚李,静处杯巡环。
进取果由命,不由趋险艰。穿杨二三子,弓矢次第弯。推我亦上
道,再联朝士班。二月除御史,三月使巴蛮。蛮民诂竹感切诮诉,呫
指明痛瘝。怜蛮不解语,为发昏帅奸。归来五六月,旱色天地殷。
分司别兄弟,各各泪潸潸。哀哉剧部职,唯数赃罪锾。死款依稀
取,斗辞方便删。道心常自愧,柔发难久鬖。折支望车乘,支痛谁
置患。奇哉乳臭儿,绯紫绷被间。渐大官渐贵,渐富心渐悭。闹装
镼头鳎,静拭腰带斑。鹞子绣线鞲,狗儿金油去声锾。香汤洗骢
马,翠簟笼白鹇。月请公王封一作俸,冰受天子颁。开筵试歌舞,别
宅宠妖娴。坐卧摩绵一作锦褥,捧拥缤丝鬟。旦夕不相离,比翼若
飞鸾。而我亦何苦,三十身已鳏。愁吟心骨颤,寒卧支体瘝五闲切,
又渠云切。居处虽幽静,尤悔少愉懒。不如周道士,鹤岭临钟湾。
绕院松瑟瑟,通畦水潺潺。阳坡自寻蕨,村沼看沤菅。穷通两未
遂,营营真老闲。

韦氏馆与周隐客杜归和泛舟

天色低澹澹,池光漫油油。轻舟闲缭绕,不远池上楼。时物欣外
奖,真元随内修。神恬津藏满,气委支节柔。众处岂自异,旷怀谁
我俦。风车笼野马,八荒安足游。开颜陆浑杜,握手灵都周。持君
宝珠赠,顶戴头上头。

刘氏馆集隐客归和子元及之子蒙晦之

湿垫缘竹径,寥落护岸冰。偶然沽市酒,不越四五升。诗客爱时
景,道人话升腾。笑言各有趣,悠哉古孙登。

寄　隐　客

我年三十二,鬓有八九丝。非无官次第,其如身早衰。今人夸贵
富,肉食与妖姬。而我俱不乐,贵富亦何为。况逢多士朝,贤俊若
布棋。班行次第立,朱紫相参差。谟猷密勿进,羽檄纵横驰。监察
官甚小,发言无所裨。小官仍不了,谴夺亦已随。时或不之弃,得
不自弃之。陶君喜不遇,顾我复何疑。潜书周隐士,白云今有期。

元和五年予官不了罚俸西归三月六日至陕府与吴十一兄端公崔二十二院长思怆曩游因投五十韵

小年闲爱春,认得春风意。未有花草时,先酿晓窗睡。霞朝澹云
色,雾景牵诗思。渐到柳枝头,川光始明媚。长安车马客,倾心奉
权贵。昼夜尘土中,那言早春至。此时我独游,我游有伦次。闲行
曲江岸,便宿慈恩寺。扣林引寒龟,疏丛出幽翠。凌晨过杏园,晓

露凝芳气。初阳好明净,嫩树怜低库。排房似缀珠,欲啼红脸泪。
新莺语娇小,浅水光流利。冷饮空腹杯,因成日高醉。酒醒闻饭
钟,随僧受遗施。餐罢还复游,过从上文记。行逢二月半,始足游
春骑。是时春已老,我游亦云既。藤开九华观,草结三条隧。新笋
踊犀株,落梅翻蝶翅。名倡绣毂车,公子青丝辔。朝士还旬休,豪
家得春赐。提携好音乐,鄿铲空田地。同占杏花园,喧阗各丛萃。
顾予烦寝兴,复往散憔悴。倦仆色肌羸,蹇驴行跛躄。春衫未成
就,冬服渐尘腻。倾盖吟短章,书空忆难字。遥闻公主笑,近被王
孙戏。邀我上华筵,横头坐宾位。那知我年少,深解酒中事。能唱
犯声歌,偏精变筹义。含词待(一作徙)残拍,促舞递繁吹。叫噪掷投
盘,生狞摄觚使。逡巡光景晏,散乱东西异。古观闭闲门,依然复
幽闶。无端矫情性,漫学求科试。薄艺何足云,虚名偶频遂。拾遗
天子前,密奏升平议。召见不须臾,恓庸已猜忌。朝陪香案班,暮
作风尘尉。去岁又登朝,登为柏台吏。台官相束缚,不许放情志。
寓直劳送迎,上堂烦避讳。分司在东洛,所职尤不易。罚俸得西
归,心知受朝庇。常山攻小寇,淮右择良帅。国难身不行,劳生欲
何为。吾兄谙性灵,崔子同臭味。投此挂冠词,一生还自恣。

全唐诗卷四〇一

元　稹

寄吴士矩端公五十韵 此后并江陵士曹时作

昔在凤翔日,十岁即相识。未有好文章,逢人赏颜色。可怜何郎面,吴生小字何郎。二十才冠饰。短发予近梳,罗衫紫蝉翼。伯舅各骄纵,仁兄未摧抑。事业若杯盘,诗书甚徽缠。西州戎马地,贤豪事雄特。百万时可赢,十千良易借。寒食桐阴下,春风柳林侧。藉草送远游,列筵酬博塞。萋蕤云幕翠,灿烂红茵毻。脍缕轻似丝,香醅腻如职一作织。将军频下城,佳人尽倾国。媚语娇不闻,纤腰软无力。歌辞妙宛转,舞态能剜刻。筝弦玉指调,粉汗红绡拭。予时最年少,专务酒中职。未能解一作槐生狞,偏矜任狂直。曲庇桃根盏,横讲捎云式。乱布斗分朋,惟新间谗慝。耻作最先吐,羞言未朝食。醉眼渐纷纷,酒声频饾饾爱墨切。扣节参差乱,飞觥往来织。强起相维持,翻成两匍匐。边霜飒然降,战马鸣不息。但喜秋光丽,谁忧塞云黑。常随猎骑走,多在豪家匿。夜饮天既明,朝歌日还戾。荒狂岁云久,名利心潜逼。时辈多得途,亲朋屡相敕。闲因适农野,忽复爱稼穑。平生中圣人,翻然腐肠贼。亦从酒仙去,便被书魔惑。脱迹壮士场,甘心竖儒域。矜持翠筠管,敲断黄金勒。屡益兰膏灯,犹研兔枝墨。崎岖来掉荡,矫枉事沉默。隐笑甚艰难,敛容还劳崴。与君始分散,勉我劳修饰。歧路各营营,别离长恻恻。行看二十载,万事纷—作丝何极。相值或须臾,安能洞胸臆。昨来陕郊—作郏会,悲欢两难克。问我新相知,但报长相忆。岂无新知者,不及小相得。亦有生岁游,同年不同德。为别讵几时,伊予坠沟洫。大江鼓风浪,远道参荆棘。往事返无期,前途浩难测。一旦得自由,相求北山北。

三月二十四日宿曾峰馆夜对桐花寄乐天

微月照桐花,月微花漠漠。怨澹不胜情,低回拂帘幕。叶新阴影细,露重枝条弱。夜久春恨多,风清暗香薄。是夕远思君,思君瘦如削。但感事暌违,非言官好恶。奏书金銮殿,步屟青龙阁。我在山馆中,满地桐花落。

酬乐天书怀见寄

本题云:初与微之别后,忽梦见之,及寤而微之书至。兼览桐花之什,怅然书怀。此后五章,并次用本韵。

新昌北门外,与君从此分。街衢走车马,尘土不见君。君为分手归,我行行不息。我上秦岭南,君直枢星北。秦岭高崔嵬,商山好颜色。月照山馆花,裁诗寄相忆。天明作诗罢,草草随所如。凭人寄将去,三月无报书。荆州白日晚,城上鼓冬冬。行逢贺州牧,致书三四封。封题乐天字,未坼已沾裳。坼书八九读,泪落千万行。中有酬我诗,句句截我肠。仍云得诗夜,梦我魂凄凉。终言作书处,上直金銮东。诗书费一夕,万恨缄其中。中宵宫中出,复见宫月斜。书罢月亦落,晓灯随暗花。想君书罢时,南望劳所思。况我江上立,吟君怀我诗。怀我浩无极,江水秋正深。清见万丈底,照我平生心。感君求友什,因报壮士吟。持谢众人口,销尽犹是金。

酬乐天登乐游园见忆

昔君乐游园，怅望天欲曛。今我大江上，快意波翻云。秋空压澶漫，颍洞无垢氛。四顾皆豁达，我眉今日伸。长安隘朝市，百道走埃尘。轩车随对列，骨肉非本亲。夸游丞相第，偷入常侍门。爱君直如发，勿念江湖人。

酬乐天早夏见怀

庭柚有垂实，燕巢无宿雏。我亦辞社燕，茫茫焉所如。君诗夏方早，我叹秋已徂。食物风土异，衾裯时节殊。荒草满田地，近移江上居。八日复切九，月明侵半除。

酬乐天劝醉

神曲清浊酒，牡丹深浅花。少年欲相饮，此乐何可涯。沉机造神境，不必悟楞伽一作加。酡颜返童貌，安用成丹砂。刘伶称酒德，所称良未多。愿君听此曲，我为尽称嗟。一杯颜色好，十盏胆气加。半酣得自恣，酩酊归太和。共醉真可乐，飞觥撩乱歌。独醉亦有趣，兀然无与他。美人醉灯下，左右流横波。王孙醉床上，颠倒眠绮罗。君今劝我醉，劝醉意如何。

和乐天初授户曹喜而言志

王爵无细大，得请即为恩。君求户曹掾，贵以禄奉亲。闻君得所请，感我欲沾巾。今人重轩冕，所重华与纷。矜夸仕台阁，奔走无朝昏。君衣不盈箧，君食不满囷。君言养既薄，何以荣我门。披诚再三请，天子怜俭贫。词曹直文苑，捧诏荣且忻。归来高堂上，兄弟罗酒尊。各称千万寿，共饮三四巡。我实知君者，千里能具陈。

感君求禄意，求禄殊众人。上以奉颜色，馀以及亲宾。弃名不弃实，谋养不谋身。可怜白华士，永愿凌青云。

和乐天赠吴丹

不识吴生面，久知吴生道。迹虽染世名，心本奉天老。雌一守命门，回九填血脑。委气荣卫和，咽津颜色好。传闻共甲子，衰陨尽枯〔槁〕（稿）。独有冰雪容，纤华夺鲜缟。问人何能尔，吴实旷怀抱。弁冕徒挂身，身外非所宝。伊予固童昧，希真亦云早。石坛玉晨尊，昼夜长自扫。密印视丹田，游神梦三岛。万过黄庭经，一食青精稻。冥搜方朔桃，结念安期枣。绿发幸未改，丹诚自能保。行当摆尘缨，吴门事探讨。君为先此词，终期搴瑶草。

和乐天秋题曲江

十载定交契，七年镇相随。长安最多处，多是曲江池。梅杏春尚小，菱荷秋已衰。共爱寥落境，相将偏此时。绵绵红蓼水，飏飏白鹭鹚。诗句偶未得，酒杯聊久持。今来云雨旷，旧赏魂梦知。况乃江枫夕，和君秋兴诗。

和乐天别弟后月夜作

闻君别爱弟，明天照夜寒。秋雁拂檐影，晓琴当砌弹。怅望天澹澹，因思路漫漫。吟为别弟操，闻者为辛酸。况我兄弟远，一身形影单。江波浩无极，但见时岁阑。

和乐天秋题牡丹丛

敝宅艳山卉，别来长叹息。吟君晚丛咏，似见摧颓色。欲识别后容，勤过晚丛侧。

春 月

春月虽至明,终有霭霭光。不似秋冬色,逼人寒带霜。纤粉澹虚壁,轻烟笼半床。分晖间林影,馀照上虹梁。病久尘事隔,夜闲清兴长。拥抱颠倒领,步屧东西厢。风柳结柔援一作楦,露梅飘暗香。雪含樱绽蕊,珠蹙桃缀房。杳杳有馀思,行行安可忘。四邻非旧识,无以话中肠。南有居士俨,默坐调心王。款关一问讯,为我披衣裳。延我入深竹,暖我于小堂。视身琉璃莹,谕指芭蕉黄。复有比丘溢,早传龙树方。口中秘丹诀,肘后悬青囊。锡杖虽独振,刀圭期共尝。未知仙近远,已觉神轻翔。夜久魂耿耿,月明露苍苍。悲哉沉眠士,宁见兹夕良。

月临花 临檎花

临风飐飐花,透影胧胧月。巫峡隔波云,姑峰漏霞雪。镜匀娇面粉,灯泛高笼缬。夜久清露多,啼珠坠还结。

红芍药

芍药绽红绡,巴篱织青琐。繁丝蹙金蕊,高焰当炉火。翦刻彤云片,开张赤霞裹。烟轻琉璃叶,风亚珊瑚朵。受露色低迷,向人娇婀娜。酡颜醉后泣一作并,小女妆成坐。艳艳锦不如,夭夭桃未可。晴霞畏欲散,晚日愁将堕。结植本为谁,赏心期在我。采之谅多思,幽赠何由果。

送王十一南行

夏水漾天末,晚旸依岸一作映遍村。风调一作翻乌尾劲,眷恋馀芳尊。解袂方瞬息,征帆已翩翩。江豚涌高浪,枫树摇去魂。远戍宗侣

泊,暮烟洲渚昏。离心讵几许,骤若移寒温。此别信非久,胡为坐
忧烦。我留石难转,君泛云无根。万里湖南月,三声山上猿。从兹
耿幽梦,夜夜湘与沅。

三　叹

孤剑锋刃涩,犹能神彩生。有时雷雨过,暗吼阗阗声。主人闵灵
宝,畏作升天行。淬砺当阳铁,刻为干镆名。远求鸂鶒莹,同用玉
匣盛。颜色纵相类,利钝颇相倾。雄为光电烻,雌但深泓澄。龙怒
有奇变,青蛇终不惊。

仙凤翠凰死,葳蕤光彩低。非无鸳鸾侣,誓不同树栖。飞驰岁云
暮,感念雏在泥。顾影不自暖,寄尔蟠桃鸡。驯养岂无愧,类族安
得齐。愿言成羽翼,奋翅凌丹梯。

天骥失龙偶,三年常夜嘶。哀缘喷风断,渴且含霜啼。长恐绝遗
类,不复蹑云霓。非无騄駬者,鹤意不在鸡。春来筋骨瘦,吊影心
亦迷。自此渥洼种,应生浊水泥。

遣　昼

密竹有清阴,旷怀无尘滓。况乃秋日光,玲珑晓窗里。旬休聊自
适,今辰日高起。栉沐坐前轩,风轻镜如水。开卷恣咏谣,望云闲
徙倚。新菊媚鲜妍,短萍怜霡霂。扫除田地静,摘掇园蔬美。幽玩
惬诗流,空堂称居士。客来伤寂寞,我念遗烦鄙。心迹两相忘,谁
能验行止。

冬夜怀李侍御王太祝段丞

浩露烟墙尽,月光闲有馀。松篁细阴影,重以帘牖疏。泛览星粲
粲,轻河悠碧虚。纤云不成叶,脉脉风丝舒。丹灶炽东序,烧香罗

玉书。飘飘魂神举,若骖鸾鹤舆。感念夙昔意,华尚簪与裾。簪裾
讵几许,累创吞钩鱼。今闻馨香道,一以悟臭帑。悟觉誓不惑,永
抱胎仙居。昼夜欣所适,安知岁云除。行行二三友,君怀复何如。

西斋小松二首

松树短于我,清风亦已多。况乃枝上雪,动摇微月波。幽姿得闲
地,讵感岁蹉跎。但恐厦终构,藉君当奈何。

簇簇枝新黄,纤纤攒素指。柔芝渐依条,短莎还半委。清风日夜
高,凌云意一作竟何已。千岁盘老龙,修鳞自兹始。

周 先 生

寥寥空山岑,冷冷风松林。流月垂鳞光,悬泉扬高音。希夷周先
生,烧香调琴心。神力盈三千,谁能还黄金。

全唐诗卷四〇二

元　稹

遣春十首

晓月笼云影,莺声馀雾中。暗芳飘露气,轻寒生柳风。冉冉一趋府,未为劳我躬。因兹得晨起,但觉情兴隆。

久雨怜雾景,偶来堤上行。空濛天色嫩,杳淼江面平。百草短长出,众禽高下鸣。春阳各有分,予亦澹无情。

镜皎碧潭水,微波粗成文。烟光垂碧草,琼脉散纤云。岸柳好阴影,风裾遗垢氛。悠然送春目,八荒谁与群。

低迷笼树烟,明净当霞日。阳焰波春空,平湖漫凝一作疑溢。雪鹭远近飞,渚牙浅深出。江流复浩荡,相为坐纤郁。

暄寒深浅春,红白前后花。颜色讵相让,生成良有涯。梅芳勿自早,菊秀勿自赊。各将一时意,终年无再华。

高屋童稚少,春来归燕多。葺旧良易就,新院亦已罗。俯怜雏化卵,仰愧鹏无窠。巢栋与巢幕,秋风俱奈何。

撩乱扑树蜂,摧残恋房蕊。风吹雨又频,安得繁于绮。酒杯沉易过,世事纷何已。莫倚颜似花,君看岁如水。

绕郭高高冢,半是荆王墓。后嗣炽阳台,前贤甘荜路。善恶徒自分,波流尽东注。胡然不饮酒,坐落桐花树。

花阴莎草长，藉莎闲自酌。坐看莺斗枝，轻花满尊杓。葛巾竹稍
挂，书卷琴上阁。沽酒过此生，狂歌眼前乐。

梨叶已成阴，柳条纷起絮。波绿紫屏风，螺红碧筹箸。三杯面上
热，万事心中去。我意风散云，何劳问行处。

表 夏 十 首

夏风多暖暖，树木有繁阴。新笋紫长短，早樱红浅深。烟花云幕
重，榴艳朝景侵。华实各自好，讵云芳意沉。

初日满阶前，轻风动帘影。旬时得休浣，高卧阅清景。僮儿拂巾
箱，鸦轧深林井。心到物自闲，何劳远箕颍。

江瘴炎夏早，蒸腾信难度。今宵好风月，独此荒庭趣。露叶倾暗
光，流星委馀素。但恐清夜徂，讵悲朝景暮。

孟月夏犹浅，奇云未成峰。度霞红漠漠，压浪白溶溶。玉委有馀
润，飙驰无去踪。何如捧云雨，喷毒随蛟龙。

流芳递炎景，繁英尽寥落。公署香满庭，晴霞覆阑药。裁红起高
焰，缀绿排新萼。凭此遣幽怀，非言念将谑。

红丝散芳树，旋转光风急。烟泛被笼香，露浓妆面湿。佳人不在
此，恨望阶前立。忽厌夏景长，今春行已及。

百舌渐吞声，黄莺正娇小。云鸿方警夜，笼鸡已鸣晓。当时客自
适，运去谁能矫。莫厌夏虫多，蜩螗定相扰。

翩翩帘外燕，戢戢巢内雏。唼食筋力尽，毛衣成紫襦。朝来各飞
去，雄雌梁上呼。养子将备老，恶儿那胜无。

西山夏雪消，江势东南泻。风波高若天，滟滪低于马。正被黄牛
旋，难期白帝下。我在平地行，翻忧济川者。

灵均死波后，是节常浴兰。彩缕碧筠粽，香粳白玉团。逝者良自
苦，今人反为欢。哀哉徇名士，没命求所难。

解 秋 十 首

清晨颏寒水,动摇襟袖轻。翳翳林上叶,不知秋暗生。回悲镜中
发,华白三四茎。岂无满头黑,念此衰已萌。

微霜才结露,翔鸠初变鹰。无乃天地意,使之行小惩。鸥鹝诚可
恶,蔽日有高鹏。舍大以擒细,我心终不能。

往岁学仙侣,各在无何乡。同时骛名者,次第鹓鹭行。而我两不
遂,三十鬓添霜。日暮江上立,蝉鸣枫树黄。

后伏火犹在,先秋蝉已多。云色日夜白,骄阳能几何。壤隙漏江
海,忽微成网罗。勿言时不至,但恐岁蹉跎。

新月才到地,轻河如泛云。萤飞高下火,树影参差文。露簟有微
润,清香时暗焚。夜闲心寂默,洞庭无垢氛。

雾丽床前影,飘萧帘外竹。簟凉朝睡重,梦觉茶香熟。亲烹园内
葵,凭买家家曲。酿酒并毓蔬,人来有棋局。

寒竹秋雨重,凌霄晚花落。低回翠玉梢,散乱栀黄萼。颜色有殊
异,风霜无好恶。年年百草芳,毕意同萧索。

春非我独春,秋非我独秋。岂念百草死,但念霜满头。头白古所
同,胡为坐烦忧。茫茫百年内,处身良未休。

西风冷衾簟,展转布华茵。来者承玉体,去者流芳尘。适意丑为
好,及时疏亦亲。衰周仲尼出,无乃为妖人。

漠漠江面烧,微微枫树烟。今日复今夕,秋怀方浩然。况我头上
发,衰白不待年。我怀有时极,此意何由诠。

遣 病 十 首

服药备江瘴,四年方一疠。岂是药无功,伊予久留滞。滞留人固
薄,瘴久药难制。去日良已甘,归途奈无际。

弃置何所任，郑公怜我病。三十九万钱岁入之大率，资予养顽瞑。身贱杀何益，恩深报难罄。公其万千年，世有天之郑。

忆作孩稚初，健羡成人列。倦学厌日长，嬉游念佳节。今来渐讳年，顿与前心别。白日速如飞，佳晨亦骚屑。

昔在痛饮场，憎人病辞醉。病来身怕酒，始悟他人意。怕酒岂不闲，悲无少年气。传语少年儿，杯盘莫回避。

忆初头始白，昼夜惊一缕。渐及鬓与须，多来不能数。壮年等闲过，过上如字，下音戈。壮年已五。华发不再青，劳生竟何补。

在家非不病，有病心亦安。起居甥侄扶，药饵兄嫂看。今病兄远路，道遥书信难。寄言娇小弟，莫作官家官。

燕巢官舍内，我尔俱为客。岁晚我独留，秋深尔安适。风高翅羽垂，路远烟波隔。去去玉山岑，人间网罗窄。

檐宇夜来旷，暗知秋已生。卧悲衾簟冷，病觉支体轻。炎昏岂不倦，时去聊自惊。浩叹终一夕，空堂天欲明。

秋依静处多，况乃凌晨趣。深竹蝉昼风，翠茸衫晓露。庭莎病看长，林果闲知数。何以强健时，公门日劳鹜。

朝结故乡念，暮作空堂寝。梦别泪亦流，啼痕暗横枕。昔愁凭酒遣，今病安能饮。落尽秋槿花，离人病犹甚。

寒

江瘴节候暖，腊初梅已残。夜来北风至，喜见今日寒。扣冰浅塘水，拥雪深竹阑。复此满尊醑，但嗟谁与欢。

玉泉道中作

楚俗物候晚，孟冬才有霜。早农半华实，夕水含风凉。遐想云外寺，峰峦渺相望。松门接官路，泉脉连僧房。微露上弦月，暗焚初

夜香。谷深烟霭净,山虚钟磬长。念此清境远,复忧尘事妨。行行
即前路,勿滞分寸光。

遣　病 _{自此通州后作}

自古谁不死,不复记其名。今年京城内,死者老少并。独孤才四十
_{秘书少监郁},仕宦方荣荣。李三三十九_{监察御史顾言},登朝有清声。赵
昌八十馀,三拥大将旌。为生信异异,之死同冥冥。其家哭泣爱,
一一无异情。其类嗟叹惜,各各无重轻。万龄龟菌等,一死天地
平。以此方我病,我病何足惊。借如今日死,亦足了一生。借使到
百年,不知何所成。况我早师佛,屋宅此身形。舍彼复就此,去留
何所萦。前身为过迹,来世即前程。但念行不息,岂忧无路行。蜕
骨龙不死,蜕皮蝉自鸣。胡为神蜕体,此道人不明。持谢爱朋友,
寄之仁弟兄。吟此可达观,世言何足听。

感　梦 _{梦故兵部裴尚书相公}

十月初二日,我行蓬州西。三十里有馆,有馆名芳溪。荒邮屋舍
坏,新雨田地泥。我病百日馀_{一作馀日},肌体顾若刲。气填暮不食,
早早掩窦圭。阴寒筋骨病,夜久灯火低。忽然寝成梦,宛见颜如
圭。似叹久离别,嗟嗟复凄凄。问我何病痛,又何栖栖。答云痰
滞久,与世复相暌。重云痰小疾,良药固易_{一作宜挤}。前时奉橘丸,
攻疾有神功。何不善和疗,岂独头有风。<sub>予顷患痰,头风逾月不差,裴公教
服橘皮朴硝丸,数月而愈。今梦中复征前说,故尽记往复之词。</sub>殷勤平生事,款
曲无不终。悲欢两相极,以是半日中。言罢相与行,行行古城里。
同行复一人,不识谁氏子。逡巡急吏来,呼唤愿且止。驰至相君
前,再拜复再起。启云吏有奉,奉命传所旨。事有大惊忙,非君不
能理。答云久就闲,不愿见劳使。多谢致勤勤,未敢相唯唯。我因

前献言,此事愚可料。乱热由静消,理繁在知要。君如冬月阳,奔走不必召。君如铜镜明,万物自可照。愿君许苍生,勿复高体调。相君不我言,顾我再三笑。行行及城户,黯黯馀日晖。相君不我言一作握我手,命我从此归。不省别时语,但省涕淋漓。觉来身体汗,坐卧心骨悲。闪闪灯背壁,胶胶鸡去埘。倦童颠倒寝,我泪纵横垂。泪垂啼不止,不止啼且声。啼声觉僮仆,僮仆撩乱惊。问我何所苦,问我何所思。我亦不能语,惨惨即路岐。前经新政县,今夕复明辰。置置满心气,不得说向人。奇哉赵明府,怪我眉不伸。云有北来僧,住此月与旬。自言辨贵骨,谓若识天真。谈游费闿景,何不与逡巡。僧来为予语,语及昔所知。自言有奇中,裴相未相时。读书灵山寺,住处接园篱。指言他日贵,晷刻似不移。我闻僧此语,不觉泪歔欷去声。因言前夕梦,无人一相谓。无乃裴相君,念我胸中气。遣师及此言,使我尽前事。僧云彼何亲,言下涕不已。我云知我深,不幸先我死。僧云裴相君,如君恩有几。我云滔滔众,好直者皆是。唯我与白生,感遇同所以。官学不同时,生小异乡里。拔我尘土中,使我名字美。美名何足多,深分从此始一作治。吹嘘莫我先,顽陋不我鄙。往往裴相门,终年不曾履。相门多众流,多誉亦多毁。如闻风过尘,不动井中水。前时予掾荆,公在期复起。自从裴公无,吾道甘已矣。白生道亦孤,谗谤销骨髓。司马九江城,无人一言理。为师陈苦言,挥涕满十指。未死终报恩,师听此男子。

和东川李相公慈竹十二韵 次本韵

慈竹不外长,密比青瑶华。矛攒有森束,玉粒一作立无蹉跎。纤粉妍腻质,细琼交翠柯。亭亭霄汉近,霭霭雨露多。冰碧寒夜耸,箫韶风昼罗。烟含胧胧影,月泛鳞鳞波。鸾凤一已顾,燕雀永不过。

幽姿媚庭实，颢气爽一作陵天涯。峻节高转露，贞筠寒更佳。托身仙坛上，灵物神所呵。时与天籁合音阁，日闻阳春歌。应怜孤生者，摧折成病一作沉，一作卧疴。

全唐诗卷四〇三

元　稹

酬东川李相公十六韵 次用本韵　并启

　　稹启，今月十二日，州吏回，伏受相公书，示知小生所献《和慈竹》等诗，关达鉴览，不蒙罪退，而又赐诗一十韵，并首序一百二十三言。废名位之常数，比朋友以字之，饰扬涓埃，投掷珠玉。幸甚，幸甚。至于庙议末学，江花陋词，无不记在雅章，以备光宠，不胜惶骇惊惭之至。昔梦人始交，必有乘车戴笠不忘相揖之誓，诚以为贵富不相忘之难也。况贵贱之隔，不啻于车笠之相悬；而相公投贶珍重，又岂唯一揖之容易哉！稹独何人，享是嘉惠。辄复牵课拙劣，酬献所赐，是犹百兽与凤凰同舞于箫韶之中，各极其欢心耳，又何暇自审其形容之不类哉。庆岁专人封用上献，死罪死罪。谨启。

昔附赤霄羽，葳蕤游紫垣。斗班香案上，奏语玉晨尊。戆直撩忌讳，科仪惩傲顽。自从真籍除，弃置勿复论。前时共游者，日夕黄金轩。请帝下巫觋，八荒求我魂。鸾凤屡鸣顾，燕雀尚篱藩。徒令霄汉外，往往尘念存。存念岂虚设，并投琼与璠。弹珠古所讶，此用何太敦。邹律寒气变，郑琴祥景奔。灵芝绕身出，左右光彩繁。碾玉无俗色，蕊珠非世言。重惭前日句，陋若菰并荪。腊月巴地雨，瘴江愁浪翻。因持骇鸡宝，一照浊水昏。

酬独孤二十六送归通州 此后至和乐天三首,并用本韵。

再拜捧兄赠,拜兄珍重言。我有平生志,临别将具论。十岁慕偓
佺,爱白不爱昏。宁爱寒切烈,不爱旸温暾。二十走猎骑,三十游
海门。憎兔跳趯趯,恶鹏黑翻翻。鳌钓气方壮,鹘拳心颇尊。下观
拏攫辈,一扫冀不存。名冠壮士籍,功酬明主恩。不然合音阁身弃,
何况身上痕。金石有销铄,肺腑无寒温。分画久已定,波涛何足
烦。尝希苏门啸,讵厌巴树猿。瘴水徒浩浩,浮云亦轩轩。长歌莫
长叹,饮斛莫饮樽。生为醉乡客,死作达士魂。

酬刘猛见送

种花有颜色,异色即为妖。养鸟恶羽翮,剪翮不待高。非无剪伤
者,物性难自逃。百足虽捷捷,商羊亦翘翘。伊余狷然质,谬入多
士朝。任气有愎戆,容身寡朋曹。愚狂偶似直,静僻非敢骄。一为
毫发忤,十载山川遥。烁铁不在火,割肌不在刀。险心露山岳,流
语翻波涛。六尺安敢主,方寸由自调。神剑土不蚀,异布火不燋。
虽无二物姿,庶欲效一毫。未能深蹙蹙,多谢相劳劳。去去我移
马,迟迟君过桥。云势正横壑,江流初满槽江槽,楚语。持此慰远道,
此之为旧交。

酬乐天赴江州路上见寄三首

昔在京城心,今在吴楚末。千山道路险,万里音尘阔。天上参与
商,地上胡与越。终天升沉异,满地网罗设。心有无朕环,肠有无
绳结。有结解不开,有环寻不歇。山岳移可尽,江海塞可绝。离恨
若空虚,穷年思不彻。生莫强相同,相同会相别。
襄阳大堤绕,我向堤前住。烛随花艳来,骑送朝云去。万竿高庙

竹,三月徐亭树。我昔忆君时,君今怀我处。有身有离别,无地无
岐路。风尘同古今,人世劳新故。

人亦有相爱,我尔殊众人。朝朝宁不食,日日愿见君。一日不得
见,愁肠坐氛氲。如何远相失,各作万里云。云高风苦多,会合难
遽因。天上犹有碍,何况地上身。

邮　竹

庭有萧萧竹,门有阗阗骑。嚣静本殊途,因依偶同寄。亭亭乍干
云,裛裛亦垂地。人有异我心,我无异人意。

落　月

落月沉馀影,阴渠流暗光。蚊声霭窗户,萤火绕屋梁。飞幌翠云
薄,新荷清露香。不吟复不寐,竟夕池水傍。

高　荷

种藕百馀根,高荷才四叶。飐闪碧云扇,团圆青玉叠。亭亭自抬
举,鼎鼎难藏掣。不学著水荃,一生长怗怗。

和裴校书鹭鸶飞

鹭鸶鹭鸶何遽飞,鸦惊雀噪难久依。清江见底草一作华堂在,一点
白光终不归。

夜　池

荷叶团圆茎削削,绿萍面上红衣落。满池明月思啼螀,高屋无人风
张去声幕。

酬杨司业十二兄早秋述情见寄

今春与杨兄会于冯翊,数日而别。此诗同州作。

白发故人少,相逢意弥远。往事共销沉,前期各衰晚。昨来遇弥苦,已复云离巘。秋草古胶庠,寒沙废宫苑。知心岂忘鲍,咏怀难和阮。壮志日萧条,那能竞朝幰。

代杭人作使君一朝去二首

使君一朝去,遗爱在人口。惠化境内春,才名天下首。为问龚黄辈,兼能作诗否。

使君一朝去,断肠如剗檗。无复见冰壶,唯应镂金石。自此一州人,生男尽名白。

长庆历

年历复年历,卷尽悲且惜。历日何足悲,但悲年运易。年年岂无叹,此叹何唧唧。所叹别此年,永无长庆历。

顺宗至德大圣大安孝皇帝挽歌词三首 左拾遗时作

不改延洪祚,因成揖让朝。讴歌同戴启,遏密共思尧。雨露施恩广,梯航会葬遥。号弓那独切,曾感昔年招。

前春文祖庙,大舜嗣尧登。及此逾年感,还因是月崩。寿缘追孝促,业在继明兴。俭诏同今古,山川绕灞陵。

七月悲风起,凄凉万国人。羽仪经巷内,辒辌转城闉。暝色依陵早,秋声入辂新。自嗟同草木,不识永贞春。

宪宗章武孝皇帝挽歌词三首 膳部员外时作

国付重离后，身随十圣仙。北辰移帝座，西日到虞泉。方丈言虚
设，华胥事眇然。触鳞曾在宥，偏哭堕犀前。

天宝遗馀事，元和盛圣功。二凶枭帐下，三叛斩都中。杨惠琳、李师道
传首京师。刘辟、李锜、吴元济腰斩都市。始服沙陀虏，方吞逻逤戎。沙陀、突
厥，自元和初始通中国。狼星如要射，犹有鼎湖弓。

月落禁垣西，星攒晓仗齐。风传宫漏苦，云拂羽仪低。路隘车千
两，桥危马万蹄。共蹉封石检，不为报功泥。

恭王故太妃挽歌词二首 校书郎时作

燕姞贻天梦，梁王尽孝思。虽从魏诏葬，得用汉藩一作官仪。曙月
残光敛，寒箫度曲迟。平生奉恩地，哀挽欲何之。

文卫罗新圹，仙娥掩暝山。雪云埋陇合，箫鼓望城还。寒树风难
静，霜郊夜更闲。哀荣深孝嗣，仪表在河间。

哭吕衡州六首

气敌三人杰，交深一纸书。我投冰莹眼，君报水怜鱼。髀股惟夸
瘦，膏肓岂暇除。伤心死诸葛，忧道不忧馀。

望有经纶钓，虔收宰相刀。江文驾风远，云貌接天高。国待球琳
器，家藏虎豹韬。尽将千载宝，埋入五原蒿。

白马双旌队，青山八阵图。请缨期系虏，枕草誓捐躯。势激三千
壮，年应四十无。遥闻不瞑目，非是不怜吴。

雕鹗生难敌，沉檀死更香。儿童喧巷市，嬴老哭碑堂。雁起沙汀
暗，云连海气黄。祝融峰上月，几照北人丧。

回雁峰前雁，春回尽却回。联行四人去，同葬一人来。铙吹临江

返,城池隔雾开。满船深夜哭,风棹楚猿哀。

杜预春秋癖,扬雄著述精。在时兼不语,终古定归名。耒水波文
细,湘江竹叶轻。平生思风月,潜寐若为情。

僧如展及韦载同游碧涧寺各赋诗予落句云他生莫忘灵山座满壁人名后会稀展共吟他生之句因话释氏缘会所以莫不凄然久之不十日而展公长逝惊悼返覆则他生岂有兆耶其间展公仍赋黄字五十韵飞札相示予方属和未毕自此不复撰成徒以四韵为识

重吟前日他生句,岂料逾旬便隔生。会拟一来身塔下,无因共绕寺
廊行。紫毫飞札看犹湿,黄字新诗和未成。纵使得如羊叔子,不闻
兼记旧交情。

公安县远安寺水亭见展公题壁漂然泪流因书四韵

碧涧去年会,与师三两人。今来见题壁,师已是前身。芰叶迎僧
夏,杨花度俗春。空将数行泪,洒遍塔中尘。

寒食日毛空路示侄晦及从简

我昔孩提从我兄,我今衰白尔初成。分明寄取原头路,百世长须此
路行。寄取一作记取。

别孙村老人 寒食日

年年渐觉老人稀，欲别孙翁泪满衣。未死不知何处去，此身终向此
原归。

和乐天刘家花

闲坊静曲同消日，泪草伤花不为春。遍问旧交零落尽，十人才有两
三人。

褒城驿二首

容州诗句在褒城，几度经过眼暂明。今日重看满衫泪，可怜名字已
前生。

忆昔万株梨映竹，遇逢黄令醉残春。梨枯竹尽黄令死，今日再一作
载来衰病身。

和乐天梦亡友刘太白同游二首

君诗昨日到通州，万里知君一梦刘。闲坐思量小来事，只应元是梦
中游。

老来东郡复西州，行处生尘为丧刘。纵使刘君魂魄在，也应至死不
同游。

酬乐天见忆兼伤仲远

死别重泉闷，生离万里赊。瘴侵新病骨，梦到故人家。遥泪陈根
草，闲收落地花。庾公楼怅望，巴子国生涯。河任天然曲，江随峡
势斜。与君皆直懑，须分老泥一作长沙。

与乐天同葬杓直

元伯来相葬,山涛誓抚孤。不知他日事,兼得似君无。

全唐诗卷四〇四

元　稹

夜　闲 <small>此后并悼亡</small>

感极都无梦,魂销转易惊。风帘半钩落,秋月满床明。怅望临阶坐,沉吟绕树行。孤琴在幽匣,时迸断弦声。

感小株夜合

纤干未盈把,高条才过眉。不禁风苦动,偏受露先萎。不分秋同尽,深嗟小便衰。伤心落残叶,犹识合昏期。

醉　醒

积善坊中前度饮,谢家诸婢笑扶行。今宵还似当时醉,半夜觉来闻哭声。

追　昔　游

谢傅堂前音乐和,狗儿吹笛胆娘歌。花园欲盛千场饮,水阁初成百度过。醉摘樱桃投小玉,懒梳丛鬓舞曹婆。再来门馆唯相吊,风落秋池红叶多。

空屋题 十月十四日夜

朝从空屋里,骑马入空台。尽日推闲事,还归空屋来。月明穿暗隙,灯烬落残灰。更想咸阳道,魂车昨夜回。

初寒夜寄卢子蒙

月是阴秋镜,寒为寂寞资。轻寒酒醒后,斜月枕前时。倚壁思闲事,回灯检旧诗。闻君亦同病,终夜远相悲。

城外回谢子蒙见谕

十里抚枢别,一身骑马回。寒烟半堂影,烬火满庭灰。稚女凭人问,病夫空自哀。潘安寄新咏,仍是夜深来。

谕 子 蒙

抚稚君休感,无儿我不伤。片云离岫远,双燕念巢忙。大壑谁非水,华星各自光。但令长有酒,何必谢家庄。

遣悲怀三首

谢公最小偏怜女,嫁与黔娄百事乖。顾我无衣搜画箧,泥他沽酒拔金钗。野蔬充膳甘长藿,落叶添薪仰古槐。今日俸钱过十万,与君营奠复营斋。画箧一作苤箧。

昔日戏言身后意,今朝皆到眼前来。衣裳已施行看尽,针线犹存未忍开。尚想旧情怜婢仆,也曾因梦送钱财。诚知此恨人人有,贫贱夫妻百事哀。

闲坐悲君亦自悲,百年都是几多时。邓攸无子寻知命,潘岳悼亡犹费词。同穴窅冥何所望,他生缘会更难期。唯将终夜长开眼,报答平生未展眉。

旅　眠

内外都无隔,帷屏不复张。夜眠兼客坐,同在火炉床。

除　夜

忆昔岁除夜,见君花烛前。今宵祝文上,重叠叙新年。闲处低声哭,空堂背月眠。伤心小儿女,撩乱火堆边。

感　梦

行吟坐叹知何极,影绝魂销动隔年。今夜商山馆中梦,分明同在后堂前。

合衣寝

良夕背灯坐,方成合衣寝。酒醉夜未阑,几回颠倒枕。

竹　簟

竹簟衬重茵,未忍都令卷。忆昨初来日,看君自施展。

听庾及之弹乌夜啼引

君弹乌夜啼,我传乐府解去声古题。良人在狱妻在闺,官家欲赦乌报妻。乌前再拜泪如雨,乌作哀声妻暗语。后人写出乌啼引,吴调哀弦声楚楚。四五年前作拾遗,谏书不密丞相知。谪官诏下吏驱遣,身作囚拘妻在远。归来相见泪如珠,唯说闲宵长拜乌。君来到舍是乌力,妆点乌盘邀女巫。今君为我千万弹,乌啼啄啄泪澜澜。感君此曲有深意,昨日乌啼桐叶坠。当时为我赛乌人,死葬咸阳原上地。

梦　井

梦上高高原,原上有深井。登高意枯渴,愿见深泉冷。裴回绕井
顾,自照泉中影。沉浮落井瓶,井上无悬绠。念此瓶欲沉,荒忙为
求请。遍入原上村,村空犬仍猛。还来绕井哭,哭声通复哽。哽噎
梦忽惊,觉来房舍静。灯焰碧胧胧,泪光疑同同。钟声夜方半,坐
卧心难整。忽忆咸阳原,荒田万馀顷。土厚圹亦深,埋魂在深埂。
埂深安可越,魂通有时逞。今宵泉下人,化作瓶相憬。感此涕汍
澜,汍澜涕沾领。所伤觉梦间,便觉死生境。岂无同穴期,生期谅
绵永。又恐前后魂,安能两知省。寻环意无极,坐见天将昉。吟此
梦井诗,春朝好光景。

江 陵 三 梦

平生每相梦,不省两相知。况乃幽明隔,梦魂徒尔为。情知梦无
益,非梦见何期。今夕亦何夕,梦君相见时。依稀旧妆服,暗淡昔
容仪。不道间生死,但言将别离。分张碎针线,襵叠故屏帏。抚
稚再三嘱,泪珠千万垂。嘱云唯此女,自叹总无儿。尚念娇且骏,
未禁寒与饥。君复不憘事,奉身犹脱遗。况有官缚束,安能长顾
私。他人生间别,婢仆多谩欺。君在或有托,出门当付谁。言罢泣
幽噎,我亦涕淋漓。惊悲忽然寤,坐卧若狂痴。月影半床黑,虫声
幽草移。心魂生次第,觉梦久自疑。寂默深想像,泪下如流澌。百
年永已诀,一梦何太悲。悲君所娇女,弃置不我随。长安远于日,
山川云间之。纵我生羽翼,网罗生縶维。今宵泪零落,半为生别
滋。感君下泉魄,动我临川思。一水不可越,黄泉况无涯。此怀何
由极,此梦何由追。坐见天欲曙,江风吟树枝。

古原三丈穴,深葬一枝琼。崩剥山门坏,烟绵坟草生。久依荒陇坐,却望远村行。惊觉满床月,风波江上声。

君骨久为土,我心长似灰。百年何处尽,三夜梦中来。逝水良已矣,行云安在哉。坐看朝日出,众鸟双裴回。

张旧蚊帱

逾年间生死,千里旷南北。家居无见期,况乃异乡国。破尽裁缝衣,忘收遗翰墨。独有缬纱帱,凭人远携得。施张合欢榻,展卷双鸳翼。已矣长空虚,依然旧颜色。裴回将就寝,徙倚情何极。昔透香田田,今无魂恻恻。隙穿斜月照,灯背空床黑。达理强开怀,梦啼还过臆。平生贫寡欢,天枉劳苦忆。我亦距几时,胡为自摧逼。烛蛾焰中舞,茧蚕丛上织。燋烂各自求,他人顾何力。多离因苟合,恶影当务息。往事勿复言,将来幸前识。

独夜伤怀赠呈张侍御 张生近丧妻

烬火孤星灭,残灯寸焰明。竹风吹面冷,檐雪坠阶声。寡鹤连天叫,寒雏彻夜惊。只应张侍御,潜会我心情。

六年春遣怀八首

伤禽我是笼中鹤,沉剑君为泉下龙。重纩犹存孤枕在,春衫无复旧裁缝。

检得旧书三四纸,高低阔狭粗_{一作但}成行。自言并食寻高事,唯念山深驿路长。

公无渡河音响绝,已隔前春复去秋。今日闲窗拂尘土,残弦犹迸钿一作细筝篌。

婢仆晒君馀服用,娇痴稚女绕床行。玉梳钿朵香胶解,尽日风吹玳瑁筝。

伴客销愁长日饮,偶然乘兴便醺醺。怪来醒后傍人泣,醉里时时错
问君。

我随楚泽波中梗一作水,君作咸阳泉下泥。百事无心值寒食,身将
稚女帐前啼。

童稚痴狂撩乱走,绣球花仗满堂前。病身一到穗帷下,还向临阶背
日眠。

小于潘岳头先白,学取庄周泪莫多。止竟悲君须自省,川流前后各
风波。

答友封见赠

荀令香销潘簟空,悼亡诗满旧屏风。扶床小女君先识,应为些些似
外翁。

梦 成 之

烛暗船风独梦惊,梦君频问向南行。觉来不语到明坐,一夜洞庭湖
水声。

哭小女降真

雨点轻沤风复惊,偶来何事去何情。浮生未到无生地,暂到人间又
一生。

哭 女 樊

秋天净绿月分明,何事巴猿不剩鸣。应是一声肠断去,不容啼到第
三声。

哭女樊四十韵 <small>赣州长史时作</small>

逝者何由见，中人未达情。马无生角望，猿有断肠鸣。去伴投遐
徼，来随梦险程。四年巴养育，万里硖回萦。病是他乡染，魂应远
处惊。山魈邪乱<small>一作去逼</small>，沙虱毒潜婴。母约<small>一作幼</small>看宁辨，余慵疗
不精。欲寻方次第，俄值疾充盈。灯火徒相守，香花只浪擎。莲初
开月梵，蕣已落朝荣。魄散云<small>一作魂</small>将尽，形全玉尚莹。空垂两行
血，深送一枝琼。秘祝休巫觋，安眠放使令。旧衣和箧施，残药满
瓯倾。乳媪闲于社，医僧娖<small>一作愧</small>似醒。悯渠身觉剩<small>一作深觉瘠。剩，</small>
<small>一作瘠</small>，讶佛力难争。骑竹痴犹子，牵车小外甥。等长<small>一作闲</small>迷过
影，遥戏误啼声。浣纸伤馀画，扶床念试行。独留呵面镜，谁弄倚
墙筝。忆昨工言语，怜初妙长成。撩风妒<small>一作拈</small>鹦舌，凌露<small>一作霜</small>触
兰英。翠凤舆真女，红蕖捧化生。只忧嫌五浊，终恐向三清。宿恶
诸荤味，悬知众物名。<small>生而不食荤血，虎豹狼狼等皮毛，尽恶斥之。巴南所无之</small>
<small>物，及北而默识其名者数辈。</small>环从枯树得，经认宝函盛。愠怒偏憎数，分
张雅爱平。最怜<small>一作矜</small>贪栗妹，频救懒书兄。为占娇饶分，良多眷
恋诚。别常回面泣，归定出门迎。解怪还家晚，长将远信呈。说人
偷罪过，要我抱纵横。腾踏游江舫，攀缘看乐棚。和蛮歌字拗，学
妓舞腰轻。迢递离荒服，提<small>一作持</small>携到近京。未容夸伎俩，唯恨枉
聪明。往绪心千结，新丝鬓百茎。暗窗风报晓，秋幌雨闻更。败槿
萧疏馆，衰杨破坏城。此中临老泪，仍自哭孩婴。

哭子十首 <small>翰林学士时作</small>

维鹈受刺因吾过，得马生灾念尔冤。独在中庭倚闲树，乱蝉嘶噪欲
黄昏。

才能辨别东西位，未解分明管带身。自食自眠犹未得，九重泉路托

一作记何人。

尔母溺情连夜哭，我身因事有时悲。钟声欲绝东方动，便是寻常上学时。

莲花上品生真界，兜率天中离世途。彼此业缘多障碍，不知还得见儿无。

节量梨栗愁生疾，教示诗书望早成。鞭扑校多怜校少，又缘遗恨哭三声。

深嗟尔更无兄弟，自叹予应绝子孙。寂寞讲堂基址在，何人车马入高门。

往年鬓已同潘岳，垂老年教作邓攸。烦恼数中除一事，自兹无复子孙忧。年教一作天教。

长年苦境知何限，岂得因儿独丧明。消遣又来缘尔母，夜深和泪有经声。又一作不。

乌生八子今无七，猿叫三声月正孤。寂寞空堂天欲曙，拂帘双燕引新雏。

频频子落长江水，夜夜巢边旧处栖。若是愁肠终不断，一年添得一声啼。

感　逝 浙东

头白夫妻分无子，谁令兰梦感衰翁。三声啼妇卧床上，一寸断肠埋土中。蜩甲暗枯秋叶坠，燕雏新去夜巢空。情知此恨人皆有，应与暮年心不同。

妻满月日相唁

十月辛勤一月悲，今朝相见泪淋漓。狂风落尽莫惆怅，犹胜因花压折枝。

全唐诗卷四〇五

元　稹

代曲江老人百韵 年十六时作

何事花前泣,曾逢旧日春。先皇初在镐,贱子正游秦。拨乱干戈后,经文礼乐辰。徽章悬象魏,貔虎画骐驎。光武休言战,唐尧念睦姻。琳琅铺柱础,葛藟茂河漘。尚齿惇耆艾,搜材拔积薪。裴王持藻镜,姚宋斡陶钧。内史称张敞,苍生借寇恂。名卿唯讲德,命士耻忧贫。杞梓无遗用,刍荛不忘询。悬金收逸骥,鼓瑟荐嘉宾。羽翼皆随凤,圭璋—作瑜琏肯杂—作称珉。班行容济济,文质道彬彬。百度依皇极,千门辟紫宸。措—作理刑非苟简,稽古蹈因循。书谬偏求伏,诗亡远听申。雄推—作继登三虎贾,群擢八龙荀。海外恩方洽,寰中教不泯。儒林精阃奥,流品重清淳。—作儒林—同异,冠履尽清淳。天净三光丽,时和四序均。卑官休力役,蠲赋免—作贱职少艰辛。蛮貊同车轨,乡原尽里仁。帝途高荡荡,风俗厚訚訚—作忳忳。暇—作秋日耕耘足,丰年雨露频。戍烟生不见,村竖老犹纯。耒耜勤千亩,牲牢奉六禋。南郊礼天地,东野辟原畇。校猎求初吉,先农卜上寅。万方来合杂,五色瑞轮囷。池籞呈朱雁,坛场得白麟。酹金光照耀,奠璧彩璘玢。掉荡云门发,蹁跹鹭羽振。集灵撞玉磬,和鼓奏金錞。建虡崇牙盛,衔钟兽目嗔。总干形屹嶪,戛敔背嶙峋。文物千官会，夷音九部陈。鱼龙华外戏，歌舞洛中嫔。佳节修酺礼，非时宴侍臣。梨园明月夜，花萼艳阳晨。李杜诗篇敌，苏张笔力匀。乐章轻鲍照，碑板笑颜竣。泰狱陪封禅，汾阴颂鬼神。星移逐西顾，风暖助东巡。浴德留汤谷，搜畋过渭滨。沸天雷殷殷，匝地毂辚辚。沃土心逾炽，豪家礼渐湮。老农羞荷锸，贪贾学垂绅。曲艺争工巧，雕机变组紃。青凫连不解，红粟朽相因。山泽长孳货，梯航竞献珍。翠毛开越�，龙眼弊－作敝瓯闽。玉馔薪燃蜡，椒房烛用银。铜山供横赐，金屋贮宜鼙。班女恩移赵，思王赋感甄。辉光随顾步，生死属摇唇。世族功勋久，王姬宠爱亲。街衢连甲第，冠盖拥朱轮。大道垂珠箔，当垆踏锦茵。轩车隘南陌，钟磬满西邻。出入张公子，骄奢石季伦。鸡场潜介羽，马埒并扬尘。韬袖夸狐腋，弓弦尚鹿脹。紫绦牵白犬，绣镼被－作锦鞯覆花骃。箭倒南山虎，鹰擒东郭狻。翻身迎过雁，劈肘－作坐射取回鹑。竞蓄朱公产，争藏邴氏缗。桥桃矜马鹜，倚顿数牛犉－作金银。葍斗冬中韭，羹怜远处莼。万钱才下箸，五酘－作酴未称醇。曲水闲销－作流觞日，倡楼－作优醉度旬。探丸依郭解，投辖伴陈遵。共谓长之－作安泰，那知遽构屯。奸心兴桀黠，凶丑比顽嚚。斗柄侵妖彗，天泉化逆鳞。背－作贷恩欺－作叹乃祖，连祸及吾民。猰貐当前路，鲸鲵得要津。王师才－作方业业，暴卒已訚訚。杂虏同谋夏，宗周暂去邠。陵园深暮景，霜露下秋旻。凤阙悲巢鹏，鹓行乱野麏。华林荒茂草，寒竹碎贞筠。村落空垣坏，城隍旧井堙。破船沉古渡，战鬼聚阴磷。振臂谁相应，攒眉独不伸。毁容怀赤绂，混迹戴黄巾。木梗随波荡，桃源敩隐沦。弟兄书信断，鸥鹭往来驯。忽遇山光澈，遥瞻海气真。秘图推废〔主〕(王)，后圣合经纶。野杏浑休植，幽兰不复纫。但惊心愤愤，谁恋水粼粼。尽室杂深洞，轻桡荡小舣。殷勤题白石，怅望出青蘋。梦寐平生在，经过处所新。阮郎迷里

巷,辽鹤记城闉。虚过休明代,旋为朽病身。劳生常矻矻,语旧苦
谆谆。晚岁多衰柳,先秋愧大椿。眼前年少客,无复昔时人。

开元观闲居酬吴士矩侍御三十韵

中有问行藏求药物之句,十八时作。

静习狂心尽,幽居道气添。神编启黄简,秘箓捧朱签。烂熳烟霞
驻,优游岁序淹。登坛拥旄节,趋殿礼胡髯殿有明皇真容。醮起彤庭
烛,香开白玉奁。结盟金剑重,斩魅宝刀铦。禹步星纲动,焚符灶
鬼詹。冥搜呼直使,章奏役飞廉。仙籍聊凭检,浮名复为占。赤诚
祈皓鹤,绿发代青缣。虚室常怀素,玄关屡引枯。貂蝉徒自宠,鸥
鹭不相嫌。始悟身为患,唯欣禄未恬一作沾。龟龙恋淮海,鸡犬傍
闾阎。松笠新偏翠,山峰远更尖。箫声吟茂竹,虹影逗虚檐。初日
先通牖,轻飔每透帘。露盘朝滴滴,钩月夜纤纤。已得餐霞味,应
嗤食蓼甜。工琴闲度昼,耽酒醉销炎。几案随宜设,诗书逐便拈。
灌园多抱瓮,刈藿乍腰镰。野鸟终难絷,鹓鸾本易厌。风高云远
逝,波骇鲤深潜。邸第过从隔,蓬壶梦寐瞻。所希颜颇练,谁恨突
无黔。思拙惭圭璧,词烦杂米盐。谕锥言太小,求药意何谦。本句
有永惭沾药犬,多谢出囊锥。语默君休问,行藏我讵兼。狂歌终此曲,情
尽口长箝。

病减逢春期白二十二辛大不至十韵 校书郎时作

病与穷阴退,春从血气生。寒肤渐舒展,阳脉乍虚盈。就日临阶
坐,扶床履地行。问人知面瘦,祝鸟愿身轻。风暖牵诗兴,时新变
卖声。饥馋看药忌,闲闷点书名。旧雪依深竹,微和动早萌。推迁
悲往事,疏数辨交情。琴待嵇中散,杯思阮步兵。世间除却病,何
者不营营。

黄明府诗 并序

　　小年曾于解县连月饮酒,予常为觞录事。曾于窦少府厅中,有一人后至,频犯语令,连飞十二觞,不胜其困,逃席而去。醒后问人,前虞乡黄丞也,此后绝不复知。元和四年三月,予奉使东川,十六日至褒城东数里,遥望驿亭,前有大池,楼榭甚盛。逡巡,有黄明府见迎,瞻其形容,仿佛似识,问其前衔,即曩时之(时一作日,无之字)逃席黄丞也。说向前事,黄生惘然而寤,因馈酒一槽,舣舟请予同载。予不免(一作违)其意,与之尽欢。遍问座隅山川,则曰:又褒次其右。(《纪事》作遍问襄阳山水,则襄妫所奔之城在其左,诸葛所征之路在其右。)感今怀古,作黄明府诗云。

少年曾痛饮,黄令苦飞觞。席上当时走,马前今日迎。依稀迷姓氏,积渐识平生。故友身皆远,他乡眼暂明。便邀连榻坐,兼共榜船行。酒思临风乱,霜棱扫一作拂地平。不堪深浅酌,贪怆古今情。逦迤七盘路,坡陀数丈城。花疑褒女笑,栈想武侯征。一种埋幽石,老闲《纪事》作空闻千载名。

酬翰林白学士代书一百韵 并序　此后江陵时作

　　玄元氏之下元日,会予家居至,枉乐天代书诗一百韵。鸿洞卓荦,令人兴起心情。且置别书,美予前和七章,章次用本韵,韵同意殊,谓为工巧。前古韵耳,不足难之。今复次排百韵,以答怀思之贶云。

昔岁俱充赋,同年遇有司。八人称迥拔,两郡滥相知。同年八人,乐天拔萃登科,予平判入等。逸骥初翻步,鞲鹰暂脱羁。远途忧地窄,高视觉天卑。并入红兰署,偏亲白玉规。近朱怜冉冉,伐木愿偲偲。鱼鲁非难识,铅黄自懒持。心轻马融帐,谋夺子房帷。秀发幽岩电,清澄隘岸陂。九霄排直上,万里整前期。勇赠栖鸾句,惭当古井诗。予赠乐天诗云:皎彼鸾凤姿。乐天赠予诗云:无波古井水。多闻全受益,择善颇相师。脱俗殊常调,潜工大有为。还醇凭酎酒,运智托围棋。情会招车胤,闲行觅戴逵。僧餐月灯阁,醼宴劫灰池。予与乐天、杓直、拒非辈,多于月灯阁同游。又尝与秘省同官醼宴昆明池。胜概争先到,篇章竞出奇。输赢论破的,点窜肯容丝。山岫当街翠,墙花拂面枝。昔予赋诗云:为见墙头拂面花。时唯乐天知此。莺声爱娇小,燕翼玩透迤。辔为逢车缓,鞭缘趁伴施。密携长上乐,偷宿静坊姬。僻性慵朝起,新晴助晚嬉。相欢常满目,别处鲜开眉。翰墨题名尽,光阴听话移。乐天每与予游从,无不书名屋壁。又尝于新昌宅,说《一枝花》话,自寅至巳,犹未毕词也。绿袍因醉典,乌帽逆风遗。暗插轻筹箸,仍提小屈厄。予有席箕草、筹箸、小盏、酒胡之辈,当时尝在书囊,以供饮备。本弦才一举,下口已三迟。逃席冲门出,归倡借去声马骑。狂歌繁节乱,醉舞半衫垂。散漫纷长薄,邀遮守隘岐。几遭朝士笑,兼任巷童随。苟务形骸达,浑将性命〔推〕(摧)。何曾爱官序,不省计家资。忽悟成虚掷,翻然叹未宜。使回耽乐事,坚赴策贤时。寝食都忘倦,园庐遂绝窥。劳神甘戚戚,攻短过孜孜。叶怯穿杨箭,囊藏透颖锥。超遥望云雨,摆落占泉坻。略削荒凉苑,搜求激直词。那能作牛后,更拟助洪基。旧说,制策皆以恶讦取容为美。予与乐天,指病危言,不顾成败,意在决求高等。初就业时,今裴相公戒予,慎勿以策苑为美。予深佩其言,然而怪其多大拟取,有可取,遂切求潜览。功及累月,无所获。先是穆员、卢景亮同年应制,俱以词直见黜。予求获其策,皆手自写之,置在筐篋。乐天、损之辈,常诅予篋中有不第之祥,而又哂予决求高第之僭也。唱第听鸡集,趋朝忘马疲。内人舁御案,朝景丽神旗。首被呼名姓,多惭冠等衰。千官容眷盼,五色照离披。鹓侣从兹洽,鸥情转自縻。分张殊品命,中外却驱驰。出入称金籍,东西侍碧墀。斗班云汹涌,开扇雉参差。切愧寻常质,亲瞻咫尺姿。日轮光照耀,龙服瑞葳蕤。誓欲通愚謇,生憎效喔咿。佞存真妾妇,谏死是男儿。便殿承偏召,权臣惧挠私。庙堂虽稷契,城社有狐狸。似锦言应巧,如弦数易欺。敢嗟身暂黜,所恨政无毗。予和元年任拾遗八十三日,延英对,九月十三贬授河南尉。谬辱良由此,升腾亦在斯。再令陪宪禁,依旧履阽危。使蜀常绵远,分台更嵚崟。匿奸劳发掘,破党恶持疑。斧刃迎皆碎,盘牙老未萎。乍能还帝笏,讵忍折音浙吾支。虎尾元来险,圭文却类疵。浮荣齐壤芥,闲气咏江蓠。阙下殷勤拜,樽前啸傲辞。飘沉委蓬梗,忠信敌蛮夷。戏诮青云驿,讥题皓发祠。予途中作《青云驿》诗,病其云泥一致。作《四皓庙》诗,讥其出处不常。贪过谷隐寺,留读岘山碑。寺在亭侧。草没章台址,堤横楚泽湄。野莲侵稻陇,亚柳压城陴。遇物伤凋换,登楼思漫弥。金攒嫩橙子,璧泛远鸬鹚。仰竹藤缠屋,苫茆荻补篱。南人以大竹为瓦,用荻为篱也。面梨通蒂朽,火米带芒炊。面梨软烂无味,火米粗粝不精。苇笋针筒束,鳊鱼箭羽鬐。芋羹真底可,鲈鲙漫劳思。北渚销魂望,南风著骨吹。度梅衣色渍,食稗马蹄羸。南方衣服,经夏谓之度梅,颜色尽黦。马食菰蒋,盖北地梯稗之属。院榷和泥碱,官酤小麴醨。讹音烦缴绕,轻去声俗丑威仪。树罕贞心柏,畦丰卫足葵。坳洼饶匼匝,游惰压庸缁。病赛乌称鬼,巫占瓦代龟。南人染病,竞赛乌鬼,楚巫列肆,悉卖瓦卜。连阴蛙张王,瘴疟雪治医。雨中井作蛙池。终冬往往无雪。我正穷于是,君宁念及兹。一篇从日下,双鲤送天涯。坐捧迷前席,行吟忘结綦。匡床铺错绣,几案踊灵芝。形影同初合,参商喻此离。扇因秋弃置,镜异月盈亏。壮志诚难夺,良辰岂复追。宁牛终夜永,潘鬓去年衰。予今年始三十二,去岁已生白发。溟渤深那测,穹苍意在谁。驭方轻骥袁,车肯重辛夷。卧辙希濡沫,低颜受颔颐。世情焉足怪,自省固堪悲。涸鼠虚求洁,笼禽方讶饥。犹胜忆黄犬,幸得早图之。

全唐诗卷四〇六

元　稹

纪怀赠李六户曹崔二十功曹五十韵

昔冠诸生首,初因三道征。公卿碧墀一作鸡会,名姓白麻称。日月
光遥射,烟霄志渐弘。荣班联锦绣,谏纸一作路赐笺藤。便欲一作务
呈肝胆,何言犯股肱。椎埋冲斗剑,消碎莹壶冰。赤县才分务,青
骢已迴乘。因骑度海鹘,拟杀蔽天鹏。缚虎声空壮,连鳌力未胜。
风翻波竟蹙,山压势逾崩。僇辱徒相困,苍黄性不能。酣歌离岘
顶,负气入江陵。华表当蟾魄,高楼挂玉绳。角声悲掉荡,城影暗
棱层。军幕威容盛,官曹礼数兢。心虽出云鹤,身尚触笼鹰。竦
足良甘分,排衙苦未曾。通名参将校,抵掌见亲朋。煦沫求涓滴,沧
波怯斗升。荒居邻鬼魅,赢马步殑殑。白草堂檐短,黄梅雨气蒸。
沾黏经汗席,飐闪尽油灯。夜怯餐肤蚋,朝烦拂面蝇。过从愁厌
贱,专静畏猜仍。旅寓谁堪托,官联自可凭。甲科崔并鹜,柱史李
齐升。共展排空翼,俱遭激远矰。他乡元易感,同病转相矜。投分
多然诺,忘言少爱憎。誓将探肺腑,耻更辨淄渑。会宿形骸远,论
交意气增。一心吞渤澥,戮力拔嵩恒。语到磨圭角,疑消破弩症。
吹嘘期指掌,患难许榰撑。铩翮鸾栖棘,藏锋箭在弸。雪中方睹
桂,木上莫施罾。且泛黉沿水,兼过被病僧。有时鞭款段,尽日醉

憎僜。蹑屐看秧稻，敲船和采菱。叉鱼江火合，唤客谷神应。啸傲
虽开口，幽忧复满膺。望云鳍拨剌，透匣色腾凌。每想潢池寇，犹
稽赤族惩。夔龙劳算画，貔虎带威棱。逐鸟忠潜奋，悬旌意远凝。
弢弓思彻札，绊骥闷牵绳。运甓调辛苦，闻鸡屡寝兴。闲随人兀
兀，梦听鼓冬冬。班笔行看掷，黄陂莫漫澄。骐骥高阁上，须及壮
时登。

答姨兄胡灵之见寄五十韵 并序

　　九岁解赋诗，饮酒至斗馀乃醉。时方依倚舅族，舅怜，不以礼数检，
故得与姨兄胡灵之之辈十数人，为昼夜游。日月跳掷，于今馀二十年
矣。其间悲欢合散，可胜道哉！昨枉是篇，感彻肌骨。适白翰林又以百
韵见贻，余因次酬本韵，以答贯珠之赠焉。于吾兄不敢变例，复自城至
生，凡次五十一字。灵之本题兼呈李六侍御，则以篇末有云。

忆昔凤翔城，龆年是事荣。理家烦伯舅，相宅尽慈引反吾兄。诗律
蒙亲授，朋游忝自迎。题头筍管缦，教射角弓骍。灵之善笔札，习骑射。
矮马驼鬃鞱，牦音茆牛兽面缨。对谈依趄趄，送客步盈盈。米碗诸
贤让，蠡杯大户倾。一船席外语，三槠拍心精。传盏加分数，横波
掷目成。华奴歌渐渐，媚子舞卿卿。军大夫张生好属词，多妓乐。歌者华
奴，善歌渐渐盐。又有舞者媚子，每觥令禁盐。张生常令相挠。斗设狂为好，谁
忧饮败名。屠过隐朱亥，楼梦古秦嬴。弄玉楼在凤翔城北角。环坐唯
便草，投盘暂废觥。春郊才烂熳，夕鼓已砰轰。荏苒移灰琯，喧阗
倦塞兵。糟浆闻渐足，书剑讶无成。抵璧惭虚弃，弹珠觉用轻。遂
笼云际鹤，来狎谷中莺。学问攻方苦，篇章兴太清。囊疏萤易透，
锥钝股多坑。笔阵戈矛合，文房栋桷撑。豆萁才敏俊，羽猎正峥
嵘。岐下寻时别，京师触处行。醉眠街北庙，闲绕宅南营。予宅在靖
安北街。灵之时寓居永乐南街庙中，予宅又南邻弩营。柳爱凌寒软，梅怜上番
惊。《纪事》作玉雪轻。观松青黛笠，栏药紫霞英。开元观古松五株，靖安宅

牡丹数本,皆襄时游行之地。尽日听僧讲,通宵咏月明。正耽幽趣乐,旋被宦途萦。吏晋资材枉,留秦岁序更。时灵之作吏平阳,予酬校秘阁,自兹分散。我髯鬓数寸,君发白千茎。芸阁怀铅暇,姑峰带雪晴。何由身倚玉,空睹翰飞琼。世道难于剑,谗言巧似笙。但憎心可转,不解踞如擎。始效神羊触,俄随旅雁征。孤芳安可驻,五鼎几时烹。潦倒沉泥滓,欹危践矫衡。登楼王粲望,落帽孟嘉情。龙山落帽台去府城二十里。巫峡连天水,章台塞路荆。章华台去府十里。雨摧渔火焰,风引竹枝声。分作屯之蹇,那知困亦亨。官曹三语掾,国器万寻桢。此后多述李君定交之由,用报灵之兼呈之意。逸杰雄姿迥,皇王雅论评。蕙依潜可习,云合定谁令。原燎逢冰井,鸿流值木罂。智囊推有在,勇爵敢徒争。迅拔看鹏举,高音侍鹤鸣。所期人拭目,焉肯自侪盲。铅钝丁宁淬,芜荒展转耕。穷通须豹变,撄搏笑狼狞。愧捧芝兰赠,还披肺腑呈。此生如未死,未拟变平生。一本云:今日负平生。

酬许五康佐 次用本韵

奋迅君何晚,羁离我讵俦。鹤笼闲警露,鹰缚闷牵鞲。蓬阁深沉省,荆门远慢州。课书同吏职,旅宦各乡愁。白日伤心过,沧江满眼流。嘶风悲代马,喘月伴吴牛。枯涸方穷辙,生涯不系舟。猿啼三峡雨,蝉报两京秋。珠玉惭新赠,芝兰忝旧游。他年问狂客,须向老农求。

送崔侍御之岭南二十韵 并序

古朋友别,皆赠以言,况南方物候饮食,与北土异。其甚者,夷民喜聚蛊。《秘方》云:以含银变黑为验,攻之重雄黄。海物多肥腥,啖之好呕泄。《验方》云:备之在咸食。岭外饶野菌,视之虫蠹者无毒。罗浮生异果,察其鸟啄者可餐。大抵珠玑玳瑁之所聚,贵洁廉,湮郁暑湿之所蒸,避溢欲,其馀道途所慎,离怆之怀,尽之二百言矣,叙不复云。

汉法戎施幕,秦官郡置监。萧何归旧印,_{自江陵士曹拜}。鲍永授新衔。
币聘虽盈箧,泥章未破缄。蛛悬丝缭绕,鹊报语呫喃。再砺神羊
角,重开宪简函。_{崔君前任已为御史}。鼚缨骢赳赳,绥珮绣幓幓。逸翮
怜鸿鷃,离心觉刃劖。联游亏片玉,洞照失明鉴。遥想车登岭,那
无泪满衫。茅蒸连蟒气,衣渍度梅黯。象斗缘谿竹,猿鸣_{一作啼}带
雨杉。飓风狂浩浩,韶石峻巉巉。宿浦宜深泊,祈泷在至诚。瘴江
乘_{一作期}早度,毒草莫亲芟。试蛊看银黑,排腥贵食咸。菌须虫已
蠚,果重鸟先鹐。冰莹怀贪水,霜清顾_{一作头}痛岩。珠玑当尽掷,薏
苡讵能谗。荆俗欺王粲,吾生问季咸。远书多不达,勤为枉攕攕。

酬段丞与诸棋流会宿
弊居见赠二十四韵 _{次用本韵}

鸣局宁虚日,闲窗任废时。琴_{一作诗}书甘尽弃,园井讵能窥。运石
疑填海,争筹忆坐帷。赤心方苦斗,红烛已先施。蛇势萦山合,鸿
联度岭迟。堂堂排直阵,衮衮逼赢师。悬劫偏深猛,回征特险巇。
旁攻百道进,死战万般为。异日玄黄队,今宵黑白棋。斫营看迥
点,对垒重相持。善败虽称怯,骄盈最易欺。狼牙当必碎,虎口祸
难移。乘胜同三捷,扶颠望一词_{一作支}。希因送目便,敢恃指纵奇。
退引防边策,雄吟斩将诗。眠床都浪置,通夕共忘疲。晓雉风传
角,寒丛雪压枝。繁星收玉版,残月耀冰池。僧请闻钟粥,宾催下
药卮。兽炎馀炭在,蜡泪短光衰。俯仰嗟陈迹,殷勤卜后期。公私
牵去住,车马各支离。分作终身癖,兼从是事骎。此中无限兴,唯
怕俗人知。

酬窦校书二十韵 _{次本韵}

鸥鹭元相得,杯觞每共传。芳游春烂熳,晴望月团圆。调笑风流

剧,论文属对全。赏一作咏花珠并缀,看雪璧常连。竹寺荒唯好,松斋小更怜。潜投孟公辖,狂乞莫愁钱。尘土抛书卷,枪筹弄酒权。令夸齐箭道,力斗抹弓弦。但喜添樽满,谁忧乏桂燃。渐轻身外役,浑证饮中禅。及我辞云陛,逢君仕圃田。音徽千里断,魂梦两情偏。足听猿啼雨,深藏马腹鞭。官醪半清浊,夷馔杂腥膻。顾影无依倚,甘心守静专。那知暮江上,俱会落英前。款曲生平在,悲凉岁序迁。鹤方同北渚,鸿又过南天。丽句惭虚掷,沉机懒强牵。粗酬珍重意,工拙定相悬。

泛江玩月十二韵 并序

> 予以元和五年,自监察御史贬授江陵士曹掾。六月十四日,张季友、李景俭二侍御,王文仲司录、王众仲判官两昆季,为予载酒炙,选声音,自府城之南桥(一作淮),乘(一作攀)月泛舟,穷竟一夕。予因赋诗以纪之。

楚塞分形势,羊公压大邦。因依一作朋侪多士子,参画一作量尽敦厖。岳璧闲相对,荀龙自有双。共将船载酒一作系泊,同泛一作况是月临江。远树悬金镜,深潭倒玉幢。委波添净练,洞照灭凝釭。阗咽沙头市,玲珑竹岸窗。巴童唱巫峡,海客话神浟。已困连飞盏,犹催未倒缸。饮荒情烂熳,风棹乐峥摐。胜事他年忆一作尽,愁一作雄心此夜降。知君皆逸韵,须为应莛撞。

疟卧闻幕中诸公征乐会饮因有戏呈三十韵

濩落因寒甚,沉阴与病偕。药囊堆小案,书卷塞空斋。胀腹看成鼓,羸形渐比柴。道情忧易适,温瘴气难排。治疶扶轻杖,开门立静街。耳鸣疑暮角,眼暗助昏霾。野竹连荒草,平陂接断崖。坐隅甘对鹏,当路恐遭豺。蛇盅迷弓影,雕翎落箭靫。晚篱喧斗雀,残菊半枯荄。怅望悲回雁,依迟傍古槐。一生长苦节,三省讵行怪。
奔北翻成勇,司南却是凩。穹苍真漠漠,风雨漫喈喈。彼美犹谿
女,其谁占馆娃。诚知通有日,太极浩无涯。布卦求无妄,祈天愿
孔皆。藏衰谋计拙,地僻往还乖。况羡莲花侣,方欣绮席谐。钿车
迎妓乐,银翰屈朋侪。白纻嚬歌黛,同蹄坠舞钗。白纻、同蹄,皆乐人姓
名。纤身霞出海,艳脸月临淮。筹箸随宜放,投盘止罚唓。红娘留
醉打,觥使及醒差。舞引红娘,抛打曲名。酒中觥使,席上右职。顾我潜孤
愤,何人想独怀。夜灯然槲叶,冻雪堕砖阶。坏壁虚缸倚,深炉小
火埋。鼠骄衔笔砚,被冷束筋骸。毕竟图斟酌,先须遣疠痎。瘴痎
之徒。枪旗如在手,筹箸色目。那复敢崴嶵。

酬友封话旧叙怀十二韵 依次重用为韵

风波千里别,书信二年稀。乍见悲兼喜,犹惊是与非。身名判作
梦,杯盏莫相违。草馆同床宿,沙头待月归。春深乡路远,老去宦
情微。魏阙何由到,荆州且共依。人欺翻省事,官冷易藏威。但拟
驯鸥鸟,无因用弩机。开张图一作门卷轴,颠倒醉衫衣。莼菜银丝
嫩,鲈鱼雪片肥。怜君诗似涌,赠我一作蹋马笔如飞。会遣诸伶唱,
篇篇入禁闱。

送王协律游杭越十韵

去去莫凄凄,馀杭接会稽。松门天竺寺,花洞若耶溪。浣渚逢新
艳,兰亭识旧题。山经秦帝望一作葬,垒辨越王栖一作堤。江树春常
早,城楼月易低。镜呈一作澄湖面出一作屿,云叠海潮齐。章甫官人
戴,莼丝姹女提。长干迎客闹,小市隔烟迷。纸乱红蓝压,瓯凝碧
玉泥。荆南无抵一作底物,来日为依携。

送东川马逢侍御使回十韵

风水荆门阔，文章蜀地豪。眼青宾礼重，眉白众情高。思勇曾吞笔，投虚惯用刀。词锋倚天剑，学海驾云涛。南郡传纱帐，东方让锦袍。旋吟新乐府，便续古离骚。雪岸犹封草，春江欲满槽。饯筵君置醴，随俗我铺糟。莫叹巴三峡，休惊鬓二毛。流年等头^{一作闲}过，人世各劳劳。

全唐诗卷四〇七

元 稹

酬卢秘书 并序

予自唐归京之岁,秘书郎卢拱作《喜遇白赞善学士》诗二十韵,兼以见贻。白诗酬和先出,予草蹙未暇。皇(一作卢)频有致师之挑,故篇末不无愤辞。其次用本韵,习然也。

偶有冲天气,都无处世才。未容荣路稳,先踏祸机开。分久沉荆掾,惭经厕柏台。理推愁易惑,乡思病难裁。夜伴吴牛喘,春惊朔雁回。北人肠断送,西日眼穿颓。唯望魂归去,那知诏下来。涸鱼千丈水,僵燕一声雷。幽匣提清镜,衰颜拂故埃。梦云期紫阁,厌雨别黄梅。亲戚迎时到,班行见处陪。文工犹畏忌,朝士绝嫌猜。新识蓬山杰,深交翰苑材。连投珠作贯,独和玉成堆。剧敌徒相轧,赢师亦自媒。磨砻刮骨刃,翻掷委心灰。恐被神明哭,忧为造化灾。私调破叶箭,定饮搴旗杯。金宝潜砂砾,芝兰似草莱。凭君毫发鉴,莫遣翳莓苔。

见人咏韩舍人新律诗因有戏赠

喜闻韩古调,兼爱近诗篇。玉磬声声彻,金铃个个圆。高疏明月下,细腻早春前。花态繁于绮,闺情软似绵。轻新便妓唱,凝妙入僧禅。欲得人人伏，能教面面全。延之一作清苦拘检，摩诘好因缘。
七字排居敬，千词敌乐天。侍御八兄，能为七言绝句。赞善白君，好作百韵律
诗。殷勤闲太祝，张君籍。好去老通川自谓。莫漫裁章句，须饶紫禁
仙。

奉和权相公行次临阙驿逢郑仆射相公归朝俄顷分途因以奉赠诗十四韵

帝下赤霄符，搜求造化炉。中台归内座，太一直南都。黄霸乘轺
入，王尊叱驭趋。万人东道送，六蠹北风驱。栈阁才倾盖，关门已
合缮。贯鱼行逦迤，交马语踟蹰。去速熊罴兆，来驰虎豹夫。昔怜
三易地，今讶两分途。别路环山雪，离章运寸珠。锋芒断犀兕，波
浪没蓬壶。区宇声虽动，淮河孽未诛。将军遥策画，师氏密讦谟。
汉上坛仍筑，褒西阵再图。公方先二虏，何暇进愚儒。

酬乐天东南行诗一百韵 并序

　　元和十年三月二十五日，予司马通州。二十九日，与乐天于鄂东蒲
池村别，各赋一绝。到通州后，予又寄一篇。寻而乐天贶予八首。予时
疟病将死，一见外不复记忆。十三年，予以赦当迁，简省书籍，得是八
篇。吟叹方极，适崔果州使至，为予致乐天去年十二月二日书，书中寄
予百韵至两韵凡二十四章。属李景信校书自忠州访予。连床递饮之
间，悲咤使酒，不三两日，尽和去年已来三十二章皆毕，李生视草而去。
四月十三日，予手写为上下卷，仍依次重用本韵，亦不知何时得见乐天，
因人或寄去。通之人莫可与言诗者，唯妻淑在旁知状。（其本卷寻时于
峡州面付乐天，别本都在唱和卷中，此卷唯五言大律诗二首而已。）

我病方吟越，君行已过湖。元和十年闰六月至通州，染瘴危重。八月，闻乐天
司马江州。去应缘直道，哭不为穷途。亚竹寒惊牖，空堂夜向隅。暗
魂思背烛，危梦怯乘桴。此后每联之内，半述巴蜀土风，半述江乡物产。坐痛

筋骸憯，旁嗟物候殊。雨蒸虫沸渭，浪涌怪睢肝。索绠飘蚊蚋，蓬麻毵触舻。短檐苫稻草，微俸封^{去声}渔租。泥^{去声}浦喧捞蛤，荒郊险斗貙。鲸吞近溟涨，猿闹接黔巫。芒屩泅牛妇，丫头荡桨夫。酢醨荷裹卖，醨酒水淋沽。^{巴民造酒如淋醋法。}舞态翻鸲鹆，歌词咽鹧鸪。夷音啼似笑，蛮语谜相呼。江郭船添店，山城木竖郛。吠声沙市犬，争食墓林乌。犷俗诚堪惮，妖神甚可虞。欲令仁渐及，已被疟潜图。膳减思调鼎，行稀恐蛊枢。杂莼多剖鳝，和黍半蒸菰。绿粽新菱实，金丸小木奴^{巴橘酸涩，大如弹丸。}芋羹真暂淡，镏炙漫涂苏。匏鳖那胜苧，烹鲦只似鲈^{通州俗以鲦鱼为鲈。}楚风轻似蜀，巴地湿如吴。气浊星难见，州斜日易晡。通宵但云雾，未酉即桑榆。^{此后并言巴中风俗。}瘴窟蛇休蛰，炎溪暑不徂。伥魂阴叫啸，鹏貌昼踟蹰。乡里家藏蛊，官曹世乏儒。敛缗偷印信，传箭作符缮。椎髻抛巾帼，镖刀代辘轳。当心鞔铜鼓，背弝射桑弧。^{巴民尽射木弓，仍于弓左安箭。}岂复民氓料，须将鸟兽驱。是非浑并漆，词讼敢研朱。陋室鸮窥伺，衰形蟒觊觎。鬓毛霜点合，襟泪血痕濡。倍忆京华伴，偏忘我尔躯。^{此后并言与乐天同科、共游处等事。}谪居今共远，荣路昔同趋。科试铨衡局，衙参典校厨。^{书判同年，校正司省。}月中分桂树，天上识昌蒲。应召逢鸿泽，陪游值赐酺。心唯撞卫磬，耳不乱齐竽。^{此后并言同应制时事。}海岱词锋截，皇王笔阵驱。疾奔凌骥袅，高唱轧吴歈。点检张仪舌，提携傅说图。摆囊看利颖，开颔出明珠。并取千人特，皆非十上徒。白麻云色腻，墨诏电光粗。众口贪归美，何颜敢妒姝。秦台纳红旭，郢匠洗黄垆。谏猎宁规避，弹豪讵嗫嚅。肺肝憎巧曲，蹊径绝萦迂。誓遣朝纲振，忠饶翰苑输。^{元和四年为监察御史，乐天为翰林学士。}骥调方汗血，蝇点忽成卢。遂谪栖遑掾，还飞送别盂。痛嗟亲爱隔，颠望友朋扶。狸病翻随鼠，骢羸返作驹。物情良徇俗，时论太诬吾。瓶罄罍偏耻，松摧柏自枯。虎虽遭陷阱，龙不怕泥涂。此已上并述五年贬掾江陵，乐天亦遭罹谤铄。重喜登贤苑，方欣佐伍符。九年，乐天除太子赞善，予从事唐州也。判身入矛戟，轻敌比锱铢。驿骑来千里，天书下九衢。因教罢飞檄，便许到皇都。十年春，自唐州诏予召入京。舟败嚣浮汉，骖疲杖过邘。邮亭一萧索，烽候各崎岖。馈饷人推辂，谁何吏执殳。拔家逃力役，连锁责音偾逋诛。防戍兄兼弟，收田妇与姑。缧绁工女竭，青紫使臣纡。望国参云树，归家满地芜。破窗尘垮垮，幽院鸟呜呜。此已下并言靖安里无人居，触目荒凉。祖竹丛新笋，孙枝压旧梧。晚花狂蛱蝶，残蒂宿茱萸。始悟摧林秀，因衔避缴芦。文房长遣闭，经肆未曾铺。鹡鸰方求侣，鸥鸢已吓雏。征还何郑重，斥去亦须臾。迢递投遐徼，苍黄出奥区。通川诚有咎，溢口定无辜。三月积之通州，八月乐天之江州。利器从头匣，刚肠到底刳。薰莸任盛贮，稊稗莫超逾。公干经时卧，钟仪几岁拘。光阴流似水，蒸瘴热于炉。薄命知然也，深交有矣夫。救焚期骨肉，投分刻肌肤。本题云：寄澧州李十一舍人、果州崔二十二员外、开州韦大员外、通州元九侍御、庾三十二补阙、杜十四拾遗、李二十助教、窦七校书，兼投吊席八舍人。二妙驰轩陛，三英咏袴襦。庾三十二、杜十四并居北省，李十一、崔二十二、韦大各典方州。李多嘲蜾蜓，窦数集蜘蛛。李二十雅善歌诗，固多咏物之作。窦七颇改官衔，屡有蜘蛛之喜。数子皆奇货，唯予独朽株。邯郸笑匍匐，燕蓟受揶揄。懒学三闾愤，甘齐百里愚。耽眠稀醒素，凭醉少嗟吁。学问徒为尔，书题尽已于。别犹多梦寐，情尚感凋枯。近喜司戎健，寻伤掌诰徂。今日得乐天书，六年闻席八殁。士元名位屈，伯道子孙无。旧好飞琼翰，新诗灌玉壶。几催闲处泣，终作苦中娱。廉蔺声相让，燕秦势岂俱。此篇应绝倒，休漫捋髭须。乐天戏题篇末云：此篇拟打足下寄容州诗，故有戏誉。

和乐天送客游岭南二十韵 次用本韵

我自离乡久，君那度岭频。一杯魂惨澹，万里路艰辛。江馆连沙

市,泷船泊水滨。骑田回北顾,铜柱指南邻。大壑浮三岛,周天过
五均。波心涌楼阁,规外布星辰。交广间南极浸高,北极浸低,圆规度外,星
辰至众,大如五曜者数十,皆不在《星经》。狒狒穿筒格,猩猩置屐驯。郭璞云:
狒狒,交广山谷间有之。南人俗法,尝用竹筒穿臂以受之。狒狒执臂辄笑,笑则唇蔽两
目。人因自筒中出手,以钉钉之于树。猩猩嗜酒,好屐,南人尝以美酒置于其所,且排
十数屐。猩猩见之,骤相谓曰:吾既就擒矣。然而渐饮至醉,醉则穿破屐而行,既不能
去,相与泣而见获。故《吴都赋》曰:猩猩啼而就擒,狒狒笑而被格。盖为此。贡兼蛟
女绢,俗重语儿巾。南方去京华绝远,冠冕不到,唯海路稍通。吴中商肆多榜云:
此有语儿巾子。舶主腰藏宝,南方呼波斯为舶主。胡人异宝,多自怀藏,以避强丐。
黄家砦柴去声。南夷之区落起尘。歌钟排象背,炊爨上鱼身。夷民大陈
设,则巨象背上作乐。大鱼出浮,身若洲岛,海人泊舟于旁,因而炊爨其上,鱼不之觉。
电白雷山接,旗红贼舰新。岛夷徐市种,庙觋赵佗神。鸢跕方知
瘴,蛇苏不待春。曙潮云斩斩,夜海火磷磷。海水夜击之,则尽如火。盖
阴火潜然之谓也。冠冕中华客,梯航异域臣。果然皮胜锦,吉了舌如
人。风觥一作貹秋茅叶,烟埋晓月轮。定应玄发变,焉用翠毛珍。
句漏沙须买,贪泉货莫亲。能传稚川术,何患隐之贫。

献荥阳公诗五十韵 并启

启:今月十七日,公会儒于便㢈,稹亦谬容末席。公出《棠树》之首
章,且识其目曰:客有前进士韦、张在宋来会学,由我而下,联为五言以
美之。诸生怗怗辣辣,各尽词以献公。公则举其摧敌,推案析理,次至
数联,应若前定。诸儒有不安者,随为刮削,变媺为妍,不废暮而珠贯成
就。瑕不可掩者,稹六联耳,退而自咎,且盛公之所为,因而次用所联翩
贤等五十一字,合为一诗。止咏公之词业力翰,洎生徒学校之事而已
也。其于勋位崇懿在国籍,族地清甲编世家,政事德美播讴谣,俭仁慈
爱被亲戚,非小儒造次之所尽。大凡受褊狭者不可以语大,持杯棬而承
澍雨,自满而止,又安能测其滂沛之所至哉。惶恐无任,俯伏待罪。谨
以启陈,不宣。谨启。

郑驿骑翩翩，丘门子弟贤。文翁开学日，正礼骋途年。张秀才正谟，荥阳公首荐登第也。骏骨黄金买，英髦绛帐延。趋风皆躄足，侍坐各差肩。解榻招徐稚，登楼引仲宣。凤攒题字扇，鱼落讲经筵。盛气河包济，贞姿岳柱天。皋夔当五百，邹鲁重三千。科斗翻腾取，关雎教授先。荥阳公僚吏生徒受诗有百数。篆垂朝露滴，诗缀夜珠联。逸礼多心匠，焚书旧口传。陈遵修尺牍，阮瑀让飞笺。中的颜初启，抽毫踵未旋。森罗万木合，属对百花全。词海跳波涌，文星拂坐悬。戴冯遥避席，祖逖后施鞭。西蜀凌云赋，东阳咏月篇。劲芟鳌足断，精贯虱心穿。浩汗神弥王，鹍飚兴欲仙。冰壶通皓雪，绮树眇晴烟。驱驾雷霆走，铺陈锦绣鲜。清机登突奥，流韵溢山川。墨客膺潜服，谈宾膝误前。张鳞定摧败，折角反矜怜。句句推琼玉，声声播管弦。纤新撩造化，颍洞斡陶甄。卫磬玲钖极，齐竽僭滥偏。空虚惭炙輠，点窜许怀铅。愈色秋来草，哀吟雨后蝉。自伤魂惨沮，何暇思幽玄。稹病疟二年，求医在此。荥阳公不忍，归之瘴乡。喜到樽罍侧，愁亲几案边。菁华知竭矣，肺腑尚求痊。抵滞浑成醉，徘徊转慕膻。老叹才渐少，闲苦病相煎。瓦砾难追琢，刍荛分弃捐。漫劳成恳恳，那得美娟娟。拙劣仍非速，迂愚且异专。移时停笔砚，挥景乏戈铤。仪舌忻犹在，舒帷誓不褰。会将连献楚，深耻谬游燕。蒲有临书叶，韦充读易编。沙须披见宝，经拟带耕田。入雾长期闰，持朱本望研。轮辕呈曲直，凿枘取方圆。呼吸宁徒尔，沾濡岂浪然。过箫资响亮，随水涨沦涟。惜日看圭短，偷光恨壁坚。勤勤雕朽木，细细导蒙泉。传癖今应甚，头风昨已痊。丹青公旧物，一为变蚩妍。

全唐诗卷四〇八

元　稹

酬乐天江楼夜吟稹诗因成三十韵 次用本韵

忽见君新句，君吟我旧篇。见当巴徼外，吟在楚江前。思郾宁通律，声清遂扣玄。三都时觉重，一顾世称妍。排韵曾遥答，分题几共联。昔凭银翰写，今赖玉音宣。布鼓随椎响，坏泥仰匠圆。铃因风断续，珠与调牵绵。阮籍惊长啸，商陵怨别弦。猿羞啼月峡，鹤让警秋天。志士潜兴感，高僧暂废禅。兴飘沧海动，气合碧云连。点缀工微者，吹嘘势特然。休文徒倚槛，彦伯浪回船。伎乐当筵唱，儿童满巷传。改张思妇锦，腾跃贾人笺。魏拙虚教出，曹风敢望痊。定遭才子笑，恐赚学生癫。裁什情何厚，飞书信不专。隼猜鸿蓄缩，虎横犬迍邅。水墨看虽久，琼瑶喜尚全。才从鱼里得，便向市头悬。夜置堂东序，朝铺座右边。手寻韦欲绝，泪滴纸浑穿。甘蔗销残醉，醍醐醒早眠。深藏那遽灭，同咏苦无缘。雅羡诗能圣，终嗟药未仙。五千诚远道，四十已中年。诸葛亮云：扬州万里，浔阳向馀五千。仆今年忽已四十一。暗魄多相梦，衰容每自怜。卒章还怵惕，蚊蚋溢山川。

酬乐天待漏入阁见赠

时乐天为中书舍人，予任翰林学士。

未勘银台契，先排浴殿关。沃心因特召，〔承〕(丞)旨绝常班。〔承〕(旨)学士，在诸学士上。觇闪才人袖，思政对学士，往往宫官传诏。呕鸦软举镮。宫花低作帐，云从积成山。密视枢机草，偷瞻咫尺颜。恩垂天语近，对久漏声闲。丹陛曾同立，金銮恨独攀。笔无鸿业润，袍愧紫文殷。河水通天上，瀛州接世间。谪仙名籍在，何不重来还。

酬乐天早春闲游西湖颇多野趣恨不得与微之同赏因思在越官重事殷镜湖之游或恐未暇因成十八韵见寄乐天前篇到时适会予亦宴镜湖南亭因述目前所睹以成酬答末章亦示暇诚则势使之然亦欲粗为恬养之赠耳 浙东时作

雁思欲回宾，风声乍变新。各携红粉伎，俱伴紫垣人。水面波疑縠，山腰虹音降似巾。柳条黄大带，茭荸茭荸，草根。绿文茵。雪尽才通屐，汀寒未有蘋。向阳偏晒羽，依岸小游鳞。浦屿崎岖到，林园次第巡。墨池怜嗜学，丹井羡登真。逸少墨池、稚川丹井，皆越中异迹。雅叹游方盛，聊非意所亲。白头辞北阙，沧海是东邻。问俗烦江界，搜畋想渭津。故交音讯少，归梦往来频。独喜同门旧，皆为列郡臣。三刀连地轴，一苇碍车轮。尚阻青天雾，空瞻白玉尘。龙因雕字识，犬为送书驯。胜事无穷境，流年有限身。懒将闲气力，争斗野塘春。

江边四十韵 此后并江陵时作。

官为修宅，卒然有作。因招李六侍御。

官借江边宅，天生地势坳。欹危饶坏构，迢递接长郊。怪鹏频栖
息，跳蛙颇混淆。总无篱缴绕，尤怕虎咆哮。停潦鱼招獭，空仓鼠
敌猫。土虚烦穴蚁，柱朽畏藏蛟。蛇虺吞檐雀，豺狼逐野麃。犬惊
狂浩浩，鸡乱响嘐嘐。濩落贫甘守，荒凉秒尽包。断帘飞熠耀，当
户网蟏蛸。曲突翻成沼，行廊却代庖。桥横老颠枿，马病裛刍茭。
一一床头点，连连砌下泡。辱泥疑在绛，避雨想经崤。相顾忧为
鳖，谁能复系匏。誓心来利往，卜食过安爻。何计逃昏垫，移文报
旧交。栋梁存伐木，苫盖愧分茅。金珰排黄荻，琅玕袅翠梢。花砖
水面斗，鸳瓦玉声敲。方础荆山采，修椽郢匠刨。隐锥—作椎雷震
蛰，破竹箭鸣骹。正寝初停午，频眠欲转胞。困圆收—作故薄禄，厨
敞备嘉肴。各各人宁宇，双双燕贺巢。高门受车辙，华厩称蒲捎。
尺寸皆随用，毫厘敢浪抛。篾筊笼白鹤，枝集本缺剩架青鸡。制榻
容筐篚，施关拒斗筲。栏干防汲井，密室待持胶。庭草佣工薙，园
蔬稚子捎。本图闲种植，那要择肥硗。绿柚勤勤数，红榴个个抄。
池清漉螃蟹，瓜蠚拾蟏蝥。晒篆看沙鸟，磨刀绽海鲛。罗灰修药
灶，筑埒阅弓弰。散诞都由习，童蒙剩懒教。最便陶静饮，还作解
愁嘲。近浦闻归楫，遥城罢晓铙。王孙如有问，须为并挥鞘。

春 六 十 韵

节应寒灰下，春生返照中。未能消积雪，已渐少回风。迎气邦经
重，斋诚帝念隆。龙骧紫宸北，天压翠坛东。仙仗摇佳彩，荣光答
圣衷。便从威仰座，随入大罗宫。先到璇渊底，偷穿玳瑁栊。馆娃
朝镜晚，太液晓冰融。撩摘音剔芳情遍，搜求好处终。九霄浑可可，

万姓尚忡忡。昼漏频加箭，宵晖欲半弓。驱令三殿出，乞与百蛮同。直自方壶岛，斜临绝漠戎。南巡暖一作暖珠树，西转丽崆峒。度岭梅甘坼，潜泉脉暗洪。悠悠铺塞草，冉冉著江枫。蚕役投筐妾，耘催荷荼翁。既蒸难发地，仍送懒归鸿。约略环区宇，殷勤绮镐沣。华山青黛扑，渭水碧沙蒙。宿露清馀霭，晴烟塞迥空。燕巢才点缀，莺舌最惺憁。腻粉梨园白，胭脂桃径红。郁金垂嫩柳，罨画委高笼。地甲门阑大，天开禁掖崇。层台张舞凤，阁道架飞虹。麴蘖调神化集本缺。鹓鸾竭至忠。歌钟一作声齐锡宴，车服奖庸功。俊造欣一作兴时用，闾阎贺岁丰。倡楼妆爠爠一作歌细细，农野绿一作麦芃芃。贵主骄矜盛，豪家恃赖雄。偏沾打球彩，频得铸钱铜。专杀擒杨若，殊恩赦一作赫邓通。女孙新在内，婴稚近封公。游衍关心乐，诗书对面聋。盘筵饶异味，音乐斥庸工。酒爱油衣浅，杯夸玛瑙烘。挑鬟玉钗髻，刺绣宝装拢。启齿呈编贝，弹丝动削葱。醉圆双媚靥，波溢两明瞳。但赏欢无极，那知恨亦充。洞房闲窈窕，庭院独葱茏。谢砌紫残絮，班窗网曙虫。望夫身化石，为伯首如蓬。顾我沉忧士，骑他老病骢。静街乘旷荡，初日接瞳昽。饮败肺常渴，魂惊耳更聪。虚逢好阳艳，其那苦昏懵。黾勉还移步，持疑又省躬。慵将疲悴质，漫走倦羸僮。季月行当暮，良辰坐叹穷。晋悲焚介子，鲁愿浴沂童。燧改鲜妍火，阴繁暗澹桐。瑞云低庌庌，香雨润濛濛。药溉分窠数，篱栽备幼冲。种莎怜见叶，护笋冀成筒。有梦多为蝶，因搜定作熊。漂沉随坏芥，荣茂委苍穹。震动风千变，晴和鹤一冲。丁宁搴芳侣，须识未开丛。

月三十韵

冀叶标新朔，霜豪引细辉。白眉惊半隐，虹势讶全微。凉一作剩魄潭空洞，虚弓雁畏威。上弦何汲汲，佳色转依依。绮幕残灯敛，妆楼破镜飞。玲珑穿竹树，岑寂思屏帏。坐爱规将合，行看望已几。绛河冰鉴朗，黄道玉轮巍。迥照偏琼砌，馀光借粉闱。泛池相皎洁，压桂共芳菲。的的当歌扇，娟娟透舞衣。殷勤入怀什，恳款堕云圻。素液传烘盏，鸣琴荐碧徽。椒房深肃肃，兰路霭霏霏。翡翠通帘影，琉璃莹殿扉。西园筵玳瑁，东壁射蟏蛸。老将占天阵，幽人钓石矶。荷锄元亮息，回棹子猷归。迢递同千里，孤高净九围。从星作风雨，配日丽旌旗。麟斗宁徒设，蝇声岂浪讥。司存委卿士，新拜出郊畿。今古虽云极，亏盈不易违。珠胎方夜满，清露忍朝晞。渐减姮娥面，徐收楚练机。卞疑雕璧碎，潘感竟床稀。捐箧辞班女，潜波蔽虑妃。氛埃谁定灭，蟾兔杳难希。须遣圆明尽，良嗟造化非。如能付刀尺，别为创璿玑。

饮致用神麹酒三十韵

七月调神麹，三春酿绿醽。雕镌荆玉盏，烘透内丘瓶。试滴盘心露，疑添案上萤。满尊凝止水，祝地落繁星。翻陋琼浆浊，唯闻石髓馨。冰壶通角簟，金镜彻云屏。雪映烟光薄，霜涵雾色泠。蚌珠悬皎晶，桂魄倒潆溟。昼洒蝉将饮，宵挥鹤误聆。琉璃惊太白，钟乳讶微青。讵敢辞濡首，并怜可鉴形。行当遣俗累，便得造禅扃。何惮说千日，甘从过百龄。但令长泛蚁，无复恨漂萍。胆壮还增气，机忘反自冥。瓮眠思毕卓，糟籍忆刘伶。仿佛中圣日，希夷夹大庭。眼前须底物，座右任他铭。刮骨都无痛，如泥未拟停。残醨犹漠漠，华烛已荧荧。真性临时见，狂歌半睡听。喧阗争意气，调笑学娉婷。酩酊焉知极，羁离忽暂宁。鸡声催欲曙，蟾影照初醒。咽绝鹃啼竹，萧撩雁去汀。遥城传漏箭，乡寺响风铃。楚泽一为梗，尧阶屡变蓂。醉荒非独此，愁梦几曾经。每耻穷途哭，今那客泪零。感君澄醴酒，不遣渭和泾。

感石榴二十韵

何年安石国，万里贡榴花。迢递河源道，因依汉使槎。酸辛犯葱岭，憔悴涉龙沙。初到摽珍木，多来比乱麻。深抛故园里，少种贵人家。唯我荆州见，怜君胡地赊。从教当路长，兼恣入檐斜。绿叶裁烟翠，红英动日华。新帘裙透影，疏牖烛笼纱。委作金炉焰，飘成玉砌瑕。乍惊珠缀密，终误绣帏奢。琥珀烘梳碎，燕支懒颊涂。风翻一树火，电转五云车。绛帐迎宵日，芙蕖绽早牙。浅深俱隐映，前后各分葩。宿露低莲脸，朝光借绮霞。暗虹徒缴绕，濯锦莫周遮。俗态能嫌旧，芳姿尚可嘉。非专爱颜色，同恨阻幽遐。满眼思乡泪，相嗟亦自嗟。

度　门　寺

北祖三禅地神秀禅师造，西山万树松。门临溪一带，桥映竹千重。劚凿基阶正，包藏景气浓。诸岩分院宇，双岭抱垣墉。舍利开层塔，香炉占小峰。道场居士置，经藏大师封。太子知栽植，神王守要冲。由旬排讲座，丈六写真容。佛语迦陵说，僧行猛虎从。修罗抬日拒，楼至拔霜锋。画井垂枯朽，穿池救唅喁。蕉非难败坏，槿喻暂丰茸。宝界留遗事，金棺灭去踪。钵传烘玛瑙，石长翠芙蓉。影帐纱全落，绳床土半壅。金棺已下，并寺中所有。荒林迷醉象，危壁亚盘龙。行色怜初月，归程待晓钟。心源虽了了，尘世苦憧憧。宿荫高声忏，斋粮并力春。他生再来此，还愿总相逢。

大云寺二十韵

地胜宜台殿，山晴离垢氛。现身千佛国，护世四王军。碧耀高楼瓦，赪飞半壁文。鹤林萦古道，雁塔没归云。幡影中天飏，钟声下

界闻。攀萝极峰顶,游目到江濆。驯鸽闲依缀,调猿静守群。虎行
风捷猎,龙睡气氛氲。获稻禅衣卷,烧畬劫火焚。新英蜂采掇,荒
草象耕耘。钵付灵童洗,香教善女熏。果枝低罨罨,花雨泽雰雰。
示化维摩疾,降魔力士勋。听经神变见,说偈鸟纷纭。上境光犹
在,深谿暗不分。竹笼烟欲暝,松带日馀曛。真谛成知别,迷心尚
有云。多生沉五蕴,宿习乐三坟。谕鹿车虽设,如蚕绪正棼。且将
平等义,还奉圣明君。

和友封题开善寺十韵 依次重用本韵

梁王开佛庙,云构岁时遥。珠缀飞闲鸽,红泥落碎椒。灯笼青焰
短,香印白灰销。古匣收遗施,行廊画本朝。藏经沾雨烂,魔女捧
花娇。亚树牵藤阁,横查压石桥。竹荒新笋细,池浅小鱼跳。匠正
琉璃瓦,僧锄芍药苗。旋蒸茶嫩叶,偏把柳长条。便欲忘归路,方
知隐易招。

全唐诗卷四〇九

元　稹

牡丹二首 此后并是校书郎以前作

簇蕊风频坏，裁红雨更新。眼看吹落地，便别一年春。
繁绿阴全合，衰红展渐难。风光一抬举，犹得暂时看。

象　人

被色空成象，观空色异真。自悲人是假，那复假为人。

与杨十二巨源卢十九经济同游大安亭各赋二物各为五韵探得松石

片石与孤松，曾经物外逢。月临栖鹤影，云抱老人峰。蜀客君当问，秦官我旧封。积膏当琥珀，新劫长芙蓉。待补苍苍去，樛柯早变龙。

赋得春雪映早梅

飞舞先春雪，因依上番梅。一枝方渐秀，六出已同开。积素光逾密，真花节暗催。抟风飘不散，见睍忽偏摧。郢曲琴空奏，羌音笛自哀。今朝两成咏，翻挟昔人才。

赋得玉卮无当 韵取卮字

共惜连城宝,翻成无当卮。诅惭君子贵,深讶巧工隳。泛蚁功全小,如虹色不移。可怜殊砾石,何计辨糟醨。江海诚难满,盘筵莫忘施。纵乖斟酌意,犹得对光仪。

赋得数蓂 元和中作

将课司天历,先观近砌蓂。一旬开应月,五日数从星。桂满丛初合,蟾亏影渐零。辨时长有素,数闰或馀青。坠叶推前事,新芽察未形。尧年始今岁,方欲瑞千龄。

赋得九月尽 秋字

霜降三旬后,蓂馀一叶秋。玄阴迎落日,凉魄尽残钩。半夜灰移琯,明朝帝御裘。潘安过今夕,休咏赋中愁。

赋得雨后花

红芳怜静色,深与雨相宜。馀滴下纤蕊,残珠堕细枝。浣花江上思,啼粉镜中窥。念此低回久,风光幸一吹。

早　归

春静晓风微,凌晨带酒归。远山笼宿雾,高树影朝晖。饮马鱼惊水,穿花露滴衣。娇莺似相恼,含啭傍人飞。

晚　秋

竹露滴寒声,离人晓思惊。酒醒秋簟冷,风急夏衣轻。寝倦解幽梦,虑闲添远情。谁怜独欹枕,斜月透窗明。

送林复梦赴韦令辟

蜀路危于剑,怜君自坦途。几回曾啖炙,千里远衔珠。野性便荒饮,时风忌酒徒。相门多礼让,前后莫相逾。

忆杨十二

杨子爱言诗,春天好咏时。恋花从马滞,联句放杯迟。日映含烟竹,风牵卧柳丝。南山更多兴,须作白云期。

夜　合

绮树满朝阳,融融有露光。雨多疑濯锦,风散似分妆。叶密烟蒙火,枝低绣拂墙。更怜当暑见,留咏日偏长。

新　竹

新篁才解箨,寒色已青葱。冉冉偏凝粉,萧萧渐引风。扶疏多透日,寥落未成丛。惟有团团节,坚贞大小同。

秋相望

檐月惊残梦,浮凉满夏衾。蟏蛸低户网,萤火度墙阴。炉暗灯光短,床空帐影深。此时相望久,高树忆横岑。

春　病

病来闲卧久,因见静时心。残月晓窗迥,落花幽院深。望山移坐榻,行药步墙阴。车马门前度,遥闻哀苦吟。

山竹枝 自化感寺携来，至清源，投之辋川耳。

深院虎溪竹，远公身自栽。多惭折君节，扶我出山来。贵宅安危步，难将混俗材。还投辋川水，从作老龙回。

悟禅三首寄胡果

近闻胡隐士，潜认得心王。不恨百年促，翻悲万劫长。有修终有限，无事亦无殃。慎莫通方便，应机不顿忘。

百年都几日，何事苦嚣然。晚岁倦为学，闲心易到禅。病宜多宴坐，贫似少攀缘。自笑无名字，因名自在天。

近见新章句，因知见在心。春游晋祠水，晴上霍山岑。问法僧当偈，还丹客赠金。莫惊头欲白，禅观老弥深。

东 台 去

> 仆每为崔、白二学士话陶先生喜不遇之事，且曰：仆得分司东台，即足以买山家。

陶君喜不遇，予每为君言。今日东台去，澄心在陆浑。旋抽随日俸，并买近山园。千万崔兼白，殷勤承主恩。

戴光弓 韦评事见赠也

潞府筋角劲，戴光因合成。因君怀胆气，赠我定交情。不拟闲穿叶，那能枉始生。唯调一只箭，飞入破聊城。

刘颇诗 并序

> 昌平人刘颇，其上三世有义烈。颇少落行阵，二十解属文，举进士科试不就，负气，狭路间病羸车蔽枢，尽碎之，罄囊酬直而去。南归唐

州,为吏所轧,势不支,气屈,自火其居,出契书投火中,縣是以气闻。予
闻风四五年而后见,因以诗许之。

一言感激士,三世义忠臣。破瓮嫌妨路,烧庄耻属人。迥分辽海
气,闲踏洛阳尘。倘使权由我,还君白马津。

夜 饮

灯火隔帘明,竹梢风雨声。诗篇随意赠,杯酒越巡行。漫唱江朝
曲,闲征药草名。莫辞终夜饮,朝起又营营。

褒城驿 军大夫严秦修

严秦修此驿,兼涨驿前池。已种千竿竹,又一作更栽千树梨。四年
三月半,新笋晚花一作牡丹时。怅望一作恩向东川去,等闲一作偶然题
作一作此诗。

闲 二 首

晻澹洲烟白,篱筛日脚红。江喧过云雨,船泊打头风。艇子收鱼
市,鸦儿噪荻丛。不堪堤上立,满眼是蚊虫。

青衫经夏黙,白发望乡稠。雨冷新秋簟,星稀欲曙楼。连鸿尽南
去,双鲤本东流。北信无人寄,蝉声满树头。

欲 曙

江堤阅暗流,漏鼓急残筹。片月低城堞,稀星转角楼。鹤媒华表
上,鸥鹩柳枝头。不为来趋府,何因欲曙游。

寄 胡 灵 之

早岁颠狂伴,城中共几年。有时潜步出,连夜小亭眠。月影侵床

上,花丛在眼前。今宵正风雨,空宅楚江边。

夜 雨

水怪潜幽草,江云拥废居。雷惊空屋柱,电照满床书。竹瓦风频
裂,茅檐雨渐疏。平生沧海意,此去怯为鱼。

酬李六醉后见寄口号 用本韵

顿愈关风疾,因吟口号诗。文章纷似绣,珠玉布如棋。健羡觥飞
酒,苍黄日映篱。命童寒色倦,抚稚晚啼饥。潦倒惭相识,平生颇
自奇。明公将有问,林下是灵龟。

归 田 时三十七

陶君三十七,挂绶出都门。我亦今年去,商山淅岸村。冬修方丈
室,春种桔槔园。千万人间事,从兹不复言。

缘 路

总是玲珑竹,兼藏浅漫溪。沙平深见底,石乱不成泥。烟火遥村
落,桑麻隔稻畦。此中如有问,甘被到头迷。

诮卢戡与予数约游三寺戡独沉醉而不行

乘兴无羁束,闲行信马蹄。路幽穿竹远,野迥望云低。素帛茅花
乱,圆珠稻实齐。如何卢进士,空恋醉如泥。

遣 春 三 首

杨公三不惑,我惑两般全。逢酒判身病,拈花尽意怜。水生低岸
没,梅蹙小珠连。千万红颜辈,须惊又一年。

柳眼开浑尽,梅心动已阑。风光好时少,杯酒病中难。学问慵都
废,声名老更判。唯馀看花伴,未免忆长安。

失却游花伴,因风浪引将。柳堤遥认马,梅径误寻香。晚景行看
谢,春心渐欲狂。园林都不到,何处枉风光。

岁 日

一日今年始,一年前事空。凄凉百年事,应与一年同。

湘南登临湘楼

高处望潇湘,花时万井香。雨馀怜日嫩,岁闰觉春长。霞刹分危
榜,烟波透远光。情知楼上好,不是仲宣乡。

晚 宴 湘 亭

晚日宴清湘,晴空走艳阳。花低愁露醉,絮起觉春狂。舞旋红裙
急,歌垂碧袖长。甘心出童羖,须一尽时荒。

酒 醒

饮醉日将尽,醒时夜已阑。暗灯风焰晓,春席水窗寒。未解萦身
带,犹倾坠枕冠。呼儿问狼藉,疑是梦中欢。

全唐诗卷四一〇

元 稹

独 游

远地难逢侣，闲人且独行。上山随老鹤，接酒待残莺。花当西施面，泉胜卫玠清。鹈鹕满春野，无限好同声。

洞 庭 湖

人生除泛海，便到洞庭波。驾浪沉西日，吞空接曙河。虞巡竟安在，轩乐讵曾过。唯有君山下，狂风万古多。

雪 天

故乡千里梦，往事万重悲。小雪沉阴夜，闲窗老病时。独闻归去雁，偏咏别来诗。惭愧红妆女，频惊两鬓丝。

赠 熊 士 登

平生本多思，况复老逢春。今日梅花下，他乡值故人。

别岭南熊判官

十年常远道，不忍别离声。况复三巴外，仍逢万里行。桐花新雨气,梨叶晚春晴。到海知何日,风波从此生。

水上寄乐天

眼前明月水,先入汉江流。汉水流江海,西江过庾楼。庾楼今夜
月,君岂在楼头。万一楼头望,还应望我愁。

夏阳亭临望寄河阳侍御尧

望远音书绝,临川意绪长。殷勤眼前水,千里到河阳。

日 高 睡

隔是身如梦,频来不为名。怜君近南住,时得到山行。

辋 川

世累为身累,闲忙不自由。殷勤辋川水,何事出山流。

天 坛 归

为结区中累,因辞洞里花。还来旧城郭,烟火万人家。

雨 后

倦寝数残更,孤灯暗又明。竹梢馀雨重,时复拂帘惊。

晴 日

多病苦虚羸,晴明强展眉。读书心绪少,闲卧日长时。

直 台

麇入神羊队,鸟惊海鹭眠。仍教百馀日,迎送直厅前。

行　宫 —作王建诗

寥落古行宫,宫花寂寞红。白头宫女在,闲坐说玄宗。

醉　行

秋风方索漠,霜貌足暌携。今日骑骢马,街中醉蹋泥。

指巡胡

遣闷多凭酒,公心只仰胡。挺身唯直指,无意独欺愚。

饮新酒

闻君新酒熟,况值菊花秋。莫怪平生志,图销尽日愁。

香　球

顺俗唯团转,居中莫动摇。爱君心不恻,犹讶火长烧。

景申秋八首

年年秋意绪,多向雨中生。渐欲烟火近,稍怜衣服轻。咏诗闲处
立,忆事夜深行。濩落寻常惯,凄凉别为情。

蚊幌雨来卷,烛蛾灯上稀。啼儿冷秋簟,思妇问寒衣。帘断萤火
入,窗明蝙蝠飞。良辰日夜去,渐与壮心违。

喔喔檐溜凝,丁丁窗雨繁。枕倾筒簟滑,幔飐案灯翻。唤魇儿难
觉,吟诗婢苦烦。强眠终不著,闲卧暗消魂。

瓶泻高檐雨,窗来激箭风。病憎灯火暗,寒觉薄帏空。婢报樵苏
竭,妻愁院落通。老夫慵计数,教想蔡城东。

风头难著枕,病眼厌看书。无酒销长夜,回灯照小馀。三元推废

王，九曜入乘除。廊庙应多算，参差斡太虚。

经雨篱落坏，入秋田地荒。竹垂哀折节，莲败惜空房。小片慈菇
白，低丛柚子黄。眼前撩乱辈，无不是同乡。

雨柳枝枝弱，风光片片斜。蜻蜓怜晓露，蛱蝶恋秋花。饥啅空篱
雀，寒栖满树鸦。荒凉池馆内，不似有人家。

病苦十年后，连阴十日馀。人方教作鼠，天岂遣为鱼。鲛绽沣城
剑，虫凋鬼火书。出闻泥泞尽，何地不摧车。

遣 行 十 首

惨切风雨夕集作多，沉吟离别情。燕辞前日社，蝉是每年声。暗泪
深相感，危心亦自惊。不如元不识，俱作路人行。

十五年前事，栖惶无限情。病僮更借出，羸马共驰声。射叶杨才
破，闻弓雁已惊。小年辛苦学，求得苦辛行。

徙倚檐宇下，思量去住情。暗萤穿竹见，斜雨隔窗声。就枕回转
数，闻鸡撩乱惊。一家同草草，排比送君行。

已怆朋交别，复怀儿女情。相兄亦相旧，同病又同声。白发年年
剩，秋蓬处处惊。不堪身渐老，频送异乡行。

塞上风雨思，城中兄弟情。北随鹓立位，南送雁来声。遇适尤兼
恨，闻书喜复惊。唯应遥料得，知我伴君行。

暮欲歌吹乐，暗冲泥水情。稻花秋雨气，江石夜滩声。犬吠穿篱
出，鸥眠起水惊。愁君明月夜，独自入山行。

七过褒城驿，回回各为情。八年身世梦，一种水风声。寻觅诗章
在，思量岁月惊。更悲西塞别，终夜绕池行。

褒县驿前境，曲江池上情。南堤衰柳意，西寺晚钟声。云水兴方
远，风波心已惊。可怜皆老大，不得自由行。

见说巴风俗，都无汉性情。猿声芦管调，羌笛竹鸡声。迎候人应

少,平安火莫惊。每逢危栈处,须作贯鱼行。

闻道阴平郡,脩然古戍情。桥兼麋鹿蹋,山应鼓鼙声。羌妇梳头
紧,蕃牛护尾惊。怜君闲闷极,只傍白江行。

生春二十首 丁酉岁　凡二十章

何处生春早,春生云色中。笼葱闲著水,暗淡欲随风。度晓分霞
态,馀光庇雪融。晚来低漠漠,浑欲泥幽丛。

何处生春早,春生漫雪中。浑无到地片,唯逐入楼风。屋上些些
薄,池心旋旋融。自悲销散尽,谁假入兰丛。

何处生春早,春生雾色中。远林横返照,高树亚东风。水冻霜威
庇,泥新地气融。渐知残雪薄,秒近最怜丛。

何处生春早,春生曙火中。星围分暗陌,烟气满晴风。宫树栖鸦
乱,城楼带雪融。竞排闾阖侧,珂伞自相丛。

何处生春早,春生晓禁中。殿阶龙旆日,漏阁宝筝风。药树香烟
重,天颜瑞气融。柳梅浑未觉,青紫已丛丛。

何处生春早,春生江路中。雨移临浦市,晴候过湖风。芦笋锥犹
短,凌澌玉渐融。数宗船载足,商妇两眉丛。

何处生春早,春生野墅中。病翁闲向日,征妇懒成风。斫筀天虽
暖,穿区冻未融。鞭牛县门外,争土盖蚕丛。

何处生春早,春生冰岸中。尚怜扶腊雪,渐觉受东风。织女云桥
断,波神玉貌融。便成呜咽去,流恨与莲丛。

何处生春早,春生柳眼中。芽新才绽日,茸短未含风。绿误眉心
重,黄惊蜡泪融。碧条殊未合,愁绪已先丛。

何处生春早,春生梅援中。蕊排难犯雪,香乞音气拟来风。陇迥羌
声怨,江遥客思融。年年最相恼,缘未有诸丛。

何处生春早,春生鸟思中。鹊巢移旧岁,鸢羽旋高风。鸿雁惊沙

暖,鸳鸯爱水融。最怜双翡翠,飞入小梅丛。

何处生春早,春生池榭中。镂琼冰陷日,文縠水回风。柳爱和身
动,梅愁合树融。草芽犹未出,挑得小萱丛。

何处生春早,春生稚戏中。乱骑残爆竹,争唾小旋风。骂雨愁妨
走,呵冰喜旋融。女儿针线尽,偷学五辛丛。

何处生春早,春生人意中。晓妆虽近火,晴戏渐怜风。暗入心情
懒,先添酒思融。预知花好恶,偏在最深丛。

何处生春早,春生半睡中。见灯如见雾,闻雨似闻风。开眼犹残
梦,抬身便恐融。却成双翅蝶,还绕庳花丛。一本傍人惊屡压,魂逐牡丹
丛。

何处生春早,春生晓镜中。手寒匀面粉,鬟动倚帘风。宿雾梅心
滴,朝光幕上融。思牵梳洗懒,空拔绿丝丛。

何处生春早,春生绮户中。玉棁穿细日,罗幔张上声轻风。柳软腰
支嫩,梅香密气融。独眠傍妒物,偷铲合欢丛。

何处生春早,春生老病中。土膏蒸足肿,天暖痒头风。似觉肌肤
展,潜知血气融。又添新一岁,衰白转成丛。

何处生春早,春生客思中。旅魂惊北雁,乡信是东风。纵有心灰
动,无由鬓雪融。未知开眼日,空绕未开丛。

何处生春早,春生濛雨中。裛尘微有气,拂面细如风。柳误啼珠
密,梅惊粉汗融。满空愁淡淡,应豫忆芳丛。

嘉　陵　水

尔是无心水,东流有恨无。我心无说处,也共尔何殊。

漫天岭赠僧

五上两漫天,因师忏业缘。漫天无尽日,浮世有穷年。

百 牢 关

天上无穷路,生期七十间。那堪九年内,五度百牢关。

二月十九日酬王十八全素

此后有酬和,并次用本韵。

君念世上川,嗟予老瘴天。那堪十日内,又长白头年。

荥阳郑公以积寓居严茅有
池塘之胜寄诗四首因有意献

激射分流阔,湾环此地多。暂停随梗浪,犹阅败霜荷。恨阻还江势,思深到海波。自伤才畎浍,其奈赠珠何。

酬乐天寄蕲州簟

蕲簟未经春,君先拭翠筠。知为热时物,预与瘴中人。碾玉连心润,编牙小片珍。霜凝青汗简,冰透碧游鳞。水魄轻涵黛,琉璃薄带尘。梦成伤冷滑,惊卧老龙身。

酬李浙西先因从事见寄之作

近日金銮直,亲于汉珥貂。内人传帝命,丞相让吾僚。浙郡悬旌远,长安谕日遥。因君蕊珠赠,还一梦烟霄。

酬周从事望海亭见寄

年老无流辈,行稀足薜萝。热时怜水近,高处见山多。衣袖长堪舞,喉咙转解歌。不辞狂复醉,人世有风波。

代杭民答乐天

翠幕笼斜日,朱衣俨别筵。管弦凄欲罢,城郭望依然。路溢新城市,农开旧废田。春坊幸无事,何惜借三年。

全唐诗卷四一一

元 稹

杏 园 此后并校书郎已前诗

浩浩长安车马尘，狂风吹送每年春。门前本是虚空一作空虚界，何事栽花误世人。

菊 花

秋丛绕舍似陶家，遍绕篱边日渐斜。不是花中偏爱菊，此花开尽更无花。

酬哥舒大少府寄同年科第

前年科第偏年少，未解知羞最爱狂。九陌争驰好鞍马，八人同著彩衣裳。同年科第：宏词，吕二炅、王十一起；拔萃，白二十二居易；平判，李十一复礼、吕四颎、歌舒大烦、崔十八玄亮逮不肖。八人皆奉荣养。自言行乐朝朝是，岂料浮生渐渐忙。赖得官闲且疏散，到君花下忆诸郎。

幽 栖

野人自爱幽栖所，近对长松远是山。尽日望云心不系，有时看月夜方闲。壶中天地乾坤外，梦里身名旦暮间。辽海若思千岁鹤，且留城市会飞还。

清都春霁寄胡三吴十一

蕊珠宫殿经微雨,草树无尘耀眼光。白日当空天气暖,好风飘树柳阴凉。蜂怜宿露攒芳久,燕得新泥拂户忙。时节催年春不住,武陵花谢忆诸郎。

华 岳 寺

贞元二十年正月二十五日,自洛之京。二月三日春社,至华岳寺,憩窦师院。曾未逾月,又复徂东,再谒宝师,因题四韵而已。

山前古寺临长道,来往淹留为爱山。双燕营巢始西别,百花成子又东还。暝驱羸马频看堠,晓听鸣鸡欲度关。羞见窦师无外役,竹窗依旧老身闲。

天 坛 上 境

贞元二十年五月十四日,夜宿天坛石幢侧。十五日得盩厔马逢少府书,知予远上天坛,因以长句见赠。篇末仍云:灵溪试为访金丹。因于坛上还赠。

野人性僻穷深僻,芸署官闲不似官。万里洞中朝玉帝上有洞周万里,九光霞外宿天坛。洪涟浩渺东溟曙,白日低回上境寒。因为南昌检仙籍,马君家世奉还丹。

寻西明寺僧不在

春来日日到西林,飞锡经行不可寻。莲池旧是无波水,莫逐狂风起浪心。

与吴侍御春游

苍龙阙下陪骢马,紫阁峰头见白云。满眼流光随日度,今朝花落更
纷纷。

晚　春

昼静帘疏燕语频,双双斗雀动阶尘。柴扉日暮随风掩,落尽闲花不
见人。

先　醉

今日樽前败饮名,三杯未尽不能倾。怪来花下长先醉,半是春风荡
酒情。

独　醉

一树芳菲也当春,漫随车马拥行尘。桃花解笑莺能语,自醉自眠那
藉人。

宿　醉

风引春心不自由,等闲冲席饮多筹。朝来始向花前觉,度却醒时一
夜愁。

惧　醉 答卢子蒙

闻道秋来怯夜寒,不辞泥水为杯盘。殷勤惧醉有深意,愁到醒时灯
火阑。

羡　醉

绮陌高楼竞醉眠，共期憔悴不相怜。也应自有寻春日，虚度而今正
少年。

忆　醉

自叹旅人行意速，每嫌杯酒缓归期。今朝偏遇_{一作偶醒}时别，泪落
风前忆醉时。

病　醉

戏作吴吟，赠卢十九经济、张三十四弘、辛丈丘度。

醉伴见侬因病酒，道侬无酒不相窥。那知下药还沾底，人去人来剩
一卮。

拟　醉

与卢子蒙饮于窦晦之，醉后赋诗共十九首，子蒙叙为别卷。自此至
《狂醉》，皆是夕所赋。

九月闲宵初向火，一尊清酒始行杯。怜君城外遥相忆，冒雨冲泥黑
地来。

劝　醉

窦家能酿销愁酒，但是愁人便与销。愿我共君俱寂寞，只应连夜复
连朝。

任　醉

本怕酒醒浑不饮，因君相劝觉情来。殷勤满酌从听醉，乍可欲醒还

一杯。

同　醉

　　吕子元、庾及之、杜归和同隐客泛韦氏池。

柏树台中推事人，杏花坛上炼形真。心源一种闲如水，同醉樱桃林
_{一作树}下春。

狂　醉

一自柏台为御史，二年辜负两京春。岘亭今日颠狂醉，舞引红娘乱
打人。

伴 僧 行

春来求事百无成，因向愁中识道情。花满杏园千万树，几人能伴老
僧行。

古　寺

古寺春馀日半斜，竹风萧爽胜人家。花时不到有花院，意在寻僧不
在花。

定　僧

落魄闲行不著家，遍寻春寺赏年华。野_{一作禅}僧偶向花前定，满树
狂风满树花。

观 心 处

满坐喧喧笑语频，独怜方丈了无尘。灯前便是观心处，要似观心有
几人。

智度师二首

四十年前马上飞,功名藏尽拥禅衣。石榴园下擒生处,独自闲行独
自归。

三陷思明三突围,铁衣抛尽衲禅衣。天津桥上无人识,闲凭栏干望
落晖。

西明寺牡丹

花向琉璃地上生,光风炫转紫云英。自从天女盘中见,直至今朝眼
更明。

忆杨十二

去时芍药才堪赠,看却残花已度春。只为情深偏怆别,等闲相见莫
相亲。

送复梦赴韦令幕

世上于今重检身,吾徒耽酒作狂人。西曹旧事多持法,慎一作切莫
吐他丞相茵。

送刘太白　太白居从善坊

洛阳大底居人少,从善坊西最寂寥。想得一作到刘君独骑马,古堤
愁一作秋树隔中桥。

奉诚园　马司徒旧宅

萧相深诚奉至尊,旧居求作奉诚园。秋来古巷无人扫,树满空墙闭
戟门。

与太白同之东洛至栎阳太白染疾驻
行予九月二十五日至华岳寺雪后望山

共作洛阳千里伴,老刘因疾驻行轩。今朝独自山前立,雪满三峰倚寺门。

野狐泉柳林

去日野狐泉上柳,紫牙初绽拂眉低。秋来寥落惊风雨,叶满空林踏作泥。

酬胡三凭人问牡丹

窃见胡三问牡丹,为言依旧满西栏。花时何处偏相忆,寥落衰红雨后看。

酬乐天秋兴见赠本句云莫怪
独吟秋兴苦比君校近二毛年

劝君休作悲秋赋,白发如星也任垂。毕竟百年同是梦,长年何异少何为。

全唐诗卷四一二

元　稹

雪后宿同轨店上法护寺钟楼望月

满山残雪满山风，野寺无门院院空。烟火渐稀孤店静，月明深夜古楼中。

陪韦尚书丈归履信宅因赠韦氏兄弟

紫垣驺骑入华居，公子文衣护锦舆。眠阁书生复何事，也骑羸马从尚书。

永贞二年正月二日上御丹凤楼赦天下予与李公垂庾顺之闲行曲江不及盛观

春来饶梦慵朝起，不看千官拥御楼。却著闲行是忙事，数人同傍曲江头。

韦居守晚岁常言退休之志因署其居曰大隐洞命予赋诗因赠绝句

谢公潜有东山意，已向朱门启洞门。大隐犹疑恋朝市，不如名作罢归园。

赠李十二牡丹花片因以饯行

莺涩馀声絮堕风，牡丹花尽叶成丛。可怜颜色经年别，收取朱阑一
片红。

题李十一修行一作竹里居壁

云阙朝回尘骑合，杏花春尽曲江闲。怜君虽在城中住，不隔人家便
是山。

靖 安 穷 居

喧静不由居远近，大都车马就权门。野人住处无名利，草满空阶树
满园。

赠 乐 天

等闲相见销长日，也有闲时更学琴。不是眼前无外物，不关心事不
经心。

使东川 并序 此后并御史时作

　　元和四年三月七日，予以监察御史使东川，往来鞍马间，赋诗凡三
十二章。秘书省校书郎白行简为予手写为东川卷。今所录者，但七言
绝句、长句耳。起《骆口驿》，尽《望驿台》，二十二首云。

骆口驿二首

　　东壁上有李二十员外逢吉、崔二十二侍御韶使云南题名处，北壁有
翰林白二十二居易《题拥石关云开雪红树》等篇，有王质夫和焉。王不
知是何人也。

邮亭壁上数行字，崔李题名王白诗。尽日无人共言语，不离墙下至

行时。

二星徼外通蛮服,五夜灯前草御文。我到东川恰相半,向南看月北看云。

清 明 日

> 行至汉上,忆与乐天、知退、杓直、拒非、顺之辈同游。

常年寒食好风轻,触处相随取次行。今日清明汉江上,一身骑马县官迎。

亚 枝 红

> 往岁与乐天曾于郭家亭子竹林中,见亚枝红桃花半在池水。自后数年,不复记得。忽于褒城驿池岸竹间见之,宛如旧物,深所怆然。

平阳池上亚枝红,怅望山邮事事同。还向万竿一作茎深竹里,一枝浑卧碧流中。

梁 州 梦

> 是夜宿汉川驿,梦与杓直、乐天同游曲江,兼入慈恩寺诸院。倏然而窹,则递乘及阶,邮吏已传呼报晓矣。

梦君同绕一作兄弟曲江头,也向慈恩院院游。亭吏呼人排去马一作唤人排马去,忽惊身在古梁州。

南 秦 雪

帝城寒尽临寒食,骆谷春深未有春。才见岭头云似盖,已惊岩下雪如尘。千峰笋石千株一作条玉,万树松萝万朵银。飞鸟不飞猿不动,青骢御史上南秦。

江 楼 月

> 嘉川驿望月,忆杓直、乐天、知退、拒非、顺之数贤,居近曲江,闲夜多同步月。

嘉陵江岸驿楼中,江在楼前月在空。月色满床兼满地,江声如鼓复如风。诚知远近皆三五,但恐阴晴有异同。万一帝乡还洁白一作皎洁,几人潜傍杏园东。

惭 问 囚

蜀门夜行,忆与顺之在司马炼师坛上话出处时。

司马子微坛上头,与君深结白云俦。尚平村落拟连买,王屋山泉为
别游。各待陆浑求一尉,共资三径便同休。那知今日蜀门路,带月
夜行缘问囚。

江 上 行

闷见汉江流不息,悠悠漫漫竟何成。江流不语意相问,何事远来江
上行。

汉江上一无上字笛

二月十五日夜,于西县白马驿南楼闻笛怅然,忆得小年曾与从兄长
楚写《汉江闻笛赋》而有怆耳。

小年为写游梁赋,最说汉江闻笛愁。今夜听时在何处,月明西县驿
南楼。

邮 亭 月

于骆口驿,见崔二十二题名处。数夜后,于青山驿玩月,忆得崔生
好持确论,每于宵话之中,常曰:人生昼务夜安,步月闲行,吾不与也。
言讫坚卧,他人虽千百其词,难动摇矣。至是怆然,思此题,因有献。

君多务实我多情,大抵偏嗔步月明。今夜山邮与蛮嶂,君应坚卧我
还行。

嘉陵驿二首　篇末有怀

嘉陵驿上空床客,一夜嘉陵江水声。仍对墙南满山树,野花撩乱月
胧明。

墙外花枝压短墙,月明还照半张床。无人会得此时意,一夜独眠西
畔廊。

百牢关 奉使推小吏任敬仲

嘉陵江上万重山,何事临江一破颜。自笑只缘任敬仲,等闲身度百牢关。

江 花 落

日暮嘉陵江水东,梨花万片逐江风。江花何处最肠断,半落江流半在空。

嘉陵江二首

秦人惟识秦中水,长想吴江与蜀江。今日嘉川驿楼下,可怜如练绕明窗。

千里嘉陵江水声,何年重绕此江行。只应添得清宵梦,时见满江流一作秋月明。

西 县 驿

去时楼上清明夜,月照楼前撩乱花。今日成阴复成子,可怜春尽未还家。

望 喜 驿

满眼文书堆案边,眼昏偷得暂时眠。子规惊觉灯又灭,一道月光横枕前。

好 时 节

身骑骢马峨眉下,面带霜威卓氏前。虚度东川好时节,酒楼元被蜀儿眠。

夜 深 行

夜深犹自绕江行,震地江声似鼓声。渐见戍楼疑近驿,百牢关吏火前迎。

望驿台 三月尽

可怜三月三旬足,怅望江边望驿台。料得孟光今日语,不曾春尽不归来。

赠咸阳少府萧郎

莫怪逢君泪每盈，仲由多感有深情。陆家幼女托良婿，阮氏诸房无
外生。顾我自伤为弟拙，念渠能继事姑名。别时何处最肠断，日暮
渭阳驱马行。

赠吕三校书

　　　　与吕校书同年科第，后为别七年。元和己丑岁八月，偶于陶化坊会
　宿。

同年同拜校书郎，触处潜行烂熳狂。共占花园争赵辟，竞添钱贯定
秋娘。七年浮世皆经眼，八月闲宵忽并床。语到欲明欢又泣，傍人
相笑两相伤。

封　书

鹤台南望白云关，城市犹存暂一还。书出步虚三百韵，蕊珠文字在
人间。

仁风李著作园醉后寄李十

胧明春月照花枝，花下音—作莺声是—作似管儿。却笑西京李员外，
五更骑马趁朝时。

灯　影

洛阳昼夜无车马，漫挂红纱满树头。见说平时灯影里，玄宗潜伴太
真游。

贬江陵途中寄乐天杓直杓直以
员外郎判盐铁乐天以拾遗在翰林

此后并江陵士曹时诗。李建字杓直。

想到江陵无一事,酒杯书卷缀新文。紫芽嫩茗和枝采,朱橘香苞数瓣分。暇日上山狂逐鹿,凌晨过寺饱看云。算缗草诏终须解,不敢将心远羡君。

渡汉江 去年春,奉使东川,经嶓冢山下。

嶓冢去年寻漾水,襄阳今日渡江渍。山遥远树才成点,浦静沉碑欲辨文。万里朝宗诚可羡,百川流入渺难分。鲵鲸归穴东溟溢,又作波涛随伍员。

哀病骢呈致用

枥上病骢啼衮衮,江边废宅路迢迢。自经梅雨长垂耳,乍食菰蒋欲折腰。金络头衔光未灭,玉花衫色瘦来燋。曾听禁漏惊衙鼓,惯蹋康衢怕小桥。半夜雄嘶心不死,日高饥卧尾还摇。龙媒薄地天池远,何事牵牛在碧霄。

送岭南崔侍御

我是北人长北望,每嗟南雁更南飞。君今又作岭南别,南雁北归君未归。洞主参承惊豸角,岛夷安集慕霜威。黄家贼用镩刀利,白水郎行旱地稀。蜃吐朝光楼隐隐,鳌吹细浪雨霏霏。毒龙蜕骨轰雷鼓,野象埋牙劚石矶。火布垢尘须火浣,木绵温软当绵衣。桄榔面碜槟榔涩,海气常昏海日微。蛟老变为妖妇女,舶来多卖假珠玑。此中无限相忧事,请为殷勤事事依。

酬乐天八月十五夜禁中独直玩月见寄

一年秋半月偏深,况就烟霄极赏心。金凤台前波漾漾,玉钩帘下影沉沉。宴移明处清兰路,歌待新词促翰林。何意枚皋正承诏,暼然尘念到江阴。

予病瘴乐天寄通中散碧腴垂云膏仍题四韵以慰远怀开坼之间因有酬答

紫河变炼红霞散,翠液煎研碧玉英。金籍真人天上合,盐车病骥轭前惊。愁肠欲转蛟龙吼,醉眼初开日月明。唯有思君治不得,膏销雪尽意还生。

全唐诗卷四一三

元　稹

陪诸公游故江西韦大夫通德湖旧居有感题四韵兼呈李六侍御即韦大夫旧僚也

高塘行马接通湖,巨壑藏舟感大夫。尘壁暗埋悲旧札,风帘吹断落残珠。烟波漾日侵颓岸,狐兔奔丛拂坐隅。唯有满园桃李下,膺门偏拜阮元瑜。

送友封二首 黔府窦巩字友封

桃叶成阴燕引雏,南风吹浪飐樯乌。瘴云拂地黄梅雨,明月满帆青草湖。迢递旅魂归去远,颠狂酒兴病来孤。知君兄弟怜诗句,遍为姑将恼大巫。

惠和坊里当时别,岂料江陵送上船。鹏翼张风期万里,马头无角已三年。甘将泥尾随龟后,尚有云心在鹤前。若见中丞忽相问,为言腰折气冲天。

放　言　五　首

近来逢酒便高歌,醉舞诗狂渐欲魔。五斗解酲犹恨少,十分飞盏未嫌多。眼前仇敌都休问,身外功名一任他。死是等闲生也得,拟将何事奈吾何。

莫将心事厌长沙,云到何方不是家。酒熟铺糟学渔父。饭来开口
似神鸦。竹枝待凤千茎直,柳树迎风一向斜。总被天公沾雨露,等
头成长尽生涯。

霆轰电烻数声频,不奈狂夫不藉身。纵使被雷烧作烬,宁殊埋骨扬
为尘。得成蝴蝶寻花树,倘化江鱼掉锦鳞。必若乖龙在诸处,何须
惊一作警动自来人。

安得心源处处安,何劳终日望林峦。玉英惟向火中冷,莲叶元来水
上干。宁戚饭牛图底事,陆通歌凤也无端。孙登不语启期乐,各自
当情各自欢。

三十年来世上行,也曾狂走趁浮名。两回左降须知命,数度登朝何
处荣。乞我杯中松叶满,遮渠肘上柳枝生。他时定葬烧缸地,卖与
人家得酒盛。

刘二十八以文石枕见赠仍题绝句以
将厚意因持璧州鞭酬谢兼广为四韵

枕截文琼珠缀篇,野人酬赠璧州鞭。用长时节君须策,泥醉风云我
要眠。歌昄彩霞临药灶,执陪仙仗引炉烟。张骞却上知何日,随会
归期在此年。

奉和严司空重阳日同崔常侍崔
郎中及诸公登龙山落帽台佳宴

谢公愁思眇天涯,蜡屐登高为菊花。贵重近臣光绮席,笑怜从事落
乌纱。萸房暗绽红珠朵,茗碗寒供白露芽。咏碎龙山归去号,马奔
流电妓奔车。

送王十一郎游剡中

越州都在浙河湾,尘土消沉景象闲。百里油盆镜湖水,千峰钿朵会
稽山。军城楼阁随高下,禹庙烟霞自往还。想得玉郎一作王郎乘画
舸,几回明月坠云间。

送 友 封

轻风略略柳欣欣,晴色空濛远似尘。斗柄未回犹带闰,江痕潜上已
生春。兰成宅里寻枯树,宋玉亭前别故人。心断洛阳三两处,窈娘
堤抱古天津。

送 致 用

泪沾双袖血成文,不为悲身为别君。望鹤眼穿期海外,待乌头白老
江濆。遥看逆浪愁翻雪,渐失征帆错认云。欲识九回肠断处,浔阳
流水逐一作九条分。

早春登龙山静胜寺时非休浣
司空特许是行因赠幕中诸公

谢傅知怜景气新,许寻高寺望江春。龙文远水吞平岸,羊角轻风旋
细尘。山茗粉含鹰嘴嫩,海榴红绽锦窠匀。归来笑问诸从事,占得
闲行有几人。

书 乐 天 纸

金銮殿里书残纸,乞与荆州元判司。不忍拈将等闲用,半封京信半
题诗。

酬孝―作李甫见赠十首 各酬本意,次用旧韵。

宋玉秋来―作悲秋续楚词,阴铿官漫足闲诗。亲情书札相安慰,多
道萧何作判司。

杜甫天材颇绝伦,每寻诗卷似情亲。怜渠直道当时语,不著心源傍
古人。

十岁荒狂任博徒,捩莎五木掷枭卢。野诗良辅偏怜假,长借金鞍迓
酒胡。

曾经绰立侍丹墀,绽蕊宫花拂面枝。雉尾扇开朝日出,柘黄衫对碧
霄垂。

一自低心翰墨场,箭籹抛尽负书囊。近来兼爱休粮药,柏叶纱―作
莎罗杂豆黄。

莫笑风尘满病颜,此生元在有无间。卷舒莲叶终难湿,去住云心一
种闲。

无事抛棋侵虎口,几时开眼复联行。终须杀尽缘边敌,四面通同―
作流掩大荒。

原宪甘贫每自开,子春伤足少人哀。巷南唯有陈居士,时学文殊一
问来。

每识闲人如未识,与君相识更相怜。经旬不解来过宿,忍见空床夜
夜眠。

开坼新诗展大璆,明珠炫转玉音浮。酬君十首三更坐,减却常―作
当时半夜愁。

和乐天招钱蔚章看山绝句

碧落招邀闲旷望,黄金城外玉方壶。人间还有大江海,万里烟波天
上无。

折枝花赠行

樱桃花下送君时，一寸春心逐折枝。别后相思最多处，千株万片绕林垂。

寄刘颇二首

平生嗜酒颠狂甚，不许诸公占丈夫。唯爱刘君一片胆，近来还敢似人无。

前年碣石烟尘起，共看官军过洛城。无限公卿因战得，与君依旧绿衫行。

晨起送使病不行因过王十一馆居二首

自笑今朝误凤兴，逢他御史疟相仍。过君未起房门掩，深映寒窗一盏灯。

密宇深房小火炉，饭香鱼熟近中厨。野人爱静仍耽寝，自问黄昏肯去无。

送　孙　胜

桐花暗澹柳惺憁，池带轻波柳带风。今日与君临水别，可怜春尽宋亭中。

游三寺回呈上府主严司空时因寻寺道出当阳县奉命覆视县囚牵于游行一作衍不暇详究故以诗自诮尔

谢公恣纵颠狂掾，触处闲行许自由。举板支颐对山色，当

筵吹帽落台头。贪缘稽首他方佛,无暇精心满县囚。莫
责寻常吐茵吏,书囊赤白报君侯。

远 望

满眼伤心冬景和,一山红树寺边多。仲宣无限思乡泪,漳
水东流碧玉波。

早春寻李校书

款款春风澹澹云,柳枝低作翠栊裙。梅含鸡舌兼红气,江
弄琼花散绿纹。带雾山莺啼尚小一作少,穿沙芦笋叶才分。今
朝何事偏相觅,撩乱芳情最是君。

过襄阳楼呈上府主严司 空楼在江陵节度使宅北隅

襄阳楼下树阴成,荷叶如钱水面平。拂水柳花千万点,隔林莺舌两
三声。有时水畔看云立,每日楼前信马行。早晚暂教王粲上,庾公
应待月分明。

八月六日与僧如展前松滋主簿 韦戴同游碧涧寺赋得扉字韵寺 临蜀江内有碧涧穿注两廊又有龙 女洞能兴云雨诗中喷字以平声韵

空阔长江碍铁围,高低行树倚岩扉。穿廊玉涧喷红旭,踊塔金轮拆
翠微。草引风轻驯虎睡,洞驱云入毒龙归。他生莫忘灵山别,满壁
人名后会稀。

奉和窦容州

明公莫讶容州远,一路潇湘景气浓。斑竹初成二妃庙,碧莲遥耸九疑峰。禁林闻道长倾凤,池水那能久滞龙。自叹风波去无极,不知何日又相逢。

卢头陀诗 并序

　　道泉头陀字源一,姓卢氏,本名士衍。弟曰起郎士玟,则官阀可知也。少力学,善记(一作能)忆。载解职仕,不三十馀,历八诸侯府,皆掌剧事。性强迈,不录幽琐,为吏所构,谪官建州。无何,有异人密授心契,冥失所在。卢氏既为大门族,兄弟且贤豪,惶骇求索无所得。胤子某,积岁穷尽荒僻,一于于衡山佛舍众头陀中,灯下识之,号叫泣血无所顾。然而先是众以为姜头陀,自是知其为卢头陀矣。尔后往来湘潭间,不常次舍,只以衡山为诣极。元和九年,张中丞领潭之岁,予拜张公于潭,适上人在焉。即日诣所舍东寺一见,蒙念不碍小劣,尽得本末其事,列而序之,仍以四韵七言为赠尔。

卢师深话出家由,剃尽心花始剃头。马哭青山别车匿,鹊飞螺髻见罗睺。还来旧日经过处,似隔前身梦寐游。为向八龙兄弟说,他生缘会此生休。

醉别卢头陀

醉迷狂象别吾师,梦觉观空始自悲。尽日笙歌人散后,满江风雨独醒时。心超几地行无处,云到何天住有期。顿见佛光身上出,已蒙衣内缀摩尼。

全唐诗卷四一四

元　稹

陪张湖南宴望岳楼稹为监察御史张中丞知杂事

观象楼前奉末班,绛峰只似殿庭间。今日高楼重陪宴,雨笼衡岳是南山。

岳　阳　楼

岳阳楼上日衔窗,影到深潭赤玉幢。怅望残春万般意,满棂湖水入西江。

寄　庾　敬　休

小来同在曲江头,不省春时不共游。今日江风好暄暖,可怜春尽古湘州。

花栽二首 一作买花栽

买得山花一两栽,离乡别土易摧颓。欲知北客居一作留南意,看取南花北地来。

南花北地种应难,且向船中尽日看。纵使将来眼前死,犹胜抛掷在空栏。

宿 石 矶

石矶江水夜潺湲，半夜江风引杜鹃。灯暗酒醒颠倒枕，五更斜月入空船。

遭风二十韵

洞庭弥漫接天回，一点君山似措杯。暝色已笼秋竹树，夕阳犹带旧楼台。湘南贾伴乘风信，夏口篙工厄溯洄。后侣逢滩方捜签，前宗到浦已眠桅。俄惊四面云屏合，坐见千峰雪浪堆。罔象睢盱频逞怪，石尤翻动忽成灾。胜凌岂但河宫溢，块轧浑忧地轴摧。疑是阴兵致昏黑，果闻灵鼓借喧豗。龙归窟穴深潭漩，蜃作波涛古岸颓。水_{一作木}客暗游烧野火，枫人夜长吼春雷。浸淫沙市儿童乱，汩没汀洲雁鹜哀。自叹生涯看转烛，更悲商旅哭沉财。樯乌斗折头仓掉，水狗斜倾尾缆开。在昔讵惭横海志，此时甘乏济川才。历阳旧事曾为鳖，鲧穴相传有化能。闭目唯愁满空电，冥心真类不然灰。那知否极休征至，渐觉宵分曙气催。怪族潜收湖黯湛，幽妖尽走日崔嵬。紫衣将校临船问，白马君侯傍柳来。唤上驿亭还酩酊，两行红袖拂樽罍。

赠 崔 元 儒

殷勤夏口阮元瑜，二十年前旧饮徒。最爱轻欺杏园客，也曾辜负酒家胡。些些风景闲犹在，事事颠狂老渐无。今日头盘三两掷，翠娥潜笑白髭须。

鄂州寓馆严涧宅 时涧不在

凤有高梧鹤有松，偶来江外寄行踪。花枝满院空啼鸟，尘榻无人忆卧龙。心想夜闲唯足梦，眼看春尽不相逢。何时最是思君处，月入斜窗晓寺钟。

送 杜 元 颖

江上五年同送客，与君长羡北归人。今朝又送君先去，千里洛阳城里尘。

贻蜀五首 并序

元和九年，蜀从事韦臧文告别。蜀多朋旧，稹性懒为寒温书，因赋代怀五章，而赠行亦在其数。

病马诗寄上李尚书

万里长鸣望蜀门，病身犹带旧疮痕。遥看云路心空在，久服盐车力渐烦。尚有高悬双镜眼，何由并驾两朱轓。唯应夜识深山道，忽遇君侯一报恩。

李中丞表臣

韦门同是旧亲宾，独恨潘床簟有尘。十里花溪锦城丽，五年沙尾白头新。倅戎何事劳专席，老掾甘心逐众人。却待文星上天去，少分光影照沉沦。

卢评事子蒙

为我殷勤卢子蒙，近来无复昔时同。懒成积疹推难动，禅尽狂心炼到空。老爱早眠虚夜月，病妨杯酒负春风。唯公两弟闲相访，往往潸然一望公。

张校书元夫

未面西川张校书,书来稠叠颇相于。我闻声价金应敌,众道风姿玉不如。远处从人须谨慎,少年为事要舒徐。劝君便是酬君爱,莫比寻常赠鲤鱼。

韦兵曹臧文

处处侯门可曳裾,人人争事蜀尚书。摩天气直山曾拔,澈底心清水共虚。鹏翼已翻君好去,乌头未变我何如。殷勤为话深相感,不学冯谖待食鱼。

赠 严 童 子

严司空孙,字照郎,十岁能赋诗,往往有奇句,书题有成人风。

卫瓘诸孙卫玠珍,可怜雏凤好青春。解拈玉叶排新句,认得金环识旧身。十岁佩觿娇稚子,八行飞札老成人。杨公莫讶清无业,家有骊珠不复贫。

桐孙诗 并序　此后元和

十年诏召入京及通州司马以后诗

元和五年,予贬掾江陵。三月二十四日,宿曾峰馆。山月晓时,见桐花满地,因有八韵寄白翰林诗。当时草蹙,未暇纪题。及今六年,诏许西归,去时桐树上孙枝已拱矣,予亦白须两茎,而苍然斑鬓。感念前事,因题旧诗,仍赋《桐孙诗》一绝。又不知几何年复来商山道中。元和十年正月题。

去日桐花半桐叶,别来桐树老桐孙。城中过尽无穷事,白发满头归故园。

西归绝句十二首

双堠频频减去程,渐知身得近京城。春来爱有归乡梦,一半犹疑梦里行。

五年江上损容颜，今日春风到武关。两纸京书临水读，小桃花树满商山。得复言、乐天书。

同归谏院韦丞相，共贬河南亚大夫。今日还乡独憔悴，几人怜见白髭须。韦丞相贯之，裴中丞度。

只去长安六日期，多应及得杏花时。春明门外谁相待，不梦闲人梦酒卮。

白头归舍意如何，贺处无穷吊亦多。左降去时裴相宅，旧来车马几人过。裴相公垍。

还乡何用泪沾襟，一半云霄一半沉。世事渐多饶怅望，旧曾行处便伤心。

闲游寺观从容到，遍问亲知次第寻。肠断裴家光德宅，无人扫地戟门深。

一世营营死是休，生前无事定无由。不知山下东流水，何事长须日夜流。

今朝西渡丹河水，心寄丹河无限愁。若到庄前竹园下，殷勤为绕故山流。丹，浙庄之东流。

寒窗风雪拥深炉，彼此相伤指白须。一夜思量十年事，几人强健几人无。宿窦十二蓝田宅。

云覆蓝桥雪满溪，须臾便与碧峰齐。风回面市连天合，冻压花枝著水低。

寒花带雪满山腰，著柳冰珠满碧条。天色渐明回一望，玉尘随马度蓝桥。

留呈梦得子厚致用 题蓝桥驿

泉溜才通疑夜磬，烧去声烟馀暖有春泥。千层玉帐铺松盖，五出银

区印虎蹄。暗落金乌山渐黑,深埋粉堠路浑迷。心知魏阙无多地,
十二琼楼百里西。

小 碎

小碎诗篇取次书,等闲题柱意何如。诸郎到处应相问,留取一作与
三行代鲤鱼。

和乐天高相宅

莫愁已去无穷事,漫苦如今有限身。二百年来城里宅,一家知换几
多人。

和乐天仇家酒

病嗟酒户年年减,老觉尘机渐渐深。饮罢醒馀更惆怅,不如闲事不
经心。

和乐天赠云寂僧

欲离烦恼三千界,不在禅门八万条。心火自生还自灭,云师无路与
君销。

沣西别乐天博载樊宗宪李景信两秀才仝谷三月三十日相饯送

今朝相送自同游,酒语诗情替别愁。忽到沣西总回去,一身骑马向
通州。

寄昙嵩寂三上人

长学对治思苦处,偏将死苦教人间。今因为说无生死,无可对治心

更闲。

题漫天岭智藏师兰若僧云住此二十八年

僧临大道阅浮生，来往憧憧利与名。二十八年何限客，不曾闲见一人行。

苍溪县寄扬州兄弟

苍溪县下嘉陵水，入峡穿江到海流。凭仗鲤鱼将远信，雁回时节到扬州。

赠吴渠州从姨兄士则

忆昔分襟童子郎，白头抛掷又他乡。三千里外巴南恨，二十年前城里狂。宁氏舅甥俱寂寞，荀家兄弟半沦亡。泪因生别兼怀旧，回首江山欲万行。

长滩梦李绅

孤吟独寝意千般，合眼逢君一夜欢。惭愧梦魂无远近，不辞风雨到长滩。

全唐诗卷四一五

元　稹

新　政　县

新政县前逢月夜,嘉陵江底看星辰。已闻城上三更鼓,不见心中一个人。须鬓暗添巴路雪,衣裳无复帝乡尘。曾沾几许名兼利,劳动生涯涉苦辛。

南　昌　滩

渠江明净峡逶迤,船到明滩拽篾迟。橹窾动摇妨作梦,巴童指点笑吟诗。畬馀宿麦黄山腹,日背残花白水湄。物色可怜心莫恨,此行都是独行时。

见　乐　天　诗

通州到日日平西,江馆无人虎印泥。忽向破檐残漏处,见君诗在柱心题。

夜　坐

雨滞更愁南瘴毒,月明兼喜北风凉。古城楼影横空馆,湿地虫声绕暗廊。萤火乱飞秋已近,星辰早没夜初长。孩提万里何时见,狼藉家书满卧床。

闻乐天授江州司马

残灯无焰影幢幢,此夕闻君谪九江。垂死病中惊坐起_{一作仍怅望},暗风吹雨_{一作面}入寒窗。

岁日赠拒非

君思曲水嗟身老,我望通州感道穷。同入新年两行泪,白头翁_{一作闲坐说城中}。

送卢戡

红树蝉声满夕阳,白头相送倍相伤。老嗟去日光阴促,病觉今年昼夜长。顾我亲情皆远道,念君兄弟欲他乡。红旗满眼襄州路,此别泪流千万行。

雨声

风吹竹叶休还动,雨点荷心暗复明。曾向西江船上宿,惯闻寒夜滴篷声。

奉和荥阳公离筵作

南郡生徒辞绛帐,东山妓乐拥油旌。钧天排比箫韶待,犹顾人间有别情。

嘉陵水 _{此后并通州诗}

古时应是山头水,自古流来江路深。若使江流会人意,也应知我远来心。

阆州开元寺壁题乐天诗

忆君无计写君诗,写尽千行说向谁。题在阆州东寺壁,几时知是见君时。

凭李忠州寄书乐天

万里寄书将出峡,却凭巫一作冰峡寄江州。伤心最是江头月,莫把书将上庾楼。

得 乐 天 书

远信入门先有泪,妻惊女哭问何如。寻常不省曾如此,应是江州司马书。

寄 乐 天

无身尚拟魂相就,身在那无梦往还。直到他生亦相觅,不能空记一作寄树中环。

酬 知 退

终须修到无修处,闻尽声闻始不闻。莫著妄心销彼我,我心无我亦无君。

通 州

平生欲得山中住,天与通州绕郡山。睡到日西无一事,月储三万买教闲。

酬乐天书后三韵

今日庐峰霞绕寺,昔时鸾殿凤回书。两封相去八年后,一种俱云五
夜初。渐觉此生都是梦,不能将泪滴双鱼。

相 忆 泪

西江流水到江州,闻道分成九道流。我滴两行相忆泪,遣君—作君
从何处遣人求。除非入海无由住,纵使逢滩未拟休。会向伍员潮
上见,气充顽石报心仇。

喜李十一景信到

何事相逢翻有泪,念君缘我到通州。留君剩住君须住,我不自由君
自由。

与李十一夜饮

寒夜灯前赖酒壶,与君相对兴犹孤。忠州刺史应闲卧,江水猿声睡
得无。

赠 李 十 一

淮水连年起战尘,油旌三换一何频。共君前后俱从事,羞见功名与
别人。

寒 食 日

今年寒食好风流,此日一家同出游。碧水青山无限思,莫将心道是
涪—作通州。

三兄以白角巾寄遗发不胜冠因有感叹

病瘴年深浑秃尽,那能胜置角头巾。暗梳蓬发羞临镜,私戴莲花耻
见人。白发过于冠色白,银钉少校额中银。我身四十犹如此,何况
吾兄六十身。

别李十一五绝

巴南分与亲情别,不料与君床并头。为我远来休怅望,折君灾难是
通州。

京城每与闲人别,犹自伤心与白头。今日别君心更苦,别君缘是在
通州。

万里尚能来远道,一程那忍便分头。鸟笼猿槛君应会,十步向前非
我州。

来时见我江南岸,今日送君江上头。别后料添新梦寐,虎惊蛇伏一
作乱是通州。

闻君欲去潜销骨,一夜暗添新白头。明朝别后应肠断,独棹破船归
到州。

酬乐天醉别

前回一去五年别,此别又知何日回。好住乐天休怅望,匹如元不到
京来。

酬乐天雨后见忆

雨滑危梁性命愁,差池一步一生休。黄泉便是通州郡,渐入深泥渐
到州。

和乐天过秘阁书省旧厅

闻君西省重徘徊,秘阁书房次第开。壁记欲题三漏合,吏人惊问十年来。经排蠹简怜初校,芸长陈根识旧栽。司马见诗心最苦,满身蚊蚋哭一作笑烟埃。

和乐天赠杨秘书

旧与杨郎在帝城,搜天斡地觅诗情。曾因并句甘称小,不为论年便唤兄。刮骨直穿由一作犹苦斗,梦肠翻出暂闲行。因君投赠还相和,老去那能竞底名。

和乐天题王家亭子

风吹笋箨飘红砌,雨打桐花尽绿莎。都大资人无暇日,泛池全少买池多。

酬乐天频梦微之

山水万重书断绝,念君怜我梦相闻。我今因病魂颠倒,唯梦闲人不梦君。

琵　琶

学语胡儿撼玉玲,甘州破里最星星。使君自恨常多事,不得工夫夜夜听。

春　词

山翠湖光似欲流,蜂声鸟思却堪愁。西施颜色今何在,但看春风百草头。

全唐诗卷四一六

元　稹

酬乐天春寄微之

鹦心明黠雀幽蒙,何事相将尽入笼。君避海鲸惊浪里,我随巴蟒瘴烟中。千山塞路音书绝,两地知春历日同。一树梅花数升酒,醉寻江岸哭东风。

酬乐天舟泊夜读微之诗

知君暗泊西江岸,读我闲诗欲到明。今夜通州还不睡,满山风雨杜鹃声。

酬乐天武关南见微之题山石榴花诗

比因酬赠为花时,不为君行不复知。又更几年还共到,满墙尘土两篇诗。

酬乐天见寄

三千里外巴蛇穴,四十年来司马官。瘴色满身治不尽,疮痕刮骨洗应难。常甘人向衰容薄,独讶君将旧眼看。前日诗中高盖字,至今唇舌遍长安。

酬乐天得稹所寄纻丝布
白轻庸制成衣服以诗报之

溢城万里隔巴庸,纻薄绨轻共一封。腰带定知今瘦小,衣衫难作远裁缝。唯愁书到炎凉变,忽见诗来意绪浓。春草绿茸云色白,想君骑马好仪容。

和乐天寻郭道士不遇

昔尝为僧,于荆州相别。

昔年我见杯中渡,今日人言鹤上逢。两虎定随千岁鹿,双林添作几株松。方瞳应是新烧药,短脚知缘旧施春。为僧时先有脚疾。欲请僧繇远相画,苦愁频变本形容。

酬乐天寄生衣

秋茅处处流痎疟,夜鸟声声哭瘴云。羸骨不胜纤细物,欲将文服却还君。

酬乐天得微之诗知通州事因成四首

茅檐屋舍竹篱州,虎怕偏蹄蛇两头。通州元和二年,偏蹄虎害人,比之白额。两头蛇处处皆有之也。暗蛊有时迷酒影,浮尘向日似波流。沙含水弩多伤骨,田仰畲刀少用牛。知得共君相见否,近来魂梦转悠悠。

平地才应一顷馀,阁栏都大似巢居。巴人多在山坡架木为居,自号阁栏头也。入衙官吏声疑鸟,下峡舟船腹似鱼。市井无钱论尺丈,田畴付火罢耘锄。此中愁杀须甘分,惟惜平生旧著书。本句云:努力安心过三考,已曾愁杀李尚书。又予病甚,将平生所为文自题云:异日送白二十二郎也。

哭鸟昼飞人少见,怅魂夜啸虎行多。满身沙虱无防处,独脚山魈不

奈何。甘受鬼神侵骨髓,常忧岐路处风波。南歌未有东西分,敢唱
沧浪一字歌。本句云:时时三唱濯缨歌。

荒芜满院不能锄,甔有尘埃圊乏蔬。定觉身将囚一种,未知生共死
何如。饥摇困尾丧家狗,热暴枯鳞失水鱼。苦境万般君莫问,自怜
方寸本来虚。

酬乐天闻李尚书拜相以诗见贺

初因弹劾死东川,又为亲情弄化权。予为监察御史,劾奏故东川节度使严砺
籍没衣冠等八十馀家,由是操权者大怒。分司东台日,又劾奏宰相亲,因缘遂贬江陵士
曹耳。百口共经三峡水,一时重上两漫天。尚书入用虽旬月,司马
衔冤已十年。若待更遭秋瘴后,便愁平地有重泉。

酬乐天叹穷愁见寄

病煎愁绪转纷纷,百里何由说向君。老去心情随日减,远来书信隔
年闻。三冬有电连春雨,九月无霜尽火云。并与巴南终岁热,四时
谁道各平分。

酬乐天三月三日见寄

当年此日花前醉,今日花前病里销。独倚破帘闲怅望,可怜虚度好
春朝。

酬乐天叹损伤见寄

前途何在转茫茫,渐老那能不自伤。病为怕风多睡月,起因花一作
行药暂扶床。函关气索迷真侣,峡水波翻碍故乡。唯有秋来两行
泪,对君新赠远诗章。

瘴塞

瘴塞巴山哭鸟悲，红妆少妇敛啼眉。殷勤奉药来相劝，云是前年欲病时。

红荆

庭中栽得红荆树，十月花开不待春。直到孩提尽惊怪，一家同是北来人。

黄草峡听柔之琴二首

胡笳夜奏塞声寒，是我乡音听渐难。料得小来辛苦学，又因知向峡中弹。

别鹤凄清觉露寒，离声渐咽命雏难。怜君伴我涪州宿，犹有心情彻夜弹。

书剑

渝工剑刃皆欧冶，巴吏书踪尽子云。唯我心知有来处，泊船黄草夜思君。

内状诗寄杨白二员外 时知制诰

天门暗辟玉玲珑，昼送中枢晓禁清。彤管内人书细腻，金奁御印篆分明。冲街不避将军令，跋敕兼题宰相名。南省郎官一作中谁待诏，与君将向世间行。

别毅郎 此后三首工部侍郎时诗

尔爷只为一杯酒，此别那知死与生。儿有何辜才七岁，亦教儿作瘴江行。

爱惜尔爷唯有我,我今憔悴望何人。伤心自比笼中鹤,翦尽翅-作
羽翎愁到身。

自　责

犀带金鱼束紫袍,不能将命报分毫。他时得见牛常侍,为尔君前捧
佩刀。

送公度之福建 此后并同州刺史时作

棠阴犹在建溪-作康矶,此去那论是与非。若见白头须尽敬,恐曾
江岸识胡威。

喜五兄自泗州至

眼中三十年来泪,一望南云一度垂。惭愧临淮李常侍,远教形影暂
相随。

杏　花

常年出入右银台,每怪春光例早回。惭愧杏园行在景,同州园里也
先开。

第三岁日咏春风凭杨员外寄长安柳

三日春风已有情,拂人头面稍怜轻。殷勤为报长安柳,莫惜枝条动
软声。

赠别杨员外巨源

忆昔西河县下时,青山憔悴宦名卑。揄扬陶令缘求酒,结托萧娘只

在诗。朱紫衣裳浮世重,苍黄岁序长年悲。白头后会知何日,一盏
烦君不用辞。

寄乐天二首

荣辱升沉影与身,世情谁是旧雷陈。唯应鲍叔犹怜我,自保曾参不
杀人。山入白楼沙苑暮,潮生沧海野塘春。老逢佳景唯惆怅,两地
各伤何限神。

论才赋命不相干,凤有文章雉有冠。赢骨欲销犹被刻,疮痕未没又
遭弹。剑头已折藏须盖,丁字虽刚屈莫难。休学州前罗刹石,一生
身敌海波澜。

听妻弹别鹤操

别鹤声声怨夜弦,闻君此奏欲潜然。商瞿五十知无子,更付琴书与
仲宣。

和王侍郎酬广宣上人观放榜后相贺

渥洼徒自有权奇,伯乐书名世始知。竞走墙前希得俊,高悬日下表
无私。都中纸贵流传后,海外金填姓字时。珍重刘繇因首荐进士李
景达以同判解头及第,为君送和碧云诗。

全唐诗卷四一七

元　稹

酬乐天喜邻郡

此后并越州酬和,并各次用本韵。

蹇驴瘦马尘中伴,紫绶朱衣梦里身。符竹偶因成对岸,文章虚被配为邻。湖翻白浪常看雪,火照红妆不待春。老大那能更争竞,任君投募醉乡人。

再酬复言和前篇

经过二郡逢贤牧,聚集诸郎宴老身。清夜漫劳红烛会,白头非是翠娥邻。曾携酒伴无端宿,自入朝行便别春。潦倒微之从不占,未知公议道何人。

赠　乐　天

莫言邻境易经过,彼此分符欲奈何。垂老相逢渐难别,白头期限各无多。

重　赠 乐人商玲珑能歌,歌予数十诗。

休遣玲珑唱我诗,我诗多是别一作寄君词。明朝又向江头别,月落潮平是去时。

别后西陵晚眺

晚日未抛诗笔砚,夕阳空望郡楼台。与君后会知何日,不似潮头暮却回。

以州宅夸于乐天

州城迥绕拂云堆,镜水稽山满眼来。四面常时对屏障,一家终日在楼台。星河似向檐前落,鼓角惊从地底回。我是玉皇香案吏,谪一作降居犹得住蓬莱。

重夸州宅旦暮景色兼酬前篇末句

仙都难画亦难书,暂合登临不合居。绕郭烟岚新雨后,满山楼阁上灯初。人声晓动千门辟,湖色宵涵万象虚。为问西州罗刹岸,涛头一作风波冲突近何如。

酬乐天吟张员外诗见寄因思上京
每与乐天于居敬兄升平里咏张新诗

乐天书内重封到,居敬堂前共读时。四友一为泉路客,三人两咏浙江诗。别无远近皆难见,老减心情自各知。杯酒与他年少隔,不相酬赠欲何之。

寄乐天

闲夜思君坐到明,追寻往事倍伤情。同登科后心相合,初得官时髭未生。二十年来谙世路,三千里外老江城。犹应更有前途在,知向人间何处行。

戏赠乐天复言 此后三篇同韵

乐事难逢岁易徂,白头光景莫令孤。弄涛船更曾观否,望市望市楼,苏之胜地也。楼还有会无。眼力少将寻案牍,心情且强掷枭卢。孙园虎寺随宜看,不必遥遥羡镜湖。

重 酬 乐 天

红尘扰扰日西徂,我兴云心两共孤。暂出已遭千骑拥,故交求见一人无。百篇书判从饶白,八米诗章未伏卢。最笑近来黄叔度,自投名刺占陂湖。

再 酬 复 言

绕郭笙歌夜景徂,稽山迥带月轮孤。休文欲咏心应破,道子虽来画得无。顾我小才同培塿,知君险斗敌都卢。不然岂有姑苏郡,拟著陂塘比镜湖。

郡务稍简因得整比旧诗并连缀焚削封章繁委箧笥仅逾百轴偶成自叹因寄乐天

近来章奏小年诗,一种成空尽可悲。书得眼昏朱似碧,用来心破发如丝。催身易老缘多事,报主深恩在几时。天遣两家无嗣子,欲将文集与它谁。

酬乐天馀思不尽加为六韵之作

律吕同声我尔一作爱身,文章君是一伶伦。众推贾谊为才子,帝喜相如作侍臣。乐天先有《秦中吟》及《百节判》,皆为书肆市贾题其卷云:白才子文章。又乐天知制诰词云：览其词赋，喜与相如并处一时。**次韵千言曾报答**，乐天曾寄予千字律诗数首，予皆次用本韵酬和，后来遂以成风耳。**直词三道共经纶。**乐天与予同应制科，并求前辈切直词策，以尽经邦之术。其事已具之字诗注中尔。**元诗驳杂真难辨**，后辈好伪作予诗，传流诸处。自到会稽，已有人写宫词百篇及杂诗两卷，皆云是予所撰。及手勘验，无一篇是者。**白朴流传用转新。**乐天于翰林中书，取书诏批答词等，撰为程式，禁中号曰白朴。每有新入学求访，宝重过于六典也。**蔡女图书虽在口**，蔡琰口诵家书四百馀篇。**于公门户岂生尘。**乐天常赠予诗云：其心如肺石，动必达穷民。东川八十家，冤愤一言申。因感无儿之叹，故予自有此句。**商瞿未老犹希冀，莫把籯金便付人。**

寄 乐 天

莫嗟虚老海堧西，天下风光数会稽。灵氾桥前百里镜，石帆山崦五云溪。冰销田地芦锥短，春入枝条柳眼低。安得故人生羽翼，飞来相伴醉如泥。

酬乐天雪中见寄

知君夜听风萧索，晓望林亭雪半糊。撼落不教封柳眼，扫来偏尽附梅株。敲扶密竹枝犹亚，煦暖寒禽气渐苏。坐觉湖声迷远浪，回惊云路在长途。钱塘湖上蘋先合，梳洗楼前粉暗铺。石立玉童披鹤氅，台施瑶席换龙须。满空飞舞应为瑞，寡和高歌只自娱。莫遣拥帘伤思妇，且将盈尺慰农夫。称觞彼此情何异，对景东西事有殊。镜水绕山山尽白，琉璃云母世间无。

和乐天早春见寄

雨香云澹觉微和，谁送春声入棹歌。萱近北堂穿土早，柳偏东面受风多。湖添水色一作剂消残雪，江送潮头涌漫波。同受新年不同赏，无由缩地欲如何。

酬复言长庆四年元日郡斋感怀见寄

腊尽残销春又归，逢新别故欲沾衣。自惊身上添年纪，休系心中小是非。富贵祝来何所遂，聪明鞭得转无机。祝富贵，鞭聪明，皆正旦章稚俗法。羞看稚子先拈酒，怅望平生旧采薇。去日渐加馀日少，贺人虽闹故人稀。椒花丽句闲重检，艾发衰容惜寸辉。苦思正旦酬白雪，闲观风色动青旍。千官仗下炉烟里，东海西头意独违。休系一作休较，正旦一作正朝。

代郡斋神答乐天

虚白堂神传好语，二年长伴独吟时。夜怜星月多离烛，日澒波涛一下帷。为报何人偿酒债，引看墙上使君诗。

酬乐天重寄别

却报君侯听苦辞，老头抛我欲何之。武牢关外虽分手，不似如今衰白时。

和乐天重题别东楼

山容水态使君知，楼上从容万状移。日映文章霞细丽，风驱鳞甲浪参差。鼓催潮户凌晨击，笛赛婆官彻夜吹。唤客潜挥远红袖，卖垆高挂小青旗。剩铺床席春眠处，乍卷帘帷月上时。光景无因将得去，为郎抄在和郎诗。

馀杭周从事以十章见寄词调清婉难于遍酬聊和诗首篇以答来贶

扰扰纷纷旦暮间，经营闲事不曾闲。多缘老病推辞酒，少有功夫久

羡山。清夜笙歌喧四郭,黄昏钟漏下重关。何由得似周从事,醉入
人家醒始还。

寄浙西李大夫四首

柳眼梅心渐欲春,白头西望忆何人。金陵太守曾相伴,共蹋银台一
路尘。

蕊珠深处少人知,网索西临太液池。浴殿晓闻天语后,步廊骑马笑
相随。网索在太液上,学士候对,歇于此。

禁林同直话交情,无夜无曾不到明。最忆西楼人静夜,玉晨钟磬两
三声。玉晨观在紫宸殿后面也。

由来鹏化便图南,浙右虽雄我未甘。早渡西江好归去,莫抛舟楫滞
春潭。

初除浙东妻有阻色因以四韵晓之

嫁时五月归巴地,今日双旌上越州。兴庆首行千命妇,予在中书日,妻
以郡君朝太后于兴庆宫,猥为班首。会稽旁带六诸侯。海楼翡翠闲相逐,
镜水鸳鸯暖共游。我有主恩羞未报,君于此外更何求。

为乐天自勘诗集因思顷年城南醉归
马上递唱艳曲十馀里不绝长庆初俱
以制诰侍宿南郊斋宫夜后偶吟数十
篇两掖诸公泊翰林学士三十馀人惊
起就听逮至卒吏莫不众观群公直至
侍从行礼之时不复聚寐予与乐天吟
哦竟亦不绝因书于乐天卷后越中冬夜
风雨不觉将晓诸门互启关锁即事成篇

春野醉吟十里程，斋宫潜咏万人惊。今宵不寐到明读，风雨晓闻开
锁声。

题长庆四年历日尾

残历半张馀十四，灰心雪鬓两凄然。定知新岁御楼后，从此不名长
庆年。

全唐诗卷四一八

元　稹

乐府古题序 丁酉

《诗》讫于周,《离骚》讫于楚,是后诗之流为二十四名:赋、颂、铭、赞、文、诔、箴、诗、行、咏、吟、题、怨、叹、章、篇、操、引、谣、讴、歌、曲、词、调,皆诗人六义之馀。而作者之旨,由操而下八名,皆起于郊祭、军宾、吉凶、苦乐之际。在音声者,因声以度词,审调以节唱,句度短长之数,声韵平上之差,莫不由之准度。而又别其在琴瑟者为操、引,采民氓者为讴、谣,备曲度者,总得谓之歌、曲、词、调。斯皆由乐以定词,非选调以配乐也。由诗而下九名,皆属事而作,虽题号不同,而悉谓之为诗可也。后之审乐者,往往采取其词,度为歌曲。盖选词以配乐,非由乐以定词也。而纂撰者,由诗而下十七名,尽编为乐录、乐府等题。除铙吹、横吹、郊祀、清商等词在乐志者,其馀《木兰》、《仲卿》、《四愁》、《七哀》之辈,亦未必尽播于管弦明矣。后之文人,达乐者少,不复如是配别。但遇兴纪题,往往兼以句读短长,为歌诗之异。刘补阙之乐府,肇于汉魏。按仲尼学文王操,伯牙作《流波》、《水仙》等操,齐犊沐作《雉朝飞》,卫女作《思归引》,则不于汉魏而后始,亦以明矣。况自风雅至于乐流,莫非讽兴当时之事,以贻后代之人。沿袭古题,唱和重复,于文或有短长,于义咸为赘剩,尚不如寓意古题,刺美见事,犹有诗人引古以讽之义焉。曹、刘、沈、鲍之徒时得如此,亦复稀少。近代唯诗人杜甫《悲陈陶》、《哀

江头》、《兵车》、《丽人》等,凡所歌行,率皆即事名篇,无复倚傍。余少时
与友人乐天、李公垂辈,谓是为当,遂不复拟赋古题。昨梁州见进士刘
猛、李馀,各赋古乐府诗数十首,其中一二十章,咸有新意。余因选而和
之,其有虽用古题,全无古义者,若《出门行》不言离别,《将进酒》特书列
女之类是也。其或颇同古义,全创新词者,则《田家》止述军输,《捉捕》
词先蝼蚁之类是也。刘、李二子方将极意于斯文,因为粗明古今歌诗同
异之音焉。

梦上天 此后十首并和刘猛

梦上高高天,高高苍苍高不极。下视五岳块累累,仰天依旧苍苍
色。蹋云耸身身更上,攀天上天攀未得。西瞻若水一作木兔轮低,
东望蟠桃海波黑。日月之光不到此,非暗非明烟塞塞。天悠地远
身跨风,下无阶梯上无力。来时畏有他人上,截断龙胡斩鹏翼。茫
茫漫漫方自悲,哭向青云椎一作掐素臆。哭声厌咽旁人恶,唤起惊
悲泪飘露。千惭万谢唤厌人,向使无君终不寤。

冬白纻 一下有歌字

吴宫夜长宫漏款,帘幕四垂灯焰暖。西施自舞王自管,雪纻翻翻鹤
翎散上声,促节牵繁舞腰懒。舞腰懒,王罢饮,盖覆西施凤花锦。身
作匡床臂为枕,朝珮枞玉一作枞王晏寝。寝一作酒醒阍报门无事,子
胥死后言为讳。近王之臣论王意,共笑越王穷惴惴,夜夜抱冰寒不
睡。

将 进 酒

将进酒,将进酒。酒中有毒鸩主父,言之主父伤主母。母为姜地父
姜天,仰天俯地不忍言。阳一作佯为僵踣主父前,主父不知加妾鞭。

旁人知妾为主说，主将泪洗鞭头血。推他雷反椎一作推主母牵下堂，扶妾遣升堂上床。将进酒，酒中无毒令主寿。愿主回恩一作思归主母，遣妾如此由一作事主父。妾为此事人偶知，自惭不密方自悲。主今颠倒安置妾，贪天僭地谁不为。

采 珠 行

海波无底珠沉海，采珠之人判死采。万人判死一得珠，斛量买婢人一作天何在。年年采珠珠避人，今年采珠由海神。海神采珠珠尽死，死尽明珠空海水。珠为海物海属神，神今自采何况人。

董 逃 行

董逃董逃董卓逃，揩铿戈甲声劳嘈。剜剜深脐脂焰焰，人皆数一无数字叹曰，尔独不忆年年取我身上膏。膏销骨尽烟火死，长安城中贼毛起。城门四走公卿士，走劝刘虞作天子。刘虞不敢一作取作天子，曹瞒篡乱从此始。董逃董逃人莫喜，胜负相环一作翻相枕倚，缝缀难成裁破易。何况曲针不能伸巧指，欲学裁缝须准拟。

忆 远 曲

忆远曲，郎身不远郎心远。沙随郎饭俱在匙，郎意看沙那比饭。水中书一作画字无字痕，君心暗画谁会君。况妾事姑姑进止，身去门前同万里。一家尽是郎腹心，妾似生来无两耳。妾身何足言，听妾私劝君。君今夜夜醉何处，姑来伴妾自闭门。嫁夫恨不早，养儿将备老。妾自嫁郎身骨立，老姑为郎求娶妾。妾不忍见姑郎忍见，为郎忍耐看姑面。

夫远征

赵卒四十万，尽为坑中鬼。赵王未信赵母言，犹点新兵更填死。填死之兵兵气索，秦强赵破括敌起。括虽专命起尚轻，何况牵肘之人牵不已。坑中之鬼妻在营，髽麻戴绖鹅雁鸣。送夫之妇又行哭，哭声送死非送行。夫远征，远征不必戍长城，出门便不知死生。

织妇词

织夫一作妇何太忙，蚕经三卧行欲老。蚕神女圣早成丝，今年丝税抽征早。早征非是官人恶，去岁官家事戎索。征人战苦束刀疮一作枪，主将勋高换罗幕。缫丝织帛犹努力，变缉一作缝撩机苦难织。东家头白双女儿，为解挑纹嫁不得。余掾荆时，目击贡绫户有终老不嫁之女。檐前袅袅游丝上，上有蜘蛛巧来往。羡他虫豸解缘天，能向虚空织罗网。

田家词 一作田家行

牛吒吒，田确确。旱块敲牛蹄趵趵音剥，种得官仓珠颗谷。六十年来兵簇簇一作蔟，月月食粮车辘辘。一日官军收海服，驱牛驾车食牛肉。归来攸一作收牛两角，重铸锄一作锹犁作斤劚。姑舂妇担去输官，输官不足归卖屋，愿官早胜仇早覆。农死有儿牛有犊，誓一无誓字不遣官军粮不足。

侠客行

侠客不怕死，怕在事不成，事成不肯藏姓名。我非窃贼谁夜行，白日堂堂杀袁盎。九衢草草人面青，此客此心师海鲸。海鲸露背横沧溟，海波分作两处生。分海减海力，侠客有谋，人不识测一作人莫测,三尺铁蛇延二国。

君莫非 此后九首和李馀

鸟不解走,兽不解飞。两不相解,那得相讥。犬不饮露,蝉不啖肥。以蝉易犬,蝉死犬饥。燕在梁栋,鼠在阶基。各自窠窟,人不能移一作不能改移。妇好针缕,夫读书诗。男翁女嫁,卒不相知。惧聋摘耳,效痛嚬眉。我不非尔,尔无一作不我非。

田野狐兔行 野一作头

种豆耘锄,种禾沟圳。禾苗豆甲,狐榾兔簰。割鹄喂鹰,烹麟啖犬。鹰怕兔毫,犬被狐引。狐兔相须,鹰犬相尽兹引反。日暗天寒,禾稀豆损。鹰犬就烹,狐兔俱晒。

当来日大难行 一无行字

当来日大难行。前有阪,后有坑。大梁侧,小梁倾。两轴相绞,两轮相撑。大牛竖,小牛横。乌啄牛背,足跌力仾。当来日大难行。太行虽险,险可使平。轮轴自挠,牵制不停。泥潦渐久,荆棘旋生。行必不得,不如不行。

人 道 短

古道天道长人道短,我道天道短人道长。天道昼夜回转不曾住,春秋冬夏忙。颠风暴雨电雷狂,晴被阴暗,月夺日光。往往星宿,日亦堂堂。天既职性命,道德人自强。尧舜有圣德,天不一作下能遣,寿命永昌。泥金刻玉,与秦始皇。周公傅说,何不长宰相。老聃仲尼,何事栖遑。莽卓恭显,皆数十年富贵。梁冀夫妇,车马煌煌。若此颠倒事,岂非天道短,岂非人道长。尧舜留得神圣事,百代天子有典章。仲尼留得孝顺语,千年万岁父子不敢相灭亡。殁后千馀载,唐家天子封作文宣王。老君留得五千字,子孙万万称圣唐。谥作玄元帝,魂魄坐天堂。周公周礼二十一作十二卷,有能行者知纪纲。傅说说命三四纸,有能师者称祖宗。天能夭人命,人使道无穷。若此神圣事,谁道人道短,岂非人道长。天能种百草,犹得十年有气息,莠才一日芳。人能拣得丁沈兰蕙,料理百和香。天解养禽兽,喂虎豹豺狼。人解和曲糵,充礿一作禴祀烝尝。杜鹃无百作一作年,天遣百鸟哺雏,不遣哺凤凰。巨蟒寿千岁,天遣食牛吞象充腹肠。蛟螭与变化,鬼怪与隐藏。蚊蚋与利觜,枳棘与锋铓。赖得人道有拣别,信任天道真茫茫。若此撩乱事,岂非天道短,赖得人道长。

苦乐相倚曲

古来苦乐之相倚,近于掌上之十指。君心半夜猜恨生,荆棘满怀天未明。汉成一作皇眼瞥飞燕时,可怜班女恩已衰。未有因由相决绝,犹得半年伴暖热。转将深意谕旁人,缉缀瑕疵遣潜说。一朝诏下辞金屋,班姬自痛何仓卒。呼天抚一作俯地将自明,不悟寻时暗一作已销骨。白首宫一作官人前再拜,愿将日月相辉一作挥解。苦乐相寻昼夜间,灯光那有一作得天明在。主今被夺心应苦,妾夺深恩初为主。欲知妾意恨主时,主今为妾思量取。班姬收泪抱妾身,我曾排摈无限人。

出　门　行

兄弟同出门,同行不同志。凄凄分歧路,各各营所为。兄上荆山巅,翻石辨虹气。弟沉沧海底,偷珠待龙睡。出门不数年,同归亦同遂。俱用私所珍,升沉自兹异。献珠龙王宫,值龙觅珠次。但喜

复得珠,不求珠所自。酬客双龙女,授客六龙辔。遣充行雨神,雨
泽随客意。雩夏一作下钟鼓繁,禜秋一作秩玉帛积。彩色画廊庙,奴
僮被珠翠。骥骆千万双,鸳鸯七十二。言者未摇舌,无人敢轻议。
其兄因献璞,再刖不履地。门户亲戚疏,匡床妻妾弃。铭心有所
待,视足无所愧。持璞自枕头,泪痕双血渍。一朝龙醒寤,本问偷
珠事。因知行雨偏,妻子五刑备。仁兄捧尸哭,势友掉头讳。丧车
黔首葬,吊客青蝇至。楚有望气人,王前忽长跪。贺王得贵宝,不
远王所莅。求之果如言,剖出浮筠腻。白珩无颜色,垂棘有瑕累。
在楚裂地封,入赵连城贵。秦遣李斯书,书为传国瑞。秦亡汉魏
传,传者得神器。卞和名永永,与宝不相坠。劝尔出门行,行难莫
行易。易得还易失,难同亦难离。善贾识贪廉,良田无稙稴。磨剑
莫磨锥,磨锥成小利。

捉　捕　歌

捉捕复捉捕,莫捉狐与兔。狐兔藏窟穴,豺狼妨道路。道路非不
妨,最忧蝼蚁聚。豺狼不陷阱,蝼蚁潜幽蠹。切切主人窗,主人轻
细故。延缘蚀栾栌,渐入栋梁柱。梁栋尽空虚,攻穿痕不露。主人
坦然意,昼夜安寝寤。网罗布参差,鹰犬走回互。尽力穷窟穴,无
心自还顾。客来歌捉捕,歌竟泪如雨。岂是惜狐兔,畏君先后误。
愿君扫梁栋,莫遣蝼蚁附。次及清道涂,尽灭豺狼步。主人堂上
坐,行客门前度。然后巡野田,遍张畋猎具。外无枭獍援,内有熊
罴驱。狡兔掘荒榛,妖狐熏古墓。用力不足多,得禽自无数。畏君
听未详,听客有明喻。虮虱谁不轻,鲸鲵谁不恶。在海尚幽遐,在
怀交秽污。歌此劝主人,主人那不悟。不悟还更歌一作多,谁能恐
违忤。

古筑城曲五解

年年塞下丁，长作出塞兵。自从冒顿强，官筑遮虏城。
筑城须努力，城高遮得贼。但恐贼路多，有城遮不得。
丁口传父言，莫问城坚不音缶。平城被虏围，汉剐城墙走。
因兹请休和，虏往骑来过。半疑兼半信，筑城犹嵯峨。
筑城安敢烦，愿听丁一言。请筑鸿胪寺，兼愁虏出关。

估 客 乐

估客无住著一作者，有利身则一作即行。出门求火伴，入户辞父兄。
父兄相教示，求利莫求名。求名有一作莫所避，求利无不营。火伴
相勒缚，卖假莫卖诚。交关但一作少交假，本生上声得失轻一作交假本
生轻。自兹相将去，誓死意不更。亦一作一解市头语，便无邻里情。
鍮石打臂钏，糯米吹项璎。归来村中卖，敲作金石声。村中田舍
娘，贵贱不敢争。所费百钱一作必本，已得十倍赢。颜色转光净，饮
食亦甘馨。子本频蕃息，货贩一作赂日兼并。求珠驾沧海，采玉上
荆衡。北买党项马，西擒吐蕃鹦。炎洲布火浣，蜀地锦织成。越婢
脂肉滑，奚僮眉眼明。通算衣食费，不计远近程。经游一作营天下
遍，却到长安城。城中东西市，闻客次第迎。迎客兼说客，多财为
势倾。客心本明黠，闻语心已惊。先问十常侍，次求百公卿。侯家
与主第，点缀无不精。归来始安坐，富与王者一作勍。市卒酒一作
醉肉臭，县胥家舍成。岂唯绝言语，奔走极使令。大儿贩材木，巧
识梁栋形。小儿贩盐卤，不入州县征。一身偃市利，突若截海鲸。
钩距不敢下，下则牙齿横。生为估客乐，判尔乐一生。尔又生两
子，钱刀何岁平。

全唐诗卷四一九

元　稹

连昌宫词

连昌宫中满宫竹，岁久无人森似一作自束。又有墙头千叶桃，风动落花红蔌蔌。宫边老翁为余泣，小年进食曾因入一作小年选进因曾入。上皇正在望仙楼，太真同凭阑干立。楼上楼前尽珠翠，炫转荧煌照天地。归来如梦复如痴，何暇备言宫里事。初过寒食一百六，店舍无烟宫树绿。夜半月高弦索鸣，贺老琵琶定一作擅场屋。力士传呼觅念奴，念奴潜伴诸郎宿。须臾觅得又连催，特敕街中许燃烛。春娇满眼睡一作眠红绡，掠削云鬟旋装束。飞上九天歌一声，二十五郎吹管逐。逡巡大遍凉州彻，色色龟兹轰录续。李谟擪笛傍宫墙，偷得新翻数般曲。念奴，天宝中名倡，善歌。每岁楼下酺宴，累日之后，万众喧隘，严安之、韦黄裳辈辟易不能禁。众乐为之罢奏。明皇遣高力士大呼于楼上曰：欲遣念奴唱歌，邠二十五郎吹小管逐，看人能听否？未尝不悄然奉诏。其为当时所重也如此。然而明皇不欲夺侠游之盛，未尝置在宫禁，或岁幸汤泉，时巡东洛，有司潜遣从行而已。又明皇尝于上阳宫夜后按新翻一曲，属明夕正月十五日，潜游灯下。忽闻酒楼上有笛奏前夕新曲，大骇之。明日密遣捕捉笛者，诘验之。自云：其夕窃于天津桥玩月，闻宫中度曲，遂于桥柱上插谱记之。臣即长安少年善笛者李暮也。明皇异而遣之。平明大驾发行宫，万人歌舞涂路一作在途中。百官队仗避岐薛，岐王范、薛王业，明皇之弟。杨氏诸姨贵妃三姊，帝呼为姨，封韩、虢、秦国三夫人。车

斗风。明年十月东都破天宝十三年，禄山破洛阳，御路犹一作独存禄山
过。驱令供顿不敢藏，万姓无声一作言泪潜堕。两京定后六七年，
却寻家舍行宫前。庄园烧尽有枯井，行宫门闭一作阒树宛然。尔后
相传六皇帝肃、代、德、顺、宪、穆，不到离宫门久闭。往来年少说长安，
玄武楼成一作前花萼废。去年敕使因一作去年因敕使斫竹，偶值门开
暂相逐。荆榛栉比塞池塘，狐兔骄痴缘树木。舞榭欹倾基一作台尚
在一作存，文窗窈窕纱犹绿。尘埋粉壁旧花钿，乌一作鸟啄风筝碎珠
玉。上皇偏爱临砌花，依然御榻临阶斜。蛇出燕巢盘斗栱，菌生香
案正当衙。寝殿相连端正楼，太真梳洗楼上头。晨光未出帘影黑
一作动，至今反挂珊瑚钩。指似一作向傍人因恸哭，却出一作立宫门泪
相续。自从此后还闭门，夜夜狐狸上门屋。我闻此语心骨悲，太平
谁致乱者谁。翁言野父何分别，耳闻眼见为君说。姚崇宋璟作相
公，劝谏上皇言语切。燮理阴阳禾黍丰，调和中外无兵戎。长官清
平太守好，拣选皆言由相一作至公。开元之末姚宋死，朝廷渐渐由
妃子。禄山宫里养作一作为儿，虢国门前闹如市。弄权宰相不记
名，依稀忆得一作忆得依稀杨与李。庙谟一作谋颠倒四海摇，五十年来
作疮痏。今皇神圣丞相明，诏书才下吴蜀平。官军又取淮西贼，此
贼亦除天下宁。年年耕种宫前道，今年不遣子孙耕。老翁此意深
望幸，努力庙谋一作谟休用兵。

望云骓马歌 并序

德宗皇帝以八马幸蜀，七马道毙，唯望云骓来往不顿。贞元中，老
死天厩。臣稹作歌以记之。

忆昔先皇幸蜀时，八马入谷七马疲。肉绽筋挛四蹄脱，七马死尽无
马骑。天子蒙尘天雨泣，巉岩道路淋漓湿。峥嵘白草眇难期，谂
洞黄泉安可入。白草、谂洞，并雒谷中地名。古谚云：谂洞入黄泉。朱泚围兵

抽未尽，怀光寇骑追行及。兴元元年二月，李怀光反。嫔娥相顾倚树啼，鹓鹭无声仰天立。圉人初进望云骓，彩色憔悴众马欺。上前喷吼如有意，耳尖卓立节踠奇。君王试遣回胸臆，撮骨锯牙骿两肋。蹄悬四蹢一作踬，一作矩。脑一作胫颗方，胯耸三山尾株一作扶直。圉人畏诮仍相惑，此马无良空有力。频频啮掣辔难施，往往跳趫鞍一作骑不得。色沮声悲仰天诉，天不遣言君未识。亚身受取白玉羁一作鞍，开口衔将紫金勒。君王自此方敢骑，似遇良臣久凄恻。龙腾鱼鳖啅然惊一作咸震惊，骥肹一作盼驴骡少颜色。七圣心迷运方厄，五丁力尽路犹窄。橐它一作驼山上斧刃堆，望秦岭下锥头石。五六百里真符县，八十四盘青山驿。掣开流电有辉光，突过浮云无朕迹。地平险一作隘尽施黄屋，九九属车十二纛。齐映前导引骓头，严震迎号抱骓足。路傍垂白天宝民，望骓礼拜见骓哭。皆言一作云玄宗当时无此马，不免骑骡来幸蜀。雄雄猛将李令公，收城杀贼豺狼空。天旋地转日再中，天子却坐明光宫。朝廷无事忘征战，校猎朝回暮球宴。御马齐登拟用槽厩中号乘舆之马曰拟用槽，君王自试宣徽殿。圉人还进望云骓，性强步阔无方便。分鬃摆杖一作袂头太高，擘肘回头一作颇项难转。人人共恶难回跋，潜遣飞龙减刍秣。银一作金鞍绣鞯不复施，空尽兹引反天年御槽活。当时邹或作鄹谚已有言一作云，莫倚功高一作能浪开阔。登山纵似望云骓，平地须饶红叱拨。长安三月花垂草，果下翩翩紫骝好。千官暖热李令闲，百马生狞望云老。望云骓，尔之种类世世奇。当时项王乘尔祖，分配英豪一作雄称霸主。尔身今日逢圣人，从幸巴渝归入秦。功成事遂身退天之道，何必随群逐队到死蹋红尘。望云骓，用与不用各有时，尔勿悲。

和李校书新题乐府十二首 并序

余友李公垂贶余乐府新题二十首，雅有所谓，不虚为文。余取其病时之尤急者,列而和之,盖十二而已。昔三代之盛也,士议而庶人谤。
又曰:世理则词直,世忌则词隐。余遭理世而君盛圣,故直其词以示后,
使夫后之人,谓今日为不忌之时焉。

上阳白发人

天宝年中花鸟使,天宝中,密号采取艳异者为花鸟使。撩花狎鸟含春思。
满怀墨诏求嫔御,走上高楼半酣醉。醉酣直入卿士家,闺闱不得偷
回避。良人顾妾一作望心死别,小女呼爷血垂泪。十中有一得一作
一得预更衣,永一作九配深宫作宫婢。御马南奔胡马蹙,宫女三千合
宫弃。宫门一闭不复开,上阳花草青苔地。月夜闲闻洛水声,秋池
暗度风荷气。日日长看提众一作象门,终身不见门前事。近年又送
数人来,自言兴庆南宫至。我悲此曲将彻骨,更想深冤复酸鼻。此
辈贱嫔何足言,帝子天孙古称贵。诸王在阁四十年,七宅六宫门户
闷。隋炀枝条袭封邑,近古封前代子孙为二王三恪。肃宗血胤无官位。
肃宗已后,诸王并未出阁。王无妃媵主无婿一作夫,阳亢阴淫结灾累。何
如决雍顺众流,女遣从夫男作吏。

华原磬 李传云:天宝中,始废泗滨磬,用华原石。

泗滨浮石裁为磬,古乐疏音少人听。工师小贱牙旷稀,不辨邪声嫌
雅正。正声不屈古调高,钟律参差管弦病。铿金戛瑟徒相杂,投玉
敲冰杳然零一作震。华原软石易追琢,高下随人无雅郑。弃旧美新
由乐胥,自此黄钟不能竞。玄宗爱乐爱新乐,梨园弟子承恩横。霓
裳才彻胡骑来,云门未得蒙亲定。我藏古磬藏在心,有时激作南风
咏。伯夔曾抚野兽驯,仲尼暂叩一作和春雷盛。何时得向笋虡悬,
为君一吼君心醒。愿君每听念封疆,不遣豺狼剿人命。

五弦弹

赵璧五弦弹徵调,微声巉绝何清峭。辞一作避雄皓鹤警露啼,失子
哀猿绕林啸。风入春松正凌乱,莺含晓舌怜娇妙。呜呜暗溜咽冰

泉,杀杀霜刀涩寒鞘。促节频催渐繁拨,珠幢斗绝金铃掉。千秋鸣
镝发胡弓,万片清球击虞庙。众乐虽同第一部,德宗皇帝常偏召。
旬休节假暂归来,一声狂杀长安少。主第侯家最难见,按歌按曲一
作按歌接曲皆承诏。水精帘外教贵嫔,玳瑁筵心伴中要。臣有五贤
非此弦,或在拘囚或屠钓。一贤得进胜累百,两贤得进同周召。三
贤事汉灭暴强,四贤镇岳宁边徼。五贤并用调五常,五常既叙三光
耀。赵璧五弦非此贤,九九何劳设庭燎。

西 凉 伎

吾闻昔日西凉州,人烟扑地桑柘稠。蒲萄酒熟恣行乐,红艳青旗朱
粉楼。楼下当垆称卓女,楼头伴客名莫愁。乡人不识离别苦,更卒
多为沉滞游。哥舒开府设高宴,八珍九酝当前头。前头百戏竞撩
乱,丸剑跳踯霜雪浮。狮子摇光毛彩竖,胡腾一作姬醉舞筋骨柔。
大宛来献赤汗马,赞普亦奉翠茸裘。一朝燕贼乱中国,河湟没一作
忽尽空遗丘。开远门前万里堠,今来蹙到行原州。平时开远门外立堠
云:去安西九千九百里,以示戍人不为万里行,其就盈故矣。去京五百而近何其
逼,天子县内半没为荒陬,西凉之道尔阻修。连城边将但高会,每
听此曲能不羞。

法 曲

吾闻黄帝鼓清角,弭伏熊罴舞玄鹤。舜持干羽苗革心,尧用咸池凤
巢阁。大夏濩武皆象功,功多已讶玄功薄。汉祖过沛亦有歌,秦王
破阵非无作。作之宗庙见艰难,作之军旅传糟粕。明皇度曲多新
态,宛转侵淫一作摇易沉著。赤白桃李取花名,霓裳羽衣号天落。
雅弄虽云已变乱,夷音未得相参错。自从胡骑起烟尘,毛毳腥膻满
咸洛。女为胡妇学胡妆,伎进胡音务胡乐音洛。火凤声沉多咽绝,
春莺啭罢长萧索。胡音胡骑与胡妆,五十年来竞纷泊。

驯　犀

李传云：贞元丙子岁，南海来贡。至十三年冬，苦寒，死于苑中。

建中之初放驯象，远归林邑近交广。兽返深山鸟构巢，鹰雕鹞鹘无
羁靮。贞元之岁贡驯犀，上林置圈官司养。玉盆金栈非不珍，虎唅
狴牢鱼食网。渡江之橘逾汶貉，反时易性安能长。腊月北风霜雪
深，踯躅鳞身遂长往。行地无疆费传驿，通天异物罹幽枉。乃知养
兽如养人，不必人人自敦奖。不扰则得之于理，不夺有以多于赏。
脱衣推食衣食之，不若男耕女令纺。尧民不自知有尧，但见安闲聊
击壤。前观驯象后驯一作观犀，理国其如指诸掌。

立　部　伎

李传云：太常选坐部伎，无性识者退入立部伎。又选立部伎，无性
识者退入雅乐部，则雅乐可知矣。李君作歌以讽焉。

胡部新声锦筵坐，中庭汉振高音播。太宗庙乐传子孙，取类群凶阵
初破。戢戢攒枪霜雪耀，腾腾击鼓云一作风雷磨。初疑遇敌身启
行，终象由文士宪左。昔日高宗常立听，曲终然后临玉座。如今节
将一掉头，电卷风收尽摧挫。宋晋郑女歌声发，满堂会客齐喧呵一
作和。珊珊佩玉动腰身，一一贯珠随咳唾。顷向圜丘见郊祀，亦曾
正旦亲朝贺。太常雅乐备宫悬，九奏未终百僚惰。恖滞难令季札
辨，迟回但恐文侯卧。工师尽取聋昧人，岂是先王作之过。宋沇尝
传天宝季，法曲胡音忽相和。明年十月燕寇来，九庙千门虏尘涴。
太常丞宋沇传汉中王旧说云：明皇虽雅好度曲，然而未尝使蕃汉杂奏。天宝十三载，始
诏道调法曲与胡部新声合作，识者异之。明年禄山叛。我闻此语叹复泣，古来
邪正将谁奈。奸声入耳佞入心，侏儒饱饭夷齐饿。

骠国乐 李传云：贞元辛巳岁，始来献。

骠之乐器头象驼，音声不合十二和。促舞跳趱筋节硬，繁辞变乱名
字讹。千弹万唱皆咽咽，左旋右转空傞傞。俯地呼天终不会，曲成

调变当如何。德宗深意在柔远,笙镛不御停娇一作嫔娥。史馆书为朝贡传,太常编入鞮鞻科。古时陶尧作天子,逊遁亲听康衢歌。又遣遒人持木铎,遍采讴谣天下过。万人有意皆洞达,四岳不敢施烦苛。尽令区中击壤块,燕及海外覃恩波。秦霸周衰古官废,下埋上塞王道颇。共矜异俗同声教,不念齐民方荐瘥。传称鱼鳖亦咸若,苟能效此诚足多。借如牛马未蒙泽,岂在抱瓮滋鼃黾。教化从来有源委,必将泳海先泳河。是非倒置自古有,骠兮骠兮谁尔诃。

胡旋女 李传云:天宝中,西国来献。

天宝欲末胡欲乱,胡人献女能胡旋。旋得明王不觉迷,妖胡奄到长生殿。胡旋之义世莫知,胡旋之容我能传。蓬断霜根羊角疾,竿戴朱盘火轮炫。骊珠迸珥逐飞一作龙星,虹音晕晕轻巾掣流电。潜鲸暗噏笪残谢反波海一作海波,回风乱舞当空霰。万过其谁辨终始,四座安能分背面。才人观者相为言,承奉君恩在圜变。是非好恶随君口,南北东西逐君眄。柔软依身著一作看佩带,徘回绕指同环钏。佞臣闻此心计回,荧惑一作惑乱君心君眼眩。君言似曲屈为一作如钩,君言好直舒为箭。巧随清影触处行,妙一作好学春莺百般啭。倾天侧地用君力,抑塞周遮恐君见。翠华南幸万里桥,玄宗始悟坤维转。纬书曰:僧一行尝奏明皇曰:陛下行幸万里,圣祚无疆。故天宝中,岁幸洛阳,冀充盈数。及上幸蜀,至万里桥,乃叹谓左右曰:一行之奏其是乎?寄言旋目与旋心,有国有家当共谴。

蛮子朝 李传云:贞元末,蜀川始通蛮国。

西南六诏有遗种,僻在荒陬路寻壅。部落支离君长贱,比诸夷狄为幽冗。犬戎强盛频侵削,降有愤心战无勇。夜防抄盗保深山,朝望烟尘上高冢。鸟道绳桥来款附,非因慕化因危一作为悚。清平官系一作击金咶嵯,求天叩地持双珙一作拱。益州大将韦令公,顷实遭时定浉陇。自居剧镇无他绩,幸得蛮来固恩宠。为蛮开道引蛮朝,迎一作接蛮送蛮常继踵。天子临轩四方贺，朝廷无事唯端拱。漏天走马春雨寒，泸水飞蛇瘴烟重。椎头丑类除忧患，瘴足役夫劳汹涌。匈奴互市岁不供，云蛮通好謇长骁。戎王养马渐多年，南人耗悴西人恐。

缚戎人

近制:西边每擒蕃囚，例皆传置南方，不加剿戮。故李君作歌以讽焉。

边头大将差健卒，入抄禽生快于鹘。但逢赪面即捉来，半是边人半戎羯。大将论功重多级，捷书飞奏何超忽。圣朝不杀谐至仁，远送炎方示微一作惩罚。万里虚劳肉食费，连头尽被毡裘喝。华裀重席卧腥臊，病犬愁鸱声咽喔。中有一人能汉语，自言家本长城一作安窟。少一作小年随父戍安西，河渭瓜沙眼看没。天宝未乱犹一作前数载，狼星四角光蓬勃。中原祸作边防危，果有豺狼四来伐。蕃马膘成正翘健，蕃兵肉饱争唐突。烟尘乱起无亭燧，主帅惊跳弃旄钺。半夜城摧鹅雁鸣，妻啼子叫曾不歇。阴森神庙未敢依，脆薄河冰安可越。荆棘深处共潜身，前困蒺藜后魑魅。平明蕃骑四面走，古墓深林尽株榾。少壮为俘头被髡，老翁留居足多刖。乌鸢满野尸狼藉，楼榭成灰墙突兀。暗水溅溅入旧池，平沙漫漫铺明月。戎王遣将来安慰，口不敢言心咄咄。供进腌腊御叱般，岂料穹庐拣肥腯。五六十年消息绝，中间盟会又猖獗。眼穿东日望尧云，肠断正朝梳汉发。延州镇李如暹，蓬子将军之子也，尝没西蕃。及归，自云:蕃法惟正岁一日，许唐人没蕃者服衣冠。如暹当此日，悲不自胜，遂与蕃妻密定归计。近年如此思汉者，半为老病半埋骨。常一作向教孙子学乡音，犹话平时好城阙。老者倘尽少者壮，生长蕃中似蕃悖。不知祖父皆汉民，便恐为蕃心矻矻。缘边饱喂十万众，何不齐驱一时发。年年但捉两三人，精卫衔芦塞溟渤。

阴 山 道

李传云:元和二年,有诏悉以金银酬回纥马价。

年年买马阴山道,马死阴山帛空耗。元和天子念女工,内出金银代
酬犒。臣有一言昧死进,死生甘分答恩焘。费财为马不独生,耗帛
伤工有他盗。臣闻平时七十万匹马,关中不省闻嘶噪。四十八监
选龙媒,时贡天庭付良造。如今坰野十无一,尽在飞龙相践暴。万
束刍茭供旦暮,千钟菽粟长牵漕。屯军郡国百馀镇,缣缃岁奉春冬
劳。税户逋逃例摊配,官司折纳仍贪冒。挑纹变缎力倍费,弃旧
从新人所好。越縠缭绫织一端,十匹素缣功未到。豪家富贾逾常
制,令族清一作亲班无雅操。从骑爱奴丝布衫,臂鹰小儿云锦韬。
群臣利己要差僭,天子深衷空悯悼。绰立花砖鹓凤行,雨露恩波几
时报。

全唐诗卷四二〇

元　稹

有鸟二十章 庚寅

有鸟有鸟名老鸱，鸱张贪很老不衰。似鹰指爪唯攫肉，戾天羽翮徒翰飞。朝偷暮窃恣昏饱，后顾前瞻高树枝。珠丸弹射死不去，意在护巢兼护儿。

有鸟有鸟毛似鹤，行步虽迟性灵恶。主人但见闲慢容，行占蓬莱最高阁。弱羽长忧俊鹘拳，疽肠暗著一作把鹓雏啄。千年不死伴灵龟，枭心鹤貌何人觉。

有鸟有鸟如鸛雀，食蛇抱甑天姿恶。行经水浒为毒流，羽拂酒杯为死药。汉后忍渴天岂知，骊姬坟地君宁觉。呜呼为有白色毛，亦得乘轩谬称鹤。

有鸟有鸟名为鸠，毛衣软毳心性柔。鹘缘暖足怜不吃，鸢为同科曾共游。飞飞渐上高高阁，百鸟不猜称好逑。佳人许伴鹓雏食，望尔化为张氏钩。

有鸟有鸟名野鸡，天姿耿介行步齐。主人偏养怜整顿，玉粟充肠瑶树栖。池塘潜狎不鸣雁，津梁暗引无用鹥。秋鹰迸逐霜鹘远，鹏鸟护巢当昼啼。主人频问遣妖术，力尽计穷音响凄。当时何不早量分，莫遣辉光深照泥。

有鸟有鸟群翠碧，毛羽短长心并窄。皆曾偷食渌池鱼，前去后来更逼迫。食鱼满腹各自飞，池上见人长似客。飞飞竞占嘉树林，百鸟不争缘凤惜。

有鸟有鸟群纸鸢，因风假势童子牵。去地渐高人眼乱，世人为尔羽毛全。风吹绳断童子走，馀势尚存犹在天。愁尔一朝还到地，落在深泥谁复怜。

有鸟有鸟名啄木，木中求食常不足。偏啄邓林求一虫，虫孔未穿长嘴秃。木皮已穴虫在心，虫蚀木心根柢覆。可怜树上百鸟儿，有时飞向新林宿。

有鸟有鸟众蝙蝠，长伴佳人占华屋。妖鼠多年羽翅生，不辨雌雄无本族。穿墉伺隙善潜身，昼伏宵飞恶明烛。大厦虽存柱石倾，暗啮栋梁成蠹木。

有鸟有鸟名为鸮，深藏孔穴难动摇。鹰鹯绕树探不得，随珠弹尽声转娇。主人烦惑罢擒取，许占神林为物妖。当时幸有燎原火，何不鼓风连夜烧。

有鸟有鸟名燕子，口中未省无泥滓。春风吹送廊庑间，秋社驱将嵌孔里。雷惊雨洒一时苏，云一作雪压霜摧半年死。驱去驱来长信风，暂托栋梁何用喜。

有鸟有鸟名老乌，贪痴突悖天下无。田中攫肉吞不足，偏入诸巢探众雏。归来仍占主人树，腹饱巢高声响粗。山鸦野鹊闲受肉，凤凰不得闻罪辜。秋鹰掣断架上索，利爪一挥毛血落。可怜鸦鹊慕腥膻，犹向巢边竞纷泊。

有鸟有鸟谓白鹇，雪毛皓白红嘴殷。贵人姜妇爱光彩，行提坐臂怡朱颜。妖姬谢宠辞金屋，雕笼又伴新人宿。无心为主拟衔花，空长白毛映红肉。

有鸟有鸟群雀儿，中庭啄粟篱上飞。秋鹰欺小嫌不食，凤凰容众从尔随。大鹏忽起遮白日，馀风簸荡山岳移。翩翾百万徒惊噪，扶摇势远何由知。古来妄说衔花报，纵解衔花何所为。可惜官仓无限粟，伯夷饿死黄口—作鸟肥。

有鸟有鸟皆百舌，舌端百啭声咄喧。先春尽学百鸟啼，真伪不分听者悦。伶伦凤律乱宫商，盘木天鸡误时节。朝朝暮暮主人耳，桃李无言管弦咽。五月炎光朱火盛，阳焰烧阴幽响绝。安知不是卷舌星，化作刚刀一时截。

有鸟有鸟毛羽黄，雄者为鸳雌者鸯。主人并养七十二，罗列雕笼开洞房。雄鸣一声雌鼓翼，夜不得栖朝不食。气息惙然双翅垂，犹入笼中就颜色。

有鸟有鸟名鹖雏，铃子眼睛苍锦襦。贵人腕软怜易臂，奋肘一挥前后呼。俊鹘无由拳狡兔，金雕不得擒魅狐。文王长在苑中猎，何日非熊休卖屠。

有鸟有鸟名鹦鹉，养在雕笼解人语。主人曾问私所闻，因说妖姬暗欺主。主人方惑翻见疑，趁归陇底双翅垂。山鸦野雀怪鹦语，竞噪争窥无已时。君不见隋朝陇头姥，娇养双鹦嘱新妇。一鹦曾说妇无仪，悍妇杀鹦欺主母。一鹦闭口不复言，母问不言何太久。鹦言悍妇杀鹦由，母为逐之乡里丑。当时主母信—作听尔言，顾尔微禽命何有。今之主人翻尔疑，何事笼中漫开口。

有鸟有鸟名俊鹘，鹘—作鸡小雕痴俊无匹。雏鸭拂爪血迸天，狡兔中拳头粉骨。平明度海朝未食，拔—作挟上秋空云影没。瞥然飞下人不知，搅碎荒城魅狐窟。

有鸟有鸟真白鹤，飞上九霄云漠漠。司晨守夜悲鸡犬，啄腐吞腥笑雕鹗。尧年值雪度关山，晋室闻琴下寥廓。辽东尽尔千岁人，怅望桥边旧城郭。

有 酒 十 章

有酒有酒鸡初鸣,夜长睡足神虑清。悄然危坐心不平,浩思一气初彭亨。颎洞浩汗真无名,胡不终浑成。胡为沉浊以升清,蠢然分画高下程。天蒸地郁群动萌,毛鳞裸介如挐挐。呜呼万物纷已生,我可奈何兮杯一倾。

有酒有酒东方明,一杯既进吞元精。尚思天地之始名,一元既二分浊清。地居方直天体明,胡不八荒圢圢如砥平。胡山高屹峚海泓澄,胡不日车杲杲昼夜行,胡为月轮灭缺星睅盯。呜呼不得真宰情,我可奈何兮杯再倾。

有酒有酒兮湛渌波,饮将愉兮气弥和。念万古之纷罗,我独慨然而浩歌。歌曰:天耶,地耶,肇万物耶,储胥大庭之君耶。恍耶,忽耶,有耶,传而信耶,久而谬耶。文字生而羲农作耶,仁义别而圣贤出耶。炎始暴耶,蚩尤炽耶,轩辕战耶,不得已耶。仁耶,圣耶,悯人之毒耶。天荡荡耶,尧穆穆耶。岂其让耶,归有德耶。舜其贪耶,德能嗣耶。岂其让耶,授有功耶。禹功大耶,人戴之耶。益不逮耶,启能德耶。家天下耶,荣后嗣耶。于后嗣之荣则可耶,于天下之荣其可耶。呜呼远尧舜之日耶,何弃舜之速耶。辛癸虐耶,汤武革耶。顺天意耶,公天下耶。踵夏荣嗣,私其公耶。并建万国,均其私耶。专征递伐,斗海内耶。秦扫其类,威定之耶。二代而陨,守不仁耶。汉魏而降,乘其机耶。短长理乱,系其术耶。尧耶,舜耶,终不可逮耶。将德之者不位,位者不逮其德耶。时耶,时耶,时其可耶。我可奈何兮一杯又进歌且歌。

有酒有酒兮黯兮溟,仰天大呼兮,天漫漫兮高兮青。高兮漫兮吾孰知天否与灵。取人之仰者,无乃在乎昭昭乎曰与夫日星。何三光之并照兮,奄云雨之冥冥。幽妖倏忽兮水怪族形,鼋鼍岸走兮海若

斗鲸。河溃溃兮愈浊,济翻翻兮不宁。蛇喷云而出穴,虎啸风兮屡
鸣。污高巢而凤去兮,溺厚地而芝兰以之不生。葵心倾兮何向,松
影直而孰明。人惧愁兮戴荣,天寂默兮无声。呜呼,天在云之上
兮,人在云之下兮,又安能决云而上征。呜呼,既上征之不可兮,我
奈何兮杯复倾。

有酒有酒香满尊,君宁不饮开君颜。岂不知君饮此心恨,君今独醒
谁与言。君宁不见飓风翻海火燎原,巨鳌唐突高焰延。精卫衔芦
塞海溢,枯鱼喷沫救池燔。筋疲力竭波更大,鳍燋甲裂身已干。有
翼劝尔升九天,有鳞劝尔登龙门。九天下视日月转,龙门上激雷雨
奔。蟛蜋虽怒谁尔惧,鶗旦虽啼谁尔怜。抟空意远风来壮,我可
奈何兮一杯又进消我烦。

有酒有酒歌且哀,江春例早多早梅。樱桃桃李相续开,间以木兰之
秀香裴回。东风吹尽南风来,莺声渐涩花摧颓。四月清和艳残卉,
芍药翻红蒲映水。夏龙痛毒雷雨多,蒲叶离披艳红死。红艳犹存
榴树花,紫苞欲绽高笋牙。笋牙成竹冒霜雪,榴花落地还销歇。万
古盈亏相逐行,君看夜夜当窗月。荣落亏盈可奈何,生成未遍霜霰
过。霜霰过兮复一作无奈何,灵芝复绝荆棘多。荆棘多兮可奈何,
可奈何兮终奈何。秦皇尧舜俱腐骨,我可奈何兮又进一杯歌复歌。

有酒有酒方烂漫,饮酣拔剑心眼乱。声若雷砰目流电,醉舞翻环身
眩转。乾纲倒轧坤维旋,白日横空星宿见,一夫心醉万物变。何况
蚩尤之蹴蹋,安得不以熊罴战。呜呼,风后力牧得亲见,我可奈何
兮又进一杯除健羡。

有酒有酒兮告临江,风漫漫兮波长。渺渺兮注海,海苍苍兮路茫
茫。彼万流之混入兮,又安能分若畎浍淮河与夫岷吴之巨江。味
作咸而若一,虽甘淡兮谁谓尔为良。济涓涓而缕贯,将奈何兮万里
之浑黄。鲸归穴兮渤溢,鳌载山兮低昂。阴火然兮众族沸渭,飓风

作兮昼夜猖狂。顾千珍与万怪兮,皆委润而深藏。信天地之潴蓄兮,我可奈何兮一杯又进兮包大荒。

有酒有酒兮日将落,馀光委照在林薄。阳乌撩乱兮屋上栖,阴怪跳趠兮水中跃。月争光兮星又繁,烧横空兮焰仍烁。我可奈何兮时既昏,一杯又进兮聊处廓。

有酒有酒兮再祝,祝予心兮何欲。欲天泰而地宁,欲人康而岁熟。欲凤翥而鸑随兮,欲龙亨而骥逐。欲日盛而星微兮,欲滋兰而殄毒。欲人欲而天从,苟天未从兮,我可奈何兮一杯又进聊自足。

华之巫　景戌

有一人兮神之侧,庙森森兮神默默。神默默兮可奈何,愿一见神兮何可得。女巫索我何所有,神之开闭予之手。我能进若神之前,神不自言寄予口。尔欲见神安尔身,买我神钱沽我酒。我家又有神之盘,尔进此盘神尔安。此盘不进行路难,陆有摧车舟有澜。我闻此语长太息,岂有神明欺正直。尔居大道谁南北,恣矫神言假神力。假神力兮神未悟,行道之人不得度。我欲见神诛尔巫,岂是因巫假神祜。尔巫,尔巫,尔独不闻乎。与其媚于奥,不若媚于灶。使我倾心事尔巫,吾宁驱车守吾道。尔巫尔巫且相保,吾心自有丘之祷。

庙　之　神

我马烦兮释我车,神之庙兮山之阿。予一拜而一祝,祝予心之无涯。涕泛澜而零落,神寂默而无哗。神兮,神兮,奈神之寂默而不言何。复再拜而再祝,鼓吾腹兮歌吾歌。歌曰:今耶,古耶,有耶,无耶。福不自神耶,神不福人耶。巫尔惑耶,稔而诛耶。谒不得耶,终不可谒耶。返吾驾而遵吾道,庙之木兮山之花。

全唐诗卷四二一

元 稹

村花晚 庚寅

三春已暮桃李伤，棠梨花白蔓菁黄。村中女儿争摘将，插刺头鬓相夸张。田翁蚕老迷臭香，晒暴敏敩熏衣裳。非无后秀与孤芳，奈尔千株万顷之茫茫。天公此意何可量，长教尔辈时节长。

紫踯躅

紫踯躅，灭紫拢裙倚山腹。文君新寡乍归来，羞怨春风不能哭。我从相识便相怜，但是花丛不回目。去年春别湘水头，今年夏见青山曲 青山驿名。迢迢远在青山上，山高水阔难容足。愿为朝日早相暾，愿作轻风暗相触。乐踯躅，我向通州尔幽独。可怜今夜宿青山，何年却向青山宿。山花渐暗月渐明，月照空山满山绿。山空月午夜无人，何处知我颜如玉。

山枇杷

山枇杷，花似牡丹殷泼血。往年乘传过青山，正值山花好时节。压枝凝艳已全开，映叶香苞才半裂。紧搏 一作缚 红袖欲支颐，慢解绛囊初破结。金线丛飘繁蕊乱，珊瑚朵重纤茎折。因风旋落裙片飞，带日斜看目精热。亚水依岩半倾侧,笼云隐雾多愁绝。绿珠语尽身欲投,汉武眼穿神渐灭。秾姿秀色人皆爱,怨媚羞容我偏别。说向闲人人不听,曾向乐天时一说。昨来谷口先相问,及到山前已消歇。左降通州十日迟,又与幽花一年别。山枇杷,尔托深山何太拙。天高万里看不精,帝在九重声不彻。园中杏树良人醉,陌上柳枝年少折。因尔幽芳喻昔贤,磻谿冷坐权门咽。

树上乌 癸卯

树上乌,洲中有树巢若铺。百巢一树知几乌,一乌不下三四雏,雏又生雏知几雏。老乌未死雏已乌,散向人间何处无。攫麛啄卵方可食,男女群强最多力。灵蛇万古唯一珠,岂可抨弹千万亿。吾不会天教尔辈多子孙,告诉天公天不言。

琵 琶 歌

寄管儿兼诲铁山。此后并新题乐府。

琵琶宫调八十一,旋宫三调弹不出。玄宗偏许贺怀智,段师此艺还相匹。自后流传指拨衰一作哀,昆仑善才徒尔为。澒声少得似雷吼,缠去声弦不敢弹羊皮。人间奇事会相续,但有卞和无有玉。段师弟子数十人,李家管儿称上足。管儿不作供奉儿,抛在东都双鬓丝。逢人便请送杯盏,著尽工夫人不知。李家兄弟皆爱酒,我是酒徒为密友。著作曾邀连夜宿,中碾春一作清溪华新绿。平明船载管儿行,尽日听弹无限曲。曲名无限知者鲜,霓裳羽衣偏宛转。凉州大遍最豪嘈,六幺散序多笼捻。我闻此曲深赏奇,赏著奇处惊管儿。管儿为我双泪垂,自弹此曲长自一作长悲。泪垂捍拨朱弦湿,冰泉鸣咽流莺涩。因兹弹作雨霖铃,风雨萧条鬼神泣。一弹既罢又一弹,珠幢夜静风珊珊。低回慢弄关山思,坐对燕然秋月寒。月寒一声深殿磬，骤弹曲破音繁并。百万金铃旋去声玉盘，醉客满船皆暂醒。自兹听后六七年，管儿在洛我朝天。游想慈恩杏园里，梦寐仁风花树前。去年御史留东台，公私蹙促颜不开。今春制狱正撩乱，昼夜推囚心似灰。暂辍归时寻著作，著作南园花坼尊。胭脂耀眼桃正红，雪片满溪梅已落。是夕青春值三五，花枝向月云含吐。著作施樽命管儿，管儿久别今方睹。管儿还为弹六幺，六幺依旧声迢迢。猿鸣雪岫来三峡，鹤唳晴空闻九霄。逡巡弹得六幺彻，霜刀破竹无残节。幽关鸦轧胡雁悲，断弦嘶骕层冰裂。我为含凄叹奇绝，许作长歌始终说。艺奇思寡尘事多，许来寒暑又经过。如今左降在闲处，始为管儿歌此歌。歌此歌，寄管儿。管儿管儿忧尔衰，尔衰之后继者谁。继之无乃在铁山，铁山已近曹穆间二善才姓。性灵甚好功犹浅，急处未得臻幽闲。努力铁山勤学取，莫遣后来无所祖。

小 胡 笳 引

桂府王推官出蜀匠雷氏金徽琴，请姜宣弹。

雷氏金徽琴，王君宝重轻千金。三峡流中将得来，明窗拂席幽匣开。朱弦宛转盘凤足，骤击数声风雨回。哀笳慢指董家本，姜生得之妙思忖。泛徽胡雁咽萧萧，绕指辘轳圆衮衮。吞恨缄情乍轻激，故国关山心历历。潺湲疑是雁鹓鸂，嘶骕如闻发鸣镝。流宫变徵渐幽咽，别鹤欲飞猿欲绝。秋霜满树叶辞风，寒雏坠地乌啼血。哀弦已罢春恨长，恨长何恨怀我乡。我乡安在长城窟，闻君虏奏心飘忽。何时窄袖短貂裘，胭脂山下弯明月。

去杭州 送王师范

房杜王魏之子孙，虽及百代为清门。骏骨凤毛真可贵，冈头泽底促足论。近世不以勋贤之胄为令族，而以冈卢泽李为甲门。去年江上识君面，爱君风貌情已敦。与君言语见君性，灵府坦荡消尘烦。自兹心洽迹亦洽，居常并榻游并轩。柳阴覆岸郑监水，李花压树韦公园。每出新诗共联缀，闲因醉舞相牵援。时寻沙尾枫林夕，夜摘兰丛衣露繁。今君别我欲何去，自言远结迢迢婚。简书五府已再至，波涛万里酬一言。为君再拜赠君语，愿君静听君勿喧。君名师范欲何范，君之烈祖遗范存。永宁昔在抡鉴表，沙汰沉浊澄浚源。君今取友由取士，得不别白清与浑。昔公事主尽忠谠，虽及死谏誓不谖。今君佐藩如佐主，得不陈露酬所恩。昔公为善日不足，假寐待旦朝至尊。今君三十朝未与，得不寸晷倍玙璠。昔公令子尚贵主，公执舅礼妇执笄。返拜之仪自此绝，关雎之化皎不昏。君今远娉奉明祀，得不齐励亲蘋蘩。斯言皆为书佩带，然后别袂乃可扪。别袂可扪不可解，解袂开帆凄别魂。魂摇江树鸟飞没，帆挂樯竿鸟尾翻。翻风驾浪拍何处，直指杭州由上元。上元萧寺基址在，杭州潮水霜雪屯。潮户迎潮击潮鼓，潮平潮退有潮痕。得得为题罗刹石，古来非独伍员冤。

南 家 桃

南家桃树深红色，日照露光看不得。树小花狂风易吹，一夜风吹满墙北。离人自有经时别，眼前落花心叹息。更待明年花满枝，一年迢递空相忆。

志 坚 师

嵩山老僧披破衲，七十八年三十腊。灵武朝天辽海征，宇宙曾行三四匝。初因怏怏剃却头，便绕嵩山寂师塔。淮西未返半年前，已见淮西阵云合。

答 子 蒙

报卢君，门外雪纷纷。纷纷门外雪，城中鼓声绝。强梁御史人觑
步，安得夜开沽酒户。

辛夷花 问韩员外

问君辛夷花，君言已斑驳。不畏辛夷不烂开，顾我筋骸官束缚。缚
遣推囚名御史，狼藉囚徒满田地。明日不推缘国忌，依前不得花前
醉。韩员外家好辛夷，开时乞取三两枝。折枝为赠君莫惜，纵君不
折风亦吹。

厅 前 柏

厅前柏，知君曾对罗希奭。我本癫狂耽酒人，何事与君为对敌。为
对敌，洛阳城中花赤白。花赤白，囚渐多，花之赤白奈尔何。

夜 别 筵

夜长酒阑灯花长，灯花落地复落床。似我别泪三四行，滴君满坐之
衣裳。与君别后泪痕在，年年著衣心莫改。

三 泉 驿

三泉驿内逢上巳，新叶趋尘花落地。劝君满盏君莫辞，别后无人共
君醉。洛阳城中无限人，贵人自贵贫自贫。

何满子歌 张湖南座为唐有态作 有态一作有熊

何满能歌能宛转，天宝年中世称罕。婴刑系在囹圄间，水调哀音歌
愤懑。梨园弟子奏玄宗，一唱承恩羁网缓。便将何满为曲名，御谱

亲题乐府纂。鱼家入内本领绝，叶氏有年声气短。自外徒烦记得词，点拍才成已夸诞。我来湖外拜君侯，正值灰飞仲春琯。广宴江亭为我开，红妆逼坐花枝暖。此时有态蹋华筵，未吐芳词貌夷坦。翠蛾转盼摇雀钗，碧袖歌垂翻鹤卵。定面凝眸一声发，云停尘下何劳算。迢迢击磬远玲玲，一一贯珠匀款款。犯羽含商移调态，留情度意抛弦管。湘妃宝瑟水上来，秦女玉箫空外满。缠绵叠破最殷勤，整顿衣裳颇一作事闲散。冰含远溜咽还通，莺泥晚花啼渐懒。敛黛吞声若自冤，郑袖见捐西子浣。阴山鸣雁晓断行，巫峡哀猿夜呼伴。古者诸侯飨外宾，鹿鸣三奏陈圭瓒。何如有态一曲终，牙筹记令红螺碗一作盏。

通州丁溪馆夜别李景信三首

月濛濛兮山掩掩，束束别魂眉敛敛。蠡盏覆时天欲明，碧幌青灯风滟滟。泪消语尽还暂眠，唯梦千山万山险。

水环环兮山簇簇，啼鸟声声妇人哭。离床别脸睡还开，灯炧暗飘珠蔌蔌。山深虎横馆无门，夜集巴儿扣空木。

雨潇潇兮鹃咽咽，倾冠倒枕灯临灭。倦僮呼唤应复眠，啼鸡拍翅三声绝。握手相看其奈何，奈何其奈天明别。

酬郑从事四年九月宴望海亭次用旧韵

海亭树木何茏葱，寒光透坼秋玲珑。湖山四面争气色，旷望不与人间同。一拳塸伏东武小龟山别名，两山斗构秦望雄。两峰为秦望、望秦二山。嵌空古墓失文种，墓在州城西山上。《图经》：湖水到山，迎棺柩入海，今所存古穴耳。突兀怪石疑防风。舟船骈比毗必反有宗侣，水云溺泱无始终。雪花布遍稻陇白，日脚插入秋波红。兴馀望剧酒四坐，歌声舞艳烟霞中。酒酣从事歌送我，歌云此乐难再逢。良时年少犹健羡，使君况是头白翁。我闻此曲深叹息，唧唧不异秋草虫。忆年十五学构厦，有意盖覆天下穷。安知四十虚富贵，朱紫束缚心志空。妆梳伎女上楼榭，止欲欢乐微茫躬。虽无趣尚慕贤圣，幸有心目知西东。欲将滑甘柔藏府，已被郁噎冲喉咙。君今劝我酒太醉，醉语不复能冲融。劝君莫学虚富贵，不是贤人难变通一本：富贵不是贤人通。

全唐诗卷四二二

元　稹

梦游春七十韵

昔岁一作君梦游春,梦游何所遇。梦入深洞中,果遂平生趣。清泠
浅漫流一作溪,画舫兰篙渡。过尽万株桃,盘旋竹林路。长廊抱小
楼,门牖相回互。楼下杂花丛,丛边绕鸳鸯。池光漾霞影一作彩霞,
晓日初明煦。未敢上阶行,频移曲池步。乌龙不作声,碧玉曾相
慕。渐到帘幕间,裴回意犹惧。闲窥东西阁,奇玩参差布。隔子碧
油糊,驼钩紫金镀。逡巡日渐高,影响人将寤。鹦鹉饥乱鸣,娇娃
睡犹怒。帘开侍儿起,见我遥相谕。铺设绣红茵,施张钿妆具。潜
褰翡翠帷,瞥见珊瑚树。不辨一作见花貌人,空惊香若雾。身回夜
合偏,态敛晨霞聚。睡脸桃破风,汗妆莲委露。丛梳百叶髻,金蹙
重台屦。纰软钿头裙,玲珑合欢袴。鲜妍脂粉薄,暗淡衣裳故。最
似红牡丹,雨来春欲暮。梦魂良易惊,灵境难久寓。夜夜望天河,
无由重沿溯。结念心所期,返如禅顿悟。觉来八九年,不向花回
顾。杂合一作洽两京春,喧阗众禽护。我到看花时,但作怀仙句。
浮生转经历,道性尤坚固。近作梦仙诗,亦知劳肺腑。一梦何足
云,良时事一作自婚娶。当年二纪初,嘉节三星度。朝蕣玉佩迎,高
松女萝附。韦门正全盛,出入多欢裕。甲第涨清池,鸣驺引朱辂。

广榭舞蓁莪,长筵宾杂厝。青春讵几日,华实潜幽蠹。秋月照潘
郎,空山怀谢傅。红楼嗟坏壁,金谷迷荒戍。石压破阑干,门摧旧
楹栌。虽云觉梦殊,同是终难驻。惊绪竟何如,梦丝不成绚。卓
女白头吟,阿娇金屋赋。重璧盛姬台,青冢明妃墓。尽委穷尘骨,
皆随流波注。幸有古如今,何劳缣比素。况余当盛时,早岁谐如
务。诏册冠贤良,谏垣陈好恶。三十再登朝,一登还一仆。宠荣非
不早,遭回亦云屡。直气在膏肓,氛氲日沉痼。不言意不快,快意
言多忤。忏诚人所贼,性亦天之付。乍可沉为香,不能浮作瓠。诚
为坚所守,未为明所措。事事身已经,营营计何误。美玉琢文圭,
良金填武库。徒谓自坚贞,安知受砻铸。长丝羁野马,密网罗阴
兔。物外各迢迢,谁能远相锢。时来既若飞,祸速当如骛。曩意自
未精,此行何所诉。努力去江陵,笑言谁与晤。江花纵可怜,奈非
心所慕。石竹逞奸黠,蔓青夸亩数。一种薄地生,浅深何足妒。荷
叶水上生,团团水中住。泻水置叶中,君看不相污。

桐 花 落

莎草遍桐阴,桐花满莎落。盖覆相团圆,可怜无厚薄。昔岁幽院
中,深堂下帘幕。同在后门前,因论花好恶。君夸沉檀样,云是指
扮作。暗澹灭紫花,句连蹙金萼。都绣六七枝,斗成双孔雀。尾上
稠叠花,又将金解络。我爱看不已,君烦睡先著。我作绣桐诗,系
君裙带著。别来苦修道,此意都萧索。今日竟相牵,思量偶然错。

梦 昔 时

闲窗结幽梦,此梦谁人知。夜半初得处,天明临去时。山川已久
隔,云雨两无期。何事来相感,又成新别离。

恨 妆 成

晓日穿隙明,开帷理妆点。傅粉贵重重,施朱怜冉冉。柔鬟背额垂,丛鬓随钗敛。凝翠晕蛾眉,轻红拂花脸。满头行小梳,当面施圆靥。最恨落花时,妆成独披掩。

古 决 绝 词

乍可为天上牵牛织女星,不愿为庭前红槿枝。七月七日一相见,相见故心终不移。那能朝开暮飞去,一任东西南北吹。分不两相守,恨不两相思。对面且如此,背面当可知—作何如。春风撩乱伯劳语,况是此时抛去时—本无况是二字。握手苦相问,竟不言后期。君情既决绝,妾意已—作亦参差。借如死生别,安得长苦悲。

噫春冰之将泮,何予怀之独结。有美一人,于焉旷绝。一日不见,比一日于三年,况三年之旷别。水得风兮小而已波,笋在苞兮高不见节。矧桃李之当春,竟众人而—作之攀折。我自顾悠悠而若云,又安能保君皑皑—作皓皓之如雪。感破镜之分明,睹泪痕之馀血。幸他人之既不我先,又安能使他人之终不我夺。已焉哉,织女别黄姑。一年一度暂相见,彼此隔河何事无。

夜夜相抱眠,幽怀尚沉结。那堪一年事,长遣一宵说。但感久相思,何暇暂相悦。虹桥薄夜成,龙驾侵晨列。生憎野鹤性—作鹊往迟回,死恨天鸡识时节。曙色渐曈曈—作眬眬,华星欲—作次明灭。一去又一年,一年何可—作时彻。有此迢递期,不如死生别。天公隔—作可,一作何。是妒相怜,何不便教相决绝。

樱 桃 花

樱桃花,一枝两枝千万朵。花砖曾立摘花人,窣破罗裙红似火。

曹十九舞绿钿

急管清弄频,舞衣才揽结。含情独摇手,双袖参差列。骁袅柳牵丝,炫转风回雪。凝盱娇不移,往往度繁节。

闺　晚

红裙委砖阶,玉爪剺朱橘。素臆光如砑,明瞳艳凝溢。调弦不成曲,学书徒弄笔。夜色侵洞房,春烟透帘出。

晓　将　别

风露晓凄凄,月下西墙西。行人帐中起,思妇枕前啼。屑屑命僮御,晨装俨已齐。将去复携手,日高方解携。

蔷薇架 清水驿

五色阶前架,一张笼上被。殷红稠叠花,半绿鲜明地。风蔓罗裙带,露英莲脸泪。多逢走马郎,可惜帘边思。

月　暗 第六句缺四字

月暗灯残面墙泣,罗缨斗重知啼湿。真珠帘断蝙蝠飞,燕子巢空萤火入。深殿门重夜漏严,柔□□□□年急。君王掌上容一人,更有轻身何处立。

新　秋

旦暮已凄凉,离人远思忙。夏衣临晓薄,秋影入檐长。前事风随扇,归心燕在梁。殷勤寄牛女,河汉正相望。

赠 双 文

艳极翻含怨一作态,怜多转自娇。有时还暂一作自笑,闲坐爱一作更无
憀。晓月行看堕,春酥见欲消。何因肯垂手,不敢望回腰。舞曲二
名。

春 别

幽芳本未阑,君去蕙花残。河汉秋期远,关山世路难。云屏留粉
絮,风幌引香兰。肠断回文锦,春深独自看。

和乐天示杨琼

我在江陵少年日,知有杨琼初唤出。腰身瘦小歌圆紧,依约年应十
六七。去年十月过苏州,琼来拜问郎不识。青衫玉貌何处去,安得
红旗遮头白。我语杨琼琼莫语,汝虽笑我我笑汝。汝今无复小腰
身,不似江陵时好女。杨琼为我歌送酒,尔忆江陵县中否。江陵王
令骨为灰,车来嫁作尚书妇。卢戡及第严涧在,其馀死者十八九。
我今贺尔亦自多,尔得老成余一作亦白首。杨琼本名播,少为江陵酒妓。去
年姑苏过琼叙旧,及今见乐天此篇,因走笔追书此曲。

鱼 中 素

重叠鱼中素,幽缄手自开。斜红馀泪迹,知著脸边来。

代 九 九

昔年桃李月,颜色共花宜。回脸莲初破,低蛾柳并垂。望山多倚
树,弄水爱临池。远被登楼识,潜因倒影窥。隔林徒想像,上砌转
逶迤。谩掷庭中果,虚攀墙外枝。强持文玉佩,求结麝香缡。阿母

怜金重,亲兄要马骑。把将娇小女,嫁与冶游儿。自隐勤勤索,相
要事事随。每常同坐卧,不省暂参差。才学羞兼妒,何言宠便移。
青春来易皎,白日誓先亏。僻性嗔来见,邪行醉后知。别床铺枕
席,当面指瑕疵。妾貌应犹在,君情遽若斯。的成终世恨,焉用此
宵为。鸾镜灯前扑,鸳衾手下隳。参商半夜起,琴瑟一声离。努力
新丛艳,狂风次第吹。

卢十九子蒙吟卢七员外
洛川怀古六韵命余和

闻道卢明府,闲行咏洛神。浪圆疑靥笑,波斗忆眉颦。蹀躞桥头
马,空濛水上尘。草芽犹犯雪,冰岸欲消春。寓目终无限,通辞未
有因。子蒙将此曲,吟似独眠人。

刘阮妻一作山二首

仙洞千年一度闲,等闲偷入又偷回。桃花飞尽东风起,何处消沉去
不来。
芙蓉脂肉绿云鬟,罨画楼台青黛山。千树桃花万年药,不知何事忆
人间。

桃　花

桃花浅深处,似匀深浅妆。春风助肠断,吹落白衣裳。

暮　秋

看著墙西日又沉,步廊回合戟门深。栖乌满树声声绝,小玉上床铺
夜衾。

压墙花

野性大都迷里巷，爱将高树记人家。春来偏认平阳宅，为见墙头拂面花。

舞腰

裙裾旋旋手迢迢，不趁音声自趁娇。未必诸郎知曲误，一时偷眼为回腰。

白衣裳二首

雨湿轻尘隔院香，玉人初著白衣裳。半含惆怅闲看绣，一朵梨花压象床。

藕丝衫子柳花裙，空著沈香慢火熏。闲倚屏风笑周昉，枉抛心力画朝云。

忆事

夜深闲到戟门边，却绕行廊又独眠。明月满庭池水渌，桐花垂在翠
一作绣帘前。

寄旧诗与薛涛因成长句

诗篇调态人皆有，细腻风光我独知。月夜咏花怜暗澹，雨朝题柳为攲垂。长教碧玉藏深处，总向红笺写自随。老大不能收拾得，与君闲似好男儿。

友封体

雨送浮凉夏簟清，小楼腰褥怕单轻。微风暗度香囊转，胧月斜穿隔

子明。桦烛焰高黄耳吠,柳堤风静紫骝声。频频闻动中门锁,桃叶知嗔未敢迎。

看　花

努力少年求好官,好花须是少年看。君看老大逢花树,未折一枝心已阑。

斑　竹 得之湘流

一枝斑竹渡湘沅,万里行人感别魂。知是娥皇庙前物,远随风雨送啼痕。

筝

莫愁私地爱王昌,夜夜筝声怨隔墙。火凤有凰求不得,春莺无伴啭空长。急挥舞破催飞燕,慢逐歌词弄小娘。死恨相如新索妇,枉将心力为他狂。

春　晓

半欲天明半未明,醉闻花气睡闻莺。狂儿撼起钟声动,二十年前晓寺情。

所思二首 一作刘禹锡诗,题作《有所嗟》。

庾亮楼中初见时,武昌春柳似腰肢。相逢相失还如梦,为雨为云今不知。

鄂渚濛濛烟雨微,女郎魂逐暮云归。只应长在汉阳渡,化作鸳鸯一只飞。

莺莺诗 一作离思诗之首篇

殷红浅碧旧衣裳,取次梳头暗淡妆。夜合带烟笼晓日,牡丹经雨泣
残阳。低迷隐一作依稀似笑原非笑,散漫清一作仿佛闻香不似一作是香。
频动横波嗔阿母一作娇不语,等闲教见小儿郎。

离思五首 一本并前首作六首

自爱残妆晓镜中,环钗谩篸绿丝一作云丛。须臾日射燕脂颊,一朵
红苏旋欲一作玉融。

山泉散漫绕阶流,万树桃花映小楼。闲读道书慵未起,水晶帘下看
梳头。

红罗著压逐时新,吉了一作杏子花纱嫩麴尘。第一莫嫌材地弱,些
些纰缦最宜人。

曾经沧海难为水,除却巫山不是云。取次花丛懒回顾,半缘修道半
缘君。

寻常百种花齐发,偏摘梨花与白人。今日江头两三树,可怜和一作
枝叶度残春。

杂 忆 五 首

今年寒食月无光,夜色才侵已上床。忆得双文通内里,玉栊深处暗
闻香。

花笼微月竹笼烟,百尺一作丈丝绳拂地悬。忆得双文人静后,潜教
桃叶送秋千。

寒轻夜浅绕回廊,不辨花丛暗辨香。忆得双文胧月下,小楼前后捉
迷藏。

山榴似火叶相兼,亚拂砖阶一作低墙半拂檐。忆得双文独披掩,满

头花草倚新帘。

春冰消尽碧波湖，漾影残霞似有无。忆得双文衫子薄一作里，钿头
云映褪红酥一作苏。

有 所 教

莫画长眉画短眉，斜红伤竖莫伤垂。人人总解争时势，都大须看各
自宜。

襄阳为卢窦纪事

帝下真符召玉真，偶逢游女暂相亲。素书三卷留为赠，从向人间说
向人。

风弄花枝月照阶，醉和春睡倚香怀。依稀似觉双环动，潜被萧郎卸
玉钗。

莺声撩乱曙灯残，暗觅金钗动晓寒。犹带春醒懒相送，樱桃花下隔
帘看。

琉璃波面月笼烟，暂逐萧郎走上天。今日归时最肠断，回江还是夜
来船。

花枝临水复临堤，闲照江流一作清江亦照泥。千万春风好抬举，夜
来曾有凤凰栖。此首一作马戴诗，题作襄阳席上呈于司空。

会真诗三十韵

微月透帘栊，萤光度碧空。遥天初缥缈，低树渐葱茏。龙吹过庭
竹，鸾歌拂井桐。罗绡垂薄雾，环佩响轻风。绛节随金母，云心捧
玉童。更深人悄悄，晨会雨濛濛。珠莹光文履，花明隐绣栊。宝钗
行彩凤，罗帔掩丹虹。言自瑶华浦，将朝碧帝宫。因游李一作洛城
北，偶向宋家东。戏调初微拒，柔情已暗通。低鬟蝉影动，回步玉

尘蒙。转面流花雪,登床抱绮丛。鸳鸯交颈舞,翡翠合欢笼。眉黛羞频聚,朱唇暖更融。气清兰蕊馥,肤润玉肌丰。无力慵移腕,多娇爱敛躬。汗光珠点点,发乱绿松松。方喜千年会,俄闻五夜穷。留连时有限,缱绻意难终。慢脸含愁态,芳词誓素衷。赠环明运合,留结表心同。啼粉流清镜,残灯绕暗虫。华光犹冉冉,旭日渐曈曈。警乘一作乘鸾还归洛,吹箫亦上一作止嵩。衣香犹染麝,枕腻尚残红。幂幂临塘草,飘飘思渚一作绪蓬。素琴鸣怨鹤,清汉望归鸿。海阔诚难度,天高不易冲。行云无处所,萧史在楼中。

古艳诗二首 一作春词

春来频到宋家东,垂袖开怀待好风。莺藏柳暗无人语,惟有墙花满树红。

深院无人草树光,娇莺不语趁阴藏。等闲弄水浮一作流花片,流出门前赚阮郎。

全唐诗卷四二三

元　稹

奉和浙西大夫李德裕述梦四十韵大夫本题言赠于梦中诗赋以寄一二僚友故今所和者亦止述翰苑旧游而已次本韵 第十七句缺一字

闻有池塘什,还因梦寐遭。攀禾工类蔡,咏豆敏过曹。庄蝶玄言秘,罗禽藻思高。本篇称六句皆梦中作,三联亦多征故事也。戈矛排笔阵,貔虎让文韬。彩缬鸾凰颈,权奇骥骒髦。神枢千里应,华衮一言褒。李广留飞箭,王祥得佩刀。传乘司隶马,继染翰林毫。辨颖□超脱,词锋岂足囊。金刚锥透玉,镔铁剑吹毛。自戈矛而下,皆述大夫刀笔瞻盛,文藻秀丽,翰苑谟猷,纶诰褒贬,功多名将,人许三公,世总台纲,充学士等矣。顾我曾陪附,思君正郁陶。近酬新乐录,仍寄续离骚。近蒙大夫寄《箫篥歌》,酬和才毕,此篇续至。阿阁偏随凤,大夫与稹偏多同直。方壶共跨鳌。借骑银杏叶,学士初入,例借飞龙马。横赐锦垂萄。解已具本篇。冰井分珍果,金瓶贮御醪。独辞珠有戒,廉取玉非叨。麦纸侵红点书诏皆用麦纹纸,兰灯焰碧高麻制例皆通宵勘写。代予言不易,承圣旨偏劳。稹与大夫,相代为翰林承旨。绕月同栖鹊,惊风比夜獒。吏传开锁契,学士院密通银台,每旦,常闻门使勘契开锁,声甚烦多。神撼引铃绦。院有悬铃,以备夜直警急文书出入,皆引之以代传呼。每用兵,铃辄有声如人引,声耗缓急具如之,曾莫之差。渥泽深难报,危心过自操。犯颜诚恳恳,腾口惧忉忉。佩宠虽缟绶,安贫尚葛袍。宾亲多谢绝,延荐必英豪。自阿阁而下,皆言稹同在翰林日,居处深秘,与频繁奉职勤劳、畏慎、周密等事也。分阻杯盘会,闲随寺观邀。学士无过从聚会之例,大夫与稹,时时期于寺观闲行而已矣。祇园一林杏慈恩,仙洞万株桃玄都。瀣海沧波减,昆明劫火熬。未陪登鹤驾,已讣堕乌号。痛泪过江浪,冤声出海涛。尚看恩诏湿,已梦寿宫牢。本篇言此两句是梦中作,故言梦字。再造承天宝,新持济巨篙。犹怜弊簪履,重委旧旌旄。渤海已下,皆言举感先恩、捧荷新泽等事。北望心弥苦,西回首屡搔。九霄难就日,两浙仅容舠。暮竹寒窗影,衰杨古郡濠。鱼虾集橘市,鹤鹳起亭皋。越州宅窗户间尽见城郭。朽刃休冲斗自谓,良弓枉在弢窃论。早弯摧虎凶,便铸垦蓬蒿。渔艇宜孤棹,楼船称万艘。量材分用处,终不学滔滔。

自 述 一作王建宫词

延英引对碧衣郎,江砚宣毫各别床。天子下帘亲考试,宫人手里过茶汤。

春分投简阳明洞天作

中分春一半,今日半春徂。老惜光阴甚,慵牵兴绪孤。偶成投秘简,聊得泛平湖。郡邑移仙界,山川展画图。旌旗遮屿浦,士女满闉阇。似木吴儿劲,如花越女姝。牛侬惊力直,蚕妾笑睢盱。怪我携章甫,嘲人托鹧鸪。闾阎随地胜,风俗与华殊。跣足沿流妇,丫头避役奴。雕题虽少有,鸡卜尚多巫。乡味尤珍蛤,家神爱事乌。舟船通海峤,田种绕城隅。栫比千艘合,袈裟万顷铺。亥茶阛小市,渔父隔深芦。日脚斜穿浪,云根远曳蒲。凝风花气度,新雨草

芽苏。粉坏梅辞萼,红含杏缀珠。薅馀秧渐长,烧后葑犹枯。绿
缕高悬柳,青钱密辫榆。驯鸥眠浅濑,惊雉迸平芜。水静王馀见,
山空谢豹呼。燕狂捎蛱蝶,螟挂集蒲卢。浅碧鹤新卵,深黄鹅嫩
雏。村扉以白板,寺壁耀赪糊。禹庙才离郭,陈庄恰半途。石帆何
峭峣,龙瑞本萦纡。穴为探符圻,潭因失箭刉。堤形弯熨斗,峰势
踊香炉。幢盖迎三洞,烟霞贮一壶。桃枝蟠复直,桑树亚还扶。鳖
解称从事,松堪作大夫。荣光飘殿阁,虚籁合笙竽。庭狎仙翁鹿,
池游县令凫。君心除健羡,扣寂入虚无。冈蹋翻星纪,章飞动帝
枢。东皇提白日,北斗下玄都。骑吏裙皆紫,科车幰尽朱。地侯鞭
社伯,海若跨天吴。雾喷雷公怒,烟扬灶鬼趋。投壶怜玉女,噀饭
笑麻姑。果实经千岁,衣裳重六铢。琼杯传素液,金匕进雕胡。掌
里承来露,枰中钓得鲈。菌生悲局促,柯烂觉须臾。稊米休言圣,
醯鸡益伏愚。鼓鼙催暝色,簪组缚微躯。遂别真徒侣,还来世路
衢。题诗叹城郭,挥手谢妻孥。幸有桃源近,全家肯去无。

春　游

酒户年年减,山行渐渐难。欲终心懒慢,转恐兴阑散。镜水波犹
冷,稽峰雪尚残。不能辜物色,乍可怯春寒。远目伤千里,新年思
万端。无人知此意,闲凭小栏干。

除夜酬乐天

引傩绥旆乱麷麷,戏罢人归思不堪。虚涨火尘龟浦北,无由阿伞凤
城南。休官期限元同约,除夜情怀老共谙。莫道明朝始添岁,今年
春在岁前三。

酬乐天初冬早寒见寄

乍起衣犹冷,微吟帽半欹。霜凝南屋瓦,鸡唱后园枝。洛水碧云晓,吴宫黄叶时。两传千里意,书札不如诗。

酬白乐天杏花园

刘郎不用闲惆怅,且作花间共醉人。算得_{一作屈指}贞元旧朝士,几人_{一作员}同见太和春。

过东都别乐天二首

> 乐天在洛,太和中,稹拜左丞,自越过洛,以二诗别乐天。未几,死于鄂。乐天哭之曰:"始以诗交,终以诗诀。兹笔相绝,其今日乎!"见《纪事》。

君应怪我留连久,我欲与君辞别难。白头徒侣渐稀少,明日恐君无此欢。

自识君来三度别,这回白尽老髭须。恋君不去君须会,知得后回相见无。

逢 白 公

远路事无限,相逢唯一言。月色照荣辱,长安千万门。

酬 白 太 傅

太空秋色凉,独鸟下微阳。三径池塘静,六街车马忙。渐能高酒户,始是入诗狂。官冷且无事,追陪慎莫忘。

和严给事闻唐昌观玉蕊花下有游仙

> 一作玉蕊院真人降,见《唐人绝句》。

弄玉潜过玉树时,不教青鸟出花枝。的应未有诸人觉,只是严郎不得知。

赠毛仙翁 并序

　　余廉问浙东岁,毛仙翁惠然来顾。越之人士识之者,相与言曰:"仙翁尝与叶法善、吴筠游于稽山,迨兹多历年所,而风貌愈少,盖神仙者也。"余因得执弟子之礼,师其道焉。余尝见圆冠方领之士,读道书,疑其绝智弃仁,又谓其书不足以经世理国。殊不知至仁无兼爱,大智无非灾,大乐同天地之和,大礼同天地之节,其可臻乎上德,冥乎大道之致,华胥终北之化,熙熙然也。又以徐市、文成之事,谓方士之流,诞妄于世,不足以为教也。殊不知峒山高卧,汾水凝神,纵心傲世,邈然外物,王侯不可得师友也。若然,则徐氏之莠,不足以害嘉谷,文成之诞,不足以伤大教。今我仙翁真风遗骨,玄格高情,冥鸿孤鹤,不可方喻,盖峒山、汾水之俦也。一言道合,止于山亭三日,而南栖天台,谓余曰:"入相之年,相候于安山里。"余拜而言曰:"果如仙约,燃香拂榻,以俟云驾焉。"抒诗一章,以为他日之志也。

仙驾初从蓬海来,相逢又说向天台。一言亲授希微诀,三夕同倾沆瀣杯。此日临风飘羽卫,他年嘉约指盐梅。花前挥手逍遥去,目断霓旌不可陪。

八月十四日夜玩月

犹欠一宵轮未满,紫霞红衬碧云端。谁能唤得姮娥下,引向堂前子细看。

寒 食 夜

红染桃花雪压梨,玲珑鸡子斗赢时。今年不是明寒食,暗地秋千别有期。

三月三十日程氏馆饯杜十四归京

江春今日尽，程馆祖筵开。我正南冠絷，君寻北路回。谋身诚太拙，从宦苦无媒。处困方明命，遭时不在才。逾年长倚玉，连夜共衔杯。涸溜沾濡沫，馀光照死灰。行看鸿欲翥，敢惮酒相催。拍逐飞觥绝，香随舞袖来。消梨抛五遍，娑葛殢三台。已许尊前倒，临风泪莫颓。

酬张秘书因寄马赠诗

丞相功高厌武名，牵将战马寄儒生。四蹄蔺距藏虽尽，六尺须头见尚惊。减粟偷儿憎未饱，骑驴诗客骂先行。劝君还却司空著，莫遣衔参傍子城。

戏酬副使中丞_{窦巩}见示四韵

莫恨暂囊鞬，交游几个全。眼明相见日，肺病欲秋天。五马虚盈枥，双蛾浪满船。可怜俱老大，无处用闲钱。

赠 柔 之

穷冬到乡国，正岁别京华。自恨风尘眼，常看远地花。碧幢还照曜，红粉莫咨嗟。嫁得浮云婿，相随即是家。

修龟山鱼池示众僧

劝尔诸僧好护持，不须垂钓引青丝。云山莫厌看经坐，便是浮生得道时。

寄 赠 薛 涛

稹闻西蜀薛涛有辞辩,及为监察使蜀,以御史推鞫,难得见焉。严司空潜知其意,每遣薛往。洎登翰林,以诗寄之。

锦江滑腻蛾眉秀,幻出文君与薛涛。言语巧偷鹦鹉舌,文章分得凤凰毛。纷纷辞客多停笔,个个公卿欲梦刀。别后相思隔烟水,菖蒲花发五云高。

赠 刘 采 春

新妆巧样画双蛾,谩裹常州透额罗。正面偷匀光滑笏,缓行轻踏破纹波。言辞雅措风流足,举止低回秀媚多。更有恼人肠断处,选词能唱望夫歌即罗唝之曲也。

醉 题 东 武

役役行人事,纷纷碎簿书。功夫两衙尽,留滞七年馀。病痛梅天发,亲情海岸疏。因循未归得,不是忆一作恋鲈鱼。

崔 徽 歌

崔徽,河中府娼也。裴敬中以兴元幕使蒲州,与徽相从累月。敬中便还,崔以不得从为恨,因而成疾。有丘夏善写人形,徽托写真,寄敬中曰:"崔徽一旦不及画中人,且为郎死。"发狂卒。第八句缺〔二字〕。

崔徽本不是娼家,教歌按舞娼家长。使君知有不自由,坐在头时立在掌。有客有客名丘夏,善写仪容得恁把。为徽持此谢敬中,以死报郎为□□。

一字至七字诗

以题为韵,同王起诸公送白居易分司东郡作。

茶

茶,香叶,嫩芽。慕诗客,爱僧家。碾雕白玉,罗织红纱。铫煎黄蕊色,碗转麹尘花。夜后邀陪明月,晨前命对朝霞。洗尽古今人不倦,将知醉后岂堪夸。

句

儿歌杨柳叶,妾拂石榴花。　见《纪事》

松门待制应全远,药树监搜可得知。《文昌杂录》云:唐宣政殿为正衙,殿庭东西有四松,松下待制官立班之地,旧图犹存。殿门外有药树,监察御史监搜之位在焉。唐制:百官入宫殿门,必搜,监察所掌也。至太和元年,监搜始停。

髟髟峨峨高一尺,门前立地看春风。　李娃行　见许彦周《诗话》